Heinz G. Konsalik, 1921 in Köln geboren, begann schon früh zu schreiben. Der Durchbruch kam 1958 mit der Veröffentlichung des Romans »Der Arzt von Stalingrad«. Konsalik, der heute zu den erfolgreichsten deutschen Autoren gehört – wenn er nicht sogar der erfolgreichste ist –, hat inzwischen rund hundert Bücher geschrieben, die in viele Sprachen übersetzt wurden. Die Weltauflage beträgt über siebenundfünfzig Millionen Exemplare. Ein Dutzend Romane wurden verfilmt.

Außer dem vorliegenden Band sind von Heinz G. Konsalik
als Goldmann-Taschenbücher erschienen:

Eine angesehene Familie. Roman (6538)
Auch das Paradies wirft Schatten / Die Masken der Liebe.
Zwei Romane in einem Band (3873)
Der Fluch der grünen Steine. Roman (3721)
Das Geheimnis der sieben Palmen. Roman (3981)
Eine glückliche Ehe. Roman (3935)
Das Haus der verlorenen Herzen. Roman (6315)
Der Heiratsspezialist. Roman (6458)
Ich gestehe. Roman (3536)
Das Lied der schwarzen Berge. Roman (2889)
Manöver im Herbst. Roman (3653)
Ein Mensch wie du. Roman (2688)
Morgen ist ein neuer Tag. Roman (3517)
Schicksal aus zweiter Hand. Roman (3714)
Das Schloß der blauen Vögel. Roman (3511)
Die schöne Ärztin. Roman (3503)
Die schweigenden Kanäle. Roman (2579)
Sie waren Zehn. Roman (6423)
Die tödliche Heirat. Kriminalroman (3665)
Verliebte Abenteuer. Heiterer Liebesroman (3925)

Stalingrad. Bilder vom Untergang der 6. Armee (3698)

Heinz G. Konsalik

Wilder Wein

Sommerliebe

Zwei Romane

Originalausgabe

Wilhelm Goldmann Verlag

1. Auflage November 1981 · 1.–150. Tsd.
2. Auflage September 1982 · 151.–190. Tsd.
3. Auflage August 1983 · 191.–230. Tsd.

Made in Germany

Umschlagentwurf: Atelier Adolf & Angelika Bachmann, München
Umschlagfoto: Three Lions, New York
Gesamtherstellung: Elsnerdruck GmbH, Berlin
Verlagsnummer: 6370
Lektorat: Putz/Vosseler · Herstellung: Sebastian Strohmaier/He
ISBN 3-442-06370-1

Inhalt

Wilder Wein

Roman

Eine wundervolle morgendliche Sommersonne schien durch das schräge Glasdach in den weiten Raum und tauchte alles in ein freundliches Licht. In ihren Strahlen tanzte der Staub. An den Wänden lehnten Gemälde, die aufzuhängen sich noch niemand die Mühe gemacht hatte. Pinsel und Farbtuben, halb ausgedrückt, lagen herum. Den Platz auf einer alten Couch, die schräg unter dem breiten Fenster stand, nahmen einige vollgekleckste Paletten ein. Der Boden war schmutzig, er hätte längst wieder einmal eine Behandlung mit dem Schrubber vertragen. Den Mittelpunkt des Raumes bildete eine verhängte Staffelei.

Dies alles stellte in seiner Gesamtheit — der Leser mag es schon erraten haben — das Atelier eines Malers dar, dem es noch an der nötigen Berühmtheit fehlte; eines unbekannten jungen Malers also.

Sein Künstlername lautete Frédéric Bruhère. Dafür, sich ein Pseudonym zuzulegen, hatte es einen zwingenden Grund gegeben. Der junge Mann hatte nämlich einen wahren Geburtsfehler, und zwar war er als Sohn eines gewissen Fritz Brühe auf die Welt gekommen, der ihm seinen vollen Namen ins Leben mitgegeben hatte. Eine Katastrophe!

Fritz Brühe . . .

Dieser Name wäre schon für einen Suppenfabrikanten problematisch gewesen, geschweige denn für einen Maler.

Botticelli, Tintoretto, Raffael, Leonardo da Vinci — *das* sind Namen für Maler!

Oder Velasquez, Goya, Cezanne!

Auch noch Holbein der Ältere und Jüngere oder Albrecht Dürer, obwohl . . .

Obwohl Albrecht, offen gestanden, natürlich schon keinen Vergleich beispielsweise mit Leonardo aushält.

Solche Überlegungen waren es, die Fritz Brühe jun. am Beginn seines Malerlebens angestellt hatte, und so war dann eben ein Frédéric Bruhère aus ihm geworden.

Außerdem befleißigte sich der Jüngling, fortan im Stil eines Bohemiens zu leben. Er gewandte sich entsprechend, trug ausgefallene Kleidungsstücke und lange Haare, wenn die anderen kurz geschoren gingen — und umgekehrt. Die Baskenmütze auf seinem Kopf wurde zum Markenzeichen, dies freilich nur in seiner eigenen Einbildung. Ein echter Bohemien leidet auch nicht an Verfettung, ihm kracht vielmehr meistens der Magen, und gerade davon konnte Frédéric Bruhère alias Fritz Brühe auch ein Lied singen.

Frédéric Bruhère ...

Der Name konnte sich hören lassen, nur, es nahm niemand Notiz davon. Die Bilder, welche die Leute hätten kaufen sollen, blieben nach wie vor liegen. Von irgendwas mußte der junge Mann jedoch leben, deshalb malte er Firmenschilder und ähnliches. Ein Trost war ihm die Verachtung, mit der er die Welt strafte, in welcher nur Banausen lebten.

Zwischendurch schuf er — meistens nachts — künstlerische Bilder nach seinem Geschmack und stellte sie zu den anderen, die schon an den Wänden lehnten. Wenigstens weiß ich dadurch, dachte er oft, was van Gogh empfunden haben muß.

Heute nun lag Fritz Brühe, das verkannte Genie, im Bett und blinzelte in die Sonne. Es eilte nicht mit dem Aufstehen, ihn erwartete niemand, er hatte keine Pflichten, er hatte keine Aufträge — auch Schilder waren im Moment keine zu malen. Darüber war Fritz bzw. Frédéric einerseits froh, denn diese Arbeit kotzte ihn, den Künstler, an; andererseits bildete sie seinen Broterwerb, und deshalb bestand Grund zur Sorge, wenn solche Aufträge ausblieben.

Wenigstens sieht es, sagte sich der in die Sonne blinzelnde junge Mann, danach aus, daß der Tag heute herrlich wird. Man kann am Rhein sitzen, die Beine baumeln lassen und den Schleppern zusehen, die träge stromaufwärts und etwas munterer stromabwärts ziehen. Manchmal kommt auch ein Personenschiff mit fröhlichen Menschen vorbei, denen man zuwinkt; sie winken zurück, blicken hinauf zum Ehrenbreitstein, zu allen grünen Hügeln des Rheintales.

Koblenz ist eine schöne Stadt, wenn man Geld hat, dachte Fritz und kletterte gähnend aus seinem Bett, schlurfte zu seinem elektrischen Kocher, stellte einen Topf mit Wasser auf, gähnte noch einmal herzhaft, fuhr sich durch die wirren Haare und griff zur angebrochenen Zigarettenpackung auf dem Tisch. Dieser Wahnsinn, schon auf nüchternen Magen eine zu rauchen, ist vielen Männern eigen.

Der Griff war erfolglos, in der Packung fand sich keine Zigarette mehr. Dadurch erhöhte sich die Sorge des jungen Mannes schlagartig noch mehr, gerade, als ob er kein einziges Stück Brot in seiner Bude mehr vorgefunden hätte — womit ohnehin zu rechnen war.

»Scheiße!« sagte er laut zu sich selbst und warf die unschuldige leere Packung zornig auf den Boden, stieß sogar mit dem Fuß noch einmal nach ihr. »Wie komme ich jetzt an Zigaretten?«

Die Frage war scheinbar so schwierig, daß er sie sich nicht beantworten konnte; denn er schwieg. Doch dann brummte er: »Rembrandt hatte es leichter, denn damals war das Rauchen in Europa noch unbekannt.«

Ob das stimmte, hätte er nicht einmal sagen können. Es sollte jedenfalls ein grausamer Witz sein.

Er faßte den Entschluß, sich zu waschen, und zog die Schlafanzugjacke aus. Er kehrte dabei der Tür den Rücken zu.

In diesem Augenblick klopfte es.

Nanu, fragte er sich, wer kann das sein mitten in der Nacht?

Leute wie er denken in solchen Momenten meistens an den Gerichtsvollzieher. Aber selbst Gerichtsvollzieher kommen nicht »mitten in der Nacht«.

Fritz blickte auf die Uhr. Halb neun, dachte er, die Polizeistunde ist absolut verkehrt eingerichtet; sie müßte nicht dazu da sein, daß die Menschen nachts nicht zu spät ins Bett kommen, sondern dazu, daß morgens nicht zu früh aufgestanden werden darf.

Es klopfte noch einmal. Fritz Brühe hörte auf, neue, umwälzende volkswirtschaftliche Theorien zu entwickeln, und krächzte, ohne sich umzudrehen: »Herein!«

Die Tür ging auf, und eine fette Stimme sagte nicht unfreundlich: »Guten Morgen.«

Frédéric Bruhère hatte Erfahrung: Das war nicht das Organ eines Vollzugsbeamten.

Es konnte ihm demnach leichterfallen, sich umzudrehen, und er tat es.

Im Raum stand ein dicker, großer Mann, der sich erstaunt umschaute. Sein rotes Gesicht und seine ins Bläuliche gehende Nase erweckten nicht den Eindruck, daß er mit Speis und Trank auf dem Kriegsfuß stand — im Gegenteil. Auch ein enormer Bauch, den er besaß, ließ darauf schließen, daß schon mancher leckere Bissen und viele edle Tropfen in ihn versenkt worden waren.

»Guten Morgen«, sagte der Fremde noch einmal und setzte, mit einem Nicken zum nackten Oberkörper Frédérics, hinzu: »Ich störe wohl?«

»Guten Morgen«, erwiderte Frédéric Bruhère. »Ob Sie stören,

hängt davon ab, was Sie wollen.«

»Ein Bild.«

»Ein Bild?!« sagte der Maler rasch. »Dann sind Sie willkommen. Bitte, nehmen Sie Platz.«

Er zeigte auf einen alten, wackeligen Stuhl, den einzigen im Raum. Daneben gab es nur noch einen Hocker ähnlichen Zustandes.

»Wer sind Sie?« fuhr der Maler fort.

Der Fremde setzte sich vorsichtig. Nachdem ihm dies gelungen war, antwortete er: »Mein Name ist Selzer. Baptist Selzer. Ich bin Winzer aus Wehlen an der Mosel.«

Er verstummte und wartete auf einen Ausruf der Begeisterung aus dem Munde des Malers. Als ein solcher nicht vernehmbar wurde, fragte er: »Kennen Sie den Ort?«

»Nein.«

Daher also, dachte der Winzer und fuhr fort: »Unsere Weine sind berühmt.«

Der Maler konnte nicht umhin, sich zu einem Eingeständnis zu zwingen, das ihn in den Augen eines Winzers fast vernichten mußte.

»Ich bin Biertrinker, Herr Selzer.«

»Kommen Sie aus Bayern?«

»Nein.«

»Woher dann?«

»Wenn ich Ihnen das sage, Herr Selzer, wollen Sie kein Bild mehr von mir haben.«

»Nun bin ich aber neugierig. Woher denn?«

»Aus Rüdesheim.«

»Aus Rüdesheim?!« schrie der Winzer auf.

»Ja.«

»Und dann sind Sie Biertrinker?!«

»Sehen Sie, ich bleibe auf meinem Bild sitzen, das habe ich geahnt.«

»Das wäre auch die richtige Strafe für Sie«, sagte Selzer, den das deprimierte Gesicht des Malers zum Lachen reizte. »Aber ich will mal nicht so sein. Es bleibt bei meinem Auftrag.«

»Auftrag?«

»Ja.«

»Ich soll Ihnen ein Bild neu anfertigen?«

»Sicher, was dachten Sie denn?«

»Daß Sie sich hier eines aussuchen wollen unter denen, die ich schon vorrätig habe.«

Baptist Selzer machte eine wegwerfende Handbewegung.

»Ich denke nicht daran, ich will individuell bedient werden.« Er klopfte zweimal dort auf sein Jackett, wo die Brieftasche stecken mußte. »Meine Mittel erlauben mir das.«

»Selbstverständlich«, beeilte sich Frédéric Bruhère alias Fritz Brühe zu versichern. »Ich male Ihnen jedes Bild, das Sie haben wollen. Sie denken wohl an ein Porträt?«

»Ein Porträt?«

»Ja, von Ihnen.«

»Von mir?«

Am Tonfall des Winzers merkte der Maler, daß er auf dem falschen Dampfer war.

»Oder von Ihrer Frau«, sagte er.

»Weder — noch«, lautete die Antwort, die den Maler überraschte. »Ich sagte Ihnen, ich bin Winzer, und ich möchte, daß Sie meinen Weinberg malen.«

Warum nicht, dachte Frédéric Brühe . . . nein, Fritz Bruhère . . . nein . . . ist ja egal. Er dachte jedenfalls: Warum nicht, für dein Geld bemale ich dir deinen Hintern mit deinem Weinberg.

»Hoffentlich haben Sie ein gutes Foto mitgebracht«, sagte er.

»Ein Foto?«

»Ja.«

»Von wem?«

»Von Ihrem Weinberg.«

»Ach«, erkannte der Winzer, »Sie wollten den von einem Foto abmalen?«

»Sicher, Herr Selzer, ich brauche doch eine Vorlage.«

»Ich habe mir gedacht, die sollen Sie in natura haben.«

»In natura?«

»Ich lade Sie ein, nach Wehlen zu kommen, bei mir zu wohnen und zu essen und das Bild anzufertigen. Wie stellen Sie sich dazu?«

Küssen könnte ich dich, du Dickwanst, dachte der Maler, aber das wäre die falsche Taktik. Man muß sich teuer verkaufen.

»Herr Selzer«, sagte er, »das ist nicht so einfach . . .«

»Warum?«

»Zeitlich, meine ich.«
»So?«
»Ich habe auch noch andere Aufträge.«
»Der meine wäre aber eilig.«
»Das sind sie alle, Herr Selzer.«
»In drei Wochen ist die Jahrhundertfeier des Winzervereins. Dazu muß ich das Bild haben.«
»In drei Wochen?«
»In knapp drei Wochen sogar.«
Frédéric Bruhère seufzte.
»Wie stellen Sie sich das vor, Herr Selzer?«
Der dicke Winzer richtete sich ein wenig auf, was zur Folge hatte, daß der wackelige Stuhl knarrte. Es sah aus, als ob Selzer sich erheben wolle und die Unterredung für ihn beendet sei. Das ging aber dem Maler durch und durch.
»Warten Sie«, stieß er hervor, die Hand an die Stirn legend, um scharf nachdenken zu können. »In drei Wochen, sagten Sie?«
»Knapp drei Wochen.«
»Eine verdammt kurze Zeit, aber . . .«
Er verstummte, sich bei geschlossenen Augen die Stirn reibend.
»Aber«, sagte er rasch, als er den Stuhl ein zweites Mal knarren hörte, »ich könnte Ihren Auftrag vielleicht vorziehen und dafür das Porträt des Abgeordneten . . .«
»Was zahlt Ihnen der?« fiel zupackend der Winzer ein.
»Zweitausend«, antwortete kühn Frédéric Bruhère, als der sich der Maler in diesem Augenblick ganz und gar empfand. Als Fritz Brühe hätte er sich mit der Hälfte begnügt.
Zweitausend, das war viel. Die Bauernseele des Winzers rebellierte.
»Zweitausend?« brummte er mißmutig.
Frédéric Bruhère nickte mit einer Miene, in die Vorwürfe gegen sich selbst geschrieben standen, sich so billig verkauft zu haben.
»Aber ohne Kost und Logis zahlt Ihnen der das«, sagte Selzer, sich dem Zwang ausgesetzt sehend, nicht unter zweitausend gehen zu können. »Ich zahle Ihnen das gleiche — *mit* Kost und Logis! Zählt das nicht?«
Fritz Brühe hätte am liebsten einen Indianertanz aufgeführt. Frédéric Bruhère jedoch sagte gemessen: »Ich bin mit Ihnen einverstanden, Herr Selzer. Die Arbeit im Freien wird einen gewissen Reiz auf

mich ausüben. In der letzten Zeit war ich immer nur ans Atelier gefesselt. Wann soll ich mich nach Wehlen begeben?«

»Möglichst bald. Wenn's geht, morgen schon.«

»Gut. — Noch eine Frage, Herr Selzer . . .«

»Ja?«

»Wie sind Sie auf mich gekommen?«

»Sie wurden mir empfohlen.«

»Empfohlen? Von wem?«

»Vom Wirt Ihres Stammlokals hier in Koblenz, in das ich zufällig geraten bin. Ich kam mit ihm ins Gespräch. Sie wissen ja, er hat Bilder von Ihnen an den Wänden hängen. Eins gefiel mir besonders.«

»Welches?«

»Die drei Zechbrüder beim Wein. Deshalb fragte ich nach Ihnen. Der kann was, sagte ich mir, und wird trotzdem nicht zu teuer sein, da mir seine Bilder an den Wänden verraten, auf welche Weise er seine Schulden beim Wirt abträgt. Ich hatte an fünfhundert Mark für meinen Auftrag gedacht.«

Herr Selzer erhob sich seufzend.

»Aber«, fuhr er fort, »da kam mir ja nun ein Abgeordneter in die Quere. Darf ich fragen, von welcher Partei?«

Baptist Selzer blickte den jungen Maler in aller Naivität an. War diese nun gespielt oder nicht? Nur er selbst hätte es sagen können.

»Von welcher Partei, Herr Selzer?«

»Ja, das würde mich interessieren.«

»Er hat es mir noch nicht gesagt. Warum würde Sie das interessieren?«

»Weil er so mit dem Geld herumwirft — mit dem Geld von uns Steuerzahlern.«

Der Winzer ging zur Tür, wobei er hinzusetzte: »Sie finden mich in Wehlen ohne Schwierigkeiten. Jeder kennt mich.«

Dann fiel ihm noch etwas ein.

»Eine kleine Bedingung möchte ich allerdings noch mit meinem Auftrag verbinden . . .«

»Welche?«

»Während Ihrer Zeit bei mir in Wehlen wird von Ihnen kein Tropfen Bier, sondern nur Wein getrunken. Klar?«

»Klar«, lachte der Maler.

Nachdem der Winzer gegangen war, entdeckte Frédéric Bruhère an sich heruntersehend, in welchem Zustand er die ganzen Verhandlungen geführt hatte: barfuß, mit nacktem Oberkörper, nur in einer Pyjamahose steckend.

Aber was machte das schon, einem Künstler waren solche »Freiheiten« erlaubt.

Der erste wirkliche echte Auftrag war da ...

Kein Zahlungsmittel für verzehrten Hackbraten und Kartoffelsalat und weiß der Teufel was noch ...

Kein verdammtes Schild, das gemalt werden mußte ...

Fritz Brühe führte seinen Indianertanz, den er sich vorher hatte verkneifen müssen, jetzt auf.

Zwei Tage später steckte der junge Kunstmaler schon mitten in der Arbeit, von der er erhoffte, daß sie ihn weiterbringen würde. Es gab ja an der Mosel nicht nur einen Winzer mit Geld. Vielleicht konnte da eine Kettenreaktion ausgelöst werden. Reiche Weinbauern — reiche Bauern überhaupt — sehen es nicht gern, sagte sich Frédéric Bruhère, wenn sich einer von ihnen plötzlich über sie erhebt, indem er sich ein Gemälde anfertigen läßt; das reizt zur Nachahmung, womöglich zum Übertrumpfen.

Frédérics Hoffnung auf ein Weiterkommen sollte sich erfüllen — wenn auch in ganz anderer Weise, als von ihm erwartet.

Es war leicht gewesen, sich in Wehlen zurechtzufinden. Baptist Selzer hatte gesagt, daß ihn jeder kenne, und das bewahrheitete sich auch, als Frédéric Bruhère aus dem Eisenbahnwaggon kletterte und vor dem Bahnhof am Zeitungskiosk die entsprechenden Auskünfte einholte.

Selzer besaß nicht nur einen Weinberg, sondern deren zwei. Den größeren wollte er durch Künstlerhand verewigt sehen. Außerdem gehörte ihm ein stattliches Ausflugslokal mit Zimmern für Übernachtungen. »Winzergold« hieß es, und das war ein sehr zutreffender Name insofern, als er unwillkürlich an »Goldgrube« denken ließ.

Etwas abgesetzt von diesem Lokal bewohnte Selzer eine schöne Villa, die er sich erst vor wenigen Jahren hatte erbauen lassen.

Der junge Maler bezog ein Zimmer im »Winzergold«. Sein Eintrag ins Gästebuch las sich so: »Frédéric Bruhère, Kunstmaler, Koblenz.«

Einmal wird die Zeit kommen, dachte er, in der bei solchen Gelegenheiten »Bruhère« allein genügt. »Frédéric«, »Kunstmaler«, »Koblenz«, all das wird nicht mehr nötig sein. Wie bei »Picasso« ...

Oder kann sich einer vorstellen, daß dieser, wenn er nach Wehlen gekommen wäre, ins Buch hätte schreiben müssen: »Pablo Picasso, Kunstmaler und Zeichner, Paris?«

Solche Gedanken zeigen, daß Fritz Brühe nicht mit Minderwertigkeitskomplexen auf die Welt gekommen war.

Am ersten Abend im »Winzergold« leerte er zusammen mit dem Besitzer eine Flasche Wein — natürlich keine schlechte — und ließ sich den himmelweiten Unterschied zwischen Rebe und Hopfen erklären. Es lief etwa auf die nicht miteinander zu vereinbarenden Ernährungsweisen von Mensch und Tier hinaus.

»Vergleichen Sie doch einmal einen Weinberg mit einem Hopfengarten«, meinte Baptist Selzer. »Das muß Ihnen doch schon alles sagen.«

»Glauben Sie?«

»Bestimmt. Ich will Ihnen mal was erzählen, ich hatte das Unglück, als Soldat nach Manching eingezogen zu werden. Wissen Sie, wo das ist?«

»Nein.«

»Bei Ingolstadt an der Donau.«

»Das liegt in Bayern, nicht?«

»Ganz richtig, an der Grenze zur Hallertau. Was die Hallertau ist, das wird Ihnen vielleicht bekannt sein.«

»Ja, Deutschlands größtes Hopfenanbaugebiet, nicht?«

»Stimmt.« Baptist Selzer machte eine unendlich verächtliche Handbewegung. »Ich hab's mir angesehen.« Er schüttelte Jahrzehnte danach noch ungläubig den Kopf. »Ich kann Ihnen sagen, das halten Sie nicht für möglich ... nein, das tun Sie nicht, ich schwör's Ihnen!«

»Ich glaube es Ihnen, Herr Selzer«, nickte der Maler, wohl wissend, daß ihm jede andere Antwort Schaden eingebracht hätte.

»Sie können sich das nicht vorstellen, mein Lieber.«

»Doch, ich glaube schon, Herr Selzer.«

»Nee, nee, ich habe das vorher auch gedacht, aber dann ...«

Baptist Selzer verstummte. Die Erinnerung überwältigte ihn. Nur noch zu einer abermaligen verächtlichen, das Thema endgültig abschließenden Handbewegung brachte er es.

Am anderen Morgen stand der Maler früh auf, um seine Arbeit möglichst bald in Angriff zu nehmen. Als erstes mußte der Fleck mit dem besten Blick auf das Objekt, das künstlerisch festzuhalten war, gesucht werden. Dieser Platz fand sich auf dem kleineren Weinberg. Frédéric baute seine Staffelei auf und stellte sein Klappstühlchen davor. Dann entledigte er sich seiner Jacke und knöpfte sein Hemd bis zum Nabel auf, da wieder ein herrlicher Tag mit wolkenlosem Himmel angebrochen war. Weinberg reihte sich an Weinberg. Unten floß träge, wie flüssiges Silber, die Mosel im Sonnenschein. Die rasch sich erhitzende Luft staute sich flimmernd im Tal und an den Hängen der Rebenhügel.

Die Mosel ist einer der verrücktesten Flüsse, die's gibt. Wenig andere machen so viele Windungen und Schleifen wie gerade die Mosel. Sie beißt sich durch die härtesten Schieferberge, frißt sich durch glutheiße Täler und erzwingt sich den Weg durch die Südeifel, als hätte es einen solchen nirgendwo anders leichter und bequemer gegeben.

Der Ort Wehlen liegt an einem verhältnismäßig geraden Stück der Mosel. Ober- und unterhalb Wehlens, bei Ürzig und Bernkastel, kommen wieder enge Knicke, die man, wenn man sich auf einem der Berge befindet, deutlich sieht. Man hat dabei das Gefühl, auf einer Insel zu stehen.

Der Maler setzte sich und begann mit seiner Kohlezeichnung. Die Kohlezeichnung ist fast immer die erste Stufe eines Ölgemäldes. Wenn die Kohlezeichnung schlecht ausfällt, wird das ganze Bild nichts. Frédéric gab sich daher alle Mühe.

Versunken in seine Arbeit, entging ihm, daß er schon eine ganze Weile beobachtet wurde. Endlich entdeckte er, als er einmal aufblickte und zur Kuppe des Berges hinaufschaute, daß sich dort etwas bewegte. Ein heller Mädchenrock zeigte sich, der von den grünen Reben abstach. Der Rock wurde ergänzt von einer dunkelblauen Bluse, die Mühe hatte, das zu verbergen, was in ihr steckte: ein aufregender Busen. Ähnlich erging es dem Rock; auch er wurde nicht fertig mit der Aufgabe — falls er eine solche überhaupt erfüllen sollte —, zwei tolle Beine wenigstens bis unter die Knie zudringlichen Blicken zu entziehen.

Gekrönt wurde das Ganze von einem Kopf mit blonden Locken, die fast bis auf die Schultern herabfielen, und von einem Gesicht, das erst ein Jahr zuvor dazu ausgereicht hatte, daß ihre Besitzerin zur »Deutschen Weinkönigin« gewählt worden war.

»Donnerwetter!« stieß Frédéric Bruhère, dessen Malerauge hellauf begeistert war, leise hervor.

Das Mädchen sah sich entdeckt und kam die Terrassen herabgeklettert. Je näher sie rückte, desto deutlicher wurde es, daß der Maler von seinem spontanen ersten Urteil keinerlei Abstriche machen mußte.

Das Mädchen eröffnete das Gespräch zwischen den beiden. Sie tat das mit einer Frage, die allerdings überflüssig war.

»Was machen Sie hier?«

»Das sehen Sie doch«, antwortete der Maler, mit dem Kohlestift, den er noch zwischen den Fingern hielt, auf die Leinwand seiner Staffelei weisend.

»Wer sind Sie?« fuhr das Mädchen fort.

»Mein Name ist . . .«, er zögerte, ehe er ergänzte, »Frédéric Bruhère.«

»Frédéric Bruhère?« Das erstaunte Mädchen schüttelte den Kopf. »Sie sind doch kein Franzose?«

»So?« antwortete der Maler, dem es darum zu tun war, das Gespräch mit diesem entzückenden Mädchen so schnell nicht abreißen zu lassen. »Woher wollen Sie das wissen?«

»Ihnen fehlt jeder Akzent.«

»Das ist noch kein hundertprozentiger Beweis.«

»Richtig — aber ein neunzigprozentiger!«

»Zehn Prozent, die fehlen, sind oft entscheidend, denn —«

»Sind Sie Franzose oder nicht?« fiel sie ihm ins Wort.

Sie blickte ihn dabei sehr streng an, so daß er es für besser hielt, die Wahrheit einzugestehen, indem er sagte: »Nein, bin ich nicht. Ich komme aus Koblenz.«

»Und wieso heißen Sie Frédéric Bruhère? Sind Sie ein Abkömmling der Hugenotten?«

»Nein.«

»Was dann?«

»Ich führe einen Künstlernamen.«

»Aha«, nickte das Mädchen, »ein Pseudonym. Und wie lautet Ihr bürgerlicher Name?«

Nun reichte es dem Maler langsam. Er gab vorerst keine Auskünfte mehr, sondern sagte: »Sie verhören mich. Warum?«

»Dazu habe ich ein Recht.«

»Wieso?«

»Sie bewegen sich auf fremdem Grund und Boden. Wer gab Ihnen die Erlaubnis dazu?«

»Was geht das Sie an?« erwiderte Frédéric gröber, als er eigentlich wollte, und setzte deshalb rasch hinzu: »Die Genehmigung habe ich vom Besitzer.«

»Was? Von meinem Vater?«

»Herr Selzer ist Ihr Vater?« antwortete er überrascht.

»Ja.«

»Das wußte ich nicht, entschuldigen Sie; er hat mir nicht gesagt, daß er eine Tochter hat.«

»Wäre er denn verpflichtet gewesen, Ihnen das zu sagen?«

»Nein, das nicht.« Verlegen errötete Frédéric und fügte bekräftigend hinzu: »Natürlich nicht!«

Plötzlich lachte das Mädchen, wobei zwei Reihen blendend weißer, makelloser Zähne sichtbar wurden.

»Er ist ein Geheimniskrämer«, sagte sie. »*Mir* hat er nicht gesagt, daß er Sie anscheinend dazu engagiert hat, unseren Weinberg zu malen.«

»Er will das Bild zur Jahrhundertfeier der Winzer in drei Wochen haben.«

»Wann sagte er Ihnen das?«

»Vorgestern früh.«

»Und wo?«

»In meinem Atelier in Koblenz.«

»Er war also in Koblenz«, sprach das Mädchen nachdenklich vor sich hin. »Auch das erfahre ich jetzt erst. Warum wohl?«

Für Augenblicke schien sie die Anwesenheit des Malers vergessen zu haben.

Frédéric hoffte, sich nicht unbewußt einer Denunziation schuldig gemacht zu haben.

»Vielleicht wollte er mit dem Bild«, sagte er, »seine Familie überraschen ... Frau und Kinder.«

Das Mädchen blickte auf.

»Seine Familie«, erwiderte sie ernst, »besteht nur aus ihm und mir. Meine Mutter starb schon vor drei Jahren. Geschwister habe ich keine.«

Was blieb Frédéric anderes übrig, als zu sagen: »Das tut mir leid.«

»Wo wohnen Sie?« fragte sie, trübe Gedanken abschüttelnd.

»Im ›Winzergold‹.«

»Sind Sie mit allem zufrieden?«

»Bis jetzt durchaus — von einer Kleinigkeit abgesehen.«

»Und die wäre?«

Frédéric grinste.

»Ich bin Biertrinker, aber Ihr Vater hat Anweisung gegeben, daß mir nur Wein verabreicht werden darf.«

»Das sieht ihm ähnlich«, lachte die Tochter Selzers. »Er ist ein Tyrann.«

Sie strich sich eine Locke aus der Stirn, dabei gab es dem Maler einen Stich, weil er an ihrer Hand einen Verlobungsring entdeckte.

»Ich werde dafür sorgen«, fuhr sie fort, »daß Vaters Anweisung aufgehoben wird.«

Frédéric streckte abwehrend die Hände aus.

»Nur das nicht! Es scheint ihm ungeheuer viel daran gelegen zu sein, der Zunft der Weinfreunde ein neues Mitglied zu gewinnen. Verurteilen wir seine Bemühungen nicht gleich zum Scheitern. Im übrigen verhält es sich nicht so, daß ich gar so entsetzlich darunter leiden würde ... der Tropfen gestern abend ...«

Zungenschnalzend verstummte er. Er war also ein Mann, in dessen alte Trinkgewohnheit vielleicht schon eine erste Bresche geschlagen war.

Dem Mädchen schien schon wieder eine Frage auf den Lippen zu schweben. Sie war wohl reichlich neugierig ... nein, eigentlich war sie das nicht, nur für diesen jungen Mann rührte sich ein Interesse in ihrem Inneren, über das sie sich selbst wunderte.

»Was ist Ihre Spezialität?« wollte sie wissen.

»Worin?«

»Im Malen.«

Er sah darin einen ihm zugeworfenen Ball, den er sofort auffing.

»Porträts«, sagte er.

»Von Männern oder Frauen?«

»Von Mädchen«, grenzte er das Gebiet ein.

»Von Mädchen?«

»Von Mädchen wie Ihnen.«

Eine kurze Gesprächspause trat ein. Gespannt wartete er, wie's weiterging.

»Ich würde Ihnen also«, sagte sie, »als Modell zusagen? Verstehe ich das richtig?«

»Absolut richtig.«

»Aber . . .«

»Was aber?«

»Wie hoch läge Ihr Honorar?«

Um ein Haar hätte er geantwortet, bei Null, doch er sagte, um einen gewissen Schein zu wahren: »Es würde leicht erschwinglich für Sie sein.«

»Täuschen Sie sich nicht«, meinte sie. »Mein Vater hält mich kurz«, log sie als ein Mädchen, der das Geschäftliche im Blut lag. »Sie ahnen nicht, *wie* kurz!«

»Nun ja, ich kenne ihn.« Er grinste. »Bei mir dachte er an eine Vergütung von fünfhundert Mark für das Weinberg-Bild.«

»Und woran dachten Sie?«

»An zweitausend.«

»O je! Dann mußten Sie aber gewaltige Abstriche machen.«

»Ich nicht.«

»Sie nicht? Soll das heißen, daß *er* zulegen mußte?«

»Ja.«

»Wieviel?«

»Fünfzehnhundert.«

Ihr blieb zwei Sekunden lang der Mund offenstehen.

»Fünfzehnhundert?«

»Ja.«

»Zu den fünfhundert dazu?«

»Ja.«

»Das ergibt ja zweitausend . . .«

». . . die ich von Anfang an gefordert habe, gewiß; keine Mark weniger!«

»Nein!« konnte sie nur hervorstoßen. Sie sah sich nicht imstande, das zu glauben.

Frédéric badete sich in ihrer Bewunderung. Daß das in seinem Atelier alles doch ein bißchen anders ausgesehen hatte, schien ihn nicht zu bekümmern. Künstler seien leichtgläubige Naturen, heißt's; am meisten sich selbst gegenüber, vergißt man immer hinzuzufügen.

Die Erkenntnis, die von Selzers Tochter aus dem, was sie erfahren hatte, gezogen wurde, lautete: »Mit Ihnen muß ich ganz, ganz vorsichtig sein. Das Porträt werde ich mir aus dem Kopf schlagen.«

»Das ist nicht nötig!« rief er rasch.
»Doch, ich kann keine zweitausend Mark aufbringen, weil . . .«
». . . Ihr Vater Sie kurz hält, Sie sagten es schon. Das bedeutet aber, was das Porträt angeht, gar nichts.«
»Warum nicht?«
»Weil ich ein sozial eingestellter Mensch bin, Fräulein Selzer. Ich bin ein Robin Hood der Kunst, ich hole es mir von denen, die's haben, und lasse es — indirekt, meine ich — wieder zurückfließen an die, die arm sind.«
»Wie Sie zum Beispiel«, setzte er feixend hinzu, als sie ihn zweifelnd anblickte.
Ich weiß nicht, was ich von ihm halten soll, dachte sie, aber sein Lachen ist mir jedenfalls sympathisch, ich kann mir nicht helfen. Hermann lacht viel seltener.
»Wie heißen Sie?« Urplötzlich fragte er sie das.
»Das wissen Sie doch — Selzer«, erwiderte sie.
»Mit dem Vornamen?«
»Anne.« Ihre Betonung lag auf dem »e«. Ann*a*, wie es im Taufregister stand, gefiel ihr nicht und war deshalb längst von ihr umgeändert worden.
»Warum wollen Sie das wissen?« fragte sie ihn, sich etwas in ihre Reserve zurückziehend. Doch das half ihr gar nichts.
»Warum wohl?« Er lachte wieder. »Um Gebrauch davon zu machen, Anne.«
»Es kann Leute geben, denen das nicht gefallen wird.«
»Wem nicht? Ihnen? Ihrem Vater?«
»Meinem Verlobten.«
»Sie sind verlobt?« tat er überrascht.
Sie nickte. Warum sage ich ihm das, fragte sie sich. Wäre doch nicht notwendig gewesen.
»Mit wem?« wollte er ungeniert wissen.
Ihre Antwort, knapp gegeben, befriedigte ihn nicht.
»Sie werden ihn kennenlernen.«
Doch rasch wurde sie wieder freundlicher.
»Wie heißen *Sie* denn?«
»Frédéric —«
»Nicht das! Wie Sie richtig heißen?« fiel sie ihm ins Wort. »Mit Ihrem bürgerlichen Namen? Ich habe Sie das schon einmal gefragt.«

»Brühe.«
»Und?«
»Fritz.«
»Fritz Brühe?«
»Ja«, nickte er widerwillig.
Kopfschüttelnd blickte sie ihn an und sagte: »Ich weiß nicht, was Sie dagegen haben. Das klingt doch gar nicht schlecht. Warum ein Pseudonym? Wenn ich Künstlerin wäre, würde es mich gar nicht stören, etwa Friederike Brühe zu heißen.«

»Oder Anne Brühe«, kam es wie aus der Pistole geschossen aus seinem Mund.

»Oder Anne Brühe«, nickte sie, und schon saß sie in der kleinen Falle, die sie sich selbst gestellt hatte.

»Das könnten Sie haben«, lachte er.
»Was?«
»Daß Sie Anne Brühe hießen.«
Sie spürte die Röte in ihr Gesicht steigen.
»So meinte ich das nicht!« rief sie.
»Ich schon, Anne.«
»Ist das unter Künstlern so üblich?«
»Was?«
»Anständige, brave Mädchen so aufs Eis zu führen?«
»Wenn's klappt — warum nicht?«
»Das finde ich alles andere als nett.«
Damit brach Anne Selzer kurz entschlossen das Gespräch ab, da sie das Gefühl hatte, daß dies im Moment das beste sei, ehe sich dieser Mensch hier noch wer weiß was herausnahm. Charme war das nicht, was er da so entwickelte. Aber was war es dann? Frechheit? Ich weiß nicht, was, sagte sich Anne, während sie sich nach knappem Gruß entfernte.

»Wir haben uns noch nicht über unsere erste Sitzung für Ihr Porträt geeinigt!« rief ihr der Maler nach.

»Es wird keine geben«, antwortete sie über ihre Schulter.

Vor dem »Winzergold« hatte sich, als der Maler zum Mittagessen von seinem Berg herunterkam, eine Schar Knaben und Halbwüchsiger versammelt. Sie waren dabei, ihrer Bewunderung in höchsten Tönen Ausdruck zu verleihen.

»Klasse!«

»Eine Schau!«
»Mann!«
»Spitze!«
»Superspitze!«
»Dagegen kann jeder andere Schlitten einpacken!«

Die Jungs standen um das neueste Modell herum, das Porsche auf den Markt gebracht hatte.

»Den würde ich gern mal über den Nürburgring bewegen«, sagte ein etwa Achtjähriger.

»Mit'm Sehrohr vom U-Boot, damit du nicht blind fährst«, ermahnte ihn einer zur Bescheidenheit, dem zwei Jahre mehr anzusehen waren. »Oder du gibst dir Omas Oberbett untern Arsch, um höher zu sitzen.«

»Mich interessiert der Preis«, wurde von einem anderen bekanntgegeben.

»Mit'm Achtstundentag wirst du an den nicht rankommen«, erklärte ein Friseurlehrling im ersten Jahr, der auf seinem Weg vom Geschäft zu Mutters Mittagstisch mit dem Fahrrad vorbeigekommen war und angehalten hatte.

Das »D« auf dem Nummernschild des Wagens inspirierte das einzige kleine Mädchen in der Runde zu der Feststellung: »Die in Düsseldorf haben wat an den Füßen.«

»Die meisten sind da Millionäre«, knüpfte einer an, dem beim Sprechen immer die Zungenspitze durch eine Zahnlücke schoß.

Ein Sechzehnjähriger fiel aus dem Rahmen. Sein Sinn für die Realität war schon stärker entwickelt, er zog einen Klassenkameraden von der Berufsschule etwas beiseite und fragte ihn: »Wie wär's heut abend mit deinem Moped? Ich müßte mal wieder rüber nach Ürzig. Die Ingrid hat's nötig.«

»Kauf dir doch endlich selber eins.«

»Mit was denn? Mein Alter hat kein Geschäft. Er kann mich nicht an die Kasse stellen, wenn Mutti mit ihren schlechten Zähnen so oft zum Zahnarzt muß wie die deine.«

Inzwischen war Frédéric Bruhère alias Fritz Brühe herangekommen.

Auch er schätzte Autos. Notgedrungen war dies aber bei ihm eine »stille« Liebe. Die Jungs konnte er verstehen. Er nickte ihnen deshalb lächelnd zu, als er den Parkplatz überquerte, und verschwand im »Winzergold«.

Das Lokal war voll besetzt. Freien Tisch gab's keinen mehr, nur an einem saß im Moment niemand, doch Autoschlüssel und ein goldenes Feuerzeug sowie Zigaretten, die auf diesem Tisch lagen, zeigten an, daß sich da auch schon jemand niedergelassen hatte. Es war ein kleinerer Tisch mit insgesamt vier Plätzen. Der Maler steuerte darauf zu und setzte sich. Der Kellner brachte ihm die Speisekarte. Frédérics Wahl fiel auf einen Nierenbraten.

Das Feuerzeug war ein Dunhill; sehr teuer. Leute, die so etwas achtlos auf dem Tisch liegen lassen, müssen nicht mit dem Pfennig rechnen. Der Besitzer (oder die Besitzerin?) erschien lange nicht am Tisch.

»Sie wissen ja, daß meine Zeche auf Rechnung des Hauses geht«, sagte Frédéric zum Kellner, als dieser ihm das Dessert brachte.

»Oui, monsieur Bruhère.«

Er wurde also auch hier aufgrund seines Eintrags ins Gästebuch anders eingeordnet, als es ihm zukam, und er brachte dies nun in Ordnung, indem er seinen deutschen Namen nannte. Irgendwie hatte er plötzlich das Gefühl, daß das angebracht war.

Der Kellner, dessen Französischkenntnisse nicht weit gereicht hätten, nahm erleichtert die Aufklärung zur Kenntnis.

»Hat's Ihnen geschmeckt, Herr Brühe?« fragte er nach dem Mahl dienstbeflissen.

»Sehr gut.« Der Maler zeigte auf Feuerzeug, Zigaretten und Autoschlüssel. »Das liegt schon die ganze Zeit hier. Hoffentlich wurde es nicht von jemandem, der schon wegging, vergessen.«

»Nein, nein«, antwortete der Kellner. »Der Herr kommt wieder. Wir kennen ihn. Er wohnt hier und mußte noch einmal mit Übersee telefonieren.«

»Er wohnt hier?«

»Ja, seit heute vormittag wieder.«

»Wieder?«

»Er gibt uns häufig für jeweils einige Tage die Ehre.«

»Und dann«, sagte Brühe ironisch, »muß er mit Übersee telefonieren.«

Der Kellner zuckte die Achseln.

»Stundenlang!« bekräftigte Brühe.

Abermals enthielt sich der Kellner einer Äußerung.

»Was kostet das?« fragte der Maler.

»Sicher einiges Geld, Herr Brühe.«

»Hat er's?«

Diese Fragerei war unfein. Knapp antwortete der Kellner nur: »Ja.«

Das Gespräch war beendet. Brühe ließ sich ein Glas Wein bringen. Wieder vergingen mindestens zehn Minuten, und dann erst tauchte der Dunhill-Mann am Tisch auf.

»Guten Tag«, sagte er, setzte sich und griff zu Zigaretten und Feuerzeug.

Er war schätzungsweise ein Vierziger, gepflegt, sehr gut angezogen. Dick war er nicht, aber auch nicht unbedingt schlank. Das Kinn zeigte einen kleinen Ansatz, sich zu verdoppeln. Sein Haar war noch erstaunlich dicht, konnte jedoch nicht jede Ermüdungserscheinung verbergen: Es hatte schon angefangen, zu ergrauen. Das Gesicht wirkte jugendlich, jugendlicher als seine Hände mit ersten Pigmentflecken, und erweckte dadurch den Verdacht, daß es von Zeit zu Zeit bereits Kosmetikerinnenhänden anvertraut wurde. Alles in allem: ein Vierziger, wie gesagt; einer mit Geld.

»Wie fährt sich das neue Modell?« fragte ihn Brühe.

»Was?«

»Wie sich der neue Porsche da draußen fährt? Der gehört doch Ihnen?«

Darüber mußte natürlich erst ein bißchen gelacht werden, von beiden, und nachdem die von Brühe verursachte Überraschung auf diese Weise verarbeitet worden war, sagte der Vierziger: »Ich weiß noch nicht so recht. Mir hängt etwas der Jaguar nach, den ich bis vorige Woche fuhr.«

»Irgendwie stehe ich auf den Käfer.«

»Auf was?«

»Auf den Käfer von VW. Schade, daß es ihn nicht mehr gibt.«

Dafür konnte der Vierziger nur *eine* Erklärung finden.

»Sie sind wohl ein Snob, wie?«

»Nein, ein Kunstmaler.«

Nun ging dem anderen ein Licht auf.

»Noch unbekannt, was?«

»Leider.«

»Wie alt sind Sie?«

»Sechsundzwanzig.«

Der Vierziger betrachtete den Sechsundzwanzigjährigen mit echtem Interesse, wie einen ihm fremden Gegenstand afrikanischer oder irgendeiner anderen exotischen Kultur, und sagte: »Was machen Sie, wenn Sie einmal fünfzig sind und immer noch keinen Namen haben?«

Auf so etwas war der Maler vorbereitet, man hatte es ihn schon zu oft gefragt.

»Kein Problem«, erwiderte er.

»So?«

»Wenn sich das abzeichnet, weiß ich den richtigen Weg zur Vorbeugung.«

»Welchen?«

»Reich heiraten.«

»Das«, sagte grinsend der Vierzigjährige, »würde ich an Ihrer Stelle jetzt schon ins Auge fassen. Berühmt können Sie daneben immer noch werden. Doppelt genäht hält besser.«

Prophetische Worte. Weder der Vierzigjährige noch Fritz Brühe ahnten das aber in diesem Augenblick.

In der Nähe stand der Kellner herum und lauerte schon die ganze Zeit auf die Bestellung des Vierzigjährigen, die nun von diesem aufgegeben wurde.

»Ich möchte nur ein Ragout fin, Herr Ober. Den Toast aber ohne Butter, Sie wissen schon.«

»Sehr wohl, Herr Zumberg.«

»Gewichtsschwierigkeiten, Herr Zumberg?« erkundigte sich Brühe, als der Kellner eilenden Fußes verschwunden war.

»Leider, Herr . . .«

»Brühe.«

»Brühe?«

»Ja.«

»Wie Soße oder Suppe?«

»Ja, Herr Vomberg«, zahlte der Maler mit ähnlicher Münze heim.

Die Atmosphäre zwischen den beiden wechselte sehr. Einmal waren sie einander nicht unsympathisch, einmal nicht sympathisch.

»Sie wohnen auch hier im Haus, hörte ich«, sagte Brühe.

»Was heißt auch?«

»Ich ebenfalls.«

Nach dem Ragout fin seufzte Zumberg: »Das könnte ich noch fünfmal essen, oder irgendwelche anderen anständigen Portionen.«

»Und warum tun Sie's nicht?«

»Weil ich dann ganz rasch in keinen Anzug mehr hineinpassen würde.«

»Wäre das so schlimm?«

»In meinen Augen nicht, aber . . .«

Er verstummte, sorgenschwer ein Ohr auf eine Faust stützend. Mit der anderen Hand holte er eine Zigarette aus der Packung, steckte sie sich zwischen die Lippen und zündete sie an.

Fritz Brühe schien da irgendeinen wunden Punkt bei Herrn Zumberg erwischt zu haben, doch nähere Informationen blieben ihm versagt, denn der Mann ergänzte den Satz, den er abgebrochen hatte, nicht, sondern schwieg sich aus.

Nach zwei, drei Zügen aus seiner Zigarette blickte er hin zum nächsten Fenster und seufzte.

»Enorm heiß heute«, meinte er dabei.

»Ich finde das Wetter phantastisch«, sagte Brühe.

»Nein, mir ist's zu heiß. Ich vermisse hier die Klimaanlage, die ich von zu Hause gewöhnt bin.«

»Sie haben eine Klimaanlage?«

»Ich könnte nicht mehr leben ohne sie.«

»Wirklich nicht?«

»Nein.«

»Was machen Sie dann hier?«

»Wie . . . wie meinen Sie das?«

»Was Sie dann hier machen, frage ich. Sie können nicht mehr leben ohne Klimaanlage, sagen Sie. Sterben Sie dann hier? Sind Sie dazu hergekommen?«

Zumberg lächelte gequält.

»Wenn das ein Witz sein soll, Herr Brühe, finde ich ihn schwach. Die Bekanntschaft mit Klimaanlagen blieb Ihnen in Ihrem bisherigen Leben wohl versagt, Herr Brühe?«

»In der Tat, Herr Zumberg.«

Du Angeber, dachte Brühe.

Was unterhalte ich mich überhaupt mit diesem Sozialfall? fragte sich Zumberg. Zuletzt stellt sich noch heraus, daß der Kerl Kommunist ist.

Im Moment waren sich also die beiden gegenseitig wieder höchst unsympathisch.

»An Ihrer Stelle«, fuhr Brühe fort, »würde ich den Nachmittag dazu benützen, mich von Zeit zu Zeit zu duschen. Das wäre doch eine Möglichkeit? Kalt, natürlich.«

»Und Sie? Was machen Sie gegen die Hitze?«

»Leider nichts. Ich muß meinen Beruf ausüben.«

Zumberg zog die Augenbrauen hoch.

»Sie malen hier?«

»Ja.«

»Was denn?«

»Den Weinberg des Lokalbesitzers.«

Zumberg zog die Augenbrauen noch höher.

»Des Herrn Selzer?«

»Gewiß. Kennen Sie ihn auch?«

Die Überraschung Zumbergs löste sich auf in ein kurzes Gelächter.

»Wohl besser als Sie, Herr Brühe.«

»Schon möglich. Ich habe ja nicht behauptet, ihn besonders gut zu kennen.«

»Wie lange kennen Sie ihn denn schon?«

»Seit vorgestern. Und Sie?«

»Wesentlich länger. Welchen Weinberg von ihm malen Sie? Er besitzt nämlich deren zwei.«

»Den größeren.«

»Hat er Sie damit beauftragt?«

»Sicher. Glauben Sie, ich —«

»Hoffentlich ist es Ihnen gelungen«, wurde Brühe von Zumberg unterbrochen, »ein anständiges Honorar aus ihm herauszuschlagen?«

»Doch, ich bin zufrieden.«

»So? Das wundert mich aber.«

»Sie kennen ihn wohl sehr gut?«

»Hm.«

Was die Honorierung eines Künstlers angeht, dachte Brühe, scheint der Angeber doch die richtigen Auffassungen zu haben.

Vielleicht doch nicht so weltfremd, der Jüngling, sagte sich Zumberg. Versteht es anscheinend recht gut, hinzulangen.

Im Moment hatte sich also jeder der beiden wieder dagegen zu wehren, für den anderen allzu große Sympathie aufzubringen.

»Was machen Sie heute abend, Herr Zumberg?«

»Warum?«

»Wir könnten zusammen essen und dann einen heben.«
Zumberg schüttelte den Kopf.
»Da muß ich Ihnen leider absagen.«
»Schade. Hätte gern einen draufgemacht. Habe nämlich alles frei hier.«
»Mann!« stieß Zumberg respektvoll hervor. »Was Sie nicht alles aus dem alten Selzer herausgeholt haben — ich bin platt!«
»Also dann vielleicht doch ...«
»Nein, ich kann wirklich nicht. Bin schon verabredet. Muß nach Bernkastel. Weiß nicht, wann ich zurückkomme.«
»Und morgen?«
»Gerne ... wenn ich nicht wieder ... das hängt nämlich nicht von mir ab, wissen Sie.«
»Ich würde mich jedenfalls freuen, da ich nämlich viel lieber in Gesellschaft zeche als allein. Und Sie sind nun mal der erste, den ich hier kennengelernt habe.«
»Vergessen Sie nicht Herrn Selzer.«
»Mit dem habe ich gestern abend schon eine Flasche geleert, aber der hatte, im Vertrauen, die ganze Zeit nur ein Thema ...«
»Welches?«
»Daß Menschen, die Bier trinken, nicht wert sind, von der Sonne gewärmt zu werden.«
Zumberg lachte.
»Das kenne ich!«
»Außerdem wurde er um elf schon müde. In seinem Alter, sagte er, gehöre man um diese Zeit ins Bett. Davon war er nicht abzubringen. Ich vermute aber, daß er ein anderes Motiv hatte.«
»Welches denn?«
»Eines der Sparsamkeit, will ich mal sagen.«
Zumbergs Gelächter schwoll an.
»Sie sind mir schon der richtige Motivforscher, mein Lieber!«
Wie man sieht, waren die beiden momentan auf dem besten Weg, einander sehr nahezukommen, aber nun trat ein Störungsfaktor ein. Der Kellner kam an den Tisch und sagte: »Herr Zumberg ...«
»Ja?«
»Das gnädige Fräulein hat angerufen. Sie läßt Ihnen sagen, daß sie soweit wäre.«
»Danke.«
Der Kellner entfernte sich wieder, und Zumberg sagte zu Brühe:

»Sie haben gehört, ich muß weg.«
»Ihre Verabredung?«
»Ja.«
»Viel Vergnügen. Bernkastel soll eine der sogenannten Perlen an der Mosel sein.«
»Sie kennen es nicht?«
»Nicht näher. Bin nur mehrmals dran vorbeigefahren.«
»Das sollten Sie aber bei der nächsten Gelegenheit nicht wieder tun.«
Brühe nickte, während sich Zumberg erhob und sich schon abwenden wollte.
»Vergessen Sie Ihr Feuerzeug nicht, Herr Zumberg.«
»Ach ja, danke.«
Am Ausgang drehte sich der elegante Vierzigjährige noch einmal um und hob die Hand zu einem Abschiedsgruß. Dann hörte man draußen den Porsche mit seinem typischen Klang davonröhren.

Die Gastwirtschaft »Winzergold« lag direkt an der Mosel, am Fuß eines mächtigen Brockens von einem Weinberg. Dem Besitztum des Baptist Selzer wurde deshalb von allen Gästen vor anderen Lokalen der Vorzug gegeben, denn gerade vor dem »Winzergold« verengte sich auch noch die Uferstraße und führte unmittelbar an der Haustür des Restaurants vorbei. Links die Mosel, rechts der Berg — oder, wenn man von der anderen Seite kam, umgekehrt — dazwischen die schmale Straße, es gab keinen zweiten oder dritten Weg, keine Ausweichmöglichkeit, man stolperte also geradezu zwangsläufig ins »Winzergold« hinein.

Ein mittelgroßer Parkplatz, den Selzer in den Berg hatte hineinsprengen lassen, tat noch sein übriges. Die Straße vor dem Restaurant war mit Efeu überspannt, so daß sie sich als Laube darstellte. Dies alles wirkte verlockend auf die Gemüter ermüdeter Spaziergänger, aber auch Autofahrer, so daß die meisten anhielten, sowohl zu Fuß als auch am Steuer, um dem Wirt die Ehre zu geben. Für die Autofahrer war dies natürlich problematisch, denn die meisten von ihnen hätten sich geschämt, ausgerechnet an der Mosel ein Glas Milch oder Limonade zu bestellen.

Baptist Selzer mußte also — besser gesagt: durfte — stets mit Betrunkenen rechnen. Dadurch wurde für ihn ein gewisses Problem aufgeworfen, mit dem alle umsatzgesegneten Wirte zu tun haben;

und zwar bleiben alkoholisierte Gäste nicht immer friedlich, sondern sie machen Krach und andere, noch unangenehmere Schwierigkeiten, und wer darin zu weit geht, muß des Lokals verwiesen (vulgo: hinausgeworfen) werden. Diese Aufgabe können naturgemäß nur Leute mit starken Muskeln erfüllen. Im Volksmund heißen sie »Rausschmeißer«. Die körperlichen Kräfte überwiegen bei ihnen die geistigen in der Regel bei weitem.

Ein solcher Zeitgenosse war der bärenstarke Jean, über den das »Winzergold« verfügte. Alle, die ihn kannten, riefen ihn nur »Schang«. Daß er auch noch Küppers hieß, wußten fast nur seine Eltern, die aber längst verstorben waren. Er kam aus Köln. Der Rhein hatte ihn also sozusagen an die Mosel abgetreten. Natürlich hatte er nicht den ganzen Tag damit zu tun, Betrunkene vor die Tür zu setzen. Um keinen Leerlauf zu verzeichnen, betätigte er sich deshalb ganz allgemein als Hausfaktotum, besorgte alles, wozu die anderen keine Lust hatten, und war im übrigen sehr damit beschäftigt, mit seiner gewaltigen stillen Liebe zu Anne Selzer, der Tochter des Chefs, fertig zu werden. Von seiner Seite drohte daher jedem Gefahr, den es danach gelüstete, sich der jungen Dame zu nähern. Letztere bemerkte zwar, daß Jean — oder Schang, wie auch sie ihn rief — an ihr hing, aber sie dachte gewiß nicht im Traum daran, regelrecht geliebt zu werden von einem männlichen Wesen, dem es allerhöchstens zustand, sie par distance anzuhimmeln. Hätte sie geahnt, was wirklich los war, wäre sie bestrebt gewesen, das Ausmaß ihrer Freundlichkeit, deren sich Jean erfreuen durfte und die in ihm immer wieder aberwitzige Hoffnungen nährten, etwas einzuschränken.

Heute nun saß Jean draußen im Schatten hinter dem Restaurant und schälte Kartoffeln. Das tat er sehr gern, denn dabei hatte er Gelegenheit, in Ruhe nachzudenken.

»Schang«, hatte die Köchin gesagt, »schlaf mir aber beim Schälen nicht ein, ich brauche die Kartoffeln nicht erst morgen, sondern heute noch zum Abendessen. Schau auf die Uhr, dann weißt du selbst, daß es pressant ist. Dafür kannst du dir das nächste Mal wieder mehr Zeit nehmen.«

»Ich muß aber auch die Fähre noch im Auge behalten«, hatte Jean erwidert. »Oder nimmt mir das einer ab?«

Die Antwort der Köchin: »Nein, Schang, das nimmt dir keiner ab. Du bist eben ein wichtiger Mann, aber du schaffst das schon.«

Aus war's mit der Gelegenheit, in Ruhe nachzudenken. Jean hatte alle Hände — und den Kopf — voll mit anderem zu tun. Gar nicht lange, und auf der gegenüberliegenden Seite der Mosel ratterte die Bimmelbahn in den kleinen Bahnhof. Neue Gäste entquollen den putzigen, alten Waggons. Sie stürmten die Fähre und fächelten sich mit Taschentüchern kühlere Luft zu. Einige sangen schon, sie hatten wohl in der Bahn Flaschen mit sich geführt. Ein Kegelklub lachte über die neuesten — und ältesten — Witze.

Nachdem die Fähre angelegt hatte, löste sich aus dem großen Pulk eine etwas unsicher wirkende Dame und kam den Weg herauf zum »Winzergold«. Alter: Mitte Dreißig. Aussehen: gut. Kleidung: nicht teuer, aber geschmackvoll. Gesamteindruck: vielversprechend.

Jean hatte den Dauerauftrag, alle, die diesen Weg heraufkamen, danach abzutasten, ob in ihnen potentielle Gäste fürs »Winzergold« zu sehen waren und ob sie einen voraussichtlichen Gewinn oder Verlust für das Lokal darstellten. Er machte das sehr dezent.

»Wohin?« fragte er die Dame, die darüber etwas überrascht war.

Da bemerkte Jean, daß er vergessen hatte zu grüßen, und holte dies nach.

»Ich suche das ›Winzergold‹«, antwortete die Dame. Sie wirkte, wie schon erwähnt, einigermaßen unsicher (oder nervös, konnte man auch sagen).

»Das ›Winzerjold‹ suchen Sie?«

»Ja.«

»Für länger?«

Unangenehm berührt blickte die Dame den Hausknecht an und fragte ihn: »Wer sind Sie eigentlich?«

»Der Schang.«

»Was für ein . . . Schang?«

»Der Schang vom ›Winzerjold‹.«

»Vom ›Winzergold‹?«

»Vom ›Winzerjold‹, und ich habe das Recht, von Ihnen das Nähere zu erfahren.«

»Von mir?«

»Von allen, die ankommen, ob sie nur für ein Stündchen oder zwei essen und trinken wollen, oder ob sie das ausdehnen wollen für länger. Deshalb meine Frage. Verstehen Sie? Ob Sie ein Zimmer wollen? Dann gedenke ich nämlich, mich um das Gepäck von Ihnen zu kümmern.«

Die Dame hatte einen Koffer mittlerer Größe bei sich. Ihn überließ sie nun Jean, nachdem ihr dieser ein gewisses Bild von sich entworfen hatte.

»Ich weiß noch nicht, wie lange ich bleibe«, sagte sie dabei.

»Von was hängt das ab?«

»Von verschiedenem. Zum Beispiel vom Wetter.«

»Das Barometer steht hoch.«

»Haben Sie noch nie erlebt, daß es rasch wieder fallen kann?«

»Das schon«, brummte Jean.

Die beiden erreichten das Gasthaus, und die Dame landete gegen ihren Willen im schönsten und teuersten Doppelzimmer des Hauses. Das ging folgendermaßen vor sich:

»Ich möchte ein Einzelzimmer«, sagte sie zu Frau Wagner, einer zweimal verwitweten, gestrengen Person, welche die Zimmer unter sich hatte.

»Für wie lange?«

»Das will sie noch nicht wissen«, mischte sich Jean ein.

»Was?« fragte irritiert Frau Wagner, zwischen Jean und der Dame hin und her blickend.

»Ich kann noch nicht sagen, wie lange ich bleibe«, erklärte die Dame.

»Das ist von verschiedenem abhängig«, ließ sich Jean vernehmen.

Frau Wagner beendete seinen Auftritt.

»Haben Sie nichts mehr zu tun?« fragte sie ihn.

»Doch, Kartoffeln schälen.«

»Na also!«

Mißmutig trollte sich Jean. Anschließend sagte Frau Wagner zu der Dame, die angekommen war: »Unsere Einzelzimmer liegen teilweise leider zur Straße hinaus. Wollen Sie ein ruhigeres?«

»Die sind wohl teurer?«

»Ja, natürlich.«

»Ach, wissen Sie, mir macht ein bißchen Lärm nichts aus. Ich habe einen guten Schlaf.«

Frau Wagner händigte den Schlüssel zu Zimmer 19 aus. Zugleich bat sie die Dame, die aus Koblenz kam, den Meldezettel auszufüllen. Nachdem dies geschehen und der Blick von Frau Wagner auf den ausgefüllten Meldezettel gefallen war, änderte sich die Situation plötzlich in der überraschendsten Weise.

»Sie sind Frau Rehbein?« stieß die Zimmerverwalterin hervor. Irgend etwas war ihr ganz offensichtlich sehr unangenehm.

»Ja.«

»Ingrid Rehbein?«

»Ja«, antwortete die Dame wieder. Ihr Erstaunen wuchs.

»Aus Koblenz?«

»Ja. Was bedeuten Ihre Fragen? «

»Entschuldigen Sie, Sie kennen doch Herrn Selzer?«

»J . . . ja«, erwiderte die Dame zögernd.

»Darf ich Sie bitten, mir den Schlüssel zurückzugeben?«

»Warum?«

»Herr Selzer hat mir Sie avisiert. Sie bekommen Zimmer 34.«

»So?«

Frau Wagner nickte.

Frau Rehbein überlegte kurz.

»Worin unterscheidet sich Zimmer 34 von Zimmer 19?« fragte sie dann.

»Es ist das schönste, das wir haben«, erwiderte Frau Wagner mit ausdrucksloser Miene. Das war aber noch nicht die ganze Wahrheit.

Frau Rehbein stand, als sie die Schwelle zu Zimmer 34 überschritt, nicht in einem Einzel-, sondern in einem Doppelzimmer.

Fritz Brühe saß wieder auf seinem Klappstühlchen und arbeitete an seinem Bild. Ja, war er nun Fritz Brühe oder ein anderer? Im Moment hätte er sich, da er ganz dem Malen hingegeben war, als Frédéric Bruhère fühlen müssen. Aber nein, dem war nicht so. Er hielt inne und blickte von seinem Platz im Weinberg hinunter zum »Winzergold«.

Brühe klingt doch gar nicht schlecht, hat sie gesagt, dachte er. Ich weiß nicht, was Sie haben, hat sie gesagt. Wenn ich Künstlerin wäre, hätte ich gar nichts dagegen, etwa Friederike Brühe zu heißen, hat sie gesagt.

Er seufzte.

Oder Anne Brühe, dachte er, habe ich daraufhin gesagt. Dann war aber der Faden so ziemlich gerissen. Sie lief weg. Hätte ich mich nicht gleich so ins Zeug legen sollen? Man wird doch noch einen Spaß machen dürfen.

Einen Spaß?

Sicher, ich, der arme Teufel — und sie, die Millionärstochter, was sollte das anderes sein, wenn nicht ... Spaß?

Er seufzte noch einmal tief aus seinem Herzen.

Drunten im Tal schälte Jean Kartoffeln, und Ingrid Rehbein stand vor ihren Doppelbetten und fragte sich, welches der beiden sie für sich wählen sollte. Das dem Fenster zugewandte? Oder das andere?

Oder gar keines und wieder abreisen?

Letzteres wäre wohl das Richtige, sagte sie sich.

Dann legte sie ihr Nachthemd, das sie aus dem Koffer genommen hatte und in der Hand hielt, unters Kopfkissen des dem Fenster zugewandten Bettes.

Ingrid Rehbein war eine geschiedene Frau. Ihre Ehe mit einem mittleren Finanzbeamten hatte nach neun Jahren Schiffbruch erlitten. Eigentlich war diese Ehe schon nach sechs Monaten kaputt gewesen, aber eine anständige Frau läßt sich nicht nach sechs Monaten schon wieder scheiden. Ein korrekter Beamter auch nicht. Eine anständige Frau und ein korrekter Beamter halten es zehn Jahre in einer solchen Ehe aus — oder wenigstens neun Jahre —, dann erst wird die Konsequenz gezogen, die bereits nach einigen Monaten fällig gewesen wäre. So gehört sich das!

Inspektor Karl Rehbein, Oberinspektor Karl Rehbein, Amtmann Karl Rehbein hatte seiner Frau neun Jahre lang erzählt, mit welchen Summen er jeden Tag zu tun habe.

»Mit Millionen, meine Liebe!«

Die Millionen vergifteten Gehirn und Herz Ingrids. Mit wachsender Deutlichkeit trat das in Erscheinung, wenn Frau Rehbein ihren Gatten fragte, ob er ihr das Wirtschaftsgeld nicht um fünfzig Mark erhöhen könne, und er ablehnte.

Seine stereotype Gegenfrage in solchen Momenten pflegte zu lauten: »Hältst du mich für einen Millionär?«

Und das neun Jahre lang!

Am Tag der Scheidung schwor sich Ingrid Rehbein, überhaupt nicht mehr zu heiraten. Verhältnismäßig rasch schliff sich jedoch dieser Standpunkt ab, da von der eigenen Hände Arbeit zu leben keineswegs angenehm war, und so gelangte Ingrid Rehbein zu der Auffassung: Gegen einen Millionär hätte ich nichts einzuwenden.

So gestimmt, war sie einem reichen Winzer aus Wehlen begegnet, der von der Mosel nach Koblenz gekommen war, um »Geschäftliches« zu erledigen. Der Mann hätte zwar leicht ihr Vater sein können, aber hatte nicht zum Beispiel auch die hochintelligente Jackie Kennedy mit ihrer Entscheidung für den alten Onassis der Welt gezeigt, daß es darauf nicht ankam?

Oder die Begum?

Soll ich dümmer als diese Frauen sein, fragte sich Ingrid Rehbein.

Und so war sie der Einladung des Winzers nach Wehlen gefolgt. Doch dann, als sie die Doppelbetten erblickt hatte, fragte sie sich doch, ob sie sich auf dem richtigen Weg befand. In Koblenz hatte der Mann ihr nur immer die Hand gestreichelt, jetzt aber war mit einem Schlag klargeworden, daß sich das Tempo, das er vorzulegen gedachte, plötzlich enorm erhöhen würde.

Warum nicht, seufzte Ingrid Rehbein leise, schließlich bin ich kein Kind mehr.

Indes, so ganz schmeckte ihr die Sache, obwohl sie kein Kind mehr war, doch nicht.

Sie fuhr fort, den Koffer zu leeren, ging dann ins Bad, duschte sich, kam ins Zimmer zurück und streckte die Hand nach dem Telefon auf dem Konsölchen aus.

Sie zog die Hand wieder zurück. Im Selbstgespräch murmelte sie: »Ich rufe ihn später an. Erst will ich noch ein Stündchen schlafen.«

Gesagt, getan. Nackt ließ sie sich auf ihr Bett fallen. Doch aus dem Stündchen wurde nur ein halbes, dann schrillte das Telefon.

»Ja?« sagte sie verschlafen.

Am Apparat war ihr Gastgeber, der leichte Verärgerung in seiner Stimme nicht unterdrücken konnte, als er fragte: »Warum meldest du dich nicht?«

»Eben wollte ich anrufen, entschuldige.«

»Du bist doch schon lange hier.«

»Erst mußte ich auspacken, dann duschen, dann fielen mir die Augen zu, weil ich sehr müde war.«

»Wovon denn?«

»Wovon?«

»Ja, hast du vergangene Nacht nicht geschlafen?«

»Doch.«

So muß er mir kommen, gleich zu Beginn, dachte sie, das schätze ich!

»Wovon bist du dann müde?« fragte er noch einmal.

»Na, von der Fahrerei. Eure Bimmelbahn ist ja nicht das Komfortabelste.«

»Andere finden sie romantisch und sind begeistert von ihr.«

»Ich nicht.«

Nach einer kleinen Pause, die entstand, sagte er: »Mich hat Frau Wagner verständigt, daß du angekommen bist.«

Sie antwortete: »Mich hat sie mit einem Doppelzimmer überrascht.«

Er sagte: »Sie ist meine Vertraute und absolut diskret. Von ihr erfährt niemand was von uns beiden.«

»Daran ist dir wohl gelegen?«

»Dir doch vorläufig auch — oder nicht?«

»Doch.«

»Wann sehen wir uns?«

»Das liegt bei dir.«

»Ich schlage vor: zum Abendessen. Jetzt kann ich noch nicht weg, eine Schädlingsbekämpfungsbesprechung nimmt mich noch in Anspruch. Setz dich in die Nähe der Tür zur Bar, dort finde ich dich dann. Gegen sieben, ja?«

»Ja.«

Damit schien vorläufig alles gesagt zu sein, und beide legten auf.

Kein besonders gutes Gespräch, dachte sie.

Und er: Hätte besser laufen können.

Bis zum Abendessen war es noch Zeit, und Ingrid Rehbein machte einen Spaziergang. Sie lief hinaus auf die Straße und heftete einen längeren Blick auf das Restaurant. Eine stattliche Liegenschaft. Auf dem Parkplatz standen aneinandergereiht die Autos. Alles Fahrzeuge von Gästen, die im »Winzergold« ihre Zeche machten. Ingrid bemerkte es mit innerer Anerkennung.

Ein Mann in der Uniform eines Eisenbahnbeamten kam ihr entgegen. In die Gegend zeigend, fragte sie ihn: »Wem gehört dieser Weinberg, bitte? Wissen Sie das?«

»Welcher?«

»Der größte.«

»Dem Winzer Selzer.«

»Und der kleinere?«

»Auch dem.«

»Und der dahinter?«

»Der wird ihm ebenfalls bald gehören.«

»Übertreiben Sie nicht?«

»Nein. Einer meinte gestern erst wieder: ›Ich möchte wissen, was sich der auch in Trier schon alles unter den Nagel gerissen hat. Ganze Wohnblöcke!‹ Und nicht nur in Trier, glaube ich.«

»Nicht möglich!«

»Doch, doch!« Der Eisenbahner schien ein Gegner übertriebenen Reichtums anderer zu sein. »Der erstickt noch an seinem Geld!«

Dem Mann einen Dank für seine Auskünfte zunickend, setzte Ingrid Rehbein ihren Weg fort. Das Licht, in dem sich ihr Wehlen zeigte, hatte sich wieder etwas aufgehellt.

»Herr Ober«, fragte Fritz Brühe abends den Kellner, der ihm die von ihm bestellten Kalbsnierchen an den Tisch brachte, »läßt sich eigentlich Fräulein Selzer im Lokal ihres Vaters hier öfters sehen?«

»Das kann man wohl sagen.«

»Heißt das«, freute sich Fritz, »daß sie sich sehr häufig hier sehen läßt?«

»Sie ist hinter allem her.«

»Wohl sehr rege, die Dame, wie?«

»Und tüchtig! Beides muß ja zusammenkommen, wenn die ganze Regsamkeit nicht verpuffen soll, sagte mein Großvater immer.«

»Sehr richtig«.

»Was darf ich Ihnen zu trinken bringen, Herr Brühe?«

Des Malers Miene verdüsterte sich ein bißchen.

»Irgendein Glas Wein, Herr Ober.«

»Wäre Ihnen ein schönes Pils lieber?«

»Herr Ober«, stieß Fritz hervor, »seien Sie kein Sadist. Sie kennen das Gebot, das auf mir lastet.«

»Das Gebot wurde aufgehoben.«

»Von wem?« fragte Fritz Brühe verblüfft.

»Von Fräulein Selzer.«

»Von der?«

»Ja.«

Fritz neigte spontan dazu, darin einen glatten Liebesbeweis zu sehen.

Ein neuer Gast betrat das Restaurant und blickte sich suchend nach einem Platz um. Der Kellner mußte sich um ihn kümmern.

»Entschuldigen Sie«, sagte er zu Brühe.

Die Nierchen schmeckten köstlich. Sie konnten darin nur noch übertroffen werden von dem kühlen Glas Bier, das ein Pikkolo dem Maler servierte.

Nach dem Essen ließ Brühe seinen Blick umherschweifen und entdeckte an einem Tisch in der Nähe der Tür zur Bar eine einzelne Dame, die er nach Männerart ganz automatisch innerlich abzutaxieren begann:

Nicht schlecht, die Kleine.

Was heißt »Kleine«?

Klein ist sie gar nicht; sie sitzt zwar, aber einssiebzig wird sie schon messen.

Oder sogar einsfünfundsiebzig.

Gute Beine.

Auch kein schlechter Busen.

Die ganze Figur gut.

Das Gesicht allerdings ...

Nun, man sieht, daß sie nicht mehr die Jüngste ist.

Dreiunddreißig, schätze ich.

Kann auch noch älter sein.

Dafür aber, muß man sagen, sieht ihre Larve nicht schlecht aus.

Warum ist sie allein?

Hat sie keinen Mann?

Braucht sie einen?

In diesem Alter sind sie besonders scharf.

Fritz Brühe ließ sich ein neues Bier bringen, das ihm diesmal der Kellner selbst servierte.

»Schmeckt's, Herr Brühe?«

»Herrlich! Hoffentlich ist auch Herr Selzer einverstanden mit dem, was hier geschieht.«

»Sicher nicht, wie ich ihn kenne, aber das macht seine Tochter schon ab mit ihm, wie ich sie kenne. Wahrscheinlich hat sie es bereits getan.«

»Wo bleibt sie denn heute?«

»Heute?«

»Sie sagten doch, daß sie sich sehr oft hier sehen läßt.«

»Heute nicht mehr. Sie ist, soviel ich weiß, nach Bernkastel gefahren.«

Dann eben nicht, dachte Fritz etwas enttäuscht nach und fragte den Kellner: »Kennen Sie die Dame dort drüben?«

»Welche? Die in dem blauen Kleid? Das ist unsere Zahnärztin.

Der Mann neben ihr ist ihr Gatte, ein Rechtsanwalt. Verdient nicht die Hälfte von ihr. Was sage ich — nicht ein Zehntel! So ist das heutzutage.«

»Ich meine die in dem lila Kleid.«

»Die einzelne?«

»Ja.«

»Die wohnt auch hier im Haus, aber ich sah sie heute zum erstenmal. Scheint eine Bekannte vom Chef zu sein.«

»So?«

»Ja«, nickte der redselige, alles andere als diskrete Kellner. »Als ich ihr die Karte brachte, sagte sie mir, sie will mit dem Essen warten, bis Herr Selzer kommt, mit dem sie verabredet ist. Um sieben Uhr, sagte sie.«

»Jetzt ist es aber schon halb acht«, meinte Fritz Brühe, nach einem raschen Blick auf seine Armbanduhr.

Der Kellner zuckte die Achseln.

»Die Geschäfte des Herrn Selzer halten ihn oft auf.«

»Der Dame scheint die Zeit lang zu werden. Sie raucht eine Zigarette nach der anderen.«

Der Kellner blickte zum Eingang.

»Da kommt ja Herr Selzer.«

Der Winzer ließ es sich nicht nehmen, den jungen Maler per Handschlag zu begrüßen.

»Wie geht's?« fragte er. »Was macht das Bild?«

»Michelangelo«, übertrieb Brühe, »malte an der Decke der Sixtinischen Kapelle Jahre!«

»Michelangelo«, antwortete Selzer, »war das der . . . der . . .«

Er gab es auf. Kunstgeschichte ist nur der wenigsten Winzer Stärke.

»Unsere Abmachung«, fuhr er fort, »beläuft sich auf drei Wochen, Herr Brühe.«

»Knappe drei Wochen, Herr Selzer.«

»Und? Klappt das?«

»Keine Bange, Herr Selzer.«

Der Winzer riß einen Witz.

»Ihr Bild wird ja auch viel kleiner als eine Kapellendecke.«

»Und nicht ganz so gut wie jenes, muß ich bekennen, verehrter Herr Selzer.«

Der Winzer zuckte zusammen.

»Soll das heißen, daß ich für mein Geld nichts Besonderes zu erwarten habe?«

»Das soll es keinesfalls heißen, Herr Selzer. Sie werden zufrieden sein.«

»Ich hoffe es.«

Damit wandte sich der Winzer ab und gab dem Kellner ein Zeichen, ihm zur Theke zu folgen. Dort sagte er zornig: »Hatte ich nicht angeordnet, daß dem nur Wein serviert werden soll?«

»Ja, aber —«

»Aber Sie haben meiner Anordnung zuwidergehandelt, Herr Gollwitzer!«

»Herr Selzer . . .«

»Was?«

»Ihre Anordnung wurde von Ihrer Tochter aufgehoben.«

Selzer schluckte.

»Wann?«

»Heute nachmittag.«

»Da fuhr die doch schon nach Bernkastel?«

»Vorher hat sie hier noch telefonisch Bescheid gesagt.«

Der Winzer verstummte. Sein mißbilligender Blick wanderte noch einmal hinüber zu dem Bierglas, das vor dem Maler auf dem Tisch stand. Es war ihm sofort ins Auge gefallen, als er das Lokal betreten hatte.

»Sonst alles in Ordnung?« fragte er pro forma den Kellner.

»Ja.«

Er wollte sich abwenden, doch der Kellner hinderte ihn daran noch einmal, indem er, zum Tisch des Malers hinnickend, sagte: »Herr Selzer . . .«

»Ja?«

»Was gilt nun: Bier oder Wein?«

»Bier.« Das kam ziemlich gepreßt zwischen den Zähnen des Winzers hervor.

Inzwischen war es schon fast Viertel vor acht, und Ingrid Rehbeins Begrüßungsworte fielen dementsprechend aus, als Selzer vor sie hintrat.

»Welche Freude! Du kommst also doch noch!«

»Entschuldige, eher ging's nicht.«

»Ich bin am Verhungern.«

»Du hast noch nicht gegessen?«

»Nein.«

»Warum nicht?«

»Ich dachte, wir würden das zusammen tun.«

Er erhob sich noch einmal halb von dem Stuhl, auf den er sich gesetzt hatte, und rückte ihn besser zurecht.

»Also das«, sagte er dabei, »mußt du dir von Anfang an abgewöhnen. Wann ich esse, weiß ich vorher fast nie. Ich habe auch mit meiner Frau nur ganz selten zusammen gegessen. Muß ja auch nicht sein. Man ißt, wenn man Zeit und das Bedürfnis dazu hat. Gesellschaft ist dabei nicht notwendig. Solltest du aber nun den Eindruck haben, daß Essen keinen besonderen Stellenwert für mich besitzt, so irrst du dich.« Er lachte und klopfte sich auf seinen dicken Bauch. »Sieh mich an, das muß dir doch genügen.«

Ganz übergangslos griff er nach der Speisekarte und fing an, sie durchzusehen, nachdem er die Brille aufgesetzt hatte.

Ingrid Rehbein schwieg. Erst nach einer Weile fragte sie: »Hast du denn schon gegessen?«

Er nickte, ohne seinen Blick von der Karte zu wenden, und erwiderte: »Ja, allerdings nur etwas Kaltes im Büro, aber . . .«

Er legte die Karte beiseite, setzte seine Brille ab und steckte sie ins Futteral.

»Aber ein gefülltes Täubchen«, schloß er, »könnte mich trotzdem noch reizen.«

Er winkte dem Kellner und bestellte: »Zwei gefüllte Täubchen; keine Beilagen.«

Ingrid Rehbein wußte scheinbar nichts zu sagen. Stumm zündete sie sich eine Zigarette an. Er folgte ihrem Beispiel, dann setzte er abermals die Brille auf, ergriff die Karte und sah sie noch einmal durch, von oben bis unten.

»Ein Fischgericht ist zuwenig«, erklärte er zum Schluß. »Darüber muß ich mit Anne reden.«

»Wer ist Anne?« fragte ohne eigentliches Interesse Ingrid Rehbein. »Die Köchin?«

»Nein, meine Tochter. Sie kümmert sich um den Laden hier.«

»Macht sie's gut?«

»Ja. Nur manchmal entdecke ich einen Fehler. Ein Fischgericht zum Beispiel ist, wie ich schon sagte, zuwenig.«

»Lerne ich sie kennen?«

Nicht gerade begeistert erwiderte Selzer: »Das wird sich wohl nicht vermeiden lassen.«

Daraufhin verstummte Ingrid Rehbein wieder, bis er sagte: »Sie wächst mir schon ganz schön über den Kopf.«

»So?«

»Anordnungen von mir wirft sie über den Haufen, ohne sich das Geringste dabei zu denken. Wie das auf das Personal wirkt, ist ihr anscheinend völlig egal.«

»Du machst mich ja direkt neugierig auf sie.«

»Wenn ihr euch begegnet, möchte ich dir einen Rat geben.«

»Welchen?«

»Sag nicht etwa Ann*a* zu ihr, sondern unbedingt Ann*e*. Was anderes mag sie nicht.«

»Ich werd' mir's merken.«

»Schlimmere Marotten hat sie keine mehr. Heute —«

Der Winzer wurde unterbrochen. Die gefüllten Täubchen kamen. Sie sahen verführerisch aus und rochen auch so. Schon wollte er sich über sie hermachen, als ihm etwas auffiel.

»Und du?« fragte er Ingrid. »Was ißt du?«

»Ich weiß nicht, was du mir bestellt hast.«

»Ich?« Er ließ Gabel und Messer sinken, die er schon über einem der beiden Täubchen erhoben hatte. »Ich habe dir gar nichts bestellt.«

»In der Tat, diesen Eindruck hatte ich auch, aber ich sträubte mich dagegen, ihn für zutreffend zu halten. Doch nun bestätigst du ihn mir ja selbst.«

Die Situation schien sogar dem Winzer irgendwie peinlich zu sein.

»Ingrid . . . ich . . . du . . .«, krächzte er.

»Du darfst deine Täubchen nicht kalt werden lassen«, fiel sie ihm ins Wort.

»Ich werde eins dir abtreten, Ingrid.« Dies schien ihm der rettende Einfall zu sein.

Er wurde abgeschmettert.

»Täubchen mag ich keine.«

»Was dann?«

»Das muß ich erst sehen«, erwiderte sie, nach der Karte greifend.

Natürlich kannte sie dieselbe längst auswendig, hatte sie sich doch schon eingehend genug mit ihr beschäftigt gehabt, ehe er erschienen war. Aber es tat ihr gut, die Situation noch auszuwalzen, zum Leidwesen des Winzers, der gewiß einsehen mußte, daß von seinem Benehmen kein besonderer Glanz ausging. Die Scharten, die von ihm auszuwetzen waren, mehrten sich.

Ingrid suchte lange in der Karte. Der warme Dampf, der von den Täubchen aufstieg, wurde schwächer.

»Laß sie nicht kalt werden«, sagte sie, einen Nebenblick auf die Tierchen werfend, noch einmal.

Er räusperte sich.

»Du hast wirklich nichts dagegen, wenn ich anfange?«

»Beileibe nicht.«

Er fing an zu essen, konnte aber nicht mehr den richtigen Appetit dabei entwickeln.

Ingrid wählte endlich ein Pariser Schnitzel und fand es köstlich. Dieser Umschwung in ihrer Stimmungslage hatte sich jedoch erst abzuzeichnen begonnen, als Selzers Niederlage unwiderruflich feststand. Ganz verurteilen mochte sie ihn freilich noch nicht, dazu war ihr das Gespräch, das sie mit dem Eisenbahner geführt hatte, noch allzu gegenwärtig.

Im Buch des Schicksals stand geschrieben, daß dieser ganze Abend für Selzer keinen günstigen Verlauf nehmen sollte. Doppelbetten wurden keine benötigt. Bald teilte nämlich der Kellner dem Winzer mit, daß er am Telefon verlangt werde.

»Von wem?«

»Von Ihrer Tochter, Herr Selzer.«

»Die ist doch in Bernkastel.«

»Sie ruft auch aus Bernkastel an, Herr Selzer.«

Idiot, dachte Ingrid.

»Entschuldige mich«, sagte Selzer zu ihr, sich erhebend, und als er vom Telefon zurückkam, begann er ganz ähnlich: »Du mußt mich entschuldigen, leider kann ich mich dir heute abend nicht mehr länger widmen. Da hat sich etwas angebahnt. Geschäftlich, verstehst du. Aber morgen holen wir alles nach, ja?«

Er dachte an die Doppelbetten und hoffte, daß sie dasselbe tat. Die geschiedene Frau Rehbein aber widmete sich mit ganzer Seele ihrem Dessert, das der Ober ihr nach dem Schnitzel gebracht hatte. Es bestand aus Vanilleeis mit heißen Himbeeren.

»Also dann«, sagte Selzer, sich räuspernd.

»Bitte?« antwortete sie fragend, ohne von ihrem Schüsselchen

aufzublicken.
»Dann hau ich ab.«
»Wohin?«
»Nach Bernkastel.«
»Ach ja.«
»Du hast offensichtlich«, sagte Selzer, sich abermals räuspernd, »überhaupt nicht zugehört . . .«
»Doch, doch.«
»Meine Tochter hat angerufen, in einer geschäftlichen Sache. Das kann ich mir nicht durch die Lappen gehen lassen.«
»Ich verstehe.«
»Morgen holen wir alles nach, nicht?«
»Das hast du schon gesagt, ja.«
»Also dann.«
»Auf Wiedersehen, Baptist.«
»Wiedersehen, Ingrid.«
Sie ist sauer, dachte er, als er zur Tür ging. Weiber sind so, sie verstehen nicht, daß Geschäfte vorgehen. Nicht einmal angesehen hat sie mich mehr. Das Eis und dieser Dreck da — Himbeeren, glaube ich — waren ihr wichtiger.
Er kam an Brühes Tisch vorüber.
»Gehen Sie schon, Herr Selzer?«
»Muß weg.«
»Und Ihre Dame, wer kümmert sich um die?«
Der Winzer stoppte kurz.
»Damit wir uns gleich richtig verstehen, junger Freund — von der lassen *Sie* die Finger! Ein für allemal, sonst fliegen Sie hier hochkant raus!«
»Aber . . .«
Baptist Selzer hatte sich schon wieder in Bewegung gesetzt, und wenige Augenblicke später hörte man, wie draußen der Motor des Wagens ansprang, mit dem der Winzer übelgelaunt in die Uferstraße einbog, um sich Bernkastel zuzuwenden, wo es seinen Reichtum wieder einmal zu mehren galt.
Fritz Brühes Ärger verflog bald wieder. Was hat man von solchen Leuten schon zu erwarten, dachte er, denen Michelangelo kein Begriff ist? Ich werde ihm seinen Weinberg malen, und dann kann er mich kreuzweise. Mit dem Weib dort drüben scheint er etwas zu haben. Ich wollte doch von der gar nichts, die wäre mir entschieden zu

alt. So wie die allerdings immer noch gebaut ist, hätte sie sich freilich einen anderen suchen können als den. Ob der wohl glaubt, daß die nur auf ihn scharf ist? Schön blöd, wenn er das tut. Na, nicht mein Bier.

Apropos Bier ...

»Herr Ober!«

»Bitte?«

»Kann ich noch ein Pils haben?«

»Selbstverständlich.«

Der Ober brachte das Glas, es war das fünfte.

»Zum Wohle, Herr Brühe.«

»Danke. Wie heißen Sie?«

»Bitte?«

»Wie Sie heißen? Ich möchte mich nämlich mit Ihnen anfreunden, da ich ja noch länger hier wohnen werde. Deshalb würde mich Ihr Name interessieren. Darf ich ihn also erfahren?«

»Gollwitzer.«

»Wie der bekannte Professor?«

»Ja.«

»Sehr schön, Herr Gollwitzer. Sind Sie mit meinem Vorschlag einverstanden?«

»Warum nicht, Herr Brühe?« antwortete der Kellner sogar erfreut.

»Ich mag dieses dauernde ›Herr Ober‹ nicht, wissen Sie. Finde das so unpersönlich. Wann macht die Bar auf?«

»Die ist schon in Betrieb, Herr Brühe.«

»Gibt's in der auch Bier?«

»Sicher.«

»Sehr schön. Sollten Sie mich also hier plötzlich vermissen, dann wissen Sie, wo ich zu finden bin.«

»In der Bar«, nickte der Kellner feixend.

Fritz Brühe setzte sein Vorhaben bald in die Tat um.

Die Bar war klein, sie bot nur ein paar eng aneinanderstehenden Tischen Platz. Als Brühe sie betrat, stellte er fest, daß der Ober gewissermaßen den Mund zu voll genommen hatte. Von »Betrieb« konnte noch keine Rede sein. Die Bar hatte zwar schon auf, aber er, Brühe, war erst der erste Gast. Die Beleuchtung ließ, wie zu erwarten, zu wünschen übrig. Sie war eben »schummrig«, anders gehörte sich das auch nicht. Ein Mädchen mit roten Haaren, gefärbten, löste sich aus dem fast schwarzen Schatten in einer Ecke und ging hinter die Theke. Sie entledigte sich einer brennenden Zigarette, nachdem sie noch einmal einen tiefen Zug aus dieser genommen hatte, drückte sie in einem Aschenbecher aus, richtete ihren Blick auf Brühe, der etwas unschlüssig herumsah, ob er bleiben oder wieder kehrtmachen sollte, und sagte zu ihm in aufmunterndem Ton: »Guten Abend. Ich bin Sylvia und nur für Sie da.«

»Guten Abend, Sylvia. Ich bin Fritz.«

Die Frage, ob bleiben oder nicht, war entschieden.

»Was möchten Sie trinken, Fritz?«

»Bier.«

»Bier?«

»Bier.«

War also kein Witz, dachte sie, er will wirklich dieses Gesöff. Und dazu soll ich ihm auch noch schöne Augen machen.

»Sind Sie enttäuscht, Sylvia?«

»Nein, wieso?«

»Weil ich keinen Champagner trinke.«

»Mögen Sie denn keinen?«

»Das weiß ich nicht.«

»Wie?«

Sylvia hatte die Augen aufgerissen und riß sie noch weiter auf, als Fritz fortfuhr: »Ich habe noch nie einen probiert, kann also nicht sagen, ob er mir schmecken würde oder nicht.«

»Sie ... Sie haben noch nie ...?«

»Nein.«

»Und warum ... haben Sie noch nie ...?«

»Ganz einfach: Weil es mir immer am nötigen Kleingeld dazu gefehlt hat, Sylvia.«

Nun fiel ihr auch noch der Unterkiefer herunter. Daß ihr das einer so ohne weiteres eingestand, hatte sie noch nie erlebt. Ihre Gäste pflegten da ganz anders geartet zu sein. Sie verlegten sich immer darauf, das Gegenteil zu erzählen. Und was hatte sich dennoch schon oft bei nicht wenigen herausgestellt?

»Wissen Sie was, Fritz?«

»Was?«

»Sie verdienen eine Prämie.«

»Wofür? Wieso?«

»Ihre Ehrlichkeit darf nicht unbelohnt bleiben.«

»Das klingt ja gerade so, als ob *Sie* mich belohnen wollten, Sylvia.«

Sie lachte.

»Wird wohl so sein, da ja niemand anders hier ist, Fritz.«

»Und mit was?« Mit fünf Pils intus, ging er aufs Ganze. »Mit einem Kuß?«

Einverstanden — aber nicht gar so schnell, dachte Sylvia und sagte: »Nein, mit einem Glas Champagner.«

So fing es an, und wer weiß, wie es geendet hätte, wenn nicht Sylvia, nachdem sie beide zusammen eine ganze Flasche bester französischer Produktion geleert hatten, von anderen Pflichten in Anspruch genommen worden wäre. Eine Gruppe Leverkusener Ausflügler drängte nämlich plötzlich herein, und im Nu war die kleine Bar voller Bewegung, Lärm und Zigarettenqualm. Fritz Brühe fühlte sich rasch buchstäblich an die Wand gedrängt und beschloß deshalb, das Feld zu räumen.

»Sind Sie morgen auch wieder hier?« rief er Sylvia mit lauter Stimme zu, um den Leverkusener Krach zu übertönen.

»Sicher«, rief sie zurück. »Wollen Sie schon gehen?«

»Ich trinke bei Herrn Gollwitzer noch ein Glas.«

»Tschüß.«

»Wiedersehen.«

An der Tür prallte er mit einer Dame zusammen, die er im ersten Moment fast nicht erkannt hätte. Dann sah er, daß es die Dame war, von der er die Finger zu lassen hatte.

»Wollen Sie da rein?« fragte er sie, mit dem Daumen über seine Schulter zurück in die Bar zeigend.

»Mal schauen«, antwortete sie.

»Das hätten Sie aber eher tun sollen. Jetzt ist da der Teufel los.«

Sie blickte ihn an. Was mache ich mit dem angebrochenen Abend, schienen ihn ihre Augen zu fragen. Unschlüssig stand sie da und ließ es mit sich geschehen, daß er sie am Oberarm nahm, sie herumdrehte und zurück ins Lokal führte, ins Reich des Kellners Gollwitzer.

»Herr Selzer wird mir's danken«, sagte er dabei.

»Was wird Ihnen Herr Selzer danken?« fragte sie ihn.

»Daß ich Sie dazu gebracht habe, nicht da reinzugehen. Er wäre bestimmt dagegen.«

Sie blieb stehen, blickte zurück zur Bar.

»Herr Selzer hat mir keine Vorschriften zu machen.«
»Wollen wir uns nicht hier setzen und noch einen Schluck zu uns nehmen?«
»Meinetwegen«, nickte sie nach kurzem Zögern und nahm auf einem Stuhl am nächsten Tisch Platz.
Brühe folgte ihrem Beispiel.
Gollwitzer hatte die beiden schon bemerkt und eilte herbei.
»Noch einen Wunsch, die Herrschaften?«
»Einen Kaffee, bitte«, sagte Ingrid Rehbein.
»Dasselbe«, schloß sich Fritz Brühe an, Gollwitzers erstaunten Blick ignorierend.
Der Kellner verschwand, und Frau Rehbein sagte zu Brühe: »Sie hätten aber ruhig auch noch ein Bier trinken können.«
»Und Sie einen Campari.«
»Aha, Sie haben mich also beobachtet.«
»Sie mich auch.«
Das stimmte auf beiden Seiten, gegenseitiges Versteckspiel konnten sie sich also schenken.
»Sie aßen Kalbsnierchen«, fuhr sie fort.
»Ja.«
»Waren sie gut?«
»Hervorragend. Ihr Schnitzel auch?«
»Auch. Desgleichen das Eis.«
»Der Laden hier scheint prima geführt zu werden.«
»Das macht eine Frau.«
»Ich weiß, die Tochter des Besitzers.«
»Sie sind offenbar im Bilde.«
»Sie auch.«
»Mich hat Herr Selzer selbst ein bißchen eingeweiht.«
»Mich Herr Gollwitzer.«
»Wer«, fragte Ingrid Rehbein, »ist Herr Gollwitzer?«
»Unser Ober hier.«
»Ach, so heißt der.«
»Da kommt er ja mit unserem Kaffee.«
»In der Tat«, wunderte sie sich. »Das geht wirklich fix hier.«
Der Kaffee war kochend heiß. Brühe, unvorsichtiger als Frau Rehbein, verbrannte sich halb den Schnabel. Er beschimpfte sich selbst ein bißchen, stellte fest: »Mit einem sechsten Pils hätte mir das nicht passieren können.«

Stark war dieser Witz nicht.

»Übrigens«, fiel ihm plötzlich ein, und dazu wäre es längst Zeit gewesen, »mein Name ist Brühe; Fritz Brühe.«

»Ich heiße Ingrid Rehbein.«

»Darf ich fragen, woher Sie kommen, Frau Rehbein?«

»Aus Koblenz.«

»Aus Koblenz?! Ich auch!« rief er.

Nun war Koblenz ein bißchen an der Reihe, als Neuestes die Erhöhung der dortigen städtischen Verkehrsmitteltarife; nicht lange aber — und Ingrid fragte: »Was führt Sie nach Wehlen, Herr Brühe?«

»Hat Ihnen das Herr Selzer nicht gesagt?«

»Nein.«

»Er engagierte mich dazu, ihm einen seiner Weinberge zu malen.«

»Sie sind Maler?«

»Kunstmaler!« erwiderte Brühe mit Betonung.

»Kunstmaler, natürlich, verzeihen Sie.«

»In zweieinhalb Wochen ist irgendein Jubiläum, dazu will er das Bild haben.«

»Hoffentlich haben Sie ein entsprechendes Honorar ausgehandelt.«

Fritz Brühe mußte lachen.

»Das sagen ganz spontan alle zu mir, denen ich davon erzähle.«

»Und? Haben Sie?«

»Ja.«

»Das freut mich. Dann können Sie mich ja in Koblenz mal zum Essen einladen.«

»Sicher«, sagte Brühe, ohne daß es ihm ernst gewesen wäre. »Aber haben Sie denn nicht die Absicht, Ihren Wohnsitz nach hier zu verlegen?«

»Wieso?«

Er merkte, daß er sich etwas zu weit vorgewagt hatte, und wußte nicht gleich, wie er fortfahren sollte.

»Nun . . .«, räusperte er sich.

Sie wartete.

Er fuhr fort: »Ich dachte . . .«

»Was dachten Sie?«

»Ich hatte den Eindruck . . .«

»Welchen Eindruck?«

»Daß Sie . . . daß Herr Selzer . . .«

»Daß Herr Selzer?«

»Daß er Absichten auf Sie hat.«

Endlich war's raus, und um die Wirkung umgehend wieder etwas abzudämpfen, setzte er sogleich hinzu: »Entschuldigen Sie, es geht mich ja nichts an.«

»Wieso hatten Sie diesen Eindruck?«

»Weil er zu mir sagte, daß ich . . .«

»Daß Sie was?«

»Daß ich die Finger von Ihnen zu lassen habe.«

Brühe seufzte. Eine schwere Geburt war das gewesen. Hätte er nicht schon eine Menge Promille im Blut gehabt — von Pils und Champagner als Gemeinschaftsproduktion erzielt —, wäre ihm die Indiskretion ohnehin nicht über die Lippen gekommen. Es bestand ja auch gar kein Anlaß dazu, aber Leute, die unter Alkoholeinwirkung stehen, sind nun einmal mehr oder minder unzurechnungsfähig.

»Herr Brühe«, sagte Ingrid Rehbein, »wiederholen Sie das bitte noch einmal.«

»Was?«

»Die Worte des Herrn Selzer.«

»Warum?«

»Ich finde die so hübsch, so elegant.«

»Frau Rehbein, Sie . . . Sie werden ihm doch nicht böse sein?«

»Soll ich mich freuen?«

»Herr Selzer ist ein Mann, der das nicht so meint.«

»Wie meint er's denn?«

»Na, er . . .« Brühe verstummte, dann stieß er hervor: »Er macht halt Rechte auf Sie geltend.«

»Die er nicht hat!«

»Sind Sie doch froh, daß ihm danach ist!«

»Wie hat er sich denn wörtlich ausgedrückt?«

Brühe zögerte ein bißchen, erwiderte aber dann doch: »Wie ich es Ihnen sagte.«

»Daß Sie die Finger von mir zu lassen haben.«

»Ja, aber —«

»Hatten Sie denn die Absicht, Ihre Finger an mich zu legen?«

Das war eine Frage, die dem Einschlag einer kleinen Bombe

glich; sie stürzte den Maler in eine gewisse Panik. Die Rettung sah er darin, spontan, aber unüberlegt auszurufen: »Aber nein! Nie im Leben!«

»Nie im Leben?«

»Nein, ich schwöre es Ihnen!«

»So wenig anziehend finden Sie mich?«

Der zweite Bombeneinschlag. Nun hat aber der Mensch die Eigenschaft, sich an die Gefahr zu gewöhnen. Er schreckt bald nicht mehr vor ihr zurück, und diese Erfahrung bestätigte sich auch hier wieder einmal.

Ein schlichtes »Ja« wäre die Antwort gewesen, die den jungen Maler vor weiterer Fährnis bewahrt hätte; statt dessen erwiderte er keck: »Das will ich nicht sagen.«

»Können Sie nicht noch etwas deutlicher werden?«

»Ich finde Sie durchaus anziehend.«

»So anziehend, daß Sie die Finger an mich legen würden?«

»Frau Rehbein, ich . . . Sie . . .«

»Was?«

»Benützen Sie doch nicht immer diese Redensart.«

»Weichen Sie mir nicht aus! Oder bin ich Ihnen schon zu betagt?«

Ein scharfes Weib, dachte er. Die will mich wohl fertigmachen. Warum auch nicht, ihr alter Weinbauer schwimmt zwar im Geld, aber er bringt nicht mehr das, was ich noch zu bieten hätte.

Erwischen dürfte er uns aber nicht . . .

»Frau Rehbein, Ihre Frage ist so abwegig, daß sie gar keine Antwort verdient.«

»Wirklich?«

»Sie stechen doch noch jeden Teenager aus.«

Das war zwar ganz starker Tobak, aber im Rahmen dieses Themas kann auch der intelligentesten Frau der Tobak gar nicht stark genug sein.

»Sie sind ein Charmeur, Herr Brühe«, sagte Ingrid Rehbein begeistert.

»Sie fordern das geradezu heraus, Frau Rehbein. Darf ich Ingrid zu Ihnen sagen?«

»Gern, Fritz.«

»Herrn Selzer muß das aber verborgen bleiben.«

Am liebsten hätte sie geantwortet, daß Herr Selzer — mit seinem komischen Vornamen Baptist — ihr vollkommen und absolut schnuppe sei, aber dann fielen ihr die Verlautbarungen des Eisenbahners ein, dem sie nachmittags begegnet war, und sie sagte: »Von mir erfährt er es nicht.«

Nach zwei, drei Sekunden Pause setzte sie bekräftigend hinzu: »Ich sehe überhaupt keinen Grund, ihm alles auf die Nase zu binden.«

Das Wörtchen »alles« war es, das die entscheidenden Perspektiven eröffnete.

Meine Annahme stellt sich als zutreffend heraus, dachte Brühe. Die will mich fertigmachen. Aber darin täuscht sie sich. Wenn hier jemand fertiggemacht wird, dann *sie* von *mir!*

Er winkte dem Kellner.

»Herr Gollwitzer, können Sie uns noch etwas bringen?«

»Gewiß. Noch einmal Kaffee?«

»Nein. Für mich ein Pils. Und für die Dame einen Campari.«

Einverstanden, Ingrid? fragte sein Blick sie stumm.

»Eigentlich«, antwortete sie aufrichtig, »würde ich schon lieber schlafen gehen, denn . . .«

»Es ist doch noch nicht einmal elf«, fiel er ihr ins Wort.

»Trotzdem. Ich bin müde«, log sie. »Wissen Sie, die Reise . . .«

»Nur das eine Glas noch, bitte.«

»Also gut. Aber für Sie wird's dann auch Zeit — oder?«

Diese Frage war kategorischer Natur und erheischte eine klare Antwort — entweder ja oder nein!

»Ja«, nickte er.

Der Ober brachte den Campari und das Pils.

»Herr Brühe«, sagte er grinsend, »es wurde wegen Ihnen heute abend hier auch schon angerufen.«

»Wegen mir?«

»Ja.«

»Kann ich mir gar nicht denken. Von wem denn?«

»Von Fräulein Selzer.«

»Und?« stieß Fritz Brühe wie aus der Pistole geschossen hervor.

»Sie hat sich erkundigt, ob das hier für Sie richtig läuft, mit dem Bier, wissen Sie.«

Der Maler strahlte.

»Ist aber nett von ihr, nicht?«

»Ich habe mir erlaubt, ihr zu sagen, daß unser diesbezügliches

Angebot Ihren vollsten Zuspruch findet, Herr Brühe.«

»Das war keine falsche Information, die Sie da erteilt haben, Herr Gollwitzer.«

Beide lachten, ihr Vergnügen schien jedoch von Frau Rehbein nicht geteilt zu werden.

»Worum geht's?« fragte sie knapp.

Brühe erzählte es ihr, berichtete, wie Anne Selzer die Anordnung ihres Vaters außer Kraft gesetzt hatte. Er mußte aber erleben, daß Ingrid sich unbeeindruckt zeigte.

»Ich weiß nicht, was daran so großartig sein soll«, sagte sie. »Was ich sehe, ist, daß einer ein unmögliches Gebot erließ. Nichts lag näher, als dasselbe aus der Welt zu schaffen.«

Eine Pause entstand, da keiner der Herren etwas antwortete. Gollwitzer entsann sich wieder seiner Pflichten. Sein Blick fiel auf einen vollen Aschenbecher auf einem Tisch in der Nähe — ein Grund, sich mit diesem zu entfernen.

»Ich verstehe Ihre Begeisterung wirklich nicht, Fritz«, sagte Ingrid. »Oder hat dieses Mädchen noch andere Attraktionen aufzuweisen?«

Aha, daher wehte also der Wind. Eifersucht.

»Hat sie!« sagte Fritz knapp. Die reife Ingrid war dabei, bei ihm rapide an Boden zu verlieren. Sie reihte einen Fehler an den anderen.

»Welche denn?« ließ sie nicht locker.

»Allerhand.«

»Können Sie mir konkret ein paar nennen?«

»Wozu? Sie werden sie ja sicher kennenlernen.«

»Wahrscheinlich sehe ich sie dann mit anderen Augen als Sie.«

»Das kann ich mir vorstellen.«

»Der Vater von ihr hatte heute etwas an ihr auszusetzen.«

»So? Was denn?«

»Haben Sie sich die Speisekarte angesehen?«

»Einigermaßen. Warum?«

»Sie enthält nur ein Fischgericht.«

»Kann sein. Und?«

»Ein einziges Fischgericht, das ist für ein solches Lokal zuwenig.«

»Das sagt ihr Vater?«

»Ja, und er wird darüber mit ihr ein Wörtchen reden.«

»So?« erwiderte Brühe. »Wird er das?« Und ironisch fuhr er, Ingrid kühl musternd, fort: »Ich stelle fest, Frau Rehbein, daß Sie plötzlich uneingeschränkt auf seiten des Herrn Selzer zu stehen scheinen. Wieso das? Bisher hatte ich nicht diesen Eindruck.«

»Fritz, ich . . .«

Sie brach ab, da der Kellner mit dem entleerten Aschenbecher zurückkam. Als er ihn auf den Tisch in der Nähe gestellt hatte, rief ihm Brühe zu: »Herr Gollwitzer, sollten Sie früher als ich mit Fräulein Selzer zusammentreffen, sagen Sie ihr bitte, daß ich mich für ihre Fürsorge bedanke.«

»Mache ich, Herr Brühe.« Der Ober trat zögernd näher. »Im übrigen hatte die heute, sagte sie mir auch, schon einen großen Schutzengel.«

»Wer? Fräulein Selzer?«

»Ja, sie und Herr Zumberg.«

»Herr Zumberg?«

»Ja, er ist wieder einmal zu schnell gefahren und wäre um ein Haar kurz vor Bernkastel mit einem Laster zusammengeprallt.«

»Ist sie denn mit dem nach Bernkastel?«

»Ja.«

»Was hat sie mit ihm zu schaffen?«

»Er ist doch ihr Verlobter. Wußten Sie das noch nicht?«

»Ingrid«, sagte Brühe, als die beiden nach oben gingen, um — getrennt — ihre Zimmer aufzusuchen, »mir scheint, ich muß da ein Mißverständnis, das es zuletzt zwischen uns gegeben hat, aufklären.«

»So?«

»Fräulein Selzer interessiert mich nicht.«

»So?«

»Ich habe nichts mit ihr zu tun, und sie nichts mit mir. Sie haben das ja soeben gehört.«

»Mir entging aber nicht, daß Ihnen deren Bindung unbekannt war.«

»Nicht ganz! Ich wußte, daß sie verlobt ist, nur nicht, mit wem; spielt das aber eine Rolle?«

»Daß sie verlobt ist, wußten Sie?«

»Ich schwöre es. Damit scheidet jeder Gedanke, den Sie mir anscheinend unterstellen, aus, Ingrid.«

»Fritz!«

Die Sonne ging wieder auf in Ingrids Gesicht.

»Es war ein Irrtum von mir, Fritz.«

»Ein großer, Ingrid.«

»Ich bin froh, daß er sich aufgeklärt hat.«

Beide waren auf der Treppe stehengeblieben und wußten nun, daß sich die Gefahr einer Trennung voneinander, fällig schon in der nächsten Minute, verflüchtigt hatte.

Niemand sonst zeigte sich auf der Treppe. Von unten drang gedämpft aus der Bar Lärm nach oben.

Der Maler sah seiner näheren Landsmännin aus Koblenz tief in die Augen.

»Ingrid!« sagte er gekonnt.

»Fritz!«

»Du!«

»Du!«

Der erste Kuß kam, und er erwies sich als sogenannter Dauerbrenner. Ingrid wurde dabei von Fritz so heftig gegen das Treppengeländer gedrückt, daß sich das alte Holz, aus dem das Geländer bestand, gezwungen sah, leise zu knarren. Nur dabei aber trat an Ingrid gewissermaßen Nachgiebigkeit in Erscheinung; in allem anderen blieb sie nicht nur gleichrangig mit Fritz, sondern lief ihm den Rang sogar noch ab. Bezeichnend dafür war ein kleiner, mit heißem Atem geraunter Dialog zwischen den beiden:

»Du kannst mich nicht schon hier ausziehen, Fritz.«

»Ich folge doch nur deinem Beispiel, Ingrid.«

In echauffiertem Zustand setzten sie ihren Weg fort.

»Welche Zimmernummer hast du?« fragte er sie.

»Vierunddreißig. Aber wichtiger ist die deine.«

»Wieso?«

»Weil ich dir auf dein Zimmer folgen werde.«

»Nicht ich dir auf deines?«

»Nein.«

»Warum nicht? Das wäre doch das Üblichere.«

»Du meinst, ein Mann schleicht sich leichter durch die Korridore?«

»Ja.«

»Stimmt schon, aber ich denke an Selzer.«

»Selzer?« Sein Gesicht hatte sich verschattet. »Du solltest den nicht gerade jetzt erwähnen.«

»Ich muß es!«

»Weshalb?«

»Er hat sich — ohne mich vorher zu informieren, das möchte ich ausdrücklich betonen! — ein Doppelzimmer für mich ausgedacht.«

»Na und? Er ist ja nicht da.«

»Aber er könnte auf die Idee kommen, mir mitten in der Nacht einen Besuch abzustatten. Und dann fände er dich bei mir vor. Wär doch peinlich — auch für dich.«

»Mein Auftrag wäre jedenfalls im Eimer.«

»Siehst du, und das muß ja nicht sein.«

»Aber dir kommt er unvermeidlich auf die Schliche, wenn du nicht in deinem Zimmer bist.«

»Meinetwegen. Dann weiß er ja immer noch nicht, bei wem ich mich befinde, und ich kann das morgen allein mit ihm abmachen — egal, wie's ausgeht.«

»Du bist Klasse, Ingrid.«

»Bin ich auch!«

»Es muß ja gar nicht sein, daß er auftaucht.«

»Eben.«

»Auf alle Fälle wächst meine Verpflichtung dir gegenüber ins Riesenhafte.«

»Du sagst es«, meinte sie, frivol lachend. »Und ich kann's schon gar nicht mehr erwarten, daß du dich der Einlösung deiner Verpflichtung gewachsen zeigst. Wo ist denn nun dein Zimmer?«

Kurz darauf war die Frage zu beantworten, wer als erster zur Badbenützung an der Reihe wäre.

»Du«, sagte sie zu ihm. »Ich brauche länger als du. Inzwischen kannst du ja dann schon das Bett anwärmen.«

»Brauchen wir denn ein warmes Bett?«

»Das wird ganz von dir abhängen, Liebling.«

»Ich lege dir im Bad frische Handtücher zurecht.«

»Eines, das nicht zu klein ist, mag vorerst genügen.«

Ehe er die Badezimmertür hinter sich schloß, hörte er noch, wie ihr Feuerzeug klickte, mit dem sie sich eine Zigarette anzündete. Dieses Klicken sollte sich in den nächsten Stunden noch oft wiederholen. Ingrid offenbarte die Angewohnheit, jedesmal, wenn sie von einem Gipfel der Lust hinabgefallen war in ein Tal hormonalen

Wiederaufbaus, eine Zigarette zu rauchen. Die bildete einen Leistungspegel, an dem mit unbedingter Zuverlässigkeit Fritz Brühes anwachsende Leistung zu messen war. Die Kippen im Aschenbecher gaben numerisch und fast auch im Wortsinn darüber Aufschluß.

Die Frivolität, mit der Ingrid Rehbein auf freundschaftlichem Fuß stand, veranlaßte sie, gegen Morgen zu sagen: »Fritz, in meiner Packung stecken nur noch zwei Zigaretten. Hast du noch welche?«

»Nein. Zwei werden dir aber, denke ich, reichen.«

»Denkst du? Und ich hätte gerne noch jede von ihnen in der Mitte auseinandergebrochen.«

»Ingrid!!«

»Ja?«

»Du machst mich fertig!«

»Das hast du wohl nicht geglaubt, wie?«

Er hatte es in der Tat nicht geglaubt, aber nun zögerte er nicht, einzugestehen, daß er sich geschlagen fühlte. Den kurzen Rest der Nacht, der ihm noch blieb, nachdem Ingrid ihn verlassen hatte, um auf ihr Zimmer zu huschen, schlief er wie ein Stein.

In dieser Nacht hatte Amor, der Gott der Liebe, auch noch im Zusammenhang mit einem anderen Paar zu tun.

Gegen ein Uhr früh fuhr Hermann Zumberg in seinem Porsche von Bernkastel zurück nach Wehlen. Wie immer drückte er aufs Gas. Bei ihm im Wagen saß seine Verlobte. Gar nicht verstohlen gähnte sie.

»Müde, Anne?« fragte er.

»Ja«, antwortete sie. »Aber du hältst mich schon noch wach mit deinem Tempo.«

»Angst?«

»Wär das ein Wunder nach dem Schrecken gestern abend?«

»Schuld hätte ich nicht gehabt, sondern der Laster.«

»Dazu kann ich wieder einmal nur sagen: Was hast du davon, wenn du tot bist?«

»Ich fahre eben zu schnell, willst du nicht vergessen, hinzuzufügen.«

»Du fährst eben zu schnell.«

Sie gähnte wieder. Es hatte, wußte sie, im Rahmen dieses Themas keinen Zweck, auf ihn einzureden.

»Ich bin daran interessiert«, sagte er, »dich bis Wehlen wachzuhalten.«

»Und dann?«

»Was dann?«

»Wenn du mich bis Wehlen wachgehalten hast, was dann?«

»Deine Frage allein zeigt, daß du einer Antwort von mir nicht bedürftig bist. Du weißt, was dann.«

»Ich weiß aber nicht, ob mir das heute noch Spaß machen wird.«

Spaß macht's dir doch eigentlich immer, dachte er, mehr als mir. Er sagte das aber nicht, sondern schwieg beleidigt.

»Aha«, meinte sie nach einer Weile. »Eingeschnappt.«

Er räusperte sich.

»Ich bin nicht eingeschnappt, meine Liebe, aber . . .«

Zweites Räuspern.

». . . aber ich frage mich, warum du, obwohl wir uns fast vier Wochen lang nicht gesehen haben, kein Verlangen nach mir zu haben scheinst.«

»Kein Verlangen nach dir . . . Du hast oft so komische Formulierungen am Leib, Hermann.«

»Komische Formulierungen? Wie soll ich es sonst ausdrücken?«

»Überhaupt nicht.« Sie rückte etwas hinüber zu ihm und drückte sich an seine Seite. »Nimm mich hernach einfach in deine Arme und . . .«

Sie brach ab, seufzte nur noch.

»Hernach?« hakte er ein.

»Hm.«

»Dann habe ich dich also mißverstanden, du weist mich nicht zurück?«

»Schon wieder eine solche Formulierung! Nein, ich weise dich nicht zurück.«

»Gehn wir zu dir oder zu mir?«

»Zu mir.«

»Dein Vater hat ja wohl nichts dagegen, wenn mein Wagen vor euerm Haus steht.«

»Nein. Abgesehen davon ist überhaupt unwahrscheinlich, daß er heute nacht noch nach Hause kommt. Du hast ja erlebt, daß die in Bernkastel ihn festgehalten haben. Der Geschäftsabschluß mußte gefeiert werden, und mit Promille fährt er eigentlich nie. Er fürchtet das Bußgeld.«

»Mehr als das Gefängnis!« lachte Zumberg.

Die ersten Häuser von Wehlen tauchten im Scheinwerferlicht auf.

»Er hat heute eine Gelegenheit genutzt«, fügte Zumberg hinzu, »mich wieder einmal zu fragen, wann wir heiraten werden, Anne.«

»Solche Gelegenheiten nutzt er bei mir jeden zweiten Tag, Hermann.«

»Und was sagst du ihm?«

»Bald.«

»Mir sagst du das aber nicht, wenn ich dich frage.«

»Doch.«

»Nein.«

»Vielleicht fragst du mich zu selten danach.«

Der Wagen verlangsamte die Fahrt und stoppte vor der Selzer-Villa, wie sie im ganzen Ort hieß. Annes Verlobter stellte den Motor ab, zog den Zündschlüssel aus dem Schloß, drehte sich halb hinüber zu seiner Braut und sagte, mit den Wagenschlüsseln klimpernd: »Ein Hermann Zumberg fragt das nicht jeden zweiten Tag, meine Liebe.«

Anne blickte ihn daraufhin ein Weilchen an, nickte und antwortete nur: »Ja.«

Ich mag ihn doch, dachte sie dabei, er gefällt mir, alle beneiden mich um ihn, aber manchmal fällt er mir auf den Wecker — so wie jetzt eben.

Ein Hermann Zumberg fragt das nicht jeden zweiten Tag . . .

Wie das klingt!

Ein Hermann Zumberg . . .

Einverstanden wäre ich gewesen, wenn er gesagt hätte: Mir geht es gegen den Strich, basta!

So drückt sich ein normaler Mensch aus.

Die Villa lag im Dunkeln.

»Habt ihr eigentlich schon eine Alarmanlage gegen Einbrecher?«

»Nein.«

»Immer noch nicht?«

»Vater will nach wie vor keine. Eine richtige kostet zwanzigtausend Mark, sagt er, und das ist ihm zuviel. Er hat sich einen Kostenvoranschlag machen lassen, und damit war das Thema für ihn erledigt.«

»Ich verstehe ihn nicht.«

Sie öffnete auf ihrer Seite die Wagentür.

»Laß uns reingehen«, sagte sie.

Im Bett bewahrheitete sich, daß Anne Freude an der Liebe hatte. Er war begeistert von ihr und sie keineswegs enttäuscht von ihm. Schließlich konnte er für sich in Anspruch nehmen, alles andere als ein Anfänger auf diesem Feld zu sein. Möglich, daß ihn ein gewisses Übermaß an Routine auszeichnete.

Aber darum hätten viele Stümper froh sein können.

Wie alt bin ich? fragte er sich. Zweiundvierzig. Das würde mir keiner glauben, wenn er mich hier sähe. Erst recht keine Frau, die mich erleben würde, außer die eine, die mich soeben genießt. Die kennt ja mein Geburtsjahr — leider.

»Zufrieden, Anne?«

»Ganz und gar! Du auch?«

»Ich fühle mich gedrängt, dir einen Wunsch zu erfüllen.«

»Welchen?«

»Irgendeinen, den du äußern kannst. Hast du auf Anhieb einen?«

»Ja, hätte ich schon.«

»Sag ihn mir.«

»Du darfst mich aber nicht auslachen.«

»Nein.«

»Er ist nicht billig, Hermann.«

»Sag ihn mir, Anne.«

»Ich möchte mich malen lassen.«

Er war überrascht, faßte sich jedoch schnell.

»Malen?«

»Ja. Jetzt lachst du mich doch aus, nicht?«

»Keineswegs, warum sollte ich?«

»Weil ich bisher nur Gemälde von großen Damen gesehen habe, von Fürstinnen und so, in Museen.«

»Du irrst. Es gibt längst auch Porträts von normalen Sterblichen. Das ist nur eine Frage der Honorierung. Früher hatten eben nur Fürstinnen und dergleichen Geld.«

Sie waren beide nackt, und Anne drückte ihre Schenkel und ihre jungen, festen Brüste an ihn. Das bewog ihn dazu, auszurufen: »Ich lasse dich malen! Der Preis spielt keine Rolle!«

»Wirklich?«

»Düsseldorfs bester Kunstmaler wird dich porträtieren!«
»Der beste Koblenzer würde mir genügen.«
Die zweite Überraschung war fällig bei ihm.
»Kennst du da einen?«
Sie richtete sich ein bißchen auf im Bett, stützte sich auf einen Ellbogen und machte sich mit der anderen Hand unter der Decke an ihm zu schaffen.
»Hermann«, sagte sie, »das muß ich dir erklären. Bald findet bei uns hier ein großes Jubiläum des Winzervereins statt . . .«
»Ja«, sagte er, ihren Worten — ihren *Worten!* — nur mit halber Aufmerksamkeit folgend.
»Und dazu will mein Vater ein Gemälde seines großen Weinbergs haben . . .«
»Ja.«
»Den Maler hat er schon engagiert.«
»Ja.«
»Aus Koblenz.«
»Ja«, sagte Zumberg nur noch mit einem Viertel seiner Aufmerksamkeit.
»Er heißt Brühe.«
»Brühe?!« fuhr Hermann Zumberg auf.
Und dann erwachte seine Erinnerung wieder zum Leben.
»Der hat mir ja selbst schon alles erzählt!«
»Wann?«
Annes Hand unter der Decke hatte innegehalten.
»Wann hat er dir alles erzählt?«
»Gestern. Wir saßen an einem Tisch.«
»So? Das hast du mir ja noch gar nicht gesagt.«
»Es bestand keine Veranlassung dazu. Und von dem willst du dich, wenn ich dich richtig verstanden habe, malen lassen? «
»Warum nicht?«
»Von *dem?«*
»Was hast du gegen ihn? Er hat sich dazu angeboten.«
»Er ist doch eine Null, ein junger, unbekannter Niemand! Das hat er mir selbst gesagt!«
»Was hat er selbst gesagt?«
»Daß er noch unbekannt ist!«
Anne zog ihre Hand unter der Decke heraus.
»Und damit ist er für dich erledigt, wie?«

»Wenn du so willst, ja! Was soll ich mich mit ihm befassen?«

»Ich finde das eigentlich prima, daß er selbst das sagt. Andere machen Sprüche, erzählen dir die tollsten Sachen ...«

»Wahrscheinlich gehört das zum Erfolg, der sich auf Dauer nur so einstellt.«

»Bei van Gogh, um nur einen zu nennen, hat er sich nie eingestellt. Zu Lebzeiten jedenfalls nicht.«

»Was interessiert der dich plötzlich?«

»Er fand keine Anerkennung, verzweifelte und brachte sich um.«

»Er war verrückt.«

»Aber gestern stand in der Zeitung, daß bei einer Auktion in London ein kleines Bild von ihm für zwei Millionen Dollar einen Käufer gefunden hat.«

»Wozu erzählst du mir das? Warum hast du deine Hand weggenommen?«

»Ich möchte, daß du mir meinen Wunsch erfüllst.«

»Daß ich dich also nicht in Düsseldorf porträtieren lasse, sondern hier in Wehlen, von einem Nobody? Verstehe ich das richtig?«

»Ja.«

»Von einem jungen, unbekannten van Gogh«, höhnte er.

»Ja, du Snob!«

»Snob?«

»Bist du etwa keiner?«

»Gib deine Hand her!«

»Nein.«

»Bitte.«

»Nur, wenn du ...«

»Ja.«

»Wirklich?«

»Ja ... schön ... ja, ja, ja ... schööön ... jaaaa ...«

Jean Küppers, genannt Schang, das Hausfaktotum vom »Winzergold«, schälte wieder einmal Kartoffeln. Diese Arbeit ging ihm gut von der Hand, er verrichtete sie schon seit vielen Jahren. Sie bot ihm auch noch Gelegenheit, das wurde bereits einmal gesagt, seinen Gedanken nachzuhängen.

Er müsse, sagte er sich heute, das Fräulein Anne fragen, ob sie ihn nicht mit mehr Aufträgen eindecken könne, mit Aufträgen, die nicht mit dem ganzen Betrieb, sondern nur mit ihr persönlich zu tun hätten und nur ihr persönlich zustatten kämen. Es kümmere sich doch keiner so um ihre Belange wie er.

»Schang!« rief die Köchin aus dem Küchenfenster.

Er schreckte aus seinen Gedanken auf.

»Ja?«

»Wo sitzt du denn? Ich sehe dich nicht!«

»Wo ich immer sitze, im Hof, im Schatten. Du siehst mich nicht, weil einer seinen Lieferwagen dazwischengestellt hat.«

»Komm her, ich brauche dich!«

Jean folgte gemächlichen Schrittes dem Ruf. Am Küchenfenster erwartete ihn eine große Schüssel mit Frischgemüse, das er zusätzlich noch putzen sollte.

»Das ist Mädchenarbeit«, meuterte Jean, der Wert auf Differenzierung zu legen pflegte, brummig. Kartoffeln schälen ließ er sich noch eingehen — aber mehr nicht!

Die Köchin jedoch war Diplomatin. Sie kannte ihren Pappenheimer.

»Du hast ja recht, Schang«, sagte sie. »Aber ich bin im Druck. Die Nelly mußte zum Zahnarzt. Allerdings sagt unser Fräulein Anne immer, daß sie, wenn Not am Mann ist, nur verständigt werden muß, um einzuspringen. Dann rufe ich halt die an.«

»Zum Gemüseputzen?«

»Ja.«

»Bist du verrückt? Unser Fräulein Anne?«

»Ich habe niemanden sonst, Schang. Aber wir müssen keine Hemmungen haben, sagt sie, sie ist sich da für nichts zu gut.«

»Gib die Schüssel her!«

»Muß nicht sein, Schang. Mädchenarbeit bleibt Mädchenarbeit, ich seh' ein, daß ich dir diesbezüglich nicht widersprechen kann.«

»Du sollst die Schüssel hergeben!«

Nachdem dann die ganze Portion Kartoffeln, die heute benötigt wurde, geschält und das Gemüse geputzt war, geizte die Köchin nicht mit Lob.

»Schang, du weißt ja gar nicht, wie wichtig deine Hilfe gerade heute war. Wir hätten auf das Fräulein Anne nämlich kaum zurückgreifen können. Sie braucht Schonung. Ihre Nerven.«

Jean erschrak.

»Ist sie krank?«

»Wir müssen froh sein, daß sie noch lebt.«

Der arme Schang konnte gar nichts mehr sagen, sondern griff sich nur stumm ans Herz.

»Diese verdammten Autos!« fuhr die Köchin fort. »Man sollte sie alle verbieten!«

»Unfall?« krächzte Jean. Mehr brachte er nicht hervor.

»Um ein Haar, Schang. Und was für einer! Das hätte nur Tote gegeben. Zusammenprall mit einem Laster. Auf der Fahrt nach Bernkastel. Unser Kellner, der Gollwitzer, hat's erzählt. Er wurde gestern abend noch angerufen. Von Fräulein Anne selber.«

Endlich war Jean zu einer zusammenhängenden Äußerung fähig.

»Ist der Zumberg wieder zu schnell gefahren?«

»Das wissen wir nicht, Schang.«

»Er fährt doch immer zu schnell! Alle wissen das!«

»Schuld wäre der Laster gewesen, heißt's.«

»Ach was! Der fährt wie eine gesengte Sau! Wir sehn ihn doch oft genug, wenn er hier ankommt oder abbraust wie 'n Verrückter!«

Und dann atmete Jean Küppers tief ein, ballte die mächtigen Fäuste, stieß die Luft wieder aus und verkündete: »Dem zünde ich den Schlitten noch an, das sage ich dir!«

»Schang!!«

»Jawohl, das sage ich euch allen!«

Fritz Brühe war fleißig am Kunstmalen. Täglich schleppte er nach dem Frühstück sein Gerät an den Ort seines Schaffens und kam nur zu den unumgänglichen Mahlzeiten wieder herunter ins Tal. Am Beginn des jeweiligen Tagewerks fiel es ihm nicht leicht, den Berg zu erklimmen, da er selten richtig ausgeschlafen war. Mal hatte ihn Ingrid Rehbein nächtlicherweile über Gebühr in Anspruch genommen, dann wieder fehlten ihm, wenn ihn der Wecker zum Aufstehen rief, die Stunden, die er am Abend zuvor bis über Mitternacht hinaus am Wirtshaustisch zugebracht hatte. Seine Pflicht, zu deren Erfüllung er von Baptist Selzer nach Wehlen geholt worden war, kam dabei jedoch, wie gesagt, nicht zu kurz. Der Winzer, zu dessen Lebensprinzipien es gehörte, nur ja keine Mark aus dem Fenster hinauszuwerfen, konnte deshalb nicht umhin, ihm innerlich irgendwie Anerkennung zu zollen. Das ging so weit, daß er aus dem gleichen

Grund eines Tages sogar an der Intelligenz des jungen Malers zu zweifeln begann.

»Anne«, sagte er zu seiner Tochter, »der Kerl ist doof.«

»Wer?«

»Der Brühe.«

»Und warum?«

»Ich habe ihn für drei Wochen bei freier Kost und Logis engagiert. Wenn er aber so weitermacht, wird das Bild in der Hälfte der Zeit fertig. Dadurch erspart er mir glatt fünfhundert Mark Aufwand für ihn.«

»Willst du ihn denn dann vorzeitig schon nach Hause schikken?«

»Was denn sonst?«

»Schlag dir das aus dem Kopf, Papa.«

»Was? Was sagst du?«

»Daß du dir das aus dem Kopf schlagen sollst.«

»Ich verstehe dich nicht. Wieso?«

»Erstens kannst du dir ruhig angewöhnen, dich mal etwas nobler zu zeigen —«

»Wie? Wie hieß dieses Wort?«

»Nobler.«

»Nobler? Willst du mich an den Bettelstab bringen?«

»Und zweitens braucht Herr Brühe die ganzen drei Wochen — und vielleicht sogar noch etwas länger —, um ein zweites Gemälde anzufertigen.«

Baptist Selzer guckte dumm.

»Welches zweite Gemälde? Und auf wessen Kosten?«

»Nicht auf die deinen.«

»Sondern?«

»Auf die von Hermann.«

»Deinem Verlobten?«

»Ja.«

»Das bringt mich zu der Frage: Wann heiratet ihr nun?«

»Bald, Papa.«

»Und um welches Gemälde geht's? Wenn der Hermann ein solches haben will, dann soll er auch die ganzen Kosten tragen und nicht einen Teil davon auf mich abwälzen wollen. Was gehen mich seine Wünsche an? Gar nichts.«

»Doch, die gehen dich schon auch etwas an.«

»Wieso? Das möchte ich gerne wissen.«

»Weil es ein Bild von deiner Tochter werden soll.«

Selzer, der im Zimmer herumgelaufen war, blieb abrupt stehen.

»Von *dir?*«

»Ja.«

»Wer hat dich denn auf diese Idee gebracht?«

»Ich mich selbst.«

Nun gut, warum nicht? Es war typisch für Selzer, daß er sich bei der Tatsache an sich gar nicht lange aufhielt, sondern sich umgehend der für ihn wichtigsten Frage, die dem Ganzen entsprang, zuwandte.

»Der Hermann übernimmt das Honorar, sagtest du?«

»Er wollte sogar den bekanntesten Düsseldorfer Künstler anheuern.«

»Siehst du, das ist eben der Unterschied zwischen ihm und mir: Ich mußte und muß mir mein Geld selbst erarbeiten. Er hat's geerbt, deshalb sitzt's ihm wohl so locker in der Tasche.«

»Trotzdem empfiehlst du mir, ihn zu heiraten, obwohl er in deinen Augen ein Verschwender ist. Das kann doch gefährlich für mich werden.«

»Nur, wenn du ihn nicht an die Kandare nimmst. Darauf mußt du von Anfang an achten, merk dir das.«

Anne lachte.

»Sollte ich's mal vergessen, bist du ja auch noch da, um mich sofort daran zu erinnern, Papa.«

»Ich lebe nicht ewig, mein Kind.«

»Aber noch lange, bei deiner Gesundheit.«

»Wie groß soll dein Bild werden?«

»Das weiß ich nicht.«

»Was sagt denn der Brühe?«

»Noch gar nichts.«

Der Winzer, der längst wieder im Zimmer herummarschiert war, blieb wieder einmal stehen.

»Gar nichts? Was heißt das? Ihr werdet doch über das Projekt schon gesprochen haben?«

»Konkret noch nicht.«

»Dann wenigstens vage?«

»Ehrlich gesagt, Papa, ich habe ihm überhaupt keine Aussichten eröffnet, daß es zu einem solchen Auftrag kommen könnte.«

»Aber jetzt neigst du dazu?«

»Mehr: Ich bin entschlossen, Papa.«

»Und warum?«

»Weil es mir gelungen ist, die Frage der Finanzierung zu lösen.«

Baptist Selzer lachte herzlich. Anne machte ihn stolz. Wohlwollend sah er sie an. Sein eigen Fleisch und Blut konnte sich halt doch nicht verleugnen. Das sagte sich Baptist Selzer und riet Anne, nun aber sehr bald konkret mit dem Maler zu sprechen.

Anne war gar keine Tochter des Baptist Selzer, doch das wußte weder sie noch er. Greta Selzer, geb. Heinze, die verstorbene Ehefrau des Winzers, hatte Anne von einem traurigen Ausflügler aus Kevelaer am Niederrhein empfangen. Kevelaer ist ein berühmter Wallfahrtsort der Katholiken, denen besondere Marienverehrung ein Bedürfnis ist. Jener Ausflügler besaß im Schatten der Gnadenkapelle einen Laden mit Devotionalien — der Andacht dienenden Gegenständen —, die reißenden Absatz fanden. Elf Jahre lang ruhte Gottes Segen auf dem Geschäft, bis gleich einem Blitz aus heiterem Himmel eine Prüfung des Finanzamts über die Firma hereinbrach. Der Prüfer war ein Protestant aus Schlesien — diese Ketzer, diese Flüchtlinge! —, dem nichts im Schatten der Gnadenkapelle heilig war. Resultat: ein Steuernachzahlungsbescheid in Höhe von 368 364.— DM (in Buchstaben: dreihundertachtundsechzigtausenddreihundertvierundsechzig).

Den zusammengebrochenen Geschäftsinhaber schickte seine Frau zur Wiederbelebung an die Mosel, von der er immer schon angenommen hatte, daß in solchen Fällen nur sie einen Menschen wieder auf die Beine bringen könne, psychisch und physisch.

»Nütze deinen Ausflug«, sagte die Gattin beim Abschied zu ihm. »Versäume nichts, geh unter Menschen, lasse nichts aus.«

Er landete im »Winzergold«, lernte dessen Besitzer kennen, der genau wie er seinen Geschäften nachjagte und dadurch im Ehebett manches versäumte, was weniger kommerziell veranlagte Herren dazu verlockte, dort einzuspringen.

Selzer und der geknickte Ausflügler aus Kevelaer spürten die seelische Verwandtschaft, die zwischen ihnen bestand. Sie wurden rasch Freunde. Der Mann aus Kevelaer hieß Jupp Terboven.

»Baptist«, sagte er bei einer Flasche Wein, der noch zwei weitere folgten, »du bist der gleiche wie ich, rennst hinter dem Geld her, hast zu nichts anderem Zeit, und dann kommen die und holen dir mit einem Schlag alles weg, was du dir ehrlich erarbeitet hast. Ich werde aber nicht mehr so blöd sein. Meine Frau sagte: ›Laß dir nichts entgehen.‹ Daran will ich mich halten.«

»Jupp«, antwortete Selzer, »das ist doch Quatsch. Du kannst nicht aus deiner Haut raus, wirst schon sehen. Sagst doch selbst, daß du der gleiche bist wie ich. Und schau mich an, was sollte ich mir denn nicht entgehen lassen? Weiber? Dazu habe ich keine Zeit — und du auch nicht!«

Jupp Terboven blieb hartnäckig.

»Hier schon«, sagte er mit einem gewissen Gewicht in der Stimme.

Sein Blick wanderte dabei hinüber zur Theke, hinter der die lekkere Wirtin stand und einen Weinheber füllte.

Anderntags verreiste Baptist Selzer für eine halbe Woche geschäftlich ins Elsaß. Seine Frau versah er beim hastigen Abschied mit dem Auftrag: »Kümmere dich ein bißchen um den aus Kevelaer. Ich weiß ja nicht, ob das Zweck hat, aber er hätte es jedenfalls nötig. Die Schweine vom Finanzamt haben ihn völlig deprimiert.«

So wirkten denn, läßt sich zusammenfassend sagen, die Empfehlungen der Frau Terboven in Kevelaer und des Herrn Selzer in Wehlen über viele Kilometer hinweg zusammen, um einem neuen Menschenkind, einem Mädchen, mit dem weder sie noch er direkt zu tun hatten, das Leben zu schenken.

Das Mädchen erhielt den Namen Anna, aus dem später, auf deren eigenes Betreiben hin, Anne wurde.

Frau Greta Selzer wußte ihr Geheimnis absolut für sich zu behalten, das von ihr sogar mit ins Grab genommen wurde.

Zwischen Baptist Selzer und Anne bestand natürlicherweise keinerlei äußerliche Ähnlichkeit, eine innerliche jedoch durchaus, was kein Wunder war in Anbetracht der seelischen Verwandtschaft zwischen Jupp Terboven, Kevelaer, und Baptist Selzer, Wehlen. Hätte es für letzteren je einen Zweifel an seiner Vaterschaft geben können, wäre demselben durch einen Blick auf Annes innere Ähnlichkeit mit ihm der Boden unter den Füßen weggezogen worden.

Fritz Brühe, der sich, fast war's schon vergessen, Frédéric Bruhère genannt hatte, malte. Die Sonne brannte vom wolkenlosen Himmel herab. Die Luft flimmerte. Das kannte Brühe nun schon; die Sonne, die flimmernde Luft, die Insekten, die ihn, vom Weinberg angezogen, umkreisten und belästigten.

Aber er malte verbissen an seinem Bild. Ich Idiot, dachte er wiederholt dabei, aus meinem Atelier habe ich mich herausgesehnt ins Freie. So kann man sich täuschen.

Dann sah er, daß Anne Selzer den Abhang heraufkam.

»Guten Tag, Herr Brühe«, sagte sie, als sie ihn erreicht hatte.

»Guten Tag, gnädiges Fräulein.«

Kurzes Zunicken von ihm, dann Weitermalen.

Gnädiges Fräulein sagt er zu mir, dachte sie. Wieso denn? Was soll der Quatsch? Hat er doch früher nicht getan.

»Heiß heute, nicht?«

»Wie immer, gnädiges Fräulein.«

»Vielleicht kommt ein Gewitter und kühlt etwas ab.«

»Vielleicht, gnädiges Fräulein.«

»Aber dann müßten Sie vom Weinberg runterflüchten. Das würde Sie in Ihrer Arbeit zurückwerfen.«

»Leider, gnädiges Fräulein.«

Nun wurde ihr das zu bunt.

»Ich bin Anne Selzer!« rief sie, mit dem Fuß aufstampfend.

Er schenkte ihr einen kurzen Seitenblick, schwieg und malte weiter.

»Hören Sie nicht?« rief sie noch lauter.

»Doch«, sagte er, ohne seine Arbeit zu unterbrechen.

»Haben Sie mich nicht schon Anne genannt?«

Nun hielt er mit dem Pinsel inne.

»Gnädiges Fräulein«, sagte er, »Sie —«

Doch sie fiel ihm ins Wort.

»Ich will das nicht mehr hören! Was habe ich verbrochen? Ich dachte, wir hätten ein ganz anderes Verhältnis zueinander!«

»Sie haben das Gespräch mit mir brüsk abgebrochen, das war das eindeutige Ende unseres, wie Sie es nennen, ›Verhältnisses zueinander‹. Ich hatte Ihnen ein künstlerisches Angebot gemacht, und Ihre Antwort bestand darin, mich vor den Kopf zu stoßen. Aber das hätte mir noch nicht soviel ausgemacht. Mein Herz schlug, wenn ich so sagen darf, immer noch für Sie. Doch dann hatten Sie kein Auge mehr für mich. Wir sahen uns nur noch von weitem . . .«

»Ich hatte zu tun!«

»Herr Gollwitzer bestellte Ihnen meinen Dank dafür, daß Sie den

Zwang Ihres Vaters, nur Wein trinken zu dürfen, von mir nahmen. Keine Reaktion von Ihnen, kein freundliches Wort.«

»Ach Gott, Herr Brühe, was soll ich dazu sagen? Ich kann doch nicht den ganzen Tag herumlaufen und freundliche Worte um mich werfen.«

»Es ist ja auch egal.«

»Nein, egal ist das nicht.«

»Warum soll das nicht egal sein? Wer bin ich denn schon für Sie?«

»Herr Brühe, was reden Sie denn da? Ich will nicht, daß ein solches Klima zwischen uns beiden herrscht.«

Er blickte sie zweifelnd an, brummte dann etwas Unverständliches und wollte sich wieder seiner Leinwand zuwenden.

»Fritz!«

Sein Pinsel, der schon erhoben war, sank wieder herab.

»Ja?«

»Fritz, Sie wollten mich doch auch malen, und ich glaube nicht, daß eine solche Stimmung zwischen uns der Qualität Ihrer Arbeit zuträglich wäre.«

Es vergingen ein paar Augenblicke, bis er sagte: »Soll . . . soll das heißen, daß ich Sie doch malen soll?«

»Ja, Fritz«, nickte sie.

»Aber Sie wollten das doch nicht.«

»Man kann seinen Standpunkt auch ändern — oder?«

Er blickte sie wieder zweifelnd an, schwieg.

»Oder wollen *Sie* mich nun nicht mehr malen, Fritz?«

»Natürlich!« stieß er fast böse hervor.

Sie lächelte. Dann lächelte auch er. Damit war ein neues Element in ihre Unterhaltung getreten.

»Wir können also«, sagte sie, »wenn Sie mit dem Weinberg fertig sind, mit meinem Porträt beginnen?«

»Ja.«

»Dann müssen Sie mir aber sagen, wie Sie mich als Modell wünschen — was ich anziehen soll usw., meine ich.«

»Am besten etwas ganz Einfaches, nur keine große Robe. Rock, Bluse — so wie jetzt. Das sehen wir dann schon.«

»Das Honorar —«

»Darüber müssen wir nicht reden«, unterbrach er sie. »Ich schenke Ihnen das Bild.«

»Nein!«

»Doch!«

»Hören Sie, Fritz, das wäre schön dumm von Ihnen. Ich selbst muß nämlich für das Honorar gar nicht aufkommen.«

»Wer dann? Ihr Vater? Hat er sich bereit erklärt, zu zahlen? Dann allerdings . . .«

»Nein, der nicht«, sagte Anne.

»Wer dann?«

»Herr Zumberg.«

»Herr . . .«

Fritz Brühe verstummte.

»Ach ja«, sagte er dann nur.

Anne bemerkte seine Enttäuschung und suchte ihm die Sache schmackhaft zu machen. Sie erwähnte den Reichtum Zumbergs und machte es dadurch nur noch schlimmer.

»Gucken Sie nicht so böse, Fritz«, sagte sie. »Langen Sie zu, der spürt's nicht. Fordern Sie ruhig das Drei- oder Vierfache Ihrer bisherigen —«

»Von dem will ich kein Geld!« schnitt er ihr das Wort ab.

Baß erstaunt antwortete sie: »*Was* wollen Sie von dem nicht?«

»Kein Geld!«

Sie schüttelte den Kopf.

»Warum nicht, um Himmels willen?«

»Anne«, zwang er sich zu erwidern, »wenn ich Ihnen das extra erklären muß, hat's keinen Zweck. Sie werden mich jedenfalls niemals soweit bringen, daß ich mich in den Sold des Herrn Zumberg begebe.«

»Wie war das?«

»Sie werden mich niemals soweit bringen, daß ich mich in den Sold des Herrn Zumberg begebe.«

»Großer Gott, wie redet ihr Männer oft daher!«

Er schwieg.

Sie betrachtete ihn, schüttelte wieder den Kopf.

»Ich verstehe Sie nicht, Fritz.«

In seinem Gesicht ging sichtlich ein Vorhang herunter.

»Das tut mir leid, Fräulein Selzer.«

»Wieso ›Fräulein Selzer‹? Warum nicht gleich wieder ›gnädiges Fräulein‹? Sie machen mich verrückt, Fritz!«

Er schwieg.

»Hören Sie, der hat's«, fing sie noch einmal an. »Den machen Sie nicht ärmer.«

»Das Thema ist für mich abgeschlossen.«

Ihr platzte der Kragen.

»Verdammt noch mal, dann eben nicht! Aber sind Sie sich im klaren, in welche Schwierigkeiten Sie mich damit bringen?«

»Sie?«

»Ja, mich! Wie soll ich ihm denn erklären, daß Sie mir das Bild schenken wollen? So sagten Sie doch? Verstehen Sie, er ist schließlich mein . . .«

Sie stockte und wußte nicht, warum.

». . . mein Bräutigam«, zwang sie sich fortzufahren. »Auf welche Gedanken müßte er dadurch kommen?«

»Auf falsche.«

»Sicher, aber sagen Sie ihm das. Der Verdacht wäre jedenfalls da und würde mich belasten.«

»Anne«, erwiderte er, sich räuspernd, »tut mir leid, ich kann Ihnen nicht helfen, es bleibt dabei, ich will von dem kein Geld.«

»Sie sind ein Narr!«

»Meinetwegen.«

»Dann muß ich mir das Bild wohl aus dem Kopf schlagen?«

»Es gäbe nur einen Weg . . .«

»Welchen?«

»Sie nehmen das Honorar von Herrn Zumberg zur Weiterleitung an mich in Empfang . . .«

»Und?«

»Sie behalten es.«

»Aber —«

»Kein Aber! Nur so geht's! Die Sache bleibt unter uns beiden, ich kann zufrieden sein, weil ich Ihnen das Bild ja tatsächlich geschenkt habe, und Sie können sogar sehr zufrieden sein, weil Sie das Bild haben und darüber hinaus auch noch das Geld, das Sie gut gebrauchen können, nachdem Sie Ihr Vater, wie Sie mir sagten, so kurz hält.«

»Das Geld können Sie auch sehr gut gebrauchen, Fritz — oder nicht?«

»Doch.«

»Na also, dann —«

»Nein!«

Die Verwunderung in ihrem Blick, als sie ihn ansah, hätte nicht mehr größer sein können.

»Fritz, Sie sind wirklich verdreht im Kopf.«

»Aber nicht im Herzen, Anne.«

Im Tal schlug eine Kirchturmuhr. Anne lauschte, zählte die Schläge mit und erschrak.

»O Gott! Zwei Vertreter warten, die ich bestellt habe. Ich muß die gegeneinander ausspielen.«

Sie machte auf dem Absatz kehrt und rief über die Schulter zurück: »Wiedersehen, Fritz!«

»Wiedersehen, Anne!«

»Vielleicht sehen wir uns heute abend in der Bar. Sind Sie da?«

»Hundertprozentig — wenn ich weiß, daß Sie kommen!«

»Gut!«

Noch am gleichen Nachmittag führte Anne Selzer, nachdem sich die zwei Vertreter sowohl mit Zähneknirschen als auch mit geschäftlicher Hochachtung von ihr verabschiedet hatten, zwei Gespräche, das erste mit ihrem Vater, das zweite mit ihrem Verlobten.

»Paps«, sagte sie, »ich habe mit Herrn Brühe gesprochen.«

»Und?«

»Er macht das Bild.«

»Daß er das Bild macht, ist mir klar. Was will er dafür haben?«

»Was schätzt du denn?«

»Wieder zweitausend?«

»Nein.«

»Mehr?«

»Weniger.«

»Weniger? Sehr gut. Um wieviel weniger?«

»Um zweitausend.«

»Wie? Das verstehe ich nicht. Zweitausend weniger zweitausend ist null.«

»Ganz richtig.«

»Willst du damit sagen, daß er . . .«

Dem Winzer schien die Stimme zu versagen.

»Ja, Papa.«

»Das gibt's doch nicht!«

»Doch, Papa.«

»Anne ...«
»Was?«
»Ist der verrückt?«
»Das habe ich ihn auch gefragt.«
»Von dem lasse ich mich auch noch malen.«

Der werde, setzte der Winzer hinzu, nie auf einen grünen Zweig kommen.

»Sag aber dem Hermann vom Ganzen nichts, Paps, und auch dem Brühe nicht, daß ich dich eingeweiht habe.«

»Warum nicht?«

Anne erklärte es ihm, und er folgte ihren Darlegungen mit uneingeschränkter Zustimmung.

»Das machst du ganz richtig«, pflichtete er ihr bei.

So ganz wohl war ihr aber bei der Geschichte nicht.

Ihr zweites Gespräch führte sie, wie gesagt, mit ihrem Verlobten.

»Hermann«, begann sie, »mit dem Bild geht alles klar. Herr Brühe will es im unmittelbaren Anschluß an den Weinberg in Angriff nehmen.«

»Du bleibst also dabei?«
»Wobei?«
»Daß der es macht?«
»Ja.«

»Mein Angebot steht immer noch, Anne, uns in Düsseldorf umzusehen.«

»Danke, nein.«

Nun wiederholte sich wörtlich die Frage, die auch Baptist Selzer gestellt hatte:

»Was will er denn dafür haben?«

»Den Preis«, antwortete Anne mit unbewegter Miene, »überläßt er dir.«

»Was?«
»Den magst du bestimmen.«
»Ist das sein Ernst?«
»Anscheinend ja.«
»Und wenn ich sage: hundert Mark?«
»Dann sagst du: hundert Mark.«
»Oder fünfzig Mark?«
»Auch dann.«

»Oder zehn?«

»Brächtest du denn das fertig, Hermann?«

Das war die richtige Frage zum rechten Moment. Er erinnerte sich, wer er war.

»Natürlich nicht. Ich doch nicht — Hermann Zumberg!«

Sie nickte.

»Aber einfach ist das nicht«, fuhr er fort. »Welchen Preis hieltest du denn für angebracht?«

Sie wiegte den Kopf.

»Ich weiß nicht ... Vater zahlt ihm für den Weinberg zweitausend ...«

»Eine stolze Summe. Um so mehr wundert mich die plötzliche Bescheidenheit des Künstlers.«

»Du mußt dich entscheiden, Hermann.«

»Für ein Porträt von dir kann ich wohl nicht weniger zahlen als dein Vater für einen Weinberg.«

»Wenn du es so siehst, Liebling, vermag ich dir nicht zu widersprechen.«

Hermann Zumberg biß in den sauren Apfel. Für einen prominenten Maler hätte er sich leichten Herzens von zehntausend Mark getrennt. Für einen Unbekannten taten ihm zweitausend in der Seele weh. So war er, und so sind viele Leute.

Die Bar war am Abend dieses Tages — eines Mittwochs — gut besetzt. Mehr als die Hälfte der Gäste waren Einheimische, die sich normalerweise während der Woche hier nicht so zahlreich sehen ließen, da sie früh raus mußten zur Arbeit, sich heute jedoch die Tatsache zunutze machen konnten, daß einer der katholischen Feiertage unmittelbar vor der Tür stand.

Sylvia ließ Fritz Brühe automatisch ein Bier einlaufen, nachdem er in ihrem Rayon aufgetaucht war und sich sozusagen unter ihre Fittiche begeben hatte.

»Lebhafter Betrieb heute, nicht?« sagte er.

»Die machen morgen alle nichts, können ausschlafen«, antwortete Sylvia mit deutlicher Geringschätzung. Leute, die in einem Abhängigkeitsverhältnis zur Arbeit standen, waren nicht so sehr ihr Geschmack. Bardamen haben das so an sich. Ihre namhafteren Einkünfte fließen aus anderen Taschen.

Fritz Brühe hätte normalerweise auch nicht zu den Favoriten einer Gewerbetreibenden wie Sylvia gehört. Doch er war ein anderer Fall.

»Was machst denn du eigentlich morgen?« fragte sie ihn.

»Ich? Wieso?«

»Wir könnten gemeinsam etwas unternehmen. Donnerstag ist mein freier Tag.«

»Auch wenn er mit einem Feiertag zusammenfällt?«

»Auch dann. Darauf bestand ich von Anfang an.«

»Und wer springt hier in der Bar ein?«

»Du wirst lachen — die Selzer.«

»Die?«

»Ja. Und die macht das wie eine Gelernte. Sollst mal sehn, wie die mit den Männern umgehen kann. Viel besser als ich«, sagte Sylvia voller Hochachtung.

Fritz schwieg.

»Also was ist?« griff Sylvia den alten Faden wieder auf. »Unternehmen wir gemeinsam etwas.«

»Tut mir leid, ich muß malen.«

»Auch morgen?«

»Ja, sonst werde ich nicht fertig.«

Sylvia war die Enttäuschung anzusehen. Seit die beiden sich kannten, hatte Fritz zwar immer wieder mal zu ihr hereingeschaut in die Bar, aber vorangekommen war dabei zwischen ihnen eigentlich nichts. Bruderschaft hatten sie getrunken, ja, doch sich darauf zu beschränken, war nicht Sylvias Absicht. Ihr gefiel dieser Habenichts — natürlich nicht zum Heiraten hätte er ihr gefallen, aber zum Schlafen mit ihm.

»Erwartest du jemanden?« fragte sie ihn, nachdem sie beobachtet hatte, daß sein Blick jedesmal zur Tür ging, wenn diese sich öffnete.

Im gleichen Augenblick kam Baptist Selzer mit Ingrid Rehbein herein.

»Ach den!« nahm Sylvia automatisch an. »Worüber wird er denn heute wieder meckern?«

Selzer erntete Zurufe seitens der Einheimischen, die ihn natürlich alle kannten. Sylvia hatte keine andere Wahl, als sich eilends um ihren Big Boss zu kümmern.

»Haben Sie einen Tisch für uns?« fragte Selzer sie.

»Bei deinem Maler wär' doch noch Platz«, meinte Ingrid Rehbein, die Lage überblickend, rasch.

Anscheinend war sie eine Frau, die gern mit dem Feuer spielte.

»Ein eigener Tisch wäre mir lieber«, sagte Selzer wenig begeistert. Da es aber keinen solchen mehr gab, drang Ingrid Rehbein mit ihrem Vorschlag durch.

Fritz Brühe erhob sich zur Begrüßung. Auch er verriet keinen Enthusiasmus. Zwischen ihm und Ingrid Rehbein hin und her blikkend, sagte Selzer: »Kennt ihr euch schon?«

»Flüchtig«, ließ Ingrid verlauten. »Herr Brühe war so freundlich, mir eine Bande angetrunkener Leverkusener vom Leib zu halten.«

Selzer war überrascht.

»Davon hast du mir gar nichts erzählt.«

»In vollster Absicht nicht, Baptist. Wie ich dich kenne, hättest du in deinem ersten Zorn keinen Leverkusener mehr in dein Lokal gelassen.«

»Kann schon sein«, grinste der Winzer.

Man setzte sich, und sofort sah Selzer einen Grund zur Beanstandung.

»Sylvia«, bekam diese zu hören, »ich halte es für falsch, die Erdnüsse so offen auf den Tisch zu stellen. Warum, ist klar. Die Gäste sollen sich geschlossene Packungen kaufen, statt kostenlos die offenen zu fressen.«

»Ich habe die Nüsse«, wandte das Barmädchen ein, »nur Herrn Brühe auf den Tisch gestellt.«

»Und warum dem, wenn ich fragen darf?«

Sylvia bekam einen roten Kopf und wußte nicht, was sie sagen sollte.

»Ich . . . ich . . .«, gackste sie herum, »ich . . . dachte . . .«

»Sie dachten auf alle Fälle falsch. Es geht nicht, daß ein Gast bevorzugt wird, und alle anderen sehen das. Entweder stehen auf jedem Tisch offene Nüsse — oder auf keinem. Da ich aber absolut dagegen bin, daß auf jedem Tisch offene Nüsse stehen, folgt daraus, daß sie auf keinem stehen. Etwas Klareres, Logischeres gibt es nicht. Verstanden! Auch Herr Brühe wird das einsehen.«

Das gemaßregelte Barmädchen kochte innerlich, dachte an Kündigung und ans Arbeitsgericht, beherrschte sich aber, nickte stumm und wandte sich ab, um hinter ihre Theke zu gehen.

»Sylvia!« rief Fritz ihr nach.

»Ja?«

»Vergessen Sie nicht, die Nüsse von hier mitzunehmen!«

»Ganz recht«, meinte Baptist Selzer hartgesotten, wie er war. Und dann fing er an, nach Herzenslust zu trinken, war guter Laune und wunderte sich, daß die anderen nicht so richtig mitzogen. Es entging ihm, daß Ingrid Rehbein unterm Tisch mit ihren Beinen ständig Kontakt mit Fritz Brühe suchte und fand. Sylvia aber, die viel weiter vom Schuß war, bemerkte es.

Der Bürgermeister von Wehlen weilte auch in der Bar. Selzer sah darin eine günstige Gelegenheit. Er müsse zu dem ein Viertelstündchen rüber, um mit ihm über ein Grundstück der Gemeinde zu reden, sagte er zu Ingrid und Fritz.

»Gott sei Dank!« stieß Ingrid hervor, als er weg war. »Nun können wir ungestört sprechen. Ich habe Sehnsucht nach dir.«

»Was war denn vorgestern und gestern? Ich wartete.«

»Ich konnte nicht kommen. Er war bei mir.«

»Was? Zwei Nächte hintereinander?«

»Ehrlich gesagt, über den würdest du dich wundern.«

»Wirklich?«

»Das glaubst du nicht! Das glaubt keiner!«

»Und trotzdem hast du noch Sehnsucht nach mir?«

»Ach, das ist doch etwas ganz anderes!«

»Was sagst du denn zu seinem Theater mit den Nüssen?«

»Fürchterlich!«

»Kann ich heute mit dir rechnen?«

»Nein, wieder nicht. Er will mich zum drittenmal beehren.«

»Und morgen und übermorgen?«

Sie zuckte die Achseln.

»Ich weiß es nicht, Schatz. Er ist wild auf mich. Ich würde mich ihm ja gerne entziehen, aber . . .«

»Was aber? Warum tust du's nicht?«

»Er sagt plötzlich, daß er mich heiraten will.«

»So sehr hast du ihn am Bändchen?«

»Ach . . .« Sie verstummte, hatte aber rasch das Gefühl, etwas hinzusetzen zu müssen, und fuhr fort: »Weißt du, ich bin geschieden, und ich lebe praktisch von der Hand in den Mund, das ist nicht angenehm. Und hier liegt gewissermaßen eine Million vor meiner Nase. Verstehst du, was ich meine?«

»Doch, doch, wenn nicht fünf Millionen.«

»Schätzt du?«

»Ja.«

»Und das ist es, was mich schwach macht. Wenn nur er mir auch besser zusagen würde.«

»Auf deine Situation paßt ein Sprichwort, meine Liebe.«

»Welches?«

»Keine Rose ohne Dornen.«

Beide lachten, Ingrid natürlich etwas gequält. Plötzlich brach Brühes Lachen ab, wie abgeschnitten. Er blickte in die Ferne. Ein abstruser Einfall war ihm gekommen, hatte von ihm Besitz ergriffen, ein schwerverständlicher Einfall, der krauser nicht mehr hätte sein können. Und doch erinnerte derselbe irgendwie an das Ei des Kolumbus.

»Fritz, was hast du?« fragte ihn Ingrid.

Sein Blick kehrte aus der Ferne zu ihr zurück.

»Ingrid, warum stürzt du dich eigentlich nicht auf den Zumberg?«

»Wie bitte?«

»Auf den Zumberg? Warum du dich eigentlich nicht auf den stürzt?«

»Auf Annes Bräutigam? Bist du verrückt?«

»Wie alt ist er?«

»Zweiundvierzig, sagte mir Baptist.«

»Und wie alt ist Anne?«

»Sie könnte seine Tochter sein.«

»Und wie alt bist du?«

»Ich ... ich ... was fragst du mich das?«

»Würdest du nicht viel besser zu ihm passen, geradezu ideal?«

»Ach, hör auf mit dem Blödsinn!«

»Sieht er nicht blendend aus?«

»Sicher, aber ...«

»Vergleiche ihn mit deinem Baptist.«

»Mach keine solchen Witze, ich bitte dich.«

»Und Geld hat er mindestens soviel wie der, wenn nicht noch mehr.«

»Wer ... wer sagt das?«

»Frag ihn doch selbst, da kommt er ja.«

Sylvia, die mit dem Rücken zur Tür saß, drehte sich um. Über die Schwelle traten Hermann Zumberg und seine Verlobte.

Das Saatkorn war gesät, nun konnte es, wenn das Schicksal es so wollte, in Ingrids Herz keimen.

Zwei Stühle wurden dazugestellt, dann aber gaben Zumberg und Verlobte als erstes bekannt, daß sie nur eine halbe Stunde bleiben könnten.

»Warum?« fragte Fritz enttäuscht und blickte Anne an, doch nicht sie, sondern Zumberg antwortete ihm: »Ich muß nach Madrid. In aller Herrgottsfrühe geht meine Maschine. Wurde erst vorhin verständigt. Anne fliegt mit.«

»Sie fliegen mit, Fräulein Selzer?« fragte Fritz sie.

»Sie will die Gelegenheit nützen, den Prado zu besuchen«, antwortete Zumberg ihm.

Mittlerweile saß auch Baptist Selzer wieder mit am Tisch.

»Den Prado?« fragte er. »Wer ist das? Ein Zirkus?«

»Aber Papa«, sagte Anne etwas verlegen, »eine der berühmtesten Gemäldegalerien der Welt.«

»So?« Der Winzer legte lachend seine Hand auf Ingrids Oberschenkel. »Würdest du nach Madrid fliegen, nur um diese Galerie zu besuchen? Wüßtest du nichts Besseres?«

Ingrids Antwort bestand aus zwei Teilen und war eine Demonstration, deren Bedeutung nur Fritz Brühe erkannte.

Erstens löste sie vom Oberschenkel mit ihren Fingern Selzers Hand und legte sie zurück auf dessen eigenen Oberschenkel; zweitens sagte sie nicht zu Selzer, sondern zu Zumberg: »Wenn ich mit Ihnen nach Madrid fliegen würde, wüßte ich mir in der Tat etwas Besseres oder — in meinen Augen — Wichtigeres. Ich ginge nicht in den Prado, sondern würde es meine Sorge sein lassen, daß Ihnen keine Spanierin den Kopf verdreht.«

Da war es ganz natürlich, daß sich Zumbergs Blick ganz aufmerksam auf Ingrid Rehbein richtete. Und was sah er zum erstenmal mit Bewußtsein? Ein erstaunlich attraktives Weib, dessen Reife einer knapp Zwanzigjährigen fehlte, bei der allein er nun schon längere Zeit Kostgänger in Erotik war. Resultat: ein kleiner Funke glomm in seinen Augen auf.

»Unser Bürgermeister«, erklärte Baptist Selzer ohne jeden Zusammenhang, »ist ein Idiot. Er will das Grundvermögen der Gemeinde nicht schmälern, sagt er, und läßt sich von mir nicht umstimmen. Ich habe mir den Mund fast fußlig geredet — umsonst!«

Die halbe Stunde, von der Zumberg gesprochen hatte, war im Nu um. Als sich er und Anne verabschiedeten, war dies praktisch für die ganze Gesellschaft am Tisch das Zeichen, sich aufzulösen, denn auch Baptist Selzer hatte plötzlich keine Lust mehr, noch länger zu bleiben.

»Komm, wir verziehn uns auch«, sagte er zu Ingrid. Die verdrehte daraufhin die Augen so, daß es zwar nicht er, aber Fritz Brühe sehen konnte.

»Und auf Ihr Honorar für das Bild«, wandte sich der Winzer an den jungen Maler, »lege ich noch einen Hunderter drauf.«

Daß er so sehr die Kontrolle über sich verlor, konnte nur auf übermäßigen Alkoholkonsum zurückgeführt werden.

»Wofür?« fragte Brühe.

»Dafür, daß Sie meiner zukünftigen Frau eine Bande betrunkener Leverkusener vom Leib gehalten haben.«

»Baptist, das wäre aber wirklich nicht nötig gewesen«, sagte Ingrid Rehbein draußen zu ihm, und der gute Baptist ahnte nicht, welch tiefer Wahrheitsgehalt in diesen Worten steckte. Er glaubte, seine zukünftige Ehefrau würde zum erstenmal schon eine Neigung verraten, gegen überflüssige Geldausgaben anzugehen, und das gefiel ihm.

Fritz Brühe fragte sich, ob auch er seinem Aufenthalt in der Bar ein Ende setzen sollte. Die Entscheidung schob er dem Barmädchen zu.

»Was meinst du, Sylvia?«

»Das liegt bei dir.«

»Wann machst du heute Schluß?«

»Zur Polizeistunde, wie immer.«

»Und dann?«

»Dann? . . . Was heißt dann?«

»Was machst du dann?«

»Schlafen gehen — was sonst?«

»Darf ich dir einen Vorschlag unterbreiten?«

»Wenn es der Vorschlag ist, den ich vermute, lautet meine Antwort: nein!«

»Warum?«

»Denkst du, ich habe nicht gesehen, daß zwischen dir und der vom Selzer etwas ist?«

»Sylvia«, erschrak Fritz, »bist du verrückt? Zwischen der und mir? Mit demselben Recht könntest du behaupten, zwischen mir und der Wehlener Pfarrersköchin ist etwas.«

Sie lachte kurz.

»Fritz, ich bin nicht blind.«

»Scheinbar doch.«

»Und blöd bin ich auch nicht.«

Er begriff, daß ihr unbedingt der Mund versiegelt werden mußte. Und was war dazu das beste Mittel? Genau dasjenige, welches ihm schon vorschwebte, als er zu seinem Vorschlag angesetzt hatte.

»Sylvia«, sagte er, »du bildest dir etwas ganz Falsches ein, und ich werde dir das beweisen.«

»Wie denn?«

»Indem ich bis zur Polizeistunde bleibe . . .«

»Zwecklos.«

». . . und dir anschließend zeige, was *du* mir bedeutest und nicht die vom Selzer.«

»Gib dir keine Mühe, als Lückenbüßerin mußt du dir eine andere suchen.«

»Lückenbüßerin?«

»Du sitzt doch heute zwischen sämtlichen Stühlen. Der Selzer hat dir die Seine entführt, und der Zumberg die Seine auch.«

»Der Zum . . .«

Der Schreck schnitt ihm das Wort mittendurch.

»Bist du wahnsinnig, Sylvia?«

Fast mitleidig antwortete sie: »Du müßtest dich selbst sehen, wenn du die anschaust. Deine Augen verschlingen sie. Mir brauchst du nichts zu erzählen, Fritz.«

»Sylvia, hör auf mit diesem Irrsinn!«

»Kein Irrsinn!« Sie betrachtete ihn kopfschüttelnd. »Aber wie kann man nur so blöd sein? Ich kenne die Kleine, für die existierst du doch überhaupt nicht. Die ist nicht anders wie ihr Alter. Was für die zählt, das sind die Zumbergs und nicht die Brühes.«

Zur Illustration ihrer Worte rieb das lebenserfahrene Barmädchen Daumen und Zeigefinger aneinander.

»Sylvia . . .«

»Du bist ein Idiot, Fritz!«

»Sylvia, und wenn ich dir sage, daß du vielleicht recht hast . . .«

»Nicht vielleicht — sicher!«

». . . daß du sicher recht hast, was dann?«

»Wie, was dann?«

»Kann ich dann bis zur Polizeistunde warten?«

Sie mußte sich das überlegen, doch als sie ihn eine Weile angeblickt hatte, schwand ihre ganze Härte, an der festzuhalten sie sich geschworen hatte, und sie antwortete plötzlich wieder lächelnd: »Ja, du Dummkopf.«

»Schon zurück?« fragte vier Tage später Fritz überrascht Anne, als er, wie üblich, vor seiner Leinwand saß und hingegeben malte und das Mädchen, das sich ihm unbemerkt genähert hatte, plötzlich vor ihm stand. Sie sah süß aus, einfach hinreißend. Wieder trug sie ihre Lieblingsausstattung — einen hübschen Rock, eine hübsche Bluse —, und sowohl unter jenem als unter dieser war, wie Männer im offenen Gespräch solche Fakten zu umreißen pflegen, »allerhand los«. Schlagartig setzten Fritz Brühes Tagträume ein, doch er wollte ihnen keinen Raum mehr geben. Er glaubte, mit sich ins reine gekommen zu sein.

»Es war toll«, sagte sie.

»Das glaube ich.«

»Madrid ist eine tolle Stadt.«

»Daran zweifle ich nicht.«

»Die Spanier sind tolle Leute.«

»Gute Stierkämpfer sind sie, habe ich mir sagen lassen.«

»Und der Prado — einfach toll!«

»Anne«, sagte er sarkastisch, »wissen Sie, mit was Sie zurückgekommen sind?«

»Mit was?«

»Mit der Tollwut.«

»Sehr witzig«, sagte sie eingeschnappt. »Was ist Ihnen denn heute schon über die Leber gelaufen, weil Sie so bissig sind?«

»Nichts.«

»Dann lassen Sie mir doch meine Begeisterung.«

»Ich lasse Ihnen alles: die Stadt, die Leute, die Stierkämpfer — nur eines neide ich Ihnen ...«

»Was?«

»Den Prado.«

»Das verstehe ich«, sagte sie rasch versöhnt. »Aus Ihnen spricht der Maler.«

»Natürlich.«

Sie sah ihn mit ihren wunderbaren Augen warm an. Durch und durch ging ihm das.

»Glauben Sie mir«, beteuerte sie, »ich habe mir sehr gewünscht, daß Sie dabei wären. Oft genug habe ich an Sie gedacht, gerade angesichts dieser herrlichen Bilder.«

»Sie hatten doch jemanden dabei.«

»Ach«, erwiderte sie mit einer wegwerfenden Handbewegung, »der geht doch nicht in den Prado.«

Dazu konnte er nur schweigen.

Nicht mehr schweigen wollte er aber, als sie fortfuhr: »Was sagen Sie zu meiner Idee, daß Sie auf Ihr Honorar für mein Porträt vielleicht doch nicht verzichten und es anlegen für eine Reise nach Madrid?«

»Nein!«

»Warum nicht? Ich habe mir das auf dem Rückflug ausgedacht. Es ginge. Das Honorar würde ausreichen, es beträgt zweitausend Mark . . .«

»Nein!«

»Fritz, so überlegen Sie doch . . .«

»Nein, sage ich!«

Seine Unnachgiebigkeit in diesem Zusammenhang hatte Anne schon einmal den Kragen platzen lassen; jetzt war es wieder soweit.

Anne begann zu schimpfen: »Himmel Herrgott, was sind Sie bloß für ein sturer Bock! Sie schaden sich doch nur immer selbst. Man will Sie zur Vernunft bringen, und was machen Sie? Sie stoßen einen vor den Kopf. Ich möchte nur wissen, warum ich mich mit Ihnen dauernd rumärgere.«

»Eben, das möchte ich auch wissen.«

»Treiben Sie's nicht zu weit, zwingen Sie mich nicht zum letzten Mittel!«

»Tut mir leid.«

»Ich bringe Sie nach Madrid, das garantiere ich Ihnen.«

»Ausgeschlossen!«

»Doch, ich bringe Sie!«

»Wie denn?«

Zornig blickte sie ihn an. Dazu paßte aber gar nicht, daß sie erwiderte: »Indem ich mitfahre.«

Er stand wie vom Donner gerührt.

»Überlegen Sie sich das«, setzte sie hinzu, wandte sich ab und ging rasch den Berg hinunter.

An diesem Tag machte Brühes Arbeit keine besonderen Fortschritte mehr. Immer wieder ertappte er sich dabei, daß sein Pinsel stillstand, weil zwischen demselben und seinem Schöpfergeist die Verbindung abgerissen war.

Ingrid Rehbein hörte in ihrem Zimmer, in dem sie einer Freundin in Koblenz in einem Brief schrieb, daß sich ihr Aufenthalt in Wehlen voraussichtlich noch ausdehnen werde, einen Wagen auf den Parkplatz fahren.

Ist das nicht der Porsche? fragte sie sich. Selbst Frauen können dafür ein Ohr haben.

Sie lief ans Fenster. Richtig, Herr Zumberg war gerade dabei, sich aus der Enge seines maßgeschneiderten Fahrersitzes zu winden. Die Rehbein ließ ihren Brief Brief sein, stellte sich rasch vor den Spiegel, zupfte ein paar Löckchen zurecht, machte zwei Wischer mit dem Lippenstift und eilte die Treppe hinunter. An der Tür verlangsamte sich ihr Schritt. Durchs Milchglas konnte man draußen den Schatten des Mannes sehen, der sich näherte. Die Rehbein legte die Hand auf die Klinke, und zwar im gleichen Moment, in dem dies auch der Mann draußen tat. Der programmierte leichte Zusammenprall war unvermeidlich.

»Oh!« stieß Ingrid Rehbein hervor.

Er: »Verzeihung!«

Sie: »*Ich* habe nicht aufgepaßt! *Ich* muß mich entschuldigen!«

Er: »Aber nein!«

Sie: »Doch, doch, ich weiß, daß ich sträflich geistesabwesend war. Und stellen Sie sich vor — ist das nicht lustig? —, ich war in Gedanken in Madrid.«

Er: »So?«

Sie: »Was werden die zwei jetzt dort machen, dachte ich.«

Das war wirklich zum Lachen, und beide taten es.

»Sie haben also nicht angenommen, daß ich — daß wir — schon wieder zurück sein könnten?« sagte er.

»Wirklich nicht, Herr Zumberg. Ich sehe Sie hier vollkommen überraschend.«

Der kleine Funken in seinen Augen glomm wieder auf, eine Idee größer jetzt.

»Haben Sie ein bißchen Zeit, Frau Rehbein?«

»Wieso?«

»Wir könnten im Lokal eine Tasse Kaffee zusammen trinken.

Oder fürchten Sie, daß Herr Selzer etwas dagegen haben könnte?«

Verständnislos schüttelte sie den Kopf.

»Herr Zumberg, fragen Sie mich doch nicht so etwas!«

»Warum nicht?«

»Weil ich Sie auch nicht frage, ob Sie fürchten, daß Fräulein Selzer etwas dagegen haben könnte.«

Wie er diese Antwort fand, das ging hervor aus seinem Ausruf: »Sie haben recht!«

»Außerdem scheinen Sie noch nicht zu wissen«, setzte Ingrid Rehbein hinzu, »daß Herr Selzer vor einer Stunde plötzlich weg mußte nach Köln. Er kommt auch nicht heute oder morgen zurück. Frühestens übermorgen.«

Der Kaffee wurde in Begleitung eines Kognaks getrunken, und zwar nicht eines Kognaks vom Lokal, sondern eines aus der Hand Zumbergs, der ihn von seiner Reise nach Madrid mitgebracht und auf seinem Zimmer deponiert hatte.

Spanischer Kognak, sagte er, sei für seinen Geschmack der beste der Welt, jedem französischen überlegen.

»Deshalb bringe ich immer einen mit. Ich hole ihn rasch, damit Sie sich selbst davon überzeugen können, Frau Rehbein.«

Nach drei Gläsern war Ingrid Rehbein beschwipst. Der letzte Rest ihrer Hemmungen, mit denen es ohnehin nicht weit her war, hatte sich verflüchtigt. Kaum anders erging es Zumberg, der vorher noch nichts gegessen hatte.

»Herr Zumberg«, sagte sie, »ich muß eine ernste Frage an Sie richten . . .«

»Bitte.«

»Können Sie sich vorstellen, daß ich Ihre Schwiegermutter werde?«

»Nein«, erwiderte er aus Überzeugung. »Aber etwas anderes kann ich mir vorstellen.«

»Was?«

»Daß Sie meine Geliebte werden.«

Zwischen den beiden wurden Nägel mit Köpfen gemacht.

»Siehst du«, sagte Ingrid, »darauf wollte ich hinaus, Hermann.«

»Kennst du Trier, Ingrid?«

»Die Porta Nigra?«

»Nein, die Hotelzimmer dort?«

»Ich hoffe, sie sind gut.«

»Wir werden es in den kommenden zwei Nächten feststellen. Einverstanden?«

»Und was sagen wir denen hier?«

»Daß du zwischendurch rasch nach Koblenz mußt, ich nach Düsseldorf.«

»Und wo treffen wir uns wirklich?«

»Ich hole dich hier in Wehlen mit dem Wagen vom Bahnhof weg.«

»Du meinst, das klappt, ohne daß uns jemand sieht?«

»Ja, sehen könnte uns höchstens der Schang, wenn er nach Gästen Ausschau hält, aber der ist zu blöd, um sich dabei etwas zu denken.«

Die Zimmer im »Winzergold« hatte, das wurde schon einmal erwähnt, Frau Wagner unter sich, eine zweimal verwitwete, gestrenge Wehlener Persönlichkeit. Nicht nur auf Sauberkeit der Fußböden, sondern auch auf moralische Reinheit zu achten, war ihr ein Bedürfnis. Und in letzter Zeit ging ihr da diesbezüglich etwas ganz entschieden gegen den Strich. Ihre Überzeugung wuchs, mit jemandem darüber reden zu müssen. Aber mit wem? Das Kapitel war heikel.

Frau Wagner entschied sich für Herrn Gollwitzer.

»Ihr Beruf«, sagte sie zu ihm, »setzt Diskretion voraus. Außerdem bietet er Ihnen in vieles Einblicke, die sich summieren zu dem, was man Lebenserfahrung nennt. Deshalb frage ich Sie: Was soll ich tun?«

Der Kellner fühlte sich geschmeichelt.

»Wo drückt Sie denn der Schuh, Frau Wagner?«

»Hoffentlich haben Sie etwas Zeit, ich muß nämlich ausholen . . .«

»Tun Sie das.«

Frau Wagner verschränkte die Finger ineinander, drückte sie sekundenlang gegen ihre Lippen, löste sie dann davon und begann: »Herr Selzer gab mir vor einiger Zeit den Auftrag, unser bestes Zimmer ganz besonders gut in Schuß zu bringen . . .«

Dies sagte sie nicht zu Gollwitzer, sondern zu ihren verschränkten Fingern, mit gesenktem Blick auf diese.

Nun aber erhob sie den Blick und richtete ihn auf den Kellner.

»Daß das nicht notwendig gewesen wäre, weiß keiner so gut wie

Sie, Herr Gollwitzer, denn meine Zimmer sind immer in Schuß.«

Der Ober nickte.

»Herr Selzer teilte mir damals mit, daß er einen persönlichen Gast erwarte«, fuhr Frau Wagner fort. »Eine ... Dame.«

Wenn man sagt, daß jemand sprachlich stolpern kann, so war dies in geradezu klassischer Weise bei Frau Wagner der Fall.

»Eine Frau«, verbesserte sie sich.

Auch dem ließ sie eine Korrektur folgen.

»Eine Person.«

Gollwitzers Mundwinkel zuckten.

»Diese Erkenntnis, eine Person vor mir zu haben, Herr Gollwitzer ...« Frau Wagner unterbrach sich: »Sie ahnen, von wem ich spreche, oder nicht?«

Gollwitzer nickte. Frau Wagner wiederholte: »Diese Erkenntnis, eine Person vor mir zu haben, gewann ich von Anfang an. Eine Dame läßt sich nicht von einem Witwer in ein Doppelzimmer einquartieren, ohne, wie mein verstorbener erster Mann in solchen oder ähnlichen Fällen zu sagen pflegte, Lunte zu riechen.«

Gollwitzers Mundwinkel zuckten stärker.

»Dieser Witwer — Sie wissen, wen ich meine, Herr Gollwitzer ...«

Er nickte.

»... und ich verlasse mich auf Ihre äußerste Diskretion in der ganzen Sache ...«

Er nickte mehrmals beruhigend.

»... dieser Mann hat zwar für sein Handeln eine gewisse Quittung verdient, wie ich meine, aber das, was ihm schon sehr bald angetan wurde, geht zu weit. Und darüber wollte ich mit Ihnen reden, Herr Gollwitzer.«

Der Kellner ließ seine ersten Worte in diesem Gespräch laut werden: »Was wurde ihm denn angetan, Frau Wagner?«

»Man betrügt ihn von zwei Seiten.«

»Von zwei Seiten?«

»Jawohl, diese Person setzt ihm Hörner auf — und wissen Sie, mit wem?«

»Nein.«

»Mit dem jungen Maler, der ihm auf der Tasche liegt. Das ist der Dank von dem!«

Andreas Gollwitzer erschrak. Fritz Brühe hatte nämlich inzwischen weitgehend sein Herz gewonnen.

»Wissen Sie, was Sie da reden, Frau Wagner?«

»Sehr gut!«

»Hoffentlich haben Sie Beweise?«

Hoffentlich hat sie keine, dachte er dabei.

»Die schläft öfter bei dem auf seinem Zimmer als auf ihrem eigenen.«

»Ich wiederhole: Haben Sie Beweise?«

»Einen untrüglichen.«

Verdammt! dachte er.

»Welchen, Frau Wagner?«

»Ihre Pillen.«

»Was?«

»Ihre Pillen.«

»Können Sie mir das näher erklären?«

»Sie wissen, wie die verpackt sind. Für jeden Tag eine. Sie hat die ihren schon zweimal beim Maler liegen lassen. Und der achtet auf so was gar nicht, räumt nichts weg. Dadurch fiel die Packung mir auf. Sie wissen, Herr Gollwitzer, daß ich selbst täglich durch die Zimmer gehe. Die Mädchen müssen ja unter ständiger Aufsicht stehen.«

»Frau Wagner, wie wollen Sie wissen, daß diese Packung der Rehbein — von der sprechen wir doch — gehörte? Stand ihr Name drauf?«

Sie lächelte überlegen.

»Nein. Das war auch nicht nötig.«

»Wieso nicht?«

»Ich habe die Packung, die bei Herrn Brühe lag, genommen, die noch vorhandenen Pillen gezählt und die Packung wieder hingelegt.«

»Und?«

»Anderntags fand sich die Packung bei Frau Rehbein auf dem Zimmer. Um Gewißheit zu haben, mußte ich nur wieder die Pillen zählen. Zweimal bot sich dazu sogar, wie gesagt, die Gelegenheit. Genügt Ihnen das? Oder glauben Sie, daß sich hier im Haus zufällig gleichzeitig mehrere Frauen mit dem ganz gleichen Pillenrhythmus aufhalten?«

Andreas Gollwitzers Mundwinkel zuckten nicht mehr. Mit großen Augen blickte er Frau Wagner an. Beängstigende Gedanken gingen ihm durch den Kopf.

Ich habe ja, erinnerte er sich, ihren ersten Mann nicht gekannt. Damals arbeitete ich noch in der Schweiz. Aber mit ihrem zweiten sprach ich oft. Ich empfand große Sympathie für ihn. Auch er sammelte Streichholzschachteln des vorigen Jahrhunderts. Er war ein stiller, in sich gekehrter Mann. Über Häusliches sprach er nie. Mit achtundvierzig starb er. Entschieden zu früh, dachten wir alle. Sollten wir uns geirrt haben? Würde er uns, wenn wir ihn heute noch fragen könnten, vielleicht sagen, daß wir keinen Grund gehabt hätten, ihn zu bedauern?

»Was sehen Sie mich so an, Herr Gollwitzer?«

»Ich frage mich, was Sie jetzt tun werden«, antwortete er.

»Deshalb habe ich mich doch an Sie gewandt. *Sie* sollen mir das sagen!«

»Nein, ich nicht, ich halte mich da raus.«

»Das ist kein Standpunkt, Herr Gollwitzer. Empfinden Sie keine Treuepflicht gegenüber Herrn Selzer?«

»Es genügt mir zu wissen, daß *Sie* diese Treuepflicht empfinden und entsprechend handeln werden, Frau Wagner.«

Zu retten ist zwar der sympathische Fritz Brühe nicht mehr, dachte er, aber ich für meine Person werde zu seinem Fiasko jedenfalls nichts beitragen.

»Ich habe aber Angst, Herr Gollwitzer.«

»Vor wem?«

»Das ist ja das Paradoxe an der Sache — vor Herrn Selzer.«

Der Kellner nickte mehrmals stumm. Das war seine Antwort.

»Wir kennen doch seine Wutanfälle, Herr Gollwitzer.«

»In früheren Zeiten, Frau Wagner, haben Despoten Leuten, die ihnen schlechte Nachrichten brachten, die Köpfe abschlagen lassen.«

»Wenn ich an Herrn Selzer denke, wollen mir diese Zeiten fast als noch gegenwärtig erscheinen.«

»Ich glaube«, sagte der Kellner, der plötzlich eine Chance für seinen Günstling Brühe zu wittern anfing, »Sie haben recht, Frau Wagner. Wenn Sie dem Chef das unterbreiten, was Sie eruiert haben, kann es sein, daß er alles zu Brei schlägt, was ihm unter die Finger kommt, womöglich auch Sie. Solche Leute sind unkontrollierbar und erinnern mich immer wieder an jenen Mann in Rom, der bei der letzten Fußballweltmeisterschaft im Fernsehen, als die gegnerische Mannschaft ein Tor gegen Italien schoß, sich auf seine Frau stürzte und, nachdem es dieser gelang, Reißaus zu nehmen, den Fernsehapparat aus dem sechsten Stock auf die Straße warf. Unten lief gerade ein Hund vorbei und bezahlte es mit dem Leben. Es hätte auch ein Mensch sein können, eine Mutter mit einem Kind unter ihrem Herzen meinetwegen. Der Zufall denkt sich da oft die unglaublichsten Steigerungen aus.«

Das reichte.

Frau Wagner fühlte sich tief enttäuscht von dem Kellner.

»Verhöhnen Sie mich?« fragte sie ihn.

»Wieso?«

»Die Mutter mit dem Kind unter dem Herzen hätten Sie sich sparen können.«

»Aber nicht den Wahnsinnigen, der den Fernsehapparat aus dem Fenster warf. Den hat's wirklich gegeben. Er stand in allen Zeitungen.«

»Unser Fall ist etwas ganz anderes. Die beiden lassen sich nicht miteinander vergleichen.«

»Wieso nicht? Wollen Sie etwa sagen, daß Sie sich keine Situation vorstellen können, in der Herr Selzer einen Fernsehapparat aus dem Fenster wirft?«

Frau Wagner blieb stumm.

»Na also«, meinte Gollwitzer, der spürte, daß es nur noch eines gewissen seelischen Drucks bedurfte, damit Frau Wagner auf seine Linie einschwenkte. »Außerdem möchte ich Sie an das erinnern, worüber Sie sich mir gegenüber im Vertrauen vor gar nicht so langer Zeit beklagt haben.«

»Worüber? Was meinen Sie?«

»Daß Sie wahrscheinlich die schlechtestbezahlte aller vergleichbaren Arbeitskräfte an der ganzen Mosel sind. Oder haben Sie mir das nicht gesagt?«

»Doch, aber meine Rentenbezüge —«

Gollwitzer unterbrach sie: »Ihre Rentenbezüge, jawohl, die sind's, die Herr Selzer ausnützt! Das tut er seit Jahr und Tag. Mit uns Kellnern kann er sich das ja nicht leisten, wir sind Mangelware. Außerdem bin ich Mitglied der Gewerkschaft. Aber mit Ihnen macht er, was er will. Stimmt's etwa nicht?«

»Schon, aber . . .«

»Na, sehn Sie.« Gollwitzer setzte dazu an, seinen letzten Schuß abzufeuern. »Deshalb verstehe ich Sie nicht.«

»Sie meinen . . .?«

»Was ich meine, ist klar: Lassen Sie ihn doch mit seinen Hörnern rumrennen, Frau Wagner! Was tangiert Sie das? Mir an Ihrer Stelle wäre es sogar eine Genugtuung.«

»Wenn Sie meinen, Herr Gollwitzer . . .«

Die Polizeistation in Wehlen hatte einen Besuch zu verzeichnen, der ihr schon zu einer kleinen Gewohnheit geworden war. Jean Küppers erschien in der Tür.

»Was verschafft uns heute die Ehre?« empfing ihn der diensthabende Wachtmeister ironisch.

Die Polizei war eine Behörde, welcher Jean Küppers seinen Respekt nicht versagte. Sie mußte eben sein. Seine Kontakte mit dem Wehlener Revier rührten daher, daß es bekanntlich ein Gesetz gibt, das den Bürgern eines zivilisierten Staatswesens körperliche Unversehrtheit garantiert. Dieses Gesetz und die Hauptaufgabe des Jean Küppers, genannt Schang, im »Winzergold« standen einander konträr gegenüber. Wenn Schang das Lokal von unliebsam gewordenen Gästen befreite, überschritt er manchmal — ohne es zu wollen — das als notwendig anzusehende Maß physischer Wirksamkeit. Und dann pflegte es bei der Polizei regelmäßig zu heißen: »Herr Küppers, gegen Sie ist wieder mal eine Körperverletzung anhängig.«

»In Ausübung meiner Pflicht«, antwortete Schang, auf den das Behördendeutsch schon abgefärbt hatte, auch regelmäßig mit Würde.

»Herr Wachtmeister«, erwiderte er heute, »der Grund meines Erscheinens ist diesmal ein anderer. Ich bin nicht vorgeladen.«

»Das weiß ich. Deshalb wundere ich mich, Herr Küppers.«

»Ich möchte eine Anzeige erstatten.«

»Sie? Eine Anzeige?«

»Aber keine offizielle.«

»Keine offizielle? Also eine inoffizielle, wollen Sie sagen?«

»Ja.«

»Inoffizielle Anzeigen gibt's nicht, Herr Küppers. Entweder — oder, verstehen Sie?«

»Sicher muß es die geben! Lassen Sie mich es Ihnen erklären: Ich meine eine Anzeige, bei der ich im Hintergrund bleibe.«

»Aha, eine anonyme Anzeige.«

»So was, ja.«

»Das hat zwar auch wenig Aussichten, aber sagen Sie mir mal, gegen wen sich denn diese Anzeige richten soll.«

»Gegen einen Herrn Hermann Zumberg.«

»Hermann Zumberg? Ist das nicht der Verlobte von Anne Selzer?«

»Von *Fräulein* Anne Selzer«, sagte Schang mit Betonung, den Wachtmeister dadurch zu etwas weniger Vertraulichkeit ermahnend. »Das ist auch der Grund, weshalb ich im Hintergrund bleiben möchte.«

»Und was soll der Gegenstand der Anzeige sein?«

Und nun verlor Jean Küppers die Beherrschung.

»Lebensgefährliche Raserei mit seinem Scheißporsche!« stieß er hervor.

»Also Geschwindigkeitsüberschreitung, meinen Sie«, kleidete der Wachtmeister das in die ihm richtig erscheinenden Worte.

»Ja.«

»Wann?«

»Ständig.«

»Wo?«

»Überall.«

»Herr Küppers«, seufzte der Wachtmeister, »damit können wir nichts anfangen — von der gewünschten Anonymität Ihrer Anzeige einmal ganz abgesehen.«

»Was heißt das?« regte sich Schang auf. »Der Mann ist eine Gefahr für alle. Habt ihr nicht gehört, was erst vor kurzem auf der Strecke nach Bernkastel um ein Haar wieder passiert wäre? Und unser Fräulein Selzer saß neben ihm. Wenn das nicht aufhört, bezahlt die es noch mit ihrem Leben. Um ihn wäre es ja nicht schade, aber um sie. Darum geht's mir.«

Die Katze war aus dem Sack.

»Nehmt ihm den Führerschein ab«, fuhr Schang fort, »mehr will ich nicht. Einsperren müßt ihr ihn ja gar nicht. Führerscheinentzug genügt. Ich passe dann schon auf, daß er hier nicht ohne Führerschein rumkutschiert.«

Ihm zu erklären, daß das alles nicht so einfach wäre, fiel dem Wachtmeister nicht leicht. Da brauche man konkrete Angaben. »Ständig«, »überall« usw. genüge nicht. Nötig sei: exakt wann, wo, wie? Zum Beispiel: um 16.32 Uhr — bei Kilometerstein 4 zwischen

Wehlen und Bernkastel — Kurve mit überhöhter Geschwindigkeit geschnitten.

»Verstehen Sie das, Herr Küppers?«

»Ich verstehe nur«, antwortete Schang, »daß ihr da nichts machen wollt.«

»Daß wir da nichts machen *können,* Herr Küppers.«

»Der darf also weiterhin eine Gefahr für alle sein?«

Der Wachtmeister zuckte die Achseln.

»Kann denn der alles machen?« regte sich Schang noch einmal auf. »Zuletzt habe ich ihn gesehen, daß er auch noch fremdgeht.«

»Fremdgeht?« So etwas stand zwar nicht unter gesetzlicher Strafe, aber es interessierte den Wachtmeister immer.

»Mit einer aus Koblenz, die sich unser Chef angelacht hat. Die zwei glauben wohl, ich bin doof, als ich sie gesehen habe. Aber das fällt unter Ihr Dienstgeheimnis, Herr Wachtmeister, sonst würde ich es Ihnen nicht erzählen. Als die ankam, habe ich ihr noch den Koffer getragen. In die Mosel hätte ich sie stoßen sollen mitsamt ihrem Koffer!«

Der Wachtmeister hob den Finger.

»Sind Sie froh, daß Sie das nicht getan haben, Herr Küppers. Uns genügen die bisherigen Körperverletzungsanschuldigungen gegen Sie, denen die mildesten Seiten abzugewinnen uns Mühe genug kostet und sicher noch lange kosten wird. Da muß kein Totschlag oder noch Schlimmeres hinzukommen.«

Als Schang aus dem Revier auf die Straße trat, brummte er in klassischer Selbstgesprächsmanier: »Was habe ich nur dauernd gesagt? Du mußt das in die eigenen Hände nehmen, Schang.«

Anne und Fritz machten es einander nicht leicht.

Schade, dachte sie, wenn sie ihn beobachtete, er ist ein netter Kerl, sympathisch, sieht gut aus, man möchte mit ihm zusammen sein, aber nur vorübergehend, ein Mann fürs Leben ist er nicht. Die Frau, die den mal heiratet, hat nicht viel von ihm, denn dazu gehört ja auch noch etwas anderes. Was sagt mein Vater immer? Dazu gehört vor allen Dingen eine Basis! Und damit hat er recht, das sagt nicht nur er. Ich könnte nicht in Armut leben. Das heißt jedoch nicht, daß ich nicht nach Madrid fahren möchte mit ihm. Das ist mir so herausgerutscht bei ihm, aber bitte, er ist Kunstmaler, anders bekommt er den Prado nie zu sehen, und wer sollte denn eine solche

Galerie erleben, wenn nicht ein Kunstmaler, damit er für sein Schaffen Nutzen daraus ziehen kann? Man wäre also direkt verpflichtet, sich dafür einzusetzen.

So dachte Anne.

Und Fritz?

Schade, sagte er sich, wenn er sie sah, sie ist ein so süßes Mädchen, eigentlich das süßeste, das mir je begegnet ist, doch sie hängt sich an einen alten Sack, der ihr Vater sein könnte, der aber Millionär ist. Und nur deshalb tut sie das auch, anders kann ich mir das nicht erklären. Als wenn sie nicht selbst genug besitzen würde. Aber so sind diese Leute, sie können den Hals nicht voll kriegen. Kennen kein anderes Interesse als nur das an Geld. In den Prado ist sie allerdings reingegangen. Er nicht. Sie sagte da etwas von Madrid, daß wir beide gemeinsam hinfahren sollen, gemeint war natürlich zum Prado, hoffe ich, aber daß das Wahnsinn wäre, ist mir klar. Nicht auszudenken, was da draus entstehen könnte, wenn's nach mir ginge. Und dann kämen wir zurück, und alles müßte wieder vorbei sein. Nee, nee, das tu ich mir lieber von vornherein nicht an. Übermorgen werde ich mit dem Bild des Weinbergs fertig, und dann wird's am besten sein, ich hau ab von hier. Ingrid und Sylvia, was ist mit denen? Na ja, die werden mir zwar nachweinen, schätze ich, aber ich kann ihnen nicht helfen. War ganz schön mit denen, erst mit Ingrid, dann mit Sylvia. Vielleicht geht das mit Ingrid in Koblenz noch eine Zeitlang weiter, doch dazu müßte auch sie ihre Zelte hier erst mal wieder abbrechen. Ob sie das tut? Möglicherweise gelingt es ihr, sich statt des Selzers den Zumberg zu angeln. Anzeichen dafür sind vorhanden. Lachen müßte ich. Das wäre ja mein Wunsch gewesen, daß die Verlobung Annes mit dem platzt. Ich hätte zwar nichts davon, aber freuen würde es mich natürlich trotzdem. Warum eigentlich? Fragt mich danach nicht. Der Mensch ist halt mal so.

Einen Tag später suchte Fritz Brühe Herrn Selzer in dessen Büro auf.

»Morgen kriegen Sie Ihr Bild«, eröffnete er ihm.

»Schon?«

»Ja.«

»Das ging ja wesentlich schneller als erwartet.«

»Der Weinberg«, witzelte Brühe, »war ein braves Modell. Er hat immer stillgehalten.«

Selzer lachte, dann fragte er, als ob er das nicht mehr gewußt hätte: »Was war als Honorar ausgemacht?«

»Zweitausend Mark.«

»Ach ja, richtig — plus ein zusätzlicher Hunderter.«

»Wofür?« fragte nun Brühe, als ob auch er das nicht mehr gewußt hätte.

»Haben Sie das vergessen? Weil Sie mir meiner Freundin andere Männer vom Leib gehalten haben.«

»Herr Selzer, auf diesen Betrag möchte ich verzichten.«

»Aha, der Kavalier in Ihnen diktiert Ihnen das, wollen Sie sagen.«

Brühe schwieg.

»Na gut, mein Lieber«, nickte Selzer, »ich verstehe Ihren Standpunkt, dann vergessen wir das eben. Daß ich Ihnen den Betrag gerne gegeben hätte, wissen Sie.«

»Ich reise morgen auch ab, Herr Selzer.«

»Wie bitte?«

»Das Bild ist morgen fertig, ich reise ab.«

Der Winzer schien nicht glauben zu können, was er da hörte.

»Und das Porträt meiner Tochter, Herr Brühe?«

»Das . . . das war doch kein ernst gemeintes Projekt. Ich wundere mich, daß Ihre Tochter überhaupt mit Ihnen darüber gesprochen hat. Anscheinend tat sie das aber.«

»Sie sind gut! Die spricht fast von nichts anderem mehr!«

»So?«

»Erst gestern teilte sie mir mit, daß sie sich eine neue Frisur überlegen müsse.«

»Nur das nicht!« rief Fritz.

»Habe ich auch gesagt. Aber sie sprach sogar vom Färben.«

»Großer Gott!«

»Von mir wollte sie sich das nicht ausreden lassen.«

»Was soll der Wahnsinn?«

»Soviel ich weiß, hat sie heute nachmittag schon einen Termin beim Friseur.«

»Das müssen Sie verhindern, Herr Selzer!« schrie Fritz Brühe fast.

»Ich? Wie soll ich das machen? Ich kann das nicht verhindern!«

»Sie sind doch der Vater!«

»Sie sagen es, ich bin der Vater. Aber als Vater kann man so etwas am wenigsten verhindern.«

Plötzlich schwand Brühes Aufregung, und er wurde ganz ruhig, gewissermaßen eiskalt.

»Gut«, sagte er, »dann werde ich mit ihr reden. Wo ist sie?«

»Auf der Post, irgendwas aufgeben, ein Einschreiben, glaube ich. Sie muß bald wieder zurück sein.«

»Ist sie zu Fuß?«

»Sicher, sind ja nur ein paar Schritte.«

»Ich gehe ihr entgegen.«

»Wissen Sie das Postamt?«

»Ja.«

Auf halbem Weg sah Fritz sie kommen. Blond leuchtete von weitem ihr Haar, das jeden Gedanken an eine andere Frisur oder gar Farbe für Fritz absolut ausschloß. Als sie ihn erkannte, leuchtete es in ihrem Gesicht auf. Sie verbarg nicht, daß sie sich freute, mit ihm zusammenzutreffen.

Finster hingegen blickte er ihr entgegen.

Sie hielten voreinander an.

»Wohin wollen Sie?« fragte sie ihn. »In den Ort?«

»Nein, ich suchte Sie.«

»Hat Ihnen Vater gesagt, wo ich bin?«

»Ja. Er hat mir aber auch noch etwas anderes gesagt.«

»Was denn?«

»Daß Sie verrückt sind!«

Normalerweise lacht man über so etwas, aber von Brühes gleichbleibend finsterer Miene ging die Empfehlung, nicht zu lachen, aus. »Total verrückt!« bekräftigte er.

Anne spürte, daß sie sich gegen etwas wappnen mußte.

»Und warum?« fragte sie.

»Weil Sie sich an Ihrem Haar versündigen wollen.«

Schon fühlte sich Anne wieder erleichtert. Das war ja halb so schlimm. Sie sagte: »Ich trage mich mit dem Gedanken, es ein bißchen zu verändern, ja.«

»Es ein bißchen zu verändern«, regte er sich auf. »Sie wollen es ruinieren!«

»Nein, ich —«

»Ihr Haar«, unterbrach er sie, »ist so, wie es ist, das schönste Haar, das ich kenne.«

»Das schönste, das Sie kennen?«
»Es ist prachtvoll.«
»Prachtvoll?«
»Es ist einmalig.«
»Einmalig?«
»Und Ihre Frisur ist die einzig richtige für Sie.«
»Wirklich?«
»Jawohl!«
»Aber ich dachte, die Locken etwas kürzer —«
»Nein!!«
». . . etwas kürzer wäre moderner.«
Ein Auto hupte kräftig. Fritz packte Anne bei der Hand und zog sie an den äußersten Straßenrand. Bürgersteig gab's dort keinen, wie so häufig in kleineren Orten. Erst hundert Meter weiter fing wieder einer an.
»Das war der Scheller Arnold«, sagte Anne.
»Welcher Scheller Arnold? Wo?«
»Der im Auto. Er erschreckt einen immer gern.«
»Idiot!«
»Ich ging mit seiner Schwester zur Schule.«
»Mich interessiert jetzt Ihr Haar, Anne. Kürzer, sagen Sie, wäre moderner.«
»Ja, daran gibt's doch gar keinen Zweifel, Fritz. Sehn Sie sich doch um.«
»Wollen Sie noch einmal an einer Wahl der Weinkönigin teilnehmen? Oder wollen Sie gemalt werden?«
Sie malen? Wer spricht denn davon? dachte er, sich selbst ertappt habend.
Anne war schlagartig rot geworden.
»Woher wissen Sie das?«
»Was?«
»Daß ich schon einmal zur Weinkönigin gewählt worden bin.«
»Das erzählen doch alle hier.«
»Papa gab damals keine Ruhe, ich hätte sonst gar nicht mitgemacht.«
»Ist ja auch keine Schande. Aber nun geht's darum, daß Sie gemalt werden sollen, und das bedeutet, daß Sie mit anderen Augen gesehen werden, als mit denen eines Weintrinkers — oder aus welchen Leuten immer sich eine solche Jury zusammensetzt.«

Annes Stimmungen wechselten schnell; das liegt so in der Art normaler junger Mädchen. Schon lachte sie wieder.

»Von Weintrinkern halten Sie wohl nicht viel, Fritz?«

»Bleiben wir bei Ihrem Haar. Ich male Sie nur, wenn an dem nichts geändert wird.«

»So?« lächelte sie.

»Das schwöre ich Ihnen.«

»Meinetwegen. Aber vorher möchte ich das noch einmal hören ...«

»Was wollen Sie noch einmal hören?«

»Daß mein Haar prachtvoll ist.«

»Prachtvoll.«

»Einmalig.«

»Einmalig.«

»Das schönste, das Sie kennen.«

»Das schönste, das ich kenne.«

»Gut. Und wissen Sie, von wem ich das noch nie so gern gehört habe?«

»Von wem?«

»Von Ihnen.«

»Von mir? Nicht von Herrn Zumberg?«

Den hatte sie wohl ganz vergessen, ja.

»Von dem?« erwiderte sie. »Wenn ich Ihnen verrate, was der mir empfiehlt, werden Sie sehr überrascht sein.«

»Was denn?«

»Daß ich mich dazu entschließen soll, Perücken zu tragen. Ein halbes Dutzend verschiedener Perücken. Er liebt die Abwechslung.«

»Wahnsinn!«

Mehr konnte Fritz Brühe dazu nicht sagen.

Sie gingen eine Weile stumm nebeneinander her, näherten sich dem »Winzergold«, bis schließlich Anne das Gespräch wieder in Gang setzte.

»Worüber wir uns noch nicht unterhalten haben, Fritz, ist, ob Sie mich im Freien malen wollen oder in einem geschlossenen Raum.«

»Das können Sie entscheiden, Anne.«

»Was würden Sie mir raten?«

»Jedes hat seine Vorteile und jedes seine Nachteile.«

»Das habe ich mir auch schon gedacht.« Sie blieb wenige Schritte vor dem Eingang des Lokals stehen. »Wissen Sie was?«

»Ja?«

»Wir beide überlegen uns das noch einmal bis heute abend, treffen uns nach dem Essen und gehen ein bißchen spazieren, um uns dann schlüssig zu werden. Einverstanden?«

»Gerne.«

Sylvia wienerte die Bar. Einmal pro Woche war das fällig, und dazu mußte das Mädchen seinen Dienst jeweils immer schon am Nachmittag antreten. Sie haßte natürlich diesen Tag und war mit Vorsicht zu genießen, wenn sie sich zur Putzfrau degradiert fühlte. Die gröberen Arbeiten, wie Bodenpflege und ähnliches, waren zuerst an der Reihe, das Staubwischen zuletzt. Gerade dieses Staubwischen haßte Sylvia aber noch einmal ganz besonders, und zwar ganz einfach deshalb, weil es die letzte Station war, von der sie noch einmal aufgehalten wurde, ehe sie die Hände mit den ruinierten Nägeln in den Schoß sinken lassen, eine Zigarette rauchen und sich einen Drink genehmigen konnte.

Als sie heute soweit war, zu diesem ruhevollen Viertelstündchen ansetzen zu können, sah sie sich gestört. Ingrid Rehbein kam in die Bar.

»Wir haben noch keinen Betrieb«, sagte Sylvia nicht gerade freundlich.

»Ich weiß«, antwortete Ingrid. »Kann ich trotzdem einen Likör haben?«

»Nein, tut mir leid, nicht vor achtzehn Uhr. Das ist Anordnung des Hauses.«

»So?« Ingrid Rehbein blickte kühl drein. »Ich könnte mir aber vorstellen, daß Ihnen Herr Selzer durchaus empfehlen würde, mit mir eine Ausnahme zu machen.«

»So?« sagte nun Sylvia.

Zwei Tigerinnen standen sich gegenüber, deren Kampfbereitschaft wuchs.

Aber warum Tigerinnen? Woher die Feindschaft zwischen den beiden?

»Ich möchte einen Cointreau!«

Ingrid klopfte, während sie dies sagte, bei jedem ihrer Worte mit dem langen roten Fingernagel ihres Zeigefingers auf die frisch polierte, glasbedeckte Bartheke.

Sylvia dachte kurz nach, schien sich dann zur Nachgiebigkeit zu entschließen, langte nach einem Likörglas und einer Cointreau-Flasche und füllte das Glas. Dann aber nahm sie dasselbe, setzte es rasch an den Mund und trank es in zwei Zügen aus.

»Sie«, sagte sie, das Glas absetzend und nun ihrerseits mit dem Fingernagel auf die Theke klopfend, »kriegen einen nach achtzehn Uhr.«

Daraufhin wußte Ingrid Rehbein, daß sie sich das hier leichter vorgestellt hatte. Doch statt zurückzustecken, was klüger gewesen wäre, verschärfte sie noch ihre Gangart.

»Das kann Sie Ihre Stellung kosten.«

»Wollen Sie mich entlassen?«

»Ich nicht, aber Herr Selzer.«

»Dann droht Ihnen dasselbe.«

»Machen Sie sich nicht lächerlich. Was soll mir drohen?«

»Auch die Entlassung durch Herrn Selzer.«

Ingrid Rehbein spürte ein leises Nachgeben ihrer Knie, denen sie das nicht verwehren konnte. Die Knie wurden ihr weich, wie man gebräuchlicher sagen sollte; ein bißchen zwar nur, aber immerhin; es war ein erstes Warnzeichen, das ihr ihr Instinkt auf dem Wege über die dafür zuständigen Körpergelenke signalisierte. Sie trat nun doch — in Etappen — den Rückzug an.

»Haben Sie wenigstens eine Zigarette für mich?«

»Hätte ich schon, aber was, glauben Sie, habe ich, gerade, ehe Sie reinkamen, gemacht?«

»Was?«

»Alle Aschenbecher gereinigt.«

»Geben Sie mir trotzdem eine? Ich kann zwar keine verlangen, das weiß ich, aber ich bitte Sie doch sehr darum.«

Sylvia ließ sich erweichen, dann sagte sie aber wieder aggressiv: »Was wollen Sie von mir? Eigentlich kann ich es mir ja denken, aber . . .«

»Sie können es sich denken?« fiel ihr Ingrid ins Wort.

»Ja.«

»Das erleichtert es mir. Also kurz und gut: Sie schlafen mit Herrn Brühe!«

»Sehn Sie, das dachte ich mir. Deshalb sind Sie hereingekommen, um mir das auszutreiben, nicht?«

Bei Frau Rehbein trat noch einmal ein kurzes Aufbäumen in Erscheinung.

»Soviel ich weiß«, sagte sie, »ist es Angestellten des Hauses strikt untersagt, sich mit Gästen auf so etwas einzulassen, im Haus jedenfalls nicht. Außer Haus können Sie natürlich machen, was Sie wollen.«

»So? Und wie sehen Sie diesbezüglich Ihren eigenen Fall?«

»Meinen eigenen Fall?«

»Ihnen war doch in diesem Hause das Bett des Herrn Brühe auch nichts Fremdes.«

»Ich bin aber keine Angestellte hier.«

»Aha! Und deshalb, glauben Sie, wäre Herr Selzer mit Ihrem Verhalten einverstanden?«

»Ich verstehe! Sie meinen, mich mit einem Hinweis auf Herrn Selzer mundtot machen zu können?«

»Kann ich das nicht?«

Ingrid Rehbein überlegte kurz. Dann entschloß sie sich, Herrn Selzer über Bord gehen zu lassen; dieses Kapitel sollte seinen endgültigen Abschluß finden.

»Nein, das können Sie nicht«, erklärte sie.

»So?«

»Herr Selzer interessiert mich nämlich nicht mehr. Ich habe eingesehen, daß ich ihn nicht liebe. Was immer er dazu sagen mag, wird daran nichts mehr ändern.«

»Aha.«

»Versprechen Sie sich also nichts davon, ihm zu berichten, daß ich ihn mit Herrn Brühe betrogen habe.«

»Soso. Dann ist es ja nur gut, daß ich noch ein zweites Eisen im Feuer habe.«

Ingrid Rehbein nahm das nicht ernst. Sie glaubte wieder ganz obenauf zu sein und sagte: »Bilden Sie sich ein, was Sie wollen! Ihre Eisen ziehen nicht mehr! Ich empfehle Ihnen deshalb, sich ab sofort von Herrn Brühe zurückzuziehen!«

»Und ihn wieder Ihnen zu überlassen?«

»Wenn Sie so wollen — ja.«

Sylvia lächelte kalt.

»Und daß das Herrn Selzer interessieren könnte, ist Ihnen, sagen Sie, egal?«

»Völlig.«

»Aber wie steht's mit Herrn Zumberg?«

Gelähmtes Schweigen trat ein.

Barmädchen können eiskalt sein. Kann eine das nicht, hat sie ihren Beruf verfehlt.

Sylvia goß einen Cointreau ein, den sie nun — das war ihr Gag! — ihrer Kontrahentin präsentierte. Sie sagte dabei: »Den haben Sie jetzt nötig, wie?«

Ingrid nippte verwirrt an dem Glas, schob es zurück und stotterte: »Wo . . . woher wissen Sie . . .?«

»Ich habe Augen im Kopf.«

»Was heißt Augen im Kopf? Waren Sie in Trier?«

Sylvia war ein waches Geschöpf. Es war kein Holzhammer nötig, um sie hellhörig werden zu lassen. Hoppla, sagte sie sich, wieso fragt die mich, ob ich in Trier war? Ich wollte doch nur sagen, daß ich ihren Zumberg und sie hier schon länger beobachte — die Blicke, die sie sich zuwerfen . . . ihre Körperkontakte beim Tango . . . usw. Seiner Braut, der naiven, kleinen Anne, mag das nicht auffallen, auch dem alten, meistens angetrunkenen Selzer nicht, dem Idioten. Ich aber sehe solche Dinge, wenn die vier, wie gestern abend, hier weilen in der Bar und sich vergnügen. Kann auch sein, daß sich die Anne nicht viel draus macht. Manchmal kommt's mir schon so vor. Jedenfalls habe ich längst bemerkt, daß zwischen dem Zumberg und der Koblenzerin hier die Sache nicht mehr koscher ist. Aber nun hat sie mich sogar gefragt, ob ich in Trier war . . .

»In Trier«, antwortete Sylvia, »bin ich öfter, als es manchen Leuten lieb ist.«

»Jetzt müssen Sie nur noch behaupten, daß Sie uns gesehen haben.«

»Ich bin euch sogar gefolgt«, ging Sylvia aufs Ganze.

»Gefolgt? Wohin?«

»Bis zu eurem Unterschlupf.«

»Ich weiß nichts von einem Unterschlupf.«

»Aber ich!« sagte mit Nachdruck Sylvia, die immer sicherer wurde, auf der richtigen Fährte zu sein. »Zumbergs silbergrauer Porsche wäre mir auf dem Parkplatz dort von ganz alleine aufgefallen, dazu hätte ich euch beide gar nicht sehen müssen. Ich kenne die Nummer. Sagen Sie ihm, daß er das nächste Mal seinen Schlitten besser in einer Tiefgarage versteckt.«

»Wenn ein Auto vor einem Hotel oder einer Pension steht«,

setzte sich Ingrid verzweifelt zur Wehr, »kann man daraus immer noch nicht schließen, mit wem sich der Besitzer des Wagens dort einquartiert hat.«

»Wir können ja seine Braut fragen, ob es mit ihr war«, sagte Sylvia trocken.

Endlich gab Ingrid die Partie verloren.

»Nein!« rief sie spontan.

»Im übrigen«, ließ Sylvia nicht locker, um ihrer Kontrahentin den letzten Rest zu geben, »verstehe ich Ihre Aufregung nicht. Wenn Sie, wie Sie den Anschein erwecken wollen, mit Herrn Zumberg nichts haben, kann es Ihnen doch egal sein, wenn er erfährt, daß Sie mit Herrn Brühe geschlafen haben und weiterhin mit ihm zu schlafen gedenken.«

»Nein!!« rief Ingrid verstärkt noch einmal.

»Was nein? Daß Sie mit Herrn Brühe nicht mehr zu schlafen gedenken? Oder daß Herr Zumberg nichts davon erfahren darf?«

»Beides!«

»Na also«, nickte Sylvia, »dann sind wir uns ja einig. Sie schlagen sich meinen Brühe aus dem Kopf, und ich unterlasse es, den Wissensstand Ihres Zumberg zu erweitern. Einverstanden?«

»Ja.«

»Das hätten wir aber eher haben können«, beendete Sylvia das Gespräch, dessen Verlauf sich Ingrid Rehbein wahrlich anders vorgestellt hatte.

Ein wunderschöner Abend war angebrochen. Die Hitze des Tages hatte sich verflüchtigt, die Luft war nun lau. Am klaren Himmel schien ein fast voller Mond; dessen Scheibe spiegelte sich im dahineilenden Wasser der Mosel. Eine Nachtigall sang im Gebüsch am Ufer ihr spätes Lied, und um das Bild vollendeten Kitsches abzurunden — so hätten Zyniker gesagt —, waren auch noch jede Menge Glühwürmchen zur Stelle und machten der Dunkelheit die Herrschaft streitig.

Anne Selzer und Fritz Brühe hatten den Spaziergang, der zwischen ihnen vereinbart worden war, angetreten. Der Hauptgedanke des Malers war dabei von Anfang an, daß er sich darauf, entgegen seiner ursprünglich spontan geäußerten Zustimmung, nicht hätte einlassen sollen. Das halte ich nicht aus, sagte er sich ganz profan.

»Wohin?« fragte Anne ihn, nachdem sie sich einige Schritte vom

»Winzergold« entfernt hatten.

»Das überlasse ich Ihnen, Anne. Sie kennen sich hier besser aus.«

Von den vielen Wegen durch die Weinberge wählte Anne den stillsten.

Sie hatten sich getroffen, um sich schlüssig zu werden, ob Anne im Freien gemalt werden sollte oder nicht. Und nun wartete Fritz darauf, daß sie, und Anne, daß er davon anfangen würde.

Beide schwiegen aber.

Der Mond schien, die Nachtigall sang, die Glühwürmchen glühten.

Endlich sagte Fritz: »Ich möchte wissen, wie die das machen.«

»Wer?« fragte Anne. »Und was?«

»Die Glühwürmchen ihr Glühen.«

»Das haben wir in der Schule mal gelernt.«

»Wir auch.«

»Aber ich weiß es nicht mehr.«

»Ich auch nicht mehr.«

Sie schwiegen wieder, bis beide über einen Stock stolperten, der quer überm Weg lag.

»Fall nicht!« rief Anne besorgt.

»Du auch nicht!«

»Hast du dir weh getan?«

»Nein. Du dir?«

»Überhaupt nicht.«

»Sag . . .«, er stockte, »sagen Sie die Wahrheit. Wenn Sie sich weh getan haben, kehren wir um.«

»Möchtest du . . . möchten Sie denn umkehren?«

»Nein, Anne.«

Natürlich möchte ich das! zwang er sich zu denken.

»Ich auch nicht, Fritz.«

Ich halte das nicht aus, sagte er sich wieder. Die spielt doch nur mit mir. Was für die zählt, sind die Zumbergs, nicht die Brühes. Wer sagte das zu mir? Ich glaube, Sylvia. Ja, die war's.

»Fritz!«

»Ja?«

»Mögen Sie Mädchen?«

Er schluckte.

»Ob ich was mag?«

»Mädchen.«
»Wie kommen Sie darauf?«
»Ich habe Augen im Kopf.«
Genau das gleiche hatte am Spätnachmittag Sylvia zu Ingrid Rehbein gesagt.
»Was heißt Augen im Kopf? Damit wollen Sie mich doch auf eine bestimmte Mitteilung vorbereiten?«
»Ja.«
»Auf welche?«
»Daß ich gesehen habe, was sich zwischen Ihnen und unserem Barmädchen tat.«
»Zwischen mir und . . .«
Er verstummte, nahm dadurch Abstand von der Lüge, zu der er angesetzt hatte.
»Oder zwischen Ihnen und Ihrer Landsmännin aus Koblenz.«
»Frau . . . Frau Rehbein, meinen Sie?«
»Ja.«
»Aber . . .«
»Was aber?«
»Die ist doch mit Ihrem Vater liiert.«
»Haben Sie sie daran im entscheidenden Moment erinnert?«
Fritz Brühe wußte, welches Kapitel hiermit für ihn wirklich endgültig erledigt war, nämlich das mit Anne Selzer.
»Nun möchte ich aber, ehrlich gesagt, wirklich umkehren«, erklärte er mit rauher Stimme.
»Das können wir noch nicht, Fritz.«
»Warum nicht?«
»Weil wir uns noch nicht entschieden haben, wo Sie mich malen wollen. Das war doch der Grund unseres Spaziergangs.«
»Am liebsten gar nicht mehr.«
»Was?«
»Am liebsten würde ich Sie gar nicht mehr malen«, wiederholte Brühe und setzte hinzu: »Sehen Sie, Geld steht zur Verfügung, Herr Zumberg zahlt, engagieren Sie sich einen renommierten Künstler, der Ihnen das Bild sicher besser machen wird als ich.«
»Nein.«
»Sagen Sie nicht nein.«
»Nein!«
Sie war stehengeblieben, sah ihn unerbittlich an. Er wich aber ih-

rem Blick nicht aus, erwiderte ihn entschlossen.

»Fräulein Selzer«, sagte er, »es wird Ihnen nichts anderes übrigbleiben. Ich fahre nämlich morgen nach Hause.«

»Sie fahren nicht nach Hause!«

Anne stampfte mit dem Fuß auf den Boden. So hatte Fritz sie schon einmal erlebt.

»Ich fahre nach Hause.«

»Du fährst nicht!«

»Du wirst dich damit abfinden müssen.«

»Herr Brühe, Sie duzen mich! Das zweite Mal schon! Wie kommen Sie dazu?«

»*Sie* haben damit angefangen, Fräulein Selzer. Ich will mich aber hiermit entschuldigen, es wird nicht mehr vorkommen.«

»Treiben Sie mich nicht zum äußersten, Herr Brühe.«

Auch das hatte er schon einmal von ihr gehört.

Sie setzte hinzu: »Oder es geht Ihnen wie mit unserer Reise nach Madrid.«

»Mit der?« Er lachte geringschätzig. »Gerade die dürfen Sie am wenigsten erwähnen. Die hat sich doch längst in Luft aufgelöst.«

»Nicht daß ich wüßte, Herr Brühe. Wir fliegen in vierzehn Tagen, ich habe gebucht. Eher wollte ich nicht, weil Sie ja eine gewisse Zeit brauchen, um mein Bild fertig zu machen, dachte ich mir.«

»Anne!«

»Was?«

»Du wirst ... verdammt noch mal, Sie werden die Buchung für mich rückgängig machen!«

»Ich denke nicht daran! Dann verfällt eben die Karte!«

»Und die deine ... die Ihre?«

»Die auch, das ist mir egal! Alleine mag ich nicht!«

»Bist du wahnsinnig?«

»Nein, aber mit dir könnte man's werden!«

»Anne!«

»Fritz!«

»Ich liebe dich!«

»Ich dich auch!«

»Warum schreist du so?«

»Du auch!«

Sie stürzten einander in die Arme, und sie schrien nicht mehr, sie wurden ganz still, ja fast so lautlos wie die Glühwürmchen, von denen sie umschwärmt wurden. Nur atmen hörte man sie noch, tief und heiß atmen in den kurzen Zwangspausen zwischen ihren Küssen.

»Anne«, sagte er dann einmal leise.

»Fritz«, flüsterte sie.

Und eine neue Serie leidenschaftlicher Küsse machte die beiden wieder mundtot.

Die Nachtigall sang nicht mehr, der Mond kroch hinter eine einzelne Wolke am Himmel.

»Frédéric, hörst du . . .«

»Frédéric?«

»Was dagegen?«

»Ich? *Du* warst doch diejenige, welche . . .«

»Ach, das ist schon eine Weile her«, fiel sie ihm ins Wort. »Inzwischen habe ich meine Ansicht wieder geändert. Wenn du die Frauen besser kennen würdest, wäre das keine Überraschung für dich. Liebst du mich, Frédéric?«

»Ja«, sagte er seufzend, »aber gerade dem wollte ich unter allen Umständen entfliehen.«

»Wem wolltest du entfliehen?«

»Meiner Liebe zu dir.«

»Warum?«

»Weil das mit uns niemals etwas werden kann.«

»Wieso nicht?«

»Ich bin kein Mann für dich.«

»Das«, lachte Anne leise, »hast nicht du zu entscheiden.«

»Wer dann, wenn nicht ich?«

»Ich.«

»Mach mich nicht schwach.«

»Während ich andererseits nicht entscheiden kann, ob ich eine Frau bin für dich.«

»Wer, außer dir, sollte das?«

»Du.«

Er versank in pessimistisches Schweigen. Daß es ein pessimistisches Schweigen war, spürte Anne.

»Du denkst an jemanden«, sagte sie ihm auf den Kopf zu.

Er nickte.

»Der liegt dir im Magen, nicht?«

Er nickte noch einmal.

»Mein Vater, nicht?«

»Ja«, stieß er hervor.

»Das dachte ich mir«, lachte sie.

»Lach nicht, Anne, er wird mich niemals als seinen Schwiegersohn akzeptieren.«

»Das *muß* er!«

»Glaub das nicht.«

»Ich hätte doch seine Auserwählte auch als Schwiegermutter akzeptieren müssen.«

»Was heißt, du hättest? Hältst du denn dieses Kapitel schon für erledigt?«

»Hör mal, nach ihrer Geschichte mit dir?«

»Willst du das etwa deinem Vater unterbreiten?«

»Was denn sonst! Die muß jetzt aus dem Haus. Ich will nicht, daß sie vielleicht auch noch einmal ein Auge auf dich wirft.«

»Ach, Anne, darum mußt du dir keine Sorgen machen. Aber glaubst du denn, daß das zur Begeisterung deines Vaters über mich beiträgt, wenn er erfährt, daß ausgerechnet ich ihm seine Freundin ausgespannt hatte?«

Anne stockte, dachte kurz nach.

»Das ist richtig«, sagte sie dann. »Es wird also wirklich besser sein, ihm nichts zu sagen. Wie mache ich das aber mit der?«

Fritz räusperte sich.

»Es gibt da noch ein ganz anderes Problem, Anne.«

»Welches?«

Er räusperte sich noch einmal.

»Dein Bräutigam . . .«

»Ach«, fiel sie zu seiner Überraschung geringschätzig ein, »das ist das wenigste. Bei dem hat sich, glaube ich, schon etwas mit einer anderen angebahnt.«

»Anne, mit wem?«

»Auch mit deiner Koblenzerin.«

»Woher weißt du das?«

»Sagte ich dir nicht schon einmal, daß ich Augen im Kopf habe?«

»Und das hast du so laufenlassen?«

»Sogar nicht ungern. Ich wollte frei sein.«

»Doch nicht für mich?«

»Für wen denn sonst, du Esel?«

»Seit wann?«

Erst küßte sie ihn rasch, damit er ob des »Esels« auch ganz sicher nicht beleidigt war, dann antwortete sie: »Seit wann, das weiß ich eigentlich selber nicht. Irgendwann fing's an. Jedenfalls wurde es rasch mit jeder Stunde stärker, und ich dachte schließlich nur noch an dich und nicht mehr an Hermann Zumberg.«

»Aber, Anne, er ist doch ein Mann, mit dem ich mich nicht vergleichen kann.«

»Nein, das kannst du nicht, Fritz.« Sie küßte ihn. »Sei froh.«

»Von einem solchen Mann träumen alle Mädchen.«

»Ich nicht — nicht mehr, will ich sagen.«

»Er ist Millionär!« rief Fritz fast verzweifelt, als wollte er Anne ihren Verflossenen, der er nun doch schon war, unbedingt noch einmal einreden.

»Vielfacher sogar«, nickte sie.

»Sag mir nicht, daß ausgerechnet dich das nicht beeindruckt!«

»Nein, nicht mehr! Früher ja, aber jetzt . . .« Sie küßte ihn wieder. »Jetzt bin ich ein Opfer der Liebe.«

Sie löste sich von ihm, trat einen Schritt zurück, hob den Zeigefinger und sagte: »Und nun hör auf damit, sonst . . .«

Sie verstummte, lauschte. Vom Tal herauf drangen plötzlich ungewohnte Töne, hauptsächlich Schreie.

»Ist das nicht bei uns?« fragte sie, hinunterblickend.

Flammen züngelten in Richtung des »Winzergold«. Sie schlugen noch nicht zum Himmel, aber jeder Großbrand fängt ja erst einmal klein an.

»Heiliger Sankt Florian, das ist bei uns!« rief Anne entsetzt und fing an, talwärts zu laufen. Fritz hielt sich an ihrer Seite. Die beiden stolperten wieder über den Stock, der ihnen schon beim Herweg Schwierigkeiten bereitet hatte. Je näher sie aber dem Brandherd kamen, desto mehr stellte sich heraus, daß nicht das Lokal selbst betroffen war, sondern der Parkplatz. Ein Wagen brannte, und zwar der Porsche von Hermann Zumberg.

Feuerwehreinsatz war keiner nötig. Ehe ein entsprechender Alarm zum Tragen gekommen wäre, wurde schon mit Wassereimern erfolgreich gelöscht. Fritz Brühe half mit. Übrig blieb freilich von dem Wagen nur ein verkohltes Wrack.

Die Frage, die allen — nur einem nicht — auf den Lippen schwebte, lautete: Wie war denn das möglich?

Dieser eine erschien auf dem Wehlener Polizeirevier und verkündete einleitend mit getragenem Ernst: »Über das, was ich heute zu machen habe, werden Sie sich wundern, Herr Wachtmeister.«

Der diensthabende Polizeibeamte war zufällig der gleiche, mit dem es Schang erst vor kurzem schon zu tun gehabt hatte.

»Und was ist es, das Sie heute zu machen haben, Herr Küppers?« fragte er.

»Eine Selbstanzeige.«

»Eine Selbstanzeige?« Die Verwunderung des Wachtmeisters war in der Tat enorm. »Wie denn das?«

Selbstanzeigen sind — das liegt in der Natur der Sache — an sich schon Raritäten. Wer erweist sich denn am eigenen Leib eine solche Mißhandlung? Eine Selbstanzeige des Jean Küppers aber war etwas ganz und gar Überraschendes, Unerklärliches, erwartete man doch von ihm noch nicht einmal, daß er diesen Ausdruck, diesen Begriff kannte.

»Der verdammte Porsche, dessentwegen ich schon letztes Mal hier war, hat doch gebrannt, Herr Wachtmeister . . .«

»Ja, ich weiß.«

»Der tat das nicht von selbst.«

Der Wachtmeister antwortete nicht gleich, sondern blickte dem Schang in die Augen. Nach der ganzen Einleitung war ja klar, was nun kommen mußte.

»Herr Küppers«, erklärte er schließlich, »überlegen Sie sich, was Sie hier sagen wollen.«

»Den habe ich angezündet.«

»Herr Küppers, ich wiederhole: Überlegen Sie sich Ihre Worte hier gut.«

»Den habe ich angezündet. Mit dem fährt der keinen Schritt mehr.«

Der Wachtmeister schüttelte den Kopf.

»Schang«, sagte er unwillkürlich, »was ist in dich gefahren?«

Dann nahm er sich zusammen und fuhr fort: »Herr Küppers, bisher haben Sie uns ausnahmslos immer nur mit Ihren Körperverletzungen Sorgen gemacht, und die gehörten zu Ihrer Pflicht, sagten Sie stets. Irgendwie gelang es uns meistens, die Sache zur allgemeinen Zufriedenheit zu regeln — zu unserer, zu Ihrer, zu der des Staatsanwalts und zu der der Verletzten. Alle drückten gewissermaßen ein Auge zu. Die Verletzten, denen dies am schwersten gefallen sein mag, taten das in der Regel, wenn Herr Selzer mit ihnen verhandelt und das eine oder andere Sümmchen ins Spiel gebracht hatte . . .«

»Glauben Sie nicht, daß der mir das nicht immer vom Lohn abgezogen hat«, fiel Schang ein, um diesbezüglich Klarheit zu schaffen.

Das sei ihm egal, erklärte der Wachtmeister, jedenfalls dürfte niemand denken, daß die Polizei nicht wüßte, wie in solchen Fällen der Hase gelaufen zu sein pflegte.

»Aber«, fuhr er fort und haute plötzlich schmetternd auf den Tisch, »nun haben wir eine neue Lage! Zur Körperverletzung gesellt sich Brandstiftung! Gehört die vielleicht auch zu Ihrer Pflicht, Herr Küppers?« schrie er.

Die Würde, mit der Schang antwortete, war groß.

»In diesem Falle schon, Herr Wachtmeister.«

»So? Wieso denn?«

Schang erklärte es ihm. Eingeflochten in seine Darlegung war der deutliche Vorwurf gegen die Polizei, daß sich dieselbe von einer Mitverantwortung für das, was geschehen war, nicht lossprechen könne. Hätte sie nämlich für jenen Führerscheinentzug gesorgt, um den sie von ihm, Jean Küppers, gebeten worden war, wäre sie jetzt nicht zur Entgegennahme seiner Selbstanzeige gezwungen.

»Soll das heißen«, fragte der Wachtmeister scharf, »daß Sie irgend etwas auf uns abwälzen wollen?«

»Nein«, antwortete Schang, einen Gipfel seiner Würde erklimmend, »ich löffle mir meine Suppen selber aus.«

Die Tür ging rasch auf, Anne Selzer wurde auf der Schwelle sichtbar. Sie zögerte, blickte herum, entdeckte Schang, trat ein und wandte sich an ihn.

»Was machst du hier?«

»Ich . . . ich spreche mit dem Wachtmeister.«

»Was sprichst du mit ihm?«

»Nichts Wichtiges.«

»Ich will es wissen.«

Schang preßte die Lippen zusammen. Er war entschlossen, die Auskunft zu verweigern, und erwartete vom Wachtmeister dasselbe. In diesem Sinne blickte er ihn, ein Auge zukneifend, an. Der Wachtmeister jedoch unterlag einem Mißverständnis.

»Herr Küppers weiß nicht«, sagte er, »wie er sich ausdrücken soll,

Fräulein Selzer. Ich bin dabei, seine Selbstanzeige zu Protokoll zu nehmen.«

»Seine was?«

»Seine Selbstanzeige. Er hat die Brandstiftung an dem Wagen auf dem Parkplatz Ihres Lokals begangen.«

»Wer behauptet das?«

»Er selbst. Daher seine Selbstanzeige. Dies besagt der Name einer solchen Anzeige, Fräulein Selzer.«

»Blödsinn!« Anne kehrte sich wieder Schang zu. »Du sagst dem Wachtmeister sofort, daß das ein Riesenblödsinn ist!«

»Was?«

Schang schaute völlig entgeistert drein.

»Was soll ein Riesenblödsinn sein, Fräulein Anne?« setzte er hinzu.

»Daß du den Wagen in Brand gesteckt hast.«

Schang gab sich einen Ruck.

»Doch, das habe ich!«

»Schang«, sagte Anne, ganz knapp vor ihn hintretend, »du lügst! Ich bin hundertprozentig davon überzeugt, daß du lügst, hörst du! Und wenn du das nicht gleich zugibst, wenn du dem Wachtmeister nicht sagst, daß du ihn angelogen hast, spreche ich mit dir nie mehr ein Wort, verstehst du! Ich sehe dich nie mehr an!«

Schangs Augen waren weit vor Entsetzen.

»Fräulein Anne ...«

»Dann bist du für mich ein für allemal erledigt!«

»Aber ...«

»Wir sind dann geschiedene Leute, Schang!«

»Ich ... ich wollte doch nur ...«

»Du wolltest doch nur die Polizei auf den Arm nehmen«, fiel ihm Anne ins Wort. »Das möchtest du doch sagen, nicht? Weiß der Teufel, warum du das wolltest, aber die Polizei auf den Arm zu nehmen, ist jedenfalls verboten und wird geahndet vom Gesetz. Mit einer Geldstrafe wirst du also rechnen müssen. Wenn du knapp bei Kasse bist, schieße ich dir den Betrag vor oder schenke ihn dir ganz, das werden wir schon sehen. Das Wichtigste ist, daß wir Freunde bleiben, meinst du nicht auch?«

»Ja«, stieß Schang hervor. Man hörte den Stein, der ihm vom Herzen fiel, geradezu plumpsen.

Anne ließ von ihm ab und widmete sich dem Wachtmeister. Dazu bestand sicherlich auch eine gewisse Notwendigkeit. Anne setzte deshalb ihr verführerischstes Lächeln auf und sagte zu ihm: »Ich bin froh, daß ich kein Mann bin.«

Der Wachtmeister, nicht faul, antwortete: »Ich bin auch froh, daß Sie kein Mann sind. Als Mädchen gefallen Sie mir viel besser.«

»Ich bin deshalb froh, kein Mann zu sein, weil dadurch auch keine Gefahr besteht, ein Polizeibeamter sein zu müssen.«

»Aha«, grinste der Wachtmeister. »Aber es gibt bei uns auch Beamtinnen.«

»Werden die auch so angelogen wie die Beamten?«

»Ich weiß es nicht.«

»Wie hoch mag denn die Geldstrafe sein, mit der unser Schang rechnen muß?«

»Das kann ich nicht sagen. Das ist Sache eines Richters.«

»Wenn er's erfährt . . .«

Die bildhübsche Anne blickte dabei dem jungen Wachtmeister, der noch lange nicht jenseits von Gut und Böse war, vielversprechend in die Augen. Und er, nicht faul, hatte zur Erwiderung den gleichen Blick parat.

»Von Herrn Küppers«, sagte er, »wissen wir, daß schon manchmal erwogen wurde, ihn einer gewissen Untersuchung zu unterziehen.« Er räusperte sich mehrmals. »Nicht jeder kann ein Einstein sein . . . in diesem Sinne, Sie verstehen, was ich meine, Fräulein Selzer. So gesehen, fühle ich mich, das will ich damit sagen, nicht auf den Arm genommen von ihm. Irgendein Protokoll muß also nicht angefertigt werden.«

»Danke«, hauchte Anne mit der ganzen Hingabe ihrer Seele — wohlgemerkt: Seele! »Wissen Sie, warum noch es für mich nicht das Richtige wäre, ein Mann zu sein?«

»Warum?«

»Weil ich dann nicht als Mädchen einem Mann begegnen könnte wie Ihnen.«

»Fräulein Selzer . . .«

»Aber leider sehe ich an Ihrem Finger, daß Sie schon verheiratet . . .«

»Nur verlobt!«

». . . jedenfalls schon vergeben sind. Verlobt oder verheiratet ist für mich dasselbe. Schade.«

Der kleine Satansbraten Anne brachte es wahrhaftig fertig, dem aufgeregten Wachtmeister noch einen Gruß voller Bedauern zuzunicken, ehe sie zur Tür schritt.

»Komm!« sagte sie dabei zu Schang, der eigentlich immer noch nicht wußte, wie ihm geschehen war. Dies wurde am deutlichsten draußen vor der Tür, als er zu Anne sagte: »Die Geldstrafe werde ich aber nur in Raten zahlen können.«

Sie blickte ihn an, ein Weilchen, schaute weg, blickte ihn wieder an, stellte sich auf die Zehen, um ihm einen sanften, ganz sanften Backenstreich zu geben. Sie mußte sich dazu strecken, weil sie sonst nicht zum Gesicht des Riesenkerls hätte hinaufreichen können.

»Schang«, sagte sie leise nur.

Und noch leiser: »Was bist du für ein lieber Idiot.«

»Was war denn auf der Polizei, Anne?« fragte Fritz sie.

»Alles erledigt«, antwortete Anne.

»Woher wußtest du denn plötzlich, wohin Schang verschwunden sein könnte?«

»Ich dachte es mir, nachdem ich von der Köchin erfuhr, was er ihr gegenüber angekündigt hatte.«

»Dieser Narr! Ich hätte nicht geglaubt, daß er gemeingefährlich werden könnte!«

»Vergiß nicht, wem zuliebe er's getan hat.«

»Ist eigentlich Zumberg schon im Bilde?«

»Soviel ich weiß, nicht.«

»Dann wird das noch einen schönen Tanz geben, wenn er's erfährt.«

Anne seufzte.

»Ich werde aufpassen müssen, daß Schang sich nicht noch an ihm persönlich vergreift. Weißt du, was er mir auf dem Weg von der Polizei hierher noch erzählt hat?«

»Was?«

»Daß er die Rehbein und meinen Herrn Verlobten zusammen gesehen hat. Sie stieg in sein Auto. Das muß gewesen sein, als die beiden dann zwei Tage lang verschwunden waren; sie angeblich nach Koblenz, er nach Düsseldorf.«

»Regt dich das auf?«

»Im Gegenteil, das vereinfacht die Liquidation der Angelegenheit zwischen ihm und mir.«

Ein bißchen unangenehm berührt, sagte Fritz: »Anne, deine Formulierungen sind oft schon sehr geschäftsmäßig.«

Daraufhin meinte sie, daß das unvermeidlich sei. Sie stecke doch mittendrin im Geschäft. Vater habe sie schon als Minderjährige ganz bewußt in alles hineinriechen lassen. Das präge einen Menschen. Sie wolle sich aber nun dazu entschließen, sich diesbezüglich in Zukunft unter eine gewisse Selbstkontrolle zu nehmen. Gänzlich könne sie allerdings von ihrer Linie nicht abgehen, denn das Geschäftliche werde ja, wenn sie an ihre zukünftige Ehe denke, nach wie vor auf ihren Schultern ruhen.

»Oder hast du vor, deine künstlerische Tätigkeit aufzugeben?« fragte sie ihn.

»Niemals!« rief Fritz spontan.

Doch dann zog wieder Skepsis ein in sein Herz, und er sagte, daß von einer Ehe noch gar keine Rede sein könne; er sehe eine solche überhaupt nicht, und noch viel weniger werde sie ein gewisser Baptist Selzer sehen.

»Hast du Angst vor dem?« fragte ihn Anne anzüglich.

»Nein, Angst nicht.«

»Dann pack den Stier bei den Hörnern! Geh hin und halte bei ihm um meine Hand an!«

Er gab sich einen Ruck.

»Gut, das werde ich tun.«

Aber vorher mußte noch mit Anne über etwas Unangenehmes gesprochen werden, und zwar gleich. Sich um das herumdrücken, kam für Fritz nicht in Frage.

»Anne«, sagte er, »ich habe dir noch ein Geständnis zu machen . . .«

»Was?« fiel sie ihm ins Wort. »Gibt's denn noch eine dritte, mit der du hier geschlafen hast?«

»Nein, das nicht.«

»Sondern?« fragte sie sichtlich erleichtert.

»Die Rehbein . . . die . . . die wäre vielleicht gar nicht auf die Idee gekommen, sich mit . . . mit deinem Verlobten auf etwas einzulassen.«

»Und das bedrückt dich? Ich bin froh, daß sie es tat.«

»Aber sie wurde dazu angestiftet, Anne.«

»Angestiftet? War das bei der nötig?«

»Doch.«

»Von wem?«

»Von mir.«

Anne blickte ihn sehr überrascht an. In ihrem Gesicht arbeitete es. Ihr Schweigen setzte ihm mehr zu, als es spontane harte Vorwürfe getan hätten. Er deutete es als schlimmsten Tadel, der möglich war, und erlag damit einem Mißverständnis.

»Ich weiß«, sagte er zerknirscht, »das war eine Schweinerei von mir. Inzwischen habe ich mich schon oft genug gefragt, wie ich dazu überhaupt kam.«

»Hast du das, Frédéric?«

Er hob hilflos beide Hände und ließ sie wieder fallen.

»Ja, das habe ich.«

»Schämst du dich?«

»Bestimmt, Anne!«

»Weißt du, wie *ich* das sehe?«

»Das kann ich mir denken.«

Sie konnte sich nicht mehr länger halten und platzte plötzlich heraus mit einem hellen Lachen.

»Phantastisch sehe ich das!«

»Wie? . . . Was?«

»Ich betrachte dein Motiv und finde es herrlich!«

»Mein Motiv war — das kann ich nicht anders sagen — hinterlistig.«

»Sicher, das ist mir schon klar.«

»Dir ist das klar?« Fritz schüttelte den Kopf. »Aber begreifst du denn nicht, ich wollte dir deinen Verlobten abspenstig machen!«

In seinem psychologisch durchaus erklärlichen Büßerdrang ging der Zerknirschte, gleich einem der mittelalterlichen Flagellanten, geradezu bis zur Selbstzerfleischung.

»Und warum wolltest du das, mein Süßer?«

»Das ist es ja! Es bestand nicht die geringste Aussicht, dich zu kriegen, und trotzdem habe ich das gemacht! Ich gönnte ihn dir einfach nicht!«

»Das bestreite ich.«

»Was bestreitest du?«

»Daß du ihn mir nicht gönntest.«

»Doch, doch, das kannst du mir glauben, das stimmt!«

»War es nicht eher so, daß du mich *ihm* nicht gönntest?«

Fritz stutzte, korrigierte sich: »Ja, natürlich, du hast recht, aber das ändert nichts an meiner Schweinerei, denn —«

Abrupt verstummte er, wozu er gezwungen war, denn sie hatte ihm den Zeigefinger auf den Mund gelegt.

»Sei endlich still«, sagte sie. »Ich erfahre immer mehr, daß man dir wohl oft das Wort entziehen muß.«

Er schüttelte ihren Finger ab.

»Aber —«

Nun setzte sie ihre Lippen als Waffe ein, verschloß ihm mit ihren die seinen. Und dieser Kuß wurde zum Vater einer ganzen Serie unmittelbarer Nachfolger.

Baptist Selzer saß am Schreibtisch und war befaßt mit den Unterlagen, um deren Übersendung in einem Brief sein Steuerberater, der in Traben-Trarbach saß, gebeten hatte. Dies bedeutete nichts anderes, als daß schon wieder einmal das Finanzamt seinen unersättlichen Rachen aufsperrte, um in absehbarer Zeit Selzers gänzliche Habe zu verschlingen. In solchem Licht sah jedenfalls der Winzer den heranrückenden Termin der alljährlich fälligen Steuererklärung.

Immer wieder stieg ein saftiger Fluch empor zur Zimmerdecke.

Dann klopfte es an der Tür.

»Herein!«

Fritz Brühe erschien.

»Was gibt's?« knurrte Selzer. »Aber machen Sie schnell, ich bin gerade bei meiner Steuererklärung und lasse mich ungern bei dieser Beschäftigung stören; sie ist mir zu lieb«, setzte er in bitterster Ironie hinzu.

Der junge Maler blickte herum nach einem Stuhl, auf dem er gern Platz genommen hätte. Es wäre ein solcher auch vorhanden gewesen, sogar zwei, aber von seiten des Winzers erfolgte kein entsprechendes Angebot.

»Herr Selzer«, begann Brühe deshalb im Stehen, »der Grund meines Erscheinens wird Sie überraschen . . .«

Besser gesagt, bestürzen, dachte er dabei und fuhr fort: »Aber die Angelegenheit duldet keinen Aufschub.«

Was rede ich da für einen Stuß? fragte er sich. Statt ihm zu sagen: Deine Tochter und ich wollen heiraten, sag ja dazu, und schon bin ich wieder draußen, und du kannst dich weiter mit deiner Steuererklärung amüsieren.

»Sie wissen ja, Herr Selzer, daß das Gemälde, mit dessen Anfertigung Sie mich betraut haben, praktisch fertig ist und Ihre Tochter ein neues will.«

»Jaja — und?«

»Sie war sich aber in einigen Fragen, wie das Bild ausfallen soll, noch nicht schlüssig.«

»Das kenne ich. So sind alle Weiber.«

»Ihre Tochter und ich unternahmen deshalb einen Spaziergang ...«

Selzers Geist wanderte plötzlich ab. Sein Blick haftete auf seinen Steuerunterlagen, und das ließ rasch eine Idee in ihm reifen.

»Hören Sie mal«, unterbrach er den Maler, »Sie könnten mir doch für das Honorar, das wir zwei vereinbart haben, eine Quittung mit einem wesentlich höheren Betrag ausstellen.«

»Wozu?« fragte Brühe, aus der Bahn geworfen.

»Fürs Finanzamt natürlich. Die Brüder verdienen nichts anderes, als daß man sich mit allen Mitteln zur Wehr setzt. Die legen einem ja die Schlinge um den Hals.«

»Herr Selzer, lassen Sie uns darüber reden, wenn ich Ihnen erst den Grund meines Erscheinens hier erörtert habe.«

»Im vergangenen Jahr haben die mir eine Nachzahlung aufgebrummt, die ich Ihnen gar nicht nennen will, sonst fallen Sie vom Stuhl.«

»Bei unserem Spaziergang«, sagte Brühe, der auf gar keinem Stuhl saß, »vergaßen wir dann allerdings, über das Bild zu sprechen.«

»Wissen Sie, wozu Sie eine solche Nachzahlung treiben kann, mein Lieber?«

»Vielmehr erkannten wir, daß wir uns lieben und heiraten wollen. Ich erlaube mir deshalb, Sie um die Hand Ihrer Tochter zu bitten.«

»Ich war nahe daran —«

Abruptes Schweigen. Dann ein aufspringender Baptist Selzer, der schrie: »Was war das? Worum bitten Sie? Bin ich wahnsinnig? Oder sind Sie es?«

»Herr Selzer, ich spreche auch im Namen Ihrer Tochter.«

»Meiner Tochter?!« Der Winzer stieß die geballte Faust in die Luft und schüttelte sie. »Meine Tochter ist verlobt! Und zwar mit einem Mann, der für sie in Frage kommt — nicht mit einem Habenichts!«

Er holte tief Atem, blähte sich auf.

»Ich wiederhole, nicht mit einem Habenichts, der sich hier eingeschlichen hat! Jawohl, der sich hier eingeschlichen hat! Jetzt wird mir das klar! Ich —«

Fritz Brühe war blaß geworden. Genau das habe ich erwartet, dachte er erbittert.

»Wer hat sich hier eingeschlichen?« unterbrach er den tobenden Winzer. »Kamen nicht *Sie* zu mir nach Koblenz? Haben nicht *Sie* mich engagiert? Ich wußte doch von Ihnen und Ihrem Besitz hier gar nichts!«

»Aber dann stach Ihnen mein Besitz hier sehr rasch in die Augen, nicht wahr?«

Nun platzte auch Brühe der Kragen.

»Ihr Scheißbesitz«, schrie er, »interessiert mich nicht! Was mich interessiert, ist Ihre Tochter!«

»Das glaube ich dir, du Mitgiftjäger, du elender!«

»Das verbitte ich mir!«

»Du Mitgiftjäger, du elender!« wiederholte Selzer, wich aber gleich nach Art vieler Wüteriche ängstlich zurück, da sich ihm Brühe drohend näherte.

»Sagen Sie das nicht noch einmal!«

»Du —«

»Und duzen Sie mich nicht noch einmal, sonst . . .«

Selzer lief zum Fenster, riß es auf und rief hinaus: »Schang, Schang, komm her, hier wartet Arbeit auf dich!«

Die Tür flog auf. Auf der Schwelle stand aber nicht Schang, sondern Anne, herbeigelockt vom Gebrüll ihres Vaters und zuletzt auch Brühes.

»Was ist hier los?« stieß sie hervor, die Tür hinter sich zustoßend.

Der Winzer atmete schwer. Er mühte sich, seine Beherrschung zurückzugewinnen. Anne blickte zwischen ihm und Brühe hin und her.

Draußen wurden wieder eilige Schritte laut. Noch einmal flog die Tür auf, Schang erschien.

»Schang«, empfing ihn, auf Brühe zeigend, der Winzer, »wirf den raus hier! Aber gleich so, daß er zusammen mit seinen Sachen für immer verschwindet! Sein Honorar wird ihm per Scheck nachgesandt!«

»Auf Ihr Honorar pfeife ich!« ließ sich Brühe vernehmen.

»Darauf pfeifst du nicht!« rief Anne. »Das sähe dir wieder einmal ähnlich!«

»Schang«, wiederholte der Winzer, »wirf den raus! Wie oft muß ich dir das noch sagen?«

Schang machte einen Schritt auf Brühe zu. Anne trat rasch zwischen die beiden.

»Schang«, sagte sie erregt, »das tust du nicht!«

Schang blieb stehen.

»Schang«, fragte ihn der Winzer scharf, »auf wen hörst du? Auf die oder auf mich?«

Was er daraufhin erlebte, war ein kleiner Weltuntergang für ihn.

»Auf Fräulein Anne«, erwiderte Schang, das Mädchen anstrahlend.

»Du kannst gehen«, sagte Anne zu ihm. »Laß dir von Herrn Gollwitzer ein Glas Wein geben.«

Willig verließ der Riese das Zimmer, ohne dem Winzer noch einmal einen Blick zu schenken. Doch er war nicht der einzige, der das Feld räumte. Auch Fritz Brühe zögerte nicht, Schangs Beispiel zu folgen und sich zur Tür zu wenden.

»Ich habe hier nichts mehr verloren«, sagte er dabei. »Dieses ganze Wehlen ist kein Platz für mich und wird niemals einer sein. Mach's gut, Anne.«

»Fritz!« rief sie ihm nach, doch er blieb nicht stehen, und sie versuchte auch kein zweites Mal mehr, ihn zurückzurufen. Das muß alles anders erledigt werden, dachte sie.

Fritz Brühe alias Frédéric Bruhère verließ noch in derselben Stunde Wehlen und fuhr heim nach Koblenz.

»So, das hätten wir hinter uns«, sagte Selzer aufatmend zu seiner Tochter, als sich die Tür hinter Brühe geschlossen hatte.

Anne funkelte ihn an.

»Setz dich doch«, forderte er sie auf.

Sie fuhr noch eine Weile fort, ihn stumm anzufunkeln.

»Weißt du, was der jetzt macht?« fragte sie ihn schließlich.

»Setz dich doch.«

»Der fährt nach Koblenz.«

»Hoffentlich.«

»Und zwar unwiderruflich.«

»Hoffentlich«, sagte Selzer etwas lauter noch einmal.

»Und weißt du, was ich tun werde, lieber Vater?«
»Was?«
»Ihm folgen.«
Er blickte sie durchaus nicht erschrocken, sondern nur zweifelnd an, tat dies auch noch, als sie hinzusetzte: »Und zwar unwiderruflich, mein lieber Vater.«
»Anne, das ist doch nicht dein Ernst.«
»Das wirst du schon sehen, daß das mein Ernst ist.«
»Anne . . .« Er schüttelte den Kopf. »Anne, mach keinen solchen Scheiß. Das liegt gar nicht in deiner Art. Du bist doch nicht plötzlich wahnsinnig geworden. Was willst du denn mit dem? Komm, setz dich her, ich will dir erklären —«
»Spar dir das!« unterbrach sie ihn hart. »Ich weiß, was du mir erklären willst: genau das, was du mir seit eh und je erklärt hast. Ich kenne jedes Wort deiner Philosophie, und deshalb ist jetzt jedes Wort überflüssig. Ich gehe!«
»Anne«, stieß er hervor, den Ernst der Lage langsam erkennend, »du mußt tatsächlich plötzlich vollkommen verrückt geworden sein. Was ist mit Hermann Zumberg?«
Anne lachte plötzlich kurz und kalt.
»Mit dem?«
»Ja, mit dem? Den scheinst du völlig vergessen zu haben!«
»Oder er mich.«
»Wie . . . wie soll ich das verstehen?«
»Der hat sich schon anderweitig getröstet.«
»Waaas? Das glaube ich nicht!«
»Frag seine neue Flamme.«
»Kenne ich die?«
»Sehr gut sogar.«
»Wer ist sie?«
»Ingrid Rehbein.«
Der Blitz schien in Selzers Nervenzentrum eingeschlagen und ihn dadurch gelähmt zu haben. Solche Mitteilungen sind aber auch geeignet, den stärksten Mann, wie der Volksmund sagt, umzuhauen. Fassungslos starrte der Winzer seine Tochter an.
Endlich krächzte er: »Du machst einen Scherz?«
»Durchaus nicht, lieber Vater.«
»Ich glaube das nicht.«
»Ich glaube es für dich mit, lieber Vater.«

Annes lieber Vater, der gezielte Ironie dieser Art in diesen Augenblicken am wenigsten vertragen konnte, knirschte mit den Zähnen.

»Seit wann willst du das wissen?« preßte er hervor.

»Seit gestern.«

»Von wem?«

»Du wirst lachen, lieber Vater, entscheidende Gewißheit gab mir Schang.«

»Weeer?«

Das schlug dem Faß den Boden aus. Selzer fuhr aus der Haut. Daß seiner Blamage, seiner Schande ausgerechnet ein Idiot, ein Geistesschwacher in seinen Augen, auf die Spur gekommen sein sollte, das schien ihm am unerträglichsten. Er bekam einen Tobsuchtsanfall, zerschmiß zwei tönerne Aschenbecher, stieß fürchterliche Verwünschungen aus, nannte alle Frauen »Huren« und alle Düsseldorfer »Hurenböcke«, wollte auch noch den Schreibtisch umwerfen und schwor, als dabei sein Blick auf die Steuerunterlagen fiel, daß er als nächstes das Finanzamt anzünden werde.

Er hielt inne, als er merkte, daß er allein war. Anne hatte ihn sich selbst überlassen.

»Anne!« brüllte er. »Komm her! Anne!«

Niemand erschien. Seine Tochter hatte ihn in dieser Minute verlassen — äußerlich und, was noch viel bedeutsamer war, auch innerlich.

Anne Selzer brach ihre Zelte in Wehlen ganz planmäßig ab. Einen oder zwei Koffer vollzupacken und damit zu verschwinden, das wäre Annes Verhältnissen nicht angepaßt gewesen. Bei Veränderungen dieser Art lassen sogenannte »kleine Mädchen« am Ort, von dem sie sich trennen, nichts weiter zurück als eine kurze Erinnerung an sie. Anne Selzer war aber — in diesem Sinne — kein »kleines Mädchen«, sondern ein ziemlich vermögendes. Ihr mütterliches Erbteil, das in den Selzerschen Liegenschaften steckte und arbeitete, war beträchtlich. Um daraus aber laufende Einkünfte ziehen zu können, auf die Anne bisher verzichtet hatte, mußte anwaltschaftlich einiges entsprechend reguliert werden. Die neue Situation zwischen ihr und ihrem Vater schloß es aus, daß sie sich von ihm, wie früher, auch weiterhin mit dem Nötigsten an Geldmitteln versehen ließ. An diese Einführung hatte sich Baptist Selzer nur allzu gerne gewöhnt gehabt; sie schien ihm das Natürlichste auf der

Welt zu sein. Er fiel deshalb aus allen Wolken, als ihn der erste Brief des von Anne engagierten Anwalts erreichte; er war aber auch zu stolz — sprich: stur —, um seinen Kurs zu ändern. Er wußte, daß es für ihn nur eine einzige Möglichkeit gegeben hätte, das alte Verhältnis mit seiner Tochter wiederherzustellen: diesen Koblenzer Maler zu akzeptieren. Und das kam nie und nimmer in Frage!

Anne hatte sich abgesetzt zu einer Tante in Dortmund.

Warum nicht zu Fritz Brühe?

Nun, sie konnte sich selbst nicht ganz verleugnen und hätte es deshalb gern gesehen, wenn Fritz zu ihr gekommen wäre. Sie hatte dafür gesorgt, daß die Köchin im »Winzergold« — und damit die ganze Belegschaft — ihre Dortmunder Adresse kannte. Die geringsten Nachforschungen, die einer, der sie liebte, anstellte, mußten also zu ihr führen. Wenn er solche Anstrengungen anstellte.

Anne wartete.

Eine wunderschöne morgendliche Sommersonne schien durch das schräge Glasdach in den weiten Raum und tauchte alles in ein freundliches Licht. In ihren Strahlen tanzte der Staub. An den Wänden lehnten Gemälde . . . und so weiter.

Mit diesen Sätzen fing unser Roman an. Man blättere zurück und überzeuge sich davon. Geändert hatte sich, örtlich gesehen, in der Zwischenzeit fast nichts. Wieder schien auch heute eine wunderschöne morgendliche Sommersonne durch das schräge Glasdach in den weiten Raum — der Fritz Brühes Atelier war — und tauchte alles in ein freundliches Licht . . . und so weiter.

Nur dem Maler selbst war alles andere als freundlich zumute. Seit er — vor sechs Wochen — Wehlen verlassen hatte und in Koblenz wieder eingetroffen war, erschien er seinen Freunden, deren es nicht wenige gab, nahezu als Fremder. Wer sich nicht zu ihm selbst bemühte, bekam ihn kaum zu sehen. Auch sein Platz im Stammlokal blieb meistens leer.

»Was ist denn los mit ihm?« lautete die Standardfrage, die in seinem Bekanntenkreis lange genug die Runde machte. Mit der Zeit aber schlief auch sie, wie alles, ein. Fritz Brühe wurde sozusagen von den Seinen abgeschrieben.

Was war denn wirklich los mit ihm?

Nun, er hatte sich in seinem Atelier vergraben und malte wie besessen. Was aber malte er? Immer wieder dasselbe — Anne.

Sie ging ihm nicht aus dem Kopf, sie lag ihm im Blut, er konnte sie sich nicht aus dem Herzen und aus den Fingern reißen, mit denen er sie malte, malte, malte — zum zehnten- oder elftenmal schon! Einmal im Freien, einmal im geschlossenen Raum, mal lachend, mal ernst, mal gehend, mal stehend, mal sitzend, mal liegend, mal angezogen und — mal auch nackt.

Nackt?

So kannte er sie doch noch gar nicht, das war von den beiden versäumt worden, und darin wurzelte wohl die größte Sehnsucht, von der sowohl er nach ihr als auch sie nach ihm geplagt wurde.

Nach sechs Wochen freilich sagte er sich: Es hat keinen Zweck, ich muß sie vergessen, ich mach mich sonst noch völlig kaputt!

Und er verbrannte die Bilder von ihr, mit Ausnahme eines einzigen — des nackten. Auch dieses dem Feuer zu überantworten, brachte er nicht fertig. Er glaubte einen Fehler entdeckt zu haben. Ihr herrlicher Busen schien ihm eine Idee zu klein geraten zu sein.

Ihn muß ich noch verbessern, sagte er sich.

Und dann?

Dann wollte er das Bild eisern entschlossen verbrennen.

Verrückt!

Evelyn Braun in Dortmund, Annes Tante, war eine ältere Dame, die in ihrem Leben keinen Mann abgekriegt hatte. Dies hatte sie sich selbst zuzuschreiben.

»Anne«, sagte sie, »du bist im Begriff, denselben Fehler zu machen wie ich. Männer haben ihren Stolz. Wenn ihnen gewisse Umstände das verbieten, laufen sie einer Frau nicht nach. Dein Fritz —«

»Aber mein Vater hat ihn doch vor den Kopf gestoßen, nicht ich!« unterbrach Anne die Tante.

»Das ist egal, Anne. Ich kann mir vorstellen, daß er denkt, dein Vater könnte im Grunde recht haben. Und dem will er sich unter keinen Umständen aussetzen.«

»Tante, dann ist er verrückt!«

Evelyn Braun nickte lebenserfahren.

»Männer sind durchweg verrückt, Anne, und Frauen auch. Es kommt nur manchmal drauf an, daß man — als Frau — etwas weniger verrückt ist als der Mann, auf den's ankommt.«

»Hast du das damals versäumt, Tante? Entschuldige, wenn ich so indiskret bin, dich das zu fragen.«

Die alte Dame lächelte nachsichtig.

»Ja, das habe ich, Anne. Und es wurde mir zu spät klar. Als ich nämlich einsichtig wurde und auf den Mann, um den es mir zu tun war, zukommen wollte, stellte sich heraus, daß er zwei Wochen zuvor ein Schiff bestiegen hatte, um nach Australien auszuwandern. Rückgängig war da nichts mehr zu machen.«

»Koblenz ist nicht Australien, Tante.«

»Sag das nicht, Kind. Entscheidend ist nicht die räumliche Entfernung, viel gefährlicher kann eine andere sein. Du hast mir doch von dieser Sylvia erzählt, eurem Barmädchen. Die kann ihren Beruf überall ausüben. Stell dir vor, die entschließt sich zu einem Ortswechsel nach Koblenz.«

»Tante!«

»Ich will dich ja beileibe nicht loshaben hier, mein Kind, aber verstehen tu ich dich, ehrlich gesagt, nicht. Du sitzt hier und wartest und wartest, aber er kommt nicht. Sechs Wochen sind eine lange Zeit. Ich kam zwei Wochen zu spät. Dabei hast du mir erzählt, daß du ursprünglich ohnehin gleich zu ihm wolltest. Hast du das nicht auch deinem Vater gesagt?«

»Ja, aber . . .«

»Was aber?«

»Dann habe ich mir vorgestellt, daß es für mich doch noch schöner wäre, wenn er zu mir käme und nicht ich zu ihm.«

»Anne, Anne . . .« Tante Evelyn schüttelte den Kopf. »Genau wie ich damals. Und sieh mich an, was aus mir geworden ist: eine verschrobene alte Jungfer, allen Leuten zum Gespött . . .«

»Tante Evelyn!« rief protestierend Anne. »Du bist doch nicht verschroben!«

»Doch, doch, die Leute sind sogar davon überzeugt.«

»Ich nicht! Ich weiß, daß du klüger bist als die alle! Das hast du mir soeben bewiesen. Kann ich dein Telefon benützen?«

»Natürlich. Wozu?«

»Ich möchte eine Platzkarte im nächsten D-Zug nach Koblenz bestellen.«

Im Gesicht der gütigen alten Dame leuchtete es auf.

»Bravo, Anne, mach das! Und ich verspreche dir, daß ich in allernächster Zeit auch noch ein Wörtchen mit meinem Schwager sprechen werde. Vielleicht kann ich ihn auch zur Vernunft bringen.«

»Dein Schwager? Was hat der mit der Sache zu tun? Wer ist überhaupt dein Schwager?«

Tante Evelyn lachte.

»Dein Vater. Oder hast du vergessen, daß er mit meiner Schwester verheiratet war?«

Die Tür bei Fritz Brühe war normalerweise nur nachts verschlossen. Tagsüber konnte jeder in das Atelier hineingehen, der dazu Lust hatte, nur kurz anklopfte und auf den Ruf des Malers, einzutreten, wartete. Diese Regel hatte allerdings nur in früheren Zeiten Gültigkeit gehabt. Seit sechs Wochen war die Tür meistens auch tagsüber versperrt, und wer anklopfte, stand oft lange — oder überhaupt — vergeblich davor.

Es war an einem Freitagvormittag. Fritz Brühe lag auf seiner alten Couch und las die Zeitung. Annes Busen war korrigiert, das Bild aber immer noch nicht verbrannt worden. Nun glaubte Fritz plötzlich wieder, das ursprüngliche Maß wäre der Wirklichkeit näher gekommen. Da er aber nur auf seine Phantasie angewiesen war, ließ sich eine absolut sichere Überzeugung nicht erzielen.

Ein Geräusch drang ans Ohr des Malers. Es war jemand an der Tür. Fritz ließ die Zeitung kurz sinken, entschloß sich dann jedoch, die Lektüre fortzusetzen und dem charakteristischen Geräusch an der Tür keine Beachtung mehr zu schenken.

Es klopfte wieder.

Der Maler las, daß die Parteien einander zugesagt hätten, den nächsten Wahlkampf anständig gegeneinander zu führen. Fritz Brühe mußte lauthals lachen.

Das hörte der Mann vor der Tür. Ein drittes Klopfen von ihm war begleitet von dem Ruf: »Fritz, mach auf, ich bin's!«

Es war gar kein Mann. Die Stimme war die einer Frau und kam dem Maler bekannt vor. Er entledigte sich seiner Zeitung und erhob sich, um zu öffnen.

»Ingrid!« stieß er hervor. »Was machst du denn hier?«

Ingrid Rehbein lachte ihn an.

»Dich besuchen. Freust du dich?«

Er rührte sich nicht von der Stelle.

»Oder willst du mich nicht reinlassen?«

»Natürlich«, sagte er, den Weg freigebend. »Aber stoß dich nicht dran, wie's bei mir aussieht. Mir fehlt hier das Personal zum Saubermachen«, setzte er ironisch hinzu.

Sie blickte herum, ging zielsicher auf die Couch zu und sagte: »Hier schläfst du wohl?«

»Hat dich Koblenz wieder, Ingrid?«

»Nur vorübergehend. Ich verlasse das Nest.«

»Und wohin?«

»Nach Düsseldorf.«

»Zu Zumberg?«

»Ja. Aber sehen können wir beide uns immer wieder mal, Darling.«

Sie setzte sich auf die Couch.

»Heiratet ihr beide?« fragte er sie.

»Worauf du dich verlassen kannst. Der kommt mir nicht mehr von der Angel. Momentan hat er allerdings noch mit seinen Rippenbrüchen zu tun.«

»Rippenbrüchen? Hatte er einen Autounfall?«

»Ach was, der Schang hatte ihn doch in Wehlen noch in der Mangel. Du warst kaum weg damals, da ging das Theater erst richtig los. Wenn die junge Selzer nicht dazwischengegangen wäre, hätte der den erschlagen.«

»Hat man ermittelt, wer den Porsche angezündet hat?«

»Ich weiß nicht, ich bin doch auch schleunigst verduftet. Der Alte war ja fürchterlich. So was von ordinär kannst du dir gar nicht vorstellen, einer Dame gegenüber. Ich glaube aber nicht, daß die Polizei Erfolg haben wird. Die sind mir dazu viel zu verschlafen dort, weißt du.«

»Kann schon sein.«

»Komm, setz dich doch neben mich.«

»Wann fährst du nach Düsseldorf?«

»Um zwölf Uhr fünfunddreißig.«

»Morgen?«

»Nein, heute noch.«

»Heute? Dann mußt du ja schon bald zum Bahnhof.«

»In dreieinhalb Stunden, Darling. Das ist noch Zeit genug. Komm her, setz dich endlich.«

Warum nicht? dachte er. Warum eigentlich nicht?

Und setzte sich . . .

Mit dem Eilzug, der um 12 Uhr 35 Koblenz in Richtung Düsseldorf verließ, kreuzte sich kurz vor dem Bahnhof der D-Zug, welcher um diese Zeit aus Dortmund kam. Als letzterer anhielt, blickte sich Anne Selzer aus dem Fenster ihres Waggons suchend nach einem Gepäckträger auf dem Bahnsteig um. Sie entdeckte einen einzigen, der dann von ihrem großen Koffer durchaus nicht begeistert war. Er scheute sich nicht, kurzerhand in den Streik zu treten, und war nur durch die Vorausentrichtung eines Zehnmarkscheins dazu zu bewegen, seine Tätigkeit wieder aufzunehmen und den Koffer zum nächsten Taxi auf dessen Standplatz vor dem Bahnhof zu transportieren.

Das fängt ja gut an, sagte sich Anne.

»Wohin?« fragte sie der Taxichauffeur, dem es ganz deutlich auch nicht unbedingt gefiel, sich aus seinem Sitz herauswinden und das schwere Gepäckstück im Kofferraum verstauen zu müssen.

Für absolut unzuständig empfand er sich dann, als die Aufgabe heranstand, den Koffer hinauf zur Tür eines Kunstmalers zu bringen, dessen Atelier unterm Dach eines fünfstöckigen Gebäudes lag. Anne mußte sich zum Fahrpreis hinzu zur zusätzlichen Entrichtung eines zweiten Zehnmarkscheins bereitfinden.

Annes Klingeln blieb erfolglos. Nichts rührte sich drinnen. Ihr wurde angst. Wenn der nicht da ist, was mache ich mit dem Koffer? fragte sie sich. Der Taxichauffeur hatte sich wohlweislich rasch die Treppe hinunter entfernt.

Anne läutete noch ein paarmal — wieder ergebnislos, und suchte dann Hilfe bei Frau Maria Wendelin im vierten Stock. Frau Wendelin war eine Witwe, der nichts im Haus entging. Zum Glück war sie, als Anne bei ihr schellte, anwesend.

Anne fragte sie, ob sie sich in einer kleinen Notlage an sie wenden dürfe. Für Notlagen anderer hatte Maria Wendelin, die einen betriebsamen Charakter besaß, immer etwas übrig.

»Worum geht's denn?« fragte sie freundlich.

»Ich würde Sie bitten, meinen schweren Koffer bei Ihnen einstellen zu dürfen. Ich wollte zu Herrn Brühe, aber er ist nicht da.«

»Herr Brühe?«

»Ja.«

»Er *ist* da.«

Anne guckte verwirrt.

»Sie irren sich. Ich habe vier- oder fünfmal bei ihm geläutet.«

»Vielleicht schläft er.«
»Um diese Zeit?«
»Ich könnte mir das sehr gut vorstellen.«
»So?«
»Woher kommen Sie?«
»Aus Wehlen an der Mosel. Warum?«
»Aus Wehlen!« freute sich Maria Wendelin. »Ein nettes Örtchen, ich kenne es zufällig, war mit meinem verstorbenen Mann zweimal dort. Nette Leute, die Wehlener.«

So spielt das Leben. Frau Wendelin beschloß aus Sympathie spontan, dieses hübsche, nette, naive, vom Land kommende Mädchen vor einer viel größeren Notlage als der mit ihrem Koffer zu bewahren. Diesem lieben Kind müssen die Augen geöffnet werden, sagte sie sich.

»Sie wundern sich«, erklärte sie, »daß Herr Brühe um diese Zeit schläft.«

»Offen gestanden, ja.«

»Er hat's nötig. Er hatte bis vor einer Stunde anstrengenden Besuch.«

Anne dachte an eine Künstlerparty oder so etwas Ähnliches.

»Damenbesuch«, präzisierte Frau Wendelin.

Anne zuckte zusammen.

»Von einer Rothaarigen?« stieß sie hervor.

»Nein, einer Blonden.«

Einer Blonden? Anne ließ den Verdacht gegen Sylvia fallen.

Einer Blonden?

Plötzlich durchflutete es Anne heiß.

Ingrid Rehbein!

Dieses Luder!

Dieses unfaßbare Luder!

»Danke!« rief Anne und stürmte vor den Augen der verdutzten, kopfschüttelnden Maria Wendelin die Treppe hinauf.

Wieder ein Mensch, dem nicht zu helfen ist, dachte die zum Beistand jeder Art allzeit bereite Witwe.

Anne nahm den Finger nicht mehr vom Klingelknopf, auch nicht, als sie es drinnen rumoren hörte und eine Stimme näher kam, die rief: »Verdammt noch mal, was ist denn los?«

Die Tür ging auf, Anne zog den Finger zurück.

Unheimlich still wurde es.

Anne sagte nichts.

Sie schauten einander nur an.

Endlich, zugleich: »Anne — Frédéric!«

Er riß sie, sie ihn an sich; sie verschmolzen ineinander. Die Kleidung auf beiden Seiten, die dabei störte, hatte sich rasch verflüchtigt, gelöst, und Fritz liebte seine Anne mit einer Leidenschaft, als hätte es eine Ingrid Rehbein noch nie, geschweige denn erst vor einer Stunde, gegeben.

Ermattet lagen sie endlich nebeneinander.

»Frédéric«, sagte sie leise, »weißt du, wozu ich gekommen bin?«

»Das weiß ich jetzt sehr, sehr gut«, lachte er, schon wieder zu über ihren ganzen nackten Körper verstreuten Küssen ansetzend.

»Nicht nur dazu«, sagte sie. »Du mußt mich auch noch malen.«

Er hielt inne.

»Nicht mehr nötig, mein Engel, das ist bereits geschehen.«

»Zeig!«

Er holte das Bild herbei. Sie fand es großartig, wunderte sich über die Treffsicherheit seiner Phantasie.

»Nackt hattest du mich doch noch nicht gesehen«, sagte sie.

»Tausendmal, Anne, in meinen Träumen tausendmal!«

»Alles stimmt haargenau.«

»Buchstäblich haargenau«, grinste er.

Sie mußte auch lachen.

»Schwierigkeiten hatte ich mit dem Busen«, gab er zu. »Aber du mußt sagen, auch er stimmt.«

»Auf den Millimeter.«

»Hier«, sagte er, ihr das Bild auf den Bauch legend, »es ist dein.«

»Was kostet's?«

»Schon bezahlt! Tausendfach!«

»Danke. Wann fliegen wir nach Madrid?«

»Madrid«, erinnerte er sich. »Du hast die Karten verfallen lassen?«

»Bin ich wahnsinnig? Natürlich nicht, ich habe die Buchungen rückgängig gemacht!«

»Beide?«

»Selbstverständlich, wir können sie jederzeit erneuern.«

»Du sagtest doch —«

»Sehe ich so aus, als ob ich Geld zum Fenster hinauswerfe?« unterbrach sie ihn.

»Nein«, erwiderte er, »das tust du nicht.«

»Apropos Geld, Frédéric — hat dir Vater den Scheck überwiesen?«

Er zögerte.

»Nein . . . aber ich wollte auch gar keinen.«

»Das sieht ihm ähnlich! Weißt du was?«

»Was?«

»Mein Anwalt wird auch die Vertretung deiner Interessen übernehmen.«

»Anne . . .«

»Keine Widerrede, er wird! Mit dir kämen wir an den Bettelstab, das sehe ich immer wieder. Aber nicht mit mir!«

»Das glaube ich«, sagte er überzeugt.

Anne schob das Bild weg, setzte sich auf und schloß: »Male du! Werde ein erfolgreicher Maler! Das andere übernehme ich!«

»Willst du denn wirklich bei mir bleiben, Anne?«

»Immer!«

»Aber wovon sollen wir vorläufig leben?«

»Von mir.«

»Dein Vater hat dich doch rausgeschmissen?«

»Wer sagt dir das?«

»Das nehme ich an.«

»Du irrst dich. Ich bin gegangen. Leben können wir gut von meinem mütterlichen Erbteil. Und wenn Vater stirbt, bekomme ich auch noch, ob er will oder nicht, alles andere.«

»Du vergißt, daß er noch einmal heiraten könnte.«

»Das glaube ich nicht. Ich kenne ihn. Nach seinen jüngsten Erfahrungen wird er von Abenteuern mit Weibern genug haben.«

Fritz schwieg.

»Ich«, faßte Anne etwas nach, »meine seine Erfahrungen mit Ingrid Rehbein.«

»Das war mir klar, Anne.«

»Ein ausgesprochenes Luder, muß ich schon sagen.«

Er schwieg.

»Siehst du sie noch, Frédéric?«

»Wen?«

»Dieses Luder.«

»Die Rehbein?«

»Ja, die.«

Er trug einen kurzen inneren Kampf mit sich aus. Er ahnte dabei nicht, wie alles noch einmal auf Messers Schneide stand. Anne sah ihn mit ausdrucksloser Miene an. Er rang sich dazu durch, ihr die Wahrheit zu sagen.

»Anne«, setzte er mühsam an, »Anne, die war heute bei mir. — Aber nur heute, sonst nicht mehr seit Wehlen!« setzte er rasch hinzu.

Ihre Miene änderte sich nicht.

»Und?«

»Was und?«

»Was passierte?«

Er gab sich verloren.

»Alles, Anne«, sagte er traurig.

Doch er war nicht verloren, im Gegenteil, Anne lächelte ihn plötzlich selig an.

»Ich wußte das, mein Liebling«, sagte sie glücklich. »Aber ich hatte Angst, daß du mich belügen würdest. Und *so* hätte unser gemeinsames Leben nicht beginnen dürfen. Ich glaube, ich hätte das nicht vertragen.«

»Du wußtest das?« antwortete Brühe erstaunt. »Von wem?«

»Von Frau Wendelin.«

»Von der im vierten Stock?«

»Ja, ich habe bei ihr geläutet, nachdem du mir nicht geöffnet hattest.«

»Diese verdammte Schnüfflerin!« begann er zu schimpfen. »Diese —«

»Sei still!« fiel sie ihm ins Wort. »Ich finde sie prima. Durch sie weiß ich nun ganz klar, wie sehr man auf dich aufpassen muß. Ich werde dich nie mehr eine Stunde allein lassen. Sollte ich einmal verreisen müssen, wird einer da sein, der dich im Auge behält.«

»Was soll denn das heißen? Wer denn?«

»Schang.«

»Schang? Ist der nicht in Wehlen?«

»Nicht mehr lange, Liebling. Wir mieten uns ein Häuschen und holen ihn zu uns. Er geht sonst dort noch ein, höre ich. Einverstanden?«

»Schon, aber nur ungern.«

»Warum ungern?«

»Das kostet doch alles Geld . . . dein Geld, Anne . . .«

»Verlaß dich drauf, ich werde jede Mark notieren und sie, wenn die Zeit kommt, von dir zurückfordern. Tröstet dich das?«

»Ja, denn das beweist mir, daß du an mich glaubst.«

»Hundertprozentig!«

Er küßte sie, sie küßte ihn wieder, und rasch fachte das in beiden ein neues Feuer an.

Als Anne einmal reichlich unmotiviert, wie es schien, lachte, fragte Fritz sie, innehaltend: »Was ist? Was amüsiert dich?«

»Ich mußte lachen.«

»Das sehe ich. Warum?«

»Ich dachte an die Rehbein.«

»An die? Jetzt?«

»Was erst, fragte ich mich, hättest du mit mir angestellt, wenn die nicht heute schon bei dir gewesen wäre?«

Sommerliebe

Roman

Dort, wo der stille Weg von Heringsdorf nach Bansin führt, liegen rechts und links vom Pfad die flachen, spärlich bewachsenen Dünen der Ostsee. Vereinzelte Häuser schmiegen sich in die Sandkuhlen, ab und zu weht ein Wimpel auf einer versteckten Sandburg. Die Möwen kreischen über den Hügeln oder schießen in der steifen Meeresbrise landeinwärts und kommen, den Kampf mit dem Gegenwind aufnehmend, viel, viel langsamer zurück. Kleinvögel verbergen sich in den harten, wetterfesten Büschen, während sich in dem fahlgrünen, fast strohigen Gras auf dem Boden fast kein Leben bemerkbar macht. Stille liegt über dieser verlassenen Gegend — freilich nur im Winter. Den ganzen Sommer über ist der Strand erfüllt vom Lärm der Urlauber, die baden oder, wenn sich die Sonne nicht sehen läßt, den Umsatz in den Lokalen hochtreiben.

Das ist und war dort schon immer so. Leben und Treiben an der See ...

Die Geschichte, die hier erzählt wird, hat sich vor einem halben Menschenalter zugetragen. Sie könnte sich heute fast genauso wiederholen, allerdings nur bis zum Eintritt eines Ereignisses, das sich nicht nur den Figuren des Romans, sondern Millionen und aber Millionen von Menschen als Abgrund auftat. Dieses Ereignis war zu verzeichnen am 1. September 1939, dem Tag des Ausbruchs des Zweiten Weltkrieges.

Unmittelbar zuvor, an einem der heißen Augusttage, saßen zwischen zwei Heringsdorfer Dünen zwei junge Männer in Badehosen im Sand, ließen die harten Gräser durch ihre Finger gleiten und wußten nichts Rechtes mit sich anzufangen. Der eine, ein großer, sehr großer blonder Mann mit den Proportionen eines Zehnkämpfers, riß schließlich einen Grashalm aus und kaute darauf herum. Das hätte er aber nicht tun sollen, es vertrug sich nicht mit seinem Beruf, denn er war Arzt. Ihren Patienten sagen die Ärzte, daß solche Unsitten gefährlich seien. Man könnte sich ganz dumme Sachen dabei holen. Aber das ist wohl wie mit dem Rauchen. Ärzte, die am schlimmsten qualmen, malen die Schrecken des Lungenkrebses am düstersten an die Wand.

Der andere der beiden jungen Männer, nicht gar so groß und muskelbepackt, schwarzhaarig, fing an, aus dem gelben Sand kleine Häufchen zusammenzuscharren und sie immer wieder mit unmutigen Handbewegungen fortzufegen. Seinem Freund, dem Arzt, schenkte er nur strafende Blicke. Beruflich bewegte er sich auf arg dünnem Eis. Er hatte sich nämlich schon nach dem Abitur dafür entschieden, seinen Lebensunterhalt der Schriftstellerei abzugewinnen, und in dem knappen Jahrzehnt seither war es ihm noch nicht gelungen, den großen Durchbruch zu schaffen. Er buk also gewissermaßen noch kleine Brötchen, die aber immerhin schon dazu ausreichten, auf eigenen Beinen zu stehen. Der Vater, ein wohlhabender Kaufmann in Köln, mußte finanziell nur noch ab und zu in Anspruch genommen werden. Ferienreisen nach Heringsdorf vertrug der Etat des jungen Dichters eigentlich noch nicht. Trotzdem hatte Heinz Bartel, so hieß er, spontan zugestimmt, als Rolf Wendrow, der befreundete Arzt, vorgeschlagen hatte, »gemeinsam die Nase mal in den Ostseewind zu stecken«. Notfalls konnte er, Heinz, ja bei seinem Alten Herrn telegraphisch immer noch eine Anleihe während des Urlaubs aufnehmen, wenn sich dieser als zu teuer erweisen sollte. Das gleiche galt auch für Rolf, der ein junger, alles andere als fürstlich bezahlter Assistenzarzt an einer Kölner Klinik war. Damals hielt sich die Honorierung der Mediziner noch in Grenzen.

Heinz Bartel haute mit der flachen Hand in den Sand.

»Blödsinn!« stieß er dabei hervor.

»Was?« fragte Rolf.

»Blödsinn«, wiederholte Heinz.

»Was soll Blödsinn sein?«

»Deine Idee, mal von den Weibern die Finger zu lassen.«

»Wieso *meine* Idee? Warst nicht du derjenige, der damit ankam?«

»Ich?!«

»Wer lag mir in Köln damit in den Ohren, daß er seine Erna satthabe und nicht wisse, wie er sich ihrer entledigen solle?«

»Und wer erzählte mir haargenau das gleiche von seiner Charlotte?«

»Aber angefangen hast du!«

»Und nicht mehr aufgehört du!«

»Jedenfalls waren wir uns dann einig, vor den beiden Reißaus zu nehmen und in Urlaub hierherzufahren.«

»Ja, das war mein Vorschlag«, nickte Rolf.

»Dem ich zustimmte«, ergänzte Heinz.

»Wobei wir uns einig waren, unser Leben am Meer einmal in ganz anderen Bahnen verlaufen zu lassen als am Rhein.«

»Richtig.«
»Aber was höre ich jetzt von dir?«
»Nur das, was dir auch ins Gesicht geschrieben steht.«
»Mir? Was denn?«
»Deine Gier nach Sex.«
»Meine . . . was bitte? Gier nach Sex? Was ist das — Sex? Oder Gier? Ich kenne beides nicht. Was sind das für Begriffe?«
Heinz Bartel mußte lachen, aber nur kurz, dann fuhr er fort, seinen Freund zu attackieren.
»Weißt du, daß mich zwei Dinge an dir stören?«
»Darf ich erfahren, welche?«
»Erstens dein Charakter. Zweitens der Grashalm in deinem Maul, wenn du mit mir sprichst.«
Rolf spuckte das Ding aus.
»Davon kann ich dich befreien«, sagte er. »Aber nicht von meinem Charakter, in deinem Interesse nicht. Wäre der nämlich besser, würde er nicht mehr zu dem deinen passen.«
»Rolf . . .«
»Ja?«
»Du mußt doch zugeben, daß ich recht habe.«
»Inwiefern?«
»Wenn ich dir auf den Kopf zusage, daß du nur auf eine wartest, die in die Fußstapfen deiner Charlotte tritt.«
»Und du auf eine in die Fußstapfen deiner Gerda.«
Von irgendwoher kam ein großer bunter Badeball angerollt.
»Elsbeth!«
Das war der Schrei einer ängstlichen Mutter, der über die Dünen hallte. Elsbeth, das kleine Töchterchen, entdeckte ihren Ball zwischen den beiden jungen Männern. Sie näherte sich und begann zutraulich ein Gespräch. Als erstes teilte sie den zweien mit: »Der Ball gehört mir.«
»Ich dachte schon, du willst ihn mir schenken«, antwortete Rolf Wendrow.
Die Kleine war schätzungsweise vier Jahre alt.
»Du bist aber groß«, sagte sie.
»Ich bin so groß geworden, weil ich, als ich noch so klein war wie du, immer schön artig alles gegessen habe.«
»Hör auf, das tut mir weh«, ließ sich Heinz Bartel vernehmen.
»Was tut dir weh?« fragte die Kleine ihn.

»Elsbeth, wo bist du, komm her!« tönte es über die Dünen.

»Dem Onkel«, sagte Rolf, »tut weh, daß du noch keine fünfzehn Jahre älter bist. Dann könntest du seinen Schmerz lindern.«

»Ich bin vier Jahre alt«, gab die Kleine bekannt.

»Elsbeth, kommst du nun her oder nicht!«

»Heißt du Elsbeth?« fragte Rolf.

»Ja.«

»Dann ist das wohl deine Mami, die dich da ruft?«

»Ja, das tut sie immer.«

»Und du?«

»Manchmal komme ich, manchmal nicht.«

»Elsbeth, kommst du nun her oder nicht!« wiederholte sich der Ruf ihrer Mutter.

Die Kleine schien kurz nachzudenken, dann entschloß sie sich, dem Ruf heute Folge zu leisten.

»Du bist aber nicht so groß«, sagte sie zum Abschied zu Heinz Bartel, der ihr kopfschüttelnd nachblickte und dann seinen Freund fragte: »Weißt du, an wen die mich erinnerte?«

»An wen ?«

»An den berühmten Dackel von Karl Valentin.«

»Wer ist Karl Valentin?«

»Ist das dein Ernst? Du kennst Karl Valentin nicht?«

»Nein, tut mir leid.«

»Münchens großen Komiker mit hohem literarischem Rang?«

»Seit wann?«

»Ich gebe zu, noch nicht allzu lange. Mag sein, daß er noch als Geheimtip gilt. Aber warte nur, wie groß der noch wird. Spätestens nach seinem Tode werden ihn die Deutschen auf ein Podest erheben.«

»Und was ist mit seinem Dackel?«

»Den hat er im Park dabei und ruft ihn auch ständig ergebnislos: ›Kommst du her oder nicht!‹ Daraufhin sagt ein Spaziergänger zu ihm: ›Herr Valentin, ich kenn Sie ja, Sie tun mir leid, mit dem haben Sie auch Ihr Kreuz. Der folgt Ihnen nicht im geringsten.‹ — ›Im Gegenteil‹, widerspricht Karl Valentin, ›er folgt mir aufs Wort, er kommt her oder nicht.‹«

Rolf Wendrow lachte schallend, klopfte sich auf die Schenkel und rief: »Schön blöd!«

»Über diese ›Blödheit‹«, sagte Bartel überzeugt, »werden noch

Doktorarbeiten geschrieben werden.«

Plötzlich sprang er auf und wischte und klopfte sich den Sand von der Hinterseite seiner Badehose.

»Was machst du?« fragte ihn Rolf.

»Ich gehe ins Wasser. Kommst du mit?«

»Nee, ich warte lieber, bis du mir sagen kannst, ob's warm genug ist.«

»Warm genug, was heißt das bei dir?«

»Vierundzwanzig Grad.«

»Großer Gott, dann wirst du hier nie zum Baden kommen, du Supersportler. Das ist nicht der Rhein, der auf dich wartet.«

»Der äußere Eindruck von mir täuscht, ich habe empfindliche Bronchien.«

Heinz Bartel winkte verächtlich ab, wandte sich dem Meer zu, lief durch den Sand und warf sich in den Gischt der mittelstarken Brandung.

Es dauerte lange, bis er wiederkehrte. Rolf vertiefte sich in die Zeitung, die sie zum Strand mitgebracht hatten. Sie war von gestern.

Gestern hatten er und Heinz auch erst Einzug in Heringsdorf gehalten. Sie waren mit der Eisenbahn gekommen. Autos besaßen in jener Zeit nur arrivierte Leute.

Die Lektüre, der sich Rolf Wendrow hingab, war kein Vergnügen. Es sah nicht gut aus in Europa. Der Führer des Deutschen Reiches hieß Adolf Hitler. Er suchte die Konfrontation. Innerhalb weniger Monate hatte er Truppen nach Österreich und in die Tschechoslowakei geschickt. Das sahen ihm die damaligen europäischen Großmächte England und Frankreich noch nach. Doch nun schien er auch noch Polen ins Visier nehmen zu wollen, und dies, so ließen London und Paris verlauten, wolle man ihm nicht mehr gestatten. Im Falle eines deutschen Angriffs werde Polen nicht allein stehen.

»Mann«, sagte Rolf, als Heinz endlich das Wasser wieder verlassen hatte, »ich dachte schon, du seist ertrunken. War's denn so schön warm?«

»Ach was«, entgegnete Heinz, sich abtrocknend, »verdammt kalt!«

»Dann wäre es also besser gewesen, draußen zu bleiben?«

»Nein.«

»Oder wenigstens nur mal schnell reinzugehen und gleich wieder rauszuhüpfen.«

»Auch nicht.«

Heinz hatte sich trockengerieben, setzte sich in den Sand und zündete sich eine Zigarette an.

»Auch nicht?« wunderte sich Rolf. »Ich verstehe dich nicht — war's nun eiskalt oder nicht?«

»Wichtiger als das Wasser war die Gesellschaft, die ich darin vorfand.«

»Mädchen?«

»Supermädchen.«

»Wie viele?«

»Zwei.«

»Wann treffen wir sie?«

Heinz hob abwehrend eine Hand.

»Ich denke, das kommt für uns hier nicht in Frage?«

»Quatsch nicht. Wann wir sie treffen, will ich wissen.«

»Überhaupt nicht.«

»Wieso nicht?« fragte Rolf sichtlich enttäuscht.

»Weil sie schon eingedeckt sind.«

»Mit Kerlen?«

»Zwei widerliche Existenzen. Sehen gut aus. Scheinen auch Format zu haben. Deshalb besonders fiese Exemplare.«

»Dir gelang es also nicht, über sie den Damen die Augen zu öffnen?«

»Ich konnte kein einziges Wort an den Mann bringen.«

»An die Frau, wolltest du sagen?«

»An die Frau, ja. Keiner der beiden von den zweien vermochte ich mich in dem erforderlichen Maße zu nähern. Ihre Kavaliere sind ihnen nicht von der Seite gewichen.«

»Hättest du mich doch zu Hilfe gerufen.«

»Ich denke, kalte Fluten sind dir ein Greuel?«

»Nicht, wenn in ihnen so Leckeres herumschwimmt.«

»Warm war das Wasser aber wirklich nicht.«

»So schlimm kann's nicht gewesen sein, sonst wären die Weiber unter spitzen Schreien rasch wieder an Land gehüpft.«

»Die scheinen abgehärtet zu sein. Außerdem kamen sie erst, als ich gerade wieder dem Meer entsteigen wollte . . .«

»Wie Hermes.«

»Wie Poseidon, meinst du wohl.«

»Poseidon? Hat Hermes damit nichts zu tun?«

»Ungefähr soviel wie der Blinddarm mit einer Knochenfraktur. Beides gehört in der Regel zum menschlichen Körper.«

»Der Blinddarm immer, die Knochenfraktur nur, wenn du sie dir zugezogen hast.«

»Der Blinddarm auch nicht immer.«

»Wieso nicht?«

»Wenn er raus ist, dann nicht mehr. Muß ich einem Arzt das sagen?«

Dr. Wendrow lachte nicht ohne jeden Zusatz von Bitterkeit.

»Und worin besteht der Unterschied zwischen Hermes und Poseidon?« fragte er.

»Beides sind griechische Götter, Hermes der des Handels, Poseidon der des Meeres. Und letzteren meintest du wohl, als du mich entsprechend apostrophieren wolltest, oder?«

Nun gab es Rolf Wendrow auf; er verstummte. Bei solchen Wortwechseln zog er immer den kürzeren. Sein Feld war das der Medizin, und auf diesem versprach er einmal Außerordentliches zu leisten. Wie sich das aber bei dem bildungsbeflissenen Heinz Bartel entwickeln sollte, stand in den Sternen geschrieben.

Rolf steckte den Kopf wieder in die Zeitung, Heinz rauchte seine Zigarette zu Ende.

»Heinz . . .«, war nach einer Weile Rolf hinter seiner Zeitung zu vernehmen.

»Ja?«

»Glaubst du, daß die wieder zurückweichen?«

»Wer?«

Rolf ließ das Blatt auf seine Knie sinken und wischte mit der Hand darüber.

»Die verfaulten Demokratien.«

»England und Frankreich, meinst du?«

»Ja.«

»Was steht denn da?«

»Daß sie sich davor hüten sollen, mit uns einen Waffengang zu wagen.«

»Vielleicht lassen sie sich noch einmal ins Bockshorn jagen.«

»Was hält denn dein Vater von der Lage?«

»Der glaubt das nicht. Der hat aber schon bei Österreich und dem Sudetenland schwarzgesehen.«

»Genau wie der meine. Die Alten haben eben noch die Hosen voll vom Ersten Weltkrieg.«

»Na ja, von dem konnte man das ja auch haben, meinst du nicht auch?«

»Was machst du denn, wenn's wirklich losgehen sollte?«

»Was ich mache? Das weiß ich nicht. Die würden mich schon holen, denke ich.«

»Holen? Darauf würdest du warten?«

»Du nicht?«

»Unter gar keinen Umständen. Ich sage dir, ich hoffe zwar nicht, daß es kracht, aber wenn, dann gibt's für mich nur eins — sofort mich freiwillig melden!«

»Du, dieses Wasser, in das du da springen würdest, wäre aber verdammt kalt, schätze ich.«

Rolfs Miene verdüsterte sich etwas.

»Heinz, was sind das für Vergleiche, du wirst doch nicht glauben, daß ich —«

Er brach ab. Die kleine Elsbeth war wieder aufgetaucht und stand plötzlich vor ihnen. Ball hatte sie keinen dabei. Sie holte aus einer trichterförmigen Waffel mit spitzer Zunge letzte Speiseeisreste heraus. Sie machte das mit Hingabe und ließ sich Zeit dabei. Erst als sie damit fertig war, sagte sie zu Heinz: »Mami hat gesagt, wenn dir etwas weh tut, solltest du zum Arzt gehen.«

»So?« erwiderte Heinz ernsthaft, während sich Rolf gar keine Mühe gab, das Lachen zu unterdrücken. »Hat sie gesagt, daß du mir das sagen sollst?«

»Sie hat es gesagt.«

»Was hat sie gesagt? Weißt du das noch genau?«

»Sie hat gesagt, laß mich in Ruhe, wenn den Opa etwas kneift, soll er zum Arzt gehen.«

»Aha«, meinte nun auch Heinz lachend.

»Mein Papi ist Arzt. Du kannst zu ihm gehen.«

»Soso.«

»Aber du mußt weit fahren zu ihm.«

»Ist er denn nicht hier bei dir und Mami?«

»Nein, sie haben ihn geholt.«

»Geholt?«

»Zu den Soldaten. Denen tut auch oft etwas weh.«

Heinz und Rolf blickten einander an. Inzwischen fuhr Elsbeth fort zu plappern und das zu erzählen, was sie von den Erwachsenen gehört hatte.

»Ganz überraschend war das vor unserem Urlaub. Mami mußte deshalb mit mir allein fahren. Sie war traurig. Omi hat sogar geweint. Wir wohnen in Luckenwalde. Morgen fahren wir schon wieder heim. Mami hat keinen Spaß mehr.«

Obwohl Heinz Bartel seinen Fuß noch nie nach Luckenwalde gesetzt hatte, wollte er nun Elsbeth sagen, daß es dort auch ganz wunderschön sei und ein kleines Mädchen keinen Anlaß habe, den Abschied von Heringsdorf zu bedauern. Dazu kam er aber nicht mehr, denn die Stimme, die ihm und Rolf schon bekannt war, erreichte wieder ihre Ohren.

»Elsbeth, rasch, deine Schokolade zerläuft in der Hitze, wo bist du denn?«

In Rolf Wendrow wurde der Arzt wach und veranlaßte ihn, sich einzumischen.

»Deine Mutti —«

»Mami«, unterbrach ihn die Kleine.

»Deine Mami stopft dich aber ganz schön voll: Eis, Schokolade ...«

»Das Eis habe ich nicht von ihr bekommen.«

»Von wem denn?«

»Von einem schönen großen Mädchen. Die wollte das Eis selber essen, aber ich habe sie gefragt, ob es gut ist, und da hat sie es mir geschenkt. Die anderen haben sie geschimpft, aber sie hat nur gelacht.«

»Wer hat sie geschimpft?«

»Männer.«

Heinz schien einen Verdacht, der ihn interessierte, geschöpft zu haben.

»Wie viele Männer?« fragte er.

»So wie ihr.«

»Zwei?«

»Wie ihr.«

»Und war da noch jemand dabei?«

»Ja.«

»Wer denn?«

»Ein schönes großes Mädchen.«

»Aha, ein schönes großes Mädchen hat dir also das Eis geschenkt, und ein anderes schönes großes Mädchen war noch dabei.«

»Ja, die Inge.«

»Woher weißt du das?«

»Die Männer haben zu ihr Inge gesagt.«

»Und wie haben die Männer zu dem Mädchen gesagt, das dir das Eis geschenkt hat? Weißt du das auch?«

»Ja.«

»Wie denn?«

»Ilse.«

»Sehr schön. Kannst du mir verraten, wo das war?«

Als die Kleine verständnislos guckte, ergänzte Heinz: »Wo sie dir das Eis geschenkt hat?«

Ungewiß in die Gegend zeigend, antwortete nun Elsbeth: »Dort vorne.«

Dann hatte sie es jedoch plötzlich eilig, ihrer Mutter gehorsam zu sein. »Jetzt muß ich aber zu meiner Schokolade laufen«, verkündete sie und verschwand zwischen den Dünen.

Heinz blickte grinsend Rolf an.

»Die vier waren es«, sagte er, in die gleiche Richtung wie Elsbeth weisend.

»Komm«, erwiderte Rolf, aufstehend und seine Siebensachen unter den Arm klemmend, »die will ich sehen, zeig sie mir.«

Die Suche der beiden war aber vergebens. Entweder hatte das Quartett schon einen größeren Ortswechsel vorgenommen, oder Elsbeths Standortbeschreibung war doch zu vage gewesen.

Enttäuscht schlugen Heinz und Rolf den Weg zu ihrem Quartier ein.

Aus den Lautsprechern über der Kurpromenade dröhnte die Musik der in diesem Monat engagierten Kapelle. Sie begleitete einen Sänger, der den intelligenten Schlager zum besten gab: »Spring ins Wasser, Margarete, mach die Fische mal verrückt . . .«

Dort, wo die breite, blumengeschmückte, von gepflegtem Rasen eingerahmte Kurpromenade in die Dünen auslief, lag der als Mittelpunkt des gesellschaftlichen Lebens gerühmte Bau des »Strandkasinos«. Ein mächtiger Stein- und Holzbau schloß sich an eine träumerische Gartenterrasse an. Von kleinen, spitzen Türmchen flatterten mittelgroße bunte Fahnen. Wenn man eintrat, empfing einen ein langes, mit rosa Seide und großen Spiegeln ausgestattetes Foyer, von dem breite Türen in den Festsaal mit seiner mit weißer Seide verkleideten Decke führten. Diesem Saal schloß sich wieder eine breite Glasveranda an, von der man einen wundervollen Blick auf die blaue See und die in den Dünen sich küssenden Liebespaare hatte.

Auf einem großen Podium produzierte sich ab 6 Uhr abends eine vielköpfige Tanzkapelle. Kellner im Frack schwirrten umher. Gedämpfte Gespräche der Gäste füllten die Pausen der Musik aus. Die Speise- und Getränkekarte war ein dickes Buch mit einer Fülle von Zahlen, die fast an den Jahresabschluß einer Bank hätte erinnern können.

Dieses Strandkasino war das Ziel des über die Promenade schlendernden Duos Bartel/Wendrow. Die beiden sahen gut aus, und so war es ganz natürlich, daß sie sich nicht über einen Mangel an Blikken junger Damen, von denen sie wohlgefällig gemustert wurden, beklagen konnten. Freilich kam auf jeden Blick dieser Art ein mehrfaches Quantum gleichgearteter eigener Blicke, die von den beiden jungen Herren in der freigebigsten Weise verstreut wurden.

Knapp vor dem Eingang des vornehmen Etablissements hatte Heinz Bartel noch einmal einen lichten Moment. Er hielt an und sagte: »Daß wir verrückt sind, weißt du schon, Rolf.«

»Wieso?«

»Dieses Lokal geht über unsere Verhältnisse.«

»Welches Lokal«, antwortete Wendrow in vor sich selbst nicht haltmachender Ironie, »würde das nicht tun?«

»Aber nicht in solchem Maße.«

»Was willst du — kehrtmachen? Oder . . .«

»Kehrtmachen wäre ohne jeden Zweifel das Vernünftigste.«

»Oder wir nehmen uns wenigstens vor, nur ein erschwingliches Glas zu verkonsumieren und der Neppbude dann wieder den Rükken zu kehren.«

»Das wäre ein Weg, ja. Was wir zuwenig getrunken haben, können wir ja dem Ober am Trinkgeld abziehen.«

»Genau.«

»Dann laß uns mal sehen, komm . . .«

Sie gingen hinein, und schon an der Garderobe glaubten sie sich sagen zu können, daß ihr Entschluß richtig gewesen war. Das Mädchen, das ihnen ihre Sachen abnahm, war ein entzückender Wuschelkopf aus Tirol. Der eineinhalb Jahre zuvor erfolgte Anschluß Österreichs an das Großdeutsche Reich hinterließ eben seine Spuren. Das Mädchen hieß Annamirl und galt schon allein deshalb in Heringsdorf als Exotin. Annamirl hatte Heimweh nach den Bergen. An die Ostsee, die für ihre Angehörigen in der Heimat eine Art Polarmeer im hohen Norden darstellte, war sie auf ihrer Suche nach Arbeit geraten.

Zur Gewohnheit Annamirls gehörte es, mittags von 12.00—15.00 Uhr und abends von 18.00—1.00 Uhr eine Kette gewagter Komplimente und forscher Einladungen entgegenzunehmen, zu allem freundlich zu nicken und im Ernst nicht daran zu denken, einem jener zahlreichen Herren auf den Leim zu kriechen, die es zu versuchen pflegten, jenes Verfahren in Gang zu setzen, das als Bumerang auf das zarte Geschlecht zurückkommt, seit Eva im Paradies ihren Adam erfolgreicher Verführung aussetzte.

»Mein Fräulein«, sagte Heinz Bartel zu Annamirl, »könnten Sie sich vorstellen, mich näher kennenzulernen?«

»Oder mich?« schaltete sich Rolf Wendrow postwendend ein.

Annamirls freundliches Nicken galt beiden.

»Sie scheinen nicht überrascht zu sein«, fuhr Heinz fort.

»Von was?« fragte Annamirl.

»Von meinem Interesse an Ihnen.«

»Beziehungsweise von meinem«, schob sich wieder Rolf dazwischen.

»Nein, meine Herren«, gab Annamirl in erstaunlich gutem Hochdeutsch jedem der beiden die gleiche Chance.

»Mein Name ist Heinz Bartel.«

»Dr. Rolf Wendrow«, verbeugte sich dieser lächelnd.

Der »Doktor« verschob in unfairer Weise die Gewichte. Annamirls Augenaufschlag blieb Heinz nun versagt.

»Ich heiße Geiselbrechtinger.«

»Haben Sie keinen Vornamen?« fragte Rolf, die Initiative nicht mehr aus der Hand gebend.

»Doch — Annamirl.«

»Wie?«

Dies stieß Rolf Wendrow ganz kurz hervor, denn er stand ganz unverkennbar unter einem kleinen Schock — eine Gelegenheit für Heinz, die Gesprächsführung wieder an sich zu reißen.

»Annamirl Geiselbrechtinger . . . entzückend«, sagte er träumerisch. »Das zergeht einem auf der Zunge. Mein Gott«, geriet er in Ekstase, »wie lange habe ich warten müssen, um ein solches Mädchen zu treffen! Kommen Sie aus Bayern?«

»Aus Tirol.«

»Ich aus Köln.«

»Ich doch auch«, sagte Rolf.

»Aus Köln?« antwortete Annamirl lächelnd. »Den Dom dort soll man sich nicht entgehen lassen, höre ich.«

»Nicht nur den Dom«, sagten Heinz und Rolf wie aus einem Munde.

»Was denn noch, meine Herren?«

»Mich! rief Heinz.

»Mich!« kam Rolf den Bruchteil einer Sekunde zu spät.

Bei diesem Stand des intelligenten Gespräches zwischen einer munteren Tirolerin und zwei rheinländischen Schürzenjägern mußte leider ein Abbruch erfolgen, da neue Gäste erschienen, die keine Lust hatten, an der Garderobe lange herumzustehen, bis man Zeit für sie hatte.

Heinz und Rolf hatten also keine andere Wahl als die, das Feld zu räumen. Daß damit aber keine endgültige Tatsache geschaffen wurde, war klar.

»Auf die«, sagte Heinz im Weitergehen, »komme ich zurück.«

»Oder ich«, grinste Rolf.

Annamirl blickte ihnen nach. Rolfs Feixen entging ihr nicht. Der Herr Doktor sieht mich schon in seinem Bett, dachte sie. Der andere wahrscheinlich auch. Dazu kann ich jedem nur sagen: Denkste!

Annamirls ortsbedingte Assimilation war also, wie man sieht, schon fortgeschritten; das zeigte dieses »Denkste«.

Die zwei Kölner fanden Platz an einem Tisch in der Veranda. Sie studierten die Getränkekarte und rechneten im stillen ihre Kasse durch.

»Mein Onkel Max«, sagte Heinz, »entwickelte bei solchen Karten stets ein gutes System. Er deckte mit der rechten Hand die Preise zu und wählte das, was ihm zu schmecken schien.«

»Dein Onkel Max war auch kein junger, unbekannter Schriftsteller.«

»Nee, allerdings nicht.«

»Und auch kein soeben aus dem Ei geschlüpfter Assistenzarzt.«

»Sondern der Erbe und Besitzer einer Schuhfabrik.«

»Siehst du.«

Rolf klappte die Karte zu, Heinz folgte seinem Beispiel.

Der Kellner, der beobachtend in der Ecke stand, kam herangeeilt.

»Die Herren haben sich schon entschieden ... was darf es sein?«

Dann zuckte er leicht zusammen, denn Heinz antwortete: »Zwei Cobler Blanche, bitte.«

Vielleicht gibt es dieses Getränk heute noch. Damals bestand es jedenfalls aus einem Schüßchen Sekt, einigen Zusätzen rätselhafter Art, mehreren Eisstückchen und hauptsächlich aus Mineralwasser. Dazu wurde ein Strohhalm gereicht, der in einer Seidenpapierhülle mit Reklameaufdruck steckte. Solche Halme sind auch heute noch im Schwange — mehr denn je sogar. Um einen derselben gebrauchsfertig zu machen, reißt man ein Ende der Hülle ab und bläst in den Halm hinein. Die Hülle fliegt dann davon wie ein schlanker Miniaturzeppelin.

Rolf Wendrow vollführte das geschilderte Manöver. Er war zur rechten Zeit noch ein großer Kindskopf. Die Hülle segelte einem netten Mädchen in den Schoß, das verlegen lächelnd das Papierchen zerknüllte und in den Aschenbecher warf — denn die Kleine war erst zwölf Jahre alt.

»Die wär nicht schlecht«, sagte er.

»Wer — das Kind?« empörte sich Heinz.

»Ach was, die an der Garderobe! Wie hieß sie?«

»Geiselbrech . . . brechtinger.«

»Zungenbrechtinger würde eher passen.«

»Aber der Vorname entschädigt einen dafür.«

»Wie war der? Anna . . . quirl?«

». . . mirl.«

»Annamirl?«

»Ja.«

»Nie gehört.«

»Vergiß ihn, du wirst damit nichts mehr zu tun haben«, sagte Heinz.

»Im Gegenteil, das gilt für dich«, widersprach Rolf und sog den ersten Schluck mit dem Strohhalm aus seinem Glas, das ihm — und Heinz — der Kellner inzwischen auf den Tisch gestellt hatte.

Als er den Strohhalm wieder absetzte, sagte er nur: »Du liebe Zeit!«

Heinz nickte zustimmend. Dann fragte er seinen Freund und Konkurrenten: »Weißt du überhaupt, wo Tirol liegt?«

»Natürlich! Wie kommst du dazu, anzunehmen, daß ich das nicht weiß?«

»Weil dir der Name Annamirl völlig unbekannt ist. Den gibt's dort wie Sand am Meer.«

Das war zwar übertrieben, aber Rolf hielt sich nicht damit auf, Zweifel zu äußern, sondern sagte: »Ich werde schon den richtigen Kosenamen für sie parat haben.«

»Etwa Schätzchen?«

»Warum nicht?«

»Na eben, hätte mich auch gewundert, wenn dir einmal etwas anderes eingefallen wäre. Wo liegt denn nun Tirol wirklich?«

»In Österreich. Frag nicht so dumm!«

»Bis vor kurzem hättest du also in der eine Ausländerin sehen müssen.«

»Richtig, stimmt ja!« rief Rolf. »Und wer hat uns allen das erspart?«

»Der Führer.«

»Heil ihm!«

Die beiden lachten.

»Ich mache dir einen Vorschlag zur Güte«, fuhr Rolf fort. »Wir teilen sie uns. In der ersten Hälfte unseres Urlaubs schlafe ich mit ihr, in der zweiten du.«

»Oder umgekehrt.«

»Meinetwegen«, seufzte Rolf.

Es wäre nicht nötig gewesen, sich dazu zu überwinden, denn wenige Sekunden später trat ein Ereignis ein, das schlagartig alles andere verdrängte, das den Geist der beiden — und auch das Fleisch — beschäftigt hatte. In der Tür erschienen zwei gutaussehende junge Männer, in deren Begleitung sich zwei noch viel besser aussehende, ganz entzückende, bezaubernde Mädchen befanden.

Die eine braun, die andere blond.

Die eine in einem lindgrünen, die andere in einem hellgrauen Kleid.

Und Locken, überall Locken.

Zwei allerliebste Gesichter, keck, frech, dezent geschminkt.

Hübsche, glutvolle Augen.
Volle, lachende Lippen.
Brüste ...
Hüften ...
Beine ... Beine ...
Heinz und Rolf waren Beinfetischisten, deshalb fühlten sie sich hier ganz besonders angesprochen.
»Das sind die vier«, sagte Heinz überflüssigerweise zu Rolf, der erwiderte: »Mich interessieren nur die zwei Mädchen. Die Männer soll der Teufel holen!«
»Was sagst du zu diesen Beinen?«
»Ich bin hin und her gerissen. Die hattest du gar nicht erwähnt.«
»Im Wasser sah ich sie nicht.«
Die Vierergruppe benötigte einen geeigneten Tisch. Suchend blickten sich die zwei Männer um, während ihre Damen die Köpfe zusammensteckten und flüsterten.
»Siehst du dort den«, fragte die Blonde die Braune, »der dir heute nachmittag seine Kunststücke als Schwimmer vorgeführt hat?«
»Dir doch auch, Inge.«
»Aber hauptsächlich dir, Ilse.«
»Meinst du?«
»Ich bin sicher. Was hältst du von dem, der neben ihm sitzt?«
»Der wär mir zu groß, zu mächtig.«
»Mir nicht«, raunte Inge. »Ich mag solche Kolosse.«
Ein Kellner, der sich der Gruppe angenommen hatte, führte sie zu einem Tisch mit bestem Blick aufs Meer.
»Das Schicksal hat gesprochen«, sagte Rolf zu Heinz. »Annaquirls« — davon kam er nicht los — »Annaquirls Teilung unterbleibt.«
»Müßte wohl richtiger heißen: Annamirls *Ver*teilung«, verbesserte der auf korrekte Sprache bedachte Bartel, was von einem Schriftsteller ja auch zu erwarten war.
»Was für eine ist für dich?« fragte Rolf. »Die Blonde oder die Braune?«
Er kannte den Geschmack von Heinz und wußte deshalb, auf welches der beiden Mädchen dessen Wahl schon gefallen war.
»Die Braune.«
Rolf nickte. Die Blonde gefiel ihm ohnehin besser.
»Heinz«, sagte er, »nun besteht nur noch das Problem, die zwei

Knilche auszuschalten.«

»Das wird nicht leicht sein«, erwiderte seufzend Bartel. »Ich habe dir gesagt, wie fies die sind. Sieh nur hin, die bringen es doch glatt fertig, französischen Champagner auffahren zu lassen.«

Dies geschah gerade. Der Ober machte aus dem Füllen der Gläser einen Akt größter Feierlichkeit.

»Erinnerst du dich, wie er uns unser Gesöff serviert hat?« fragte Heinz gallig.

»Dabei trägt es auch einen französischen Namen«, meinte Rolf vorwurfsvoll.

»Ich wüßte gerne, welche von den beiden der kleinen Elsbeth das Eis geschenkt hat. Die meine?«

»Diese Frage bewegt mich eigentlich nicht so sehr, Heinz. Viel lieber wüßte ich, wann die meine sich selbst mir schenkt.«

»Wann, ja?« seufzte wieder Heinz. Offenbar schien er doch das gleiche für sich auch zu denken.

»Was mag eine solche Flasche kosten, Heinz?«

»Die die trinken?«

»Ja.«

Heinz klappte die Karte auf, blickte hinein und schlug sie heftig wieder zusammen.

Er sagte nichts.

»Wieviel?« bohrte Rolf.

»Soviel wie ein Rembrandt.«

»Ich dachte es mir«, nickte Rolf düster. »Unbezahlbar.«

Dann schickte er düstere Blicke hinüber zum Tisch der beiden Kavaliere, die soeben für ihre Damen beim Kellner den zweiten Rembrandt in Auftrag gaben.

Heinz traf daraufhin wohl einen Nagel auf den Kopf, als er sagte: »Der Moment ist nicht günstig für uns, Rolf.«

»Scheint mir auch so.«

»Mein Vorschlag ist, daß wir morgen am Strand eine bessere Gelegenheit abwarten.«

»Das wird das Vernünftigste sein, ja.«

Sie hielten, um zu bezahlen, nach ihrem Kellner Ausschau, der aber im Moment verschwunden war. Tanzmusik setzte ein. War darin nicht doch noch eine Chance für heute abend zu sehen?

»Was meinst du, Heinz?« fragte Rolf.

»Einen Tanz, ja«, erwiderte Heinz. »Um eine erste Bresche zu schlagen. Doch dann ziehen wir uns trotzdem zurück. Hier können wir auf die Dauer nicht mithalten; das ist nicht unser Feld.«

Sie mußten natürlich erst abwarten, bis sich die allgemeine Tanzerei entwickelt hatte. Das war aber rasch der Fall. Der laue Sommerabend, gute Musik, Alkohol, Urlaubsstimmung, dies alles wirkte zusammen, um die Leute in Schwung zu bringen.

Als Heinz Bartel sich am Ziel seines Wunsches sah, mit der braungelockten Favoritin seines Herzens übers Parkett zu gleiten, sagte er: »Wenn ich heute nachmittag in meiner Brust den Grundstein zu einer Lungenentzündung legte, habe ich das Ihnen zu verdanken, gnädiges Fräulein.«

»Mir? Wieso?«

»Weil Sie mich viel zu lange daran gehindert haben, das scheußlich kalte Wasser wieder zu verlassen.«

»Ich habe Sie daran gehindert?«

»Allein durch Ihre Anwesenheit im Wasser.«

»Zugegeben«, lachte sie, »angenehm warm war's gerade nicht, aber scheußlich kalt ... nein, damit übertreiben Sie sicherlich.«

»Nein, nein, gnädiges Fräulein ... oder muß ich ›gnädige Frau‹ sagen?«

»Nein.«

»Gott sei Dank«, seufzte er.

Das wirkte drollig, und sie lachte erneut.

»Meine Genugtuung dürfte Ihnen auch Aufschluß über meinen eigenen Familienstand geben«, fuhr er draufgängerisch fort — zu draufgängerisch, wie sich gleich herausstellte.

»Sollte der mich interessieren?« antwortete das Mädchen.

»Ja.«

»Tut er aber nicht.«

»O je, habe ich mich zu weit vorgewagt? Muß ich nun um Entschuldigung bitten und mich selbst verurteilen zu der Strafe eines noch längeren morgigen Aufenthalts in den arktischen Fluten ...«

Sie lachte schon wieder.

»... an Ihrer Seite?« ergänzte er.

»Ich weiß noch gar nicht, ob ich morgen baden gehe«, sagte sie.

»Tun Sie es«, bat er sie. »Ich würde mich sehr, sehr freuen. Oder sind Sie von Ihren Freunden abhängig?«

Ihre Antwort begeisterte ihn.

»Ich stimme mich nur mit meiner Freundin ab. Sonst bin ich von niemandem abhängig.«

»Prima!« rief er so laut, daß sich mancher Kopf um sie herum nach ihnen umdrehte.

Sekunden später endete dieser Tanz. Die meisten Paare blieben aber auf dem Parkett stehen und klatschten Beifall, worin eine Aufforderung an die Kapelle zu sehen war, zu einem zweiten Tanz für diese Paare aufzuspielen. Der Kapellmeister fügte sich, er hob den Taktstock zu einem Tango. Vorausgegangen war ein langsamer Walzer. Fehlten also nur noch ein schneller bzw. normaler Walzer sowie ein Foxtrott, und das gesamte Repertoire der damaligen Jahre konnte von vorne beginnen.

Das Gefährlichste war der Tango. Hier mußte man — als Mann — genau wissen, wie weit man jeweils gehen (gleiten!) konnte, oder welche Schrittweise des Partners man — als Frau — zulassen durfte. Tangos waren damals noch Balanceakte. Heute sind sie das nicht mehr. Das heißt aber nicht, daß sich etwa der Tango als Tanz verändert hätte. Verändert hat sich die Einstellung der Leute, die ihn tanzen.

»Mein Name«, hielt es Heinz schon nach wenigen Takten für angebracht, sich vorzustellen, »ist Bartel ... Heinz Bartel. Mir ist auch der Ihre bekannt, wenigstens teilweise.«

»So?«

»Er besteht aus vier Buchstaben ...«

Sie blickte ihn erstaunt an.

»... und lautet Inge«, ergänzte er.

»Nein«, sagte sie.

»Dann Ilse.«

Nun wunderte sie sich wirklich.

»Woher wissen Sie das?«

»Von einer Freundin von Ihnen. Sie heißt Elsbeth.«

»Elsbeth?« Ilse dachte nach. »Ich habe keine Freundin, die Elsbeth heißt.«

»Doch«, lächelte er. »Ich muß dazu freilich sagen, daß diese Freundschaft allerjüngsten Datums ist. Sie wurde von Ihnen erst heute nachmittag gegründet. Ihr Werkzeug dabei war eine Portion Eis.«

»Ach, das meinen Sie! Soso, Elsbeth heißt die Kleine. Wissen Sie, die hat mich so begehrlich angeguckt, daß ich einfach weich werden mußte.«

»Und dafür haben Sie Schelte bezogen.«

»Von wem? Wer sagt das?«

»Von Ihren Begleitern. Elsbeth hat mir alles erzählt.«

Ilse löste ihre Hand aus der seinen und drohte ihm mit dem Zeigefinger.

»Sie scheinen die Kleine ja ganz schön ausgefragt zu haben.«

»Habe ich.«

»Tut man denn das, Herr Bartel?«

»Wenn's nicht anders geht, ja, Fräulein . . .«

»Bergmann.«

». . . Fräulein Bergmann.«

»Und warum mußte das sein?«

»Um es Ihnen ganz kraß zu sagen: Weil ich Sie liebe.«

Ilse stolperte über ihre eigenen Füße.

»Wie . . . wie bitte?«

»Weil ich Sie liebe.«

»Aber . . . hören Sie . . . wir kennen uns doch kaum zehn Minuten . . .«

»Mich wundert das auch, Fräulein Bergmann . . . darf ich Ilse sagen?«

»Ja — nein — ja«, stotterte Ilse und wollte rasch wieder nein sagen, aber Heinz kam ihr schon zuvor: »Danke, Ilse. Ich heiße Heinz, wie ich Ihnen schon sagte.«

»Also, ich glaube, Sie sollten mich jetzt an meinen Tisch zurückbringen.«

»Sind Sie konsterniert?«

»Ja.«

»Warum? Was ist geschehen? Ich habe Ihnen gesagt, was ich für Sie empfinde. Ist das so etwas Entsetzliches?«

»Nach so kurzer Zeit kann das nicht Ihr Ernst sein.«

»Doch.«

»Bringen Sie mich, bitte, an meinen Tisch zurück.«

Ilse war am Rand der Tanzfläche stehengeblieben, sie hatte den Tango abgebrochen.

»Widerrufen Sie etwa Ihre Aussage«, fragte Heinz, »daß Ihnen keiner der beiden Herren irgendwie nahesteht?«

Indigniert antwortete Ilse Bergmann: »Nein — aber wenn dem so wäre, ginge es Sie doch auch nichts an.«

»Doch.«

»Warum?«

»Das habe ich Ihnen schon ein paarmal gesagt, aber Sie wollen es ja nicht hören.«

»Weil es Unsinn ist.«

»Unsinn? Für Sie scheint eine Sache unmöglich zu sein, die doch jeden Tag immer wieder auf der Welt passiert — Liebe auf den ersten Blick.«

Der Tango endete, und alle Paare verließen nun die Tanzfläche.

»Sehen wir uns morgen am Strand, Fräulein Ilse?« fragte Heinz noch rasch, ehe sie ihren Tisch erreichten.

»Nein, Herr Bartel.«

Heinz und Rolf bewohnten zwei Zimmer in einer Villa, der man es, als sie um die Jahrhundertwende erbaut worden war, nicht vorausgesagt hatte, daß sie einmal zum Teil vermietet werden würde. Sie gehörte einer Frau Maria Sneganas. Der Name deutete auf irgendeinen litauischen Vorfahren in der Ahnenreihe der alten Dame hin, die darüber nicht gerade glücklich war, da sie davon ihr Deutschtum etwas befleckt halten zu müssen glaubte.

Maria Sneganas war Witwe, und zwar schon lange. Ihr Mann hatte sie, wie sie zu sagen pflegte, »viel zu früh verlassen«. Er war im Fischhandel tätig gewesen.

Nach seinem Tode waren für seine Frau die Verhältnisse enger und enger geworden, bis sie sich von einem gewissen Tage an gezwungen gesehen hatte, Zimmer an Sommergäste zu vermieten. Letzteren kam oft zustatten, daß sie mit den Jahren schwerhörig geworden war, denn dadurch entging ihr so manches von dem, was auf den Zimmern bisweilen stattfand, wenn die Gäste Herren jüngeren Kalibers waren.

Auf dem Nachhauseweg vom Strandkasino zu ihrem Quartier sagte Rolf zu Heinz: »Du bist so still.«

Heinz schwieg auch daraufhin noch.

»Sprichst du nicht mehr mit mir?« fragte Rolf nach zehn weiteren Schritten.

»Doch.«

»Was ist los? Hat's nicht geklappt mit der?«

»Ich bin ein Idiot«, stieß Heinz hervor.

»Das weiß ich längst«, sagte Rolf.

»Du weißt gar nichts!« fuhr ihm Heinz über den Mund.

»Sie hat dich also abblitzen lassen; das scheint jedenfalls festzustehen.«

Heinz hielt an, faßte den Freund am Oberarm und drehte ihn zu sich herum. »Rolf, ich muß von allen guten Geistern verlassen gewesen sein«, sagte er.

»Wieso?«

»Ich habe der gesagt, daß ich sie liebe.«

Rolf zuckte die Achseln, grinste und meinte: »Na und? Etwas Ähnliches habe ich der meinen auch gesagt.«

»Der Unterschied ist der, Rolf, daß es mir diesmal ernst ist.«

»Was?«

»Mir ist es ernst, Rolf.«

Dr. Rolf Wendrow guckte völlig verständnislos.

»Du machst Witze, Heinz.«

»Nein.«

»Hör auf, Heinz, komm zu dir, du kannst doch nicht dem Wahnsinn verfallen sein!«

Traurig nickte Heinz Bartel.

»Doch, Rolf, ich denke schon.«

»Großer Gott!« rief Rolf Wendrow in der Stille der Nacht den Allmächtigen an.

Zögernd setzte sich Heinz wieder in Bewegung. Sein Gang wirkte schleppend. Besorgt hielt sich Freund Rolf an seiner Seite.

»Als ich sie beim Tanz im Arm hielt«, bekannte Heinz, »wußte ich, daß etwas ganz Entscheidendes in meinem Leben geschehen war.«

Nun blieb Rolf stehen, obwohl sie erst wenige Schritte getan hatten, ergriff Heinz am Oberarm und sagte: »Ich mache dir einen Vorschlag . . .«

»Ja?«

»Wir reisen sofort ab.«

»Nein, unter keinen Umständen!«

»In Köln wirst du mir dafür dankbar sein.«

»Nein!«

»Hier läufst du doch in deinem Zustand Gefahr, daß du untergehst, Junge. Die nützt das todsicher aus.«

»Eben nicht, das ist es ja!«

Rolf schüttelte den Kopf. Das Ganze schien ihm absolut mysteriös.

»Also«, meinte er, »das mußt du mir noch einmal erklären: Du hast der gesagt, daß du sie liebst . . .«

»Ja.«

»Ganz ernsthaft?«

»Ja.«

»Und trotzdem hat sie dich abblitzen lassen?«

»Ja.«

»Dann stimmt etwas nicht«, erkannte Rolf.

Heinz ließ den Kopf hängen.

»Was soll denn nicht stimmen, ich bin eben nicht ihr Typ«, sagte er.

»Nee, nee«, erwiderte Rolf, »so einfach machen es sich die Frauen heutzutage nicht mehr. Da steckt etwas anderes dahinter.«

Die beiden nahmen ihren Weg wieder auf. Schweigend legten sie ihn zurück bis zu ihrem Quartier. Erst unmittelbar vor dem Eingang der Villa hielt Rolf erneut an.

»Sag mir noch einmal eins, Heinz: Du willst also unter allen Umständen hierbleiben?«

»Ja.«

»Und dich kaputtmachen?«

»Ja.«

»Das geht aber alles auf deine Verantwortung, merk dir das für später.«

Heinz Bartel nickte.

»Wann siehst du sie denn wieder?« fragte ihn Rolf.

»Ich weiß nicht. Ich hoffte, morgen beim Baden. Aber sie sagte nein.«

»Das wird sie sich anders überlegen — oder ich kenne die Frauen nicht mehr.«

»Meinst du?«

»Ich bin sicher.«

Heinz legte den Arm um Rolfs Schulter.

»Bist ein guter Freund. Und ich habe dich noch gar nicht gefragt, wie es mit deiner Inge — so heißt sie doch? — gelaufen ist.«

»Gut«, grinste Rolf.

»Wie üblich?«

»Wie üblich.« Rolf hob die Stimme. »Ich würde aber gerne auf sie verzichten, wenn wir, um dich zu retten, von hier verschwinden.«

Heinz schüttelte verneinend den Kopf, ging auf die Haustür zu und sperrte sie mit seinem Schlüssel auf, den er, ebenso wie Rolf, von Frau Sneganas erhalten hatte.

In dieser Nacht fand er lange keinen Schlaf.

In einem anderen Gästebett Heringsdorfs ereignete sich das gleiche. Das Bett gehörte Ilse Bergmann.

Frau Sneganas kümmerte sich in ihrer Küche um das Frühstück für ihre Gäste, zu denen neben den zwei jungen Herren aus Köln auch ein verwitweter schwäbischer Dentist und eine vierzigjährige Lehrerin aus Gelsenkirchen gehörten. Der Tag war herrlich, das Frühstück konnte im Garten der Villa unter einigen großen Sonnenschirmen eingenommen werden. Der Dentist war ein Fünfziger und hieß Franz Müller. Die Lehrerin schrieb sich Erika Albrecht. Rolf Wendrow war bei ihr schon im ersten Moment ihrer beiderseitigen Vorstellung ein bißchen ins Fettnäpfchen getreten, weil er gesagt hatte: »Angenehm, Frau Albrecht.«

»Fräulein«, verbesserte sie ihn mit Nachdruck.

Ansonsten war sie aber, wie sich rasch herausstellte, eine recht patente Dame, die in ihrer schicksalhaften Jungfräulichkeit nicht unbedingt etwas sah, das sie über Andersgeartete hinaushob.

Franz Müller, der Dentist aus Heilbronn, fragte sich, ob bei ihr nicht einem Versäumnis abgeholfen werden sollte. Zugetraut hätte er sich die entsprechende Maßnahme trotz seines Alters noch gerne und gut.

Der Garten war nicht groß, so daß es auch einer alten Dame, wie Frau Sneganas, noch möglich war, ihm die nötige Pflege angedeihen zu lassen.

»Fräulein Albrecht«, sagte Franz Müller zur Lehrerin, »meine verstorbene Frau stammte auch aus dem Ruhrgebiet. Seitdem kenne ich diese Menschen und mag sie.«

Erika Albrecht lächelte.

»Die Schwaben sind wohl sehr freundliche Leute, wie?«

»Sind sie.«

»Ich war schon zweimal in Stuttgart, leider immer nur kurze Zeit. Eine sehr schöne Stadt.«

»Auch nicht schöner als Gelsenkirchen.«

Die Lehrerin lachte.

»Nun hören Sie aber auf, Herr Müller, das verschlägt ja den Amseln die Stimme.«

Sie nickte zum Garten hin, in dessen Tiefe in der Tat zufällig eine Amsel ihr Lied abgebrochen hatte.

Aus dem Haus trat Frau Sneganas mit einem vollbeladenen Frühstückstablett. Der Dentist empfing sie mit der Frage: »Was gibt's Neues, gnädige Frau?«

Seufzend erwiderte sie: »Ich bin keine gnädige Frau, die Zeiten sind vorbei. In den Morgennachrichten kam, daß sich in Polen die Übergriffe gegen die Volksdeutschen mehren. Der Führer sei nicht gewillt, dem noch lange zuzusehen.«

»Recht hat er!« meinte Müller und fügte, eine Lücke im Frühstücksangebot für ihn erspähend, hinzu: »Sie haben mein Ei vergessen, Frau Sneganas.«

»Nein, Herr Müller, das kocht noch, auch das Ihre, Fräulein Albrecht. Ich bringe sie beide gleich.«

»Keine Eile«, lächelte Erika Albrecht.

»Was ist denn mit Köln heute?« erkundigte sich der Dentist. Er meinte damit die zwei jungen Herren vom Rhein, die normalerweise früh als erste auf den Beinen waren, sich heute jedoch noch nicht sehen ließen.

Frau Sneganas blickte hinauf zu den Fenstern der Zimmer der beiden.

»Ich weiß auch nicht«, sagte sie achselzuckend.

Dann entfernte sie sich, um die Eier zu holen. Der Dentist und die Lehrerin begannen zu frühstücken. Zwischen einem Schluck Kaffee und einem Bissen Kuchen fragte die Gelsenkirchenerin: »Glauben Sie, daß es Krieg gibt, Herr Müller?«

»Krieg?«

»Ja.«

»Ach was, davor schrecken doch im letzten Moment alle wieder zurück. Der Kaffee könnte etwas stärker sein, finden Sie nicht auch?«

»Alle, meinen Sie?«

»Das haben wir doch schon mehrmals erlebt. Und das weiß der Führer auch, deshalb geht er bis an die äußerste Grenze.«

»Bedenkenlos, ja.«

Der Dentist blickte die Lehrerin fragend an. Rasch setzte sie deshalb hinzu: »Ich meine, ohne Bedenken haben zu müssen, tut er das.«

»Auf alle Fälle«, nickte Müller, »können Sie beruhigt sein, Krieg gibt's keinen, Fräulein Albrecht. Schmeckt Ihnen der Kuchen?«

»Ich finde ihn sehr gut. Frau Sneganas bäckt ihn selber, sagt sie.«

»Aber der Kaffee könnte stärker sein.«

»Wenn's Krieg gäbe, müßten wir mit einem noch viel dünneren zufrieden sein, glaube ich.«

»Fräulein Albrecht, ich sage Ihnen doch —«

Die Eier wurden gebracht. Maria Sneganas stellte sie auf den Tisch, wobei sie mitteilte: »Die jungen Herren sind erwacht. Ich hörte sie schon.«

Wenig später tauchten Heinz Bartel und Rolf Wendrow auf. Letzterer schien Bäume ausreißen zu wollen, während Bartel übermüdet aus den Augen schaute.

»Haben Sie schlecht geschlafen?« fragte ihn Erika Albrecht.

»Nicht besonders«, antwortete er.

Frau Sneganas fühlte sich sofort betroffen, sie sagte: »Aber meine Betten . . .«

Der Rest, den sie sich schenkte, war klar.

»Ihre Betten«, beruhigte sie denn auch Heinz, »sind Klasse, Frau Sneganas. Ich weiß nicht, was mit mir los war, es lag aber jedenfalls an mir.«

»Haben Sie etwas Schweres gegessen?« erkundigte sich Erika Albrecht.

Heinz Bartel schüttelte verneinend den Kopf.

Rolf Wendrow grinste schon die ganze Zeit impertinent, und er tat dies nun auch noch in verstärktem Maße, als Franz Müller sagte: »Vielleicht hat es was mit Frauen zu tun.«

»Ja«, nickte Heinz zur Überraschung aller, sogar auch seines Freundes Rolf, der daraufhin der Lust erlag, auf seine Weise den Faden weiterzuspinnen, indem er sagte: »Aber nur indirekt.«

»Wieso nur indirekt?« fragte Müller.

»Direkt sind es die kalten Meeresfluten, die ihn gestern hier fertiggemacht und ihn nachts noch in seine Träume hinein verfolgt haben. Indirekt war daran allerdings wieder einmal eine Frau schuld. Insofern trifft also Ihre Vermutung zu, Herr Müller.«

»Ich verstehe Sie so, daß ihn die Betreffende ins Wasser gestoßen hat.«

»Ich will Ihnen nicht widersprechen, Herr Müller.«

Der Dentist hätte nun gerne mit einem Ratschlag aufgewartet, wie man am besten mit solchen Frauen verfährt, indem man nämlich mit ihnen ins Bett geht und ihnen zeigt, an wem sie sich vergangen haben, so daß sie tausendmal um Verzeihung bitten. Dieser Ratschlag war es überhaupt, für den der Dentist fast immer Anwendung zu finden wußte — jedenfalls mündlich. Im Moment aber hatte Erika Albrecht eine wichtigere Frage an Rolf Wendrow zu richten.

»Herr Doktor, glauben Sie auch nicht, daß es Krieg gibt?«

Es blieb einige Sekunden still, bis Rolf antwortete: »Was glauben Sie?«

»Herr Müller glaubt, daß nicht.«

»Ganz richtig«, bestätigte der Dentist, mit Nachdruck nickend.

»Und Sie?« fragte Rolf Frau Sneganas, die dabeistand.

»Ich weiß nicht.«

»Herr Müller glaubt«, kam Erika Albrecht auf den Dentisten zurück, »daß die im letzten Moment alle wieder davor zurückschrekken.«

»Wie im vergangenen Jahr beim Sudetenland«, bekräftigte Franz Müller aus Heilbronn.

»Weshalb der Führer recht hat, bis an die äußerste Grenze zu gehen«, ergänzte Erika Albrecht.

»Das denke ich auch«, sagte Rolf Wendrow.

Die Lehrerin blickte Heinz an.

»Und was denken Sie, Herr Bartel?«

Der zuckte die Achseln.

»Ich weiß nicht, Fräulein Albrecht.«

»Ich auch nicht«, seufzte sie.

Nun hatte aber der Dentist vom Thema »Krieg« genug, und er bemühte sich, ein anderes anzuschneiden, indem er sagte: »In Bansin findet heute abend ein großer Strandball statt. Soll man da hingehen?«

Bansin war der Nachbarort von Heringsdorf.

»Wie weit ist das?« fragte Rolf Wendrow.

»Was?«

»Der Weg nach Bansin.«

»Wie weit?« gab der Dentist die Frage an Frau Sneganas weiter.

»Ein paar Kilometer«, antwortete sie. »Bei gutem Wetter gibt's in der ganzen Gegend hier kaum einen beliebteren Spazierweg.«

»Mit gutem Wetter wären wir ja gesegnet«, meinte Franz Müller

und blickte Erika Albrecht ermunternd an.
Diese schüttelte jedoch ablehnend den Kopf.
»Sie werden doch nicht mich dazu verleiten wollen, Herr Müller?«
»Warum nicht?«
»Ich bitte Sie, Sie sprachen doch von einem Ball?«
»Ja.«
»Ein solcher besteht doch in der Hauptsache aus Tanz?«
»Ja, sicher.«
»Und dazu hätten Sie mich ausersehen?«
»Warum nicht?« erwiderte Franz Müller abermals.
Die Lehrerin lachte.
»Nein, nein, das will ich Ihnen ersparen. Sie ahnen ja gar nicht, was Sie sich damit antun würden.«
»Wieso?«
»Ich habe seit zwanzig Jahren keinen Schritt mehr getanzt.«
»Das sagt doch gar nichts«, blieb der Dentist hartnäckig. »Mit dem Tanzen ist das so wie mit dem Radfahren, Fräulein Albrecht. Beides verlernt man nie mehr im Leben.«
»So?«
»Wußten Sie das noch nicht?«
»Nein ... das heißt, vom Radfahren habe ich das schon einmal gehört, aber —«
»Aber vom Tanzen noch nicht«, fiel ihr der Dentist ins Wort. »Deshalb muß es Ihnen bewiesen werden, und zwar gleich heute abend, das ist doch ganz logisch. Oder wäre hier jemand anderer Meinung?«
Er blickte sich siegessicher in der Runde um.
»Sie, Herr Doktor?« fragte er Wendrow.
»Keinesfalls.«
»Sie, Herr Bartel?«
»Durchaus auch nicht.«
»Sie, Frau Sneganas?«
»Das«, blieb die alte Dame neutral, »muß Fräulein Albrecht selber wissen.«
»Sie enthalten sich also gewissermaßen der Stimme?«
»Ja.«
»Sie sehen«, wandte sich Müller an Erika Albrecht, »welchen Anklang Ihr Einwand findet — nämlich gar keinen. Ich betrachte ihn

also mit Billigung der Allgemeinheit als gestrichen.«

Erika Albrecht nahm zu einem anderen Faktor Zuflucht.

»Ich habe doch auch überhaupt nichts Passendes zum Anziehen.«

»Es fehlt Ihnen etwas Langes, wollen Sie sagen? Ein Abendkleid?«

»Ja.«

»Sie vergessen, daß hier von allen Leuten Ferien gemacht werden. Bälle haben deshalb, was die Garderobe der Damen angeht, ein zwangloseres Gesicht als anderswo. Habe ich recht, Frau Sneganas?«

»Ja«, nickte diese.

»Trotzdem ...«, sagte Erika Albrecht und verstummte. Ihre Weigerung, die sie dadurch immer noch zum Ausdruck bringen wollte, stand also schon auf ziemlich schwachen Beinen.

»Was machen wir?« fragte Rolf nach dem Frühstück seinen Freund Heinz.

»Wolltest du nicht Ansichtskarten schreiben?«

»Und du?«

»Ich laufe hier ein bißchen rum.«

»Ich komme mit.«

»Wieso? Erledige lieber deine Post.«

»Nein, ich komme mit, Spazierengehen gefällt mir besser.«

»Dann geh du spazieren, und ich schreibe Karten.«

Rolf begriff und sagte eingeschnappt: »Ach so, ich verstehe, ich fall dir auf den Wecker. Der Herr will allein sein.«

»Hättest du etwas dagegen?«

»Nicht im geringsten.«

»Warum guckst du dann so böse?«

»Weil ich wissen möchte, warum du mich loshaben willst.«

»Ich will dich doch nicht loshaben, ich —«

»Hoffst du etwa, dem Mädchen, das dich die ganze Nacht nicht schlafen ließ, zu begegnen?«

»Wieso mich die ganze Nacht nicht schlafen ließ, woher willst du das wissen?«

»Weil ich dir das ansehe, ich bin Arzt. Alle sehen dir das an, und sie sind keine Ärzte. Erinnere dich an den Frühstückstisch vorhin.«

»Ihr seid verrückt!«

»Wenn hier einer verrückt ist, dann du«, sagte Rolf mit Nachdruck, wandte sich ab und entfernte sich.

»Wo willst du hin?« rief ihm Heinz nach.

»Auf mein Zimmer, Ansichtskarten schreiben.«

»Und ich?!«

»Du gehst spazieren.«

»Rolf, warte!«

Rolf blieb nicht stehen, sondern setzte seinen Weg fort. Heinz holte ihn rasch ein. Sie liefen nebeneinander her.

»Was willst du?« fragte Rolf.

»Ich komme mit.«

»Wohin?«

»Auf mein Zimmer.«

»Etwa, um auch Karten zu schreiben?«

»Ja.«

»Und dann?«

»Dann gehen wir gemeinsam spazieren.«

Sie blieben stehen, blickten einander an, lachten.

»Idiot!« sagte Rolf zu Heinz.

»Schafskopf!« sagte Heinz zu Rolf.

Alles war wieder im Lot.

Nachmittags am Strand sagte Heinz zu Rolf: »Ich bin überzeugt, daß sie nicht kommt.«

»Das bist du nicht!«

»Was bin ich nicht?«

»Überzeugt, daß sie nicht kommt.«

»Doch!«

»Warum liegst du dann hier im Sand und wartest auf sie?«

»Weil du auch hier liegst.«

»Die Meine kommt ja.«

»Hat sie das gesagt?«

»Nein, darüber haben wir gar nicht gesprochen, aber das ist für mich selbstverständlich.«

»Die Meine hat, wie ich dir gestern schon mitteilte, gesagt, daß sie nicht kommt.«

»So, hat sie das?«

»Ausdrücklich, ja.«

»Dann wäre sie aber, abgesehen von dem Schmerz, den sie damit dir zufügen würde, eine schlechte Freundin.«

»Von wem?«

»Von ihrer Freundin, auf die du wartest.«

»Ich verstehe dich nicht, was willst du damit sagen?«

»Laß es dir ausdeutschen: Mein Schwarm heißt Inge, der deine Ilse. Die beiden sind Freundinnen. Du wartest auf Ilse und denkst, sie kommt nicht. Ich warte auf Inge und weiß, sie kommt. Darauf gebe ich dir Brief und Siegel. Inge wird aber nicht allein baden gehen wollen, sondern darauf bestehen, daß ihre beste und einzige Freundin mitkommt. Deshalb hat Ilse gar keine andere Wahl, als auch hier zu erscheinen. Klar?«

Rolf und Heinz lagen, wie gesagt, im Sand, Rolf links von Heinz, Heinz rechts von Rolf. Ihre Füße zeigten zum Meer.

Heinz seufzte.

»Ich wünschte ja, du hättest recht, Rolf.«

»Ich *habe* recht!«

»Ich kann es nicht glauben.«

»Willst du mit mir wetten?«

»Um wieviel?«

»Sagen wir: um einen Rembrandt.«

»Einverstanden, die Wette gilt, laß uns einschlagen . . .«

Sie schlugen im Liegen ein, dann sagte Rolf: »Dreh mal deinen Kopf nach rechts . . .«

Heinz tat dies, und seine Augen wurden groß.

»Siehst du, wer da kommt?« hörte er die Stimme Rolfs hinter sich.

Ilse und Inge schritten einher, zwei Göttinnen in knappen Badeanzügen, in denen ihre makellosen Figuren in der aufregendsten Weise zur Geltung kamen. Blicke, die den beiden folgten, füllten sich teils mit Neid, teils mit Begehren. Die neiderfüllten kamen von Frauen, die anderen von Männern.

Heinz und Rolf erhoben sich und gingen den Mädchen entgegen. Die Begrüßung zwischen Inge und Rolf fiel lebhaft aus, die andere ein bißchen befangen.

»Inge«, sagte Rolf, »darf ich Ihnen auch meinen Freund, Heinz Bartel, vorstellen . . .«

»Freut mich«, lächelte Inge, Heinz die Hand reichend, »mein Name ist Wegner.«

Das gleiche erledigte Heinz nun zwischen Ilse und Rolf, indem er sagte: »Fräulein Bergmann, mein Freund heißt Rolf Wendrow.«

Jetzt kannten sich also alle vier und setzten sich in den Sand. Rolf zögerte nicht, sich auf seine Art mit Inge zu befassen, und Inge hatte Spaß daran.

»Ich danke Ihnen«, sagte Heinz leise zu Ilse.

»Wofür?«

»Daß Sie gekommen sind.«

»Mir blieb nichts anderes übrig.«

»Ich weiß.«

»Was wissen Sie?«

»Daß Sie nicht gekommen wären, wenn Ihnen Ihre Freundin das gestattet hätte.«

»Woher wissen Sie das?«

Heinz erzählte es ihr.

»Ist Ihr Freund Psychologe?« fragte sie ihn daraufhin erheitert.

»Nein.«

»Oder so was Ähnliches?«

»Nein.«

»Was macht er?«

»Rolf«, sagte Heinz zu seinem Freund, »ich werde gefragt, was du machst.«

»Ich?« Rolf ließ nicht ab, Inge mit feurigen Blicken zu bombardieren. »Ich bemühe mich, einer Dame meine Empfindungen für sie bloßzulegen.«

»Was du beruflich machst, Rolf?«

Der junge Mediziner riß sich zwei, drei Sekunden lang von seiner Angebeteten los, grinste Ilse an und sagte: »Ich habe angefangen, in die Fußstapfen meines Kollegen Ferdinand Sauerbruch zu treten.«

»Du liebe Zeit!« rief Ilse. »Soll das heißen, daß Sie Chirurg sind?«

»Ja, Sie kennen das Metier?«

Ilse nickte.

»Ich bin Medizinstudentin«, sagte sie.

»Was aber nicht heißt«, fiel Inge ein, »daß sie auf Ärzte fliegt, Rolf, im Gegenteil. Diesbezüglich ist sie so ähnlich veranlagt wie ich. Ich mag keine Deutschlehrer.«

»Sie mögen keine Deutschlehrer?« erwiderte Rolf.

»Nein.«

»Studieren Sie auch?«

»Ja.«

»Dann kombiniere ich, daß Ihr Fach Germanistik ist.«
»Richtig«, nickte sie, sich ihre seitlichen Löckchen unter die Bademütze, die sie aufsetzte, schiebend.
Alle vier lachten. Plötzlich sprang Inge auf.
»Wohin?« stieß Rolf erschrocken hervor, denn er ahnte Schlimmes.
Inge hatte sich schon dem Meer zugewandt.
»Ins Wasser!« rief sie und rannte los.
Der athletisch gebaute, sportlich gestählte Rolf Wendrow folgte ihr mit angsterfüllter Miene.
Heinz grinste hinter ihm her.
»Sie ahnen ja nicht«, sagte er zu Ilse, »was das für ihn heißt.«
»Was?« fragte sie.
»Daß er sich zu diesem Bad zwingen muß. Kaltes Wasser ist für ihn noch viel schlimmer als für mich.«
»Warum geht er dann rein? Es zwingt ihn doch nichts dazu.«
»Doch.«
Beide verstummten. Ilse saß da und hatte die Arme um ihre angezogenen Knie geschlungen. Heinz zog mit dem Zeigefinger im Sand Kreise und Quadrate.
»Gehen Sie auch noch ins Wasser, Ilse?« fragte er schließlich.
»Sicher.«
Ohne sie anzusehen, sagte er: »Dann teile ich das Schicksal meines Freundes.«
»Indem Sie ebenfalls reingehen?«
»Ja.«
»Aber das ist doch albern.«
»Nein.«
»Dazu kann ich wieder nur sagen, es zwingt auch Sie nichts dazu.«
Er schaute hinüber zu ihr.
»Doch, Ilse.«
Man hörte vom Meer her erschütternde Schreie. Sie stammten von Dr. Rolf Wendrow, der bis zu den Knien in den Wellen stand und plötzlich von Inge mit eisigem Naß bespritzt wurde.
Ilse lachte, Heinz nicht. Die Blicke der beiden begegneten sich. In seinem Gesicht stand eine Frage geschrieben; sie lautete: Brächtest du das auch fertig?
Jede Frau bringt das fertig, das wird in den Strandbädern der

Welt seit eh und je bewiesen.
»Kennen Sie ihn schon lange?« fragte Ilse.
»Wen?«
»Ihren Freund.«
»Von Kindesbeinen an.«
»Er scheint mir ein Spaßvogel zu sein.«
»Trübsal bläst er selten, ja.«
»Deshalb wundert mich seine Berufswahl eigentlich.«
»Sie meinen, ein Arzt müßte immer mit ernster Miene einherschreiten.«
»Nein, das nicht, aber . . .«
»Iiiilse!«
Der Ruf kam vom Meer her. Inge hatte ihn ausgestoßen. Sie fuhr fort: »Kommst du nicht auch?«
»Ja!« rief Ilse zurück, blieb aber sitzen.
»Also los!« sagte Heinz zu ihr und traf Anstalten, sich aufzurappeln.
»Sie bleiben hier!«
»Nein.«
»Gestern sagten Sie mir doch, Sie liefen leicht Gefahr, sich bei solchen Wassertemperaturen zu erkälten.«
»Ach was, Sie haben das doch nicht ernst genommen?«
»Schon.«
»Dann hoffe ich, daß Sie auch das andere, was ich Ihnen noch gesagt habe, ernst genommen haben. Erinnern Sie sich daran?«
»Nein«, erwiderte Ilse rasch.
»Darf ich Ihr Gedächtnis auffrischen?«
»Nein.«
»Warum nicht?«
Ilses Antwort hatte mit dieser Frage nichts zu tun.
»Ich würde jetzt gerne ins Wasser gehen.«
»Bitte.«
Heinz stand schon halb.
»Aber allein«, sagte Ilse.
»Nein.«
»Dann gehe ich nicht.«
Heinz richtete sich zu seiner vollen Größe auf und blickte auf sie hinunter.
»Nun gut«, drehte er den Spieß um, »wenn Sie glauben, mich auf

diese Weise davon abhalten zu können, ein erfrischendes Bad zu nehmen, sind Sie im Irrtum. Bitte, entschuldigen Sie mich ein Weilchen.«

Er wandte sich ab und ging zum Meer. Hinter sich hörte er Schritte im Sand knirschen.

»Heinz!«

»Ja?« sagte er, ohne anzuhalten.

Ilse holte ihn ein.

»Sie sind ein Kindskopf.«

»So?«

»Ein ganz enormer!«

»Ich sehe kein anderes Mittel, Sie ins Wasser zu kriegen. Und meine Maßnahme scheint wirksam zu sein.«

»Kommen Sie, kehren wir um.«

»Bitte, tun *Sie* das — *ich* nicht!«

»Dann eben nicht«, sagte sie, fing zu laufen an und warf sich in die Fluten.

Für Heinz Bartel, der dasselbe tat, war dies ein reiner Verzweiflungsakt, aber er schreckte nicht davor zurück.

Im Wasser gesellte sich Ilse zu ihrer Freundin, Heinz zu seinem Freund. Beide wurden unterschiedlich empfangen.

»Herrlich!« rief Inge. »Erfrischt das nicht wunderbar?«

»Was sind wir doch für Idioten«, sagte Rolf leise zu Heinz. »Aber das muß sie mir bezahlen.«

Die Mädchen schwammen ein bißchen hinaus.

»Wie gefällt dir der Deine?« fragte dabei Inge.

»Er ist nicht der Meine, das habe ich dir schon gesagt«, antwortete Ilse.

»Wie gefällt er dir?«

»Er ist verrückt.«

»Wieso?«

»Beide sind verrückt.«

»Wieso?« fragte Inge abermals.

»Das Wasser ist ihnen viel zu kalt, und trotzdem gehen sie rein.«

Inge lachte.

»Warum der Meine das tut, weiß ich.«

In den offenen Mund geriet ihr ein kleiner Schwall, den wieder auszuspucken sie eine gewisse Mühe hatte.

»Der Deine, der Deine«, sagte Ilse. »Das klingt ja geradezu schon wieder nach vollendeten Tatsachen bei dir.«

»Warum nicht?«

»Und was ist mit Edgar?«

»Ach der.« Inges Hand erschien abwinkend über dem Wasser. »Genauso könnte ich dich fragen, was mit deinem Werner ist.«

In Ilses Gesicht zeichnete sich Protest ab.

»Inge, du weißt genau, welchen Unterschied es da gibt. Edgar wurde von dir schon ganz schön heiß gemacht, Werner bedeutet mir nichts.«

»Aber seinen Champagner trinkst du auch.«

»Du meinst, gestern abend? Ein Glas Limonade wäre mir viel lieber gewesen.«

»Damit wirst du auch heute nicht durchkommen bei dem.«

»Können wir uns denn dem Ganzen nicht entziehen?«

»Nein, wir haben den beiden schon zugesagt.«

»Machen wir kehrt«, schlug Ilse vor und wendete, um zum Strand zurückzuschwimmen.

Heinz und Rolf hatten den zwei Mädchen nachgeblickt.

»Wie schön könnte dies alles an der Adria sein«, meinte Rolf zähneklappernd.

»Sie kommen zurück«, sagte Heinz. »Nimm dich zusammen. Und schlag dir die Adria ein für allemal aus dem Kopf. Die Devisenlage des Reiches verträgt keine solchen Urlaubsreisen seiner Volksgenossen.«

»Stimmt«, nickte Rolf Wendrow, um zu zeigen, daß Bartels Ironie wieder einmal bei ihm nicht verfing.

Die Mädchen kamen näher.

»Was machen wir mit denen heute abend?« fragte Heinz.

»Nichts«, sagte Rolf verdrossen.

Heinz war sichtlich überrascht.

»Hast du denn noch keine Verabredung getroffen?«

»Hätte ich schon . . .«

»Aber?«

»Die sind schon verabredet.«

»Wahrscheinlich wieder mit den beiden Heinis«, vermutete Heinz.

Rolf zuckte mit den Achseln.

»Ich weiß es nicht.«

»Hast du nicht danach gefragt?«

»Nein.«

»Warum nicht?«

Rolf wunderte sich.

»Hör mal«, sagte er, »sonst bist du doch immer derjenige, welcher ganz rasch mit dem Vorwurf bei der Hand ist, ich hätte keinen Takt . . .«

Er mußte abbrechen, da die Mädchen inzwischen so nahe herangekommen waren, daß sie ihn verstanden hätten.

»Hallo«, empfing er sie statt dessen, »wir rechneten schon mit einer sensationellen Ostsee-Überquerung zweier deutscher Meisterschwimmerinnen. Was hat Sie davon abgehalten, meine Damen? Das laue Wässerchen?«

»Ganz richtig«, ging Inge auf ihn ein. »Bei solchen Temperaturen erschlafft die Muskulatur, die zu Rekordleistungen mehr Frische benötigt. Daraus erklären sich auch die ungezählten Überquerungen des Ärmelkanals, während die Meerenge bei Gibraltar, glaube ich, immer noch auf ihre dementsprechende Entjungferung warten muß.«

Da war natürlich ein Stichwort für Rolf Wendrow gefallen, das er prompt aufschnappte.

»Entjungferung?«

Inge lachte.

»Wäre das keine Aufgabe für Sie?«

»Immer!« rief Rolf begeistert.

»Mir scheint, wir verstehen uns nicht richtig.«

»Wieso?«

»Ich spreche von der Überquerung der Meerenge bei Gibraltar.«

»Ach«, spielte Rolf den Enttäuschten, »dann herrschte in der Tat ein Mißverständnis zwischen uns beiden.«

Dieser Disput schien Ilse zu mißfallen.

»Kommen Sie«, sagte sie zu Heinz, »wir legen uns wieder in die Sonne. Oder haben Sie noch nicht genug vom Wasser?«

»Doch.«

Draußen trockneten sie sich ab, wobei Ilse sagte: »Sie hatten mir gar keine Zeit mehr gelassen, meine Bademütze aufzusetzen.«

»Das tut mir leid.«

»Meine Haare sind ruiniert, ich muß heute noch zum Friseur.«

Das bedeutete, daß sie sich sehr bald verabschieden würde.

»Heute noch?« stieß Heinz hervor.

»Sehen Sie sich das an«, sagte sie, den Kopf nach vorn neigend und ihre braune Mähne vor seinen Augen hin und her schüttelnd.

»Prachtvoll!« rief er in ehrlicher Begeisterung.

»Wie bitte?«

Ilse, die ihren Kopf hochgerissen und dadurch ihre ramponierten Locken zurückgeschleudert hatte, blickte ihn an.

»Sie haben das schönste Haar, das ich je gesehen habe«, sagte er.

»Hören Sie auf.«

»Ich schwöre es.«

»Der Friseur wird mir etwas anderes erzählen, wenn er auf die Spuren des Salzwassers stößt.«

»Ich würde Ihnen den Friseur gerne ausreden, jedenfalls für heute nachmittag.«

»Nein, nein, der ist unumgänglich notwendig.«

»Sagten Sie nicht, sich mit mir in die Sonne legen zu wollen?«

»Ich muß das zurücknehmen und bitte Sie um Ihr Verständnis.«

»Aber auf Ihre Freundin werden Sie doch noch warten?«

Mehr als zwei, drei Minuten gewann Heinz dadurch nicht, denn dann fanden sich auch Inge und Rolf bei ihnen wieder ein, und Ilse teilte den beiden mit, welcher Zwang sich für sie ergeben habe.

»Du kannst ja noch hierbleiben«, stellte sie Inge anheim.

Freundinnentreue zwang Inge, zu antworten: »Kommt nicht in Frage, ich begleite dich, wir sind zusammen gekommen und gehen auch zusammen wieder.«

Sie fügte jedoch vorwurfsvoll hinzu: »Warum hast du denn deine Bademütze nicht aufgesetzt?«

Mit einem kurzen Seitenblick auf Heinz erwiderte Ilse: »Ich habe es vergessen.«

Nachdem die beiden Mädchen gegangen waren, hatten auch Heinz und Rolf keine Lust mehr, noch länger am Strand zu bleiben. Sie rafften ihre Sachen zusammen, wobei Rolf fragte: »Was hast du denn mit der Deinen verabredet?«

»Gar nichts.«

»Wie bitte?«

»Gar nichts«, wiederholte Heinz, sich das nasse Handtuch auf die Schulter legend.

»Warum nicht?«

Heinz seufzte.

»Ich glaube, das hat keinen Zweck mit der.«

»Ach was«, meinte der in solchen Dingen ewige Optimist Rolf Wendrow. »Du wirst sehen, die frißt dir noch aus der Hand.«

»Du meinst, wie deine Inge dir?« erwiderte Heinz.

»Genau.«

»Ihr scheint euch ja in der Tat einig zu sein. Hast du dich denn mit ihr verabredet?«

»Selbstverständlich.«

»Für wann und wo?«

»Für morgen wieder hier.«

»Ich werde in der Zeit endlich Ansichtskarten versenden.«

»Du wirst dich mit hierherbegeben.«

»Wozu? Ich störe ungern.«

»Um dich mit deiner Ilse zu befassen, damit die uns — Inge und mich — nicht stört.«

»Wer sagt denn, daß sie wieder mitkommt?«

»*Ich* sage dir das!«

»Und welchen Grund sollte sie haben?«

»Den gleichen wie heute — einen vorgeschobenen.«

»Einen . . . was?«

»Einen vorgeschobenen.«

»Du meinst . . .« Heinz brach ab, da ihm Rolfs Grinsen denn doch zu widerwärtig erschien. »Weißt du, was du bist?« fragte er ihn.

»Ein Idiot, sicher. Das wolltest du doch sagen?«

»Ja.«

»Hast du Lust, noch einen zweiten Rembrandt zu verlieren?«

»Den würde ich gewinnen.«

»Also los, schlag ein . . .«

Sie wetteten zum zweitenmal, ehe sie den Weg zu ihrem Quartier, dem Haus der Frau Sneganas, einschlugen.

Auf der Treppe zu ihren Zimmern liefen sie dem Dentisten Müller in die Arme, der sie fragte: »Na, wie war's beim Baden? «

»Kalt«, entgegneten beide wie aus einem Mund.

»Dann müßte Ihnen ja nach einer heißen Nacht im Bansiner Kurhotel zumute sein.«

Als weder Heinz gleich etwas sagte noch Rolf, fuhr Franz Müller fort: »Ich spreche von dem Ball dort heute abend.«

»Ach ja«, nickte Rolf. »Wie hat sich denn Fräulein Albrecht nun entschieden?«

Müller streckte den Daumen himmelwärts, was bei ihm soviel bedeutete wie: Ich habe gesiegt.

»Und Sie beide«, fuhr er fort, »Sie kommen doch auch mit?«

Heinz und Rolf blickten einander an.

»Ich habe eigentlich keine Lust«, sagte Heinz.

»Doch, doch«, entschied Rolf, »das ist gerade das Richtige für dich, damit du deine alte Form wiederfindest. Außerdem hast du da Gelegenheit, deinen ersten Rembrandt einzulösen.«

Dem Dentisten verschlug es fast den Atem.

»Ihren ersten Rembrandt?« wandte er sich respektvoll an Heinz. »Haben Sie mit Bilderhandel zu tun?«

»Ja, hat er«, erwiderte, ohne zu zögern, Rolf für Heinz. »Aber wir müssen Sie um Diskretion bitten. Solche Geschäfte vertragen meistens keinerlei Publicity, verstehen Sie, Herr Müller?«

»Durchaus, Herr Doktor.«

»Als Gegenleistung sichern wir Ihnen unsere Diskretion hinsichtlich Ihrer Absichten hier im Haus zu.«

»Meiner Absichten hier im Haus?«

Rolf kniff ein Auge zusammen.

»Herr Müller, muß ich deutlicher werden?«

»Ich bitte darum.«

»Ich bin Arzt, als solcher darf ich ein offenes Wort mit Ihnen reden: Ich sehe Ihnen Ihre Potenz an, Sie haben damit noch keine Schwierigkeiten.«

»Sieht man das?« antwortete Franz Müller halb verblüfft, halb stolz.

»Als Arzt sieht man das. Als Arzt sieht man sogar, wohin Ihre Potenz zielt — nämlich auf Fräulein Albrecht.«

Der Dentist sah sich ertappt, er errötete.

»Herr Doktor«, sagte er, »ich hoffe, Sie verstehen mich, ich bin verwitwet, aber —«

»Wer Sie verstehen muß, ist Fräulein Albrecht«, unterbrach ihn Rolf. »Darauf kommt's an, Herr Müller!«

»Natürlich.«

»Ich wünsche Ihnen viel Erfolg, Herr Müller.«

»Ich Ihnen auch«, schaltete sich Heinz ein.

»Danke, meine Herren. Wir sehen uns also heute abend beim Ball?«

»Sicher«, sagte Rolf. »Aber nicht an einem gemeinsamen Tisch, schlage ich vor.«

»Warum nicht?«

»Herr Müller, wir beide«, erklärte Rolf, zuerst auf Heinz zeigend, dann sich selbst auf die Brust tippend, »kommen ohne Damen. Fräulein Albrecht soll sich aber nur auf Sie allein konzentrieren können. Meinen Sie nicht auch, daß das besser ist?«

»Da haben Sie recht«, erkannte der Dentist erfreut, und noch eine halbe Stunde später, beim Kaffee im Garten, gab er seiner Meinung über Rolf und Heinz mit folgenden Worten Ausdruck: »Die zwei jungen Herren aus Köln, die sind in Ordnung, mit denen kann man Pferde stehlen, Frau Sneganas.«

Die alte Dame nickte zustimmend.

»Wo sind denn die beiden?« fragte Erika Albrecht, die Lehrerin.

»Ich traf sie vorhin, als sie vom Strand kamen«, antwortete Müller. »Sie gingen auf ihre Zimmer.«

»Trinken sie keinen Kaffee?«

»Das kann jeder entscheiden, wie er will«, erklärte Maria Sneganas. »Niemand ist daran gebunden, auch an keine Zeit. Ich bin ja immer da und stehe zur Verfügung.«

»Vielleicht haben sie sich hingelegt«, meinte Franz Müller.

Und so war es auch. Das Freundespaar hatte sich entschlossen, ein Nickerchen zu machen, um am Abend und nachts in Bansin gegen alle Anfechtungen des Schlafes, wenn's sein mußte, recht lange gefeit zu sein.

»Zwei Plätze, die Herren?« fragte ein Kellner, als Rolf und Heinz den Saal des Kurhotels betraten, in dem der Ball stattfand.

Er führte sie zu einem viersitzigen runden Tisch zwischen zwei Fenstern. Der nächste Tisch stand direkt vor einem der großen Fenster. Er war reserviert. Ein kleines Schildchen gab davon Kunde. Alle Tische standen ziemlich eng beieinander, damit möglichst viele Gäste untergebracht werden konnten.

»Was wünschen die Herren zu trinken?« erkundigte sich der Kellner, nachdem er ihnen ein Weilchen Zeit gelassen hatte, in die Getränkekarte zu gucken.

»Können wir mit Bier beginnen?« fragte Heinz.

»Beginnen!« hängte sich Rolf rasch mit Betonung an.

Die Miene des Kellners, der schon zu einem müden Lidschlag angesetzt hatte, heiterte sich wieder etwas auf.

»Selbstverständlich«, nickte er.

Dann brachte er zwei Münchner-Löwenbräu-Export, die nicht weniger kosteten als ein mittlerer Bordeaux. Rolf stellte dies fest, nachdem er sich vom Kellner noch einmal die Karte hatte geben lassen.

»Wir müssen hier aufpassen, Heinz«, sagte er daraufhin, »sonst werden wir überrollt.«

»Das Wichtigste scheint mir zu sein, den Rembrandt zu vertagen, Rolf.«

»Ich gebe dir recht, mein Junge. Du sollst ja nicht auf Jahre hinaus verarmen. So gesehen, wird es wohl am besten sein, daß wir mal einen Bahnhofswartesaal aufsuchen und in diesem dein Problem aus der Welt schaffen.«

Das Gelächter der beiden erregte bei einigen vornehmen älteren Herrschaften in der Nähe unliebsames Aufsehen; es war zu laut.

»Siehst du den Franz mit seiner Erika?« fragte Rolf.

»Den Müller mit der Albrecht, meinst du? Nein. Sie scheinen sich erst nach uns auf den Weg gemacht zu haben.«

»Ob sie ahnt, was ihr heute noch blüht?«

»Du, ich glaube, der unterschätzt die. Die bestimmt selbst, was mit ihr geschieht.«

»Da könntest du recht haben. Diesen leisen Eindruck habe ich auch von ihr.«

Der Saal füllte sich nur zögernd.

»Wir hätten ruhig eine Stunde später kommen können, zur Schonung unserer Kasse«, meinte Heinz, der diesen Gesichtspunkt nie aus den Augen verlieren wollte.

Von der Kapelle ließ sich überhaupt noch keiner sehen.

Doch, nun kam der erste. Mühsam schleppte er seine Baßgeige aufs Podium.

»Das erinnert mich an eine tolle Witzzeichnung, die ich kürzlich im ›Punch‹ gesehen habe«, sagte Heinz. »Du kennst den ›Punch‹, die berühmte englische Zeitschrift . . .«

»Ja«, log Rolf.

»Da ging im Hintergrund ein Dampfer unter. Im Vordergrund trieben zwei schiffbrüchige Musiker von der Bordkapelle im Wasser und klammerten sich an einen enormen Baßgeigenkasten. Sagte der eine zum anderen: ›Ich möchte gern wissen, was jetzt unser Flötist macht.‹«

Trotz der Vornehmheit, von der der ganze Saal durchtränkt war, konnte sich Rolf Wendrow nicht beherrschen, er brüllte los. Nachdem er ein Taschentuch zu Hilfe genommen hatte, um sich die Lachtränen aus den Augen zu wischen, sagte er aber: »Ich weiß nicht, wie du immer an diese ausländischen Zeitschriften kommst . . .«

»Wenn man sich Mühe gibt, kriegt man sie immer noch zwischen die Finger.«

»Eine Mühe, die nicht gern gesehen ist — mit Recht, meine ich.«

»Aha, du meinst wieder, das ginge gegen unser Deutschtum.«

»Irgendwie schon, ja.«

»Irgendwie.«

»Oder etwa nicht?«

»Irgendwie kannst du recht haben. Aus dem ›Punch‹ geht z. B. deutlich hervor, daß der Humor der Engländer dem unseren überlegen ist.«

»Das führst du zurück auf eine solche Zeichnung, die du mir geschildert hast?«

»Nicht nur auf eine.«

»Du weißt ja gar nicht, ob das nicht Plagiate sind. Vielleicht stehlen die sich ihren sogenannten englischen Humor aus allen Himmelsrichtungen zusammen. Ausplünderung der ganzen Welt ist doch eine britische Spezialität.«

Heinz schüttelte den Kopf.

»Rolf, ich bitte dich, mach dich nicht lächerlich . . .«

»Willst du das etwa bestreiten?«

»Was?«

»Daß die die Welt ausplündern.«

»Du meinst ihre Kolonien?«

»Sicher.«

»Das ist doch etwas anderes als der Humor im ›Punch‹. Außerdem würden wir, wenn wir z. B. in Indien säßen, kein Jota anders handeln als die Engländer.«

»Das glaubst *du*!«

»Du etwa nicht?«

Rolf zögerte ein bißchen, dann sagte er: »Na ja . . . vielleicht«, trank einen Schluck Bier und fuhr fort: »Aber was soll das? Entscheidend ist doch, daß man uns solche Dinge ganz einfach deshalb nicht vorwerfen kann, weil wir keine Kolonien haben, basta.«

»Aha.«

»Deshalb ist die Frage irrelevant, was wir tun würden, wenn . . .«

Rolf verstummte und setzte noch einmal sein Glas an, trank, wischte sich den Mund ab und meinte begütigend: »Aber lassen wir das, du bist ja auch kein schlechterer Deutscher als ich, Heinz. Was dich manchmal juckt, ist nur dein kritischer Geist. In Wahrheit denkst und fühlst du nicht anders als ich, und ich liebe mein Land.«

»Ich auch.«

»Na also.«

»Es könnte nur manches anders sein.«

»Überall könnte manches anders sein.«

»Stimmt.«

»Sind wir uns einig?«

Heinz nickte, kostete auch sein Bier, lobte es sowie die Bayern — Biersieden könnten die, meinte er —, blickte zur Tür und sagte: »Der Dentist und die Lehrerin . . .«

Ein Kellner war, wie bei allen, die kamen, dabei, sich der beiden anzunehmen. Erika Albrecht hatte sich fein gemacht, sie sah gut aus, geradezu elegant. Die größte Überraschung war, daß sie ein langes Abendkleid trug.

»Was sagst du dazu?« stieß Rolf baff hervor.

Auch Heinz wunderte sich.

»Die muß sich das heute nachmittag noch in Heringsdorf gekauft haben.«

»Es paßt ihr wie angegossen. Ich frage mich nur, wer hat ihr in der kurzen Zeit die nötigen Änderungen gemacht?«

»Änderungen?« Heinz schüttelte den Kopf. »Bist du blind? Siehst du nicht, welche Figur die noch hat? Erstaunlich. Änderungen hat die nicht nötig.«

»In der Tat.«

»Dieser Müller . . .«, sagte Heinz mit unverhohlener Anerkennung.

». . . ein Schmecklecker«, ergänzte Rolf.

Sie sahen, wie der Kellner auf den Dentisten einsprach, wie sich die beiden berieten und natürlich auch die Lehrerin in ihr Gespräch mit einbezogen, wie die Wahl schließlich auf einen Tisch unweit der

Tanzfläche fiel.

»Weißt du was?« sagte Heinz zu Rolf.

Der blickte ihn fragend an.

»Wenn Sie uns bemerken«, fuhr Heinz fort, »gehen wir hinüber und begrüßen sie.«

»Warum diese Übertreibung?« antwortete Rolf. »Wir können ihnen doch von hier aus zunicken.«

»Das genügt nicht. Ich denke an unseren nächtlichen Heimweg zurück nach Heringsdorf. Den würde ich lieber per Auto als zu Fuß machen.«

»Ich auch — aber wie?«

»Indem wir uns ein Taxi nehmen.«

»Bist du verrückt?«

»Kostenlos natürlich.«

»Daß ich nicht lache! Wie denkst du dir das?«

»Wie ich mir das denke? Herr Müller kann seine Dame im langen Kleid nicht zu Fuß durch den Sand hierhergeschleppt haben. Zurück wird er das noch viel weniger tun können . . . Kapiert?«

»Heinz!« rief Rolf strahlend.

»Der vierte Platz muß nicht wieder, wie bei der Herfahrt, leer bleiben. Du kannst mich auf den Schoß nehmen, Rolf.«

»Noch besser — ich mache das mit Erika!«

»Nein, Rolf«, widersprach Heinz, »das läßt du sein. Wir wollen von unserer Dankbarkeit Franz gegenüber nicht solche Abstriche machen.«

»Hast recht«, nickte Rolf.

Wenig später lief alles wie geschmiert. Der Dentist winkte herüber, die Lehrerin lächelte, Rolf und Heinz eilten an den Tisch der beiden und kehrten an den ihren zurück mit dem von ihnen erhofften Angebot Müllers, Nutzen aus seinem Taxi zu ziehen.

»Wir müssen uns dann nur einig werden über den Zeitpunkt unseres gemeinsamen Aufbruchs«, hatte der Dentist gesagt.

Und Heinz hatte geantwortet: »Die Entscheidung darüber fällt Ihrer Dame zu.«

Fräulein Albrecht hatte ihn charmant angelächelt.

Fast alle Plätze im Saal waren nun besetzt, nur der reservierte Tisch am Fenster war immer noch leer. Die zwei freien Stühle am Tisch von Heinz und Rolf waren, während sie das Gespräch mit Herrn Müller und Fräulein Albrecht geführt hatten, von einem schwedischen Ehepaar belegt worden. Die beiden beherrschten, wie sich herausstellte, die deutsche Sprache fast perfekt.

»Der Kapelle fehlt nur noch der Dirigent«, stellte Rolf fest.

»Und die Sängerin«, ergänzte Heinz.

Ohne eine Sängerin in mittleren Jahren, mit langem Kleid, gefärbten Haaren und gelifteter Brust wäre eine Tanzkapelle in den damaligen Jahren nahezu undenkbar gewesen.

»Ich muß mal«, sagte Heinz mit der gebotenen Diskretion.

»Jetzt schon?« grinste Rolf. »Ich nicht.«

Das schien aber ein Irrtum zu sein, denn Heinz befand sich noch in der Toilette, er wusch sich gerade die Hände, als auch Rolf erschien. Er machte einen aufgeregten Eindruck.

»Also doch«, empfing ihn Heinz.

»Aber nein«, widersprach Rolf, »es ist etwas ganz anderes . . .«

»Was denn?«

»Ich wollte dich darauf vorbereiten, der Tisch neben uns ist jetzt besetzt.«

»So? Von wem denn?«

»Rate mal.«

»Von Filmleuten?«

»Nein.«

»Von Max Schmeling?«

»Quatsch. Du wirst dich wundern . . .«

»Komm, sag's schon, damit ich mich wundern kann.«

»Von zwei fiesen Kerlen mit ihren Mädchen.«

»Daß die nicht mit ihren Großmüttern gekommen sind, kann ich mir denken. Was willst du eigentlich?«

»Die zwei Mädchen sind super.«

»Freut mich. — Aber was haben wir davon?«

»Sie heißen Inge und Ilse.«

»Waaas?«

»Da guckst du, nicht? Jetzt steht dir der Mund offen. Mach ihn zu, sonst erkältest du dich innerlich.«

»Wie kommen die denn hierher?«

»Das gleiche werden die sich gefragt haben, als sie mich sahen.«

»Hast du schon mit ihnen gesprochen?«

»Nein, ich grüßte sie nur.«

Heinz trocknete sich an einem jener selten funktionierenden Handtücher auf scheinbar endloser Rolle die Hände ab.

»Das war also deren Verabredung«, sagte er dabei.

»Wir haben es ja vermutet.«

»Nun kann sich das gleiche wie gestern im Heringsdorfer Strandkasino wiederholen.«

»Du meinst, die saufen Champagner und wir billiges Zeug?«

Heinz nickte.

»Soll uns das nicht egal sein«, sagte Rolf. »Oder willst du wieder vorschlagen, daß wir uns verdünnisieren?«

Heinz gab sich einen Ruck.

»Nein«, erwiderte er. »Damit ist Schluß! Wir haben es nicht nötig, gegenüber ein paar Geldsäcken Minderwertigkeitskomplexe zu entwickeln. Die sollen uns erst einmal sagen, woher ihre Kröten kommen.«

»Der Meinung bin ich auch«, pflichtete Rolf bei, und sie verließen die Toilette, den Ort ihrer Beratung, und kehrten zurück in den Ballsaal.

In seinen stummen Gruß bezog Heinz alle vier am Nachbartisch ein. Ilse antwortete ihm lächelnd. Freute sie sich?

Inge freute sich ganz offensichtlich. Sie nickte mehrmals lebhaft und mit strahlendem Gesicht. Dies galt allerdings eindeutig weniger Heinz als Rolf. Es dauerte auch gar nicht lange, bis sie sich den geringen Abstand zwischen den beiden Tischen zunutze machte und einen Dialog mit Rolf begann, indem sie meinte: »Herr Doktor, das hätten Sie uns aber heute nachmittag schon sagen können, daß Sie auch hierherkommen.«

»Nein, Fräulein Wegner«, erwiderte Rolf, »das hätte ich Ihnen nicht sagen können.«

»Warum nicht?«

»Weil wir das heute nachmittag noch gar nicht gewußt haben. Wir entschlossen uns erst später dazu. Außerdem war uns unbekannt, daß Sie das auch vorhaben.«

»Mit anderen Worten«, schaltete sich Heinz ein, wobei er freilich Ilse anblickte und nicht Inge, »nicht wir, sondern Sie hätten uns das heute nachmittag sagen können.«

Der Mann, der zu Ilse zu gehören schien, ein langer Lulatsch im eleganten Zweireiher, räusperte sich.

»Ich höre immer ›heute nachmittag‹«, sagte er. »Was war heute nachmittag?«

Vielleicht gefiel es Ilse nicht, ausgefragt zu werden, denn sie zögerte mit der Antwort.

»Wir waren beim Baden zusammen«, sagte sie dann knapp.

»Wer ›wir‹?«

Ilse zog unmutig die Stirn in Falten.

»Inge und ich und —« sie nickte hinüber zu Heinz und Rolf »— die beiden Herren.«

»Davon hast du mir gar nichts gesagt.«

Nun war es ihr aber zuviel.

»Hätte ich das tun müssen?« erwiderte sie äußerst kühl.

»Nein, nein ... ich meine nur ...«

Was er meinte, blieb allen unbekannt, denn er verstummte und griff zum Sektglas. Überflüssig zu erwähnen, daß an diesem Tisch kein Bier verkonsumiert wurde.

Die Musik setzte ein. Die Kapelle spielte aber noch nicht zum Tanz auf, sondern brachte als Ouvertüre ein Potpourri aus verschiedenen Operettenmelodien. Den Vorzug genossen eindeutig Auszüge aus der »Lustigen Witwe« von Franz Lehár. Sie hatte damals allen anderen Operetten den Rang abgelaufen. Den Grund erklärte der Schwede, der Rolf gegenübersaß, seiner Frau. Überraschend war, daß er es in deutscher Sprache tat. Machte er sich über etwas lustig?

»Dieses Werk«, sagte er, »liebt Herr Hitler am meisten, Greta.«

»Wirklich?« wunderte sich seine Gattin.

»Eine Inszenierung von Herrn Fritz Fischer im Gärtnerplatztheater in München soll er sich angesehen haben zweimal einanderhinter.«

»Hintereinander«, korrigierte sie ihn und setzte hinzu: »Ingemar ...«

»Ja, meine Liebe?«

»Hatten wir nicht vor, von hier noch ein paar Tage nach Heidelberg zu fahren?«

»Ja.«

»Können wir das nicht austauschen gegen München?«

»Meinetwegen.«

»Oder wäre dir Heidelberg lieber?«

»Durchaus nicht, meine Liebe. Ich hoffe nur, daß uns nicht überhaupt etwas dazwischenkommt.«

»Was sollte uns denn dazwischenkommen?«

»Krieg.«

Hier konnte nun Rolf, der sich gern schon früher in dieses schwedische Gespräch eingeschaltet hätte, nicht mehr an sich halten. Obwohl er wußte, daß man das nicht tat, sagte er: »Sie sind Ausländer, nicht?«

»Ja«, antwortete Ingemar Stensson.

»Man hört es an Ihrem Akzent. Sie kommen aus Skandinavien?«

»Aus Schweden.«

»Und Ihnen erzählt man die tollsten Sachen über Deutschland.«

»Die tollsten Sachen?«

»Daß der Führer in die ›Lustige Witwe‹ vernarrt ist . . .«

»Er hat sie sich zweimal angesehen, sagte ich.«

»Woher wollen Sie das wissen?«

»Das stand bei uns in der Zeitung.«

»Soso, das stand bei Ihnen in der Zeitung. — Bei uns nicht!«

»Bei Ihnen nicht, das glaube ich.«

Im Eifer des Gefechts merkte Rolf nicht, daß sich neben ihm Heinz das Lachen verbeißen mußte.

»Wissen Sie«, fuhr er fort, »was bei Ihnen diesbezüglich in der Zeitung stehen müßte?«

»Diesbezüglich?«

»Ja.«

»Daß er in Richard Wagner vernarrt ist, nicht in Franz Lehár!«

Frau Greta Stensson meldete sich zu Wort. Mit naiver Miene sagte sie: »Verzeihen Sie, mein Herr, ich verstehe einen Ihrer Ausdrücke nicht . . .«

»Welchen?«

»Vernarrt.«

Betroffen schwieg Rolf. Was sollte er antworten? Daß der Führer in nichts und niemanden »vernarrt« sein konnte, war absolut klar — ganz besonders Ausländern gegenüber.

»Oder weißt du, Ingemar, was das heißt?« fragte Frau Stensson ihren Mann.

»Nein, auch nicht.«

Sie ließen also Rolf zappeln, der einen Ausweg nur noch darin sah, die ganze Debatte zu beenden, indem er kurzerhand erklärte: »Und Krieg gibt's auch keinen, verlassen Sie sich darauf!«

Inzwischen hatte die Kapelle begonnen, den ersten Tanz — einen Foxtrott — zu spielen, und die Paare drehten sich auf dem Parkett. Der lange Lulatsch tat dies mit Ilse; Inges Verehrer mußte von ihr mehrmals dazu ermahnt werden, die Hand höher zu nehmen und nicht auf ihrem Po ruhen zu lassen, worüber er sich wunderte, denn ihre Einwände dagegen waren erst neueren Datums.

»Inge«, sagte er, »was ist los mit dir?«

»Edgar«, erwiderte sie, »nichts ist los mit mir, du sollst dich benehmen, so wie dein Freund Werner, sieh ihn dir an, wie der die Ilse führt — hochanständig!«

»Werner ist ein degenerierter Adeliger, Inge, und ich ein Mann aus dem Volk, voller —«

»Sei still!«

»Voller —«

»Du sollst still sein, sag ich dir, sonst lasse ich dich hier stehen und setze mich an den Nebentisch.«

»Was? Etwa zu diesem . . . was ist das eigentlich für ein Doktor? Einer der Philosophie? Dann bezahle ich ihm einen ordentlichen Schluck.«

»Ein Arzt.«

»Dem bezahle ich auch —«

»Hör auf!« unterbrach sie ihn. »Nicht du würdest ihm etwas bezahlen, sondern dein Vater, der Wurstfabrikant. Sei froh, daß der dir das Leben, das du führst, ermöglicht.«

»Inge«, sagte er wieder, »was ist los mit dir? Warum so giftig? In den acht Tagen, die wir uns kennen, warst du doch ganz anders. Bin ich dir nicht mehr sympathisch?«

»Doch, du bist mir sympathisch, warst es jedenfalls, aber je öfter ich erleben muß, daß du mit deinem Geld protzt, desto mehr läßt das nach.«

»Also gut, ich verspreche dir —«

Er stolperte und wäre fast hingefallen. Inge faßte ihn streng ins Auge.

»Sag mal«, fragte sie ihn, »bist du eigentlich ganz nüchtern?«

»Selbstverständlich.«

»Du schaust so trüb.«

»Ich wüßte nicht, wieso.«

»Was habt ihr zwei heute nachmittag gemacht?«

»Wann?«

»Während Ilse und ich beim Baden waren. Euch ist doch das Wasser auch immer zu kalt.«

»Wem auch noch?«

»Weiche mir nicht aus, was habt ihr gemacht?«

Der Foxtrott war zu Ende. Edgar wollte mit Inge die Tanzfläche verlassen. Die anderen Paare blieben stehen und klatschten, einen zweiten Tanz fordernd.

»Halt!« sagte Inge zu Edgar. »Das geht gleich weiter. Du bist mir noch eine Antwort schuldig.«

Er druckste herum.

»Auf keinen Fall bin ich betrunken«, sagte er.

»Aber ihr habt getrunken.«

»Werner kam zu mir aufs Zimmer . . .«

»Und?«

»Er hatte Magenschmerzen . . .«

»Und?«

»Ich wollte ihn nicht allein hinuntergehen lassen . . .«

»Wohin?«

»In die Hotelbar. Er brauchte einen Magenbitter.«

»Einen?«

»Zwei oder drei.«

»Aber *du* hattest doch keine Magenschmerzen?«

»Ich wollte ihn nicht allein in der Bar sitzen lassen.«

»Deshalb hast du also auch Magenbitter getrunken?«

»Nein!« rief er entsetzt, denn dieses Gesöff jagte ihm kalte Schauer über den Rücken. »Kognak!«

»Zwei oder drei?«

»Inge«, beteuerte er, »es können einfach nicht mehr gewesen sein, sonst wäre ich wirklich nicht nüchtern.«

Und damit hatte sich die Beweiskette wieder geschlossen.

Inge nickte, ironisch lächelnd. Das Ganze ging sie ja eigentlich nichts an. Mit dem Verhör, das sie angestellt hatte, war sie entschieden über ihre Grenzen hinausgegangen. Daß sie es getan hatte, erklärte sich aus ihrer Natur. Sie war eben eine Frau, die einer Sache gerne auf den Grund ging.

Der nächste Tanz war ein langsamer Walzer. Ilse Bergmann und ihr Partner tanzten ihn auf verschiedene Weise, sie ihn ohne besondere Anteilnahme, er ihn mit Hingabe, freilich mit distinguierter.

»Ilse«, sagte Werner von Bomberg, »weißt du, was mir soeben eingefallen ist?«

»Was?«

»Daß unsere Familiennamen — der deine und der meine — eine

höchst erfreuliche Kongruenz aufweisen.«

»Eine Kongruenz?«

»Ja, eine höchst erfreuliche.«

»Inwiefern?«

»Der deine fängt mit ›Berg‹ an, der meine hört mit ›berg‹ auf.«

»In der Tat«, meinte Ilse überrascht. »Und das findest du höchst erfreulich?«

Daß er ein Blödian ist, dachte sie, wußte ich eigentlich von Anfang an.

»Sollte man daraus nicht mehr machen?« fragte er sie lächelnd.

Aber daß er ein solcher Blödian ist, dachte sie, hätte ich doch nicht geglaubt.

»Du sagst nichts«, meinte er nach einem Weilchen.

»Was soll ich sagen?« erwiderte sie.

»Ich habe dir — allerdings in verbrämter Form — einen Antrag gemacht.«

»Einen Antrag?«

Großer Gott, dachte sie.

»In verbrämter Form, Ilse.«

»Ich bin überrascht, Werner.«

»Das kann ich mir denken. Sag aber nun bitte nicht, wir kennen uns kaum —«

»Obwohl es stimmt.«

»— denn wir wären nicht die ersten, die sich schon nach wenigen Tagen einander versprechen. Wir sind uns als Feriengäste am Strand begegnet, ich weiß den Moment noch ganz genau, und duzten uns vom ersten Abend an . . .«

Das war ein Fehler, dachte Ilse. Der verdammte Champagner!

». . . und meine Wünsche, das gebe ich zu, gingen darüber ganz rasch noch weit hinaus, Ilse. Meine vorehelichen Wünsche. Verzeih mir, daß ich das sage. Mein Freund Edgar, mit dem ich sprach —«

»Über was hast du mit dem gesprochen?« unterbrach ihn Ilse. »Über deine vorehelichen Wünsche?«

»Ja«, nickte Werner von Bomberg zerknirscht. »Ich hätte es nicht tun sollen. Er hat mich eindeutig enttäuscht. Er setzte meine Wünsche den seinen in bezug auf deine Freundin Inge gleich.«

»Werner«, endlich sah sich auch Ilse, so wie Inge, auf der richtigen Fährte, »Werner, wann war das?«

»Was?«

»Daß du darüber mit Edgar gesprochen hast.«
»Heute nachmittag.«
»Habt ihr getrunken?«
»Getrunken?«
»Hat dich Edgar dazu verführt?«
»Wenn ich ehrlich bin, ja.«
»Kam er auf dein Zimmer?«
»Nein, umgekehrt, ich auf seines, ich fühlte mich nicht wohl, aber er schlug die Hotelbar vor, in der wir uns dann unterhalten haben und ich einen Magenbitter trank.«
»Einen?«
»Oder zwei.«
»Edgar auch?«
»Einige Kognaks, ich habe sie nicht gezählt.«
»Das gleiche würde er mir wohl auch von deinem Konsum berichten, wenn ich ihn fragen würde.«
»Ilse«, erklärte Werner von Bomberg mit hochgezogenen Augenbrauen, »das klingt ja gerade so, als ob du mich für betrunken hieltest.«
Sie schwieg.
Als endlich alle wieder am Tisch saßen, sagte Inge grob zu Edgar: »Ich stelle dich vor eine Entscheidung — entweder du hörst jetzt auf zu saufen . . . oder du tanzt heute nicht mehr mit mir.«
»Dasselbe«, fiel Ilse, mit Blick auf ihren Werner, spontan ein, »gilt auch für dich.«
In dem Streitgespräch, das sich daraus entwickelte, schälte sich als Sieger der Situation der Alkohol heraus. Geschlagen mußte Terpsichore, die Muse des Tanzes, das Feld verlassen. Die Männer verzichteten darauf, von ihr weiterhin geküßt zu werden. Damit war aber von vornherein auch zu rechnen gewesen.
»Heinz«, fragte Rolf leise, »was meinst du, hat das auch für uns Gesetzeskraft?«
»Was?«
»Das Trinkverbot.«
»Sicher nicht«, antwortete Heinz amüsiert. »Aber wir können die Damen ja fragen.«
»Wann?«
»Beim nächsten Tanz. Deine Inge ist ein tolles Mädchen. Merkst du nicht, sie hat uns den Weg freigemacht.«

»Deine Ilse hielt wacker mit.«

»Sieht so aus, ja.«

Die Kapelle tat wieder etwas für ihr Geld. Sie spielte den Schlager »Du munteres Rehlein, du . . .«, mit dem sich eine Generation von Mädchen identifizierte. Ehe Edgar und Werner so recht begriffen hatten, was los war, saßen sie allein am Tisch. Ihre Damen waren ihnen von Heinz und Rolf in Richtung Tanzfläche entführt worden. Mit trüben Augen blickten sie ihnen nach und ergaben sich dann dem Suff.

»Inge«, fragte Rolf, »muß ich auch umsteigen auf Selterswasser?«

»Erst wenn Sie anfangen, mich doppelt zu sehen«, antwortete sie lachend.

»Schade, dadurch entgeht es mir auch, Ihre Schönheit in doppelter Ausfertigung zu sehen.«

»Im Ernst, Rolf«, sagte sie nicht mehr so heiter, »ich mag keine Betrunkenen.«

»Was meine Person angeht, schützen Sie davor die angespannten Finanzen eines jungen Assistenzarztes.«

Schon lachte sie wieder.

»Ich finde das prima.«

»Was? Daß ich knapp bei Kasse bin?«

»Nein. Daß Sie das so offen zugeben.«

»Lieber wäre es mir natürlich, wenn ich Ihnen das Gegenteil von mir berichten könnte.«

»Mir nicht.«

»Aber —«

»Ich habe vorläufig genug von diesem Gegenteil.«

»Sprechen Sie von . . . Edgar?«

»Ja.«

Daraufhin meinte Rolf, er fände das auch prima, und untermalte seine Worte mit einigen besonders temperamentvollen Tanzschritten. Dann sagte er: »Hoffentlich ist Ihre Freundin genau so eingestellt wie Sie.«

»Ich glaube schon. Warum?«

»Weil das meinem Freund noch gelegener käme als mir.«

»Ich verstehe. Was ist er denn von Beruf?«

»Schriftsteller.«

»O je.«

»Er muß sich erst noch durchsetzen. Das kann Jahre dauern.«

»Manchen gelingt's nie. Ich bin Germanistin und kenne mich aus auf diesem Gebiet.«

»Er ist sehr gut und hat einen eisernen Willen.«

»Einen solchen braucht er auch.«

Um das Thema, das plötzlich ernst geworden war, wieder aufzulockern, sagte Rolf: »Den braucht er anscheinend auch bei Ihrer Freundin.«

»Bei Ilse?«

»Ja, die deprimiert ihn.«

»Deprimiert ihn?«

»Er ist hingerissen von ihr, aber sie weist ihn zurück. Er wollte seine Bemühungen um sie schon einstellen. Sie mag ihn nicht, meint er.«

»Das stimmt nicht.«

»Hat sie Ihnen das gesagt?«

»Nein.«

»Sehen Sie.«

»Über solche Dinge spricht die nicht.«

»Woher wollen Sie es dann wissen?«

»Ich weiß es.«

»Sie meinen, eine Frau hat eine Antenne für so was?«

»Ja.«

Während sich Inge und Rolf so über Ilse und Heinz unterhielten, kamen umgekehrt auch Ilse und Heinz auf Inge und Rolf zu sprechen.

»Ilse«, sagte Heinz, »Ihre Freundin ist eigentlich bei meinem Freund fehl am Platze.«

»Wieso?«

»Er ist Arzt . . .«

»Und?«

»Und Sie werden Ärztin.«

Etwas unwillig schüttelte sie den Kopf.

»Was soll das heißen?« sagte sie. »Wenn ich mich recht entsinne, hat Inge zu diesem Kapitel schon das Passende gesagt.«

»War das nicht nur ein Scherz von ihr? Mein Freund glaubt das wohl.«

»Vielleicht sah sie selbst einen Scherz darin — ich nicht!«

»Sie mögen also Ärzte wirklich nicht?«

»Im allgemeinen nicht«, sagte sie. »Die meisten von ihnen sind mir zu selbstsicher, zu eitel. Das steigert sich mit ihrer Qualifikation. Je besser sie sind, desto unsympathischer. Am schlimmsten sind die Professoren, die Koryphäen. Ich erlebe sie im Hörsaal.«

»Aber wenn das so ist, verstehe ich nicht, daß Sie Medizin studieren.«

»Ich hatte ganz andere Vorstellungen. Vielleicht sattle ich noch um.«

Er äußerte sich dazu nicht mehr.

Plötzlich lächelte sie.

»Sie sind kein Arzt?« fragte sie ihn.

»Nein.«

Ein Mädchen wie Inge hätte ihn nun geradeheraus gefragt: Was machen Sie denn?

Ilse war jedoch anders. Ich würde ja gerne wissen, was er tut, dachte sie, und normalerweise müßte er das jetzt auch sagen, aber wenn er das nicht macht, werde ich ihn auch nicht dazu nötigen, sein Geheimnis preiszugeben.

»Rolf«, erklärte Heinz, »ist jedenfalls als Arzt nicht der Typ, den Sie geschildert haben.«

»Sonst wäre er auch nicht Ihr Freund«, sagte sie und sah ihn nett an.

»Danke, Ilse.«

»Bitte.«

»Darf ich Sie etwas fragen?«

»Natürlich.«

»Welchen Typ sehen Sie in ... Werner?«

Das hatte sie nicht erwartet. Trotzdem zögerte sie nicht zu antworten: »Wenn er intelligenter wäre, würde ich sagen, einen Dozenten der Medizin.«

Sein Herz tat einen Sprung. Diese Hürde — wenn es je eine war — wäre also genommen, dachte er.

Ilse tanzte leicht wie eine Feder. Heinz hielt sie im Arm und spürte sie kaum, und dennoch war die Fühlungnahme so, daß ihm das Feuer seines Begehrens durch die Adern strömte. Ilse war mittelgroß und schlank, aber dort, wo Rundungen erwünscht waren, zeigten sie sich in Vollendung. Sie besaß lange, phantastische Beine, an denen sich Heinz nicht satt sehen konnte. In ihrem schmalen Gesicht fielen am meisten die Augen auf, die am Tag braun waren und des Abends richtig schwarz sein konnten. Die Nase war klein, ihr Rücken gerade. Die vollen roten Lippen lockten unaufhörlich, aber sie schienen eine Region zu sein, die sich keinem erschloß. Über den ganzen Körper, besonders das Gesicht, spannte sich eine makellose Haut, die den Eindruck absoluter Lieblichkeit noch unterstrich.

Ich liebe sie, dachte Heinz, als der Tanz sich seinem Ende zuneigte, ich weiß jetzt erst, was Liebe ist.

»Ilse«, sagte er.

»Ja?«

»Ich wäre gerne Arzt.«

»Wie bitte?«

»Ja, ich wäre gerne Arzt.«

»Das sagen Sie *mir?*«

»Dieser Beruf hat Aussichten.«

»Andere Berufe haben die auch.«

»Der meine nicht. Der hat nur Unsicherheiten.«

»Sind Sie Rennfahrer?« witzelte sie.

Jetzt muß es kommen, dachte sie.

»Schriftsteller.«

Die Musik verklang.

Eine Gesangsnummer wurde angekündigt. »Bellinda Borantes«, hieß es, »bringt Ihnen das Lied ›Wenn die Sonne hinter den Bergen versinkt, bin ich mit meiner Sehnsucht allein . . .‹«

»Was schreiben Sie?« fragte Ilse, als sie mit Heinz von der Tanzfläche herunterging. »Gedichte oder Prosa?«

»Vorläufig versuche ich mich noch in beidem. Für was ich mich schließlich entscheiden werde, weiß ich noch nicht.«

»Wurde schon etwas veröffentlicht von Ihnen?«

»Ein paar kleine Sachen. Der Durchbruch«, sagte Heinz mit deutlicher Selbstironie, »liegt noch vor mir.«

»Sie werden ihn schaffen.« Davon schien Ilse Bergmann überzeugt zu sein, denn sie setzte hinzu: »Dessen bin ich sicher.«

An diesem Abend wurde es noch recht turbulent. Edgar und Werner waren verärgert und betranken sich in einem Maße, das ihnen Schimpf und Schande einbrachte. Zuerst erfuhren sie von Inge und Ilse einen sich steigernden Tadel, der schließlich darin gipfelte, daß die Mädchen ihren Tisch verließen und sich zu Heinz und Rolf setzten. Das war möglich, weil das schwedische Ehepaar schon vorher den

Weg ins Bett angetreten hatte. Und zuletzt wurden die beiden vom Geschäftsführer des Saales verwiesen, da Edgar lauthals eine Schlägerei mit Rolf angekündigt hatte. Erst die Drohung mit der Polizei veranlaßte sie, der Aufforderung des Geschäftsführers Folge zu leisten. An der Tür drehte sich Edgar noch einmal um, schüttelte die Faust und rief quer durch den ganzen Saal Rolf zu: »Dich kriege ich noch, du lächerlicher Quacksalber!«

Rolf beherrschte sich unmenschlich, um nicht aufzuspringen und dem Krakeeler nachzueilen. Er knirschte mit den Zähnen und murmelte: »Wenn ich den morgen am Strand erwische, werfe ich ihn ins Meer.«

Der Abend war jedenfalls rettungslos verdorben. Ilse und Inge wären am liebsten im Boden versunken. Es war ein Skandal. Alle Leute schauten her zu ihnen und wetteiferten im Naserümpfen über die Unschuldigen.

»Ich möchte gehen«, sagte Ilse.

»Ich auch«, schloß sich Inge an.

Daraufhin preßte Rolf noch einmal zwischen den Zähnen hervor: »Wenn ich den morgen erwische . . .«

So lange mußte er aber gar nicht warten.

Draußen vor dem Hotel standen einige Taxis.

»Wir fahren«, sagte Rolf ohne Rücksicht auf eine drohende Zerrüttung seiner Finanzen, die ohnehin dürftig genug waren.

»Nein«, erklärten Inge und Ilse wie aus einem Munde.

Sie wichen nicht davon ab, zu Fuß nach Heringsdorf laufen zu wollen. Sie könnten sich momentan nichts Schöneres vorstellen als diesen Spaziergang zu nächtlicher Stunde, ließen sie verlauten. Mit dem Taxi seien sie ohnehin schon hergekommen, das genüge ihnen.

So zogen denn die vier los. Als sie das letzte Haus Bansins zurückgelassen hatten, passierte es — Edgar und Werner standen plötzlich vor ihnen. Gefahr drohte aber nur von Edgar, dem seine Angriffslust anzusehen war, während Werner jetzt schon die Hosen voll zu haben schien.

Rolf wußte, daß er derjenige war, der hier gefordert war, und er freute sich geradezu auf das Kommende.

»Paß auf die Mädchen auf«, sagte er zu Heinz und trat einen Schritt vor.

»Siehst du, Werner«, ließ sich Edgar vernehmen, »was habe ich dir gesagt? Zu einem Taxi langt's bei denen nicht. Auf die müssen wir nur warten. Die verstehen sich zwar auf das Ausspannen von Mädchen, aber denen Taxis zu bezahlen, das können sie nicht.«

»Halt dein Maul!« sagte Rolf, auf ihn zugehend.

»Rolf, laß ihn!« rief Heinz. »Er ist betrunken, morgen denkt er über alles ganz anders!«

»Der Meinung bin ich auch«, fiel Werner ein. »Komm, Edgar, wir gehen.«

»Hau du nur ab, du Scheißkerl«, fiel ihn Edgar an. »Aber ich rede ein Wörtchen mit dem Arschloch hier.«

»Damit mußt du dich aber beeilen«, meinte Rolf, »denn gleich wirst du kein Wort mehr sagen können, weil ich dir sämtliche Zähne in den Rachen schlage.«

»Du nicht!«

Nun standen die beiden einander unmittelbar gegenüber, die Fäuste erhoben zum Boxkampf.

Als erster schlug Edgar zu. Er setzte einen enormen rechten Schwinger an, der ihn beinahe von den eigenen Beinen gerissen hätte, da er ins Leere ging. Rolf hatte sich blitzschnell geduckt.

Es gehörte zu seinem Plan, den anderen als ersten zuschlagen zu lassen. Nun trat er noch einmal einen Schritt zurück.

»Ihr habt es alle gesehen!« rief er. »Ihr seid Zeugen! Er hat mich angegriffen! Was nun folgt, ist ein Akt der Notwehr!«

Kaum hatte er es gesagt, sprang er vor und schmetterte seinem Gegner die Linke an den Mund. Es war ein kurzer, schrecklicher Laut, der vernehmbar wurde. Edgar taumelte zurück und schlug die Hand vor seine untere Gesichtshälfte. Rolfs Ankündigung, seinem Widersacher alle Zähne in den Rachen zu schlagen, schien sich, zumindest teilweise, schon bewahrheitet zu haben. Edgar nahm die Hand von seinem Mund, in der sich nicht nur Blut angesammelt hatte, und stierte auf den Inhalt.

»Du Hund!«

Schauerlich hallte sein Ruf durch die Nacht. Er schleuderte Blut und Zähne von sich weg und griff wieder an. Daraufhin wiederholte sich aber nur das, was schon passiert war. Sein Schlag ging abermals daneben, während Rolf das rechte Auge Edgars mit voller Wucht traf. Das linke blieb anschließend nur noch den Bruchteil einer Sekunde ungeschoren, dann war es auch genauso an der Reihe, wie das rechte getroffen zu werden, und den Schlußpunkt bildete ein trockener Magenhaken Rolfs, der den ungleichen Kampf beendete. Edgar Leuchtenbrink, noch kurz zuvor ein gutaussehender Playboy, stürzte überaus ramponiert, ja demoliert, zu Boden, stöhnend, nach Luft ringend.

Rolf Wendrow hatte selbst nicht einen Kratzer abbekommen. Das war aber nicht nur auf die athletische Überlegenheit des passionierten Sportlers, der er war, zurückzuführen, sondern wohl auch auf den alkoholisierten Zustand seines Gegners.

Der Kämpfer in Rolf war zu Wort gekommen, nun wurde der Arzt in ihm wach.

Er bückte sich und unterzog den Unterlegenen einer kurzen Untersuchung. Das Ergebnis kleidete er in folgende knappe Worte: »Die Schwellungen im Gesicht werden wieder verschwinden, die Luft wird zurückkehren — die Zähne allerdings nicht.«

»Kümmern Sie sich um ihn«, sagte er zu Werner von Bomberg, der mit Entsetzen dem Kampfgeschehen gefolgt war und nun bleich auf das Blut starrte, das vom Mund seines am Boden liegenden Freundes rann und in der Erde versickerte.

Bleich waren aber auch Inge und Ilse, und es verging eine geraume Zeit, ehe sie ihre Farbe wieder zurückgewannen. Bis dies geschah, lag schon der halbe Weg nach Heringsdorf hinter ihnen. Ilse und Heinz gingen voraus, Inge und Rolf folgten in einem Abstand, der merkwürdigerweise immer größer wurde. Schließlich waren die beiden in der Dunkelheit überhaupt nicht mehr auszumachen, obwohl der Mond schien und die Sterne am Himmel funkelten.

»Wir haben sie verloren«, sagte Ilse, zurückblickend.

»Oder sie uns«, meinte Heinz.

Er sah sie an. Sie waren stehengeblieben. Es war natürlich klar, was Heinz meinte. Ilse senkte den Blick. Heinz meinte auch, daß man das Beispiel der zwei anderen nachahmen sollte.

»Was machen die da hinten?« sagte Ilse vorwurfsvoll.

»Das«, sagte Heinz, umfaßte sie und zog sie an sich, um sie zu küssen.

Ihre lockenden Lippen, die kein Versprechen hielten, waren geschlossen. Heinz ging ganz zart zu Werke. Nur leicht drückte er seinen Mund auf den ihren. Sie wich zurück, aber nicht weit, nur um einige Zentimeter. Dann hielt sie still, als sich sein Mund nicht abschrecken ließ. Langsam öffnete er die Lippen, nicht weit, ein bißchen. Die Zunge kam, die Spitze, wagte einen zarten Versuch, stellte ihn wieder ein.

»Ilse«, flüsterte er.

Und das Ganze begann von vorne ... geschlossene Lippen ... offene Lippen ... Zunge ...

Der dritte Versuch mußte nicht mehr eingestellt werden. Schweigend zerbarst die Erdkugel, so schien es Heinz. Ilse küßte ihn wieder.

Rasch kam aber die Reue. Ilse machte sich los von ihm.

»Wahnsinn!« sagte sie.

»Wahnsinn?« fragte er.

»Absoluter Wahnsinn!«

»Wieso?«

»Das sagte ich dir schon.«

»Weil wir uns erst so kurz kennen?«

»Ja.«

»Ilse«, sagte er, »Inge sieht darin kein Hindernis.«

»Heinz«, wurde er daraufhin von ihr mit ernster Miene zurechtgewiesen, »merke dir eins: Ich bin nicht Inge.«

Den restlichen Weg legten sie schweigend zurück. Ilse wohnte in einer Pension mittlerer Güte am Rand von Heringsdorf. Heinz brachte sie bis zur Haustür. Sie reichte ihm die Hand. Er hätte sie rasend gerne noch einmal geküßt, aber da sie die ganze Zeit nichts mehr gesagt hatte, fürchtete er, damit heute nicht mehr gut anzukommen.

»Sehen wir uns morgen?« fragte er sie.

»Ja, gerne.«

»Gerne?«

»Gerne.«

»Wo?«

»Am Strand, wie bisher. — Ja?«

»Ja. — Gute Nacht, Ilse.«

»Gute Nacht, Heinz.«

Und dann geschah es. Ilse stellte sich auf ihre Zehenspitzen, legte die Arme um seinen Hals, zog seinen Kopf herunter und küßte ihn genau so, wie sie ihn auf halbem Weg zwischen Bansin und Heringsdorf geküßt hatte.

»Schlaf gut, Heinz«, sagte sie dann, sperrte die Tür auf und schlüpfte ins Haus.

Er stand noch eine Weile regungslos da und schaute ihr nach.

»Wahnsinn«, murmelte er. »Absoluter Wahnsinn. Wenn die denkt, daß ich unter solchen Umständen auch nur eine Minute die Augen zubringe, ist sie im Irrtum.«

Nur mit langsamen Schritten steuerte er sein Quartier im Haus der Frau Sneganas an. In seinem Zimmer dachte er noch lange nicht daran, sich auszuziehen, da er wußte, daß es keinen Zweck hatte, sich hinzulegen. Ruhelos ging er auf und ab. Alle seine Gedanken fanden ihre Zusammenfassung in einem einzigen Wort: *Ilse.*

Nach über einer Stunde klopfte es an seine Tür, und Rolf erschien, der noch Licht bei ihm entdeckt hatte. Er sah etwas erschöpft aus, dabei sehr vergnügt.

»Mann«, sagte er, »das war ein Stück Arbeit mit der!«

»Mit Inge?«

»Die hat mich ganz schön zappeln lassen.«

»Sieht sie gar nicht danach aus.«

»Dachte ich auch, aber das war ein Irrtum.«

»Wenn ich dich richtig verstanden habe, bist du aber schließlich doch noch auf deine Rechnung gekommen.«

»Kann man wohl sagen«, grinste Rolf. »Und du?«

Auf diese Frage ging Heinz nicht ein, sondern antwortete: »Hoffentlich sie auch.«

»Was?«

»Hoffentlich kam Inge auch auf ihre Rechnung.«

Rolf wölbte die Brust, wie jeder Mann, der eine solche Auskunft zu geben hat.

»Darauf kannst du dich verlassen«, sagte er.

»Im Sand stelle ich mir das aber für beide nicht so toll vor.«

»Hast du eine Ahnung! Frag mal die Beduinen, die kennen es gar nicht anders.«

Nachdem beide genügend gelacht hatten, wiederholte Rolf seine Frage: »Und du? Wie war's bei dir?«

Nun mußte Heinz Farbe bekennen, wenigstens ein bißchen.

»Teils, teils.«

»Also schon ein Anfang?«

Heinz nickte.

»Fummeln?« fragte ihn Rolf.

Heinz schüttelte verneinend den Kopf.

»Was dann?«

»Wir haben uns geküßt.«

»Das war alles?«

»Ja.«

»Bißchen wenig.«

»Hättest du auf deinem Zimmer noch einen Schluck zu trinken?« wechselte Heinz das Thema.

»Leider nein, aber weißt du, was wir machen könnten?«

»Was?«

»Beim Dentisten nachsehen, ob der schon da ist, und ihn fragen. Wenn er noch Licht hat, klopfe ich an bei dem.«

»Keine schlechte Idee.«

»Komm.«

»Geh allein, dazu müssen wir ja nicht zu zweit sein. Ich warte inzwischen hier. Entschuldige uns aber auch bei ihm, wenn er da ist, nachdem wir in Bansin so rasch verschwunden sind, ohne ihm Bescheid zu sagen. Er hätte uns doch in seinem Taxi mitgenommen.«

»Mach ich.«

Rolf verließ das Zimmer, und als er nach kurzer Zeit wiederkehrte, schwenkte er eine angebrochene Flasche Steinhäger in der Luft.

»Glück gehabt«, sagte er. »Der hatte, halb ausgezogen, der Pulle soeben den Hals gebrochen.«

»Nett von ihm, daß er sie dir gleich abtrat.«

»Nicht so ganz. Er selbst wird ihr gleich hierher nachfolgen. Er zieht sich nur noch wieder an.«

»Hat er einen besonderen Grund?«

»Er hatte gerade angefangen, sich zu trösten, und begrüßte die Gelegenheit, dies nun zusammen mit uns fortzusetzen.«

»Erika?«

»Scheint so.«

»Die Rechnung mit ihr ging also nicht auf, wie wir das auch vermutet haben.«

»Er nannte keinen Namen, erklärte aber, daß es die Weiber alle nicht wert seien, höher veranschlagt zu werden als ein ordentlicher Schluck.«

»Dann wird wohl von der Flasche nichts übrigbleiben.«

»Wir sind ja zu dritt.«

Franz Müller erschien mit einem ziemlichen Zorn im Bauch. Er erwies sich als ein nachtragender Mensch, der es einer Frau zwei, drei Stunden lang nicht verzeihen konnte, wenn sie seinen Bestrebungen, sie zu verführen, nicht schon am ersten Abend erlag. Er schloß dann von der einen immer gleich auf alle.

»Sie wissen nicht, was sie wollen«, schimpfte er zwischen zwei Steinhägern.

»Oder sie wissen das zu gut«, meinte Rolf.

»Wozu kauft sich eine ein Abendkleid, das soll mir einer sagen.«

»Sie sprechen von Fräulein Albrecht, Herr Müller?« fragte Heinz mit gespielter Naivität.

»Von ihr und allen.«

»Haben Sie etwas Ähnliches schon öfters erlebt?«

»Sie noch nicht?«

»Du, Rolf?« gab Heinz die Frage an den weiter.

»Zehnmal reicht nicht«, lautete dessen Antwort, von der sich der Dentist befriedigt zeigte. Dies konnte man seinem Kopfnicken entnehmen. Außerdem sagte er: »Ihre Schwierigkeiten heute abend im Kurhotel in Bansin waren ja auch nicht das, was Sie erwartet haben.«

»Sie meinen die zwei betrunkenen Kerle, besonders den einen?«

»Nein, ich meine die Mädchen von denen, objektiv gesehen.«

»Die Mädchen?«

»Ja, objektiv gesehen.«

»Die waren doch nicht betrunken.«

»Nein, betrunken waren die Männer — aber warum waren die das?«

Rolf und Heinz blickten einander an.

»Wegen der Mädchen!« sagte der Dentist mit Nachdruck.

Rolf zwinkerte Heinz zu. Laß ihn, hieß das.

»Oder wollen Sie das bestreiten?« fragte Müller.

Nachdem weder Heinz noch Rolf etwas bestritten, fuhr er fort: »Der Grund war doch ganz klar — Enttäuschung. Jeder im Saal konnte das sehen. Was die Mädchen gemacht haben, nennt man im Krieg Überlaufen. Sie sind zu euch beiden übergelaufen. Wenn das Ganze umgekehrt stattgefunden hätte, wäret ihr zwei auch nicht begeistert gewesen, objektiv gesehen.«

»Objektiv gesehen, nicht«, meinte Heinz nachgiebig.

Es war ganz klar, daß Müller unter Alkoholeinfluß stand, weil er wahrscheinlich in Bansin schon zu tief ins Glas geguckt hatte. Vielleicht war das der Grund, warum er bei Erika Albrecht nicht zum Ziel gekommen war.

»Im Krieg«, wiederholte er, »nennt man das Überlaufen.«
»Gott sei Dank leben wir noch im Frieden«, meinte Heinz.
»Nicht mehr lange, fürchtet die Albrecht.«
»Hat sie wieder davon angefangen?«
»Sogar mehrmals. Man kann ihr das nicht ausreden.«
»Schöne Ballgespräche hattet ihr«, sagte Rolf.
Müller hob die Hand.
»Nicht durch meine Schuld.«
Er wedelte mit der Hand.
»Dieser Scheißkrieg! Sie hört nicht auf damit. Ich hatte doch an etwas ganz anderem ein Interesse.«
Rolf und Heinz lachten. Beide wollten das gleiche sagen. Rolf war aber der Raschere. Er kam Heinz zuvor, indem er verlauten ließ: »Das glaube ich.«
Müller winkte.
»Aber denkste«, sagte er und kam zum Ausgangspunkt zurück: »Die Weiber sind doch alle gleich.«
Der Flüssigkeitspegel in der Flasche sank bei diesem Dreiergespräch stetig. Als er fast den Boden erreicht hatte, entschuldigte sich Müller dafür, nicht noch mit einer zweiten Pulle aufwarten zu können. Es wurde ihm verziehen.
Dann erhob er sich, um aufzubrechen, dabei fragte er noch: »Wie seid ihr denn eigentlich nach Hause gekommen?«
»Zu Fuß«, antwortete Heinz.
»Ohne Zwischenfälle?«
»Ohne Zwischenfälle«, nickte Rolf.
»Ich frage ja nur«, sagte der Dentist, »weil es ja hätte sein können, daß ihr in der Dunkelheit den Weg verfehlt hättet.«
»Haben wir nicht.«
»Ich muß mich also nicht entschuldigen?«
»Wegen was?«
»Weil ich euch nicht mitgenommen habe.«
»Sie sind ein reizender Mensch«, sagte Heinz und schob ihn mit sanftem Druck in Richtung der Tür.
»Die Weiber scheinen anderer Meinung zu sein.«
»Das verstehe ich eben nicht, Herr Müller.«
Der Dentist blieb noch einmal stehen, wankte sachte, blickte Heinz an.
»Wenn ich das Geld dazu hätte«, sagte er, »könnten Sie mit mir

sofort ein Geschäft machen.«

»Inwiefern?«

»Indem ich Ihnen bar auf die Hand einen Rembrandt abkaufen würde. Oder irgendeinen anderen.«

Heinz schien nicht zu wissen, was er entgegnen sollte; er schwieg.

»Danke«, nahm ihm Rolf die Aufgabe ab. »Mein Freund nimmt Ihren guten Willen für die Tat, Herr Müller.«

»Gute Nacht, meine Herren.«

»Gute Nacht, Herr Müller«, sagten Rolf und Heinz gemeinsam.

»Nichts für ungut, entschuldigen Sie, daß ich gestört habe. Ihr Schnaps war gut. Ich werde mich nach Möglichkeit bald revanchieren und mir gestatten, Sie zu mir einzuladen — mit Damen, wenn Sie wollen. Frauen sind doch immer das Salz in der Suppe.«

Die Tür klappte hinter ihm zu.

»Hast du das gehört?« fragte Rolf seinen Freund Heinz.

»Ganz schön blau«, meinte Heinz.

»Schätze, der verlangt von unserer Wirtin morgen zum Frühstück Bismarckheringe.«

Die Tür ging noch einmal auf, der Dentist streckte den Kopf herein.

»Krieg gibt's keinen«, sagte er, »habe ich der gesagt. Das sage ich Ihnen jetzt zum zehnten Male, Fräulein Albrecht. Aber wenn's einen gibt, dann nur gegen Polen. Und denen reißen wir ganz rasch den Arsch auf bis zum Kragenknöpfchen, Fräulein Albrecht. Merken Sie sich das!«

Erst jetzt verschwand er endgültig.

»Idiot!«

So lautete der Ausdruck, den ihm Heinz nachschickte.

»Aber eines verdanke ich ihm ja beziehungsweise seinem Schnaps«, setzte er hinzu.

»Was?« fragte Rolf.

»Ich werde schlafen können.«

»Wann stehen wir morgen auf?«

»Nicht so früh. Oder hast du's eilig?«

»Ich nicht, jedenfalls vormittags nicht. Nachmittags treffe ich mich mit Inge wieder.«

»Wo?«

»Am Strand.«

»Ich auch mit Ilse.«

»Na«, lachte Rolf, »dann wären wir ja wieder alle vier beieinander.«

Der Treffpunkt war der Strandkorb 48. Bei diesem versammelte sich das Quartett. Die beiden Mädchen hatten ihn schon gemietet, als die Männer zum Strand kamen, noch fest davon überzeugt, daß sie die ersten seien. Sie mußten aber erleben, daß ihnen die Mädchen winkten und daß ihnen anzügliche Fragen gestellt wurden, nachdem sie herangekommen waren. Wortführerin war natürlich Inge und nicht die weitaus zurückhaltendere Ilse.

»Wo bleibt ihr denn so lange?« begann Inge.

»Wieso?« antwortete Rolf. »Meines Wissens waren wir um zwei Uhr verabredet. Und jetzt ist es erst zehn vor.«

»Wir waren um halb zwei verabredet.«

»Um zwei, das weiß ich ganz sicher.«

»Um halb zwei, mein Lieber. Gib's ruhig zu, daß du verschlafen hast. Passiert dir das bei deinem Programm im Operationssaal auch zuweilen?«

»Inge, wer schläft denn bis zum Nachmittag? Ich nicht! Soll ich dir sagen, daß ich heute vormittag um neun Uhr schon gebadet habe?«

»Du?! Freiwillig?!«

»Ich war eine halbe Stunde im Wasser.«

»Das glaube ich nicht!« rief Inge. »Ich habe doch gesehen, wie du dich anstellst!«

»Ich habe Zeugen.«

»Wen?«

»Meinen Freund Heinz zum Beispiel, der hier steht. Frag ihn.«

Sowohl Inge als auch Ilse blickten daraufhin äußerst zweifelnd Heinz an, der jedoch eifrig nickend sagte: »Er spricht die Wahrheit. Und ich kann von mir versichern, seinem Beispiel gefolgt zu sein, meine Damen.«

»Wirklich?« fragte nun auch Ilse skeptisch.

»Frau Sneganas vermag es von uns beiden zu beschwören.«

»Wer ist Frau Sneganas?«

»Unsere Wirtin«, gab Rolf bekannt.

»Hat die mit euch gebadet?« wollte Inge wissen.

»Aber nein, wir waren doch nackt!«

»Wo?« fragte Inge, über die Dünen hinblickend.
»Nicht hier.«
»Wo dann?«
»Auf unserer Etage«, erwiderte Rolf mit einem aufblühenden Lächeln. »In der Badewanne.«
Die Strafe dafür war sofort fällig. Inge griff ein paarmal nacheinander in den Sand und schleuderte davon ganze Fontänen auf Rolf.
»Hilfe!« schrie der. »Hilfe!«
Inge hörte nicht auf. Rolf rannte davon, Inge folgte ihm, jagte ihn zum Wasser, trieb ihn hinein. Und das war nun wirklich eine Strafe für ihn.
»Aber keine halbe Stunde«, bat er sie zähneklappernd. »Ich flehe dich an.«
Draußen beim Strandkorb sagte Heinz zu Ilse: »Es tut mir leid, daß wir uns verspätet haben.«
»Habt ihr euch doch gar nicht«, antwortete sie. »Der Zeitpunkt der Verabredung war zwei Uhr.«
»Aber —«
»Inge ist nun mal so«, unterbrach ihn Ilse.
»Macht ihr das Spaß?«
»Ja.«
»Dir auch?«
»Kann ich nicht sagen.«
»Hatten wir zwei denn überhaupt eine Uhrzeit verabredet?«
»Nein, das hatten wir vergessen.«
»Dachte ich doch auch«, sagte Heinz. »Aber ich versichere dir, das wird nicht mehr vorkommen. Wie lange wart ihr schon hier?«
Ilse zuckte die Achseln.
»Zehn, zwölf Minuten.«
Heinz seufzte.
»Zehn, zwölf verlorene Minuten«, sagte er, die Hand aufs Herz legend. »Zehn, zwölf unwiederbringliche Minuten, eine Ewigkeit, die ich mit dir schon eher hätte zusammensein können.«
Sie lachte, als glaube sie ihm das, was er zum Ausdruck bringen wolle, nicht, schien sich aber dennoch zu freuen und fragte ihn: »Wie hast du geschlafen?«
»Gut.«
»Gut?« erwiderte sie ein wenig enttäuscht. »Ich nicht.«

»Warum nicht?«

Die Wahrheit wollte sie ihm nicht verraten, deshalb log sie, indem sie sagte, in ihrer Pension sei es fast die ganze Nacht ziemlich unruhig gewesen.

»Der Grund, warum ich gut geschlafen habe«, erklärte daraufhin Heinz, »war ein unvorhergesehener. Normalerweise hätte ich« — er zögerte — »nach unserem Abschied sogar überhaupt kein Auge zubringen können.«

»Und warum hast du dann beide so gut zugebracht?«

»An die zehn Steinhäger verhalfen mir dazu.«

»Was?«

Heinz erzählte. Die Hauptschuld — oder sogar die ganze — wurde dabei natürlich auf den wehrlosen, abwesenden Dentisten Franz Müller abgewälzt. Dennoch aber wurde dann Heinz die gleiche Strafe wie Rolf angedroht, denn Ilse sagte: »Zehn Steinhäger sind eine Unmenge, zu der dich niemand zwingen konnte. Am liebsten würde ich mit dir verfahren wie Inge mit Rolf. Ein richtiges kaltes Bad wäre das Richtige, es würde auch dich auslüften.«

»Auslüften kann einen, wie der Name schon sagt, nur die Luft«, entgegnete Heinz provozierend. »Wasser kann nur auswässern.«

Ilse, die auf ihrem über dem Sand ausgebreiteten Bademantel saß, erhob sich halb.

»Komm, dann laß uns dich auswässern«, sagte sie dabei.

Heinz fiel vor ihr auf die Knie.

»Gnade!« stieß er theatralisch hervor. »Hörst du nicht das Wimmern meines Gefährten, dessen Qual zu beenden längst die Pflicht deiner Gefährtin wäre?«

Damit rettete er sich. Ilse mit ihrem weichen Herzen ließ sich auf ihren Bademantel zurücksinken, obwohl ein Mensch wie Heinz, sagte sie, das nicht verdiene.

»Können wir uns nicht in den Strandkorb setzen?« fragte er sie.

»Warum? Wir würden uns nur der Sonne berauben.«

»Aber die Leute würden uns nicht so sehen.«

»Sollen die das nicht?«

»Nein.«

Ilse verstummte. Heinz auch. Sie wich seinem Blick aus. Franz Müller fragte in einem bestimmten Zusammenhang heute nacht, dachte Heinz, wozu sich eine Frau, verdammt noch mal, ein Abendkleid kaufe. *Ich* frage, wozu sich Mädchen einen Strandkorb mieten. Doch nicht dazu, um sich von ihm nicht die Sonne rauben zu lassen.

Könnte von Karl Valentin sein, der Gedanke, sagte sich Heinz.

Ehe Ilse zu einer Entscheidung gelangte, wurde ihr diese aus der Hand genommen. Inge und Rolf hatten das Wasser verlassen, kamen zurück und saßen rascher in dem Korb, als Ilse und Heinz schauen konnten.

Heinz war die Enttäuschung ins Gesicht geschrieben, und das wurde bald noch deutlicher, als nun auch noch das, was ihm vorgeschwebt hatte, ohne Verzug von dem Paar in dem Korb ausgeübt wurde. Die beiden küßten sich, seufzten, küßten sich wieder und wieder. Der Korb geriet davon heftig in Bewegung — ein Zeichen der Leidenschaft, mit der zu Werke gegangen wurde (und mit der an allen sommerlichen Meeresstränden der Welt, die zum Badebetrieb geeignet sind, immer gegangen wird).

Ilse wußte, daß sie schuld war an der Enttäuschung von Heinz. Man sagt zu oft, die Zeit heilt Wunden, und vergißt dauernd, hinzuzufügen, daß auch die Entfernung das tut.

»Komm«, sagte deshalb Ilse zu Heinz, »gehn wir ein Eis essen.«

Sie verstand es dann, das auszudehnen. Erst mußten sie ohnehin warten, bis sie an der Reihe waren, danach gelüstete es Ilse nach einer zweiten Portion. Die Miene von Heinz blieb fortdauernd umdüstert.

»Böse?« fragte Ilse ihn.

»Nein.«

»Doch.«

»Nein.«

»Du kannst es nicht abstreiten, man sieht es dir zu deutlich an.«

»›Böse‹ ist jedenfalls nicht der richtige Ausdruck.«

»Welcher dann?«

»›Enttäuscht‹«, entgegnete er erwartungsgemäß.

»Du darfst es nicht so eilig haben, Heinz.«

»Womit?«

Das war wieder eine seiner Fragen, die ihr zu direkt waren.

»Ich finde die Fruchteissorten hier besser als die anderen«, sagte sie.

Heinz ließ jedoch nicht locker.

»Was hättest du in dem Strandkorb von mir befürchtet, Ilse?«

»Befürchtet — nichts.«

»Soll ich es anders ausdrücken? Was wäre dir lästig gewesen?«

»Auch nichts.«

»Dann verstehe ich nicht . . .«

Er brach ab. Es hat ja keinen Zweck mit ihr, dachte er wieder einmal. Die reicht mir zwar, wenn sie Lust dazu hat, den kleinen Finger, aber die ganze Hand kriege ich nie.

»Ich hätte Angst vor mir selbst gehabt«, hörte er Ilse sagen.

»Angst vor dir selbst?« antwortete er.

»Ja.«

»Aber dann . . . das hieße ja . . .«

»Für dich schmeckt ein Eis wohl wie das andere, Heinz? Ich finde die Fruchteissorten hier besser.«

»Das sagtest du schon, ja, aber entschuldige, mich interessiert jetzt —«

»Besonders das Zitroneneis.«

»Ilse, ich —«

»Was machst du heute abend? Hast du schon etwas vor?«

»Nein, am liebsten würde ich natürlich zusammen mit dir etwas unternehmen.«

»Gerade das wollte ich dir soeben vorschlagen.«

»Ilse«, strahlte er, »du bist . . . du bist . . .«

Ehe ihm der richtige Superlativ einfiel, sagte sie: »In meinem Schlepptau werde ich aber wieder Inge haben. Das wird sich nicht vermeiden lassen.«

»Ich bin ja auch mit Rolf mehr oder minder zusammengekettet.«

»Sag mal, hattet ihr zwei auch schon Streit miteinander?«

»Natürlich.«

»Ernsthaften, so auf Biegen und Brechen?«

»Nein, das nicht. Wie kommst du darauf?«

»Weil man dann glatt um dich Angst haben müßte. Ich denke nämlich gerade daran, wie der gestern abend zugeschlagen hat.«

»So habe ich ihn auch noch nie erlebt.«

»Sogar Inge, die starke Männer liebt, meinte heute morgen, daß einer diesbezüglich, wie sie sich ausdrückte, nicht des Guten zuviel tun dürfe.«

Heinz lachte kurz auf.

»Ihre Einschränkung«, meinte er, »scheint sie aber immer wieder rasch zu vergessen.«

Ilse machte eine kleine Pause. Sinnend blickte sie vor sich hin, dann sagte sie mit leiserer Stimme: »Vergessen zu können ist manchmal von Vorteil.«

Spielt sie damit auf etwas Bestimmtes an, fragte sich Heinz. Das hätte er gerne gewußt.

Einem kleinen Jungen in der Nähe fiel sein Eis in den Sand. Er fing jämmerlich zu weinen an. Der Vater des Jungen tauchte auf und fragte: »Was ist los?«

Der Junge zeigte auf das Eis im Sand.

Sein Vater schien sich aber dafür nicht allzusehr zu interessieren. Das ließ seine zweite Frage, die er dem Jungen stellte, erkennen.

»Was tut ein deutscher Junge nicht?«

»Weinen.«

Und in der Tat, der Kleine hörte auf, seinem Jammer freien Lauf zu lassen, wischte sich die Tränen ab, schenkte dem Eis keinen Blick mehr und legte auf diese Weise Zeugnis ab von der damals gar nicht so seltenen Erziehung in deutschen Familien.

Heinz blickte Ilse an und sagte nichts.

Ilse dagegen verschaffte ihrem Herzen Luft, indem sie meinte: »Der sollte dem Jungen besser noch einmal ein Eis kaufen, das wäre gescheiter. Am liebsten hätte ich es getan.«

Heinz nickte zustimmend, meinte jedoch dann: »Vielleicht hat er nicht so viel Geld.«

»Kann auch sein«, mußte Ilse einräumen.

Es wurde Zeit, zum Strandkorb 48 zurückzukehren.

Unterwegs fragte Heinz: »Was machen wir nun heute abend?«

Ilse antwortete: »Das überlasse ich dir. Überlege dir etwas. Wann holst du mich ab?«

»Wann paßt's dir am besten?«

»Um acht, ja?«

»Warum so spät?«

»Weil ich vorher schon etwas gegessen haben werde — du auch, darum bitte ich dich. Das gleiche gilt für Inge, dafür werde ich sorgen. Mach du das auch bei Rolf.«

»Du willst unsere Kasse schonen?«

»Ja, selbstverständlich.«

Plötzlich trat er ihr in den Weg, blieb stehen, stoppte dadurch auch sie. Es überwältigte ihn einfach.

»Ilse . . .«

Sie blickte ihn an.

»... ich liebe dich.«

»Heinz, die Leute ...«

Er winkte geringschätzig ab.

»... du machst sie auf uns aufmerksam, Heinz.«

»Die sind mir egal.«

»Mir nicht.«

»Vergessen zu können, sagtest du vorhin, sei manchmal von Vorteil — also vergiß sie!«

»Ich hatte dabei an Inge gedacht, nicht an mich«, log sie.

»Wenn das stimmt, bestätigt es mich in meiner Auffassung, daß du zu oft an Inge zu denken scheinst und zu selten an dich.«

»Ich kann nicht aus meiner Haut heraus, Heinz.«

»Versuch es doch wenigstens zuweilen.«

»Ich werde mich bemühen«, versprach sie ihm.

Er gab ihr daraufhin den Weg wieder frei, und sie erreichten den Strandkorb, der Inge und Rolf zum Stützpunkt geworden war, in dem Moment, als ihn die beiden verließen, um nach ihnen zu sehen.

Inge sah Heinz und Ilse bei deren Bademantel stehen. Sie dachte, die zwei hätten sich gerade erhoben.

»Wo wollt ihr hin?« fragte sie. »Ins Wasser?«

Ilse lächelte Heinz an.

»Was hältst du davon?«

»Ich verweigere die Aussage.«

Inge meldete sich wieder zu Wort.

»Das Meer läuft euch nicht weg. Ihr könntet eigentlich vorher mit uns ein Eis essen gehen.«

Das ergab natürlich ein größeres Gelächter der vier, und Inge zog danach mit ihrem Rolf alleine ab.

Heinz war kein großer Raucher, aber nun hatte er Lust auf eine Zigarette. Er kniete sich nieder und kramte in seinen Sachen. Nachdem seine Suche von Erfolg gekrönt war, beugte er sich beim Anzünden der Zigarette mit dem Oberkörper ganz tief hinunter in den Sand, um mit beiden Händen einen die Streichholzflamme vor dem immerwährenden Küstenwind schützenden Hohlraum zu bilden. Als der Glimmstengel nach den üblichen drei, vier rasch hintereinander folgenden Zügen richtig brannte, richtete sich Heinz wieder auf.

»Ilse«, sagte er dabei, »wir sollten —«

Er brach ab. Ilse war nicht mehr da.

»Hier bin ich«, vernahm er ihre Stimme. Sie kam aus dem Strandkorb.

Im Nu saß er neben Ilse.

»Ilse«, sagte er, »du bist ein Mädchen voller Rätsel.«

Sein Platz, auf dem er saß, war noch warm von Rolf. Ebenso erging es Ilse mit ihrem Platz, der gerade erst von Inge verlassen worden war. Weder sie noch Heinz ließen sich aber davon stören. Allerdings kam es dann nicht so weit, daß der ganze Strandkorb wieder gewackelt hätte. Freilich war dies nicht auf Heinz zurückzuführen, der sich keineswegs gebremst hätte, wenn er nicht von Ilse dazu angehalten worden wäre. Sie sagte sofort zu ihm: »Heinz, ich hoffe, du läßt es mich nicht bereuen, dem Augenmerk aller entflohen zu sein.«

Sein Einverständnis bekundend, nickte er.

»Ich hoffe«, sagte sie noch einmal, »du weißt, wie weit du gehen darfst.«

»Wie weit denn?« fragte er.

»Ich zeige es dir.«

Sie küßte ihn. Jede Frau entwickelt dabei ihren eigenen Stil. Heinz kannte den von Ilse schon, aber erst in seinen Anfängen. Nun wurde er in Kenntnis gesetzt von einer deutlichen Fortentwicklung, einer höheren Stufe gewissermaßen, was hieß, daß im Spiel der Zungen mehr und mehr die von Ilse das Kommando übernahm, während die von Heinz die Initiative abgeben mußte. Darin sah er jedoch beileibe keinen Verlust, sondern einen Gewinn.

In einer der Pausen, die einzulegen vom Leben verlangt wurde, weil es sonst vielleicht zwei Erstickungstote gegeben hätte, sagte Heinz: »Ich möchte, daß mir das nie mehr eine andere zeigt als du, Ilse.«

»Du sprichst so schön, so druckreif«, meinte sie ein bißchen spöttisch.

»Das bringt mein Beruf mit sich«, ging er auf ihren Ton ein.

»Du wirst ein berühmter Dichter werden.«

»Schriftsteller würde mir schon genügen.«

»Sei nur nicht zu bescheiden.«

»Im Moment interessiert mich aber meine Zukunft, offen gestanden, überhaupt nicht, sondern nur die Gegenwart.«

»Willst du damit vielleicht sagen, daß ich die verkörpere?«

»Ja . . . ja . . . ja . . . ja«, erwiderte er, sich dazwischen jedesmal einen Kuß holend.

Das Herz wollte ihm schier zerspringen, das Blut rauschte ihm in den Ohren, sein Wunsch, ihr sein Begehren, seine physische Kraft zu erkennen zu geben, wurde übermächtig. Die Badehose konnte ja ohnehin nicht mehr verbergen, was ihn buchstäblich bewegte.

Ilse machte sich los von ihm. Sie schien gesehen zu haben, daß sie Gas wegnehmen mußte.

»Ilse«, stöhnte er, »du machst mich wahnsinnig.«

Draußen, unweit des Strandkorbes, sagte plötzlich ein Mann mit erhobener Stimme etwas, das einer kalten Dusche gleichkam.

»Sie glauben an Krieg?«

»Wenn es diesmal keinen gibt«, entgegnete eine zweite Männerstimme, »fresse ich einen Besen.«

Das Gespräch ging weiter. Ilse und Heinz, aufmerksam geworden, lauschten. Die zwei Unbekannten mußten sich in der Nähe befinden.

»So schwarz sehe ich noch nicht«, sagte der erste.

»Aber ich!«

»Dann wundert mich, daß Sie noch in Urlaub gefahren sind.«

»Gerade deshalb. Sehr bald werden wir das nicht mehr können.«

»Meine Frau hegt allerdings auch Ihre Befürchtung. Woher kommen Sie, wenn ich fragen darf.«

»Aus Frankfurt.«

»Am Main oder an der Oder?«

»Am Main. Und Sie?«

»Aus Kiel.«

»Dann konnten Sie ja fast zu Fuß nach Heringsdorf kommen, und es ist Ihnen entgangen, was ich auf meiner Reise hierher gesehen habe.«

»Was denn?«

»Truppenbewegungen über Truppenbewegungen. Kein Bahnhof ohne Militärtransporte.«

»Erwähnen Sie das bitte nicht vor meiner Frau. Wissen Sie, wir haben zwar keinen Sohn, der wehrpflichtig wäre, aber eine Tochter, die als Rotkreuzschwester dienstverpflichtet werden könnte. Und damit darf man meiner Frau gegenüber gar nicht anfangen.«

»Sehen Sie, daran habe ich noch nicht einmal gedacht. Ich habe sogar zwei Töchter.«

»Keinen Sohn?«

»Doch, drei.«

»Du liebe Zeit!«

»Meine Frau trug mit Stolz das Mutterkreuz«, sagte der Frankfurter in einem Tonfall, der bei aller Selbstkontrolle zwischen der angebrachten Vorsicht und nur schwer zu unterdrückender Ironie zu schwanken schien. »Wie sie sich heute dazu stellen würde, weiß ich allerdings nicht.«

»Lebt sie nicht mehr?«

»Nein.«

Schweigen trat ein.

Dies schien sich Heinz als Gelegenheit darzustellen, zum alten Tun zurückzukehren. Er wollte Ilse wieder an sich ziehen, aber ihr war wohl sozusagen der Appetit vergangen. Sie entwand sich seinen Armen, fragte ihn ernst: »Fünf Entbindungen — kannst du dir vorstellen, was das für eine Leistung ist?«

»Eine große.«

»Ich habe, als Medizinstudentin, erst einer beigewohnt. Die Frau wäre beinahe gestorben.«

»Dann hätte sie, beim heutigen Stand eures Fachs, allerdings als Ausnahmefall gelten müssen.«

»Auch sogenannte normale Entbindungen sind kein Honiglekken.«

»Sicher nicht.«

Man sah Heinz an, wie unbehaglich ihm dieses Thema war. Als Mann hätte er natürlich viel lieber darüber gesprochen, wie der angenehme Grundstein zu Geburten gelegt wurde.

»Hast du Geschwister?« fuhr Ilse fort.

»Nein.«

»Deine Frau Mama« — Ilse lächelte — »entwickelte also keinen Ehrgeiz in Richtung Mutterkreuz?«

»Mein Vater wohl auch nicht.«

»Leben beide noch?«

»Ja, Gott sei Dank.«

»Erzähle mir ein bißchen von dir, deiner Familie, deinem Zuhause ...«

Er zögerte.

»Bitte«, sagte sie, sich zurechtsetzend, die Arme über der Brust verschränkend, die langen, tollen Beine von sich streckend.

Bis Inge und Rolf endlich wiederkehrten, wußte Ilse dann sogar schon, wann Heinz zum erstenmal auf ein Fahrrad gestiegen war, und daß Frau Gabriele Bartel, seine Urgroßmutter väterlicherseits, eine geborene Schenkenbach aus dem Hessischen gewesen war.

»Weißt du«, sagte er beim Auftauchen des Blondschopfes von Inge in der Nähe, »daß du bei mir nun ganz tief in der Kreide stehst, Ilse?«

»Inwiefern?«

»Weil du nun von mir schon fast alles weißt und ich von dir noch gar nichts. Das verpflichtet dich zur Gegenleistung.«

Sie nickte.

»Ich sehe das ein und werde bei Gelegenheit daran denken.«

Eine Wolkenbank war aufgezogen, der ewige Wind war stärker geworden. Der Strand begann sich zu entvölkern, viele machten für heute Schluß mit dem Baden und dem Bauen von Sandburgen.

»Es macht keinen Spaß mehr«, erklärte auch Inge. »Wollen wir nicht ebenfalls verduften?«

Das taten die vier.

Die »Excelsior-Bar« in Heringsdorf war ein Etablissement mit einem doppelbödigen Ruf. Einerseits galt sie als sehr vornehm, andererseits zwinkerten Herren, die unter sich waren, einander bedeutsam zu, wenn ihr Name fiel.

Die Bar lag vom Strandkasino knappe drei Minuten entfernt in einer sich gabelnden Nebenstraße unweit der Kurverwaltung. Die Gegend dort war spezifischen Charakters; es fiel nicht über die Maßen unangenehm auf, wenn sich nachts ein Dutzend Gäste — oder noch mehr — als Chor produzierte und deutsches Liedgut pflegte, vorausgesetzt natürlich, es wurden Darbietungen zum besten gegeben, die in der Gunst des Reichspropagandaministeriums standen — Volkslieder etwa. Geöffnet wurde die Bar um acht Uhr abends, geschlossen, zur Einhaltung der Polizeistunde, um zwei Uhr früh. Letzteres geschah jedoch oft nur zum Schein. Gefielen dem Geschäftsführer die Gäste, schienen ihm deren Brieftaschen noch gefüllt genug, ließ er sie im Lokal sitzen, sperrte die Eingangstür zu, zog dicke Vorhänge vor die Fenster, dämpfte die Beleuchtung rigoros so weit, daß Angetrunkene beim Bezahlen zu ihren Ungunsten Fünfzigmarkscheine mit Zwanzigmarkscheinen verwechselten, ermahnte häufig dazu, nicht so laut zu sein, und öffnete erst gegen sieben Uhr früh wieder kurz, aber weit die Tür, um seine Schäfchen, die geschoren worden waren, rasch ins Freie zu entlassen.

Das Excelsior war eine Stätte, in der jeder Kurgast zeigen konnte, was bei ihm stärker ausgebildet war — das Gehirn oder die Gurgel. Zwischen acht Uhr abends und zwei Uhr früh trug eine ausgezeichnete kleine Tanzkapelle zum Vergnügen der Gäste bei. Auf einem Podest duckte sich ein ausgestopfter Tiger zum Sprung, immer wieder die Frage solcher Leute, die zum Grübeln neigten, nährend, welche Bedeutung einem Dekorationsstück dieser Art hier beizumessen sei. Manchmal hatte das auf seiten der Geschäftsführung sogar schon zu Erwägungen geführt, die Bar in »Dschungel-Bar« umzutaufen, aber da mit einer Entscheidung für diesen Namen im Vergleich zu »Excelsior« automatisch ein beträchtliches Stück Vornehmheit hätte drangegeben werden müssen, war man immer wieder bei der alten Bezeichnung geblieben.

So unwahrscheinlich es klingt, auf dieses Lokal fiel die Wahl von Heinz, als er sich vor die Frage gestellt sah, wie dem abendlichen Zusammensein mit Ilse der nötige Glanz, der passende Rahmen zu geben sei. Man mußte ihm aber zugute halten, daß er nicht wissen konnte, worauf er sich da einließ.

Er besprach sich mit Rolf, erhielt von diesem den Tip, den Rat des Dentisten Müller einzuholen, klopfte bei demselben an die Tür, trug ihm sein Anliegen vor und schloß: »Ich suche also ein geeignetes Lokal, Herr Müller. Können Sie mir eins sagen? Sie sind ja schon länger hier als wir, eine ganze Woche, glaube ich.«

»Fast zwei.«

»Um so besser, dann weiß ein Mann wie Sie sicher Bescheid.«

Daraufhin fiel der verhängnisvolle Name Excelsior.

Finanzielle Erwägungen wurden von Herrn Müller keine angestellt, da ihm ja bekannt geworden war, daß durch die Hände des jungen Mannes, mit dem er sprach, Rembrandts gingen. Deshalb also verlor im momentanen Zusammenhang der Dentist über Geld kein Wort.

Es war kurz vor halb neun Uhr abends, als Ilse und Inge, von Heinz und Rolf angeführt, über die Schwelle des von Herrn Müller empfohlenen Etablissements traten. Unterwegs hatte Ilse noch gefragt: »Wohin gehen wir eigentlich, Heinz?«

»In die Excelsior-Bar.«

»Bar? Ist das nicht zu teuer?«

»Zur Feier des Abends — nein.«

»Aber —«

»Bitte, Ilse, verdirb uns nicht die Freude. Rolf und Inge sind sicher der gleichen Meinung wie ich.«

»Stimmt«, pflichtete Rolf bei.

Inge nickte auch. Wie üblich, sah sie überhaupt noch keine Probleme.

Ilse ärgerte sich ein bißchen über die Zurechtweisung, so mild diese war, und zog sich, gemäß ihrer Art, ein bißchen in sich zurück. Sie nahm sich vor, sich überflüssiger Verlautbarungen in Zukunft zu enthalten.

Nun kam den vieren also der Excelsior-Geschäftsführer, der das Quartett an der Tür sofort erspäht hatte, entgegen und geleitete es ohne viel Worte an einen Tisch, der auf eine Gruppe gutaussehender, gutgelaunter, unternehmungslustiger, sorgenloser junger Leute geradezu gewartet zu haben schien. Der Tisch stand wie von ungefähr im Blickfeld aller anderen Tische. Das war auf die Regie des Geschäftsführers zurückzuführen, der seine Aufgabe darin sah, hübsche Mädchen nicht etwa in Nischen zu verstecken, sondern im Gegenteil auf dem Präsentierteller sozusagen »auszustellen«, damit sich die Allgemeinheit, besonders deren männlicher Teil, an ihrem Anblick weiden konnte. Und Ilse und Inge waren, wenn ihnen eine solche Aufgabe zugedacht wurde, bestens dazu geeignet, sie zu erfüllen. Noch hübschere Mädchen als sie gab es nämlich kaum.

Die Bar war um diese Tageszeit zwar noch nicht voll besetzt, aber schon recht gut besucht. Ein wesentlicher Prozentsatz der Gäste waren wohlbeleibte Herren fortgeschrittener Jahrgänge, mit dicken Zigarren zwischen und schweren Siegelringen an den Fingern. Charakteristisch für sie war, daß sich in ihrer Gesellschaft durchweg muntere Damen befanden, die dem Alter nach ihre Töchter hätten sein können, es aber bestimmt nicht waren.

Heinz blickte schweigend herum. Beklemmung hatte sich ihm auf die Brust gelegt. Rolf empfand nicht anders. Das Gefühl der beiden erfuhr dann sehr rasch noch eine Verstärkung, als ihnen der Kellner, nachdem sie für sich als erstes Bier haben wollten, mitteilte: »Tut mir leid, meine Herren, das führen wir nicht.«

Die Flasche Wein, für die sie sich entscheiden mußten, riß das erste große Loch in ihre Kasse. Den Mädchen schlug der Ober ihren

Wunsch nach Limonade auch aus.

»Ich kann Ihnen Fruchtsäfte bringen«, sagte er.

Daß diese im Preis dem Wein kaum nachstanden, vergaß er zu erwähnen. Heinz und Rolf zweifelten aber daran ohnehin nicht.

Überraschenderweise war es dann Inge, die das unvermeidliche Thema als erste anschnitt, indem sie fragte: »Glaubt ihr denn, daß wir hier richtig sind?«

Keiner antwortete. Jeder wollte dem anderen den Vortritt lassen.

Inge blickte Ilse an.

»Was meinst du?«

Ilses Vorsatz war noch nicht verwelkt.

»Ich?« sagte sie schnippisch. »Gar nichts. Ich will euch nicht die Freude verderben.«

Damit war natürlich dem guten Heinz jeder Ausweg verbaut.

»Ich weiß nicht, was Sie wollen«, sagte er zu Inge. »Gefällt Ihnen etwa das Lokal nicht? Ich finde es prima. Mir scheint es zum Beispiel die ideale Stätte zu sein, in der Sie und Ihre Freundin auf eine glänzende Idee kommen können . . .«

»Auf welche?« entgegnete Inge.

Auch Ilses Miene wurde ein bißchen neugierig.

»Daß Sie mit mir und Ilse mit Rolf Bruderschaft trinken, damit wir uns endlich auch übers Kreuz duzen können.«

»Gut!« rief Rolf.

Die Prozedur ging über die Bühne. Beim obligaten Kuß mit Inge erlebte Heinz eine gewisse Überraschung. Inges Zunge mangelte es nämlich dabei an der erwarteten Zurückhaltung. Die Freundschaft Inges mit Ilse schien also kleinere Risse zu vertragen.

Eine Stunde später war schon klar, daß Heinz und Rolf von dem Abend überrollt wurden. Es gab kein Zurück mehr. Auch wenn sie, wie anfänglich noch, ihrem Durst Zügel anlegten, schwoll die Rechnung rapide an, so daß der berühmte Moment kam, in dem sie sich sagten, daß sowieso alles egal sei.

Es wurde gelacht, getanzt, getrunken; an die Folgen, die damit Hand in Hand gingen, verschwendeten auch die Mädchen keinen Gedanken mehr. Als die beiden einmal gemeinsam auf die Toilette gegangen waren, um sich wieder frisch zu machen, sagte Heinz zu Rolf: »Komm, laß uns die Gelegenheit nutzen und die Gläser auf unsere Väter erheben, auf daß sie gesund bleiben und keine Schwächeanfälle erleben, wenn sie morgen unsere Telegramme erhalten ...«

»Den meinen hat die Gewohnheit schon gehärtet.«

»Den meinen nicht, ich gehe ihn nur noch selten um Geld an.«

»Wenn man pleite ist, hat man keine andere Wahl«, erklärte Rolf. »Wir müßten ja sonst sofort unseren Urlaub abbrechen.«

Um zwei Uhr früh wiederholte sich das, was in der Excelsior-Bar schon oft geschehen war — der Polizeistunde wurde das eingefahrene Schnippchen geschlagen. Neu war allerdings, daß auch die Musiker nicht nach Hause gingen. Die gutaussehende Sängerin, ein rassiger Zigeunerinnentyp, feierte Geburtstag und hatte mitsamt ihrer Kapelle über die Polizeistunde hinaus eine Einladung des Lokalbesitzers, der anstrebte, mit ihr zu schlafen, vorliegen. Das kleine und, wie schon einmal erwähnt, sehr gute Orchester löste sich also in seine Bestandteile auf; seine Mitglieder mischten sich unter die Gäste. Für Musik sorgte das Radio, das man laufen ließ. Die Sängerin Ilona landete irgendwie auf einem Stuhl zwischen Heinz und Rolf. Den Abend über war sie immer nur als »Ilona« angesagt worden.

Anscheinend hatte sie nun das Bedürfnis, sich in ihrer Gänze vorzustellen, denn sie sagte: »Ich heiße Ilona ...«

Das andere war unverständlich — zutiefst ungarisch. Sich daran zu versuchen, wäre für deutsche Zungen ein aussichtsloses Unterfangen gewesen. Mit Einverständnis der Sängerin blieb es also für Heinz und Rolf, auch für Ilse und Inge, bei »Ilona«. (Umgekehrt für Ilona natürlich auch bei den Vornamen der anderen.)

Ilona sah zwar aus wie eine Zigeunerin, hätte aber — aus gutem Grund — jedem gegenüber mit Verve bestritten, eine zu sein. Noch hatte sie diesbezüglich als Ausländerin einen größeren Spielraum, als wenn sie im Deutschen Reich ansässig gewesen wäre, dessen Bürger ihren Stammbäumen nachgehen mußten.

Ilona sprach ein weiches, sehr schön anzuhörendes Deutsch. Tanzen konnte sie fast noch besser als Singen. Auf dem Parkett lag das Kommando bei ihr. Nicht sie ließ sich führen, sondern dieses Los traf ihren Partner. Sogar der robuste Rolf mußte diese Erfahrung machen. Nach einem Walzer mit ihr verriet er schweißgebadet Heinz: »Mann, die treibt dich umher in der Manege, dazu kommst du dir schon zu alt vor, sage ich dir.«

Im Tanzen und Singen erschöpften sich aber Ilonas Fähigkeiten noch nicht. Sie konnte auch noch wahrsagen und handlinienlesen. Zu sehr vorgerückter Stunde gab sie das bekannt und erregte damit am Tisch einen kleinen Sturm der Begeisterung. Sie schien eben ihr Blut doch nicht verleugnen zu können.

Rolf streckte spontan seine Hand Ilona hin, Inge und Ilse taten dasselbe zugleich auch. Nur Heinz schloß sich davon aus, er hielt nichts von solchem »Humbug«. Gerade dadurch fiel er Ilona zum Opfer, die zu ihm sagte: »Sie haben wohl etwas zu verbergen?«

»Ich passe zugunsten meiner Freunde«, entgegnete er.

»Fälle wie Sie sind die interessantesten«, ließ Ilona nicht locker.

»Ach nein?«

Ilona wandte sich an die anderen.

»Er scheint wirklich etwas zu verbergen zu haben.«

»Jede Menge, ich weiß es«, spaßte Rolf.

»Ich kann mir schon denken, was«, schloß sich Inge an.

Relativ ernst ergänzte Ilse: »Es wird mit einem Mädchen in Köln zusammenhängen.«

Und damit war die Entscheidung gefallen.

»Bitte«, sagte Heinz zu Ilona und präsentierte ihr seine umgedrehte offene Hand. Es war aber die linke, und Ilona verlangte die rechte, denn die käme »vom Herzen«.

Dann ging's los. Auch Ilse und Inge, noch mehr jedoch Rolf, hielten sich etwas darauf zugute, aufgeklärte Menschen zu sein, und zeigten deshalb Mienen, in denen sich Amüsement und Skepsis mischten. Trotzdem konnten sie aber ihre Spannung nicht verleugnen, mit der sie Ilonas Treiben verfolgten.

Die Ungarin hatte sich über die Hand von Heinz gebeugt. Scharfe Falten der Konzentration gruben sich in ihre Züge. Sie versteht es jedenfalls, dachte Rolf, sich den Anschein von Seriosität zu geben. Ob man will oder nicht, muß man das zugeben.

»Sie sind Kölner«, sagte Ilona, aus der Hand von Heinz aufblikkend.

Du liebe Zeit! dachte Rolf, und in der Tat, imposanter Beginn war das keiner. Jeder konnte hören, woher sie — Heinz und er — kamen, wenn sie den Mund aufmachten. Rheinländer, vornehmlich Kölner, sind nicht imstande, ihren Dialekt zu verleugnen, auch wenn sie sich noch so sehr anstrengen, dies zu tun.

»Sie waren schon einmal sehr krank«, fuhr Ilona fort.

»Nein«, bestritt Heinz das.

»Doch.«

»Glauben Sie nicht, daß ich das wissen müßte?«

Ilonas Blick richtete sich wieder auf sein Gesicht.

»Viele wissen das nicht, Heinz.«

»Nun gut, es gibt versteckte Krankheiten, die man mit sich herumträgt, aber was mich angeht —«

Ilona schnitt ihm das Wort ab, indem sie wiederholte: »Sie waren schon einmal sehr krank — als Kind«, setzte sie hinzu.

»Sie haben doch wohl nicht die Masern im Auge?« spottete Heinz.

»Machen Sie sich über die Masern nicht lustig, mein Freund. Diesen Fehler begehen die meisten. Die Masern sind keineswegs auf die leichte Schulter zu nehmen. Ich möchte nicht wissen, wie viele Kinder daran früher gestorben sind.«

»Früher«, sagte Heinz.

»Ändert das etwas an der Wahrheit meiner Worte? Heute stirbt auch keiner mehr an der Pest. Wollen Sie deshalb etwa behaupten, daß die Pest eine leichte Krankheit ist? Verstehen Sie, was ich sagen will?«

Da Heinz schwieg, mischte sich Rolf, der Arzt, ein.

»Ilona hat recht. Das gleiche gilt für den Scharlach und noch mehr für die Diphtherie.«

»Ich hatte alle drei«, gab Heinz zu.

Nun war es an Ilona, zu spotten.

»Alle drei hatte er«, sagte sie und nickte dazu ausdauernd. »Masern — Scharlach — Diphtherie . . . Und dann will er nie ernsthaft krank gewesen sein. Das erinnert mich an meinen Großvater. Der starb mit 41 Grad Fieber und sagte fünf Minuten zuvor noch: ›Mir fehlt nichts. Was sind 41 Grad! Ich kämpfte als Fremdenlegionär in der Sahara, da hatten wir 54 Grad!‹«

»Wenn das stimmt«, kam Heinz wieder einmal auf sein großes Idol zurück, »war Ihr Großvater ein mit Karl Valentin im Geiste Verwandter.«

Ilona beugte sich wieder über seine Hand, die sie nicht losgelassen hatte. Wer Karl Valentin war, wußte und interessierte sie nicht. Instinktiv hielt sie ihn für einen Mann, der in der Familie von Heinz oder von Rolf oder jedenfalls in Köln irgendeine Rolle spielte. Sie hielt sich nicht auf damit.

»Merkwürdig«, sagte sie als nächstes.

»Was?« fragte Heinz.
»Sie fühlten sich ursprünglich nur zu Männern hingezogen.«
»Überhaupt nicht!« rief Heinz spontan. Das kam daher, weil er und Rolf schon einmal gefragt worden waren, ob die übertriebene Freundschaft zwischen ihnen so ganz koscher sei.
»Doch«, behauptete Ilona.
»Nein.«
»Soll das heißen, daß Sie Ihren Vater nicht mochten?«
»Wer sagt denn das! Den liebe ich heute noch!«
»Sehen Sie.«
»Aber —«
»Und wenn Sie einen Bruder gehabt hätten —«
»Ich hatte einen!«
»Lassen Sie mich ausreden. Sie hatten einen, das sehe ich in Ihrer Hand hier. Ihr von Ihnen geliebter Vater machte zwischen ihm und Ihnen keinen Unterschied. Wenn Sie aber einen Bruder gehabt hätten — und das wollte ich sagen, ehe Sie mich unterbrachen —, den Ihr Vater zurückgestellt hätte, während Sie von ihm bevorzugt worden wären, hätten Sie keine Veranlassung gesehen, auf Ihren Bruder eifersüchtig zu sein. Das waren Sie nämlich.«
»Nein.«
»Doch — eine ganz normale menschliche Reaktion.«
»Ich mochte ihn jedenfalls sehr«, beteuerte Heinz, um dem Verdacht vorzubeugen, er trüge eine Art unsichtbares Kainsmal auf der Stirn.
Damit war Ilonas zweiter Triumph gesichert.
»Trotzdem«, sagte sie mit Betonung, »trotzdem mochten Sie ihn, obwohl Ihnen Ihr Vater nicht den Gefallen tat, ihn zurückzustellen. Gerade das beweist, daß es stimmt, daß Ihre ursprüngliche Zuneigung zum männlichen Geschlecht stark ausgeprägt war. Später aber«, fuhr sie fort, bevor ihr Heinz noch einmal ins Wort fallen konnte, »änderte sich das radikal. Man kann es nur so ausdrücken: Sie verfielen ins andere Extrem.«
»Wirklich?« ließ sich Ilse freudig vernehmen.
»Quatsch!« widersprach Heinz.
»Nur zu, jetzt wird's interessant«, forderte Inge die Ungarin auf, weiterzumachen.
Rolf schlug sich auf die Schenkel und fragte: »Wie alt war er denn, als das losging?«

»Sechzehn«, lautete Ilonas Auskunft.

»Respekt!« rief Rolf.

»Quatsch!« wiederholte Heinz, wobei er der Amateur-Wahrsagerin seine Hand entzog und unwillkürlich in diese hineinblickte, als wollte er sich davon überzeugen, daß nichts von dem drinstand, was Ilona aus ihr herausgelesen hatte.

»Heinz«, grinste Rolf, »ich entdecke ganz neue Seiten an dir, die du mir bisher vorenthalten hast. Was sagte denn dein Bannführer zu deinem frühreifen Lebenswandel? Der meine hätte mich aus der Hitlerjugend rausgeschmissen. Oder gelang dir die nötige Geheimhaltung?«

»Wahrscheinlich«, vermutete Ilse. Jedes Wort von ihr gab Heinz jetzt einen Stich. Normalerweise hätte auch er sich über das Ganze nur amüsiert — nicht aber, wenn Ilse dabei war.

Und das verstand er eigentlich von sich selbst nicht, und doch war die Sache durchaus nicht rätselhaft. Es lag an Ilse. Heinz schrieb ihr andere Eigenschaften und andere Auffassungen zu, als alle Mädchen sie gehabt hatten, die er vor ihr kannte. Sie sollte von ihm in jeder Beziehung nur das Beste denken.

O Heinz, hätte Rolf gedacht, wenn er ins Innere seines Freundes hätte hineinblicken können, wie weit ist es mit dir gekommen?

»Kann ich fortfahren?« fragte Ilona, ihre Hand wieder nach der Rechten von Heinz ausstreckend.

»Das genügt jetzt«, sagte dieser.

»Aber nein!« widersprach Inge.

»Noch lange nicht!« meinte auch Ilse.

Heinz blieb bockig.

»Eigentlich«, sagte daraufhin Ilona, »brauche ich seine Hand gar nicht mehr. Ich habe sowieso schon alles gesehen.«

»Zum Beispiel?« fragte Inge.

»Ja?« schloß sich Ilse an.

»Er wird alt werden, Krankheiten werden ihn wieder heimsuchen, aber er wird die Möglichkeiten haben, die besten Ärzte zu konsultieren und sich immer wieder auszukurieren, da er einmal sehr wohlhabend sein wird.«

»Prima!« rief Rolf und setzte hinzu: »Ich sage das hoffentlich als einer der Ärzte, die daran verdienen werden.«

»Kriegt er Kinder?« wollte Inge wissen, um sich wieder dem für sie interessantesten Thema zu nähern.

»Ja, zwei Söhne.«
»Er heiratet also?«
»Das stand nicht in der Hand, aber ich hoffe es.«
Allgemeines Gelächter, an dem auch Heinz teilnahm, freilich nur halbwegs, erklang.
»Kennt er die zukünftige Mutter seiner Söhne schon?«
»Seit kurzem ja«, erklärte, ohne zu zögern, Ilona. Sie verzog keine Miene dabei.
»Können Sie uns etwas von ihr sagen?«
»Sie ist Berlinerin.«
»Wir sind zwei Berlinerinnen!« rief lachend Inge, auf sich und Ilse weisend.
»Das wußte ich nicht«, log Ilona. (Als ob sich jemand aus dieser Stadt verleugnen könnte — genausowenig wie die Kölner.)
»Und kennengelernt hat er uns auch erst vor wenigen Tagen.«
»Hier?« fragte Ilona.
»Ja, am Strand«, nickte Inge, während sich Ilse nun an dem Gespräch nicht mehr beteiligen zu wollen schien.
»Dann sind Sie vielleicht die Betreffende«, sagte Ilona zu Inge.
Kein Wunder, daß dies den Widerspruch Rolfs hervorrief.
»Mit Sicherheit nicht!«
»Oder Sie«, wandte sich daraufhin die Ungarin an Ilse.
Das erforderte irgendeine Antwort, und wenn's nur eine im Spaß war.
»Nein«, sagte Ilse.
»Sind Sie sicher?« fragte Ilona.
Ilse zeigte sich der Situation gewachsen.
»Ja«, erwiderte sie.
»Und warum?«
»In meiner Familie gibt's seit Generationen nur Töchter. Das läßt sich zurückverfolgen bis ins 17. Jahrhundert.«
Ilona zuckte die Achseln.
»Die Natur nimmt sich Zeit. Was sind ein paar Jahrhunderte für sie! Wenn es ihr angebracht erscheint, entschließt sie sich zum Wechsel. Wie sie das macht, ist eines ihrer großen Rätsel.«
»Der Meinung bin ich auch«, ließ sich nach längerem Heinz vernehmen, wobei er bestrebt war, Ilse in die Augen zu schauen.
»Und ein solcher Wechsel im großen Rahmen von Töchtern zu Söhnen erscheint der Natur wohl bald wieder angebracht zu sein«,

fuhr Ilona fort. Sie war plötzlich ungewöhnlich ernst geworden.

»Warum?« fragte Ilse.

»Weil es notwendig werden wird, ein großes Defizit an Männern auszugleichen.«

»Ein Defizit an Männern — hervorgerufen durch was?« fragte Heinz. Er schien aber die Antwort schon zu kennen.

»Durch Krieg«, sagte Ilona.

Heinz nickte. Mit Sarkasmus in der Stimme erklärte er: »Wenn das auch in meiner Hand stand, beginne ich, an die Wahrhaftigkeit Ihrer Kunst zu glauben.«

»Es stand in Ihrer Hand«, behauptete Ilona.

»Vielleicht noch mehr in diesem Zusammenhang?«

»Ja.«

»Was?«

»Sie werden in sechs Jahren heiraten.«

»Etwa diese Dame hier?« Heinz zeigte dabei auf Ilse.

»Wenn Sie die Dame Ihres Herzens ist, ja«, erklärte Ilona.

Heinz lächelte Ilse an und fragte sie: »Was sagst du nun, mein Engel?«

»Ich bin kein Engel«, wehrte Ilse ab. Mit dieser Antwort mußte sich Heinz zufriedengeben.

Er werde nach Berlin ziehen, eröffnete ihm nun Ilona, korrigierte sich aber: »Das heißt . . . Berlin kann ich nicht genau sagen — es ist eine Weltstadt. Von Ihrer Geliebten werden Sie Jahre getrennt sein, die Zeit zwingt Ihnen das auf. Ein großer Wandel wird mit Ihnen vor sich gehen, innerlich und äußerlich . . .«

»Er wird älter aussehen«, scherzte Rolf.

»Nicht nur das«, sagte Ilona mit einer Miene, die nun geradezu düster war.

»Was denn noch?«

Die Antwort darauf blieb aus. Ilona hüllte sich in Schweigen. Dadurch entstand das Gefühl, daß irgendeine Bedrohung in der Luft lag. Die Stimmung war jedenfalls verdorben, zumindest beeinträchtigt. Sie besserte sich dann zwar wieder einigermaßen, aber so richtig auf Touren kamen die vier nicht mehr, bis schließlich auch diese Nacht im Excelsior ihr Ende fand.

Beim Abschied an der Tür sagte Rolf zu Ilona: »Nett war's hier. In zwei, drei Tagen werden wir in der Lage sein, das gleiche noch einmal über die Bühne gehen zu lassen. Dann sehen wir uns ja wieder, Ilona.«

Sie schüttelte verneinend den Kopf.

»Das glaube ich nicht.«

»Warum nicht?«

»Ich werde nicht mehr hier sein.«

»So? Läuft Ihr Engagement ab? Dieses würde aber der Besitzer sicher ohne weiteres erneuern. Jeder konnte heute nacht sehen, daß er an Ihnen über sein geschäftliches Interesse hinaus gerne ein persönliches nähme.«

»Er stößt damit auf keine Gegenliebe. Ich will nach Hause, solange das noch geht.«

»Soll das heißen, daß Sie diesbezüglich Schwierigkeiten sehen?«

»Große.«

»Inwiefern?«

»Im Krieg ist es üblich, daß die Grenzen zugemacht werden.«

Draußen auf der Straße trennten sich auf Betreiben der Männer die Paare, um einander »nicht zu stören«. Rolf wandte sich mit Inge nach Norden, Heinz mit Ilse nach Süden. Die Pension der Mädchen lag im Osten. Rolf/Inge gedachten dieselbe also in einem größeren Rechtsbogen zu erreichen, während Heinz/Ilse einem größeren Linksbogen den Vorzug gaben. Zwar wäre es für alle vier gescheiter gewesen, auf dem kürzesten Weg in ihre Betten zu kommen, aber diese Erkenntnis wollten, wie gesagt, die Männer nicht gelten lassen. Sie redeten Umwegen das Wort und drangen bei den Mädchen damit durch.

Es war hellichter Tag, Vögel zwitscherten in den Büschen, in manchen Fenstern zeigten sich schon muntere Hausfrauen mit ihren Oberbetten, die sie der Sonne aussetzten.

»Und wir«, sagte Ilse selbstanklägerisch, »woher kommen wir? Die müssen uns das doch ansehen.«

»Ilse«, wischte Heinz diese Worte von ihr weg, »die sind mir egal.«

»Mir nicht so ganz.«

»Hast du nicht auch gerade heute nacht den Eindruck gewonnen, daß wir jede Stunde, die uns noch bleibt, genießen sollten?«

Ilse schwieg. Auf der einen Seite appellierte sie innerlich dauernd an sich selbst, nicht auf die Einflüsterungen ihres Herzens zu hören, auf der anderen Seite lockte es sie übermächtig, ihre Reserviertheit über Bord zu werfen und für Heinz Bartel das zu sein, was sie schon längst sein wollte: sein nur ihm ergebenes, ihn liebendes Mädchen. Dieser Zwiespalt machte ihr eine Entscheidung schwer. Sie war sich selbst ein Rätsel geworden. Sie wußte nicht mehr, was sie eigentlich wollte. Nicht mehr sie selbst verfügte über sie, ein anderer mußte wohl in ihr Herz eindringen und dort einmal für klare Fronten sorgen. Ilse stellte sich ihr Inneres als eine wüste Rumpelkammer vor, in der ein Mensch namens Ilse Bergmann verlorengegangen war und nun nach sich selbst absolut vergeblich auf der Suche war. Ilse Bergmann suchte Ilse Bergmann, sie suchte . . . und suchte . . . und suchte . . .

Da war nun dieses übermächtige Gefühl, das sie zu Heinz Bartel hinzog. Ilse war beileibe kein schwacher Mensch, sondern eine ausgeprägte Persönlichkeit; trotzdem spürte sie, daß Heinz stärker war als sie. Gut so, sagte sie sich, ein Mann soll der Dominierende sein, nicht der Unterlegene. Recht so, aber . . .

Was aber?

Sie wußte es nicht. Eine Bremse war ihr Stolz. Sie ängstigte sich selbst vor jedem Schritt, der so aussehen konnte, als ob sie sich einem Mann an den Hals werfen wollte. Keinem Mann würde sie sich je an den Hals werfen. Sie nicht!

Das war also ihr Stolz . . .

Es gab aber auch noch etwas anderes, an das zu denken ihr schon Pein bereitete, seit Heinz Bartel in ihr Leben getreten war.

Und noch etwas: Kam zu allem nicht auch der leise Zweifel, ob es Heinz mit dem, was er ihr schon gesagt hatte, auch ernst genug meinte? Spielte er nicht nur mit ihr? War sie für ihn nicht nur der Gegenstand eines Sommerflirts? Den Männern war doch diesbezüglich alles zuzutrauen.

Andere, grundlegend andere Gedanken hegte Heinz Bartel. Er belastete sich nicht mit langen Analysen seiner Seele. Für ihn stand es fest, daß dieses hinreißende Mädchen Ilse etwas anderes war als die Mary in Köln, die Hedwig in Bonn, die Luise in Koblenz und die Lulu in Krefeld. Kein Zweifel, daß Heringsdorf einer Wende seines Lebens gleichzusetzen war, welche die Überschrift trug: »Ade, Junggesellendasein!«

Das gebar aber schon die alles überschattende Frage, worauf ein Heinz Bartel eine Ehe aufbauen sollte. Sein Einkommen war noch viel zu spärlich, um für eine Familie auszureichen. Kommt Zeit, kommt Rat, sprach sich der junge Dichter selbst Mut zu.

Und wenn alle Stricke rissen, hatte er ja immer noch einen Vater, der nicht ganz arm war, im Rücken.

»Heinz«, sagte Ilse, »du bist der Ansicht, daß wir jede Stunde genießen sollten?«

»Ja.«

»Warum seufzt du dann ständig?«

»Ich seufze?«

»Du läufst nun schon minutenlang wortlos neben mir her, aber ich höre dich seufzen.«

»Das wurde mir gar nicht bewußt.«

»Was bedrückt dich?«

Heinz zögerte nicht lange und antwortete: »Also gut, du sollst es wissen: Ich habe, wie du weißt, keine Existenz und brauche möglichst bald eine.«

»Warum so eilig?«

»Um dich und unsere zwei Töchter zu ernähren.«

»Heinz«, sagte Ilse rasch, »sei so gut und hör auf mit dem Quatsch von heute nacht.«

»Nein, Ilse, das tue ich nicht. Für mich war das kein Quatsch.«

»Der wahrsagerische Unsinn einer Barsängerin?«

»Wahrsagerischer Unsinn hin, Unsinn her — ich bin entschlossen, daraus Realität zu machen.«

»Dazu gehören zwei.«

»Ganz recht — ich und du.«

Ilse kam sich überfahren vor, sie liebte das nicht. Heinz war ihr im Moment zu forsch. Sie mochte es nicht, von jemandem — in welchem Zusammenhang auch immer — sozusagen »in den Sack gesteckt zu werden«. Gerade in der Liebe erwartete sie Subtilität und nicht Draufgängertum.

»Man sieht«, sagte sie zu Heinz, »du bist kein Preuße.«

»Stört dich das?«

»Vielleicht.«

»Warum?«

»Bekanntlich sagt man von den Preußen, daß sie nicht so schnell schießen.«

»Und? Was hat das mit mir zu tun?«

»Ich schätze diese Eigenschaft. Dir fehlt sie anscheinend.«

Ilse traf damit Heinz mehr, als sie eigentlich wollte. Er war deshalb nun ziemlich geknickt. Die von ihr geübte Praxis, ihn ständig seelischen Wechselbädern auszusetzen, hinterließ deutliche Spuren bei ihm. Zwar war es nicht gerade so, daß er einmal himmelhochjauchzend und dann gleich wieder zu Tode betrübt gewesen wäre, aber Schwankungen in seiner Stimmung, die ihn strapazierten, wurden sichtbar.

Stumm lief er neben Ilse her. Die beiden hatten eine jener charakteristischen Straßen in Badeorten erreicht, die nur von Privatpensionen in Villenform eingesäumt zu sein scheinen. Vor einem dieser Gebäude, auf das von der linken Seite auch noch eine zweite Straße zulief, blieb Ilse stehen und sagte: »Wir sind da.«

Heinz hatte das gar nicht gemerkt, obwohl er die Pension ja schon kannte. Er war zu sehr in sich versunken gewesen.

Ilse blickte die andere Straße hinunter. Sie sah nicht das, was sie suchte, und sagte: »Die waren rascher. Inge wird wohl schon im Bett liegen.«

»Das glaube ich nicht«, meinte Heinz.

Ilse öffnete das Pförtchen des Vorgartens, wobei sie bemüht war, möglichst leise zu sein. Heinz geleitete sie die breite Steintreppe hinauf bis vor die dicke Eichentür.

»Du meinst, die ist noch nicht da?« raunte Ilse.

»Mit Sicherheit nicht«, antwortete er ebenso leise wie sie, damit niemand im Haus geweckt wurde. Ihm selbst hätte das ja nichts ausgemacht, aber dem guten Ruf Ilses, eines jungen Mädchens, wäre das nicht förderlich gewesen, hätte es doch die Frage aufgeworfen, woher sie, an der Seite eines jungen Mannes, um diese Zeit kam.

»Kennst du den Weg, den die genommen haben? « fragte Ilse.

»Warum?«

»Er muß länger sein als der unsere.«

»Muß er das?«

»Sonst müßten die doch schon hier sein.«

»Ich kenne den Weg«, log Heinz. »Er ist sogar kürzer.«

»Dann ist Inge auch schon da, dessen bin ich sicher.«

»Willst du raufgehen und dich überzeugen? Aber vorher wetten wir noch.«

Dieses Gespräch zwischen den beiden wäre seiner Natur nach ein in Heiterkeit eingebetteter Dialog gewesen, aber weder Ilse verzog ihre Miene noch Heinz die seine. Ilse wollte nicht in den Verdacht geraten, zur Frivolität zu neigen; Heinz stand noch unter dem Eindruck seiner depressiven Phase seit dem ungünstigen Vergleich mit den Preußen, dem er unterzogen worden war. Es brauchte seine Zeit, bis man so etwas verdaute.

»Ich bin keine Engländerin, Heinz.«

»Wie meinst du das?«

»Ich wette nicht.«

Ilse steckte den Schlüssel ins Schloß.

»Kommst du morgen an den Strand, Heinz?«

»Ja.«

Sie drehte vorsichtig den Schlüssel herum.

»Dann schlaf gut.«

»Ilse ...«

»Ja?«

»Glaubst du denn wirklich wieder, daß ich mich jetzt einfach ins Bett legen, die Augen zumachen und schnarchen kann?«

»Wer spricht von Schnarchen?«

»Ilse, keine Witze, bitte. Du weißt genau, was ich sagen will.«

»Nicht so laut, Heinz, du weckst das Haus.«

»Entschuldige«, flüsterte er. »Aber du treibst mich noch zum Wahnsinn.«

»Das möchte ich nicht, Heinz.«

»Das tust du aber, Ilse.«

»Bist du dir denn sicher, daß du mich liebst?«

»Absolut! Und du?«

Sie schob lautlos die Tür einen Spalt auf.

»Für mich ist das nicht so einfach, Heinz.«

»Warum?«

»Weil ich ...« Sie stockte.

»Weil du was?« stieß er schon wieder etwas lauter hervor.

»Pssst!« zischte sie.

Er wartete.

»Weil ich verlobt bin, Heinz.«

Er starrte sie aus allen Wolken gefallen an.

»Ver ... verlobt?« krächzte er.

Dabei lag nichts näher als das. Warum sollte nicht längst ein Mann bestrebt gewesen sein, sich ein Supermädchen wie Inge zu sichern? Es gab sogar keinen Grund, daß das nicht schon ein Dutzend Männer versucht hatte — und einer war erfolgreich gewesen.

In den Augen von Heinz war trotzdem etwas erloschen.

»Ilse«, kam es tonlos von seinen Lippen, »Ilse . . .«

Nur das.

»Heinz, ich weiß, was du denkst.«

»Das weißt du nicht, Ilse.«

»Doch, ich hätte dir das eher sagen sollen.«

»Ich denke etwas ganz anderes, Ilse.«

»So? Was denn?«

»Daß ich mit dem ersten Frühzug Heringsdorf verlassen werde.«

Ilse zog rasch die Tür von außen wieder zu. Dadurch wurde ein gewisses Geräusch erzeugt, das nicht zu vermeiden war.

»Heinz!«

»Ja?«

»Das möchte ich nicht.«

»Was möchtest du nicht?«

»Daß du abreist.«

Heinz senkte das Haupt, blickte zu Boden, wischte sich über die Stirn, blickte Ilse wieder an.

»Was soll ich denn hier noch?«

»Du hast mir etwas versprochen, Heinz«, flüsterte sie nicht mehr, sondern sagte es ziemlich laut.

»Was?«

»Daß du an den Strand kommst.«

»Leiser, Ilse, die hören dich sonst.«

Sie winkte ab.

»Sollen sie! Also was ist?«

»Mit dem Strand?«

»Ja.«

»Ich komme nicht.«

»Doch.«

»Ich wüßte nicht, wozu.«

»Um mich zu sehen.«

»Nein.«

»Dann frag wenigstens, was *ich* da soll.«

»Was denn?«

»*Dich* sehen.«

»Ilse . . .«

Sie umarmte ihn.

»Ilse . . .«

Ihre Lippen näherten sich den seinen ...

»Il ...«

... und verschlossen sie.

Wie lange kann ein Mensch die Luft anhalten, wie lange muß er nicht Atem schöpfen?

Fragt die, die sich küssen. Es hängt davon ab, wie sehr sie sich lieben.

Ilse und Heinz stellten einen neuen Rekord auf. Als sie sich endlich voneinander lösten, sagte Ilse, für die alles klar war: »Gleich nach dem Essen, ja?«

»Kommst du wieder mit Inge?«

»Ohne die geht's nicht.«

»Ohne Rolf auch nicht«, sah er ein.

»Brauchen wir einen Strandkorb?«

»Ich bräuchte keinen, aber du ... wegen der Leute.«

»Ich auch nicht mehr«, sagte sie.

Was war das nun wieder? Ein Versprechen? Stellte sie ihr Verlöbnis zurück? Gedachte sie sich für Heinz zu entscheiden, in aller Öffentlichkeit? Oder setzte sie nur ihre Schaukelpolitik fort?

Himmel oder Hölle, das war hier die Frage.

Heinz Bartel hatte daran herumzubeißen auf dem Weg zu seinem Quartier im Haus der Frau Sneganas.

Wen möchte es wundern, daß ein junger Mann, den Ilse Bergmann geküßt hatte, schwach genug geworden war, um aus ihrem Bannkreis nicht auszubrechen, also nicht abzureisen?

Immerhin beinhaltete die Selbsterkenntnis, zu der Heinz Bartel beim Rasieren fand, keine Schmeichelei.

»Was bist du?« fragte er sein Ebenbild, das ihm aus dem Spiegel entgegenblickte.

»Ein Idiot«, gab er sich selbst die Antwort und fuhr fort: »Wenn die so weitermacht, wird sie dich völlig kaputtmachen. Kommt darauf an, ob sie das will.«

Rolf kam ins Zimmer, wünschte: »Guten Morgen.«

»Du bist schon auf?« gähnte er.

»Du doch auch.«

»Die will mich doch gleich nach dem Essen wieder ins Wasser schleppen.«

»Die Meine mich auch«, grinste Heinz in den Spiegel, der ihm ein

Gespräch Auge in Auge mit seinem Freund ermöglichte, obwohl er diesem den Rücken zuwandte.

»Mann!« gähnte Rolf wieder.

»Noch ziemlich müde, was?«

»Wär das ein Wunder.«

»Rolf«, sagte Heinz, sich umdrehend, »das klingt ja schon ziemlich übersättigt von dir.«

»Irrtum, nicht übersättigt — müde, nur müde.«

»Wo wart ihr denn noch?«

»In den Dünen.«

Heinz lachte auf.

»Schon wieder? Wie wär's denn zur Abwechslung mit einem Bett?«

»Weißt du mir eines?«

»Laß es doch mal bei Frau Sneganas drauf ankommen.«

»Und wenn sie mich dann rausschmeißt?«

»Dann bleibt dir nichts anderes übrig, als das zu tun, was auch ich — wenn auch aus anderen Gründen — schon längst tun müßte.«

»Was denn?«

»Abhaun.«

Heinz drehte sich wieder um und setzte seine Rasur fort.

»Abhaun?« entgegnete Rolf. »Wegen Ilse?«

»Ja.«

Rolf trat nah an den Rücken von Heinz heran, blickte über dessen Schulter in den Spiegel.

»Diese Erkenntnis kommt dir aber früh. Habe ich dir das nicht gleich gesagt? Aber du wolltest ja nicht. Jetzt läßt du dich von der fertigmachen.«

Heinz schwieg.

Rolf puffte ihn in den Rücken.

»Oder?«

Heinz ließ den Rasierapparat sinken, zuckte die Achseln, schwieg.

»Mann«, erkannte daran Rolf kopfschüttelnd, »hat's dich erwischt! Aber«, fuhr er fort, den Zeigefinger erhebend, »ich habe das kommen sehen, erinnere dich. Worin ich mich offenbar getäuscht habe, ist, daß auch der, wie ich dachte, beizukommen ist. Ich glaubte, auch sie sei schon angeschlagen, entsinnst du dich? Es würde dir schon gelingen, sie rumzukriegen, meinte ich. Doch das war wohl ein Irrtum.«

Heinz blieb immer noch stumm.

Rolf ging zum Fenster, setzte sich halb aufs Fensterbrett, blieb halb stehen.

»Hast du's denn richtig angepackt? Irgendwie zweifle ich nämlich daran. Wahrscheinlich warst du viel zu ... zögerlich.« Ein anderer Ausdruck war Rolf nicht eingefallen.

Endlich sagte auch Heinz etwas.

»Du hast keine Ahnung, Rolf.«

»Doch, doch, mit solchen Mädchen darfst du nicht lange herummachen. Gerade bei denen gilt: ›Komm her, dir besorge ich's richtig.‹ Dann stecken die um und werden Wachs in deiner Hand. Ich sehe das doch wieder mit Inge.«

»Du hast keine Ahnung, Rolf«, wiederholte Heinz.

»Wieso soll ich keine Ahnung haben? Warst du nicht bis vor ganz kurzem der gleichen Meinung wie ich? Hast du nicht dieselbe Praxis ausgeübt?«

»Bis vor kurzem, ja.«

Heinz fing wieder an, seinen Bart zu schaben, als Zeichen dafür, daß dieses Gespräch für ihn beendet war. Rolf verstand und trollte sich. Zum Mittagessen, das schon vor der Tür stand, trafen die zwei sich wieder und gingen anschließend zum Strand. Eine Minute vor ihnen waren dort die Mädchen schon eingetroffen. Nach einer lauten Begrüßung zwischen Rolf und Inge und einer entschieden leiseren zwischen Heinz und Ilse legte sich Heinz neben Ilse auf deren ausgebreiteten Bademantel.

Eine Unterhaltung wollte nicht gleich in Gang kommen. Ilse betrachtete Heinz von der Seite.

Besonders frisch sah er nicht aus. Er hatte nicht gut und nicht lang genug geschlafen — nicht gut genug, weil ihm diesmal der Schnaps gefehlt hatte, nicht lang genug, weil er erst in den Morgenstunden ins Bett gekommen war. Mir selbst, sagte sich Ilse, erging es ja auch nicht anders, aber einer Frau stehen die nötigen Mittelchen zur Verfügung, um unerwünschten Zeichen der Müdigkeit im Gesicht zu Leibe zu rücken; ein Mann kann da lediglich auf kaltes Wasser zurückgreifen.

Die muß doch auch fertig sein, dachte Heinz. Ist sie aber nicht. Jedenfalls sieht sie ganz und gar nicht danach aus. Ist mir schon je ein hübscheres, frischeres, tolleres Mädchen nach so wenigen Stunden Schlaf untergekommen? Nein! Die macht mich noch wahnsinnig — falsch, die hat mich schon wahnsinnig gemacht!

So lagen die beiden eine Zeitlang stumm nebeneinander im Sand und starrten zum wolkenlosen blauen Himmel hinauf, während Inge und Rolf ein paar Meter daneben schon tüchtig miteinander schäkerten.

Endlich richtete sich Ilse ein wenig auf und blickte Heinz ins Gesicht. »Warum bist du so still?«

»Du doch auch.«

»Falls du das noch nicht gemerkt haben solltest: Das ist meine Art.«

»Die meine auch häufiger, als du denkst.«

»Davon habe ich aber bis zum heutigen Tag nichts gemerkt. Wechseln deine Eigenschaften immer so plötzlich und so abrupt?«

»Wenn Veranlassung dazu besteht, ja.«

»Und das ist jetzt der Fall?«

»Ilse.« Er richtete sich auch auf. »Frag doch nicht.«

Ihre Gesichter waren nur wenige Zentimeter voneinander entfernt, wie die Schnäbel zweier Kampfhähne. Das hätte aber einen völlig falschen Eindruck erweckt. Keinem von ihnen war nach Streit zumute, jedem nach Liebe.

Ilses Gesicht roch ganz dezent nach einem guten Parfüm; das von Heinz nach Leitungswasser.

»Sei jetzt nicht so«, bat Ilse leise. Sie nickte zu Rolf hinüber. »Nimm dir ein Beispiel an deinem Freund.«

Damit hatte sie sich aber selbst eine Falle gestellt, denn Heinz sagte prompt: »Und du dir an deiner Freundin.«

Ilse vergrößerte wieder die Distanz zwischen ihnen. Sie ließ sich auf den Bademantel zurücksinken.

»Das ist etwas ganz anderes«, sagte sie.

»Warum?«

»Ihr zwei gleicht euch; Inge und ich unterscheiden uns fundamental voneinander.«

»Etwa auch darin, daß sie nicht verlobt ist und du schon?«

Etwas unwirsch antwortete Ilse: »Ja, auch darin, aber mußt du denn ausgerechnet das jetzt aufs Tapet bringen?«

»Denkst du, daß es etwas gibt, das mir mehr im Kopf herumgeht als dein Verlöbnis? Das kann ich nicht unter den Tisch fallen lassen!«

»Aber damit verdirbst du uns jede schöne Stunde.«

»Hättest du mich abreisen lassen, wärst du diese Sorge los. Ich würde mich jetzt schon Köln nähern.«

»Und ich mich Berlin.«

»Wieso du dich Berlin?« fragte Heinz.

»Weil ich dann auch Heringsdorf verlassen hätte.«

»Aber Ilse«, stieß Heinz ziemlich laut hervor, »das heißt doch —«

Sie legte ihm ihren Finger auf den Mund, brachte ihn dadurch zum Verstummen.

»Was das heißt«, sagte sie, »sollst du dir denken, aber nicht aussprechen.«

Er blickte sie groß an, liebkoste sie mit Augen, in denen jäh das wieder aufgeflammt war, was am Morgen vor der Tür zu ihrer Pension in einem bestimmten Moment erloschen war.

Mit einem Ruck setzte er sich auf, fragte sie: »Weißt du, wohin ich jetzt muß?«

»Wohin?«

»Ins Wasser.«

Das löste größte Überraschung bei Ilse aus.

»Ins Wasser?!« rief sie.

Inge und Rolf waren aufmerksam geworden.

»Wer will ins Wasser?« fragte Inge.

Ilse zeigte mit ausgestrecktem Finger auf Heinz.

»Er!«

»Ich glaub's nicht! Warum das?«

»Er muß sich abkühlen.«

Inge wies mit ausgestrecktem Finger auf Rolf.

»Das muß der sich schon lange auch.«

Die beiden Mädchen sprangen auf. »Also los!« riefen sie wie aus einem Munde und rannten auf den Gischt der Ostsee-Brandung zu, die nicht furchterregend war.

Heinz und Rolf folgten ihnen, letzterer, über den diese kleine Katastrophe völlig unvorbereitet hereingebrochen war, freilich mit deutlich zu erkennendem Widerwillen. »Ich glaube, du bist verrückt«, sagte er zu Heinz, dem er die Schuld an der plötzlichen Veränderung seiner Situation geben mußte.

Hernach labten sich alle vier an Eis, wobei sich die Begeisterung der Männer allerdings in Grenzen hielt.

Später fragte Rolf, wohl noch unter dem Eindruck der ihm aufgezwungenen Tortur, ob man denn hier tagsüber gar nichts anderes unternehmen könne, als im Ozean herumzuplätschern und sich hernach das Salz aus den Augen zu reiben.

»Doch«, meinte Ilse. »Wir könnten uns einmal Swinemünde ansehen.«

Der Vorschlag fand die Billigung der anderen.

»Und wann tun wir das?« fragte Rolf, um das Projekt voranzutreiben.

»Von mir aus gleich morgen«, meinte Ilse.

Allgemeines Einverständnis.

Aufgebrochen wurde anderntags schon recht früh. Das war auch angebracht, denn Swinemünde liegt von Heringsdorf ca. zehn Kilometer entfernt, und die vier hatten sich entschlossen, die Strecke zu Fuß zurückzulegen. Ein zweistündiger Marsch also. Einer der beiden Wege, die sich anboten, führte durch den Usedomer Forst an hohen Kiefernstämmen und welligen Dünen vorbei; der zweite war eigentlich nichts anderes als der Meeresstrand mit seinem hellen, feinkörnigen Sand, und er verlief über das Seebad Ahlbeck. Der erste Weg war die Strecke der Liebespaare und Romantiker; dem zweiten wurde der Vorzug gegeben von angejahrten Herren, denen es weniger darauf ankam, zu wandern, sondern mehr darauf, schöne, halbnackte Mädchen am Strand liegen zu sehen. Aber auch Familien ließen im Wasser ihre Kinder gerne durchplätschern bis nach Swinemünde.

Unterwegs fragten Rolf und Heinz die beiden Mädchen, die der Stadt in ihren Ferien schon einmal einen Besuch abgestattet hatten (allerdings nicht zu Fuß), worin sie sich von Heringsdorf unterscheide.

Sie sei größer, sagten sie.

Sonst nichts?

Im Hafen könne man nicht nur Fischerboote sehen.

Und in der Stadt?

Sie erinnere sich an hübsche Geschäfte, sagte Inge, und an ein tolles Kino.

»Wart ihr drinnen?« fragte Rolf.

Nein, waren sie nicht. Der Film, der gelaufen war, hatte sie nicht reizen können. Einer mit Johannes Heesters. Inge mochte den nicht. Sie bevorzugte härtere Typen.

»Und du?« wollte Heinz von Ilse wissen.

Ihr käme es mehr auf den Inhalt des Films an und weniger auf die Schauspieler, antwortete Ilse.

Als das Quartett nach gut zwei Stunden in Swinemünde eintraf, hatten die Männer Hunger und die Mädchen Appetit. Es begann also die Suche nach einem Lokal. Leider stellte sich rasch heraus, daß das gar nicht so einfach war. Die Stadt schien überfüllt zu sein, die Mittagszeit rückte schon heran, in keinem der Restaurants fanden sich noch vier Plätze, die frei gewesen wären. Einzelne Plätze — ja; aber keine vier zusammen.

Was tun?

Langsam knurrten den Männern nicht nur die Mägen, sondern es taten ihnen — noch mehr den Mädchen — auch die Beine weh.

Heinz schlug vor, sich auf eine der weißen Bänke des Swinemünder Kurparks zu setzen. Dabei können dann Rolf und ich, dachte er, Überlegungen anstellen, ob es mit unserer Kasse vereinbar ist, unsere Mädchen in den teuren Kursalon zu führen. Daß es in diesem noch Plätze geben würde, zweifelte er — wegen der Preise — nicht an.

Doch beide wußten genau, wie es um ihre Finanzen stand. Demnach waren Gedanken an den Kursalon reinster Frevel. Geld von den Vätern war noch nicht eingetroffen.

Heinz seufzte.

Rolf konnte offenbar seine Gedanken lesen, denn er sagte: »Mir scheint auch, daß wir alle vier fasten müssen, bis wir nach Heringsdorf zurückkehren.«

»Und warum gehen wir nicht in diesen Kursalon da?« fragte Inge, auf die elegante Fassade des Gebäudes weisend, das vor ihren Augen lag.

»Die Antwort, mein Kind«, entgegnete betrübt Rolf, »würde dir ein Blick in mein Portemonnaie geben.«

»In das meine auch«, ergänzte Heinz.

Inge tauschte einen kurzen Blick mit Ilse und sagte: »Wir laden euch ein.«

Wie aus einem Munde stießen Rolf und Heinz hervor: »Kommt nicht in Frage!«

Ilse sprang ihrer Freundin bei.

»Warum nicht?«

»Wir lassen uns von euch nicht aushalten«, erklärte Heinz.

»Aber verhungern ließet ihr uns schon.«

Nach kurzer Überlegung sagte Heinz: »Es gibt nur eine Lösung . . .«

»Welche?«

»Wir gehen alle vier in diese Neppbude —«

»Das sage ich ja!« rief Inge.

». . . und ihr beide eßt. Wir zwei sehen zu. Wenn ihr fertig seid, zahlt ihr. Wir können euch das leider nicht abnehmen. Anschließend verschwinden wir gemeinsam wieder.«

Inge blickte Heinz stumm an. Nach einem Weilchen sagte sie: »Heinz, sei froh, daß du mir nicht so nahe stehst wie Rolf.«

»Wieso?«

»Dann würde ich dir nämlich sagen, daß du einen Vogel hast.«

»Danke«, ließ sich Rolf vernehmen.

Inge wandte sich Ilse zu.

»Was sagst du zu diesem Blödsinn?«

»Das gleiche wie du.«

Der Streit wogte noch einige Zeit hin und her, aber er endete nicht mit einem Sieg der Mädchen. Die Männer blieben stur. Die Mädchen mußten erkennen, daß sie auf verlorenem Posten standen. Zuletzt entschied Inge: »Dann eben nicht! Wir fasten alle!«

Sie verließen den Kurpark, Heinz mit Ilse voraus, Rolf mit Inge hinterher. Sie schlenderten durch die Straßen der Stadt, die in dem prallen Sonnenlicht hell und luftig aussah. Es wimmelte von Marinesoldaten. Inge fragte Ilse: »Was wollen die alle hier?«

Ilse zuckte die Achseln.

»Ich sehe nur, daß sich ihre Zahl seit voriger Woche noch beträchtlich erhöht hat.«

»Ist denn der Hafen hier so groß, daß er auch Kriegsschiffen Platz bietet?« wollte Rolf wissen.

Das konnten die Mädchen nicht sagen. Heinz fragte Rolf: »Wie groß muß denn ein Hafen sein, daß er Kriegsschiffen Platz bietet?«

»Das wird wohl von den Schiffen abhängen.«

»Von ihrem Tiefgang, meinst du?«

»Ja.«

Ein Rudel Marinesoldaten kam ihnen entgegen und drängte sich an ihnen vorbei.

»Rolf«, sagte Inge, »was ich von dir gern wüßte, ist, ob die alle gegen Seekrankheit gefeit sind.«

»Nicht alle«, erwiderte er grinsend.

»Na«, meinte sie, »wenn das nur ein geringer Teil von denen nicht ist, dann haben in nächster Zeit die Ostseefische keine Ernährungsprobleme.«

»Die Ostseefische«, meinte dazu Heinz, »hätten noch weniger Ernährungsprobleme, wenn ein Teil von denen in nächster Zeit torpediert würde und unterginge.«

Daraufhin lachte niemand mehr.

Plötzlich fiel Ilses Blick auf einen Gemüseladen. Im Schaufenster desselben lagen Bündel von Möhren und ein ganzer Berg von Kohlrabi.

Gebannt blieb Ilse stehen und zwang dadurch auch die anderen zum Anhalten.

»Seht mal«, sagte sie.

»Was denn?« fragte Inge.

»Das Gemüse.«

»Ja und?«

»Ganz junges Gemüse.«

»Sicher, und was soll das?«

»Ihr wißt doch, wie gut das schmeckt?«

»Hervorragend«, nickte Heinz. »Junge Möhrchen, junge Kohlrabi, die einen besser als die anderen. Und dazu ein Schnitzel à la Holstein, vorher potage à la reine, hinterher —«

»Hör auf!« unterbrach ihn Rolf. »Mir läuft das Wasser im Mund zusammen. Momentan habe ich einen Hunger, daß ich das Zeug roh vertilgen könnte.«

Menschen sagen das oft so, ohne sich dabei etwas zu denken. Diesmal hatte es aber Folgen, denn Ilse sagte rasch: »Das meine ich ja.«

»Was meinst du?« fragte Heinz.

»Wir sättigen uns mit diesem Zeug da.«

»Mit dem rohen?«

»Natürlich.«

Nun zuckte Rolf zurück.

»Das habe *ich* aber nicht so gemeint«, betonte er.

Heinz sprang ihm bei.

»Sicher hat er das nicht, Ilse. Junge Möhrchen gingen ja noch, aber Kohlrabi . . . Kohlrabi roh . . .«

»Hast du sie schon einmal versucht?«

»Nein.«

»Ich schon, sogar schon oft. Sie schmecken ausgezeichnet.«

»Ich ahnte ja nicht, daß du eine Vegetarierin bist.«

»Bin ich gar nicht, aber rohes Gemüse sollte ruhig auch für dich öfter eine Alternative sein.« Ilses Ausdruck wurde befehlend. »Deshalb wünsche ich jetzt, daß du mit mir in diesen Laden gehst und dich dem Einkauf, den ich tätige, nicht mehr länger widersetzt.«

Zu Inge und Rolf sagte sie: »Was ihr macht, ist mir egal.«

Das brach auch deren Widerstand, und die Gemüsefrau, von der die vier dann bedient wurden, hatte Anlaß, sich über ein gutes Geschäft zu freuen.

Nachdem Ilse und ihr Gefolge den Laden wieder verlassen hatten, fragte draußen auf dem Bürgersteig Heinz: »Und wo soll nun die Mahlzeit stattfinden?«

Von Inge kam der Vorschlag, zurück zu jener Bank im Kurpark zu gehen.

Doch Ilse, die stille, zurückhaltende, gab die Initiative, die sie nun schon einmal an sich gerissen hatte, nicht mehr aus der Hand.

»Sag mal, Inge«, fragte sie, »ist das hier nicht die Gegend, wo wir das Kino mit dem Heesters-Film gesehen haben? Ich glaube, ja. Erinnerst du dich?«

Die beiden Mädchen blickten herum, berieten sich kurz, setzten sich in Bewegung, überließen es den Männern, ihnen zu folgen, und stießen an der nächsten Ecke auf das gesuchte Objekt.

Das Kino hieß Scala.

Die Männer fragten sich, was die Mädchen vorhatten. Sie ahnten es erst, als sie sahen, daß Ilse und Inge auf den Eingang des Theaters zusteuerten.

»Was denn?« fragte Rolf. »Gegessen wird nicht?«

»Doch«, antwortete Ilse. »Im Kino.«

»Im Kino?«

»Ganz recht, es müssen nicht immer Bonbons oder Schokolade sein.«

Rolf blickte Heinz an, Heinz Rolf, und beide zuckten mit den Schultern. Was will man machen, hieß diese Geste.

Die Scala waren ein berühmtes Herrschergeschlecht in Oberitalien zur Zeit der Renaissance. Hervorgegangen aus den Condottieri, entwickelten sie sich bald zu einer gefürchteten Fürsten- und

Tyrannenfamilie. Nach ihnen mag wohl auch Europas berühmteste Oper, die Mailänder Scala, benannt sein. Es gibt aber darüber hinaus fast in jeder zweiten deutschen Stadt auch ein Kino dieses Namens, dessen Herkunft nur den wenigsten Besitzern jener Theater bekannt sein dürfte. So besaß auch Swinemünde ein Scala-Kino am Skagerrak-Platz, wo sich an einem Augusttag im Jahre 1939 auf den Sperrsitzen Nr. 132 und 133 und 134 und 135 zwei junge Damen aus Berlin mit ihren Verehrern aus Köln zur ersten Nachmittagsvorstellung niederließen und das Dunkelwerden herbeisehnten.

Jedes der Mädchen hielt in seinem Schoß eine große Papiertüte, aus der dunkelgrüne Kohlrabiblätter und hellgrüne Möhrenblätter herauslugten. Die Mädchen saßen zwischen den Männern. Letztere hatten bei den Mädchen ihre Taschenmesser abliefern müssen. Damals war es noch üblich, daß Männer mit Taschenmessern ausgerüstet waren.

Endlich erloschen die Lichter, und der Film begann. Er hieß »Unter heißem Himmel«. Die Hauptrolle spielte Hans Albers, ein Mann, der eher nach dem Geschmack Inges war als Johannes Heesters.

Es war ein lauter Film. Dampfsirenen heulten, Schüsse peitschten, Menschen schrien, Autos brausten dahin. Zugleich mit diesen Geräuschen begann es in den Schößen Ilses und Inges zu rascheln und zu schaben. Erst waren die Möhren an der Reihe, dann die Kohlrabi.

Heinz lehnte ab, als auch ihm Ilse eine der Feldfrüchte zwischen die Finger schieben wollte.

»Nein, danke«, knurrte er zwischen zwei Schüssen auf der Leinwand.

Dann nicht. Ilse ließ sich davon den Appetit nicht verderben.

Auf Inges Seite spielte sich fast dasselbe ab. Nur lauteten Rolfs Abwehrworte anders, nämlich: »Geh mir weg!«

Es kam eine leise Szene, in der Hans Albers lyrisch wurde und seine Liebe gestand. Mittendrin biß Ilse besonders herzhaft — knack! — in einen Kohlrabi.

»Ich will nicht, daß du unter diesen Lumpen bleibst«, tönte es von der Leinwand.

Knack!

Inge war dem Beispiel Ilses gefolgt.

Die Stimme von Hans Albers: »Verstehst du das denn nicht,

Mädchen?«

Knack! — Ilse.

Heinz und Rolf blickten starr geradeaus. Mein Gott, dachte jeder von seinem Mädchen, ist die verrückt geworden ... jetzt ... gerade jetzt ... die Leute schauen schon!

In den Sitzreihen vor ihnen und hinter ihnen machte sich tatsächlich eine gewisse Unruhe breit.

Albers: »Soll ich dir noch sagen, daß ich dich liebhabe?«

Knack!

Knack!

»Du kommst zu meiner Mutter nach Blankenese und wartest, bis ich den ganzen Krempel hier aufgeräumt habe.«

Gebannt lauschte das Publikum. Alles war voller Spannung und Mitgefühl. In nicht wenigen Augen schimmerten Tränen. Sogar Inge vergaß zwischendurch zu beißen und zu kauen. Der rauhe Albers, den sie schätzte, konnte ja zur rechten Zeit auch so zart sein; er spielte sich wieder tief in ihr Herz hinein.

Knack! — Ilse.

Der Inhalt des Films war ein ziemlicher Mist, deshalb hielt sich der Bann, in den Ilse geschlagen wurde, in Grenzen.

Knack!

Heinz zuckte fortwährend zusammen. Jedes »Knack!« dünkte ihn in der Stille wie ein Kanonenschuß. Wann macht sich die Entrüstung des Publikums Luft? Das konnte nicht mehr lange ausbleiben.

Aber nichts geschah. Auf der Leinwand ging das Schießen weiter, Todwunde röchelten, Augen brachen, der Gauner wurde geblendet, nach menschlichem Ermessen hätte Hans Albers längst zermalmt sein müssen — aber siehe da, er lebte, er lachte, er sang, der Teufelskerl liebte sogar!

Hurra, Hans Albers, hurra, du Sieger, du Mann der Intelligenz, die sich mit Kraft paart!

Knack!

Knack! — Auch Inge war nun wieder mit von der Partie, da sich das Geschehen auf der Leinwand in jene Unverbindlichkeit zu verlieren begann, die meistens das Finale eines Films anzukünden pflegt.

Als sich endlich der Vorhang über dem schönen Wort ENDE schloß, hatte es Heinz auf der einen Seite und Rolf auf der anderen äußerst eilig, den Saal zu verlassen. Ein kurzer Blick zurück genügte jedem, um festzustellen, daß auf dem Sitz seines Mädchens jeweils eine Tüte mit Gemüseabfall liegengeblieben war. Im allgemeinen Gedränge des Publikums, das zu den Ausgängen strömte, bestand fast Gefahr, daß sich Rolf und Inge sowie Heinz und Ilse vorübergehend aus den Augen verloren. Doch draußen auf der Straße trafen die vier wieder zusammen.

Heinz stieß einen Seufzer der Erleichterung aus.

»Gott sei Dank, daß das vorbei ist«, sagte er unter lebhaftem, beipflichtendem Kopfnicken Rolfs.

»Hier, dein Messer«, sagte Ilse und reichte es ihm.

Inge sah das und erschrak.

»Das habe ich vergessen.«

Sie machte auf dem Absatz kehrt, um hinwegzueilen.

Rolf schnappte sie am Arm und hielt sie fest.

»Wohin willst du?«

»Zurück ins Kino. Dein Messer ist noch in der Tüte.«

»Ich bitte dich, laß dieses Scheißmesser«, brach es aus Rolf heraus, in dem sich anscheinend einiges angesammelt hatte.

»Aber warum denn?«

»Die kriegen dich da drin, und du bekommst Schwierigkeiten. Sie lassen dich die Müllabfuhr bezahlen.«

»Dich auch«, sagte Heinz zu Ilse, um in ihr jede Lust, eventuell Inge beizuspringen, zu ersticken.

Auf die ständige Verlustliste von Gegenständen im Leben des Dr. Rolf Wendrow kam also ein fast noch neues Taschenmesser zu stehen. Es geriet in den Besitz eines Matrosen, der die nächste Vorstellung besuchte und drei Jahre später als U-Boot-Fahrer einen britischen Wasserbombenangriff nicht überstand und zusammen mit seinem Taschenmesser auf den Grund des Atlantiks sank. Dort ruhen die Gebeine des Soldaten und das Messer sicher heute noch.

»Was jetzt?« fragte Heinz Bartel.

Sie hatten die Scala-Bannmeile zügigen Schrittes verlassen.

»Ihr müßt etwas essen«, sagte Ilse zu ihm und Rolf.

»Ich möchte nicht noch einmal auf meine Geldbörse zu sprechen kommen«, antwortete Heinz, und das wieder unter beipflichtendem Kopfnicken Rolfs. »Die Kinokarten kosteten ja auch etwas.«

»Dann habe ich einen anderen Vorschlag«, meinte Inge.

»Welchen?« fragte Heinz.

»Wir fahren mit einem Teil des Geldes, das ihr der Swinemünder Gastronomie unbedingt vorenthalten wollt, per Bahn zurück nach Heringsdorf.«

»Aber vorher, Inge«, warf Ilse rasch ein, »erneuern wir noch einmal unser Angebot, daß wir die zwei sturſten Böcke, die wir je kennengelernt haben, zum Essen einladen.«

»Ja!« rief Inge.

Das Ganze endete aber mit demselben Ergebnis wie mittags vor dem Kursalon.

Es war noch hell, als die vier von ihrem mißglückten Ausflug nach Heringsdorf zurückkehrten und die Mädchen vor der Tür ihrer Pension ihrer Genugtuung darüber, zu Hause zu sein, Ausdruck gaben. Ilse war inzwischen recht müde geworden, Inge auch, so daß die beiden erklärten, den Abend dazu ausnützen zu wollen, in die Badewanne zu steigen und möglichst bald ins Bett zu gehen. Unternehmen wollten sie nichts mehr. Das verschoben sie auf den nächsten Tag. Als die Männer wissen wollten, wo, wurde ihnen gesagt: »Am Strand, wie immer.«

Die Männer verabschiedeten sich und machten sich auf den Weg zu ihrer Pension.

»An dem verdammten Strand«, knurrte Rolf. »Gibt's denn gar nichts anderes?«

Heinz lachte kurz.

»Doch, Swinemünde.«

Der Ausdruck, mit dem Rolf antwortete, war ordinär.

»Scheiße.«

Anscheinend wirkte das ansteckend, denn Heinz sagte: »Merk dir eins, Junge: Wenn du kein Geld hast, ist alles Scheiße.«

»Ich verstehe nicht«, brummte Rolf, »warum sich auf unsere Telegramme so lange nichts rührt.«

»So lange sind die noch gar nicht weg.«

»Vielleicht ist der Zaster während unserer heutigen Abwesenheit eingetroffen.«

Diese Hoffnung trog aber. Frau Sneganas konnte auf die entsprechende Frage der beiden nur verneinend den Kopf schütteln.

Ein altes Sprichwort lautet: Wenn die Not am größten, ist Gottes Hilfe am nächsten.

In Wirklichkeit bewahrheitet sich das zwar nur ganz, ganz selten, doch dem Freundespaar Heinz/Rolf schien es plötzlich vergönnt zu sein, einen der wenigen Ausnahmefälle zu ihren Gunsten zu erfahren.

Sie begegneten auf dem Flug dem Dentisten Franz Müller, der ihnen mitteilte, sie schon gesucht zu haben. Müller machte einen quikken Eindruck, er hatte unverkennbar seine Form wiedergefunden.

»Meine Herren«, sagte er, »die Gelegenheit, mich für den netten Abend bei Ihnen zu revanchieren, ist rascher gekommen, als ich dachte. Im Strandkasino ist heute, erfuhr ich, Je-ka-mi-ma-Programm. Das reizt mich. Ich gehe hin und lade auch Sie beide dazu ein. Fräulein Albrecht sträubt sich zwar noch ein bißchen, aber sie wird ebenfalls mitkommen, dessen bin ich sicher.«

Heinz und Rolf blickten einander an. Rolf war der erste, der die Möglichkeit, die Einladung abzuschlagen, von sich wegzuschieben begann.

»Was ist Je-ka-mi-ma?« fragte er.

»Jeder kann mitmachen, so heißt das Programm. Gäste, die Talent haben — oder zumindest Mut —, können sich auf die Bühne stellen und loslegen. Es gibt sogar Preise. Das Publikum stimmt ab.«

»Preise?« fragte Rolf.

»Hundert Mark für den Sieger, fünfzig für den Zweiten, zehn für den Dritten.«

»Nicht schlecht«, sagte Rolf und sah Heinz an.

In diesem Blick kam einiges zum Ausdruck. Er enthielt eine Anfrage und zugleich eine Aufforderung, und zwar eine sehr weitgehende Aufforderung, die sich nicht etwa nur darauf beschränkte, die Einladung des Dentisten anzunehmen, sondern darüber hinaus auch eine aktive Beteiligung am Je-ka-mi-ma-Programm mit einschloß. Rolf dachte dabei nicht an sich selbst, sondern an seinen Freund Heinz, den ins Feuer zu schicken ihm vorschwebte.

Er fragte den Dentisten: »Wann geht das los, Herr Müller?«

»Um acht. Ich würde aber empfehlen, daß wir etwas eher hingehen, damit wir gute Plätze bekommen.«

»Rolf«, sagte Heinz, »ich sehe, du neigst dazu, Herrn Müllers Einladung anzunehmen. Tu das.«

Er wandte sich an den Dentisten.

»Mir persönlich dürfen Sie aber nicht böse sein, Herr Müller, wenn ich ablehne. Wir waren den ganzen Tag unterwegs. Ich bin ziemlich k.o. Außerdem habe ich noch keinen Bissen gegessen.«

»Wir trinken doch gleich Kaffee«, sagte Rolf zu ihm. »Frau Sneganas bietet dazu, wie du weißt, jede Menge Kuchen.«

»Das ersetzt kein richtiges Essen«, erklärte Heinz und veranlaßte damit den Dentisten, seine Einladung noch einmal zu erweitern. Müller sagte: »Lassen Sie auch das meine Angelegenheit sein. Ich schlage vor, wir speisen gemeinsam im Strandkasino. Dann aber schon um sieben, ja?«

Die Entscheidung war gefallen.

Herr Müller entfernte sich rasch in Richtung des Zimmers der Lehrerin Erika Albrecht, um dort seine Bemühungen fortzusetzen, mit denen er den letzten Widerstand der Dame gegen seine Einladung zum Erliegen zu bringen hoffte.

Beim Kaffee sagte Rolf zu Heinz: »Diese hundert Mark holst du dir.«

»Wie bitte?«

»Oder wenigstens die fünfzig. Ich trau dir aber den ersten Preis zu.«

»Von was sprichst du?«

»Tu nicht so, als ob du das nicht wüßtest. — Von diesem Je-ka-mi-ma-Programm.«

»Was habe ich damit zu tun?«

»Du holst dir die hundert Mark.«

»Bist du verrückt? Ich wüßte nicht, wie.«

»Mit deinem Gesang.«

Heinz ließ die volle Kuchengabel, die er gerade wieder zum Mund hatte führen wollen, sinken.

»Du *bist* verrückt! Schlag dir das aus dem Kopf!«

»Heinz«, bat Rolf, »wenn du's nicht für dich tun willst, dann tu's für mich, deinen Freund. Denk an unsere Finanzen.«

»Unsere Finanzen stehen kurz vor der Konsolidierung durch unsere Erzeuger . . . hoffe ich.«

Heinz hatte ein bißchen gezögert. Das verriet eine gewisse Unsicherheit, die von Rolf noch geschürt wurde, indem er sagte: »Wie oft sind Hoffnungen schon zerstoben, Junge? Man weiß doch nie, was dazwischenkommt. Denk an die Hoffnungen so vieler, die schon gehofft haben, daß ihre Freundinnen nicht in die Hoffnung kommen — und die enttäuscht wurden. Denk an die Hoffnung armer Sünder unter dem Galgen, daß der Strick reißen würde — er reißt nie. Und so weiter. Ich könnte noch hundert Beispiele anführen. Ist doch so, oder?«

Störrisch den Kopf schüttelnd, antwortete Heinz: »Unsere Hoffnung basiert auf Telegrammen, die wir abgeschickt haben —«

»Telegramme können fehlgeleitet werden«, unterbrach Rolf.

»Nicht bei der deutschen Post, mein Lieber!«

»Aber die Adressaten können verreist sein.«

Das war wahr, diese Möglichkeit bestand immer. Heinz konnte sie nicht rundweg von der Hand weisen, jedoch einschränken.

»Einer ja«, sagte er. »Aber nicht zufällig beide zur gleichen Zeit. Das glaube ich nicht.«

»Ich schon«, erwiderte Rolf. »Oder wie könntest du mir erklären, warum immer noch kein Geld für uns eingetroffen ist?«

Heinz schwieg.

»Außerdem bin ich der Meinung«, fuhr Rolf fort, »daß uns die hundert Mark auf alle Fälle guttäten, auch wenn unsere Telegramme Erfolg haben. Wenn ein solcher Betrag auf der Straße liegt und man hebt ihn nicht auf, ist man ein Idiot.«

»›Auf der Straße liegt‹ ist gut«, sagte Heinz.

»Etwa nicht? Das wär doch für dich wirklich keine Schwierigkeit.«

»Was du bist, habe ich dir schon gesagt.«

»Verrückt, ja.« Rolf hob den Zeigefinger und zielte damit auf das Gesicht von Heinz. »Aber hast du mir nicht selbst schon oft genug erklärt, daß du dich mit etlichen Opernstars, die im Radio singen, jederzeit messen könntest?«

»Rolf, das —«

»Hast du das gesagt oder nicht?«

So kann ein Mensch plötzlich in der Patsche stecken.

»Rolf, ich —«

»Ja oder nein?«

»Ja!« rief Heinz wütend. »Aber —«

»Kein Aber! Du hast's gesagt, klipp und klar, sogar nicht nur einmal, zuletzt erst vor kurzem wieder, nämlich, ich erinnere mich genau, bei der Übertragung eines Mittagskonzerts im Speisewagen auf der Fahrt von Köln hierher nach Heringsdorf.«

»Rolf«, wand sich Heinz, »hör zu, ich bin ein reiner Amateur —«

»›— der jeden Profi in den Sack steckt‹. Waren das nicht deine Worte?«

»Ich kann mich nicht entsinnen.«

»Aber ich!«

»Wenn, dann sagt man doch so was nur im besoffenen Zustand.«

»Im Speisewagen warst du absolut nüchtern. Die Preise dort haben uns sogar von einem zweiten Bier abgeschreckt.«

Heinz schob endlich eine volle Kuchengabel wieder in den Mund. Er verschaffte sich dadurch ein bißchen Zeit, um sich eine Antwort zu überlegen, da es ja einem guterzogenen Menschen untersagt ist, mit vollem Mund zu sprechen. Es fiel ihm aber nichts Überzeugendes mehr ein, und so wurde er, wie das in solchen Fällen meistens geschieht, aggressiv.

»Du kannst sagen, was du willst«, erklärte er schroff, »ich denke nicht daran, diesen Blödsinn mitzumachen!«

»Gut«, griff Rolf zum letzten Mittel, »dann trete *ich* auf.«

Das war eine arge Drohung, die prompt Wirkung erzielte.

»Du?« stieß Heinz erschrocken hervor. »Als was denn?«

»Als Komiker.«

»Willst du dir eine Pappnase ins Gesicht kleben?«

»Dann wäre ich ein Clown. Nein, ich bringe die Leute anders zum Lachen.«

»Wie denn?«

»Indem ich Witze erzähle.«

Heinz erschrak noch tiefer.

»Witze?« entfuhr es ihm. »Welche?«

»Das bietet sich doch unsereinem an — Tünnes-und-Schäl-Witze.«

»Großer Gott! Das habe ich befürchtet.« Heinz hob die Hände zu einer flehentlichen Gebärde. »Tu mir das nicht an, ich bitte dich inständig.«

»Wieso nicht?«

»Willst du die ganze Innung blamieren?«

»Die Komiker?«

»Nein, die Kölner.«

»Mit diesen Witzen?«

»Ja.«

»Die gefallen doch allen.«

»Ich kann sie nicht hören!«

»Weißt du, wie du mir vorkommst? Wie ein Bayer, der am Schuhplatteln herumnörgelt.«

Heinz hob die Hand und zog damit in der Luft einen Querstrich.

»Rolf«, erklärte er dabei hartköpfig, »Schluß damit! Ich bleibe dabei, du läßt diesen Quatsch!«

»Du irrst dich, wir brauchen das Geld.«

»Du gehst jetzt zu Herrn Müller und sagst ihm, wir haben es uns anders überlegt, wir bleiben zu Hause.«

»Das kannst du für deine Person machen — ich nicht!«

»Dann werde ich dich zu dieser verdammten Veranstaltung begleiten, um dich zu zwingen, daß du vernünftig bleibst.«

»Ich möchte sehen, wie du das fertigbringst.«

Um sieben Uhr abends saßen sie zu viert an einem Tisch im Strandkasino: Herr Müller, Fräulein Albrecht, Dr. Rolf Wendrow und Heinz Bartel.

Sie aßen und tranken gut, wobei auffiel, daß Heinz Bartel nicht so war wie sonst. Jedenfalls glaubte Fräulein Albrecht das feststellen zu müssen.

»Haben Sie etwas?« fragte sie ihn.

»Ich? Nein, wieso?«

»Sie kommen mir so nervös vor.«

»Nervös? Nicht daß ich wüßte.«

»Dann habe ich mich geirrt, entschuldigen Sie.«

»Macht nichts.«

Der Dentist hob sein Glas und forderte alle auf, es ihm gleichzutun, und das wiederholte er alle paar Minuten. Ihn bewegte dabei die Absicht, bei Fräulein Albrecht gewisse psychische Lockerungen herbeizuführen, denen physische folgen sollten. Die psychischen Lockerungen, die der von Herrn Müller in Gang gesetzte Alkoholgenuß zwangsläufig auch bei Heinz hervorrief, wurden innerlich von Rolf begrüßt.

»Was ich noch sagen wollte, meine Herren«, erklärte Müller, »mein Versprechen, demnächst in eine meiner Einladungen auch Ihre Damen mit einzubeziehen, habe ich nicht vergessen. Das holen wir noch nach. Oder sind die beiden nicht mehr aktuell?« lachte er.

Auch Erika Albrecht lachte, aber anders als Müller.

»Doch, das sind sie noch«, antwortete Rolf.

»Hübschere werden Sie hier auch nicht finden.«

»Von Fräulein Albrecht abgesehen«, konnte sich Heinz nicht verkneifen, den Dentisten in Nöte zu bringen.

»Natürlich.«

Müller wollte dabei nach der Hand der Lehrerin fassen, um seiner Beteuerung Nachdruck zu verleihen. Er griff aber ins Leere. Erika Albrecht hatte die Hand rasch vom Tisch gezogen.

»Herr Bartel«, sagte sie, »das war kein gutes Kompliment.«

»Nein?«

»Ich habe die beiden jungen Damen an Ihrem Tisch in Bansin gesehen.«

»Trotzdem —«

»Man kann übers Ziel hinausschießen«, wurde er unterbrochen, »aber nicht so weit, daß man den anderen — in diesem Falle mich — damit lächerlich macht. Das stimmt doch?«

Nun wurde Heinz klar, daß es für ihn nur noch eine Antwort gab.

»Ich bitte um Entschuldigung, Fräulein Albrecht.«

Wer weniger Einsicht bewies, war Franz Müller.

»Aber Sie hatten doch recht!« sagte er und glaubte immer noch, damit bei Erika Albrecht Punkte sammeln zu können.

»Wir waren heute in Swinemünde«, überspielte Rolf die Situation, »aber gesehen haben wir nicht viel, in der Hauptsache nur Marinesoldaten.«

»Wäre das Ihr Fall?« fragte Müller.

»Was?«

»Die Marine. Der meine nicht. Ich kann mir Schöneres vorstellen als absaufen.«

Schweigen.

Daraufhin setzte der Dentist seinem Geschwafel die Krone auf, indem er sagte: »Apropos saufen, das erinnert mich an etwas . . .«

Er ergriff sein Glas und schwenkte es wieder zur allgemeinen Aufforderung in der Runde.

Erika Albrecht blickte den stumm gewordenen Heinz an.

»Kopf hoch, Herr Bartel«, sagte sie. »Sie sehen, daß Sie keine Veranlassung haben, besonders zerknirscht zu sein.«

Der Sinn dieser Worte blieb Herrn Müller verborgen, was ihn jedoch nicht kümmerte. Er war und blieb ein Mensch mit einem sonnigen Gemüt.

Der Uhrzeiger rückte vor.

»Mein Freund«, sagte Rolf zu der Lehrerin, »neigt an sich nicht dazu, den Kopf hängen zu lassen, jedenfalls nicht für längere Zeit.«

»Ich hoffe, das ist so«, sagte Fräulein Albrecht zu Heinz.

»Er singt gern«, ergänzte Rolf.

»Quatsch nicht!« fuhr ihm Heinz über den Mund.

»Er singt gern, Fräulein Albrecht«, wiederholte Rolf. »Und gut.«

Die Lehrerin strahlte. »Gut singen können ist eine der kostbarsten Gaben«, sagte sie, »die ein Mensch besitzen kann. Überhaupt ... Musik ... Musik ist das Größte, was es gibt.«

»Mein Freund ...«

Heinz trat Rolf unterm Tisch ans Schienbein.

Rolf unterdrückte einen Schmerzenslaut und brachte die Beine unter seinem Stuhl in Sicherheit.

»Mein Freund«, fing er wieder an, »kommt aus einer äußerst musikalischen Familie, in der Hausmusik großgeschrieben wird, Fräulein Albrecht. Der Vater spielt Klavier, die Mutter Geige, und der Sohn sang von Kindesbeinen an. Er beherrscht ganze Opernpartien. Noch heute, wenn er nach Hause kommt —«

»Du sollst nicht quatschen!« wiederholte Heinz scharf.

Es half nichts mehr, Erika Albrecht war kaum in der Lage, ihre Begeisterung noch in Grenzen zu halten.

»Ich kann Sie nicht verstehen, Herr Bartel«, sagte sie zu ihm, »warum wir das nicht erfahren sollen. Das ist doch wunderbar, wenn man so etwas hört. Ach, was glauben Sie, wie gern ich auch ein solches Elternhaus gehabt hätte. Ich nehme an, Sie wollen nur Ihr Licht unter den Scheffel stellen.«

»So einer ist er, ja«, nickte Rolf.

»Das halte ich aber für falsch. Ich freue mich, Herr Doktor, daß Sie ihm dieses Konzept verdorben und uns Bescheid gesagt haben. Ich freue mich über jeden musischen Menschen, den ich kennenlerne.«

»Er hätte Sänger werden können, so gut ist er«, setzte Rolf seine Verlautbarungen fort.

Heinz platzte der Kragen.

»Wenn du nicht aufhörst«, drohte er, »stehe ich auf und gehe.«

Sich der Lehrerin zuwendend, sagte er: »Das ist alles ein solcher Unsinn, daß sich mir die Haare sträuben. Glauben Sie ihm nichts!«

»Nichts?«

»Nichts, überhaupt nichts!«

»So? Dann kann also Ihr Vater gar nicht Klavier spielen?«

»Doch, aber —«

»Und Ihre Mutter nicht Geige?«

»Doch, auch, aber —«

»Und Sie können auch nicht singen?«

»Fräulein Albrecht«, wand sich Heinz, »mein Freund —«

»— sagte, daß Sie Opernpartien beherrschen. Stimmt das oder nicht?«

»Das tun doch viele, Fräulein Albrecht.«

»Was sagen Sie?«

Heinz zögerte, seine Behauptung zu wiederholen. An seiner Stelle tat Rolf das, indem er mit einem impertinenten Lächeln erklärte: »Das tun doch viele, sagte er, Fräulein Albrecht.«

»Opernpartien beherrschen?«

»Ja.«

»Ich nicht«, sagte Erika Albrecht mit Nachdruck und schloß dabei 99,99 Prozent der gesamten Menschheit mit ein.

Heinz hätte am liebsten mit der Faust auf den Tisch geschlagen, aber da das nicht ging, sagte er sittsam: »Es tut mir leid, Fräulein Albrecht, Ihnen die Augen öffnen zu müssen über das, was hier beabsichtigt wird.«

»Beabsichtigt? Von wem?«

Heinz zeigte mit speerspitzem Finger auf Rolf.

»Von ihm!«

Der Blick der Lehrerin wanderte von Heinz zu Rolf und wieder zurück zu Heinz.

»Was beabsichtigt er denn?«

»Er scheut kein Mittel, um mich dazu zu bringen, daß ich mich an diesem blödsinnigen Je-ka-mi-ma-Programm beteilige.«

Erika Albrecht zeigte sich sehr überrascht.

»Sie sollen . . . singen?«

Heinz drehte sein Gesicht herum zu Rolf und giftete ihn an: »Gib's doch zu, du Schurke!«

Rolf hob abwehrend die Hand.

»Zu gebe ich nur, daß dies heute schon mal meine Idee war, ja. Inzwischen habe ich die aber längst wieder aufgegeben, wie du weißt.«

»*Was* weiß ich?«

»Daß ich mich entschlossen habe, selbst aufzutreten.«

Heinz drehte sein Gesicht wieder herum zu Erika Albrecht.

»Ich sage Ihnen ja, er scheut kein Mittel!«

»Könnte er denn auch singen?«

»Der?!« rief Heinz, wobei seine Miene von einem einzigen Ausdruck der Verachtung geprägt wurde. »Du großer Gott!«

Mit dem Daumen auf Rolf zeigend, fuhr er fort: »O nein, er will — obwohl ich nicht weiß, was von beidem das Schlimmere wäre — Witze erzählen.«

»Witze?«

»Tünnes-und-Schäl-Witze.«

»Phantastisch!« rief Franz Müller. »Die liebe ich!« Und er legte los: »Der Tünnes steht auf einer Brücke ... nein, der Schäl tut das ... oder beide? Ich weiß nicht mehr. Können Sie mir helfen, Herr Doktor, als Spezialist, wie wir soeben erfahren haben?«

»Ich muß überlegen«, antwortete Rolf. »Warten Sie ...«

Der Dentist blickte ihm erwartungsvoll auf den Mund, Fräulein Albrecht lächelte verbindlich, Heinz machte die Augen zu.

Sekunden später war es acht Uhr geworden, und im Strandkasino, das sich schon immer etwas auf seine Pünktlichkeit zugute gehalten hatte, setzten die Je-ka-mi-ma-Darbietungen ein.

Die Beleuchtung im Saal wurde auf halbe Stärke zurückgedreht, in einem einzigen grellen Scheinwerferkegel erschien auf der Bühne, die normalerweise der Musikkapelle vorbehalten war, der Geschäftsführer des Lokals und erklärte die Modalitäten. Da diese höchst einfach waren, hatte er sich seiner Aufgabe schon nach ganz kurzer Zeit entledigt, und es konnte losgehen.

Den Beginn machte ein älterer Herr, der davon überzeugt war, ein Zylinder, den er in der Hand schwenkte, weise ihn als Zauberer aus. Leider fehle ihm das nötige Kaninchen, sagte er, er habe ja nicht wissen können, was sich im Urlaub für ihn ergebe.

Den Zylinder hatte er sich in einem Heringsdorfer Hutgeschäft noch besorgen können, ein dressiertes Kaninchen nicht.

Als Ersatz werde er, gab er bekannt, »die wunderbare Kugelvermehrung vorführen«. Diese bestand dann darin, daß aus zwei Glaskugeln zwischen seinen Fingern vier wurden. Etwas Ähnliches zeigte er auch mit Spielkarten. Er machte das sogar recht geschickt, aber sowohl den Kugeln als auch den Karten fehlte so gänzlich der Reiz des Neuen.

Nach ihm trat eine Blondine mit tiefem Ausschnitt auf, der ihrem gut entwickelten Busen zustatten kam. Sie gab, als sie den Mund aufmachte, zu erkennen, daß sie vom Niederrhein stammte. Vor einer rasch herbeigeschafften Leinwand vollführte sie mit den Fingern Schattenspiele: einen Hasen, der mit den Ohren wackelte; einen Frosch, der sich aufblähte und sich wieder kleiner machte.

Das Urteil, das ihr ein Landsmann über mehrere Tische hinweg zurief, lautete: »Lecker!«

Er meinte aber ihren Busen.

Danach steppte ein Jüngling aus Diepholz einigermaßen. Er hätte es sogar noch weit besser machen können, wenn er nicht schon ziemlich betrunken gewesen wäre. Dadurch verhakten sich nämlich einige Male die Zehen des einen Fußes an der Ferse des anderen. Zuviel getrunken hatte er in kurzer Zeit ganz bewußt, um sein Lampenfieber niederzukämpfen.

In einer Pause sagte Franz Müller zu Rolf: »Was ist jetzt mit Ihnen, Herr Doktor?«

Er brauche noch ein paar Gläser, entgegnete Rolf.

Heinz entzog ihm daraufhin die Weinflasche.

Heinz selbst war aber auch so nervös, daß sein eigenes Glas ständig von ihm gefüllt und geleert wurde. Dadurch fing er an, die Dinge nicht mehr so beängstigend zu sehen.

Auf den Stepptänzer folgte ein Breslauer, der es wagte, den berühmten, großen Wiener Schauspieler und Komiker Hans Moser zu parodieren. Man stelle sich vor, Hans Moser auf niederschlesisch! Es war eine eindeutige Katastrophe.

»Heinz«, raunte Rolf seinem Freund zu, »die hundert Mark liegen noch immer auf der Straße.«

Heinz reagierte nicht.

»Ich hole sie mir«, sagte daraufhin Rolf und rückte seinen Stuhl zurück, um sich zu erheben.

»Du bleibst sitzen!« zischte ihn Heinz an.

»Ich kann tun und lassen, was ich will.«

»Du bleibst sitzen!«

»Nein.«

»Ich lasse nicht zu, daß du uns alle blamierst!«

»Es gibt nur ein Mittel, mich davon abzuhalten — du trittst auf.«

»Das wäre auch tausendmal besser, als wenn du das tust.«

»Der springende Punkt ist, daß du Schiß hast.«
»Ich?!«
»Ja, du.«
»Lächerlich! Weshalb sollte ich Schiß haben? Was wir bisher hier gesehen haben, war doch alles andere als toll. Dagegen könnte ich immer noch antreten.«
»Nur traust du dich nicht.«
Hier schaltete sich Herr Müller ein. »Diesen Eindruck habe ich allerdings auch«, stichelte er, und das führte die Entscheidung herbei.
Jede Kontrolle über sich verlierend, sprang Heinz Bartel mit dem Ruf »Ihr sollt euch wundern!« auf, machte sich auf die Suche nach dem Geschäftsführer und gab ihm seine Teilnahmemeldung ab, die zwar verspätet war, aber noch gerne angenommen wurde. Heinz erhielt im Programm die Auftrittsnummer 7.
Das Ganze war ein klassischer Fall von »Opfer des Alkohols«.
Die Sieben ist eine Glückszahl, und das allein bewog Heinz schon, momentan an seinen Erfolg zu glauben. Nach wenigen Minuten jedoch verflog die Euphorie wieder, und er fragte sich, welcher Teufel ihn geritten haben mochte, sich auf diesen Wahnsinn einzulassen. Jetzt gab es aber kein Zurück mehr.
Er mußte sich zurechtlegen, was er überhaupt bringen wollte, und das konnte nun nur noch improvisatorisch vor sich gehen. Chaotisch waren die Gedanken, die ihm durch den Kopf schossen, während die Programmnummern 4 und 5 abliefen. Er entschuldigte sich, um die Toilette aufzusuchen. Das war aber nur ein Vorwand. In Wirklichkeit trieb er sich draußen vor dem Saal herum, wischte sich den Schweiß von der Stirn und kämpfte mit wachsenden Paniksyndromen.
Er fühlte sich gar nicht gut, hatte Kopfschmerzen und bildete sich ein, nun tatsächlich aufs Klo gehen zu müssen — ein Irrtum, wie sich herausstellte.
Heinz Bartel hatte das höllischste Lampenfieber, das man sich vorstellen konnte.
Aber das war keine Schande. Die größten Künstler haben Lampenfieber. Caruso verlor vor Lampenfieber regelmäßig seine Stimme und fand sie erst wieder, wenn er auf der Bühne stand und ihm der Dirigent den Einsatz gab. Die Callas konnte ihr Lampenfieber nie abschütteln, und man sagt, daß sie deshalb sogar ihre Kar-

riere bereits aufgegeben hatte, als dazu noch gar kein Anlaß bestand. Man kann sich sogar fragen, wie viele überragende Talente es überhaupt schon gegeben haben mag, von denen die Welt nie erfuhr, weil unüberwindbares Lampenfieber sie daran hinderte, jemals zur Geltung zu kommen?

Heinz Bartel hörte durch die geschlossene Tür, daß drinnen im Saal die Nummer 6 im Programm angekündigt wurde.

Großer Gott! Schon die Nummer 6!

Heinz mußte sich setzen. Ein Fensterbrett diente ihm dazu.

Die Tür des Saales wurde von innen geöffnet, Rolf Wendrow schlüpfte heraus, sah ihn und eilte auf ihn zu.

»Wo bleibst du, Mensch? Du bist gleich dran. Ich —«

Er brach ab.

»Wie siehst du aus? Ist dir schlecht?«

»Ich . . . ich weiß nicht . . .«

»Natürlich ist dir schlecht! Man sieht das doch!«

Heinz rutschte vom Fensterbrett.

»Was willst du?« fragte ihn Rolf.

»Ich muß rein.«

Rolf stellte sich ihm in den Weg.

»Unmöglich!«

»Ich bin gleich dran, das sagst du doch selbst.«

»Vergiß es. Du gehörst ins Bett.«

»Ach was, es geht schon.«

»Nein, das könnte ich nicht verantworten.«

»Und mein Auftritt?«

»Vergiß ihn, sage ich.«

»Und die hundert Mark?«

»Vergiß auch sie.«

»Und die Blamage, wenn die Leute umsonst warten?«

»Scheiß auf die Blamage!« wurde Rolf drastisch. »Scheiß auf die Leute!«

Heinz blickte ihn vorwurfsvoll an. Er schüttelte den Kopf.

»Nein!« sagte er mit jeweiliger Betonung. »Nein! Das würdest du machen, ja. Aber nicht ich.«

Rolf war sprachlos geworden. Er suchte nach Worten.

»Mach Platz!« sagte Heinz und schob ihn zur Seite.

Im Saal rauschte kurzer, von Wohlwollen getragener Beifall auf. Die Nummer 6 — eine Sächsin, deren Versuch, hochdeutsch zu sprechen, nur hatte mißglücken können — verließ die Bühne, und es trat eine etwas längere Pause ein, die zu den Vorbereitungen auf die Nummer 7 im Programm genutzt werden mußte. Heinz brauchte ja bei seinem Gesang eine Begleitung auf dem Klavier, und der dazu nötige Musiker mußte erst gesucht werden.

Dann war es soweit. Heinz Bartel wurde angekündigt. Mit Gelee in den Knien zwang er sich auf die Bühne, der grelle Scheinwerferkegel erfaßte ihn und ...

Und plötzlich, wie von selbst, löste sich alles in ihm, die ganze Verkrampfung. Das Lampenfieber war weg. Die Aufgabe schien so einfach, so lächerlich unkompliziert ...

Man tritt vor und sagt schlicht: »Als erstes bringe ich aus der Oper ›Madame Butterfly‹ die Arie ›Leb wohl, mein Blütenreich ...‹«

Und dann singt man einfach, singt man, was man kann — *wenn* man es kann.

Heinz Bartel konnte es. Er war zwar kein Profi, aber auch kein Amateur, und schmetterte das hohe C in den Saal, daß selbst jenem größeren Teil des Publikums, das normalerweise nur bereit war, der Schlagermusik ihren Tribut zu zollen, die Ahnung aufging, hier einem Kunstgenuß beizuwohnen.

Schon der erste Beifall, den Heinz einheimsen konnte, war deshalb beträchtlich. Er diente ihm zum Ansporn.

»Als nächstes bringe ich ...«

Die Frage huschte ihm durchs Gehirn: Wo sitzt Rolf? — Dort, ja. Wie blöd er schaut. Ich würde ihm gern sagen, daß er den Mund zumachen soll. Er schwitzt.

»... bringe ich aus ›Der Liebestrank‹ von Donizetti die Arie ›Una furtiva lacrima ... Heimlich aus ihrem Auge sich eine Träne stahl ...‹«

Und Heinz Bartel sang wieder. Wie pflegte ihm sein Vater, der ohne Zweifel mehr ein Profi als ein Amateur war, immer zu sagen? »Portamento — immer die messa di voce beachten. Deine Stimme macht dich zu einem Vertreter der Bel-canto-Schule. Seele mußt du singen, Seele, mein Sohn ... messa di voce ... piano ... piano ...«

Portamento ... Donizettis bel canto ... hohes A, hohes C, triole hinunter, messa di voce, vois mixe ...

Beifall, großer Beifall, Verbeugung, Beifall, Verbeugung, Beifall ...

Hat Rolf den Mund schon zu? Ja, ich sehe es. Schwitzt er noch? Ja, sogar noch stärker — aber aus Begeisterung.

Verbeugung, Beifall ...

»Zugabe!« schreit einer. Andere fallen ein.

Das müßte Ilse erleben. Warum ist sie nicht hier?

Der Beifall erschöpft sich.

»Zugabe!«

Bitte, gerne ...

Etwas besonders Schönes. Meine Lieblingsarie.

»Abschließend«, sagte Heinz Bartel, »hören Sie ›Dies Bildnis ist bezaubernd schön ...‹ aus der ›Zauberflöte‹ von Wolfgang Amadeus Mozart.«

Neu aufbrandender Beifall.

Mozart ...

Eine seiner größten Arien ...

Aber welche seiner Arien ist nicht eine seiner größten? Alle sind sie's! Keine ist schwächer! Jede ist die allergrößte!

Mozart ...

Wolfgang Amadeus Mozart ...

Es müßte ein Publikum geben, dachte Heinz Bartel, während er sang und sich absolut über die Frechheit von ihm — und jedem — im klaren war, sich an solchen Klang zu wagen, es müßte ein Publikum geben, das nach solcher Musik keine Hand mehr rühren kann, das erstarrt sitzen bleibt, mucksmäuschenstill, nur noch innerlich erschauert, weil es sich angetastet fühlt von wahrer Unsterblichkeit. Ein solches Publikum müßte es geben.

Ilse, dachte er, wie ist das mit dir? Denkst du auch, daß es ein solches Publikum geben müßte? Hältst du überhaupt etwas von Musik? Darüber haben wir noch gar nicht gesprochen. Das muß aber möglichst rasch nachgeholt werden. Und was ist, wenn dir Musik nichts bedeutet? Liebe ich dich dann auch noch?

Bliebe mir nichts anderes übrig, selbst wenn sie Peter Kreuder über Mozart stellen würde.

Nein! ... Oder doch? ... Ja doch, es bliebe mir nichts anderes übrig, auch wenn sie Peter Kreuder über Mozart stellen würde. Hoffentlich nicht. Aber man muß damit rechnen. Viele tun das. Viele Banausen.

Ich werde das Kapitel ihr gegenüber besser gar nicht anschneiden. Zur Vorsicht. Nein ... ich muß!

Egal, wie's ausgeht, ich bin ihr verfallen.

Hält der Mensch das für möglich, wie's einen erwischen kann?

Gleich ist die Arie zu Ende. Ich müßte dann erklären: Meine Damen und Herren, verzeihen Sie mir, was ich getan habe. Ich — und Mozart! Das Nichts — und das All! Verstehen Sie, was ich sagen will? Kaum.

Schluß.

Beifall, Beifall, keine Stille.

Verbeugung, Beifall, Beifall, Verbeugung.

»Zugabe!«

Nein.

Beifall, Verbeugung.

»Zugabe!«

Nein.

»Zugabe! Zugabe!«

Ihr könnt mich.

Als Heinz Bartel die Bühne verließ, wurde er an seinem Tisch auf die unterschiedlichste Weise empfangen. Erika Albrecht hatte Tränen in den Augen. Sie wisse nicht, was sie sagen solle, stammelte sie mehrmals hintereinander. Franz Müller rief: »Sie müssen nach Heilbronn kommen! In unserem Gesangverein sind Sie garantiert die Nummer 1!« Rolf Wendrow war wieder ganz der alte. »Na«, sagte er, »wem hast du das zu verdanken?«

Der Geschäftsführer gab bekannt, daß man zur Abstimmung schreiten werde. Diese war dann eine reine Formsache. Mit überwältigender Mehrheit wurde der erste Preis dem Sensationssieger des Abends zugeschlagen: Heinz Bartel.

Der ließ sich nur widerwillig dazu bewegen, noch einmal auf die Bühne zu steigen und sich zu verbeugen.

»Vergiß das Wichtigste nicht«, ermahnte ihn Rolf.

»Was?«

»Das Geld in Empfang zu nehmen.«

Zum Schluß, als Erika Albrecht gegen elf Uhr dem Abend ein Ende machte, indem sie gar nicht verstohlen gähnte und freimütig erklärte, sie sei müde und würde gerne ins Bett gehen, erlebte Rolf noch einen Schreck, der ihm durch alle Glieder fuhr. Als der Kellner an den Tisch kam, zog nämlich Heinz wahrhaftig den eroberten Hundertmarkschein aus der Tasche, um die Zeche für sich und Rolf zu bezahlen. Rolf trat ihm unter dem Tisch kräftig auf die Zehen, aber das hätte Heinz nicht umstimmen können, wenn ihm der Dentist Müller nicht die Frage gestellt hätte, ob er ihn beleidigen wolle. Auch Fräulein Albrecht erklärte, daß sie, wenn sie an Müllers Stelle wäre, Bartels Idee zurückweisen würde. Und Rolf raunte Heinz ins Ohr: »Treib mich nicht zum Wahnsinn, du Idiot!«

Die Übermacht war zu groß, Heinz mußte sich fügen.

Im Haus der Frau Sneganas ging man auseinander. Glatt und reibungslos verlief das zwischen Rolf und Heinz. Gewisse Schwierigkeiten schienen aber vor der Zimmertür der Lehrerin Albrecht evident zu werden.

»Sind Sie schon sehr müde?« fragte der Dentist die Dame.

»Ja.«

»Wollen Sie sich wirklich schon schlafen legen?«

»Ja.«

»Aber es ist doch erst elf Uhr. Daraus kann es leicht entstehen, daß Sie morgens viel zu früh aufwachen und sich im Bett herumwälzen, ohne noch einmal einschlafen zu können.«

»Darunter leide ich nicht, Herr Müller. Ich schlafe zehn Stunden durch wie ein Murmeltier. Gott sei Dank«, lächelte die Lehrerin.

»Das sagen Sie nur so, Fräulein Albrecht«, meinte der Dentist mit schelmischem Augenaufschlag.

»Warum soll ich das nur so sagen?«

»Aus Angst.«

»Angst?«

»Sie fürchten wohl«, ging Müller aufs ganze, »daß ich Ihnen vorschlagen könnte, Ihnen noch ein bißchen Gesellschaft zu leisten?«

Das Lächeln der Lehrerin gefror.

»Muß ich denn das fürchten?«

Franz Müller war zwar nicht gerade ein Sensibelchen, aber auch kein Hackklotz. Er merkte es, wenn sozusagen die Ampel auf Rot sprang.

»Nein, nein«, sagte er deshalb jetzt rasch. »Schlafen Sie nur gut, ich lese auf meinem Zimmer noch ein bißchen. Hoffentlich hat es Ihnen heute gefallen.«

»Ja, ich stehe immer noch unter dem Eindruck von Herrn Bartel. Wer hätte das gedacht von ihm!«

»Gute Nacht, Fräulein Albrecht.«

»Gute Nacht, Herr Müller. Danke für die Einladung.«

Ehe er das Licht ausmachte, sagte Franz Müller zu sich selbst:

›Eine harte Nuß, dieses Weib. Aber ich werde sie noch knacken, verdammt noch mal. Nur die Geduld nicht verlieren.‹

Als Rolf Wendrow und Heinz Bartel am nächsten Tag am Strand erschienen, gut ausgeschlafen und, wie sie sich vorkamen, steinreich, lagen Ilse und Inge schon wieder im Sand, hatten eine ausgedehnte Schwimmpartie hinter sich und sonnten sich. Überhaupt waren die beiden Mädchen immer schon da, gleich einem Igelpaar, das zwei Hasen grundsätzlich das Nachsehen gab. Das ging sogar so weit, daß es Heinz und Rolf schon rätselhaft erschienen war, wann eigentlich Ilse und Inge das Bedürfnis ihres Schlafes stillten.

Zwei Mädchen, die in engen Badeanzügen in der Sonne trocknen, sind ein verlockendes Bild, ganz besonders dann, wenn sie so gewachsen waren wie Ilse und Inge. Das ging Heinz und Rolf wieder einmal so richtig auf, als sie vor den jungen Damen standen und auf sie hinunterschauten. Barfuß im Sand waren sie leise genug herangekommen, um nicht bemerkt zu werden. Die Mädchen hielten die Augen geschlossen. Das bringt die Sonne so mit sich, wenn man sich ihr, auf dem Rücken liegend, aussetzt.

Wie auf Kommando taten die beiden Männer zur gleichen Zeit dasselbe: Jeder kniete sich leise bei seinem Mädchen nieder und küßte es sachte auf den Mund. Es wurden dadurch unterschiedliche Reaktionen hervorgerufen.

Ilse zuckte zusammen, riß die Augen auf, sah, wer sie erschreckt hatte, schloß die Augen wieder und setzte gemeinsam mit dem Betreffenden das fort, was begonnen worden war.

Inge zuckte nicht zusammen, öffnete die Augen nicht und genoß ohne die geringste Unterbrechung den Kuß. Als der dann ein Ende fand, ein Ende finden mußte, aus atemtechnischen Gründen, fragte Inge, immer noch mit geschlossenen Augen: »Bist du das, Rolf?«

»Und wenn's ein anderer gewesen wäre?« fragte er.

Erst jetzt schlug Inge ihre schönen, Unruhe unter den Männern stiftenden Augen auf und sagte mit einem freimütigen Lächeln: »Ich wäre überrascht.«

»Nur das? Nicht empört?«

»Keineswegs, im Gegenteil!«

»Hör mal . . .«

»Keiner küßt so wie du, hätte ich bis zu diesem Moment gedacht — um dann festzustellen, daß du diesbezüglich gar nicht der einzige bist. Ein Grund zur Freude für uns Frauen.«

Rolf warf sie herum auf den Bauch und klopfte ihr eins aufs Hinterteil.

»Du Aas, du!« schimpfte er sie dabei.

Das alte Spiel zwischen den beiden hatte begonnen.

Auch zwischen Ilse und Heinz hatte das alte Spiel begonnen, das aber von ganz anderer Art war. Ihm drückte eben Ilse und nicht Inge den Stempel auf. Der Kuß, dessen sich Heinz erfreuen durfte, war zwar auch nicht von schlechten Eltern, aber dann löste sich Ilse von ihm und sagte: »Das reicht jetzt.«

»Warum?« fragte Heinz, zu Inge und Rolf hinüberblickend.

Nur ganz kurz seinem Blick folgend, erwiderte Ilse so leise, daß nur er es hören konnte: »Das ist kein Benehmen in der Öffentlichkeit.«

»Für deinen Geschmack nicht, willst du sagen?«

»Für jeden guten Geschmack nicht.«

Heinz verstummte. Er ließ sich zurücksinken und lag nun neben Ilse auch auf dem Rücken. Immer dasselbe mit ihr, dachte er, immer dasselbe.

Er starrte in den Himmel.

»Heinz«, hörte er Ilse sagen.

»Ja?«

»Habt ihr gestern noch etwas Ordentliches zum Abendessen erwischt?«

»Ja«, antwortete er einsilbig.

»Ihr müßt doch fürchterlichen Hunger gehabt haben?«

»Hm«, brummte er.

»Das beschäftigte mich noch lange. Ich hätte gestern noch einmal gerne mit dir gesprochen.«

Er schwieg.

»Ihr habt doch sicher Telefon im Haus?« meinte sie nach kurzer Pause.

»Ja.«

»Kannst du mir die Nummer geben?«

»Nein, ich weiß sie nicht.«

»Aber du kannst sie erfragen?«

»Sicher.«

Wozu? dachte er. Lohnt sich ja doch nicht.

»Wann bist du gestern schlafen gegangen, Heinz?«

»Um elf.«
»So spät erst?«
»Ja.«
»Wenn ich das gewußt hätte, und wenn ich — siehst du — deine Nummer gehabt hätte«, sagte sie, »hätte ich dich doch noch angerufen.«
»Wolltest du das wirklich?«
»Ja, zu gerne. Ich konnte nicht einschlafen.«
»Wozu wolltest du das?«
Ilse richtete sich plötzlich auf, drehte sich zu ihm herüber, beugte sich über ihn, lächelte ihn an und erwiderte: »Um dir zu sagen, daß ich dich —«
»Aber das weißt du ja selbst«, unterbrach sie sich und lag schon wieder auf ihrem Rücken.
Heinz schloß die Augen. Heiß und kalt durchlief es ihn. Sie macht mich noch wahnsinnig, dachte er. Ja, jetzt ist sie wieder dabei, mich wahnsinnig zu machen.
Wie oft hatte er das schon gedacht!
»Heinz.«
»Ja?«
»Warum antwortest du mir nicht?«
»Worauf? Was hast du gesagt?«
»Ich habe gesagt, daß du das selbst weißt.«
»Was soll ich selbst wissen?«
»Das, was ich dir am Telefon sagen wollte, weil ich stundenlang nicht einschlafen konnte, obwohl ich todmüde war.«
Rede nur herum um den heißen Brei, dachte Heinz, ich befreie dich davon nicht. Diesmal bist du diejenige, die Farbe zu bekennen hat, nicht wieder ich. Entweder du — oder keiner von uns beiden!
»Daß ihr beide müde wart, habt ihr uns gestern schon gesagt«, erklärte er.
»Todmüde.«
»Trotzdem konntest du nicht einschlafen?«
»Stundenlang nicht.«
»Das gibt's. Ich habe schon ein paarmal gelesen, daß man so übermüdet sein kann, daß man vor lauter Übermüdung nicht einschläft.«
»Bei mir war der Grund ein anderer.«
»Wir können ja mal Rolf fragen, was der als Arzt dazu sagt.«

»Dazu brauchen wir keinen Arzt.«
»So? Wen dann?«
»Überhaupt keinen Dritten.«
»Du meinst, daß wir beide von selbst das wissen?«
»Ja, jedenfalls ich. Aber ich hoffe, du auch.«
»Ich auch?« Er schien nachzudenken.
»Ist es das, was du mir am Telefon sagen wolltest?«
»Ja.«
Noch einmal versank er in Nachdenken, seufzte schließlich.
»Ich weiß es nicht, Ilse, tut mir leid.«
Langsam drehte sie den Kopf zu ihm herüber, blickte ihn an, steckte einen Finger in den Mund und kaute darauf herum.
»Du bist ein ganz gemeiner Mensch«, sagte sie.
»Ich? Warum?«
»Du zwingst mich, dir etwas zu sagen, das du ohnehin weißt. Und du weißt auch, daß ich es dir sagen wollte.«
»Wie war das? Ein bißchen kompliziert, nicht? Wiederhole das bitte noch einmal.«
»Du bist ein ganz gemeiner Mensch, Heinz Bartel.«
»Das ist keine Wiederholung dessen, was du gesagt hast.«
Vor lauter »gesagt«, »sagen«, »sagte« drohte das Gespräch der beiden zur Burleske zu werden.
»Ich halte dich für einen intelligenten Menschen, Heinz Bartel.«
»Danke.«
»Deshalb muß ich dir nicht noch einmal sagen, was dir sowieso schon bekannt ist.«
»Nein, ich tappe wirklich im dunkeln.«
»Wirklich?«
»Wirklich.«
»Schwöre es.«
»Ich schwöre es«, leistete Heinz ohne weiteres einen Meineid.
Ilse seufzte.
»Dann«, sie seufzte abermals, »muß ich es dir also doch noch einmal sagen, obwohl ich dich für intelligenter gehalten habe ... ich ... ich liebe dich.«
»Ilse!« rief Heinz.
Der Ruf erntete kein Echo. Ilse hatte ihr Gesicht wieder weggedreht und blickte wie zuvor in den Himmel.
»Ilse, darf ich das allgemein bekanntgeben?«

»Bist du verrückt? Wen geht das etwas an außer dich und mich?«

»Inge und Rolf zum Beispiel.«

»Die beiden würden, glaube ich, nichts Neues erfahren.«

»Meine Eltern.«

Automatisch kehrte Ilses Blick zurück zu Heinz.

»Deine . . . deine Eltern?«

»Ja, ich sollte ihnen ohnehin längst ein paar Zeilen schreiben.«

»Aber nicht über mich, Heinz, ich bitte dich.«

»Warum nicht?«

»Hast du denn das bisher bei jedem deiner Mädchen gleich getan?«

»Nein, natürlich nicht, aber du bist ein anderer Fall.«

»Das weißt du doch noch gar nicht. Vielleicht geht dieser Fall, wie du sagst, genauso rasch und schmerzlos vorüber wie die anderen.«

»Für mich nicht. Vielleicht für dich.«

»Heinz . . .«

Sie wollte ihn nicht schon wieder vor den Kopf stoßen und überlegte, was sie sagen sollte. Es war nicht einfach mit ihm. Er heizt mir zu sehr ein, dachte sie. Ich habe ihm doch gesagt, in welcher Situation ich mich befinde.

»Heinz, weißt du, wie man das nennt, was du mit mir machst?«

»Wie denn?«

»Einheizen.«

»Ilse, ich will dir doch nicht einheizen.«

»Du tust das aber, und zwar ganz enorm.«

Er preßte die Lippen aufeinander.

»Sei jetzt nicht gleich wieder beleidigt«, sagte sie deshalb rasch.

»Ich bin nicht beleidigt.«

»Oder gar böse.«

»Erst recht nicht.«

»Nein?«

»Nein.«

Natürlich bin ich böse und beleidigt und gekränkt und verletzt und enttäuscht, dachte er. Natürlich bin ich das alles zusammen.

»Du denkst auch nicht schon wieder an Abreise, Heinz?«

»Nein, obwohl das schon längst das Vernünftigste gewesen wäre.«

»Heinz ...« Ihre Hand glitt hinüber zu seiner Schulter. »Heinz, wozu du mich dadurch zwingen würdest, habe ich dir schon einmal gesagt.«

»Das verstehe ich eben nicht.«

»Du verstehst nicht, daß ich dich liebe?«

»Ich verstehe die Formen nicht, die das bei dir findet: das Wechselhafte, das Irritierende.«

»Ich bin doch verlobt«, nannte Ilse das Kind beim Namen.

»Bist du das wirklich?«

»Glaubst du das etwa nicht?« antwortete sie. »Wozu sollte ich dich damit belügen?«

»Um mich dir vom Leib zu halten.«

Das war ein harter Hammer, aber Heinz war reif dazu. Er ergänzte sogar noch: »Ein einfacheres Mittel dazu gäbe es nicht.«

Ilse schien das, was sie gehört hatte, nicht glauben zu wollen.

»Das kann doch nicht dein Ernst sein?« zweifelte sie.

»Bist du verlobt oder nicht?«

»Ja, sage ich!«

»Mit wem?«

»Mit einem jungen Mann natürlich. Mit wem sonst?«

»Was macht er?«

»Er ist Assistent an unserer Universität in Berlin und so alt wie du.«

»Besitzt er außer seinem Alter vielleicht noch irgendwelche Eigenschaften, die den meinen ähneln?« fragte Heinz ironisch.

»Ja.«

»Welche?«

»Er ist intelligent, charmant, sieht gut aus.«

»Ich habe dich nach Eigenschaften gefragt«, sagte Heinz mit einem warnenden Unterton in der Stimme, »die den meinen ähneln.«

»Ganz recht.«

»Ich sehe also«, fuhr er nach kurzer Pause fort, »gut aus ... bin charmant ... und intelligent?«

Keine Antwort.

»Vor kurzem hieß es noch, ich sei keineswegs intelligent.«

»Wer sagt das?« antwortete Ilse.

»Du.«

»Ich? Niemals!«

»Als ich nicht erraten konnte, was du mir am Telefon gestern noch sagen wolltest, hast du mir bescheinigt, daß ich ein Idiot bin.«

»Stimmt nicht. Solche Ausdrücke nehme ich nie in den Mund.«

»Nun gut, du sagtest wörtlich, du hättest mich für intelligenter gehalten.«

»Siehst du, das ist auch noch eine Eigenschaft, die ihr beide gemeinsam habt: euer präzises Gedächtnis.«

»Laß mich mit diesem Menschen in Ruhe!« sagte verdrossen Heinz, in dem sich, wie zu erwarten, die Eifersucht zu regen begann.

»Du hast mich doch nach ihm gefragt?«

»Das reicht aber jetzt.«

»Eines muß ich dir noch sagen: Er ist auch ein sehr, sehr anständiger Mensch.«

Heinz brummte etwas vor sich hin.

»Und das«, fuhr Ilse fort, »gerade das macht es so schwer für mich.«

Heinz schwieg.

»Verstehst du, was ich meine?« fragte ihn Ilse.

Wieder brummte er etwas Unverständliches.

»Einen solchen Mann zu enttäuschen, fällt nicht so leicht, Heinz, das mußt du mir doch zugeben?«

»Wenn ich dich so höre, Ilse, drängt sich mir die Frage auf, die mir schon länger auf den Lippen schwebt . . .«

»Welche?«

»Warum trägst du keinen Verlobungsring?«

»Warum?« entgegnete sie. »Was glaubst du?«

»Darf ich dir das ehrlich sagen?«

»Ich bitte darum.«

»Normalerweise ist ein solches Mädchen auf Flirts aus, die ihr der Verlobungsring verbauen würde.«

»Normalerweise ja.«

»Du nicht?«

»Nein.«

»Wo ist dann dein Ring?«

»Du quetscht mich ganz schön aus.«

»Wo ist er?«

Plötzlich lachte Ilse. Heinz sah das überrascht. Sie zeigte hinaus aufs Meer.

»Den hat der Ozean verschlungen.«
»Was sagst du?«
»Schon am ersten Tag unserer Ankunft habe ich ihn im Wasser verloren.«
Sein Gesichtsausdruck sprach Bände: »Erzähl mir keine Märchen . . .«
»Frag Inge«, sagte sie.
»Wie konnte denn das passieren?«
Ilse lachte immer noch.
»Hast du im Physikunterricht nicht nur geschlafen?«
»Zuweilen nicht, wieso?«
»Weil dir dann nicht entgangen sein wird, daß Wärme die Körper ausdehnt.«
»Ja, das habe ich noch mitbekommen.«
»Mein Verlobungsring wurde an einem sehr heißen Tag im vergangenen Sommer gekauft.«
»Du wirst mir doch nicht weismachen wollen, daß er dir dadurch von Anfang an zu groß war, weil ihn die Wärme ausgedehnt hatte.«
»Ihn nicht, aber mich.«
»Wie bitte?«
Ilse lachte nun schallend.
»*Mich* hatte die Hitze anscheinend ausgedehnt, meinen Finger. Er muß dicker als sonst gewesen sein. Am bekanntesten ist, daß die Füße bei Hitze anschwellen, das wirst du auch schon gehört haben. Kälte läßt sie wieder zusammenschrumpfen, die Finger wohl auch. Als ich hier ins Wasser stieg, muß sich das vollzogen haben. Der Ring war jedenfalls weg. Eine ganz natürliche Sache.«
Nun schien ihm kein Zweifel mehr erlaubt zu sein.
»Bei *dem* Wasser«, sagte er und deutete ein künstliches Zähneklappern an, »wundert mich das nicht.«
Während der ganzen Zeit waren die beiden so sehr miteinander beschäftigt gewesen, daß sie nicht darauf geachtet hatten, was Rolf und Inge machten. Dadurch war ihnen entgangen, daß die zwei schon seit einer Viertelstunde schliefen. Inges Kopf lag auf der behaarten Brust von Rolf, der sie an der Schulter umschlungen hielt. Die beiden hatten sich wohl müde geschmust.
»Ein schönes Bild«, sagte Heinz.
Ilse legte den Finger auf ihren Mund, bedeutete dadurch Heinz,

leise zu sein, damit niemand geweckt wurde.

»Die Gelegenheit wäre günstig«, raunte sie ihm zu, »den zweien einmal ein Stündchen zu entfliehen. Wir könnten uns verdünnisieren und im Städtchen Kaffee trinken gehen. Was hältst du davon?«

Heinz war begeistert. Schon stand er auf den Beinen.

»Aber nur«, machte Ilse zur Bedingung, »wenn ich diejenige bin, die bezahlt.«

»Warum? Denkst du, ich bin immer noch pleite?«

»Wie könnte es anders sein?«

»Warte nur, dann wirst du sehen.«

Rasch und lautlos zogen sie sich an. Ihre Badesachen ließen sie liegen, legten sie nur näher an Rolf und Inge heran. Heinz mußte Ilse den Spiegel halten, damit sie sich frisieren und schminken konnte. Das machte ihn nervös, da das Vertrauen, das er in den Schlaf der zwei anderen setzte, kein unerschütterliches war. Es hätte ihn zu sehr enttäuscht, wenn Ilses Vorschlag im letzten Moment doch wieder keine Verwirklichung gefunden hätte. Das blieb ihm aber erspart.

Rasch und lautlos, wie sie in ihre Kleider geschlüpft waren, entfernten sie sich auch und fingen erst zu kichern an, als eine Düne zwischen ihnen und den Schlafenden lag. Sie kamen nicht allzu rasch voran. Durch tiefen Sand zu marschieren läuft praktisch darauf hinaus, daß man zwei Schritte vorwärts macht und einen zurückrutscht.

In der Stadt entdeckten sie hübsche Geschäfte. Das lebhafte Treiben auf den Bürgersteigen inspirierte Heinz zu der Frage: »Was rennen die alle so?«

»Das sind Einheimische«, vermutete Ilse. »Die haben keinen Urlaub.«

Wenn sie vor einem Schaufenster stehenblieb, fesselten ihren Blick Modeartikel, die dort feilgeboten wurden.

»Ich darf doch gucken?« fragte sie Heinz. »Oder zieht's dich schon zu Kaffee und Kuchen?«

»Laß uns bummeln«, erwiderte er vergnügt. »Meinetwegen bis zum Abend.«

Von den Leuten auf den Bürgersteigen bildeten zwar die Einheimischen die Mehrzahl, aber grüppchenweise fanden sich unter ihnen auch Feriengäste. Man konnte das an deren Kleidung sehen. Manche von ihnen taten etwas, das Ilse überraschte, ja ihr sogar

Rätsel aufgab. Sie grüßten Heinz. Und wenn sie ihn nicht grüßten, grinsten sie ihn zumindest an.

»Kennst du die?« fragte ihn Ilse.

»Nein.«

»Warum grüßen die dich dann?«

Heinz antwortete mit stummem Achselzucken. Damit gab sich jedoch Ilse nur bis zur nächsten Straßenecke zufrieden, wo im Vorbeigehen ein sichtlich erfreuter Süddeutscher vor Heinz seinen Strohhut vom Kopf riß und rief: »Grüß Gott! Bravo!«

Zehn Schritte weiter, als der Mann sie nicht mehr hören konnte, blieb Ilse stehen und sagte energisch: »So, jetzt will ich wissen, wer das war!«

»Ich kann's dir nicht sagen, Ilse.«

»Aber er kannte dich doch?«

»Du meinst, dann müßte automatisch auch ich ihn kennen?«

»Ja.«

»Das ist aber nicht der Fall.«

»Schwindle nicht!«

»Ich schwindle nicht. Warum sollte ich das tun? Es gäbe keine Veranlassung dazu.«

»Eben. Dann sag mir, wer er war.«

»Ich weiß es nicht, Ilse.« Er hob die rechte Hand zum Eid. »Ich schwöre dir, daß ich es wirklich nicht weiß.«

In diesem Augenblick grüßte von der anderen Straßenseite ein Ehepaar herüber.

»Dann müssen die alle verrückt sein«, sagte Ilse.

»Vielleicht verwechseln sie mich mit Rudolf Harbig«, scherzte Heinz.

»Wer ist Rudolf Harbig?«

»Du kennst Rudolf Harbig nicht? Deutschlands berühmtesten Sportler, zusammen mit Max Schmeling? Weltrekordmann über 400 und 800 Meter?«

»Tut mir leid, ich befasse mich nicht so sehr mit Sport.«

»Er ist Dresdner.«

»Und dem siehst du ähnlich?«

»Nein«, lachte Heinz, »ich glaube nicht; das sagte ich nur so.«

»Dann bleibt also die Frage offen, warum die dich alle kennen, und du sie nicht.«

Heinz lenkte Ilses Aufmerksamkeit auf ein Geschäft mit eleganten Lederwaren. Er wußte, daß Krokotaschen aus Offenbach und hübsche Handschuhe eine Frau vieles andere vergessen ließen. Auch Ilse geriet prompt ins Schwärmen.

»Ich weiß nicht, welche Tasche von denen allen am schönsten ist«, sagte sie.

»Die teuerste«, meinte trocken Heinz, der sich in einer Frauenseele schon ziemlich gut auskannte.

»Würdest du mir eine kaufen, wenn du schon ein berühmter Schriftsteller mit viel Geld wärest?«

»Sofort.«

Heinz faßte ein Paar Handschuhe aus feinem, dunkelbraunem Leder ins Auge und zeigte auf sie. Sie kosteten 22 Mark.

»Gefallen dir die?« fragte er.

»Sie sind toll.«

»Möchtest du sie haben?«

Ilse blickte ihn fast zornig an.

»Frevle nicht!« sagte sie. »So darf man einem Mädchen den Mund nicht wässerig machen!«

Heinz faßte sie am Oberarm.

»Komm, wir gehen rein, du probierst sie wenigstens mal an, damit du erlebst, was das für ein Gefühl ist.«

»Das geht doch nicht«, sträubte sich Ilse.

»Doch, das geht. Ich frage die, die machen das schon.«

Halb zog er sie, halb sank sie hin; die Versuchung war zu groß. Drinnen im Geschäft blickten ihnen zwei Verkäuferinnen dienstbereit entgegen.

»Fräulein«, sagte Heinz zur älteren, erfahreneren der beiden, »meiner Frau gefallen die dunkelbraunen Handschuhe in Ihrer Auslage, diejenigen ganz vorn rechts. Können wir die uns mal näher ansehen?«

»Aber gern.«

Die Verkäuferin warf vom Geschäftsinneren aus einen Blick in die Auslage, musterte dann Ilses Hände, erkannte treffsicher die in Frage kommende Größe und zog aus einer der zahlreichen Schubladen eines hohen Regals genau jenes Paar Handschuhe heraus, von dem Ilse ein Leben lang geträumt zu haben glaubte.

»Die meinen Sie doch?«

»Ja«, nickte Ilse mit eindeutig gierigem Ausdruck in den Augen.

Die Verkäuferin blickte auch Heinz an.

»Ja«, nickte der ebenso, »die meinen wir.«

Die Verkäuferin schwenkte die Handschuhe, wendete sie, zeigte sie Ilse von allen Seiten. Sie roch auch an ihnen und verkündete, was sie dabei ermittelt hatte: »Feinstes Leder.«

Heinz räusperte sich.

»Man müßte sie an der Hand sehen«, sagte er.

»Schlüpfen Sie ruhig rein«, stellte die Verkäuferin Ilse anheim.

Ilse erwählte dazu ihre Rechte. Und dann stellte sich für sie unzweideutig heraus, daß an Attraktivität dieser Handschuh an ihrer Hand noch um ein Erkleckliches hinzugewonnen hatte.

Ein Ruf entrang sich dem Mund der Verkäuferin: »Ideal!«

Sie meinte damit nicht das von ihr angepriesene Objekt allein, sondern dessen überwältigenden Zusammenklang mit Ilses Hand. Um das ganz deutlich werden zu lassen, fügte sie hinzu: »Sie haben aber auch Hände, gnädige Frau, solche Hände habe ich noch nicht gesehen!«

Ilse spürte, daß es höchste Zeit zur Umkehr war.

»Ich weiß nicht«, sagte sie, »irgendwie ... irgendwie haben die mir, als ich sie im Fenster sah, besser gefallen ...«

Das Herz zerschnitt es ihr, als sie dabei an jeder Fingerspitze am Leder zu zupfen begann, um den ganzen Handschuh zu lockern, ehe sie ihn ausziehen konnte.

»Ging's dir nicht auch so?« fragte sie Heinz.

»Nein, ich sehe keinen Unterschied.«

»Doch«, stieß sie hervor und zog sich, um der Sache rasch ein Ende zu machen, den Handschuh von ihrer Hand — nein, von ihrem zerschnittenen Herzen.

»Packen Sie sie ein«, sagte Heinz zu der Verkäuferin, der das natürlich nicht zweimal gesagt werden mußte.

Die Entgeisterung in Ilses Gesicht war zum Malen.

»Aber ...«

Das war alles, was sie aus sich herauspressen konnte.

»Was meinst du?« fragte Heinz sie.

»Aber ...«

Ilse blickte ihn wie einen Geistesgestörten an und wandte sich an die Verkäuferin, zu der sie sagte: »Nein, Fräulein, packen Sie sie nicht ein ...«

Die Verkäuferin hielt inne.

»Wollen Sie sie gleich anziehen, gnädige Frau?«

»Nein, ich will sie gar nicht haben, ich sage Ihnen ja, im Fenster haben sie mir besser gefallen.«

Die Verkäuferin war Kummer mit launischen Kundinnen gewohnt; wortlos fing sie an, die Einpackerei wieder rückgängig zu machen.

»Geben Sie sie her, wie sie sind«, sagte Heinz. In seiner Rechten war wie von Zauberhand ein Hundertmarkschein aufgetaucht. Er legte ihn auf den Ladentisch. Ilse verfolgte diesen Vorgang nun mit absoluter Sprachlosigkeit, die auch noch anhielt, als ihnen die Verkäuferin, die eine ausgezeichnete, bestens geschulte Kraft war, das Geleit bis zur Ausgangstür gab und dort zu Heinz sagte: »Mein Herr, ich darf mir erlauben, zu bemerken, daß sich Ihre Frau Gemahlin zu ihrem Ehemann beglückwünschen kann.«

»Schreib dir das mal hinter deine süßen Ohren«, sagte draußen Heinz zu Ilse grinsend.

Sie konnte das Ganze immer noch nicht fassen. Das ging aus ihren ersten Worten hervor, als sie die Sprache endlich wiederfand.

»Sag mal, bist du wahnsinnig?«

»Wieso?«

»Woher kommt das Geld? Ihr wart doch gestern pleite?«

»Gestern«, antwortete Heinz trocken.

»Und heute nicht mehr? Was ist inzwischen geschehen?« Ilse tippte sich plötzlich mit der flachen Hand an die Stirn; sie glaubte von selbst auf den Trichter gekommen zu sein. »Du hast es von zu Hause erhalten?«

»Hast du schon mal so lange auf Geld gewartet wie wir«, erwiderte Heinz, einer Lüge geschickt aus dem Weg gehend.

Ilse blieb weit davon entfernt, sich zu freuen.

»Trotzdem bist du wahnsinnig«, schimpfte sie. »Deine Leute greifen dir nicht zu dem Zweck unter die Arme, damit du das Geld für mich zum Fenster hinauswirfst.«

Heinz wedelte mit den Handschuhen vor den Augen Ilses herum.

»Freuen sie dich denn nicht?«

Ilse erlag diesem Bild und fing an zu strahlen.

»Doch, natürlich, aber . . .«

Seine größte Frechheit fiel ihr ein. Sie unterbrach sich: »Was hast du dir überhaupt dabei gedacht, mich als deine Frau zu bezeichnen?«

»Habe ich das getan?« antwortete er mit unschuldiger Miene.

»Die muß doch gemerkt haben, daß das nicht stimmt.«

»Woran muß sie das gemerkt haben?«

»Weder du trägst einen Ring noch ich.«

»Das bringt mich auf eine Idee: Wir suchen uns ein Schmuckgeschäft und kaufen uns welche.«

»Ringe?«

»Ehe- oder Verlobungsringe — sehen ja beide gleich aus.«

Ilse blickte ihn kopfschüttelnd an.

»Heinz«, sagte sie, »der Wahnsinn nimmt bei dir von Minute zu Minute größere Dimensionen an.«

»Findest du?«

»Ja.«

»Dann ist dir aber sicher auch bekannt, daß Wahnsinn und Genie sehr nahe zusammenliegen?«

»Ich verstehe. Nun weiß ich, wie du dich selbst siehst — als Genie.«

»Als eines der größten«, lachte er.

»Wie Albert Einstein.«

Wie weggewischt verschwand das Lachen aus seinem Gesicht.

»Einstein?«

»Ja.«

»Der Jude?«

Sie nickte.

»Als solcher«, sagte Heinz mit unbewegter Miene, »kann er doch gar kein Genie sein.«

»Das sagt das Reichspropagandaministerium, ich weiß. Und seine wissenschaftlichen Leistungen? Seine Relativitätstheorie?«

»Alles von arischen Wissenschaftlern gestohlen.«

»Glaubst du das?«

»Du?«

»Ich habe *dich* gefragt.«

»Und ich frage *dich.*«

Nach diesem verbalen, typisch deutschen Eiertanz im Dritten Reich faßte sich Ilse ein Herz und erklärte: »Ich schätze dich so ein, daß du mich nicht gleich zur Anzeige bringen wirst, wenn ich dir die Wahrheit sage.«

»Du nimmst mir die Worte aus dem Mund. Genau das gleiche wollte ich soeben im Hinblick auf dich zum Ausdruck bringen.«

»Ich sage dir also, daß ich das nicht glaube.«

»Und ich füge sogar hinzu, daß Albert Einstein für mich ein Jahrhundertgenie ist, dessen Vertreibung aus Deutschland uns vielleicht noch teuer zu stehen kommen wird.«

Ilse sagte einige Sekunden lang nichts, schaute ihn an, nahm plötzlich seinen Kopf in ihre Hände und raunte ihm ins Ohr: »Du bist ja ein Staatsfeind.«

Dann gab sie ihm auf offener Straße einen raschen Kuß.

»Nein, bin ich nicht«, sagte er anschließend. »Und du auch nicht. Nur verstehe ich eben manches, was bei uns passiert, nicht. Das mit dem Einstein zum Beispiel. Solche Sachen sind nicht nur schlimm, sondern ganz einfach auch blöd. *Der* und kein Genie!«

Sie gingen weiter.

»Vergessen wir die Handschuhe nicht«, sagte Heinz. »Willst du sie nicht anziehen?«

»Du bist verrückt«, lachte Ilse. »Bei *der* Hitze!«

»Eine grande dame trägt auch am Äquator oder in der Hölle Handschuhe.«

»Erstens, mein Lieber, bin ich keine grande dame. Und zweitens komme ich wohl nie in meinem Leben an den Äquator. Deutschlands Devisengesetzgebung ist dagegen.«

»Und wie steht's mit der Hölle?«

Ilse puffte ihn strafend in die Seite.

»Traust du mir die zu?«

»Ohne weiteres.«

»Du!« Zugleich ein noch stärkerer Puff.

»Und zwar für die Art und Weise, wie du mir das Herz zerfleischst«, sagte er.

»Ich küsse dich auf offener Straße, und das nennst du ›dein Herz zerfleischen‹?«

»Das Problem ist die offene Straße. Die schafft Voraussetzungen, die ich gern gegen andere eintauschen würde.«

»Du meinst, gegen die in einem Schlafzimmer«, sagte Ilse geradeheraus. So etwas passierte nur ganz, ganz selten bei ihr. Heinz war auch entsprechend überrascht.

»Donnerwetter!« stieß er hervor.

Das Schicksal meinte es jedoch nicht gut mit ihm. In diesem Augenblick, in dem es spannend zu werden versprach, wurde nämlich Heinz wieder von einem Mann in mittleren Jahren entdeckt, der nichts Eiligeres zu tun hatte, als ihn zu grüßen: »Tag, Herr Bartel! Mein Kompliment!«

Hol dich der Teufel, dachte Heinz und machte ein Gesicht, das Ilse zu der Feststellung veranlaßte: »Sehr freundlich bist du aber nicht zu den Leuten.«

Als er schwieg, stellte sie ihm wieder die unvermeidliche Frage: »Wer war der? Sag mir jetzt bloß nicht wieder, du weißt es nicht.«

»Doch, das muß ich.«

»Was mußt du?«

»Dir sagen, daß ich das nicht weiß.«

»Aber er kannte dich doch sogar beim Namen.«

»Trotzdem habe ich ihn noch nie im Leben gesehen.«

»Heinz!« rief Ilse so laut, daß die Leute in der Nähe auf sie aufmerksam wurden. »Heinz, was du treibst, ist eine Kette von Beleidigungen für mich!«

»Wieso?«

»Du stempelst mich zur Idiotin.«

»Das würde ich nie im Leben wagen, Ilse.«

»Dann sag mir, wer der war.«

»Das kann ich nicht.«

»Weil du ihn nie im Leben gesehen hast?«

»Ja.«

»Und das soll ich glauben?«

»Ja.«

»Ich bin doch nicht verrückt!«

»Sicher nicht.«

»Aber *du* bist verrückt, wenn du denkst, mich —«

»Daß ich verrückt bin, steht schon seit Tagen fest«, unterbrach er sie.

»So?«

»Verrückt nach dir«, spaßte er. Es war der Versuch, mit einem Scherz sozusagen das Thema zu entschärfen. Heinz lachte dazu auch und hoffte, das würde ansteckend wirken. Irrtum.

»Heinz!«

»Ja?«

»Du bleibst also dabei, daß du den nicht gekannt hast?«

»Das ist die Wahrheit, Ilse.«

»Und den nächsten, der kommt, kennst du auch nicht?«

»Ich kann ja nichts dafür, Ilse, daß es so ist.«

»Heinz, ich warne dich!«

»Ilse, bitte . . .«

»Ich warne dich, Heinz, ich lasse das nicht mehr länger mit mir machen. Ich spreche den nächsten, der kommt und dich grüßt, an und frage ihn, warum er das tut.«

»Ich bitte dich, Ilse —«

Es war schon zu spät. Zwar war es kein Mann, der ihnen entgegenkam und wieder grüßte, sondern eine alte Dame, aber gerade das erleichterte es Ilse, ihre Drohung wahrzumachen. Der Unmut, den Heinz in ihr geweckt hatte, verlieh ihrem Auftreten eine energische Note.

»Halt!« sagte sie zu der alten Dame, ihr in den Weg tretend. »Sie haben gegrüßt!«

Die Dame war natürlich erstaunt.

»Nicht Sie«, sagte sie. »Den Herrn in Ihrer Begleitung.«

»Warum?«

Das klang schärfer, als es Ilse meinte. Die alte Dame erschrak nun sogar und glaubte, beruhigend auf das junge Mädchen — ein etwas törichtes junges Mädchen, dem Anschein nach — einwirken zu müssen.

»Mein liebes Kind«, sagte sie, »Sie werden doch daraus keine falschen Schlüsse ziehen? Ich bin 63 Jahre alt und keine Konkurrenz für Sie.«

Ilse verspürte die Hand von Heinz an ihrem Oberarm.

»Komm, Ilse«, versuchte er sich bemerkbar zu machen, »gehen wir —«

Ilse erwies sich ihm gegenüber als taub. Sie beachtete ihn nicht und sagte zu der alten Dame: »Ich muß Sie trotzdem fragen, warum Sie ihn gegrüßt haben.«

»Herrn Bartel? Nun, als Zeichen meiner Anerkennung für ihn.«

»Herrn Bartel?« hakte Ilse ein. »Sie kennen ihn?«

»Wir alle kennen ihn seit gestern abend«, antwortete die alte Dame mit einem Lächeln, das ganz sicher nicht Ilse, sondern Heinz galt.

Ilse blieb dabei, nachzufragen.

»Seit gestern abend?«

»Ja, im Strandkasino.«

»Im Strandkasino?«

»Herr Bartel war der absolute Höhepunkt.«

»Der absolute Höhepunkt?«

»Mir scheint, Sie haben das gar nicht miterlebt?«

»Nein«, sagte Ilse, zwischen der alten Dame und Heinz hin und her blickend, »das habe ich nicht.«

»Schade für Sie, mein liebes Kind«, meinte die alte Dame. »Es war ein hohes Vergnügen.«

Mit »hohes« wollte die alte Dame irgendwie das Hehre des Kunstgenusses zum Ausdruck bringen.

»Ich danke Ihnen für Ihre Auskunft«, erklärte Ilse. »Und entschuldigen Sie bitte meinen Überfall.«

An der nächsten Ecke begann die Auseinandersetzung mit Heinz.

»Ich dachte, ihr wart gestern abend zu Hause.«

»Das hat keiner von uns behauptet.«

»Du sagtest, ich hätte dich telefonisch in eurer Pension erreichen können.«

»Nach elf Uhr.«

»Um elf, sagtest du, bist du ins Bett gegangen und vorher nicht außer Haus gewesen.«

»Letzteres habe ich nicht gesagt.«

»Aber ich habe das als selbstverständlich angenommen, und du hast mich in diesem Glauben gelassen.«

»Davon wurde doch überhaupt nicht gesprochen, mit keinem Wort.«

»Du warst also jedenfalls nicht zu Hause, sondern im Strandkasino?«

»Wir beide.«

»Ihr beide — ohne uns!«

»Ihr wart doch todmüde. Ihr wolltet nur noch schlafen, habt ihr gesagt.«

»Zumindest hättet ihr uns sagen können, was ihr noch vorhabt.«

»Ilse, das hatten wir nicht vor, sondern es hat sich überraschend ergeben. Wir wurden eingeladen.«

»Ins Strandkasino.«

»Ins Strandkasino, ja. Aus deinem Ton geht hervor, daß du mir nicht glauben willst.«

»Doch, doch«, beteuerte Ilse ironisch, »jedes Wort. Und seitdem kennen dich also alle?«

»Dafür kann ich nichts.«

»Nichts? War es nicht so, daß dein plötzlicher Bekanntheitsgrad davon herrührt, daß du der absolute Höhepunkt warst?«

»Ich verstehe ja selbst nicht mehr, wie es dazu kommen konnte.«

»Wozu?«

»Zu meinem Auftritt.«

»Auftritt?«

Heinz seufzte.

»Ilse«, sagte er, »das war so: Die hatten dort ein sogenanntes Je-ka-mi-ma-Programm; jeder kann mitmachen, aus dem Publikum, weißt du. Das führen die öfters durch. Und dabei bin ich aufgetreten. Schuld war Rolf, der hat mir das eingebrockt.«

»Du bist . . .«

Vor Erstaunen erstarb Ilse das Wort im Mund.

». . . aufgetreten, ja«, ergänzte Heinz.

»Als was?«

»Als Sänger.«

»Kannst du denn das?«

Ilse fragte ihn dies mit einem derart starken Zweifel in der Stimme, daß Heinz glaubte, es sich schuldig zu sein, ein bißchen aufzutrumpfen.

»Du hast doch gehört, was ich war«, sagte er. »Der absolute Höhepunkt.«

Nun siegte die Neugierde in Ilse. Das wollte sie alles ganz genau erfahren, und es fügte sich deshalb gut, daß ein kleines Café in Sicht kam, in das sie sich setzen konnten — was ja überhaupt ihre ursprüngliche Absicht gewesen war. Sie gaben einer Kellnerin ihre Bestellung, dann mußte Heinz berichten, und zwar haarklein. Ilse sorgte mit zahlreichen Zwischenfragen dafür, daß nichts unerwähnt blieb. Heinz erzählte auch von seinen Konkurrenten, die er aus dem Feld hatte schlagen müssen. Dies sei, sagte er zum Schluß, wichtig gewesen wegen der Preise.

»Preise?« fragte Ilse.

»Es waren drei Preise ausgesetzt«, sagte Heinz.

»Pokale oder so was?«

»Nein, Geld.«

»Geld?«

In Ilse hatte wieder eine kleine Gedankenreihe ihren Anfang genommen.

Heinz sagte: »Der erste Preis hundert Mark, der zweite fünfzig, der dritte zehn.«

»Und du hast den ersten gewonnen, nachdem du ja der absolute Höhepunkt der Veranstaltung warst?«

»Ohne Rolf wäre das Ganze überhaupt nicht passiert, kann ich nur noch einmal sagen.«

»Heinz.«

»Ja?«

»Das Geld für die Handschuhe stammt gar nicht von zu Hause?«

»Nein.«

»Das hattest du aber gesagt.«

»Nein, das habe ich ganz bestimmt nicht gesagt. Das hast du nur automatisch angenommen.«

»Aber du hattest mich bei diesem Glauben gelassen.«

»Ist doch egal, woher es stammt. Hauptsache, es hat mich in die Lage versetzt, dir eine Freude zu machen.«

»Ich sehe aber, daß es dir anscheinend einen Mordsspaß macht, mich an der Nase herumzuführen. Das tut Manfred nicht, darin unterscheidest du dich von ihm.«

»Welcher Manfred?«

»Mein Verlobter in Berlin.«

Diesen Hieb mußte sie ihm versetzen, denn Strafe hatte er, so dachte Ilse, verdient.

Heinz zeigte auch Wirkung.

»Entschuldigung«, sagte er getroffen, »es wird nicht mehr vorkommen.«

Das Gespräch zwischen den beiden kam dadurch für eine Weile zum Erliegen. Sie tranken ihren Kaffee und aßen ihren Kuchen. Schließlich sagte Ilse: »Trotz allem wäre ich natürlich sehr gerne dabeigewesen.«

»Du hast nichts versäumt«, untertrieb Heinz. Er wollte sich nicht noch einmal von diesem Musterknaben Manfred in unvorteilhafter Weise abheben.

»Was hast du denn gesungen?«

»Bißchen was aus Opern.«

Ein Funke glomm auf in Ilse.

»Aus Opern?«

»Ja.«

»Was denn?«

Heinz zählte ihr die Nummern auf. Und jede entfachte das Erstaunen und die Begeisterung Ilses. Ilse erwies sich damit als Kennerin, dies in einem weit größeren Maße sogar, als Heinz zu hoffen gewagt hatte. Kurz gesagt: Peter Kreuder hatte bei ihr gegen Wolfgang Amadeus Mozart keine Chance.

Heinz war davon hingerissen.

»Ilse«, rief er, »du bist Spitze!«

An einem Tisch in der Nähe saß mit seiner Freundin ein junger Mann, der dies hörte, worauf er zu ihr sagte: »Daß die Spitze ist, sieht man.«

»Und was bin ich?« bekam er in einem Ton zur Antwort, der gefährlich klang.

»Du bist der Gipfel«, beeilte er sich, ihr zu versichern.

Sie war's zufrieden.

Heinz strahlte Ilse an.

»Nun mußt du mir nur noch sagen, daß du vielleicht auch noch ein Instrument spielst.«

»Zwei sogar.«

»Ilse!!«

»Aber nicht gut.«

»Welche denn?«

»Die üblichen: Klavier und Geige.«

»Du *mußt* meine Eltern kennenlernen, Ilse!«

»Und du die meinen«, lachte Ilse.

»Bitte«, packte Heinz zu, »dann sind wir uns ja einig. Ich stehe zur Verfügung.«

Doch Ilse sagte: »Das könnte allerdings sehr gefährlich werden.«

»Gefährlich?«

»Meine Mutter ist nämlich gar nicht gesund.«

»Das tut mir leid. Was fehlt ihr denn?«

»Sie ist schwer herzleidend.«

»Schlimm, aber weshalb wäre es gefährlich für sie, mich kennenzulernen?«

»Sie würde doch merken, was mit uns beiden los ist.«

»Selbstverständlich, das wäre ja auch der Zweck meines Besuches.«

»Nein«, sagte Ilse rasch, »so einfach ist das nicht.«

»Warum nicht?«

»Wegen Manfred. Meine Mutter schätzt den nämlich außerordentlich, ja, sie liebt ihn geradezu, und sie würde sich deshalb ganz sicher fürchterlich aufregen, wenn sie sehen müßte, daß Gefahr für ihren Manfred besteht. Du verstehst mich?«

Hindernisse, immer neue Hindernisse . . .

Heinz hätte die Stunde verfluchen können, in der er sich in Köln dazu entschlossen hatte, Ferien in Heringsdorf zu machen, wo ihm dann Ilse begegnet war.

»Guck nicht so bös«, sagte Ilse.

Er schwieg.

»Wir brauchen Zeit«, fuhr sie fort.

Und nach einer Weile: »Inge und Rolf werden sich schon fragen, wo wir sind.«

Heinz winkte also der Bedienung, um zu bezahlen. Die Rechnung betrug nur ein paar Mark, trotzdem gab es Ilse einen Stich, als sie das Geld »über die Wupper gehen sah«.

»Das war jetzt die letzte Ausgabe dieser Art«, sagte sie energischen Tones zu Heinz.

»Das hängt auch noch von Rolf ab.«

»Wieso?«

»Auf die Hälfte erhebt er Anspruch.«

»Sagt er das?«

»Nein, aber wir handhaben das von jeher so.«

»Hat er gewonnen oder du?«

»Ich.«

»Na also.«

»Wir sind Freunde, Ilse.«

»Inge und ich sind das auch, trotzdem käme für mich so etwas nicht in Frage, für Inge auf der anderen Seite auch nicht. Glaube aber nicht, daß wir deshalb in unserer Freundschaft etwas Geringeres sehen, als ihr in der euren.«

Soll ich ihr sagen, dachte Heinz, daß sie mir da eben einen der Unterschiede zwischen Männern und Frauen aufgezeigt hat? Nein, ich behalte das für mich, sonst könnte die Debatte ins uferlose gehen. So schwieg er denn.

Sie verließen das Café. Um zum Strand zurückzugelangen, wählten sie eine andere Route als zuvor beim Weg in die Stadt. Dabei mußten sie einmal vom Bürgersteig heruntertreten, weil eine Ansammlung von Frauen mit Einkaufstaschen vor einem Laden das

Trottoir versperrte.

»Was machen denn die?« fragte Ilse verwundert.

Heinz zuckte mit den Schultern.

»Weiß ich auch nicht.«

Zwei Frauen kamen ihnen entgegen, deren Ziel auch jener Laden war. Die eine sagte zur anderen: »Meine Muter kann sich noch zu gut an den August 1914 erinnern. Damals hat sie es versäumt, sich rechtzeitig einzudecken. Ich soll nicht den gleichen Fehler machen wie sie.«

»Dasselbe«, erwiderte die andere, »sagte meine Schwiegermutter vor einer Stunde am Telefon zu mir auch. Sie rief mich extra aus Düsseldorf an.«

Als die beiden an Ilse und Heinz vorbei waren, fragte Ilse ihn: »Hast du die gehört?«

»Ja.«

»Worum ging's denn da?«

Heinz schaute über die Schulter zurück zu dem Laden.

»Wenn ich mich nicht täusche«, erwiderte er, »hamstern die.«

»Hamstern?«

»Ja.«

»Was hamstern sie denn?«

»Hauptsächlich Butter, schätze ich.«

Nun schaute auch Ilse um und sah an dem vorher nicht beachteten Firmenschild des Ladens, daß er Milch, Butter, Käse und Eier führte.

Ilse war ein Mädchen, das sich auf dem Gymnasium mit seinen Leistungen immer hatte sehen lassen können; nur für eines hatte sie sich nicht so sehr interessiert: für Geschichtsdaten. Diesbezüglich gab es also Wissenslücken bei ihr.

»Heinz«, fragte sie, »was war im August 1914?«

»Da brach der Erste Weltkrieg aus.«

»Vor genau fünfundzwanzig Jahren also«, sagte Ilse sinnend.

Heinz blickte sie von der Seite an.

»Ich weiß«, erklärte er mit rauher Stimme, »was du sagen willst. Noch«, er räusperte sich, »ist es aber nicht soweit. Noch herrscht Frieden. Außerdem«, fügte er in einer Anwandlung von unangebrachtem Zynismus hinzu, »muß es ja nicht gleich wieder ein Weltkrieg sein, der uns ins Haus steht. Vielleicht nur ein kleinerer.«

»Heinz, bitte keine solchen Witze.«

»Entschuldige.«
»Ich würde gern ein Postamt aufsuchen.«
»Darf ich fragen, warum?«
»Um zu Hause anzurufen.«
»Kannst du das nicht von eurer Pension aus machen?«
»Doch, aber ich möchte vermeiden, daß jemand mithört.«
»So?«
»In unserer Familie soll sich nicht der Fehler wiederholen, von dem die Schwiegermutter sprach, die extra aus Düsseldorf anrief.«
»Mit anderen Worten: Du willst Hamsterkäufe in Berlin anheizen?«
»Nur im engsten familiären Kreis.«
»So was wirkt wie ein Flächenbrand. Ich halte es aber für überflüssig.«
»Warum?«
»Die Berliner sind doch helle. Die Berlinerinnen auch. Sie werden von selbst schon auf den Trichter gekommen sein.«
»Glaubst du?«
»Ich würde sogar wetten.«
»Trotzdem möchte ich sichergehen.«
Sie fragten also nach dem nächsten Postamt, und Ilse ließ sich ein Ferngespräch nach Berlin vermitteln. Als die Verbindung hergestellt war, bestätigte sich die Vermutung von Heinz. Ilses Mutter berichtete von »Schlangen vor den Lebensmittelgeschäften«. In den Zeitungen würde aber schon geschrieben, wie unsinnig, ja unpatriotisch dies sei.
»Wie geht's dir sonst, mein Kind?« fragte Frau Bergmann.
»Sehr gut, Mutti! Dir hoffentlich auch?«
»Danke, der Arzt hat mir ein neues Mittel verschrieben, mit dem ich außerordentlich zufrieden bin.«
»Was macht Vati?«
»Immer dasselbe. Mit Onkel Herbert hat er sich gestern über Politik gestritten.«
»Nicht möglich! Seit wann interessiert sich Onkel Herbert für Politik?«
»Neuerdings schon, wie viele andere auch.«
»Aber gesundheitlich geht's Vati doch gut?«
»Ja.«
»Grüß ihn schön von mir.«

»Mache ich. Kommst du mit dem Geld aus?«

»Ja, Mutti, du kannst beruhigt sein. Wie ist das Wetter bei euch? Bei uns sehr schön.«

»Bei uns auch. Vati sagt allerdings: ›Trügerisch schön, wie vor 25 Jahren.‹«

Ilse blickte durch das Glas der Telefonzelle hinaus zu Heinz, der draußen stand und automatisch ihren Blick lächelnd erwiderte.

»Ilse«, war Frau Bergmann im Hörer zu vernehmen, »warum sagst du nichts? Bist du noch da?«

»Ja.«

»Ich habe Angst, Ilse.«

»Das sollst du nicht, Mutti. Wirst sehen, es löst sich alles in Wohlgefallen auf.«

»Meinst du?«

»Ja. Und jetzt muß ich Schluß machen, Muttilein, sonst wird's mir zu teuer, weißt du.«

»Soll ich dir nicht doch noch ein bißchen Geld schicken?«

»Nein, bestimmt nicht, danke. Also, mach's gut, Mami, bald —«

»Ilse!«

»Ja?«

»Du hast gar nicht nach Manfred gefragt.«

»Ach ja, richtig, wie geht's ihm denn?«

»Gut. Er erkundigt sich ständig nach dir. Ich werde ihn hernach gleich anrufen und ihm sagen, daß ich mit dir gesprochen habe.«

»Tu das.«

»Also, sei schön brav, mein Kind, und paß gut auf dich auf.«

»Mache ich, Mami, keine Sorge. Wiedersehen.«

»Wiedersehen, mein Kind.«

Heinz hatte sich eine Zigarette angezündet, warf sie aber, als Ilse aus der Zelle trat, gleich wieder weg und zertrat sie, obwohl sie erst halb geraucht war. Das war ein Akt vollendeter Höflichkeit einer jungen Dame gegenüber, und Ilse wußte dies zu würdigen.

»Du bist ein Kavalier«, sagte sie.

Sie wollte ihn ein bißchen belohnen und fragte ihn: »Hat's zu lange gedauert?«

»Aber nein!«

»Die sind schon am Hamstern.«

»Was ich sagte«, lachte er.

»Meinen Eltern geht's gut.«

»Das freut mich.«
»Aber zuletzt wurde ich von Mutti ausgeschimpft.«
»Warum denn?«
»Sie sagte: ›Du hast gar nicht nach Manfred gefragt.‹«
Heinz blieb stehen.
»Stimmte das?«
»Ja, ich hatte es ganz und gar vergessen.«
Ihm das einzugestehen, war also der Lohn Ilses. Spontan nahm er sie in die Arme, und nun küßte *er* sie auf offener Straße. Dann gingen sie wieder weiter.
Von Inge und Rolf, die natürlich längst nicht mehr schliefen, wurden sie nicht gerade freundlich empfangen.
»Wo wart ihr denn?« fragte Inge mit vorwurfsvoller Stimme.
»In der Stadt«, antwortete Ilse.
»Und warum habt ihr uns nicht mitgenommen?« fragte Rolf.
»Ihr wart so schön am Schlafen, wir wollten euch nicht wecken«, erwiderte Heinz.
Ilse wies die Handschuhe vor.
»Guck mal, Inge, was ich bekommen habe.«
»Von wem?«
»Sind die nicht schön?«
»Von wem?« wiederholte Inge.
»Von mir«, sagte Heinz.
Inge setzte ihr Gespräch nicht mit ihm, sondern mit Ilse fort.
»Ich denke, die haben kein Geld mehr? Gestern in Swinemünde reichte es nicht mal mehr zu einer Bockwurst.«
»Das war auch wirklich so, Inge.«
»Dann frage ich mich, wodurch sich in der Zwischenzeit die Lage geändert hat. Oder ist das ein Geheimnis?«
»Keineswegs«, mischte sich Heinz ein. Er wandte sich Rolf zu. »Sag es ihr. Offenbar hast du das noch nicht getan.«
Rolf erstattete daraufhin einen umfassenden Bericht über die Vorgänge im Strandkasino. Inges Reaktion war aber keine frohe. Sie kam sich ausgeschlossen vor aus dem, was die anderen schon wußten; sie fragte deshalb pikiert: »Und warum habt ihr mir das verheimlicht?«
Besonders ihren Rolf nahm sie auf die Hörner, zu dem sie sagte: »Hattest du etwa Angst, daß ich mir gleich Gedanken machen würde, wie wir umgehend das Geld auf den Kopf hauen könnten?«

»Inge«, sagte Ilse rasch, um Rolf aus seiner Verlegenheit zu helfen, »tu ihm nicht unrecht, auch mir hatte Heinz kein Sterbenswörtchen von der ganzen Angelegenheit gesagt. Ich mußte mir die nötigen Informationen anders besorgen.«

»Von wem?«

»Ich hatte mich entschlossen, den nächstbesten, der uns entgegenkam und ihn grüßte, anzuhalten und ihm das Messer auf die Brust zu setzen.«

»Ich verstehe nicht.«

»Ganz Heringsdorf grüßt ihn doch seit gestern.«

»Wen grüßt Heringsdorf? Heinz?«

»Ja, alle ziehen den Hut und wollen Autogramme von ihm«, übertrieb Ilse.

Inge taute auf. Ihrem ganzen Naturell waren länger anhaltende Verärgerungszustände fremd.

»Wirklich?« fragte sie fasziniert.

»Ich sage dir, Inge«, beteuerte Ilse, »die bilden Spalier, wenn er kommt.«

Inge klatschte in die Hände.

»Und das wegen seiner Singerei?! Kinder, das *muß* ich sehen!«

Abwiegelungsversuche von Heinz kamen zu spät. Sie scheiterten. Inge bestand darauf, in den Genuß eines solchen Erlebnisses versetzt zu werden.

»Wir machen das zu viert«, sagte sie, ohne einen Widerspruch zu dulden. Im gleichen Atemzug begann sie, sich anzukleiden, ihrem Freund Rolf einen Wink gebend, dasselbe zu tun.

Ilse und Heinz ergaben sich in ihr Schicksal, zum zweitenmal an diesem Tag in den Straßen Heringsdorfs gesehen und, soweit es Heinz betraf, mit Zeichen der Verehrung überschüttet zu werden.

»Tatsächlich«, staunte Inge, als Heinz zum erstenmal gegrüßt worden war. »Ich hatte es nicht geglaubt.«

»Ich auch nicht«, grinste Rolf. »Aber verstehen kann ich die Leute. Wir waren wirklich gut.«

»Wieso ›wir‹?« fragte ihn Inge. »Hast du auch gesungen?«

»Nein, aber ich habe ihn gemanagt. Nur mir verdankt das Publikum überhaupt seinen Auftritt.«

»Das stimmt«, sagte Heinz. »Und diesbezüglich werde ich mit dir noch ein Hühnchen rupfen.«

»Indirekt tust du das schon.«

»Wieso?«

»Indem du dich dazu entschlossen zu haben scheinst, das Preisgeld allein zu verwirtschaften.«

Das war ein sehr kaufmännisch ausgedrückter Wink mit dem Zaunpfahl.

»Quatsch!« sagte Heinz nur.

Ilse beobachtete ihn. Er blickte herum.

»Was suchst du?« fragte sie ihn.

»Wo war dieses Ledergeschäft?«

»Zwei Kreuzungen weiter.« Sie fragte nicht, warum. Ganz plötzlich war ihr dies ohnehin klar. Und vom gleichen Augenblick an war ihr auch klar, daß eine echte Freundschaft zwischen Männern doch noch etwas anderes ist als eine zwischen Frauen. Sich in irgendeiner Form dazwischendrängen zu wollen, kann da einer Frau oder einem Mädchen nur Schaden bringen.

Die Verkäuferin, mit der es schon Ilse und Heinz zu tun gehabt hatten, machte nur einen Fehler, der ihre Darbietung einigermaßen schmälerte.

»Sie haben aber auch Hände, gnädige Frau«, sagte sie auch zu Inge, »solche Hände habe ich noch nicht gesehen.«

Nach dem Verlassen des Geschäfts forderte draußen auf der Straße Heinz die beiden Mädchen dazu auf, ihre Hände vorzuzeigen, damit ein zuverlässiges Urteil gefällt werden könne. Lachend leisteten Ilse und Inge der Aufforderung Folge. Wie jeder sehen konnte, besaß Ilse die schöneren, schmaleren Hände, obwohl auch Inge mit den ihren mehr als zufrieden sein konnte.

»Was meinst du?« ließ Heinz bei der Stimmenabgabe Rolf den Vortritt.

Rolf scheute sich nicht zu sagen: »Tut mir leid, Ilse, die von Inge gefallen mir besser.«

Ilse blickte Heinz an.

»Und dir?«

Lächelnd log Heinz: »Ich finde die deinen und die ihren gleich gut.«

Er war ein vollendeter Kavalier, allen Damen gegenüber. Ilse kannte ihn diesbezüglich nun schon und flüsterte ihm belobigend ins Ohr: »Rolf könnte sich eine Scheibe von dir herunterschneiden.«

»Ich habe die Wahrheit mit Füßen getreten«, flüsterte er zurück.

»In der elegantesten Weise, mein Liebling.«
»Liebling?«
Inge fuhr dazwischen.
»Was turtelt ihr denn da schon wieder? Dürfen wir das nicht hören?«
»Nein«, sagte Ilse, »das nicht.«
Inge lachte, sie dachte bestimmt nicht an das Richtige. Anschließend konnte sie sich an ihren Handschuhen nicht satt sehen.
»Ich stehe vor einem Problem«, sagte sie zu Ilse.
»Vor welchem?«
»Ich weiß immer noch nicht, bei wem ich mich mehr bedanken muß — bei Rolf oder bei Heinz.«
»Bei mir natürlich!« rief Rolf.
»Aber Heinz war der Gewinner des Preises.«
Der Disput endete natürlich wieder unter allgemeinem Gelächter. Eigentlich, behauptete Rolf, sei Heinz daran schuld, daß nicht auch noch der zweite Preis an sie gegangen sei.
»Und warum?«
»Weil er mich nämlich daran gehindert hat, seinem Auftritt den meinen folgen zu lassen.«
»Als was?«
»Als Conférencier.«
Heinz verdrehte die Augen.
»Ein schöner Conférencier!« sagte er. »Wir wären des Lokals verwiesen worden.«
Sie bummelten dahin, waren vergnügt, die Mädchen konnten natürlich an diversen Geschäften nicht vorübergehen, ohne anzuhalten und den Auslagen ihre Aufmerksamkeit zu schenken. Solche Gelegenheiten benützten dann die beiden Männer zu vertrauten, kleineren Gesprächen zwischen ihnen. Inge habe ihm versprochen, teilte Rolf mit, bald wieder mit ihm ...
». . . du weißt schon«, sagte er.
»Ich weiß«, nickte Heinz.
»Und Ilse, was ist mit der?«
Heinz seufzte.
»Die heißt nicht Inge.«
»Langsam«, meinte daraufhin Rolf, »wäre mir das aber unerträglich.«
Heinz schwieg.

Eine Gruppe Urlauber kam daher, und einer davon machte schon von weitem die anderen auf Heinz aufmerksam.

»Seht ihr den dort?«

Als die Gruppe an Heinz vorüberzog, gab es Zurufe an ihn, deren aufschlußreichster lautete: »Jaja, die Rheinländer!«

Inge fand das immer noch phantastisch.

»Das nächste Mal versuchst du's wenigstens auch«, sagte sie zu Rolf.

Wieder Gelächter.

Rolf entdeckte auf der gegenüberliegenden Straßenseite eine Liegenschaft, die ihn an ein Gespräch zweier junger Burschen am Strand erinnerte.

»Das müßte doch diese Spielhölle sein«, vermutete er.

»Welche Spielhölle?« fragte Heinz.

Rolf berichtete von dem Gespräch der beiden Jünglinge, denen er zugehört hatte. Dabei hätte er erfahren, sagte er, daß es in Heringsdorf eine Spielhalle gebe (»Spielhölle« in der Ausdrucksweise der jungen Burschen). Auch Getränke seien dort zu haben.

»Worauf warten wir?« fragte Heinz. »Sehen wir uns das Ganze an.«

»Faites votre bonheur, mesdames, messieurs, die Kugel rollt . . .«, fügte Rolf hinzu.

Solche Erwartungen sollten aber enttäuscht werden.

Eine nähere Beschreibung der fraglichen Liegenschaft las sich so:

Die große Glasveranda des Strandkasinos ruhte auf mächtigen grauen Betonpfeilern, sie war also aus dem eigentlichen Kasinobau herausgedrückt und wie ein Vogelnest an die Längswand desselben angeklebt worden. Dadurch war unter der Veranda eine große offene Durchgangshalle entstanden, in die geschäftstüchtige Heringsdorfer Stände hineingebaut hatten, Automaten und Schießbuden (eine Kirmes im kleinen). Auch ein winziges Bierrestaurant hatte eröffnet und wurde frequentiert von würdigen Herren, die ihr Kinderherz entdeckt hatten. Die einen schossen z.B. Papierblumen, Generaldirektor Wallroth aus Essen spielte am Automaten für 10 Pf Pferderennen. Landrat Dr. Berg aus Insterburg spielte mit seiner Frau Pingpong. Professor von Lorenz aus Göttingen ließ es sich nicht nehmen, an einem anderen Automaten silberne Kugeln in Löcher zu stoßen. Und im Hintergrund drehte der Leipziger Amtsgerichtsrat Dr. Brenner das Glücksrad und gewann einen Drehbleistift aus billigem Material. Das alles gehörte zur Kur dieser zumeist älteren Herren, es machte sie froh und wieder jung, und wenn sie nach Wochen wieder zu Hause eintrafen, reichte der mitgebrachte Schwung noch lange dazu aus, sie mit ihren Enkelkindern begeistert Eisenbahn spielen zu lassen.

Heringsdorfs Manager wußten schon, wozu man sie auf ihre Posten gestellt hatte. Sie bauten ihre Kurerfolge auf psychologischen Wirkungen und dem Individualismus des Gastes auf.

In dieser Spielhölle, wie man den Tunnel also scherzhaft nannte, standen an zwei Pfeilern zwei beliebte, publikumswirksame Apparate: die sogenannten Kraftmesser. Sie funktionierten folgendermaßen: Wenn man zwei Griffe zusammendrückte, drehte sich auf einer Skala ein Zeiger und zeigte an, wieviel man drücken konnte und wie man bewertet wurde. Die niedrigste Stufe hieß »Schneider«, die nächsthöhere »Beamter«, dann kam »Tischler«, dann »Landwirt«; sehr hoch stand »Schmied«; die absolute Spitze aber bildete der »Athlet« mit der Zahl 1000.

Ein solcher Apparat forderte natürlich von Haus aus Zustimmung und Ablehnung zugleich heraus. Eisig abgelehnt wurde er verständlicherweise von der ehrbaren Zunft der Schneider, während er der Zustimmung der Schmiede von vornherein sicher sein durfte.

»Ich würde gern wissen«, sagte Inge vor einem der beiden Apparate provokativ, »was mit den Ärzten los ist.«

»Hab' ich dir das nicht schon gezeigt?« ließ sich Rolf vernehmen.

Inge lachte, ohne rot zu werden.

»Hier würde ich das gerne sehen«, erklärte sie mit Betonung.

Rolf winkte ab.

»Ich will denen nicht die Existenzbasis zerstören.«

»Soll das heißen, daß der Apparat kaputt ginge?«

»Wahrscheinlich.«

»Angeber!«

Rolf grinste Heinz an.

»Soll ich?«

Ein kleiner Konkurrenzkampf brach aus.

»Soll nicht erst ich?«

»Du?«

Ziemlich geringschätzig hatte das geklungen, und deshalb war es unabwendbar, daß Heinz glaubte, eine solche Herabwürdigung seiner Person vor Inge, insbesondere aber vor Ilse, nicht zulassen zu können. Schon steckte er einen Groschen in den Zahlschlitz des Apparates, stemmte die Beine breit in den Boden, legte die Hände an die zwei Griffe, holte tief Atem und ... preßte ... preßte ... preßte ...

Rot lief er an, blau. Ächzend entwich ihm Atemluft. Der Zeiger drehte und drehte sich, erst schnell, dann langsamer. Den »Schneider« und den »Beamten« passierte er rasch, den »Tischler« mit Verzögerung, den »Landwirt« nur noch mit Mühe — aber immerhin. Die beiden Mädchen kreischten bewundernd. Mit jedem Millimeter des Zeigers mehr traten Heinz nun die Augen weiter aus den Höhlen. Um jeden Preis wollte er den »Schmied« erreichen. Man glaubt ja gar nicht, wie stolz sogenannte Geistesschaffende auf körperliche Leistungen sein können. Geradezu kindisch werden sie, wenn es darum geht, die Muskeln spielen zu lassen. In jenen Minuten hätte sich Heinz Bartel, vor die Wahl gestellt, den Nobelpreis in Literatur oder eine olympische Goldmedaille in Schwerathletik einheimsen zu können, für die Goldmedaille entschieden.

»Bravo!« feuerte ihn Inge an.

»Nicht schlecht!« stieß Rolf ins gleiche Horn, wenn auch das Gönnerhafte dabei im Ton mitschwang.

Nur Ilse scherte aus. Sie sah die Schlagader am Hals von Heinz kleinfingerdick anschwellen und fürchtete, daß sie platzen könne, weshalb sie ausrief: »Hör auf, du fällst sonst um!«

Nun erst recht!

Ilse hatte eine falsche Taste angeschlagen. Umfallen wäre ein Zeichen der Schwäche gewesen. Umfallen kam nicht in Frage.

Die Ader drohte ringfingerdick anzuschwellen.

»Hör auf!« rief Ilse noch einmal. »Das genügt!«

Ganz, ganz langsam, zitternd kroch der Zeiger heran an »Schmied«, streifte ihn, verharrte den Bruchteil einer Sekunde auf der Stelle — und sauste zurück in seine Ausgangsposition. Heinz hatte die Griffe losgelassen. Schwer atmend, aber stolz wie ein Pfau, blickte er herum, bereit, die Ovationen, die ihm zustanden, entgegenzunehmen. Seinem Gesichtsausdruck war zu entnehmen, daß der »Schmied« nicht das Äußerste gewesen sei, daß er eigentlich noch weiter hätte gehen können. Pfauen sind bekanntlich nicht die intelligentesten Vögel.

»Toll!« rief Inge.

»Ja, toll!« fiel Ilse ein, flüsterte ihm aber rasch ins Ohr: »Mußte das sein? Ich hatte schon Angst um dich.«

Das tat ihm gut. Bewunderung und Angst in einem, dargebracht vom Weibe, das ist für jeden Mann die schönste Mixtur an Gefühlen, die sein Inneres heben.

»Ein neuer Herkules!« Das kam wieder von Inge, nicht von Ilse.

»Bewahr dir noch etwas auf für mich«, sagte Rolf zu ihr.

»Muß ich das?«

»Du wirst schon sehen.«

»Dann leg endlich los.«

»Das hätte ich ja schon längst getan, wenn nur einer einen Groschen gäbe.«

Auch Heinz hatte keinen mehr, Inge und Ilse ebenfalls keinen. Der Amtsgerichtsrat Dr. Brenner aus Leipzig, an den sich Rolf mit der Frage wandte, ob er ihm ein Fünfzigpfennigstück wechseln könne, war dazu imstande. Dann konnte die gleiche Darbietung zum zweiten Male über die Bühne gehen.

Rolf mußte aber zu seiner Überraschung feststellen, daß er sich die Sache leichter vorgestellt hatte. Seine Fehleinschätzung wurzelte in der Leistung, die Heinz vollbracht hatte. Wenn der schon, dachte er, auftrumpfen konnte hier, was kann dann erst ich!

Der zweite Pfau machte sich also ans Werk. Mit leichter Hand wurden wieder die Stationen »Schneider« und »Beamter« passiert, auch noch der »Tischler«. Dann aber ...

Moment mal, dachte Rolf, was ist denn das? ... Das ... verdammt noch mal ... das gibt's doch nicht! Ich ... ich stehe doch an keinem anderen Apparat? ... Der Heinz ... der ... hat doch den »Landwirt« ... den hat der doch ... ohne weiteres ... geschafft ...

Rolf drückte und drückte, preßte und preßte, und als er den »Landwirt« erzwungen hatte, war ihm klar, daß es noch ein außerordentlich hartes Stück Arbeit bis zum »Schmied« sein würde. Dabei war ihm ursprünglich der »Athlet« als selbstverständlich erschienen, doch der war und blieb wohl ein Traum.

Und genau so kam es. Rolf gelang es zwar noch, unter Aufbietung aller Kräfte ein paar Kilogramm mehr zu bewältigen als Heinz, aber das Ziel, das er ohne weiteres anpeilen zu können geglaubt hatte, erreichte er bei weitem nicht. Der »Athlet« blieb dem

Athleten versagt.

Das Schönste passierte aber zum Schluß. Nachdem Rolf sozusagen klein hatte beigeben müssen, wollte es der Zufall, daß noch in der gleichen Minute ein unscheinbarer Mann in mittlerer Größe und von mittlerem Brustkasten den Ort des Geschehens betrat, einen Groschen in den Zahlschlitz des »Kraftmessers« steckte, die zwei Griffe packte und — zack! — den Zeiger beim »Athleten« stehen hatte. Dort hielt er ihn mindestens zehn Sekunden lang — eine Ewigkeit — fest, ließ dann die Griffe los, schenkte dem ganzen Apparat nur noch einen Blick der Verachtung und entfernte sich wieder.

Heinz und besonders Rolf hatten das Ganze höchst erstaunt mitverfolgt. Auch Amtsgerichtsrat Dr. Brenner hatte zugeguckt, allerdings nicht erstaunt, sondern belustigt.

»Ich kenne das«, sagte er. »Heute ist Mittwoch.«

Erklärlicherweise blickten ihn Heinz und Rolf verständnislos an.

»Jeden Mittwoch«, fuhr er deshalb fort, »kommt der her und macht das gleiche. Es ist eine Marotte von ihm. Ich erkundigte mich bei Einheimischen über ihn. Wissen Sie, ich bin bereits die dritte Woche hier und beobachtete ihn schon zum wiederholten Male.«

»Wer ist er?« fragte Rolf verwundert.

»Das ist ja der Witz«, antwortete Dr. Brenner. »Sie werden lachen, ein Heringsdorfer Schneidermeister.«

Auf dem Weg von Heringsdorf nach Bansin lag inmitten dichter Rosenhecken, die von einem weißlackierten Zaun eingegrenzt waren, ein schönes, großes Haus mit hellen Fundamenten und dunklen Holzschnitzereien. Hell brannten des Abends im Erdgeschoß und in der ersten Etage auch große Leuchtkörper, und schmissige Musik tönte über die stillen Dünen hinweg. Es war dies das bekannte Café Asgard, die Station der Bummler nach Bansin oder Heringsdorf, ein äußerst vornehmes Lokal, das den Damen verbot, in seinen Räumen in Strandhosen zu erscheinen. Seine gepflegte Küche und die guten Kapellen, die in ihm zu gastieren pflegten, lockten Gäste in hellen Scharen an.

Wenn man von Heringsdorf kam, um dem Asgard zuzustreben, erreichte man auf halber Strecke das kleine Seebad Neuhof, das damals ganze 17 Häuser zählte. Es war das Bad der Misanthropen, der

Einsiedler und Asketen, das Bad der inneren Einkehr und seelischen Erkenntnis. Der Strand von Neuhof war in jenen Jahren noch so still, daß man ruhig laute Selbstgespräche führen konnte, ohne unangenehm aufzufallen. Die Dünen waren ungewöhnlich hoch und zahlreich, und darauf war zurückzuführen, daß zwischen ihnen mit Einbruch der Dunkelheit zartes Leben zu sprießen pflegte, weil sich von allen Seiten die Liebespärchen einfanden, die Deckung suchten.

Am Wege nun, kurz vor Neuhof und seinen sehr geschätzten Dünen, stand ein kleines, windschiefes Haus mit einer offenen Veranda, auf der einige rohe Holztische und harte Stühle standen. Die Hinterzimmer waren etwas gepflegter. Man hatte dort sogar bunte Gardinen an den kleinen Fenstern hängen; das war aber auch schon alles, was sich dem Eindruck genereller Primitivität widersetzte. Und doch war dieses Haus, das sich ironischerweise »Strandhotel« nannte, im ganzen Umkreis berühmt.

Dort gab es nämlich das beste Eis, das beste Essen. Vor allem hervorragenden Fisch.

Frischen Fisch, soeben erst von den Neuhofer Fischern mit ihren kleinen Booten aus dem Meer geholt, Fisch gekocht, Fisch gebraten, Fisch in Butter geschwenkt, Fisch eingelegt, Fisch in allen Zubereitungsarten . . .

Schnüffelte man nur den Geruch, lief einem schon das Wasser im Mund zusammen — vorausgesetzt natürlich, man war Fischesser. Sowohl Ilse und Inge als auch Heinz und Rolf schätzten Fisch sehr, und so hatte sich das Kleeblatt entschlossen, eine Prüfung vorzunehmen, ob der Ruhm des Neuhofer Strandhotels zu Recht bestand oder nicht. Anschließend wollte man noch im Asgard eine Tasse Kaffee trinken und dann den Abend beschließen, indem man in Bansin noch einen Blick in die »Kurhaus-Bar« warf. Ein volles Programm also, das einen Urlaubstag, an dem man ohnehin erst gegen Mittag aus den Federn kam, ausfüllte.

So wanderten denn die vier über die Dünen, pärchenweise hintereinander und untergefaßt. Rolf erzählte von Brüssel, das ein bißchen kennenzulernen er schon Gelegenheit gehabt hatte. Eine Schwester seines Vaters, die einen Belgier geheiratet hatte, lebte dort und hatte ihn auf ihre Kosten nach dem Abitur zu einem Ferienaufenthalt eingeladen gehabt. Der deutsche Devisenbestand war dadurch nicht geschmälert worden.

»Eine tolle Stadt«, sagte er nun.
»Haben wir in Deutschland etwas Ähnliches?« fragte Inge.
»Nein, ich glaube nicht.«
»Willst du damit sagen, daß es bei uns nur häßliche Städte gibt?«
»Keineswegs — aber nichts Vergleichbares.«
»Ich verstehe. Man kann zum Beispiel Heidelberg nicht mit Paris vergleichen — so meinst du das, nicht?«
»Ganz recht.«
»Aber Dresden mit Prag schon — oder?«
»Das schon eher. Kennst du Prag?«
»Nein. Gehört habe ich aber viel davon. Es muß eine herrliche Stadt sein.«
»Es bleibt ihr auch gar nichts anderes übrig«, mischte sich Heinz ein, »wenn sie sich mit Dresden vergleichen will.«
»Ja«, nickte Ilse, »Dresden ist zweifelsohne Deutschlands zweitschönste Stadt.«
»Die zweitschönste?«
»Ja«, sagte Ilse wieder und fing schon an zu lachen.
»Und die schönste?« fragte Heinz.
»Natürlich Berlin.«
»Moment«, ließ sich Rolf vernehmen, »da muß ich eine Verschiebung anmelden: Dresden kann nur die drittschönste sein, Berlin die zweitschönste, weil an erster Stelle ohne den geringsten Zweifel Köln steht.«
Zum Glück befand sich in der Runde niemand aus Posemuckel, sonst hätte es sich nicht vermeiden lassen, daß Dresden sogar noch auf den vierten Rang abgerutscht wäre.
Rolf kam auf Brüssel zurück.
»Das Prunkstück«, sagte er, »ist dort, wie ihr alle wißt, das Rathaus.«
»Auf Fotos«, zog Inge schon wieder einen Vergleich, »erinnert es mich ein bißchen an das Münchner Rathaus — oder umgekehrt, das Münchner Rathaus erinnert einen an das Brüsseler. Findet ihr nicht auch?«
Die Frage blieb unbeantwortet, entweder, weil der Vergleich zu abwegig erschien, oder weil keiner die beiden Bauwerke gut genug kannte.
Nach einigem Stillschweigen sagte Ilse: »Die belgische Nation zerfällt doch in zwei Bevölkerungsteile . . .«

Rolf bestätigte dies.

»Ja, in die Wallonen und in die Flamen. Die Wallonen sind romanischer Abstammung, die Flamen germanischer.«

»Das Verständnis untereinander sei schlecht, hört man immer wieder.«

»Richtig, die Flamen werden von den Wallonen drangsaliert; sie sind die wertvolleren.«

Heinz fragte: »Hast du das selbst festgestellt, Rolf?«

»Ob ich was selbst festgestellt habe?«

»Daß die Flamen von den Wallonen drangsaliert werden?«

»Das sieht doch jeder, der nach Belgien kommt. Außerdem wird kein Flame müde, dir das zu sagen.«

»Dein Onkel, der Mann, der die Schwester deines Vaters geheiratet hat, hat der dir das auch gesagt?«

»Nein, der nicht, der ist ja Wallone.«

»Ach«, stieß Heinz überrascht hervor. »Trotzdem sagst du, daß die Flamen die wertvolleren sind.«

»Im allgemeinen ja.«

»Warum?«

»Das weiß man doch, es steht überall geschrieben.«

»Was?«

»Daß die Flamen schon aufgrund ihrer Abstammung die besseren sind. Von dir würde es mich jetzt natürlich nicht überraschen, wenn du mir wieder einmal sagen würdest, daß du auf solchen Quatsch nichts gibst.«

»Dann sei mal nicht überrascht.«

»Seht ihr«, wandte sich Rolf an die beiden Mädchen, »so ist er. Er bringt es fertig, euch zu sagen, daß er zwischen sich und einem Sizilianer keinen Unterschied sieht. Oder sogar zwischen sich und einem Zigeuner auch keinen.«

»Stimmt das, Heinz?« fragte Inge, und er antwortete: »Den Unterschied, den Rolf meint, sehe ich in der Tat nicht.«

Inge blickte Ilse an.

»Was hältst du für richtig?«

»Mich interessiert etwas anderes«, wich Ilse scheinbar aus. »Mögen die Belgier uns Deutsche eigentlich, Rolf?«

»Da hast du eben auch schon wieder den Unterschied«, erwiderte er. »Die Flamen, ja, die schätzen uns. Die Wallonen, nein, die nicht.«

»Einig sind sie sich aber wohl in einem«, ließ sich Heinz vernehmen.

»Worin?«

»Sie wollen keinen deutschen Überfall mehr erleben. Die Neutralitätsverletzung deutscher Truppen im Jahre 1914, zu Beginn des Weltkrieges, liegt sicherlich auch den Flamen noch schwer im Magen.«

»Zweifellos, das war ein Fehler«, gab Rolf zu, beeilte sich jedoch fortzufahren: »Aber wer würde denn heute bei uns noch einmal an so etwas denken?«

Das Thema schien damit durchdiskutiert zu sein. Inge richtete an die beiden Männer die Frage, ob beim nächsten Je-ka-mi-ma-Programm nicht die Gefahr drohe, daß solche Leute, die schon einmal aufgetreten seien, dies ein zweites Mal nicht mehr dürften.

»Das wäre ja noch schöner«, erwiderte Rolf.

Aber Bescheid wußte keiner. Für Heinz stellte sich die Frage sowieso nicht, da ihm jede Absicht, sich noch einmal auf die Bühne zu stellen, absolut fernlag.

Es fiel auf, daß Rolf, der, wie meistens, den Hauptteil der Unterhaltung bestritt, mehr und mehr dazu überging, dieser Rolle zu entsagen. Er wurde zerstreut, stockte mitten im Satz, räusperte sich, fing einen ganz neuen Satz an, verstummte. Das geschah immer, wenn ein hübsches Mädchen ihm entgegenkam oder ihn überholte. Um diese frühe Nachmittagszeit war der Weg nach Bansin sehr belebt. Je näher sie Neuhof kamen, desto entzückendere Mädchen kreuzten auf — und um so sparsamer und zerhackter wurde Rolfs Teilnahme am Gespräch, bis ihn Inge ermahnte: »He, ich bin auch noch da!«

»Süße«, beteuerte er sofort, »dir kann keine das Wasser reichen.«

»Und warum siehst du dann jeder anderen nach?«

»Um mir das immer wieder zu beweisen, daß du die absolute Spitze hältst.«

Kräftiger Geruch gebratenen Fisches wehte ihnen entgegen. Das Neuhofer Strandhotel lag vor ihnen.

Der Hauptandrang zur Mittagszeit war schon abgeebbt, trotzdem fand sich auf der Veranda noch immer kein freier Tisch. In einem der Hinterzimmer gab es aber reichlich Platz. Die vier gruppierten sich um den Tisch am offenen Fenster und ließen sich von einem freundlichen Kellner beraten. Dann mußten sie gar nicht lange warten, und jeder bekam seine Portion serviert, die von einem unglaublichen Ausmaß war.

Den allgemeinen Eindruck faßte Rolf in folgende Worte: »Wenn wir das gegessen haben, können wir uns nicht mehr von der Stelle rühren.«

Es stand also in Aussicht, daß sie alle nach dem Mahl noch eine Weile sitzen bleiben mußten. Und was geschieht in solchen Fällen? Es wird getrunken. Fisch muß schwimmen, heißt es schließlich ja auch so schön.

Heinz Bartel sah auf seinen Teller. Da lag eine herrliche Scholle. Schollen sind eine Delikatesse, besitzen leider aber auch die Eigenschaft, ziemlich viele Gräten zu haben. Kein Problem sind diese Gräten für einen, der die Zerlegung einer Scholle beherrscht, ein Hamburger also, ein Kieler, Lübecker, Stettiner, Heringsdorfer. Eine schier unlösbare Aufgabe stellt sich jedoch einem Kölner, der vor einer Scholle sitzt. Auch Berlinerinnen sehen sich da in der Regel zum Scheitern verurteilt. Ilse hatte sich aber ein Goldbarschfilet bestellt und Inge gekochten Kabeljau, so daß die zwei der allernächsten Zukunft mit weniger Sorgen entgegenblicken durften als Heinz. Die Wahl Rolfs war auf Schellfisch gefallen. Goldbarsch, Kabeljau und Schellfisch zeichnen sich dadurch aus, daß sie kaum Gräten haben.

»Du ißt Scholle?« hatte sich Ilse gewundert, als Heinz seine Bestellung beim Ober aufgegeben hatte.

»Warum nicht?«

»Scheust du denn die Gräten nicht?«

»Hat sie denn mehr als dein Goldbarsch?«

»Soviel ich gehört habe, ja. Deshalb habe ich mich auch für Goldbarsch entschieden.«

Auf ähnliche Weise waren auch die Bestellungen Inges und Rolfs zustande gekommen.

Heinz konnte es sich nicht verkneifen, den dreien eine kleine Belehrung angedeihen zu lassen, indem er sagte: »Ich habe gehört, daß Scholle etwas Exquisites ist, vor allem Ostsee-Scholle. Deshalb packe ich, wenn ich schon hier bin, die Gelegenheit beim Schopf. Ihr könnt euch ja mit eurem Allerweltszeug begnügen.«

Noch lieber hätte er gesagt: Allerweltsfraß.

Wenn Ilse nicht dabeigewesen wäre, hätte er das auch getan. Ihr wollte er aber nicht in dieser Weise nahetreten.

»Mahlzeit!« sagte Inge und fing an, ihrem Kabeljau zu Leibe zu rücken.

»Guten Appetit!« wünschte Ilse, dasselbe mit ihrem Goldbarschfilet beginnend.

»Laßt es euch schmecken«, meinte Rolf und ließ das erste große, durch und durch grätenlose Stück Schellfisch zwischen seinen Zähnen verschwinden.

Auch Heinz gedachte diesem Beispiel zu folgen, mußte es jedoch bei seinem Vorsatz bewenden lassen. Schon beim ersten Bissen glaubte er nämlich, plötzlich einen kleinen Igel im Mund zu haben, von dem er sich nur wieder befreien konnte, indem er die ganze Füllung auf den Teller spuckte.

Niemand am Tisch äußerte vorläufig dazu etwas.

Heinz nahm einen zweiten Anlauf. Obwohl er dabei weitaus größere Vorsicht walten ließ, das Besteck wesentlich zarter handhabte und die Gabel ganz langsam zwischen die Lippen schob, gedieh dem Ganzen derselbe Abschluß wie vorher. Heinz Bartel hätte abermals einen Spucknapf benötigt. Da aber ein solcher nicht vorhanden war, mußte erneut sein Teller dazu herhalten.

»Heinz«, fragte Rolf, »was machst du?«

Und da er keine Antwort erhielt, richtete er eine zweite Frage an seinen Freund: »Ist der Fisch verdorben?«

Wer den Schaden hat, muß für den Spott nicht sorgen.

Mit der Nase in der Luft herumschnuppernd, sagte Rolf: »Riechen tut man nichts.«

»Und doch schmeckt er echt komisch«, behauptete Heinz, der die Rettung darin sah, so etwas vorzuschützen.

»Woher willst du das wissen?« fragte ihn Rolf. »Du erinnerst mich an eine Weinprobe, der ich an der Mosel einmal beiwohnen konnte. Die Experten spuckten da auch immer die besten Tropfen aus, ohne sie hinunterzuschlucken. Der Grund war aber bei denen, daß sie nicht besoffen werden wollten.« Rolf wandte sich an die Mädchen. »Kann man von Scholle besoffen werden?«

Wie gesagt, wer den Schaden hat, braucht für den Spott nicht zu sorgen.

Nur Ilse fühlte Mitleid im Herzen. Als Heinz mit angewiderter Miene seinen Teller von sich schob, sagte sie zu ihm: »Du kannst von mir die Hälfte haben.«

»Danke«, wehrte er ab. »Von Fisch habe ich genug.«

Dann machte er aber doch von Ilses Angebot Gebrauch.

Getrunken wurde von den Mädchen Wein, von den Männern Bier, und zwar nicht wenig, denn Fisch muß doch, wie bereits erwähnt, schwimmen.

»Ihr wißt ja, wofür die hier noch berühmt sind«, sagte schließlich Rolf. »Für ihr Eis.«

Wein und Eis, das geht ja noch, aber Bier und Eis, das ist eine Mischung, die an menschliche Eingeweide ziemliche Anforderungen stellt. Trotzdem wollten sich nicht nur die beiden Mädchen, sondern auch ihre zwei Freunde davon überzeugen, daß das Lokal von den Leuten nicht zu Unrecht gepriesen wurde. Vier Portionen Eis wurden also bestellt. Sie schmeckten in der Tat sagenhaft. Das Resultat: noch einmal vier Portionen.

»Reicht denn euer Geld?« fragte Inge die Männer.

Rolf blickte Heinz an.

Der nickte.

»Wieviel ist denn noch übrig?« fragte ihn Ilse.

»Knapp fünfzig Mark.«

Fünfzig Mark waren in jenen Jahren ein Vermögen.

»Damit können wir ganz Swinemünde noch einmal auf den Kopf stellen«, erklärte Rolf lachend.

»Vorläufig«, erinnerte ihn Heinz, »steht erst Bansin auf dem Programm beziehungsweise die nächste Station dorthin — das Asgard. Wer hat Lust auf Kaffee und Kuchen?«

Überflüssige Frage, obwohl jeder das Gefühl hatte, bald zu platzen. Besonders Inge und Rolf empfanden sich in dieser Hinsicht als bedroht, da ja keiner von ihnen seine Riesenportion Fisch mit jemandem hatte teilen müssen.

»Vorher aber«, schlug Rolf seinem Freund vor, »trinken wir zwei noch rasch einen Krug Bier.«

Die Mädchen lachten viel und waren mit allem einverstanden. Sie hatten sich aber von Anfang an für Wein entschieden und blieben dabei.

Zum Asgard marschierte der sportlich gestählte Rolf munter pfeifend voraus. Die kleine Karawane der anderen drei zog durch den Sand hinter ihm her. Heinz bildete den Schluß, überzeugt davon, daß eventuell nötig werdende Schutzfunktionen so von ihm am besten und traditionellsten wahrzunehmen waren. Rolf fing plötzlich zu singen an. Erschallen ließ er das schöne Lied: »So leben wir, so leben wir, so leben wir alle Tage ...«

Menschen, die ihnen entgegenkamen, grinsten vielsagend. Von einer Gruppe dreier Ehepaare, die als Feriengäste in Heringsdorf wohnten, wurde wieder einmal Heinz Bartel erkannt. Der Munterste aus der Gruppe rief Heinz zu: »Warum singen nicht Sie? Ihr Freund macht ja die Möwen scheu!«

Der Kuchen im Asgard war gut, aber der Kaffee ziemlich dünn. Inge und Ilse hatten keine Hemmungen, letzteres sich einander in ziemlich lautem Ton zu bestätigen, so daß am Nebentisch eine dicke Dame, die schon das dritte Stück Torte verzehrte, mithören konnte.

»Ich wollte Sie schon warnen«, erklärte sie mit vollem Mund, »als Sie alle ein Kännchen bestellten und keine Tasse. Eine Tasse ist von diesem Spülwasser hier mehr als genug. Gegen das Gebäck ist allerdings nichts einzuwenden.«

»Und warum gegen den Kaffee?« fragte Rolf.

Die Dicke schluckte ihren Bissen hinunter, zögerte zu antworten, entschloß sich aber dann doch dazu.

»Der Grund läßt sich denken«, sagte sie mit gedämpfter Stimme.

»Und der wäre?«

Noch gedämpfter: »Die sparen schon die Bohnen.«

»Sicher, was denn sonst, das schmeckt man ja. Aber warum tun sie das?«

»Falls es keinen Kaffee mehr gibt«, entgegnete die Dame, und sie setzte nur noch flüsternd hinzu: »Wenn Krieg kommt, wissen Sie.«

»Lächerlich!« stieß Rolf hervor.

Anscheinend bekam es daraufhin die Dicke mit der Angst, schon zuviel gesagt zu haben, zu tun, denn sie zahlte rasch und verschwand. Zornig blickte ihr Rolf nach, als sie ihre Massen zum Ausgang wälzte.

»Ein bißchen Krieg würde der nicht schaden«, schimpfte er, »damit sie nicht mehr so viel fressen könnte. Seht sie euch doch an!«

Auch sie verließen bald dieses Bewirtungsunternehmen, in dem man auf Vorausplanung bedacht zu sein schien.

»Was jetzt?« fragte draußen Heinz. »Wollen wir noch zur Kurhaus-Bar?«

Er verspürte plötzlich leichte Bauchschmerzen, deshalb ging von ihm kein besonderer Schwung mehr aus.

»Was mich angeht«, sagte Ilse, feinfühlig wie immer, »ich möchte nach Hause. Stimmen wir ab.«

Auf Ilses Seite schlug sich automatisch Inge, die Freundin. Auch sie hatte mit Ausfallserscheinungen zu kämpfen. Der Magen drückte sie. Damit war die Entscheidung schon gefallen. Die Damen überwogen, und nachdem sich Heinz auch noch der Stimme enthielt, sah sich Rolf, der als einziger gerne noch etwas unternommen hätte, ganz hoffnungslos in der Minderheit. Der Rückmarsch nach Heringsdorf wurde angetreten. Die Bauchschmerzen, unter denen Heinz litt, verstärkten sich dabei. Er mußte sich höllisch in acht nehmen, daß er nicht rülpste oder gar noch peinlichere Geräusche von sich gab. Der Drang dazu, den er unterdrücken mußte, war eminent.

Was das zu bedeuten hatte, zeigte sich so richtig am nächsten Morgen. Da lag Heinz Bartel in seiner Pension im Bett und stöhnte. Er hatte gräßliche Bauchschmerzen und einen selbst für Rolfs bisherige ärztliche Erfahrungen unvorstellbaren Durchfall.

»Liegenbleiben!« befahl Dr. Rolf Wendrow und holte selbst das Präparat, das er verschrieb, aus der nächsten Apotheke.

Heinz stöhnte.

»Verstehst du das, Rolf?«

»Was?«

»Daß ich mich gestern so verdorben habe.«

»Du hast dir den Magen verkorkst, weiter nichts.«

»Und du? Du bist anscheinend quietschfidel.«

»Der eine hält's aus, der andere nicht.«

»Die Mädchen? Was ist mit denen?«

»Das werde ich sehen, hernach am Strand.«

»Du willst zum Strand?« beklagte sich Heinz bitterlich.

Es gibt nichts Wehleidigeres als einen erkrankten Mann. Es gibt aber auch nichts Erbarmungsloseres als einen Arzt, und wenn's der beste Freund ist.

»Selbstverständlich will ich das«, sagte Rolf. »Was soll ich hier?«

»Mich pflegen.«

»Du bleibst schön liegen, du hast dein Medikament — mehr kann ich für dich im Moment nicht tun. Mehr ist auch gar nicht notwendig. Ich sage Frau Sneganas Bescheid, daß sie zwischendurch nach dir sieht. Bis morgen reißt du fast schon wieder Bäume aus, davon bin ich überzeugt. Wer soll denn am Strand auf unsere Mädchen aufpassen? Du weißt doch, wie die Männer sind. Wie die Wölfe!«

Das Weitere war somit klar.

Während Heinz in schnellem Wechsel vom Bett zur Toilette und von der Toilette zum Bett rannte, begab sich Rolf fröhlich und guter Dinge zum Ufer der Ostsee und traf dort auch Inge und Ilse bei bester Gesundheit an.

»Wo ist Heinz?« lautete Ilses erste Frage.

Rolf erstattete ihr Bericht.

Ilses Reaktion war: »Ich muß zu ihm!«

Doch Rolf verbot ihr das als Arzt. Damit würde sie ihm gar keinen Dienst erweisen, sagte er. Heinz brauche nur Ruhe, möglichst ungestörte Ruhe. Je weniger er gestört werde, desto eher sei gewährleistet, daß er hier im Sand wieder herumhüpfen werde wie ein junges Reh.

Die Wirkung dieser Worte hielt bei Ilse bis gegen drei Uhr nachmittags. Dann verkündete sie entschlossen: »Ich gehe zu ihm!«, zog sich an, vertraute Inge ihre Badesachen an, sagte zu Rolf, der die alte Platte auflegen wollte: »Gib dir keine Mühe!« und klopfte zwanzig Minuten später an die Krankenzimmertür von Heinz.

»Herein!«

Das klang ziemlich mürrisch durch die Tür. Ilse drückte leise und vorsichtig die Klinke hinab, wie es sich gehört, wenn man einen Krankenbesuch macht. Leise trat sie ein, leise schloß sie die Tür.

Heinz lag mit dem Gesicht zur Wand, also mit dem Rücken zur Tür. Er drehte sich nicht um.

»Frau Sneganas«, sagte er, »danke, ich benötige nichts. Sie sind sehr freundlich, aber Sie können wieder gehen.«

Ilse räusperte sich.

»Ich danke Ihnen«, wiederholte Heinz, »ich werde schon allein mit mir fertig. Eine Bitte hätte ich allerdings noch: Wenn Herr Dr. Wendrow heute vom Baden zurückkommt, sagen Sie ihm doch, daß ich auf seinen weiteren Beistand verzichte. Das Zeug, das er mir verschrieben hat, schmeckt grauenvoll. Er mag es selbst einnehmen.«

Ilse versuchte es mit einem zweiten Räuspern.

»Wissen Sie«, fuhr Heinz fort, »was der, während ich hier liege, treibt, Frau Sneganas?« Seine Stimme klang verfremdet, da sie sich an der Wand brach. »Er vergnügt sich mit zwei Weibern, weil ihm eine nicht genügt. Und diese beiden haben ihren Spaß daran.«

»Heinz!«

Der Darmkranke lag ein, zwei Sekunden lang starr, dann warf er sich, mit dem Blick Ilse erfassend, in seinem Bett herum. Durch die Erschütterung, die von der jähen Bewegung in seinen Eingeweiden hervorgerufen wurde, drohten ungute Folgen, denen augenblicklich vorgebeugt werden mußte. Wie von einer Feder emporgeschnellt, sprang Heinz aus dem Bett und rannte an Ilse vorbei aus dem Zimmer, wobei er ihr nur noch zurufen konnte: »Entschuldige, ich bin gleich wieder da!«

In der Natur der Sache lag es, daß er recht bald wieder zurückkehrte. Zwar häuft sich bekanntlich unter solchen Umständen der Aufenthalt auf der Toilette, er nimmt aber jeweils keinen großen Zeitraum in Anspruch.

Ilse hatte sich inzwischen gesetzt und einen Eindruck von ihrer Umgebung gewonnen. Das Zimmer war ziemlich groß; es ließ darauf schließen, daß die Villa ursprünglich nicht zu Beherbergungszwecken erbaut worden war. Das gleiche konnte man dem Mobiliar entnehmen; es bestand aus guten Einzelstücken, wirkte jedoch zusammengewürfelt. An den Wänden hingen einige Stiche aus dem alten Litauen.

Heinz wußte, daß etwas auszubügeln war von ihm.

»Ilse«, sagte er, »du mußt mir verzeihen, ich konnte ja nicht wissen, daß du . . .«, er räusperte sich, ». . . ich dachte, Frau Sneganas . . .«

Zwei Stühle standen im Zimmer; auf dem einen saß Ilse; den anderen wollte nun Heinz in Anspruch nehmen. Ilse hinderte ihn daran. Er hatte nur eine Pyjamahose an und war barfuß. In seine Hausschuhe zu schlüpfen, ehe er das Zimmer verlassen hatte, war keine Zeit mehr gewesen. Ilse konnte von Glück sagen, daß Heinz die Angewohnheit hatte, im Bett die Pyjamahose und keine Jacke zu tragen. Viele Männer halten es nämlich mit dem umgekehrten Brauch, und man stelle sich vor, Ilse wäre unter den gleichen Umständen zu einem solchen Mann ins Zimmer gekommen. In der damaligen Zeit hätte das bei einer Dame noch unweigerlich zu einem Ohnmachtsanfall führen müssen.

»Du gehst ins Bett!« sagte Ilse, keinen Widerspruch duldend.

Er gehorchte, streckte sich aber nicht aus, sondern stopfte sich die Kissen in den Rücken, um wenigstens einigermaßen aufrecht sitzen zu können.

»Wer hat dir mein Zimmer verraten?« fragte er.

»Deine Frau Sneganas.«

»Sie hätte mir dich ankündigen können.«

»Das wollte sie auch, aber ich bat sie, davon Abstand zu nehmen. An den Türen sind Nummern. Ich konnte dich auch allein finden.«

»Das hast du getan.«

»Wie geht's dir?«

»Hat euch Rolf gesagt, was mit mir los ist?«

»Ja — und du wirst *nicht* auf seinen Beistand verzichten!«

Er schnitt eine Grimasse.

»Ilse, das habe ich doch nur gesagt, weil ich verärgert war, verärgert über alles, und weil ich dachte, daß Frau Sneganas diejenige ist, mit der ich spreche.«

»Das hoffe ich schwer, daß du das gedacht hast, nachdem du ja auch noch ein bißchen was anderes gesagt hast.«

»Ilse ...«

Plötzlich verschwand der strenge Zug aus ihrem Gesicht, sie lachte und beruhigte ihn: »Schon gut. Sag mir jetzt, was ich für dich tun kann.«

Er rückte, soweit es ging, an die Wand, klopfte mit der flachen Hand neben sich auf das Bett und sagte: »Dich da hersetzen.«

Ohne zu zögern erhob sie sich und erfüllte ihm seinen Wunsch.

Sie strahlten sich an. Er nahm ihre Hand, streichelte diese.

»Ich freue mich ja so, daß du da bist«, sagte er mit warmer Stimme.

»Rolf wollte mich gar nicht zu dir lassen. Ich habe Stunden verloren, bis ich den Mut fand, ihm praktisch zu sagen, daß er mir den Buckel runterrutschen kann.«

»Er ist ein Schwein, ich sage es ja!«

Beide lachten.

»Warum küßt du mich nicht?« fragte sie.

»Ilse«, stieß er hervor, »mach mich nicht wahnsinnig! Die ganze Zeit zwinge ich mich schon eisern dazu, das nicht zu tun.«

»Und warum?«

»Damit ich dich nicht anstecke.«

»Soviel ich weiß«, riß sie einen Witz, der gar nicht damenhaft war, »fehlt's dir nicht im Mund, sondern ...«

Sie brach ab, übersprang das nächste und schloß: »... und dorthin will ich dich nicht küssen.«

»Aber —«

In diesem Augenblick pochte es an der Tür.

Ilse stand rasch vom Bettrand auf und setzte sich auf ihren Stuhl.

»Herein!« rief Heinz.

Fräulein Erika Albrecht erschien, einen Strauß Blumen in der Hand. Sie habe von Frau Sneganas vor einer Stunde die Hiobsbotschaft erhalten, teilte sie mit, und wolle nun, nachdem sie ein paar Blümchen besorgt habe, ihre Aufwartung machen. Wie es denn ginge? Ob sie sich irgendwie nützlich machen könne?

Heinz beruhigte sie, sagte ihr, daß er sie reizend finde, und erklärte, niemand müsse sich um ihn Sorgen machen.

»Sie haben Besuch«, sagte sie, mit einem wissenden Lächeln zu Ilse hinnickend.

Sie wolle deshalb nicht mehr länger stören, fügte sie hinzu, ließ einen schwachen Widerspruch von ihm nicht gelten und verließ lächelnd das Zimmer, nachdem sie auf der Schwelle noch einmal versichert hatte, jederzeit zur Verfügung zu stehen. Heinz möge das nicht vergessen.

»Reizend«, sagte Ilse, ihr nachblickend.

Heinz klopfte mit der flachen Hand wieder auf Ilses angestammten Platz auf dem Bettrand, ohne die Geste mit einem begleitenden Text zu versehen. Ilse wußte dadurch auch ohne Worte, was von ihr erwartet wurde.

»Wo waren wir stehengeblieben?« fragte er, als sie wieder bei ihm saß.

»Die mögen dich alle gern hier«, sagte Ilse.

Heinz grinste.

»Überrascht dich das?«

»Frau Sneganas versicherte mir, sich auch um dich zu kümmern.«

»Wo waren wir stehengeblieben?« wiederholte Heinz seine Frage.

»Du wolltest mich küssen.«

»Komm her . . .«

Gesprochen wurde nun eine Weile nichts mehr im Zimmer, es blieb still. Von einem feinen Instrument wäre allerdings festzustellen gewesen, daß die Temperatur, die herrschte, eine andere wurde.

Sie erhitzte sich.

In einer Pause, die sich die zwei Küssenden gönnten, sagte Heinz: »Ilse . . .«

Nein, er sagte es nicht, er stöhnte es.

»Heinz . . .«, antwortete sie fast im gleichen Ton.

Und beide taten dies in unmittelbarer Tuchfühlung mit einem Bett. Wie es weitergehen würde, konnte also gar keine Frage mehr sein.

Der nächste Kuß steckte in beiden die letzten Regionen in Brand, die noch nicht in Flammen standen. Heinz hielt mit einem Arm Ilse umfangen, mit der anderen Hand holte er hinter seinem Rücken die Kissen hervor, um sie —

Da klopfte es wieder.

Ilse erstarrte einen winzigen Augenblick, dann rutschte sie vom Bett und huschte zu ihrem Stuhl.

»Ja!« rief Heinz kurz, um es möglichst rasch hinter sich zu bringen.

Frau Sneganas, mit einer Vase in der Hand.

Fräulein Albrecht, ließ sie verlauten, habe ihr gesagt, daß sie Blumen gebracht habe. Dazu sei aber eine Vase notwendig. Hier bringe sie sie. Im übrigen wolle sie keineswegs länger stören. Auf Wiedersehen.

Heinz Bartel hatte noch nie im Leben einen Menschen so gehaßt wie die liebenswürdige, unschuldige Frau Maria Sneganas in dieser Sekunde. Und sein Haß erfuhr keineswegs eine Linderung, als Ilse, wieder mit Blick auf die Tür, die sich hinter Frau Sneganas geschlossen hatte, sagte: »Sehr aufmerksam.«

»Komm«, bat Heinz sie mit rauher Stimme.

Aber erst mußten die Blumen in die Vase. Ilse nahm dies in Angriff. Beim Waschbecken fragte sie, als sie Wasser in die Vase laufen ließ: »Kannst du mir sagen, wie die heißen?«

»Wer?«

»Diese Blumen.«

Er wußte es nicht. Es interessierte ihn auch nicht im geringsten. Gar nicht ungern hätte er ihr den Vorschlag gemacht, die Dinger aus dem Fenster zu werfen.

Es waren zartblaue, mittelgroße Blumen; irgendeine Glashaussorte, deren Name auch Ilse nicht einfiel.

»Ich wußte ihren Namen«, sagte sie, die gefüllte Vase in der

Hand. »Warte nur, mir fällt er schon wieder ein. Hübsch sind sie, nicht? Und gar nicht billig!« Sie blickte herum. »Wo willst du sie stehen haben?«

Das sei ihm egal, antwortete er.

Ilse beriet sich daraufhin mit sich selbst. Sie stellte die Vase auf den Tisch, dann auf das Fensterbrett, dann auf das Konsölchen. Einen vierten Platz, der ihr geeignet erschienen wäre, gab es nicht.

Der auf dem Konsölchen wurde von Heinz verworfen.

»Nicht da, bitte«, sagte er.

»Warum nicht?«

»Wenn man zu nahe bei Blumen schläft, bekommt man Kopfweh.«

»Du hast recht«, besann sich Ilse und trug die Vase zurück zum Tisch.

Der wahre Grund von Heinz war ein anderer. Heinz fürchtete, daß die Vase im Sturm der Leidenschaft, den er immer noch zu entfachen gedachte, vom Konsölchen gestoßen werden konnte.

Ilse blickte zwischen Tisch und Fensterbrett hin und her. Auf letzteres zeigend, sagte sie: »Oder passen sie nicht doch besser dahin?«

»Ilse!«

»Ja?«

»Komm, laß das jetzt, setz dich wieder zu mir.«

Sie sträubte sich dagegen zwar nicht, aber die alte Stimmung war nur schwer wiederherzustellen. Inzwischen schien nämlich für Ilse noch ein anderer Gesichtspunkt beachtenswert geworden zu sein.

Ob er denn nicht meine, fragte sie Heinz, als er sie wieder in seine Arme nahm, daß die Tür bei ihm auch abgeschlossen werden müßte. Dieses Zimmer hier ließe nämlich an eine häufige Einrichtung im Ruhrgebiet denken.

»An eine häufige Einrichtung im Ruhrgebiet?« antwortete er.

»An einen Taubenschlag.«

Ilse war aber kein Eisblock, sondern ein Mädchen aus Fleisch und Blut. Dank der Bemühungen von Heinz stellte sich bei ihr allmählich doch wieder der Zustand ein, in dem sie sich vorher schon befunden hatte, ehe sie gestört worden waren. Dort, wo sie saß, kam zusätzlich noch ein wahrer »genius loci« zur Wirkung, und so ließ sie es zu, daß Heinz sie zu sich auf sein Lager niederzog und sich an ihrer Kleidung zu schaffen machte, obwohl sie ursprünglich sein Zimmer keineswegs in der Absicht betreten hatte, das zu dulden. Sie war aber nun einfach reif dazu. Ihr Wille, sich Heinz zu versagen, brach zusammen. Berlin, ihr Lebenskreis dort, ihr Verlöbnis, all dies war vergessen. Bereit zur Hingabe, flüsterte sie ihm heiß ins Ohr: »Sperr wenigstens die Tür ab.«

Das wollte er tun, aber plötzlich lag er wie gelähmt da, schien in sich hineinzuhorchen. Sie lag halb auf ihm, drückte ihn, beschwerte seinen Bauch, und das hatte, obwohl sie ein wundervoll schlankes, federleichtes Mädchen war, Konsequenzen.

Die Katastrophe war unabwendbar.

»Großer Gott!« stöhnte er.

»Was ist?« fragte sie erschrocken, sich instinktiv noch leichter machend. Es war umsonst, Ilse konnte damit nichts mehr rückgängig machen.

Er wäre am liebsten in Tränen ausgebrochen.

»Ich *muß*!«

Es ließ sich keine Sekunde mehr hinausschieben, geschweige denn ein halbes oder auch nur ein Viertelstündchen, das ihm durchaus schon genügt hätte.

Ein konventionelles »Tut mir leid« hervorstoßend, ließ er sich aus dem Bett fast fallen, rappelte sich auf, setzte wieder über seine Hausschuhe hinweg und konnte von Glück sagen, daß er die Toilette überhaupt noch rechtzeitig erreichte. Jeder, der so etwas schon am eigenen Leib erfahren hat, braucht dazu keine näheren Erläuterungen. Auf der Schüssel thronend, befand sich Heinz in einer Verfassung vollständiger Depression. Doch schon auf dem Weg zurück zu seinem Zimmer keimte wieder Hoffnung in ihm. Indes, als er die Tür aufstieß, mit einem Lächeln auf den Lippen, sah er, daß er sich keine Illusionen mehr machen durfte. Ilse saß, adrett angezogen, auf ihrem Stuhl am Tisch und gab einer der Blumen in der Vase den richtigen Platz.

Heinz Bartel versuchte gar nicht mehr eine Umkehr der Dinge.

Ilse fragte ihn: »Die Medizin, die dir Rolf verschrieben hat, wie oft mußt du die nehmen?«

»Die soll er selber schlucken und sie anschließend auskotzen!«

»Wie oft mußt du sie nehmen?«

»Ich sage dir doch —«

»Wie oft?«

»Stündlich.«

»Dann wird's Zeit. Wo hast du sie?«

»Ich weiß es nicht.«

»Wo du sie hast, frage ich dich?«

Er nickte zum Konsölchen hin. Ilse zog die Schublade auf, fand das Fläschchen. Es waren also Tropfen. Ilse fand auch noch ein Löffelchen, in dem zehn solcher Tropfen Platz hatten. So viele mußten laut Rezept jeweils genommen werden. Dabei würde, wie Heinz zeternd behauptete, einer genügen, um ihm den Magen umzustülpen.

». . . sieben . . . acht . . . neun . . . zehn«, zählte Ilse die Tropfen in das Löffelchen.

»Mach den Mund auf«, sagte sie dann, mit dem Löffelchen auf seine zusammengepreßten Lippen zielend.

Er wandte den Kopf ab.

»Mach den Mund auf, oder ich besuche dich morgen nicht mehr.«

»Ilse«, sagte er mit weggedrehtem Gesicht, »das Zeug bringt mich um.«

»Du wirst auch nie mehr erleben, daß ich mich auf dein Bett setze.«

Nach einer halben Drehung mit dem Kopf: »Willst du das denn wieder tun?«

»Wenn's denn sein muß, ja.«

Heinz sperrte daraufhin, allerdings mit geschlossenen Augen, den Schnabel sperrangelweit auf.

»Gib her.«

Sie kippte ihm die dunkelbraune Tinktur, an der nur zu riechen ihn schon größte Überwindung kostete, in den Hals. Mannhaft schluckte er, ließ freilich zuletzt ein aus der Tiefe seiner Seele kommendes »Pfui Teufel!« hören.

Rasch erholte er sich jedoch wieder und sagte: »Ich kann mich aber darauf verlassen, daß du dein Versprechen hältst?«

»Ja«, erwiderte sie. »Allerdings unter einer Bedingung . . .«

»Unter welcher?« fragte er mißtrauisch.

»Erst wenn du wieder vollkommen gesund bist — nicht eher.«

Dem stimmte er, einsichtig genug, zu. Das gräßliche Theater von heute sollte sich nicht mehr wiederholen.

»Und noch etwas«, sagte Ilse. »Ich weile ja nicht immer hier in deinem Zimmer, als deine Krankenschwester . . .«

»Leider nicht«, fiel er ein.

»Trotzdem wirst du mir versprechen, daß du die Medizin nicht wegschüttest, sondern sie auch allein nimmst — oder?«

»Ich verspreche es dir.«

»Stündlich?«

»Stündlich.«

»Ehrenwort?«

»Ehrenwort«, sagte er und fügte begehrlichen Blickes hinzu: »Ich möchte ja ganz, ganz rasch wieder ganz, ganz fit sein. Glaubst du mir das?«

Nun, daran war kein Zweifel erlaubt.

Einige Zeit später brachte Frau Sneganas Tee und Zwieback für Heinz, und Kaffee und Kuchen für Ilse aufs Zimmer. Heinz musterte den Zwieback mit angewiderter Miene.

»Hat den auch Dr. Wendrow verordnet?« fragte er.

Ungewohnt energisch antwortete die Wirtin: »Nein, den verordne ich! Den und den schwarzen Tee!«

»Sind Sie Ärztin?«

Von der Ironie, die in dieser Frage steckte, ließ sich die alte Dame nicht einschüchtern.

»Nein«, erwiderte sie, »aber Fälle wie Sie habe ich schon auskuriert, da war die Hälfte aller Ärzte, die heute praktizieren und Kunstfehler begehen, noch gar nicht auf der Welt.«

Heinz wollte noch einmal zu einer Antwort ansetzen, aber dann sah er, daß der alten Dame eine Verbündete erwachsen war — Ilse. Die Blicke, die Ilse mit Frau Sneganas tauschte, ließen keinen Zweifel daran, auf welche Seite sie sich geschlagen hatte. Worte waren keine mehr nötig. Frau Sneganas lächelte Ilse an.

»Ich sehe schon«, sagte sie, »daß Sie ein vernünftiges junges Mädchen sind. Ich darf dem Zimmer ruhig den Rücken kehren, ohne befürchten zu müssen, daß der Zwieback aus dem Fenster geworfen wird.«

»Gnädige Frau«, erklärte Ilse, »auch Ihr Kaffee und Kuchen wird dem von Ihnen erdachten Zweck zugeführt werden. Ich bedanke mich herzlich dafür.«

Frau Sneganas hatte einen kleinen Begeisterungsanfall.

»Sie sind ja entzückend, mein Kind.«

»Kein Vergleich mit Ihnen, gnädige Frau.«

»Entzückend, entzückend . . .«

Und wie ein Echo klang es von draußen, als die alte Dame die Tür schon wieder hinter sich geschlossen hatte, gedämpft noch einmal herein: »Entzückend . . .«

»Mann«, sagte Heinz ganz baff, »das war aber jetzt ein Ding! Ich habe den Eindruck, Ilse, daß du es mit alten Weibern —«

»Mit wem?« fiel sie ein.

»Mit alten Damen, entschuldige . . . daß du es mit denen noch besser verstehst als mit jungen Männern.«

»Das klingt ja gerade so, als wenn ich ein ›Junge-Männer-mordendes-Weib‹ wäre.«

»Mich hast du jedenfalls auf dem Gewissen«, lachte er. »Und zwar total.«

»Trink deinen Tee und iß deinen Zwieback.«

»Mach ich«, sagte er brav und ließ dem Wort die Tat folgen. Sie sah ihm dabei aufmerksam zu, während sie selbst auch Kuchenstückchen für Kuchenstückchen in den Mund steckte und dazu schlückchenweise ihre Kaffeetasse leerte.

Heinz tunkte seinen Zwieback in den Tee, ehe er sich ihn einverleibte. Dies ist die beste Methode, mit solch hartem Zeug fertig zu werden.

»Ich habe dir noch gar nicht gesagt, Ilse«, erzählte er dabei, »daß ich inzwischen auch schon soweit bin, von dir nachts zu träumen. Manchmal sind es mehrere Träume hintereinander, die mich heimsuchen —«

»Heimsuchen?« unterbrach ihn Ilse mit hochgezogenen Augenbrauen.

»Insofern heimsuchen«, erläuterte er, »als jeder dieser Träume meine Sehnsucht nach dir bis zu einem Grad steigert, der unerträglich ist. Wenn ich dann wach werde, liege ich jeweils da und sage mir, daß ich das nicht mehr lange aushalte.«

»Der Mensch hält viel aus«, sagte Ilse lächelnd.

»Du sollst mich nicht verspotten, sondern mit mir fühlen.«

»Das tue ich doch«, antwortete sie vergnügt. »Ich würde dir sogar diese Leiden gern ganz und gar ersparen, indem ich dich davon abhalten möchte, von mir überhaupt noch einmal zu träumen. Nur weiß ich nicht, wie ich das machen könnte.«

»Ich wüßte ein Mittel.«

»Ja?«

»Sogar ein Radikalmittel.«

»Und das wäre?«

»Mich zu heiraten. Von seiner Gattin träumt nämlich kein Ehemann mehr.«

Der Witz sei gut, meinte Ilse lachend. Leider entbehre er nicht eines absoluten Wahrheitsgehalts. So gesehen, müßte es ein junges Mädchen eigentlich vorziehen, niemals geheiratet zu werden.

»Es gibt natürlich auch Ausnahmen«, erklärte Heinz. »Dich zum Beispiel.«

»Soso.«

»Und mich.«

»Uns beide also.«

»Ganz recht. Eine Eheschließung zwischen uns schlösse die Gefahr aus, daß ich von dir nicht mehr träumen würde.«

»Soeben hast du doch noch das genaue Gegenteil behauptet?«

»Habe ich das?«

»Ja«, erklärte Ilse mit Nachdruck. »Du erinnerst mich an einen Freund meines Vaters. Der dreht die Dinge auch recht häufig gerade so, wie sie ihm in den Kram passen.«

Heinz grinste.

»Anscheinend ein intelligenter Mann. Was treibt er beruflich?«

»Er ist Professor der Meteorologie.«

»Bitte, ein Wissenschaftler! Ein Meteorologe! Ein Mann, dem sein Fach, die Wetterkunde, in allem, was er sagt, ständige größtmögliche Flexibilität abverlangt. Du mußt dafür Verständnis aufbringen, Ilse. Das geht solchen Menschen in Fleisch und Blut über.«

»Was hast du mit Wetterkunde zu tun?«

»Jeder von uns hat damit zu tun, sogar aktiv. Fragen wir uns nicht unentwegt: Wie wird's morgen, regnet's oder nicht? Können wir einen Ausflug planen, oder müssen wir zu Hause bleiben?«

Ilse, die das letzte Stück Kuchen in den Mund geschoben hatte, mußte vorsichtig sein mit dem Lachen, damit ihr keine Krümel in die Luftröhre gerieten. Als sie hinuntergeschluckt hatte, sagte sie: »Erzähl mir einen deiner Träume.«

»Interessierst du dich dafür?«

Sie nickte.

»Natürlich.«

»Ich hatte aber nicht diesen Eindruck.«

»Dann war dein Eindruck falsch«, sagte sie.

»Gut«, begann er, »hör zu. Da war ein schöner, weiter Park mit einem kleinen Landhaus mittendrin, und auf der Wiese vor der Veranda lag in der Sonne ein schönes Mädchen ... Du warst es, Ilse, ich konnte es genau erkennen. Und du hast gelächelt und bist so glücklich gewesen, hast mit den Blumen gespielt —«

»Wie romantisch!« unterbrach ihn Ilse.

»— hast mit den Blumen gespielt und leise vor dich hin gesummt. Die Melodie bekam ich allerdings nicht mit, dein Gesang war zu leise. Nach einiger Zeit trat ein Stubenmädchen aus der Tür —«

»Oh, ein Stubenmädchen, ich war reich und vornehm!«

Heinz hob warnend den Zeigefinger.

»Willst du nun den Traum hören oder nicht?«

»Unbedingt!«

»Dann unterbrich mich nicht dauernd, ich verliere sonst den Faden.«

»Entschuldige.«

Heinz legte Zeigefinger und Daumen an die Stirn.

»Also, wo war ich?«

»Beim Stubenmädchen. Es trat aus der Tür ...«

»... und meldete, einer sei da und möchte die gnädige Frau sprechen. Wer einer, hast du gefragt, ein Herr oder ein Mann? Ein Herr, sagte das Stubenmädchen. Es war aber nur ein Mann, wie sich herausstellte. ›Ich komme von der Gaswache‹, erklärte er, ›und möchte mich umsehen, wie das mit dem Gasherd bei Ihnen ist ...‹«

Ilse wurde stutzig und blickte ihren Heinz genauer an, aber der verzog keine Miene und fuhr fort: »Der Mann war sehr überrascht, denn er mußte von dir hören, daß du gar keinen Gasherd hättest. Er öffnete seine Aktentasche und kramte in ihr. Während er dies tat, sagtest du zu ihm: ›Einen Augenblick, ich bin gleich wieder da‹, bist ins Haus gelaufen, hast das Stubenmädchen gerufen und ihr die sofortige Entlassung ausgesprochen. ›Wenn Sie nicht in der Lage sind‹, hast du gesagt, ›einen Herrn von einem Mann zu unterscheiden, sind Sie absolut ungeeignet zu einem Dienst in einem Haus wie dem unseren. Verschwinden Sie!‹ Inzwischen hatte der Mann im Garten in seiner Aktentasche gefunden, was er suchte. Es war eine Liste, auf die er blickte. Er fragte dich: ›Bin ich hier nicht bei Dr. v. Segern?‹ Du hast den Kopf geschüttelt. ›Nein, die wohnen nebenan.‹ Und jetzt kommt das Schönste. Du hast hinzugesetzt: ›Ich bin Frau Ilse Bartel.‹«

Heinz wartete auf ein Zeichen oder eine Äußerung der Zustimmung. Nichts erfolgte.

»›Ich bin Frau Ilse Bartel‹, hast du gesagt«, wiederholte er deshalb mit erhobener Stimme.

Ilse nahm die Sache ernster, als er dachte.

»Du kennst mich nicht«, meinte sie sichtlich enttäuscht.

»Wieso nicht?«

»Du schätzt mich ganz falsch ein.«

»Wieso, bitte?«

»Du hast ein Bild von mir, das überhaupt nicht zutrifft. Und daß sich dieses falsche Bild sogar schon in deinem Unterbewußtsein festgesetzt hat, beweist ein solcher Traum.«

»Was beweist der?« regte sich Heinz auf, der nicht wußte, was ihm anzukreiden war.

»Das, was ich sage: Du kennst mich nicht.«

»Wieso nicht? Sprich — bitte — endlich!«

»Es wäre ausgeschlossen, daß ich ein solches Stubenmädchen entlassen würde. Woher soll denn das arme Ding den Unterschied kennen zwischen einem Herrn und einem Mann? Das ist oft gar nicht so einfach.«

Heinz blickte sie verblüfft an.

»Ilse ... ich ... ich weiß nicht ... ich weiß nicht, was ich sagen soll ...«

»Sag auf keinen Fall, es war doch nur ein Traum.«

»Gut, ich sage nicht, es war doch nur ein Traum — ich sage vielmehr, daß du großartig bist, ein Mensch mit einem höchst empfindlichen sozialen Gewissen.«

»Danke.«

»Ich werde mir dich zum Vorbild nehmen.«

Ilse war wieder ganz mit ihm ausgesöhnt.

»Ich glaube«, sagte sie, »du brauchst keine solchen Vorbilder, Heinz.«

»Doch, doch«, erklärte er. »Und um meine Scharte ein bißchen auszuwetzen, möchte ich dir noch einen zweiten Traum erzählen ...«

»O ja, bitte.«

»Da war ein ganz kleines Postamt mit nur einem Postbeamten, der alles machen mußte, auch die Telegrammannahme. Und dieser

Postbeamte war ich. Ich nahm Briefe und Päckchen entgegen und stempelte sie, zahlte Renten aus, stand Postsparkunden zur Verfügung, war zuständig für Telefongebühren und, wie gesagt, für die Annahme von Telegrammen. Die Arbeit wuchs mir über den Kopf. Eines Tages, mitten im größten Trubel, vor dem Schalter standen drei Leute, läutete das Telefon. Am Apparat war eine Dame, die fernmündlich ein Telegramm aufgeben wollte. Ich erkannte ihre Stimme sofort. Sie siezte mich, und deshalb dachte ich, daß sie sich einen Spaß machen wolle. ›Herr Bartel‹, sagte sie, ›ich möchte ein Telegramm aufgeben. Kann ich das?‹ ›Selbstverständlich, meine Dame‹, antwortete ich, den Spaß mitmachend, ›dazu bin ich da. Ihren Text, bitte . . .‹ Sie fing an: KOMM SOFORT ZU MIR STOP LASS ALLES LIEGEN STOP UNSER KIND IST SEHR KRANK STOP AUSSERDEM HABE ICH GROSSE SEHNSUCHT NACH DIR STOP LÄSST DU NICHT ALLES IN DIESER MINUTE LIEGEN REICHE ICH DIE SCHEIDUNG EIN STOP DIES IST MEIN VOLLER ERNST STOP — ›Ist das alles, meine Dame?‹ fragte ich. Ja, es war der ganze Text. ›Und an wen geht das Telegramm? An welche Adresse?‹ ›An Sie, Herr Heinz Bartel, in Ihrem Postamt.‹ ›Gut‹, sagte ich. ›Buchstabieren ist unnötig, ich habe den Namen verstanden. Nun als letztes: Wer ist die Absenderin?‹ ›Ich‹, sagte sie, ›Ilse Bartel, Köln, Aachener Straße 16.‹ Inzwischen hatte sich eine vierte Person vor meinem Schalter eingefunden. ›Also, Ilse‹, sprach ich ins Telefon, ›ich muß jetzt weitermachen, der Spaß hat ein Ende.‹ Es sei kein Spaß, unterbrach sie mich, sie verweise auf ihr Telegramm, insbesondere auf den letzten Satz vom vollen Ernst. Wenn ich nicht an sie dächte, dann wenigstens an unser Kind. Mir wurde ganz heiß, denn ihre Stimme war ungewöhnlich ernst. Plötzlich wußte ich, daß tatsächlich unsere Ehe auf dem Spiel stand. Aber was sollte ich machen? ›Ilse‹, sagte ich, ›ich komme sofort nach Dienstschluß, und zwar nicht mit der Straßenbahn, sondern mit dem Taxi.‹ Nach Dienstschluß sei es zu spät, antwortete sie und hängte ein. Ich saß da und wußte nicht, was ich tun sollte. Dann entschied ich mich für einen Kompromiß. Ich fertigte die vier Leute vor meinem Schalter ab, sperrte das Amt zu und sauste nach Hause. Dort war meine Frau schon am Packen, um zu ihrer Mutter zu fahren. Mein Kompromiß konnte sie aber Gott sei Dank doch noch einmal umstimmen.«

Heinz, dem vom langen Reden der Mund trocken geworden war,

wollte dem mit einem Schluck Tee abhelfen. Er ergriff die Tasse, mußte jedoch sehen, daß sie leer war, und stellte sie wieder zurück auf das Konsölchen.

»Ilse«, sagte er dann, »habe ich nun in meinem Traum richtig gehandelt oder nicht?«

Ernsthaft entgegnete sie: »Das mußt du einen deutschen Beamten fragen. Er wird dir vielleicht sagen, daß der Kompromiß falsch war. Der vorgeschriebene Zeitpunkt des Dienstschlusses hätte für dich das oberste Gesetz sein müssen.«

»Die Situation war jedenfalls ziemlich schwierig, meine ich.«

»Stimmt. Auch für mich.«

Sie blickte vor sich hin, überlegte, fuhr dann fort: »Ich setzte dich, kann man sagen, zwar unverschämt und ohne Rücksicht auf deine Belange unter Druck — insofern kam ich auch in diesem Traum wieder ziemlich schlecht weg. Aber es ging ja um unser Kind. Das war die andere Seite. Wenn eine Mutter Angst um ihr Kind haben muß, hat sie gewissermaßen das Recht, unzurechnungsfähig zu sein.«

»Und um deine Sehnsucht ging's auch noch.«

Damit war Ilse aber keineswegs einverstanden. Sie widersprach: »Mit der allein hätte ich dir allerdings niemals kommen dürfen. Was heißt denn das schon, Sehnsucht? Der Dienst des Mannes dauert bis sechs Uhr abends, und bis dahin muß die Sehnsucht der Frau zurückgestellt werden.«

»Basta.«

Das wirkte so komisch, so befreiend, daß sie plötzlich merkten, in welch merkwürdige Diskussion (für ein Liebespaar jedenfalls) sie sich verrannt hatten.

Grinsend sagte er: »Weißt du, was uns davor bewahrt, uns vor solche Probleme gestellt zu sehen?«

»Ja, das weiß ich«, entgegnete sie. »Wir sind nicht verheiratet und haben kein Kind.«

»Eine Frage der Zeit, Liebling.« Er hob den Finger. »Ich meinte eigentlich etwas anderes.«

»Was denn?«

»Ich bin kein Postbeamter und werde nie einer sein. Überhaupt kein Beamter.«

Ilse blickte auf ihre hübsche kleine goldene Armbanduhr.

»Auch auf einen Schriftsteller«, sagte sie, »können schwierige

Dinge zukommen. Gerade jetzt, in diesem Augenblick, erweist sich das.«

»Ich verstehe dich nicht, meine Süße.«

»Es ist wieder Zeit für deine Medizin.«

Heinz seufzte. »Du liebst mich«, sagte er, »sonst könnte dir mein Wohl nicht so sehr am Herzen liegen.«

»Das klingt hinterhältig. Willst du etwa unsere Abmachung schon wieder torpedieren?«

»Durchaus nicht. Gib her das Zeug ...«

Nach dem üblichen Gejammere, das er sich nicht verkneifen konnte, sagte er plötzlich, als die Prozedur vorüber war: »Fällt dir nichts auf, Ilse?«

»Was denn?«

»Ich mußte schon eine Ewigkeit nicht mehr raus.«

»Richtig«, freute sich Ilse. »Siehst du, das machen die Tropfen, davon bin ich überzeugt. Die —«

Sie brach ab. Erschrocken starrte sie ihn an.

Wie lautet eines der berühmtesten Dichterworte? »Doch mit des Geschickes Mächten ist kein ew'ger Bund zu flechten ...«

Heinz Bartels Gesichtsausdruck hatte sich jäh verändert. Ein Blitz der Erkenntnis schien ihn getroffen zu haben; zur horizontalen Salzsäule erstarrt — trotz einiger Kissen im Rücken lag er nämlich doch mehr in seinem Bett, als er saß —, war für ihn zwei, drei Sekunden lang jeglicher Kontakt mit Ilse abgerissen.

Ängstlich, aber vergeblich fragte sie ihn: »Was hast du?«

Keine Antwort.

»Heinz, was hast du?«

Er schenkte ihr einen abwesenden Blick.

Ilse verdächtigte plötzlich die von ihr soeben noch gepriesenen Tropfen einer Wirkung, die Heinz schon mehrmals an die Wand gemalt hatte.

»Mußt du brechen, Heinz?«

Nein, diese Gefahr bestand nicht.

Das, was wirklich drohte, lag auf der Hand. Ilse erkannte es immer noch nicht. Wie oft im Leben passiert es aber auch den intelligentesten Menschen, daß sie auf das Einfachste, das Sonnenklarste, das einzig Mögliche nicht kommen. Manchmal hat man eben Mattscheibe; da setzt's aus, wie die Leute sagen.

Wie Schuppen fiel es Ilse dann freilich von den Augen, als sich

Heinz aus seiner Erstarrung löste und er rascher denn je Bett und Zimmer verließ, nicht einmal mehr Zeit zu einem Zuruf findend.

Wenn man das so mit ansehen mußte, welkten Hoffnungen dahin, daß sich der erkrankte Darm von Heinz Bartel schon in kürzerer Zeit wieder erholen werde. Das dauert noch Tage, sagte sich Ilse bedrückt und erklärte dies auch Heinz nach seiner Rückkehr von der Toilette. Nötig sei jedenfalls strikte Bettruhe, die gewahrt werden müsse, sonst könnten aus den Tagen sogar noch Wochen werden.

Nicht umsonst studierte Ilse Bergmann — wenn auch ungern — Medizin.

Nicht umsonst liebte sie längst ihren Heinz Bartel und schärfte ihm deshalb ein, auf was er zu achten habe.

»Ich schau heute abend noch einmal bei dir vorbei«, sagte sie, als sie sich mit Umarmung und Kuß von ihm verabschiedete. »Sicher kommt auch Inge mit. Widersetz dich den Anweisungen Rolfs nicht.«

»Können wir auf Inge nicht verzichten, Ilse?«

»Warum? Du magst sie doch auch?«

»Schon, aber du allein bist mir weitaus lieber.«

»Trotzdem geht's nicht anders, als daß du auch sie in Kauf nimmst. Sie wird dich natürlich sehen wollen. Wie sollte ich ihr das ausreden? Kannst du mir das sagen?«

Er gab nur noch einen Brummlaut von sich.

»Morgen hast du ja wieder den ganzen Nachmittag nur mich«, sagte sie.

Das rief eitel Freude in ihm wach; er brummte nicht mehr, sondern strahlte.

»Du verzichtest auf das ganze Baden?«

»Gerne, das Wasser ist mir ohnehin zu kalt.«

»Dir doch nicht, Ilse! Du bist eine Lügnerin, aber eine ganz, ganz reizende Lügnerin.«

»Wiedersehen, Herr Bartel.«

»Wiedersehen, Fräulein Bergmann.«

Zurück blieb ein junger Mann, der zwar krank war, in dessen Bauch es rumorte, dem der Glanz jugendlicher Frische und Gesundheit fehlte, dessen Krankheit unappetitlichen Charakter besaß, dem aber auch das Herz schwoll vor Glück. Ilse, dachte er, Ilse, Ilse, Ilse ...

Natürlich haderte er auch mit seinem Schicksal. Heute, glaubte er, heute wäre es soweit gewesen ...

Diese gottverdammte Dysenterie!

Er dachte nicht »Dysenterie«, sondern den herben deutschen Ausdruck für seine Krankheit. Er begann mit es-ce-ha, Sch ...

Einige Zeit später fiel ins Zimmer mit Trara und viel Wind, den er machte, Franz Müller aus Heilbronn ein, um Heinz seinen Besuch abzustatten.

»Was machen denn Sie?« begann er. »Und das ausgerechnet im Urlaub!«

Heinz zuckte die Achseln.

Im Urlaub, fuhr der Dentist fort, wüßte er sich etwas Besseres.

Er sich auch, meinte Heinz bitter.

»Obwohl es mich auch schon einmal in der Form erwischt hat«, bekannte der Dentist. »Allerdings nicht am Meer, sondern in den Bergen.«

»In den Bergen?« fragte Heinz, um überhaupt etwas zu sagen.

»Im Allgäu, Herr Bartel. Genau: in Sonthofen. Kennen Sie Sonthofen?«

»Nein.«

»Von der Allgäuer Milchwirtschaft werden Sie aber schon gehört haben. Die beste Schokolade soll daraus entstehen. Ich konnte mich davon allerdings nicht überzeugen. Ich bin kein Schokoladenesser, sondern reiner Biertrinker, damals jedenfalls noch. In der Zwischenzeit verschmähe ich auch ein Gläschen Wein nicht; ein Viertele, sagen wir Schwaben. Bier und Schokolade passen nicht zusammen.«

»Bier und Eis auch nicht«, sagte Heinz.

»Eis? Meinen Sie Speiseeis?«

»Ja.«

»Damit haben Sie recht. Sie können Sonthofen nicht mit Heringsdorf vergleichen. Hier wird viel mehr Fisch gegessen, in Sonthofen Spätzle. Insofern hat Sonthofen große Ähnlichkeit mit Stuttgart, obwohl Sie dort auch Fisch kriegen. Sind Sie Fischesser, Herr Bartel?«

»Scholle mag ich nicht.«

»Ich schon, sogar sehr gern, allerdings nicht blau gekocht, sondern gebraten. Sie sollten sie einmal gebraten versuchen.«

»Das wollte ich gestern.«

»Und?«

»Es blieb beim Versuch.«

»Das kann passieren, ja. Im Schwarzwald lebte meine Frau noch, als wir vor Jahren dort in Ferien waren, und ihr fehlte damals etwas Ähnliches wie Ihnen — sie hatte Blasenkatarrh und kam auch nicht mehr von der Schüssel runter, verstehen Sie?«

»War das vor oder nach Sonthofen?« fragte Heinz, ganz im Sog dieses Gesprächs, dem von Franz Müller die Impulse gegeben wurden.

»Zuvor. In Sonthofen haben Sie eine Luft, die ausgezeichnet ist. Lesen Sie die Prospekte. Im Schwarzwald soll die Luft zwar, wenn Sie nach der Reklame von denen gehen, auch sehr gut sein, aber unsere Erfahrungen waren, wie ich Ihnen sagte, andere.« Er zeigte auf die Blumen. »Von wem sind die?«

»Von Fräulein Albrecht.«

Müllers Redefluß stockte.

»So?«

»Ja.«

»Das hat sie mir aber gar nicht gesagt. Sie sagte nur, daß sie nach Ihnen geschaut hat.«

»Aber —«

Dr. Rolf Wendrow platzte ins Zimmer.

»Heinz, wie ist es? Tag, Herr Müller, was macht die Kunst?«

»Tag, Herr Doktor«, sagte Müller. »Ich habe Ihrem Freund erzählt, daß er nicht der einzige ist, den's schon so erwischt hat. Die Blumen, die Sie hier sehen, sind von Fräulein Albrecht.«

»Fräulein Albrecht«, knüpfte Heinz an, »hat versäumt —«

»— sie hat versäumt, mir das zu sagen, Herr Doktor«, fiel Müller ein. »Sie hat ein Geheimnis daraus gemacht. Ist das nicht verdächtig?«

»Sehr verdächtig«, nickte Rolf.

Der Dentist zwang sich zu einem Grinsen.

»Sehen Sie, Sie sind mit mir einer Meinung.«

Rolf wandte sich Heinz zu.

»Kann man dir denn keinen Augenblick den Rücken kehren?«

Heinz, der sich ganz unvermutet in die Defensive gedrängt sah, antwortete: »Was wollt ihr denn eigentlich?«

»Die Blumen von Fräulein Albrecht sind verdächtig — darum geht's!« Rolfs Blick wechselte von Heinz zum Dentisten. »Oder nicht, Herr Müller?«

»Absolut.«

Heinz nahm Zuflucht zur Ironie.

»Und die Vase«, fragte er, »was ist mit der?«

»Die Vase?« antwortete Rolf.

»Die hat mir Frau Sneganas gebracht.«

»Sehen Sie, Herr Müller«, sagte Rolf zum Dentisten, »so ist das mit dem. Da steht unsereiner machtlos vis-à-vis. Die Frauen, vor allem ältere, verfallen ihm einfach. Mich persönlich hat er auch schon einige Male vor Tatsachen gestellt, die es mir nicht leicht machten, sein Freund zu bleiben.«

»Es empfiehlt sich also, auf der Hut zu sein vor ihm?«

»Absolut«, sagte nun Rolf.

Langsam merkte der Dentist, daß er auf den Arm genommen wurde, und zog sich aus der Affäre, indem er erklärte: »Ich habe ja nur Spaß gemacht. Fräulein Albrecht kann machen, was sie will, das ist doch klar. Sie müßten mich ja für einen Narren halten, meine Herren, wenn ich anderer Meinung wäre.«

Dann verabschiedete er sich rasch. Als die Tür hinter ihm zugefallen war, herrschte ein, zwei Sekunden lang Stille.

»Idiot«, sagte dann Heinz.

»Was macht dein Bauch?« fragte ihn Rolf.

»Den soll der Teufel holen.«

»Hast du Schmerzen?«

»Die wären das wenigste — aber die verdammte Rennerei!«

»Hast du die Tropfen genommen? Wahrscheinlich nicht.«

»Doch, Ilse hat sie mir aufgezwungen.«

»Wie lange war sie hier?«

»Die ganze Zeit.«

»Ich wollte es ihr verbieten, aber . . .« Rolf zuckte mit den Achseln.

»Das hat sie mir gesagt.«

»Ich hätte sie mit Gewalt zurückhalten müssen. Du weißt ja, wie die Weiber sind.«

»In diesem Falle möchte ich sagen: Gott sei Dank.«

»Wann kommt sie denn wieder?«

»Heute abend, zusammen mit Inge.«

Rolf, der sich ans Fensterbrett gelehnt hatte, einen Fuß über den andern geschlagen, ging zur Mitte des Zimmers, wobei er sagte, er werde nun mal nach Frau Sneganas sehen und sie fragen, ob er von ihr nichts Geeignetes zum Essen für einen an Dysenterie Erkrankten bekommen könne — schwarzen Tee und Zwieback zum Beispiel.

»Waaas?« schrie Heinz langgedehnt auf.

»Schwarzen Tee und Zwieback.«

»Bleib mir damit vom Hals!«

»Hör mal, schwarzer Tee und —«

»Bleib mir damit vom Hals! Mit diesem Zeug bin ich heute schon zur Genüge traktiert worden!«

»Von wem?«

»Von Frau Sneganas.«

Rolf zeigte sich überrascht, sagte aber dann anerkennend: »Ausgezeichnet! Eine brauchbare Frau! Woher hat sie das?«

»Was? Den Zwieback?«

»Nein, ihre medizinischen Kenntnisse bezüglich der Ernährung eines Menschen, der an Scheißerei leidet.«

»Sei nicht so ordinär.«

»Verzeihung, Herr Baron.«

»Zwieback und schwarzer Tee sind also gestrichen. Was kriege ich statt dessen?«

»Nichts.«

»Mensch, ich habe Hunger! Verstehst du? Oder ist das ein Fremdwort für dich? Ich habe Kohldampf! Klar? In mir befindet sich kein Gramm irgendeines Nahrungsmittels mehr! Kapiert? Oder muß ich noch deutlicher werden? In mir befindet sich überhaupt nichts mehr! In mir ist nicht mehr der geringste Stoffwechsel möglich, mangels jeder Masse!«

Das war eine falsche Behauptung, wie sich ganz rasch erweisen sollte.

Heinz fuhr fort: »Ich —«

Jäh verstummte er.

»Ja?« fragte Rolf. »Du . . .?«

»Ich . . .«

»Du mußt scheißen, nicht?«

Rolf hatte das Kind wieder beim Namen genannt.

»Wie ist das immer noch möglich?« fragte Heinz sich selbst und seinen Freund geradezu erschüttert.

Es ist dies das Rätsel, das sich seit der Vertreibung aus dem Paradies den an Dysenterie erkrankten Menschen immer wieder stellt und bis ans Ende der Zeiten noch stellen wird.

Als Heinz nach getanem Werk, das schon länger gar keines mehr war, sich aber stets aufs neue als solches vortäuschte, wieder im Bett lag, sagte er zu Rolf: »Kannst du mir sagen, von was das bei mir bewirkt wurde? Vom Bier?«

»Nein.«

»Vom Eis?«

»Nein.«

»Von diesem dünnen Kaffee?«

»Nein.«

»Vom Kuchen?«

»Nein.«

»Nein, nein, nein — von was dann? Sonst habe ich doch nichts gegessen oder getrunken!«

»Von allem zusammen.«

»Sehr geistreich. Ihr Ärzte seid schon tolle Burschen.«

»Die ausschlaggebende Wirkung dürfte aber doch vom Eis ausgegangen sein.«

»Und warum ist es an euch dreien sozusagen spurlos vorübergegangen? Warum bin nur ich das Opfer?«

»Das habe ich dir doch heute morgen schon gesagt: Der eine hält's aus, der andere nicht.«

»Was muß ich tun, um möglichst rasch wieder auf die Beine zu kommen?«

»Meine Medizin schlucken.«

»Danke!«

»Zwieback essen.«

»Danke!«

»Schwarzen Tee trinken.«

»Danke!«

»Ungezuckerten.«

»Ungezuckerten, soso . . . Siehst du, das hat Frau Sneganas vergessen. Herzlichen Dank, daß du dieses Versäumnis aus der Welt schaffst und es mir dadurch erspart wird, gezuckerten Tee zu trinken. Ich danke dir innig dafür.«

Rolf grinste.

»Keine Ursache. Für dich tue ich doch alles.«

Er ging zur Tür, um sich sogleich mit Frau Sneganas in Verbindung zu setzen.

Ilse und Inge trafen, als sie gegen acht Uhr abends ans Bett des Erkrankten traten, einen geschwächten Menschen an, der es sich nicht angelegen sein ließ, diesen Eindruck zu verbergen. Sie brachten Blumen mit. Der Strauß von Ilse war doppelt so groß und so schön als der von Inge. Der Grund sei der, sagte Ilse, daß sie nachmittags mit leeren Händen hätte erscheinen müssen, da es ihr an einer Gelegenheit gefehlt hätte, an Blumen zu kommen.

»Ich danke euch, Kinder«, sagte Heinz zu beiden Mädchen, »aber die Frage, die mir auf den Lippen schwebt, ist eine ganz andere.«

»Welche?« antworteten die zwei wie aus einem Munde.

»Ob ihr mir nicht Wurst und Butter und Käse und Brot und eine oder zwei Flaschen Bier mitgebracht habt?«

»Heinz!« rief Ilse.

Inge blickte Ilse an.

»Siehst du«, meinte sie, »genau das, was ich dir gesagt habe. Warum hast du nicht auf mich gehört?«

»Inge!« rief Ilse.

»Inge!« rief auch Heinz.

»Ja?«

»Soll das etwa heißen, daß du die Idee gehabt hättest, mich vor dem Hungertod zu bewahren?«

»Nun ja, ich dachte —«

»Inge!« Das kam wieder von Ilse.

»Aber Ilse hatte sicher recht«, schloß Inge ihren Satz, »wenn sie sagte, daß dein Magen geschont werden müsse.«

Heinz stöhnte laut auf.

»Ilse, hattest du denn nicht gesehen, wie rapide mein Verfall fortschreitet?«

»Heinz, rede keinen Unsinn.«

»Ich bin echt schwach, Ilse, ich taumle, wenn ich raus muß. Du solltest mich sehen.«

»Ich habe dich gesehen, nicht nur einmal.«

»Verhöhnst du mich etwa? Dient dir mein Leiden auch noch zur Belustigung?«

»Keinesfalls, mein Liebling, das schwöre ich dir, aber gegessen wird trotzdem kein Bissen von den Dingen, die du da so aufgezählt hast, es sei denn, Rolf erlaubt's.«

Heinz suchte bei Inge Hilfe.

»Hast du das gehört? Liebling nennt sie mich, übrigens zum erstenmal in der Öffentlichkeit. Im gleichen Atemzug verweigert sie mir jedes Stückchen Nahrung, und als Gipfelpunkt sagt sie, es sei denn, Rolf erlaubt's. Und diesen Menschen kennst du wohl in der Zwischenzeit nur allzu gut. Kannst du dir vorstellen, daß von dem diese Erlaubnis zu erwarten ist?«

»Wo ist er denn?« fragte Inge lachend.

»Auf seinem Zimmer. Du möchtest zu ihm kommen, soll ich dir sagen. Er wartet auf dich. Zimmer Nr. 6.«

Schon war Inge verschwunden.

»Die sehen wir so bald nicht wieder«, sagte Heinz zu Ilse.

»Warum nicht?« fragte Ilse.

»Weil ich mir vorstellen kann, was die zwei jetzt treiben.«

Ilse errötete, Heinz grinste.

»Von mir hast du das ja nicht zu befürchten«, sagte er. »Ich bin zu schwach dazu.«

Ilse ging darüber hinweg.

»Morgen abend«, eröffnete sie ihm, »können wir uns nicht sehen.«

»Warum nicht?«

»Weil in unserer Pension ein kleines Hausfest stattfindet, dem wir uns nicht entziehen können. Mit ›wir‹ meine ich auch Inge. Man hat uns dazu heute eingeladen. Nachdem dir ungestörte Bettruhe sowieso guttun wird, habe ich mich nicht quergelegt, sondern zugesagt.«

»Aber nachmittags kommst du schon zu mir?«

»Klar, wie versprochen.«

»Und bis übermorgen bin ich dann sicher wieder ganz fit.«

»Hast du, während ich weg war, deine Tropfen genommen?«

»Eisern.«

»Brav. Du verstehst das schon, wenn ich es nicht zulassen möchte, daß du zu früh etwas Falsches ißt?«

Heinz seufzte.

»Aber lange halte ich das nicht mehr aus.«

»Wenn du wieder darfst, gehen wir beide ganz groß essen. Ich lade dich ein.«

»Umgekehrt wird ein Paar Schuhe daraus. Wir gehen zwar groß essen, jawohl, aber eingeladen wirst du von mir.«

»Denkst du, daß dein Je-ka-mi-ma-Siegespreis noch so viel hergibt?«

»Nein, das nicht«, erwiderte er grinsend, »aber bis dahin wird ja der alte Herr Bartel gespurt haben, sonst enterbe ich ihn.«

Und so kam es auch. Nicht nur vom alten Herrn Bartel, sondern auch vom alten Herrn Wendrow traf am nächsten Morgen aus Köln das ersehnte Geld ein.

Heinz Bartel war ein kräftiger junger Mann, der auch ganzen Stämmen von Dysenteriebakterien keine lange Chance gab. Nach 24 Stunden sah alles schon wieder viel, viel besser aus. Heinz blieb nicht mehr lange im Bett, stand auf, lief im Zimmer umher, blickte aus dem Fenster und mußte nur noch zu seinen ganz normalen Verrichtungen auf die Toilette. Das war zweimal den ganzen Vormittag über der Fall.

Nach dem erfreulichen Besuch des Geldbriefträgers stürmte Rolf zu ihm ins Zimmer, die Scheine, die ausgehändigt worden waren, in der Luft schwenkend, und verkündete: »Das verschafft uns die Gelegenheit zu einem nochmaligen Besuch in der Excelsior-Bar.«

»Wann?« fragte Heinz.

»Das kommt auf dich an. Wie fühlst du dich?«

»Gut.«

Rolf startete eine kleine medizinische Blitzuntersuchung.

»Zunge raus!«

Dann zog er ein Lid am Augapfel hoch, tastete nach dem Puls und stellte ein paar Fragen. Das Resultat war, daß er sagte: »In Ordnung. Mittags nur noch etwas Leichtes, aber abends kannst du dir dann schon wieder alles genehmigen, was dein Herz begehrt. Wollen mal sehen, ob Ilona noch da ist.«

»Meinst du heute abend schon?«

»Selbstverständlich.«

»Ja, sag mal, hat dir denn Inge gestern nicht mitgeteilt, was bei denen heute in der Pension los ist?«

»Doch, doch.«

»Die sind also nicht frei für uns.«

»Weiß ich, weiß ich.«

»Willst du denn solo losziehen?«

»Nee, durchaus nicht.«

»Aber Inge wirst du von dort nicht mehr loseisen können.«

»Ich habe auch gar nicht diese Absicht.«

»Und welche Absicht hast du?«

Rolf machte alles klar, indem er nur einen Namen nannte: »Anna . . .«, er stolperte mit der Zunge, ». . . mirl.«

»Die Tirolerin?«

Rolf nickte grinsend.

»Der haben wir doch versprochen, daß wir uns noch einmal um sie kümmern werden«, sagte er dabei.

»Laß mich da aus dem Spiel, Junge.«

»Warum?«

»Mich interessiert nur Ilse und keine Annamirl.«

»Letztere ist ja auch nicht für dich gedacht, sondern für mich.«

»Und Inge?«

Rolf schnippte mit den Fingern.

»Ich bin mit Inge nicht verheiratet. Ein Mann wie ich braucht Abwechslung. Du doch bisher auch. Außerdem wird Inge von der ganzen Sache nichts erfahren.«

»Dann wünsche ich dir also viel Vergnügen.«

»Und du? Was ist mit dir?«

»Das sage ich dir doch, ich bleibe zu Hause.«

»Du spinnst ja. Das kommt nicht in Frage. Weißt du was? Die Sache ist doch ganz einfach: Annamirl muß eine Freundin von sich für dich organisieren. Ich werde das in die Hand nehmen.«

»Nein!«

»Doch!«

»Ich habe dir gesagt, daß mich nur Ilse interessiert.«

Rolf fuhr plötzlich schweres Geschütz auf.

»Und wie ist das bei ihr? Interessierst du sie? Oder führt sie dich nur an der Nase herum?«

Heinz zögerte mit der Antwort.

»Das . . . das kommt darauf an, was du als an der Nase herumführen‹ bezeichnest«, sagte er dann.

»Das kann ich dir schon verraten«, antwortete Rolf ohne die geringste Scheu vor einem offenen Wort. »Hat sie nun schon mit dir geschlafen oder nicht?«

»N . . . nein.«

»Siehst du, das nenne ich ›an der Nase herumführen‹.«

Heinz schwieg. Erst nach einem Weilchen meinte er: »Ilse ist eben keine Inge.«

Ironisch erwiderte Rolf: »Ich möchte es lieber so sagen: Inge ist Gott sei Dank keine Ilse.«

»Trotzdem warst du doch auch der Meinung, daß ich ... daß ich —«

»Daß du sie dir unter den Nagel reißen kannst«, unterbrach Rolf. »Ja, das war ich — und das bin ich noch immer, wenn du's richtig anpackst. Du mußt deine Taktik ändern. Du liegst vor der auf den Knien. Hör damit auf! Dreh den Spieß endlich um! Laß sie dir nachrennen, verstehst du?«

Heinz blickte vor sich hin. So ganz abwegig schien ihm Rolfs Theorie nicht zu sein.

»Du meinst ...«

»Ich meine, daß du heute abend damit schon anfangen könntest.«

Das Samenkorn war gesät. Nun konnte es keimen.

Zwar sagte Heinz noch: »Ich möchte die Entscheidung dem heutigen Nachmittag überlassen, wenn Ilse zu mir kommt ...«

Doch Rolf erklärte: »Ich versuche schon mal, Annamirl aufzugabeln und auf unseren Kurs festzulegen. Die kann sich ja notfalls ein Mädchen für dich nicht innerhalb von fünf Minuten aus dem Ärmel schütteln.«

Ilse ahnte nichts von dem Test, der ihrer harrte. Als sie ihren Besuch bei Heinz antrat, galt ihre erste Frage seinem Befinden. Heinz machte den Fehler, daß er antwortete, es ginge ihm gut, ja geradezu hervorragend.

Das war zwar die Wahrheit, aber sie schien Ilse eindeutig übertrieben, und sie setzte Heinz dem Verdacht Ilses aus, daß er etwas bei ihr anpeile, und zwar verfrüht; verfrüht insofern, als ihm sein wahrer körperlicher Zustand solche Ausschweifungen noch nicht erlaube.

»Das freut mich sehr«, sagte sie, »daß du dich schon wieder so wohl fühlst.«

»Superwohl, Ilse.«

»Aber du darfst das nicht überschätzen.«

»Ich überschätze das nicht.«

»In Wirklichkeit bist du sicher noch hinfälliger, als du denkst.«

»Keineswegs, Ilse.«

»Oder als du glaubst, mir das sagen zu müssen, weil du mich beruhigen willst.«

»Ilse, ich versichere dir, ich könnte Bäume ausreißen.«

Er klopfte mit der flachen Hand, wie schon gewohnt, auf den Bettrand und fuhr fort: »Komm, setz dich zu mir.«

Seinen entscheidenden Fehler hatte er bereits gemacht, indem er Ilse nicht angezogen und am Tisch sitzend oder aus dem Fenster blickend erwartet hatte, sondern im Bett liegend. Gerade das war ihm als das Richtige erschienen, und gerade das wirkte sich für ihn schädlich aus, sah doch Ilse darin den ausschlaggebenden Beweis, daß sie es hier noch mit einem Patienten und nicht mit einem gesunden Menschen zu tun hatte.

Statt die von Heinz erbetene Sitzposition einzunehmen, gab sie deshalb nun frisches Wasser in die drei Blumenvasen, die inzwischen schon im Zimmer herumstanden. Inge ließe grüßen, erzählte sie dabei, und die Vorbereitungen auf das abendliche Hausfest in ihrer Pension liefen auf vollen Touren.

»Schade, daß du nicht dabeisein kannst«, sagte sie.

»Ich könnte das durchaus, wenn du mich dazu einladen würdest«, erwiderte er.

Ilses Antwort war folgenschwer.

»Bist du verrückt? Du bleibst im Bett!«

Endlich war auch in der dritten und letzten Vase das Wasser erneuert und Ilse ließ sich auf einen Stuhl am Tisch nieder.

»Warum setzt du dich nicht zu mir?« fragte Heinz.

»Weil das, denke ich, gestern ein Fehler war.«

»So?«

»Vermutlich hat das dazu beigetragen, daß du heute noch liegen mußt.«

Wie wahr — aber so ganz anders wahr, als Ilse dachte!

»Ich muß nicht mehr liegen«, stieß Heinz hervor. »Ich werde dir das gleich beweisen . . .«

Er schickte sich an, das Bett zu verlassen.

»Halt!« rief Ilse. »Wenn du das tust, zwingst du mich, meinen Besuch sofort abzubrechen!«

»Aber warum denn?«

Ilse erhob sich, erst dadurch hielt Heinz inne und steckte die Beine, die er schon halb aus dem Bett herausgeschwungen hatte, wieder unter die Decke. Langsam setzte sich auch Ilse wieder.

»Ich will in gar keiner Weise mehr dazu beitragen, daß deine rasche Wiederherstellung gestört wird — im Gegenteil.«

So zog sich das also hin; der ganze Nachmittag wurde zur Pleite, in den Augen von Heinz jedenfalls; es war einfach der Wurm drin, wie eine treffende Formulierung lautet.

Am Abend saßen Heinz und Rolf zusammen mit Annamirl und einem Mädchen namens Hanna in der Excelsior-Bar und lachten über Rolfs nicht gerade genialen Einfall, Annamirl kurz krankgeschrieben zu haben, damit sie ihrer Arbeit hatte entfliehen können. Hanna konnte ohnehin über ihren Abend verfügen, da sie tagsüber als Verkäuferin in einer Musikalienhandlung tätig war.

Das bot sich Rolf gleich als Stichwort dar. »Ich bin auch musikalisch«, teilte er den Mädchen mit. »Ich singe leidenschaftlich gern. Soll ich euch verraten, was mein Lieblingslied ist?«

Dabei blickte er Annamirl abwechselnd tief in die Augen und in den Ausschnitt ihres Kleides.

»Was denn?« fragte das Tirolerkind.

»›Auf der Alm, da gibt's keine Sünde . . .‹«

Dies in die richtige Dialektform zu gießen, vor allem also aus dem »keine« ein »koa« zu machen, war eine Aufgabe, der sich unter immer wieder aufbrandendem Gelächter Annamirl Geiselbrechtinger widmete. Nach einer halben Stunde mußte sie sich jedoch als gescheitert betrachten, gescheitert an Rolfs Zunge. Auch Heinz erwies sich als unfähig zu einem Wechsel von seinem rheinischen Singsang zu einem einigermaßen echt wirkenden, tief aus der Kehle aufsteigenden tirolerischen Krächzen. Die lustigsten Mißerfolge auf diesem Gebiet erzielte allerdings Hanna, die eine geborene Heringsdorferin war.

Als die beiden Mädchen zum erstenmal auf die Toilette gingen — und zwar gemeinsam, wie das sogenannte kleine Mädchen mit Vorliebe tun —, winkte Heinz dem Kellner und fragte ihn: »Wo ist Ilona? Wir sehen sie nicht.«

»Welche Ilona, mein Herr?«

»Die ungarische Sängerin, die hier vor wenigen Tagen aufgetreten ist.«

»Ach die.« Der Kellner zuckte die Achseln. »Die hat praktisch von einer Stunde auf die andere aufgehört. Sie wollte nach Hause, und sie fuhr nach Hause, obwohl noch kein Ersatz für sie zur Stelle war. Wissen Sie, denen fehlt allen unser deutsches Pflichtgefühl. Man kann das nicht anders sagen, nein. Inzwischen haben wir aber, wie Sie sehen, eine Neue, allerdings ist die nur aus Kassel, sie macht jedoch ihre Sache auch nicht schlecht.«

Der Ober wurde an einen anderen Tisch gerufen.

»Welche Sache?« sagte Heinz zu Rolf. »Das Singen vielleicht, aber nicht das Handlinien lesen. Ich hätte mir gern noch einmal die Zukunft ein bißchen aufhellen lassen.«

»Meine nächste Zukunft kenne ich«, lachte Rolf.

»So?«

»Ja, die zusammen mit Annamirl. Und du mußt dir über die deine, zusammen mit Hanna, auch kein Kopfzerbrechen machen.«

»Wie hat denn Annamirl eigentlich deine Einladung aufgenommen? Die muß ihr doch völlig überraschend gekommen sein?«

»Zuerst hat sie natürlich glatt abgelehnt. So eine sei sie nicht, sagte sie.«

»Und dann?«

»Dann hat sie gefragt, wann sie gestiefelt und gespornt sein müßte. Als ich sagte, um acht, hat sie das bedauert.«

»Bedauert?«

»Warum nicht schon um sieben, meinte sie.«

Die beiden Mädchen kamen von der Toilette zurück. Sie hatten sich frisch gemacht, sich aufgemöbelt mit Puder, Lippenstift und etwas Schminke, waren wirklich hübsch anzusehen und eigentlich viel zu schade dafür, auf die Schnelle vernascht zu werden. Letzteres ließ sich aber wohl nicht mehr verhindern.

»Herr Doktor«, fragte Annamirl aus heiterem Himmel Rolf, »verstehen Sie auch etwas von Frauensachen?«

»Frauensachen?«

»Frauenleiden.«

»Nein«, erwiderte mit Entschiedenheit Rolf, um allem, was da auf ihn zukommen konnte, einen Riegel vorzuschieben. »Ich bin Chirurg und kein Gynäkologe. Aber Chirurgen trinken mit Mädchen gern ganz rasch Bruderschaft. Was sagen Sie dazu, Fräulein Geiselbrechtinger?«

»Das finde ich prima von denen.«

»Also los!«

Nachdem Heinz hurtig erklärt hatte, daß es diesbezüglich zwischen Chirurgen und jungen Schriftstellern eine enge Verwandtschaft gebe, stand jenem Ritual nichts mehr im Wege, das es den Menschen erlaubt, einander zu duzen. Die vier am Tisch küßten sich übers Kreuz und fanden das Ganze außerordentlich lustig.

Ja, wirklich, es wurde ein schrecklich vergnügter Abend.

Er wurde so vergnügt, daß sowohl Heinz Bartel als auch Rolf Wendrow am nächsten Morgen nicht allein aufwachten, sondern der eine auf dem Kissen neben sich einen blonden Wuschelkopf und der andere einen schwarzen entdeckte. Die dazugehörenden Körper zeichneten sich durch die Eigenschaft aus, völlig unbekleidet zu sein.

So eine Sommernacht kann ja auch schrecklich heiß und schwül sein, sogar an der Ostsee.

Heinz und Rolf waren sich sofort einig: Vom Abend in der Excelsior-Bar durften Ilse und Inge notfalls erfahren, nicht aber von der Nacht, die sich dem Abend anschloß.

»Wie deichseln wir das?« fragte Heinz, den schon Reue über das Geschehene ergriff, seinen hartgesotteneren Freund.

»Vielleicht wär's am besten, ihnen gar nichts zu sagen.«

»Auch nichts von unserem Ausflug in die Bar?«

»Auch davon nichts.«

»Das halte ich für Blödsinn.«

»Und warum?«

»Weil wir dort«, antwortete Heinz, »von irgend jemandem gesehen worden sein können, der ihnen Bescheid sagt. Das muß noch nicht einmal in böser Absicht geschehen.«

»Du hast recht«, nickte Rolf. »Dann schlage ich vor, etappenweise vorzugehen. Du holst sie gleich nach dem Mittagessen zum Baden ab; ich komme etwas später nach.«

»Nee«, widersprach Heinz, »*du* holst sie ab, und *ich* komme nach.«

»Ich dachte —«

»Du dachtest, mich als ersten ins Feuer zu schicken, mein Freund, ich weiß. Aber ist es nicht so, daß *du* uns diese Suppe eingebrockt hast? Also fang auch *du* an, sie auszulöffeln. Außerdem würden die sicher erschrecken, wenn sie mich ganz unvorbereitet vor ihrer Tür sähen.«

»Wieso?«

»Weil sie mich im Bett vermuten. Ihrem Wissen nach bin ich doch noch krank. Du als Arzt mußt ihnen ankündigen, daß das nicht mehr der Fall ist.«

Rolf seufzte.

»Meinetwegen.«

Dann ging er zum Telefon, um Inge anzurufen.

»Inge«, sagte er, »mein Schatz, ich möchte heute schon um ein Uhr mittags zu euch kommen und euch abholen. Paßt euch das?«

»Wohin abholen?« fragte Inge alarmierend knapp und kühl.

»Zum Baden.«

»Ich weiß nicht, ob uns das paßt. Ich muß erst Ilse fragen.«

»Aber Ilse hat doch immer gern gebadet? Und du auch?«

»Zum Unterschied von euch.«

»Zum Unterschied von uns, was heißt das?« erwiderte Rolf und mimte den begeisterten Wassersportler, der keine Unterkühlung scheute, indem er hinzufügte: »Nichts hat uns jemals mehr Spaß gemacht.«

Inge schwieg.

»Und nichts«, faßte Rolf nach, »wird uns auch heute mehr Spaß machen.«

»Euch beiden?«

»Ja, uns beiden.«

»Hat denn Heinz keinen Rückfall?«

»Ach, das meinst du! Ich fragte mich schon, was los ist. Nein, ihr könnt absolut beruhigt sein, Heinz ist wieder hundertprozentig in Ordnung.«

»Er hat also keinen Rückfall?«

»Inge«, lachte Rolf, »was hast du denn bloß mit deinem Rückfall? Absurd! Das stand doch nie zur Debatte. Woher soll er denn einen Rückfall haben?«

»Von eurem Ausflug.«

Ein deutliches Zusammenzucken Rolfs ließ erkennen, daß er sich getroffen fühlte. Er räusperte sich. Zögernd sagte er: »Von . . . welchem Ausflug?«

»In die Excelsior-Bar.«

Verdammt noch mal, dachte Rolf, die wissen das also schon; die Dinge sind bereits viel weiter gediehen, als wir dachten. Was sage ich jetzt?

»Daß Heinz euch angerufen und Bescheid gesagt hat, war richtig von ihm«, sagte er.

»Daß *wer* uns angerufen hat?«

»Heinz.«

Inge knurrte kurz und verletzend, wie ein Mann.

»Heinz hat uns nicht angerufen!«

Rolfs Verwunderung war riesengroß.

»Er hat euch nicht angerufen? Das verstehe ich nicht, Inge. Ich kann mir das nur so erklären, daß er davon überzeugt war, daß ich angerufen habe. Und ich wiederum war davon überzeugt, daß er's getan hat. Siehst du, Inge, so entstehen Pannen im Leben, begreifst du das? Zuletzt ruft keiner an, und keinem kann daraus ein Vorwurf gemacht werden.«

»Es hat aber einer angerufen.«

Einer? Wann? Es lief Rolf ein kleiner, kalter Schauer über den Rücken.

»Wann?« fragte er.

»Heute vormittag.«

Großer Gott, dann konnte dieser Anruf auch die vergangene Nacht mit zum Thema gehabt haben! Was sage ich bloß?

»Solche Anrufe«, meinte er, »faßt man am besten nur mit der Feuerzange an.«

»Wie war das?«

»Ich meine«, korrigierte Rolf sein etwas verunglücktes sprachliches Bild, »solchen Anrufen mangelt es in der Regel an der nötigen Seriosität; sie sind schmutzig; man soll nichts auf sie geben.«

»Soso.«

»Das wird euch auch Heinz bestätigen.«

»Damit ist zu rechnen, ja.«

Rolf hatte nur noch einen Wunsch: dieses Telefonat möglichst rasch beendet zu sehen.

»Also bis dann«, sagte er.

»Aber nicht schon um ein Uhr!«

»Warum nicht?«

Wieder teilte Inge einen ihrer Schläge aus.

»Weil Ilse und mir der Nachmittag mit euch viel zu lang würde.«

Rolfs Stimme hatte sehr von ihrer sonstigen Frische eingebüßt, als er fragte: »Wann dann?«

»Frühestens um drei Uhr«, erwiderte Inge und legte auf.

Als es in Rolfs Hörer geknackt hatte, nahm er ihn vom Ohr, betrachtete ihn mit besorgter Miene, drehte ihn vor seinen Augen hin und her, legte langsam auf und ging zu Heinz, um ihn darauf vorzubereiten, daß ihnen kein vergnüglicher Nachmittag bevorstünde.

Überflüssig war geworden, daß Rolf zur Pension der Mädchen

hätte vorauseilen müssen, um ärztliche Kunde von der Genesung seines Patienten zu übermitteln.

»Du kannst gleich mitkommen«, sagte er zu Heinz. »Wir können zusammen dort aufkreuzen.«

Erbittert brach es aus Heinz heraus: »Schuld an allem bist du!«

Rolf zuckte die Achseln.

»Schenk dir deine Vorwürfe. Wichtig ist jetzt, daß du an deiner neuen Taktik festhältst.«

Heinz fing an, im Zimmer auf und ab zu gehen.

»Sag mir bloß, welches Arschloch die angerufen hat.«

»Ich habe keine Ahnung.«

Heinz ballte die Faust, schüttelte sie.

»Dem würde ich helfen!«

Punkt drei Uhr nachmittags betraten die beiden die Pension der Mädchen und fragten nach ihnen. Die Chefin des Hauses hatte aber eine unangenehme Überraschung für sie parat.

»Die Damen«, sagte sie, »lassen Ihnen bestellen, daß sie schon zum Strand gegangen sind.«

»Wann sind sie das?« fragte Rolf.

»Schon gegen ein Uhr«, lautete die Antwort.

Unterwegs zum Meeresufer sagte Heinz: »Die sind schwer sauer auf uns.«

»Vergiß nicht, worauf's jetzt ankommt«, ermahnte ihn Rolf. »Es geht hauptsächlich um dich.«

Ilse und Inge lagen im Sand und schienen zu schlafen. Sie hatten auch einen Strandkorb gemietet, in den sie ihre Sachen gelegt hatten.

Heinz und Rolf entkleideten sich wortlos. Rolf war als erster fertig, er bückte sich, ergriff Inge am Unterarm, zog sie ungeachtet ihres Protests hoch, zerrte sie zum Strandkorb und setzte sich mit ihr in denselben. Anschließend ließ er stumm den Ansturm ihrer Vorwürfe über sich ergehen, nickte von Zeit zu Zeit zerknirscht, und begann erst mit seiner eigenen Verteidigung, als Inge zu erlahmen anfing. Leise behauptete er, daß das meiste von allem, was man ihnen erzählt hätte, jeder Grundlage entbehre; bezüglich eines kleinen Restes, der übrigbleibe, könne er nur seine Unschuld beteuern und alles auf Heinz schieben, so leid es ihm tue.

Nur allzu gern neigte Inge dazu, ihm zu glauben und der spezifischen Ausstrahlung, die allein schon von seiner behaarten Männerbrust ausging, wieder zu erliegen.

Schwerer hatte es Heinz. Zwar besaß er auch nicht gerade eine Hühnerbrust, aber Ilse war eben nicht Inge. Bei ihr mußten die Waffen, die Wirkung erzielten, anderer Natur sein.

Heinz hatte sich neben Ilse, deren Augen immer noch geschlossen waren, in den Sand gleiten lassen.

»Tag, Ilse«, hatte er mit unterdrückter Stimme gesagt. Sein Mund war dabei nur eine Handbreit von ihrem Ohr entfernt gewesen.

Stille. Kein Blick. Keine Bewegung. Nichts.

»Tag, Liebling.«

Dasselbe. Wieder nicht die geringste Reaktion.

»Schläfst du?« Mit einem leisen Kuß aufs Ohr.

»Laß mich!«

Aha.

»Was ist los?« fragte er.

Keine Antwort.

»Würdest du mir bitte sagen, was du hast?«

Immer noch keine Antwort.

»Du willst also nicht mit mir sprechen. Gut, dann mache ich das allein und führe einen Monolog mit dir. Wir haben gestern von unseren Vätern Geld bekommen. Das versetzte uns in die Lage, abends auszugehen. Rolf kam auf diese Idee, gegen die ich mich ursprünglich sträubte. Aber dann sah ich ein, daß er recht hatte. Er meinte, daß das zwischen dir und mir ohnehin ein totgeborenes Kind sei. Ich müßte endlich damit beginnen, mich sozusagen wieder nach neuen Ufern umzusehen. Dir würde das schätzungsweise geradezu entgegenkommen. Deshalb organisierte er auch Mädchen ...«

Eine leichte Bewegung zuckte durch Ilses Körper. Dies zeigte, daß sie noch am Leben war.

Heinz fuhr fort: »Rolfs Theorie wurde gestützt durch die Tatsache, daß du dich strikt geweigert hattest, mich zu eurem Hausfest mitzunehmen. Der Grund schien mir klar zu sein: Dir stand ein anderer, ein besserer Partner zu deinem Vergnügen zur Verfügung. Der Weg, der dadurch vor mir lag, führte zu einem Einverständnis mit Rolfs Vorschlägen. Als mein Freund sagte er mir —«

Ein Zischen kam aus Ilses Mund.

»Dein Freund?!«

»Seit Kindesbeinen.«

Nach einem verächtlichen Laut — Genaueres war demselben nicht zu entnehmen — lag Ilse wieder still und starr.

»Du magst daran zweifeln, Ilse«, erklärte Heinz, »aber ich weiß nicht, warum du das tust. Gerade Rolf verdanke ich es, daß ich so rasch wieder gesund wurde. Seine ärztliche Kunst, seine Pflege —«

»Pflege?!«

»Zu der auch Psychologie gehört. Du denkst vielleicht daran, daß er am Strand scheinbar seinem Vergnügen nachging, während er mich allein auf meinem Zimmer liegen ließ. Aber besonders darin kannst du ein Beispiel praktisch angewandter Psychologie sehen, wie er sie mich begreifen lernte. Dadurch hatte ich nämlich Gelegenheit, über dich und mich nachzudenken und neue bittere Erkenntnisse zu gewinnen. Du konntest mich besuchen und mich Einblicke in dein Inneres gewinnen lassen . . .«

Und nun schloß sich der Kreis, als Heinz mit leiser, dumpfer Stimme an Ilses Ohr hinzufügte: »Den klarsten Einblick gewann ich, als du dich strikt weigertest, mich bei euerm Fest dabeizuhaben. Seitdem weiß ich nun sicher, daß du mich, wie auch Rolf meinte, an der Nase herumgeführt hast. Über meine Reaktion darauf, die gestern abend schon ihren ersten Ausdruck fand, darf sich niemand wundern.«

Ilse öffnete die Augen. Ilse drehte ihm ihr Gesicht zu, blickte ihn schmerzerfüllt an. Ilse sagte: »Ich habe dich nicht an der Nase herumgeführt.«

»Nicht?«

»Ich dachte, du seist krank.«

»Ich hatte dir gesagt, daß ich das nicht mehr bin.«

»Das habe ich dir nicht geglaubt.«

Heinz spürte, daß er Oberwasser hatte. Es gelang ihm, mehr oder minder gleichgültig mit den Schultern zu zucken. Das war gar nicht so leicht. Man versuche nur einmal, gestreckterlängs im Sand liegend mit den Schultern zu zucken.

»Ist ja auch nicht mehr so wichtig«, sagte er. »Jedenfalls hat sich dadurch eine Entwicklung angebahnt, die es dir angeraten erscheinen läßt, heute mit mir nicht mehr zu sprechen.« Ein zweites Achselzucken, das ihm wieder gelang. »Damit muß ich mich abfinden.«

Ilse räusperte sich.

»Heinz.«

»Ja?«

»Rede nicht solchen Unsinn.«

»Wieso?«

»Natürlich will ich noch mit dir sprechen.«

»Davon war aber bisher wenig zu merken. Inge und mein Freund Rolf —«

»Halt! Dieser Mensch ist nicht dein Freund!«

»Aber —«

»Dieser Mensch ist nach dem, was du mir von ihm soeben berichtet hast, nicht dein Freund, sondern dein böser Geist. So sehe *ich* das!«

»Warum? Weil er auf die Idee kam, in die Excelsior-Bar zu gehen?«

»In die Excelsior-Bar zu gehen, das wäre für sich allein durchaus noch verzeihlich. — Aber warum mit Weibern?«

Aha, das war natürlich der springende Punkt. Ilses Augen sprühten plötzlich Funken.

»Ihr hattet doch auch eure Partner bei euerm Hausfest«, sagte Heinz.

»Das ist der größte Blödsinn, den du dir einredest. Ich habe zweimal getanzt, dann schützte ich Kopfschmerzen vor. Den ganzen übrigen Abend habe ich nur an dich gedacht.«

Einen Augenblick lang ging die Sonne auf in seinem Gesicht, dann besann er sich wieder auf seine neue Taktik und sagte mürrisch: »Das kannst du mir leicht erzählen.«

»Es ist die Wahrheit!« regte sie sich auf. »Sogar Inge hatte auch nicht den richtigen Spaß, und während wir also Trübsal bliesen, habt ihr euch mit zwei Flittchen in einer dunklen Loge amüsiert. Euer Geschmuse muß ja himmelschreiend gewesen sein.«

»Erstens«, sagte Heinz, »war es keine dunkle Loge, sondern eine normal beleuchtete, von allen einzusehende Nische —«

»›Von allen einzusehende‹, das mag stimmen, ja. Alle haben euch zugeguckt, aber nicht einmal davon habt ihr euch stören lassen.«

»Und zweitens waren das keine Flittchen, sondern zwei nette, anständige Mädchen.«

»So?«

»Ja.«

»Anständige?«

»Kannst du etwas anderes sagen?« antwortete Heinz vorsichtig.

»Darauf komme ich noch später. In dem Anruf heute morgen —«

»Apropos Anruf«, unterbrach Heinz sie. »Wohl ein anonymer, wie?«

»Nein.«

»Nicht?« stieß Heinz überrascht hervor.

»Er galt Inge und kam von ihrem alten Verehrer, den du auch kennst.«

»Welchen alten Verehrer von Inge kenne ich auch?«

»Edgar.«

»Edgar?«

»Na der, den Rolf in Bansin so verprügelt hat.«

»Himmel, der! Hält sich denn der Kerl immer noch hier in Heringsdorf auf?«

»Sicher, wir haben ihn schon ein paarmal von weitem gesehen. Und er hat euch gestern abend in der Excelsior-Bar gesehen.«

»Worauf er nichts Eiligeres zu tun hatte, als Rolf bei Inge anzuschwärzen.«

»Du wurdest auch nicht vergessen.«

»Billige Rache.«

»Habt ihr ihn denn nicht gesehen?«

»Nein.«

»Das zeigt, daß ihr für nichts anderes mehr Augen gehabt habt als für eure Flittchen.«

»Er kann nur kurz in der Bar gewesen sein, sonst wäre er uns nicht entgangen.«

»Gesehen hat *er* jedenfalls genug.«

Heinz fing sich langsam wieder.

»Das ist unmöglich«, erklärte er. »Allein aus dem Grund, weil nichts passiert ist.«

»Mit solchen Flittchen passiert immer etwas.«

»Sag nicht dauernd Flittchen. Das waren, um das zu wiederholen, zwei nette, anständige Mädchen.«

»So?«

»Jawohl!«

»Dadurch bringst du mich auf den zweiten Anruf, der uns heute am späteren Vormittag erreichte. Er galt mir.«

Ein zweiter Anruf? Von einem zweiten Anruf hatte Rolf nichts gewußt. Ein Anruf, der Ilse galt? Wieso galt er Ilse?

Heinz sah sich in die alte Ungewißheit zurückversetzt. Seine Sicherheit war wieder dahin — und dies, wie sich rasch erweisen sollte, zu Recht.

»Von wem . . .« Heinz mußte einen neuen Anlauf nehmen. »Von wem kam dieser Anruf?«

»Das weiß ich nicht.«

»Ach, der war also anonym?«

»Ja.«

»Anonyme Anrufe sind keinen Schuß Pulver wert, Ilse.«

»Manchmal doch.«

»Genau wie anonyme Briefe nicht. Die wirft man bekanntlich in den Papierkorb.«

»Und wenn in diesem Anruf behauptet wurde, daß ihr diese Weiber mit auf eure Zimmer genommen habt?«

Heinz schluckte.

»Wurde das behauptet?«

»Ja.«

»Und warum hat der Mann, der dies behaupten zu können glaubte, seinen Namen nicht genannt? Warum blieb er hinter seiner Anonymität versteckt?«

Heinz wollte sich noch nicht ganz geschlagen geben. Herausfordernd blickte er Ilse an.

»Warum das, Ilse?«

»Er hat mir empfohlen, in eurer Pension Erkundigungen einzuziehen. Frau Sneganas sei tief enttäuscht von dir.«

Darüber mußte sich Heinz spontan aufregen.

»Wenn schon enttäuscht«, stieß er hervor, »dann nicht nur von mir, sondern auch von Rolf! Von dem sogar noch mehr!«

»Rolf war dem Betreffenden offensichtlich ganz egal. Meinem Gefühl nach schien er zu glauben, dir noch etwas schuldig zu sein.«

»Ein Verrückter! Ich weiß überhaupt nicht, welchen Anlaß —«

Er brach ab. Ein Gedanke war ihm durch den Kopf geschossen.

»Wie sprach der Mann? Hochdeutsch?«

»Bemüht hochdeutsch, würde ich sagen.«

»Aha, es klang also ein Dialekt durch?«

»Ja.«

»Welcher? Ein schwäbischer?«

»Ja, ich glaube.«

Heinz atmete tief ein.

»Dieses Schwein!«

Er schlug mit der Faust in den Sand.

»Jetzt weiß ich, wer es war!«

»Wer?« fragte Ilse.

Heinz sagte es ihr und auch den Grund, weshalb ihn der Mann bei ihr denunziert hatte. »Wegen seiner Scheißgelsenkirchnerin, kannst du dir das vorstellen?« erklärte er erzürnt. »Entschuldige den Ausdruck.«

Er werde sich ihn aber kaufen!

»Nichts wirst du!« schnitt Ilse weiteren Wutausbrüchen den Faden ab, da ihr angst wurde — nicht um den Dentisten Müller, sondern um den jungen Schriftsteller Heinz Bartel. »Könntest du ihm denn den Anruf beweisen? Nein. Es wäre ihm daher ein leichtes, dich vor Gericht zu bringen. Willst du das? Denk darüber nach. Außerdem, was würdest du machen, wenn er den Anruf sogar zugäbe und du an der Reihe wärest, ihn der Verleumdung zu überführen? Könntest du das? Oder wäre er in der Lage, Frau Sneganas als Zeugin aufmarschieren zu lassen?«

Heinz verstummte. Auch Ilse sagte längere Zeit nichts mehr. Erst als Heinz schon dachte, daß es wohl das beste sei, wortlos aufzustehen, sich anzuziehen, zu verschwinden, sich vielleicht noch einmal in die Arme von Hanna zu flüchten und dann mit einem der nächsten Züge sang- und klanglos die Heimreise quer durch Deutschland anzutreten, erst da spürte er plötzlich Ilses Hand an der seinen.

Dazu ganz leise: »Heinz.«

»Ja?«

»Hat sie dich denn glücklich gemacht?«

»Wer?«

»Diese . . . wie hieß sie eigentlich?«

»Hanna.«

»Diese Hanna, war sie gut?«

Mit rauher Stimme antwortete Heinz: »Wozu willst du das wissen?«

»Um sie zu übertreffen.«

Starr lag Heinz. Er war sicher, sich verhört zu haben.

»Um sie was?« fragte er ungläubig.

»Um sie zu übertreffen.«

»Wann?«

»In der kommenden Nacht.«

Heinz geriet ins Stammeln.

»Ilse . . . aber . . . was hat . . . nein . . . doch . . .«

»Warum? Warum so rasch, meinst du? Weil ich sehe, daß der Fehler, den ich mit dir gemacht habe, möglichst bald ausgemerzt werden muß.«

»Ilse!«

»Was?«

»Nichts.«

Sie blickte ihn fragend an.

»Nichts«, wiederholte er. »Entschuldige, ich . . . ich weiß nichts mehr zu sagen . . . ich muß dir vorkommen wie ein Idiot . . . mir fehlen die Worte . . . ich . . . du . . .«

Ihm wurde heiß, weil sie ihm ins Ohr flüsterte: »Wir zwei, ja, wolltest du sagen . . . ich, du . . . wir zwei — wir zwei in der kommenden Nacht . . .«

Sie liebten sich in den Dünen. Der Junge vom Rhein, das Mädchen aus Berlin, aus Deutschlands Reichshauptstadt, die von der Geschichte schon zum Untergang verurteilt war, wurden eins im Bannkreis des Meeres.

Das Bett von Heinz in der Pension von Frau Sneganas kam für Ilse nicht in Frage, weil es von Hanna »entweiht« worden war. Solche Gesetze hatten damals noch Gültigkeit. Ihr eigenes Bett in ihrer Pension verfiel bei Ilse nicht aus einem weltanschaulichem Grund der Ablehnung, sondern aus einem mechanischen: es knarrte. Zu allem Pech knarrte auch Inges Bett, sonst hätte man ihr einen vorübergehenden Tausch vorschlagen können, auf den sie sicher ohne weiteres eingegangen wäre.

Und ein Bett in einer dritten Pension? Warum haben die kein solches gemietet? So lautet die Frage, die man sich heute stellen würde. Und die Antwort ist: Auch dies war damals noch alles andere als einfach für unverheiratete Leute.

Blieben also nur die Dünen . . .

Die entscheidende Voraussetzung, daß man sich für diese entscheiden konnte, bot natürlich der Sommer. Der Sand verströmte durch die von Heinz mitgebrachte Decke hindurch noch ausreichende Wärme, als sie den beiden zum Liebeslager wurde. Später, als der Sand auskühlte, erhitzten sich Heinz und Ilse gegenseitig in einem Ausmaße, das ihrem Gefühl nach noch ausgereicht hätte, den nahen Ozean um einige Grade aufzuheizen.

Es begann, wie immer, mit Küssen. Die Leidenschaft der beiden dabei war so groß, daß sie einander die Lippen von den Zähnen zu saugen drohten. Der Austausch der Liebkosungen ihrer Zungen erzeugte und schürte jenes Feuer in ihnen, das nur noch durch Erfüllung der Lust gelöscht werden kann.

Damals gab's noch kaum Reißverschlüsse. Den Dienst, dem heute ein oder zwei Reißverschlüsse an einem Kleidungsstück gerecht werden, versahen damals ein Dutzend und noch mehr Knöpfe, von denen jeder einzelne bei der Liebe geöffnet werden mußte. Welche Herrlichkeiten damit verbunden waren, weiß die arme aktive Generation von heute nicht mehr, genauso, wie sie den wahrhaft himmelweiten Unterschied zwischen Strumpfhosen und Strümpfen, die an Strapsen befestigt sind, nicht mehr kennt, da letztere ihnen von einer ärmer gewordenen Zeit vorenthalten werden.

Bei aller Hingabe, mit der Heinz und Ilse sich küßten, vergaßen sie nicht, sich einander dabei zu entkleiden. Heinz war ein sogenannter erfahrener junger Mann, Ilse war kein erfahrenes Mädchen, aber ein sehr gelehriges. Das schenkt die Natur Geschöpfen, mit denen sie sich selbst erfreut.

Ilse trug eine Bluse. Als deren oberster Knopf von Heinz geöffnet wurde, vollzog Ilse die gleiche Maßnahme bei seinem Hemd. Beide fühlten, daß sie der Seligkeit einen gewaltigen Schritt nähergekommen waren. Viele solcher gewaltigen Schritte waren noch zu tun — ein Dutzend und mehr. Aber wie nahe lag schon die Seligkeit!

»Ilse . . .«

»Heinz . . .«

»Darf ich wirklich?«

»Ja.«

»Ich liebe dich.«

»Ich dich auch.«

Bluse und Hemd waren offen, Haut drückte sich an Haut, Hände wurden fiebrig. Nie glaubte Heinz etwas Schöneres gesehen zu haben als Ilses Brüste im Licht der Sterne, die am Himmel funkelten. Nie glaubte Ilse etwas Besseres gerochen zu haben als den virilen Duft aus den Poren von Heinz.

Eine Sternschnuppe stürzte erdwärts, verlöschte, scheinbar vom Meer verschluckt.

»Hast du gesehen?« flüsterte Ilse.

»Ja.«

»Dazu kann man sich etwas wünschen.«

»Ich weiß.«

»Hast du dir etwas gewünscht?«

»Ja.«

»Was?«

»Das.« Dabei glitt seine Hand zwischen ihre Schenkel und blieb eine Weile ruhig dort liegen, am Ziel nicht nur eines, sondern aller seiner Wünsche.

Mädchen in dieser Situation lernen gern und schnell.

»Und du?« raunte Heinz. »Was war dein Wunsch?«

»Der.« Ihre Hand glitt zum Schlitz seiner Hose, blieb aber dort nicht ruhig liegen, um nicht ins Hintertreffen zu geraten. Da mußten nämlich drei Knöpfe geöffnet werden — eine Aufgabe, die sich Heinz nicht stellte. Ilses seidenes Höschen — das beste, das sie aus Berlin mitgebracht hatte — konnte mit einem einzigen geschickten Griff an ihren Beinen heruntergezogen werden.

Strümpfe und Straps, mit denen vorher schon Kontakt zu gewinnen gewesen wäre, hatte Ilse, des Sommers wegen, nicht an. Das war ein Verlust für Heinz, jedoch ein Verlust, der sich in Relation zum Gesamtgewinn ertragen ließ.

»Oh!«

Dieser kleine Laut des Erschreckens entfuhr Ilse, als ihre Finger in den geöffneten Schlitz seiner Hose geglitten waren. War es aber nicht auch schon ein Laut teils der Anerkennung und teils der Freude?

Verfehlt war jedenfalls seine Frage: »Hast du Angst?«

Nein, Angst hatte sie nicht.

»Aber du mußt aufpassen«, sagte sie.

Das versprach er ihr.

Heinz war nicht Ilses allererster Liebhaber, doch auch nicht der zehnte, sondern ihr zweiter. Ihr erster war Manfred gewesen, der Verlobte in Berlin. An diesen dachte sie aber jetzt keinen Augenblick.

Dann begann Heinz mit dem Spiel seiner Finger bei Ilse, und Ilse antwortete mit dem der ihren bei Heinz. Tief stöhnte er auf, immer wieder, während sie sich jeden eigenen Laut verbiß, um den seinen um so besser lauschen zu können, sie in sich aufsaugen zu können. Nicht lange aber, und ihr entrang sich auch ein konvulsivisches, rasch länger und lustvoller werdendes »oh ... ooh ... oooh ... ooooh ... ooooooooh«.

Da sie jedoch bei ihm nicht erlahmte und ihre Bemühungen mit der Hand fortsetzte, wurde er nach kurzer Zeit auch fortgetragen von der gleichen Welle des Glücks. Nur seine Laute, mit denen er ihr das zu erkennen gab, waren andere. »Ja«, stöhnte er, »jaa ... jaaa ... jaaaa ... jaaaaa ... jaaaaaaaaaaaaa.«

Nun lagen beide still, überrascht von dem, was in dieser Ausdehnung bis hin zum Abschluß keineswegs geplant gewesen war. Nur auf ihre Jugend war es zurückzuführen, daß das so schnell hatte gehen können. Begnügen wollten sie sich aber damit nicht. Und ihre Jugend war es auch, die ihnen half, daß ihr Wunsch nach letzter Glückseligkeit nicht in die Ferne gerückt war, sondern Aussicht auf Erfüllung in absehbarer Zeit hatte.

Nun war auch noch der Mond aufgegangen und hatte sich zu den Sternen gesellt. Eine einzelne Wolke hatte ihn verdeckt.

»Heinz«, flüsterte Ilse, »der Mann im Mond, siehst du ihn?«

»Ja.«

»Hat der einen Namen?«

»Soviel ich weiß, nein.«

»Wollen wir ihm einen geben?«

Heinz dachte über diese Frage, die schon mehr ein Vorschlag war, nach. Doch dann sagte er: »Nein, denn das würde die mit diesem Gestirn nun einmal verbundene Romantik einengen, meine ich.«

»Mit dieser Romantik, las ich kürzlich, wird es eines Tages gänzlich zu Ende sein.«

»Ja, wenn der erste Fuß eines Menschen Mondboden betritt.«

»Glaubst du, daß es je soweit kommen wird?«

»Den Wissenschaftlern ist alles zuzutrauen. Man muß ihnen nur das nötige Geld zur Verfügung stellen, und das geschieht immer am ehesten, wenn ein sogenanntes Wettrennen der Nationen einsetzt.«

»Ein Wettrennen zum Mond, meinst du?«

»Ich könnte mir das ganz gut vorstellen.«

»Und wer wird gewinnen?«

»Die Amerikaner.«

»Nicht wir?«

»Nein, so viel Geld, das dazu nötig ist, haben wir nicht. Mag sein, daß wichtige wissenschaftliche Beiträge aus Deutschland kommen, aber deren Verwirklichung wird Sache der Amerikaner sein, glaube ich.«

Weit im Landesinneren bellte ein Hund. Der Pfiff einer Lokomotive, das Rollen des ganzen Zuges tönte durch die Nacht. Aus der Nähe kamen die Geräusche des Meeres, dessen Brandung nicht stark war und dennoch ein ständiges Tosen erzeugte.

Heinz und Ilse lagen wieder still. In Heinz regte sich der Drang, eine Zigarette zu rauchen; er kämpfte ihn nieder. Sein Körperteil, von dem die Fortsetzung der Liebe abhing, ruhte in Ilses Hand. Sachte, leise begannen Ilses Finger stumme Anfragen an ihn zu richten, und siehe da, die stumme Antwort blieb nicht aus.

Im unvermeidlichen Gleichklang mit Ilses Hand wurde auch die von Heinz wieder aktiv und erzielte denselben Erfolg.

»Komm«, flüsterte Ilse, als ihre pressenden Finger mit Sicherheit verspürten, daß ihre Bitte nicht mehr in den Wind gesprochen war. Weit nahm sie dabei ihre Beine auseinander und öffnete sich ihm ...

Man schrieb den 31. August 1939.

Am nächsten Morgen hielt die Welt den Atem an.

Man schrieb den 1. September 1939.

Der Zweite Weltkrieg hatte begonnen.

Noch wußte man nicht, daß es ein Weltkrieg wurde. Der Kampf tobte erst zwischen Deutschland und Polen. Schon händigte aber in Berlin der britische Botschafter das Ultimatum aus, die Kampfhandlungen sofort einzustellen. Der französische Botschafter folgte ihm. Hitler lehnte ab. Am 3. September erklärten England und Frankreich dem Deutschen Reich den Krieg und zogen ihre riesigen Kolonialreiche in das Geschehen mit hinein. Praktisch hieß das dann schon: Weltkrieg.

Als das Ganze losging und aus dem Radio nur noch Marschmusik dröhnte, sagte Heinz Bartel zu Rolf Wendrow: »Nun?«

»Was nun?«

»Was sagst du jetzt?«

»Was soll ich sagen?«

»Die sind alle verrückt.«
»Ich verstehe die Polen nicht.«
»Wieso?«
»Sie verlassen sich auf den Beistand der Engländer und Franzosen, aber ich frage dich, wie soll denn das gehen? Warten die auf Expeditionscorps? Bis die hinkommen, sind wir doch mit den Polen schon fertig.«
»Meinst du?«
»Davon bin ich überzeugt.«
Rolfs Schock über den Kriegsausbruch schien also schon Stunden danach wieder im Abklingen zu sein.
»Wo warst du eigentlich in der vergangenen Nacht? Dein Zimmer war leer«, fragte Rolf.
»Ich war mit Ilse zusammen.«
»Ja? Bei ihr?«
»Nein.«
Rolf wartete auf nähere Auskünfte. Als diese nicht kamen, blickte er Heinz an, sah ihm genau ins Gesicht, grinste plötzlich und sagte: »Mann, es hat also endlich geklappt! Ich gratuliere.«
Heinz wandte sich ab, sagte jedoch dann: »Ich muß hernach gleich zu ihr. Ich brauche nur noch ein paar Briefmarken von der Sneganas, um die ich sie gebeten habe. Sie wollte sie mir sofort bringen. Aber wo ist sie jetzt? Hat sie mich vergessen? Das ganze Haus hier spielt verrückt. Alles rennt durcheinander, nur du nicht, du sagst mir in aller Ruhe, daß die Polen in ein paar Tagen erledigt sein werden.«
»Wie war er denn?«
»Wer?«
»Na, dein jüngster Koitus?«
»Das geht dich einen Dreck an!« explodierte Heinz. »Habe ich dir eine solche Frage gestellt?«
»He!« setzte sich Rolf zur Wehr. »Jawohl, oft genug hast du das! Eigentlich jedesmal, die ganzen Jahre her. Oder willst du plötzlich abstreiten, daß das zwischen uns üblich war?«
Heinz sagte nichts mehr.
Als er zu Ilse kam, erlebte er eine böse Überraschung. Sie war am Packen. Obwohl das mit dem ersten Blick zu erkennen war, fragte er sie überflüssigerweise: »Was machst du da?«
»Ich packe.«

»Willst du weg?«
»Selbstverständlich.«
»Wohin?«
»Welche Frage! Nach Hause!«
»Wann?«
»Mit dem nächsten Zug.«
»Aber du weißt doch gar nicht, wann der fährt.«
»Das läßt sich aus dem Fahrplan ermitteln.«
Ilse stand vor zwei Koffern; der eine war schon fertiggepackt und zugeklappt; in den anderen verstaute sie gerade Wäschestücke.
Heinz ging zu ihr hin, nahm sie in die Arme und drehte sie zu sich herum.
»Liebling«, sagte er, »vergiß vorläufig den Fahrplan. Wenn ein Krieg ausbricht, werden Züge und Strecken erst mal vom Militär gebraucht.«
Erschrocken sah sie ihn an.
»Woher weißt du das?«
»Das weiß ich zwar nicht«, erwiderte er, »aber ich kann es mir denken.«
Ihre Augen füllten sich mit Tränen.
»Wie komme ich dann nach Hause?« fragte sie ihn nervös. »Ich habe mit meinem Vater telefoniert. Meiner Mutter geht's schlecht. Ihr Herz, weißt du. Die fürchterliche Aufregung. Sie sorgt sich am meisten um mich. Ich sei in der Fremde allein, meint sie, in dieser entsetzlichen Zeit.«
»Du bist nicht allein«, sagte er mit warmer Stimme.
»Das weiß sie doch nicht, Heinz.«
Eine Weile standen sie da, Ilse mit dem Kopf an seiner Brust. Das Fenster war offen, die Gardine blähte sich im Luftzug. Ilse hörte ganz nah den Herzschlag ihres Geliebten. Heinz hielt sie an sich gepreßt. Wir sind eins, sagte ihnen ihr Gefühl, und dennoch hatte sich schon etwas zwischen sie geschoben seit der vergangenen Nacht in den Dünen, etwas Gewaltiges, vielleicht nie mehr zu Überwindendes — Krieg!
»Ich liebe dich«, sagte Heinz, »und ich werde dich immer lieben, mag kommen, was da will.«
Was würde stärker sein, diese Liebe oder der Krieg?
Ilse regte sich in seinen Armen.
»Wir müssen zum Bahnhof«, sagte sie, »und klären, wann ich

fahren kann.«

Der Auskunftsbeamte, an den sie inmitten eines chaotischen Betriebes gerieten, konnte nur mit den Schultern zucken.

»Irgendwann im Laufe des heutigen Tages klappt's vielleicht«, meinte er. »Vielleicht auch erst morgen. Ich weiß es nicht.«

Ilse blickte ihn flehentlich an.

»Was soll ich machen?«

»Am besten setzen Sie sich in den Wartesaal — wenn's sein muß, bis morgen, dann verpassen Sie den Moment nicht, in dem eventuell plötzlich ein für Sie in Frage kommender Zug nach Berlin ausgerufen wird. Das ist mein Rat.«

Kein sehr erfreulicher Rat. Eher ein saurer Apfel, in den Ilse zu beißen hatte. Sie tat es. Was wäre ihr auch anderes übriggeblieben? Heinz blieb selbstverständlich bei ihr. Sie fanden zwei Plätze in einer Ecke des Wartesaales, wo sie verhältnismäßig ungestört waren. Als sie saßen, eingeschlossen von Ilses Koffern, die ihnen als kleiner Schutzwall gegen die vielen anderen Menschen dienten, welche den Saal füllten, richtete Heinz die für ihn alles überschattende Frage an Ilse: »Was soll nun mit uns beiden werden?«

Sie sah ihn wortlos an.

»Als erstes brauche ich deine Adresse«, fuhr er fort.

Sie gab sie ihm, und sie notierte sich die seine. Auch ihre Telefonnummern tauschten sie aus.

»Ich verständige dich«, sagte er, »wenn ich die Zelte hier auch abbreche. Ich fahre auf alle Fälle über Berlin.«

»Wann wird das sein?«

»Rolfs Urlaub endet Anfang nächster Woche. An ihn bin ich mehr oder minder gebunden. Wir haben eine gemeinsame, ermäßigte Ferienfahrkarte.«

»Und er will noch hierbleiben?«

»Danach habe ich ihn zwar noch nicht gefragt, aber ich bin sicher, daß er das will. Den kann auch ein Krieg nicht erschüttern, weißt du. Er ist schon wieder am Siegen.«

»So ähnlich wie Inge — die läßt sich auch von nichts aus der Ruhe bringen.«

Nach einer Zigarette, die er rauchte, stellte er ihr die zweitwichtigste der in ihm bohrenden Fragen.

»Was machst du nun mit Manfred, Ilse?«

Sie verstand im ersten Augenblick gar nicht, was er meinte.

»Mit wem?«

»Mit deinem Verlobten.«

Überrascht antwortete Ilse achselzuckend nur: »Was soll ich mit ihm machen?«

»Du mußt ihn abservieren!«

Stumm sah sie ihn an.

»Du mußt dein Verlöbnis lösen«, verbesserte er seine Ausdrucksweise; dem Tadel in ihrem Blick Rechnung tragend.

Sie nickte, doch das war ihm zuwenig.

»Wirst du das tun?« setzte er ihr das Messer auf die Brust.

Nach einem kleinen Zögern sagte sie: »Ja.«

»Wann?«

»Das weiß ich noch nicht.«

»Warum weißt du das noch nicht?«

»Erst muß ich mich um meine Mutter kümmern.«

»Das kann dich doch nicht daran hindern, ans Telefon zu gehen und ihn anzurufen und ihm zu sagen, was los ist.«

»Nein.« Ilse schüttelte den Kopf. »So geht das nicht.«

»Warum nicht?«

Heinz merkte immer noch nicht, daß er auf dem falschen Weg war.

»Weil das unmöglich ist, Heinz.«

»Dann schreib ihm einen Brief.«

»Nein, auch das nicht.«

»Was dann?«

Heinz fing an, ärgerlich zu werden, und das war schlecht.

»Ich werde schon mit ihm sprechen müssen — aber nicht am Telefon«, sagte Ilse.

»Ich verstehe dich nicht. Was hast du gegen das Telefon? Gerade das Telefon ist bei solchen Problemen die bequemste Lösung. Man hebt ab, sagt, was man zu sagen hat, und legt wieder auf. Basta.«

Nun war er aber zu weit gegangen.

»Nein!« erwiderte Ilse nur. Sie sagte dies jedoch in einem Ton, der Heinz endlich auf den Trichter kommen ließ.

»Überleg es dir«, lenkte er ein. »Du wirst sicher die richtige Form finden. Ich weiß ja«, konnte er es sich aber dummerweise immer noch nicht verkneifen, hinzuzufügen, »bei diesem Mann sind Samthandschuhe am Platz.«

Ilse schwieg.

Die Menschen ringsum waren voller Unruhe. Alle wollten nach Hause. Fast keinen hielt es längere Zeit an seinem Platz. Jeder zweite sprang immer wieder auf, verschwand irgendwohin, um etwas in Erfahrung zu bringen, und kehrte zurück und wußte so wenig wie vorher. Übermüdete Kinder plärrten, Männer fluchten, und sowohl mit ersteren als auch mit letzteren hatten die Frauen als Hauptleidtragende alle Hände voll zu tun.

Die Mittagszeit warf die Frage auf, wie das Problem der Ernährung für Ilse und Heinz zu lösen war. Kellner hatte sich den ganzen Vormittag noch keiner sehen lassen. Ilse erklärte jedoch sofort, nicht den geringsten Appetit zu haben. Allerdings Durst, den hätte sie schon, setzte sie hinzu. Und genau das gleiche traf auch auf Heinz zu.

Er erhob sich also, um etwas Trinkbares zu besorgen. Kaffee, Tee oder Limonade hätte Ilse gern gehabt. An der Theke herrschte ein Gedränge wie an den Kassen bei einem großen Fußballspiel. Die Männer, die von ihren Gattinnen ins Feuer geschickt worden waren, ließen jede Rücksicht fallen, beschimpften sich gegenseitig, stießen sich in die Rippen und traten einander auf die Zehen. Den zwei Bediensteten, die hinter der Theke arbeiteten, standen längst im wahrsten Sinne des Wortes die Haare zu Berge. Alles wurde ihnen aus den Händen gerissen. Die Menschen benahmen sich ohne jede Vernunft. Jeder riß, nachdem er sich an die Theke hatte herandrängen können, das an sich, was er gerade erwischen konnte. Bezahlt wurde von vielen überhaupt nicht. Dafür mußten andere, die den geforderten Betrag nicht in der richtigen Höhe hatten, auf ihr Wechselgeld verzichten. Es ging drunter und drüber.

Heinz kehrte zu Ilse mit zwei halb verschütteten Gläsern Bier zurück.

»Was anderes konnte ich mir nicht erkämpfen«, berichtete er.

Von seiner Jacke waren ihm zwei Knöpfe ganz und die Brusttasche zum Teil abgerissen worden.

»Laß den Krieg mal ein paar Jahre dauern«, meinte er sarkastisch, »dann kann das ja heiter werden.«

»Hast du die Knöpfe?« fragte ihn Ilse, nachdem sie ihr Glas in einem Zug bis zur Neige geleert hatte, obwohl sie Bier nicht liebte.

»Die Knöpfe?« lachte Heinz bitter. »Nee, die sind weg. Die sind mein erstes Opfer auf dem Altar des Vaterlandes.«

»Aber die Tasche, die nähe ich dir an.« Ilse zeigte auf einen der zwei Koffer. »Gib mir den mal her.«

»Wozu?«

»Da habe ich Nadel und Faden drin.«

»Aber Ilse, laß das doch. Nicht jetzt, bitte. Dazu finde ich schon jemanden.«

»Wen denn?«

»Frau Sneganas zum Beispiel.«

»Nee, nee, zuletzt hast du gar noch die Idee, auf diese Hanna zurückzukommen, wenn ich nicht mehr da bin.«

»Ilse!«

»Was?«

»Ich schwöre dir —«

»Gib den Koffer her, und zieh die Jacke aus.«

Ein Meisterwerk war es dann nicht, das Ilse verrichtete, aber Heinz sagte, die wieder angenähte Tasche begutachtend, dennoch: »Hervorragend! Das weist dich als Universalgenie aus. Danke, vielen Dank.«

Die Stunden vergingen, und immer noch ließ über den Lautsprecher die Fahrdienstleitung kein Wort bezüglich eines Zuges für Zivilreisende nach Berlin verlauten. Die Menschen wurden müde. Das hatte zur Folge, daß sie nicht mehr so sehr lärmten. Nicht wenige machten vorübergehend auf ihren Stühlen ein Nickerchen. Auch Ilse ertappte sich mehrmals dabei, daß ihr die Lider zufallen wollten. Die Unterhaltung zwischen ihr und Heinz war schleppend geworden. Streckenweise schwiegen sie beide minutenlang, sahen einander nur an. Dann fiel ihm wieder ein liebes Wort ein, und ihr auch. Doch die Pausen dazwischen wurden länger.

Ein Schatten war geblieben. Der Modus des telefonischen »Abservierens«, den Heinz in Vorschlag gebracht hatte, wirkte bei Ilse nach.

Gegen fünf Uhr nachmittags sagte Heinz: »Ich glaube nicht, daß sich heute noch etwas rührt.«

»Schrecklich.«

»Was willst du machen? Auch die Nacht über hier sitzen bleiben und warten?«

»Ich habe ja keine andere Wahl.«

»Doch, ich könnte dich in deine Pension zurückbringen.«

»Nein, gerade dann kann es passieren, daß ich meinen Zug verpasse. Aber ich sehe nicht ein, daß du auch hier rumhängst. Geh du ruhig nach Hause. Rolf wird sich ohnehin schon fragen, was mit dir los ist.«

Heinz war geradezu entrüstet.

»Bist du verrückt? Ich dich allein lassen? Wie kannst du so was glauben?«

»Rolf —«

»Was interessiert mich der? Hol ihn doch der Teufel!«

Das hörte Ilse gar nicht ungern.

»Aber Heinz«, sagte sie mit einem gewissen Lächeln, »du sprichst von deinem Freund . . .«

Heinz zog tief an seiner Zigarette, die er zwischen den Fingern hielt.

»Die Situation, in der wir uns jetzt befinden«, sagte er, mit jedem Wort eine Rauchwolke aus dem Mund ausstoßend, »läßt in mir keinen Gedanken an einen anderen Menschen als an dich aufkommen.«

Dafür drückte sie ihm einen raschen Kuß auf die Wange. Einer auf den Mund wäre Heinz natürlich lieber gewesen, aber das verbot sich für Ilse wegen der vielen Leute, die um sie herum waren.

Langsam regte sich — Krieg hin, Krieg her — in beiden doch auch der Hunger. Als ihm der Magen zu knurren anfing, sagte Heinz zu Ilse: »Du mußt etwas essen.«

»Du auch.«

»Ich kriege bei Frau Sneganas etwas — aber du?!«

»Ich hoffe auf den Speisewagen.«

»Speisewagen?« Dazu konnte er nur lachen. »Schlag dir so etwas aus dem Kopf.«

Daraufhin sagte Ilse: »Hört denn auf einmal alles auf? Die ganze Zivilisation?«

»Ich fürchte —«

Heinz brach ab. Aus dem Lautsprecher kamen knackende Geräusche. Dann sagte eine blecherne Stimme: »Achtung, Ach . . .«. Die Stimme ging in einem Salat undefinierbarer Töne unter, wurde wieder vernehmbar. »Achtung! Zivilreisende in Richtung Berlin! Der nächste Zug für Sie fährt ab in vier Minuten auf Bahnsteig zwo. Ich wiederhole: Zivilreisende in Richtung Berlin! Der nächste Zug für Sie fährt ab in vier Minuten auf Bahnsteig zwo.«

Heinz und Ilse saßen noch einen Augenblick starr auf ihren Stühlen.

»Sind die verrückt?« stieß Heinz hervor. »In vier Minuten? Wissen die das jetzt erst?«

Ilse sprang auf, wollte nach einem Koffer greifen.

»Laß das!« rief Heinz. »Lauf zu, sichere dir einen Platz! Ich komme mit den Koffern nach! Schau aus dem Fenster, damit ich dich sehe!«

Die Ereignisse überstürzten sich. Ilse lief voraus, Heinz keuchte mit den schweren Gepäckstücken hinterher. Dann war Ilse im Gewühl der Menschen verschwunden, und Heinz blieb nichts anderes übrig, als daß er, nachdem er den Bahnsteig erreicht hatte, die Koffer abstellte und wartete, bis Ilse wieder sichtbar wurde. Da, aus einem Fenster des zweiten Waggons, winkte sie und rief. Es war ihr gelungen, einen Sitzplatz zu ergattern. Heinz verstaute über ihrem Kopf die Koffer im Gepäcknetz und war entsetzt, als im nächsten Moment die Fahrdienstleitung per Lautsprecher verkündete: »Bitte, die Türen schließen, der Zug fährt in Kürze ab.«

»Du mußt raus«, stieß Ilse hervor.

Er nahm sie in die Arme, sie ließ sich aber nur kurz küssen, machte sich los von ihm und wiederholte: »Du mußt raus, Heinz.«

Er verfluchte innerlich die ganze Deutsche Reichsbahn und verließ den Waggon. Ilse lehnte sich aus dem Fenster. Heinz stand auf dem Bahnsteig, blickte zu Ilse hinauf und sagte: »Wir sehen uns in Berlin.«

Ilse verstand ihn nicht. Nachzügler sprangen auf die Trittbretter, Waggontüren knallten, die Dampflokomotive hüllte sich zischend in weißes Gewölk. All dies vereinigte sich zu einem Lärm, der jeden, der sich verständlich machen wollte, dazu zwang, zu schreien.

»Was sagst du?« fragte Ilse.

»Wir sehen uns in Berlin!« rief Heinz.

»Ja, meine Adresse hast du, samt Telefonnummer.«

»Kann ich dich notfalls auch nachts anrufen?«

»Ja. Gut, daß du mir das sagst. Ich nehme den Apparat mit auf mein Zimmer, damit Mutter nicht erschrickt. Du weißt, ihr Herz . . .«

»Ich lasse mich ihr unbekannterweise empfehlen.«

»Sollte etwas dazwischenkommen, schreibst du mir aus Köln, und ich dir aus Berlin, ja?«

»Da kann nichts dazwischenkommen, verlaß dich auf mich.«

Die Lokomotive schien Atem zu holen, dann fuhr der Zug an,

langsam und träge. Ilse streckte ihre Hand zu Heinz hinunter. Heinz ging nebenher und hielt Ilses Hand fest.

»Grüß mir auch Rolf noch einmal schön — trotz allem«, sagte Ilse.

»Mach ich«, antwortete Heinz und mußte jetzt schon ein wenig schneller laufen. »Und weißt du, über was ich nun doch noch nachdenken will?«

»Über was?«

»Über einen Namen für den Mann im Mond.«

»Ja«, meinte Ilse und lächelte.

Der Zug ruckte stärker an. Weißer Qualm puffte aus der Lok empor. Da mußte Heinz die Hand Ilses loslassen. Er blieb stehen.

»Alles Gute!« rief Ilse mit dünner werdender Stimme und winkte.

Heinz riß sein Taschentuch aus dem Anzug und ließ es flattern.

»Paß auf dich auf!« brüllte er in das Rattern der letzten Wagen des Zuges, die nun schon an ihm vorbeifuhren.

Sie winkte immer noch, aber wie klein war sie nun schon an ihrem Fenster geworden.

»Ilse«, sagte er mit leiser Stimme. »Ilse . . .«

Seine Hand mit dem Taschentuch sank herab. Ilse war fort.

An diesem Abend mußten sie in der Pension der Frau Sneganas noch länger auf Heinz Bartel warten, so daß schon Stimmen laut wurden, die ihn für vermißt erklären wollten. Heinz wanderte vom Bahnhof hinaus zu den Dünen, zu der Stelle, an der er in der Nacht zuvor zum erstenmal in seinem Leben erfahren hatte, was Liebe überhaupt sein konnte. Dort setzte er sich in den Sand und starrte vor sich hin.

Leergebrannt kam er sich vor, ein Schlackenrest schien ihm sein Herz zu sein, und das monotone Rauschen der Brandung verstärkte in ihm das Gefühl grenzenloser Verlassenheit.

Verdammter, verfluchter, gottverdammter, tausendmal verfluchter Krieg, dachte er. Warum gerade jetzt?

Warum überhaupt?

Aber bitte . . . wennschon . . . warum dann nicht erst ein paar Wochen später? Ein paar Tage später wenigstens?

Anfang nächster Woche, am Ende des Urlaubs — warum nicht da?

Ein bißchen Glück mehr ...
Nur vier Tage ...
Vier *Nächte!*

Heinz mußte Rolf nicht viel erzählen, als sich die beiden endlich wieder gegenüberstanden. Das Aussehen von Heinz sprach Bände.

»Mann«, zog Rolf daraus die Erkenntnis, »das einzige, was dir momentan hilft, weißt du, was das ist?«

»Komm mir nicht mit irgendeinem Weib«, sagte Heinz aus alter Erfahrung.

Darüber reden wir später, dachte Rolf und erwiderte: »Wer spricht denn davon?«

»Was dann?«

»Ein Zug durch die Lokale. Eine richtige Bierreise, verstehst du?«

Dagegen mochte sich Heinz nicht sträuben.

»Kann's auch was anderes sein? Wein oder Schnaps?«

»Alles! Alles, was uns unterkommt!«

Männer sind so.

Heinz trank auf absolut nüchternen Magen, er hatte ja immer noch nichts gegessen. Und dabei blieb's auch weiterhin, denn der Hunger, den Heinz zwischendurch verspürt hatte, war infolge des abrupt über Heinz hereingebrochenen Abschiedsschmerzes in Vergessenheit geraten. Bereits im zweiten Restaurant, das Rolf und er auf ihrer »Reise« streiften, hielt ihn also der Alkohol in seinen Krallen.

Am Nebentisch saßen zwei Mädchen, die Frikadellen gegessen hatten und schon willens waren zu zahlen. Sie überlegten es sich aber noch einmal. Beide waren große, gutaussehende, blonde Friesinnen, die in Königsberg ihr Auskommen gefunden hatten. Sie hießen Antje und Barbara.

Rolf lächelte hinüber zu ihnen.

Keine Reaktion.

Die sind richtig, dachte Rolf, je mehr sie sich zieren, desto schärfer sind sie.

Der Kellner strich um den Tisch der Mädchen herum. Winkten sie ihm, um nun doch ihre Rechnung zu begleichen. Ja, sie taten dies — aber nicht, um zu bezahlen.

»Bringen Sie mir bitte noch einen Likör«, sagte Barbara.

»Mir auch«, schloß sich Antje, die ein Vierteljahr jünger war, an.

Beide waren um die Zwanzig herum, standen also im besten Alter. Hinter Antje lag allerdings schon eine Verlobung mit einem kräftigen Ostpreußen, die ihr ein bißchen zugesetzt hatte. Barbara, die ältere, litt deshalb Antje gegenüber ein wenig an Minderwertigkeitskomplexen, die abzuschütteln sie fest entschlossen war.

»Welche gefällt dir besser?« fragte aus den Mundwinkeln heraus Rolf seinen Schutzbefohlenen, für den er sich heute mehr denn je verantwortlich fühlte.

»Gar keine«, brummte Heinz. »Hast du vergessen, was ich dir gesagt habe?«

»Du mußt sie dir näher ansehen«, sagte Rolf wieder aus den Mundwinkeln heraus, während er ein zweites Lächeln zu den Mädchen hinübersandte.

Wieder ein Schlag ins Wasser. Die jungen Damen schienen überhaupt nicht auf Sendung zu sein.

Die sind ja superscharf, dachte Rolf. Von denen stellt jede noch Inge und Annamirl in den Schatten.

»Ich mache dir einen Vorschlag, Heinz«, fackelte er nun nicht mehr lange. »Ich hole die rüber an unseren Tisch, dann kannst du dir ja die deine raussuchen. Ich lasse dir den Vortritt und begnüge mich mit der zweiten Wahl. Mehr kannst du von mir nicht verlangen.«

Schon erhob er sich halb, um seine Worte in die Tat umzusetzen, als Heinz ihn mit einem zwingenden Blick noch einmal auf seinen Stuhl festbannte. Lange schaute ihm Heinz in die Augen. Schließlich sagte er: »Ilse, mein Lieber, hat dich erkannt. Willst du hören, als was sie dich bezeichnet?«

»Als was denn?«

»Als meinen bösen Geist.«

»Deinen bösen Geist?« ereiferte sich Rolf. »Dein böser Geist wäre ich, wenn ich heute abend zu dir gesagt hätte, ja, du hast recht, häng dich auf, dir ist danach, erschieße dich, nein, du hast keine Pistole, dann spring ins Meer oder stopf dir eine Scholle in den Hals, damit du dran erstickst. Mach auf irgendeine Weise Schluß. Das Einfachste ist, dich aufzuhängen. Komm, ich besorge dir noch selbst einen Strick, denn ich bin ja dein böser Geist.«

Unwillkürlich hatte Rolf in seiner Aufregung lauter gesprochen, als es angebracht war, so daß die Mädchen am Nebentisch, ob sie nun wollten oder nicht, als Ohrenzeugen seiner Worte in Mitleidenschaft gezogen worden waren. Ihr Erschrecken konnten sie nicht verbergen. Rolf sah das ganz deutlich.

»Verzeihen Sie, meine Damen«, sprach er zu ihnen hinüber, »ich wollte Sie nicht behelligen. Aber der Zustand meines Freundes hat mich die Kontrolle über mich etwas verlieren lassen. Ich bin in Sorge um ihn. Ich muß mich um ihn kümmern. Niemand hilft mir dabei.«

Barbara und Antje sahen einander an.

»Verzeihen Sie«, wiederholte Rolf. »Wir trinken nur noch unser Bier aus, dann verschwinden wir wieder, um Sie nicht mehr länger zu stören.«

»Sie s-tören uns nicht«, sagte Barbara, die ältere, in friesischem Hochdeutsch.

»Nein, gewiß nicht«, bekräftigte Antje.

»Danke«, nickte Rolf. »Ein zweites Glas würden wir ja in diesem Lokal, offen gestanden, gerne noch trinken. Selbstverständlich setzen wir uns aber dazu an einen anderen Tisch, wenn Ihnen das lieber ist.«

»Das müssen Sie wirklich nicht«, beteuerte Barbara.

»Ich meinte ja den Ihren«, sagte Rolf grinsend.

So fing das also an, und daß es ebenso rasch weiterging, dafür sorgte Rolf in unveränderter Manier. Als Heinz zum erstenmal auf die Toilette mußte, fragte Barbara den am Tisch zurückgebliebenen Rolf rasch: »Was hat denn Ihr Freund?«

Rolf hatte die Antwort schon parat.

»Das ist eine tragische Geschichte«, floß es ihm leicht von den Lippen. »In seiner Familie gibt's einen polnischen Zweig, und das lastet seit heute auf seiner Seele.«

»Das kann ich mir vorstellen«, sagte Barbara aus schlagartiger Erkenntnis.

»Der Arme!« meinte Antje.

Rolf bemühte sich, die beiden zu beruhigen.

»Er wird darüber hinwegkommen. Man muß ihm nur helfen.«

Besonders Barbara nickte heftig.

»Ich möchte Sie allerdings bitten, meine Damen«, fuhr Rolf fort, »ihm nicht zu verraten, daß ich Ihnen von dieser Belastung etwas gesagt habe. Ich weiß nicht, wie er darauf reagieren würde.«

Nun, das wußte Rolf nur zu genau, deshalb mußte er einer solchen Möglichkeit vorbauen.

»Sie können sich auf unsere Verschwiegenheit verlassen«, versicherte Barbara.

Und Antje fügte hinzu: »Jetzt verstehe ich auch, warum er so rasch trinkt.«

Die Entscheidung, welches der beiden Mädchen für Rolf übrigblieb, war immer noch nicht gefallen, da dies von Heinz abhängig war und es von dessen Seite nach wie vor an schlüssigen Signalen fehlte. Heinz war nur schwer in die gewünschte Fahrtrichtung zu bringen, aber schließlich gelang dies den vereinten Bemühungen Rolfs und der zwei Friesinnen doch. Als seine Favoritin schälte sich dann Barbara heraus, was eigentlich zu erwarten gewesen war. Den entscheidenden Vorsprung vor Antje konnte sie gewinnen, als sie in einem kleinen Gespräch über gutes Essen erklärte: »Exzellent, habe ich mir sagen lassen, kocht man auch in Polen.«

Erstaunt darüber, daß es noch jemanden gab, der einen guten Faden an den Polen ließ, hob Heinz den Kopf.

»In Polen? — Ich denke, dort ist alles Sch . . .«, er unterbrach sich und sagte es französisch, ». . . ist alles merde?«

»Nicht in meinen Augen.«

Da von Essen die Rede war, packte Rolf die Gelegenheit beim Schopf, indem er sagte: »Wie wär's denn eigentlich mit einem Imbiß für dich, Heinz?«

»Eine Unterlage würde mir nicht schaden«, gab Heinz selbst zu.

Er aß also, und zwar auf Empfehlung der Mädchen, Frikadellen und blieb dadurch noch den ganzen Abend auf dem Damm, nahm voll an der Unterhaltung teil, bereicherte diese durch eigene Geistesblitze und hatte um Mitternacht, als die Polizeistunde nahte, keine Schwierigkeiten, zu erkennen, was Barbara von ihm erwartete.

Aber wo?

Eben wieder zwischen den Dünen.

Der Weg dorthin führte in der Dunkelheit für Barbara, wie sie sich ausdrückte, über S-tock und S-tein, aber an Ort und S-telle fand sie es dann wunderbar s-till und unges-tört.

Der Kater kam für Heinz am nächsten Tag, und Heinz konnte ihn auch nicht mehr abschütteln, solange er noch in Heringsdorf weilte. Sein schlechtes Gewissen, wenn er an Ilse dachte, erschwerte es ihm, in den Spiegel zu gucken, sogar morgens beim Rasieren.

Rolf nahm die Dinge leichter. Am letzten Tag vor der Abreise hatte er noch einmal Großeinsatz. Er schaffte es, nacheinander sowohl Inge als auch Antje als auch Annamirl auf sein Programm zu setzen. »Das soll mir einer nachmachen«, sagte er zum Schluß zu Heinz.

Abends nahm Heinz allein Abschied von Heringsdorf. Er ging noch einmal zum Strand. Dunkel rauschte das Meer. Der Mond schob sich langsam empor, und über das Nachtblau des Himmels spannte sich ein funkelnder, bestickter Teppich. Die Klarheit des Firmaments brachte auch Kühle mit sich, die den einsamen Mann am Strand frösteln ließ. Möwen, vom Lärmen und Fliegen ermüdet, flatterten zu den Pfeilern der Seebrücke. Leise Tanzmusik tönte vom Kasino herüber, und nicht weit von einem Haufen zusammengestellter Strandkörbe lachte ein Pärchen und verschwand zwischen den Dünen. Heiß mußte da Heinz an Ilse denken.

»Ilse«, murmelte er.

Draußen auf dem Meer zog mit blinkenden Lichtern ein Dampfer dahin. Und wieder löste sich am Himmel eine Sternschnuppe und stürzte erdwärts.

Heinz Bartel wünschte sich, daß der Krieg vorbei sei. Aber der hatte ja noch gar nicht richtig angefangen.

Im Zugabteil nach Berlin saßen Heinz und Rolf zusammen mit vier Feldwebeln der Luftwaffe, die Flaschen kreisen ließen. Je zwei der Feldwebel hatten den Auftrag, aus Dessau eine J 52 an die Ostfront zu fliegen und auf einem der dort schon errichteten Feldflughäfen abzusetzen. Reichlich mit Alkohol ausgestattet, zögerten die Militärflieger nicht, die zwei Zivilisten in ihre trinkfrohe Runde miteinzubeziehen, so daß Heinz und Rolf, als ihr Zug in den Schlesischen Bahnhof in Berlin einfuhr, eindeutig betrunken waren. Hätten sie versucht, sich aus dem Kreis der anderen auszuschließen, wäre das von den Soldaten als Beleidigung aufgefaßt worden.

Auf dem Bahnsteig wartete Ilse, der sich Heinz telefonisch angekündigt hatte. Der Zug traf auf die Minute genau in Berlin ein. Das Durcheinander der allerersten Kriegstage war beseitigt. Deutsches Organisationsvermögen feierte wieder Triumphe. Alles schien seinen normalen Gang zu gehen.

Rolf stieg als erster aus. Irgendwie kam er mit dem Rücken voraus aus dem Waggon und prallte fast gegen Ilse.

»Rolf!« rief sie und hielt ihn fest. »Mein Gott, du bist ja betrunken! Wo ist Heinz?«

»Hier bin ich!«

Heinz kletterte nach Rolf aus dem Waggon. Auch ihm wehte die gleiche Fahne voraus, die Ilse an Rolf wahrgenommen hatte. Ins Abteilfenster drängten sich die Köpfe von vier Soldaten, die grinsend die Vorgänge auf dem Bahnsteig verfolgten.

»Meine Herren«, sprach Rolf zu ihnen hinauf, »es war mir eine Ehre.«

Heinz hatte nur noch Augen für seine Ilse. Er umarmte sie, um sie zu küssen. Sie war aber sehr darauf bedacht, diese Zeremonie abzukürzen.

»Du liebe Zeit«, sagte sie, »was habt ihr denn getrieben?«

»Die haben uns dazu gezwungen«, antwortete Heinz, mit dem Daumen auf das Abteilfenster zeigend.

»Hättet ihr euch nicht in einen anderen Waggon setzen können?«

Ilse war sichtlich enttäuscht von diesem Wiedersehen.

»Ilse«, sagte Heinz, »die hätten das krumm genommen.«

»Na und?«

Rolf mischte sich ein.

»Das sind Frontsoldaten, Ilse. Die kann man nicht so ohne weiteres vor den Kopf stoßen.«

»So? Mit denen betrinkt man sich also, wenn die das wünschen?«

»Ilse, das mußt du anders sehen. Das stärkt den Zusammenhalt zwischen ihnen und der Heimatfront, sagen sie. Und dagegen kannst du nichts vorbringen.«

Ilse blickte Heinz an, wartete auf eine Äußerung von ihm. Die kam auch, aber sie entsprach nicht den Vorstellungen Ilses.

»Wenn du dabei gewesen wärst, hättest du auch Spaß dran gehabt«, sagte er. »Es war sehr lustig. Wir haben viel gelacht.«

»Phantastische Soldaten!« lobte Rolf.

»Das läßt sich nicht bestreiten«, meinte Heinz.

»Die Polen werden nach Strich und Faden fertiggemacht, erzählten sie. Was dort stattfindet, ist ein Blitzkrieg, wie ihn die Welt noch nicht gesehen hat.«

»Ohne Zweifel käme eine ganz neue Strategie zur Anwendung, sagte der eine.«

»Du hättest die hören müssen, Ilse.«

Rolf sagte dies. Die Augen glänzten ihm dabei. Ilse war davon nicht überrascht. Ihren Heinz blickte sie aber an wie einen Fremden.

»Kommt«, sagte sie und ging voraus zur Sperre.

Heinz und Rolf hatten Mühe, ihr zu folgen. Erstens schleppte jeder seinen Koffer, und zweitens hielten sie es für unerläßlich, mehrmals stehenzubleiben, um zurückzuwinken und den Luftwaffensoldaten dadurch zu zeigen, daß es nicht so einfach war, von ihnen Abschied zu nehmen.

So leise er konnte, um von Ilse nicht gehört zu werden, sagte Rolf zu Heinz: »Dafür fehlt ihr das richtige Verständnis.«

»Sie ist eben eine Frau«, erwiderte Heinz.

»Aber Beine hat sie«, erklärte, unverwüstlich wie immer, Rolf, »die ersetzen jeden anderen Mangel bei ihr.«

Um den Abstand zu Ilse zu verringern, mußten die beiden einen Schritt dabeimachen. Als sie Ilse erreichten, richtete Rolf an sie die Frage, ob sie sauer sei.

Sie zwang sich ein Lächeln ab.

»Nein.«

»Dann sag uns, wo hier die nächste Kneipe ist.«

Das Lächeln war weg.

»Kneipe? Schon wieder?«

»Ilse, du mußt wissen, die hatten nur Schnaps. Hast du schon mal nur Schnaps getrunken? Bestimmt nicht. Also, dann sage ich dir, daß du dabei einen Bierdurst bekommst, dem du dich nicht mehr widersetzen kannst. Du lechzt nur noch nach Bier. Deshalb meine Frage: Wo ist hier die nächste Kneipe?«

Ilse blickte Heinz an.

»Wir wollen ja in der nicht hängenbleiben«, sagte er.

Auch dies war natürlich keine Äußerung, die der Erwartung Ilses entsprochen hätte.

Die Berliner trinken »Mollen«. Mit einer derselben war Rolf nicht zufrieden. Auch Heinz kam eine zweite nicht ungelegen. Die Mittagsstunde war nicht mehr fern.

»Wir müssen auch etwas essen«, erkannte Rolf.

An der Theke gab's kalte Frikadellen, in Berlin »Buletten« genannt. Als Rolfs lüsterner Blick darauf fiel, fragte Ilse: »Habt ihr Fleischmarken?«

Hatten sie nicht. Die würden sie sich erst in Köln auf dem für sie zuständigen Amt besorgen können.

»Aber wir brauchen hier etwas zu essen!« erklärte Rolf energischen Tones.

Der Wirt dämpfte ihn. Er verwies ihn auf ein »Stammgericht«, das aus Kartoffeln und Kohl bestand. Diese aktuell gewordene Art der Abfütterung hatte sich in der Hauptstadt schon viel rascher eingespielt als im übrigen Reichsgebiet.

Ilse sagte zu Heinz: »Du kannst von mir die Marken für ein Fleischgericht haben.«

Daß er dies ablehnte, war klar. Es blieb also auch für ihn bei Kartoffeln mit Kohl, und Ilse traf für sich selbst auch keine andere Wahl, um den Männern den Verzehr ihres Gerichts nicht zu erschweren, wenn sie mitansehen hätten müssen, daß in ihrer unmittelbaren Nachbarschaft jemand auch Besseres verspeiste.

Ilse wußte, daß der Zug nach Köln, an den Heinz und Rolf gebunden waren, um 17.23 Uhr abfuhr. Heinz hatte ihr das am Telefon gesagt. Und sie sah, daß die Zeit wie im Flug verging. Wenn ich wenigstens mit Heinz allein wäre, dachte sie.

»Was machen wir nun?« fragte Rolf nach dem Essen. »Wollen wir uns noch einen Schluck genehmigen, Heinz?«

Und Ilse fragte er: »Warum sagen die Berliner eigentlich ›Molle‹? Weißt du das?«

»Nein.«

Rolf winkte dem Wirt, um von dem das zu erfahren, aber auch der mußte ihm eingestehen, überfragt zu sein. Das sei eben der hiesige Sprachgebrauch, von jeher, meinte er achselzuckend.

Rolf nickte.

»Dann bringen Sie uns noch einmal zwei.«

Und was geschah wieder? Ilse blickte Heinz an.

»Das ist aber für mich jetzt die letzte«, sagte er.

Ganz das von ihr Erwartete war das für Ilse zwar auch nicht, aber sie wollte sich damit zufriedengeben.

Am Nebentisch erklärte ein Mann, der ein Parteiabzeichen am Rockaufschlag trug, seiner Frau, was die deutsche Führung im Jahre 1914 falsch gemacht hatte. Damals hätte man, erläuterte er, die Lebensmittelmarken viel zu spät eingeführt, nämlich erst, als die Hungersnot schon unabwendbar gewesen sei.

Mit dem Zeigefinger mehrmals auf die Tischplatte klopfend,

sagte der Mann: »Das passiert uns diesmal nicht mehr!«

Seine Frau hörte ihm mit skeptischer Miene zu, als wollte sie sagen: Diesmal hungern wir von Anfang an.

In dieser kleinen Kneipe bediente der Wirt seine Gäste selbst. Er kannte das Ehepaar. Als er an den Tisch der beiden kam, um sie nach ihrem Begehr zu fragen, bestellte der Mann einen Schweinebraten.

»Und Sie?« fragte der Wirt die Frau.

»Ein Stammgericht.«

»Von wem kriege ich die Fleischmarken?«

»Nehmen Sie die meinen«, sagte die Frau, nach ihrer Handtasche greifend. »Ich war ja nie eine große Fleischesserin. Außerdem kriegt man davon Rheuma.«

Ilse, Heinz und Rolf hatten das Intermezzo am Nebentisch mitverfolgen können. Die zwei Männer grinsten. Ilses Miene aber zeigte, daß sie der Szene durchaus nichts Lustiges abgewinnen konnte.

Vom Bahnhof her drang in die Kneipe gedämpft der charakteristische Lärm, den lebhafter Verkehr dieser Sorte mit sich bringt. Lokomotiven pfiffen, Dampf zischte, Stahlräder rollten auf Stahlgleisen, Waggons rumpelten, schepperten, kreischten, Elektrokarren tuteten, Ansagen dröhnten aus den Lautsprechern.

»Wann geht euer Zug?« fragte Ilse.

Obwohl sie das schon wußte, wollte sie sich noch einmal vergewissern.

»Um siebzehn Uhr dreiundzwanzig«, entgegnete Heinz und setzte hinzu: »In dreieinhalb Stunden also.«

Es war gegen 14 Uhr. Und immer noch hatten sich er und Ilse nichts von dem gesagt, was ihnen das Herz füllte. Belangloses wurde statt dessen von ihnen hin und her geredet und raubte ihnen die Zeit.

»Wie geht's Inge?« fragte Ilse.

»Gut, sie läßt dich grüßen. Bald kommt sie ja auch zurück und wird sich gleich bei dir melden, sagte sie.«

»Zu mir sagte sie«, erklärte Rolf grinsend, »daß sie die paar Tage in Heringsdorf noch ausnützen will, um sich von mir zu erholen. Aber wie diese Erholung gestaltet wird«, fuhr er fort, »wirst du dir ja denken können. Dasselbe wie vorher.«

Sehr gerne hätte Ilse das als Freundin Inges bestritten, sah jedoch das Aussichtslose eines solchen Unterfangens ein.

Eine Gruppe von Soldaten drängte in das Lokal, füllte es mit Gelächter und Rufen nach Bier.

»Die machen das richtig«, sagte Rolf und winkte dem Wirt.

»Aber ich nicht mehr«, warf Heinz rasch ein, »das habe ich dir schon gesagt.«

Rolf sträubte sich, das zu glauben.

»Wieso nicht?«

Heinz nickte hin zu Ilse.

»Sie will nicht ewig hier sitzen — und ich auch nicht ... Ich laufe noch ein bißchen mit ihr herum.«

»Und *ich?* Was soll *ich* machen?«

»Bleib du sitzen und trink dein Bier«, empfahl ihm Ilse. »Wir holen dich rechtzeitig ab, ehe der Zug fährt.«

Doch Rolf murrte: »Allein mag ich nicht.«

»Wieso allein?« Ilses Blick wanderte hinüber zur Theke, wo sich die Landsergruppe angesammelt hatte. »Die warten doch nur auf dich.«

Draußen vor dem Lokal erntete Ilse das ihr gebührende Lob. Das habe sie prima gemacht, sagte Heinz zu ihr. Endlich hätten sie den vom Hals. Rolf sei zwar sein Freund, aber es gäbe diesbezüglich Grenzen.

»Wer sagt dir das schon lange?« fragte ihn Ilse.

»Du.«

Wieder einmal auf die Uhr blickend, seufzte sie und meinte: »Ihr habt mein ganzes Programm durcheinandergeworfen. Ich wollte nach eurer Ankunft Rolf sich selbst überlassen und mit dir zu uns fahren —«

»Zu eurer Wohnung?« unterbrach er sie gespannt.

»Ja.«

»Um mich deinen Eltern vorzustellen?«

»Meiner Mutter. Vater arbeitet ja.«

»Als was wolltest du mich ihr präsentieren?«

Ilse wedelte verneinend mit der Hand.

»Nicht als meinen Bräutigam, wenn du das denkst. — Als einen netten, neuen Bekannten aus meinem Heringsdorfer Urlaub.«

»Ist das bei euch in Berlin so üblich, daß solche Leute gleich ins Haus eingeführt werden?«

»Nein, durchaus nicht«, erwiderte Ilse. »Deshalb hätte es Mutter ja auch zu denken gegeben. Und genau das wäre mein Ziel gewesen. Ein erster Schritt sozusagen.«

Nun blickte Heinz rasch auf seine Armbanduhr.

»Haben wir denn dazu keine Zeit mehr?«

Ilse schüttelte den Kopf. Sie lächelte nicht mehr.

»Nein, Berlin ist kein Dorf, wir müßten zu lange mit der S-Bahn fahren. Außerdem ...«, sie stockte, »außerdem würde ich ihr dich in deinem Zustand auf keinen Fall präsentieren. Das —«

»Ilse ...«

»Das habe ich mir schon im ersten Augenblick gesagt, als ich euch aus dem Zug aussteigen sah.«

»Ich würde mich unmenschlich zusammennehmen, Ilse. Ich *kann* das.«

»Nicht torkeln, meinst du? Nicht lallen?«

»Richtig.«

»Und deine Fahne?«

Das ließ ihn verstummen.

Sie hatten sich nach dem Verlassen der Kneipe, in der Rolf zurückgeblieben war, ziellos in Bewegung gesetzt, waren nach rechts gegangen und nach links abgebogen und fanden sich plötzlich in einer Straße, der es an jedem Auto- oder Motorradverkehr mangelte. Der Grund wurde bald ersichtlich. Die Straße führte durch eine kleine, grüne Anlage, ein Refugium nur für Fußgänger. Dort gab es auch Bänke.

»Wollen wir uns setzen?« schlug Ilse vor.

Aber das war dann auch nicht das Richtige. Ein paar Knaben tauchten auf und jagten auf der Wiese ungeachtet der Schilder, wonach Betreten des Rasens verboten sei, unter Aufbietung ihrer ganzen Stimmkräfte hinter einem Fußball her. Der von ihnen entwikkelte Lärm war so groß, daß er von den Bänken fast alle Erwachsenen, zu denen auch Ilse und Heinz gehörten, verscheuchte.

»Wie geht's eigentlich deiner Mutter, Ilse?« fragte Heinz, als sie weitergingen.

»Nicht gut. Wir müssen sehr achten auf sie. Das Radio können wir überhaupt nicht mehr anstellen, um zu gewährleisten, daß sie bei den Nachrichten nicht in Ohnmacht fällt.«

»Es kommen doch nur Siegesmeldungen.«

»Trotzdem.«

Nach einer Weile meinte Ilse nachdenklich: »Ich möchte nur wissen, ob die uns alles sagen.«

»Wer?«

»Die oben. — Oder ob man uns die Niederlagen verschweigt?«

»Das glaube ich nicht.«

»Wieso glaubst du das nicht?«

»Es scheint keine Niederlagen zu geben. Die polnische Armee ist hoffnungslos geschlagen, sie befindet sich auf der Flucht, sagten uns die vier im Zug. Sie sehen es jeden Tag von der Luft aus, wenn sie ihre Bomben abladen. Vorgestern nahmen sie sich schon Warschau vor.«

»Heinz!« rief Ilse.

»Was?«

»Wie sprichst du denn? ›Nahmen sie sich Warschau vor.‹ Weißt du, daß deine Augen glänzen? Vergißt du die armen Menschen dort? Du unterscheidest dich kaum mehr von Rolf.«

»Aber Ilse!« Heinz war stehengeblieben. »Das darfst du doch nicht sagen! Rolf ist doch längst ein blindes Opfer der offiziellen Propaganda!«

»Und du bist auf dem Weg dazu!«

»Nein, das bestreite ich!«

»Doch, du müßtest dich nur selber hören können!«

Während Heinz sich auf die Zehen getreten fühlte und immer erregter wurde, wurde Ilse immer kühler und beherrschter.

»Mich selber hören können«, wiederholte Heinz. »Was habe ich denn gesagt? Daß die Partie in Polen entschieden ist! Zu unseren Gunsten! Und zwar rascher, als wir alle dachten! Die Welt staunt! Unsere Soldaten haben gesiegt — blitzartig! Und darüber soll ich, das verlangst du anscheinend von mir, weinen?«

Ilse sah ihn stumm an. Dann nahm sie, immer noch schweigend, ihren Weg wieder auf, zusammen mit Heinz, der lieber noch länger stehengeblieben wäre, dem aber nichts anderes übrigblieb, als sich an ihrer Seite zu halten.

»Warum sagst du nichts?« fragte er sie.

»Dazu«, erwiderte sie, »kann ich nichts sagen — höchstens nur noch einmal: Du müßtest dich selber hören.«

»Hättest du es denn lieber, wenn unsere Feinde siegen würden?«

»Nein.«

»Na also, was willst du dann?«

Was ich will? fragte sich Ilse selbst. Ich will natürlich nicht, daß unsere Feinde siegen. Ich will aber auch nicht, daß sie verlieren und vernichtet werden. Daraus geht eindeutig hervor, was ich überhaupt will — daß kein Krieg geführt wird! Ja, das will ich! Kein Krieg!!

Plötzlich aber wurde ihr klar, welcher Wahnsinn dieses Gespräch zwischen ihr und Heinz war, wenn sie an 17 Uhr 23 dachte. Die Minuten rannen dahin, und keine derselben konnte angehalten oder gar zurückgeholt werden. Ilse sagte entschlossen: »Lassen wir das, Heinz, ich möchte von dir lieber etwas anderes wissen . . .«

»Was?«

»Wie du den Mann im Mond getauft hast?« sagte sie lächelnd.

»Gar nicht«, mußte er gestehen, und als sie ein enttäuschtes Gesicht machte, setzte er hinzu: »Weißt du, ich hatte nach deiner Abreise keine einzige Stunde mehr für mich allein, in der ich hätte nachdenken können. Rolf ließ mich nicht in Ruhe, du kennst ihn ja. Ständig war er bemüht, mir, wie er sich ausdrückte, den Abschiedsschmerz von dir auszutreiben. Er wollte mich eben auf andere Gedanken bringen.«

»Seid ihr ausgegangen?«

»Ausgegangen? Nein. Wohin denn?«

»In die Excelsior-Bar.«

»Ohne dich? Nein.«

»Es gibt doch Mädchen wie Sand am Meer.«

»Aber keines wie dich.«

Ilse strahlte.

»Du warst mir also treu?«

»Ja«, sagte er mit fester Stimme.

Ilse blieb stehen, umarmte ihn, küßte ihn, preßte sich an ihn, küßte ihn wieder, und er kam sich sehr, sehr schlecht dabei vor.

Dieses Gefühl wich erst wieder einem anderen, als er Ilse jene Frage stellte, mit der sie schon die ganze Zeit rechnen mußte. Sie galt ihrem Verlobten.

»Hast du schon mit ihm gesprochen, Ilse?«

»Ja, er kommt ja fast täglich zu uns.«

»Und? Was hat sich ergeben?«

Ilse atmete tief ein. Das, was sie ihm jetzt sagen mußte, war nicht so einfach.

»Heinz, du wartest darauf, daß ich dir sage, mein Verlöbnis sei gelöst.«

Sofort erwachte sein Mißtrauen.

»Ist es das nicht?«

»Nein.«

»Und . . . und warum nicht?« fragte er mit rauher Stimme.

Ilse hob beide Hände und ließ sie hilflos wieder fallen.

»Es bot sich einfach keine Gelegenheit dazu.«

»Wieso nicht? Du hast doch mit ihm gesprochen, sagtest du?«

»Aber nicht darüber.«

»Worüber dann? Gibt es etwas Wichtigeres?«

Abermals atmete Ilse tief ein.

»Heinz«, sagte sie eindringlich. »Heinz, du mußt das verstehen! Ich komme aus dem Urlaub zurück, er ist selig, mich zu sehen, er strahlt vor Glück, er macht mir ein sehr, sehr aufmerksames Geschenk, er könnte gar nicht netter sein — und du erwartest von mir, daß ich ihm quasi das Herz aus dem Leib reiße. Am ersten Tag schon.«

»Mir hätte auch der zweite oder dritte Tag genügt«, sagte Heinz bitter.

Ilse seufzte.

»Heinz, ich weiß nicht, warum du es mir so schwer machst. Wenn du dir ein bißchen Mühe geben würdest, könntest du dich in mich hineindenken.«

»Nein.«

»Es war doch fast immer auch meine Mutter dabei.«

Heinz entschloß sich, klare Fronten zu schaffen. Er blieb stehen.

»Liebst du mich, Ilse?«

»Ja, das weißt du doch.«

»Du liebst aber auch ihn?«

»Nein, für ihn hege ich ein anderes Gefühl. Es ist keine Liebe mehr, aber es ist ein Gefühl, das noch absolut dazu ausreicht, ihn nicht so zu behandeln, wie du es von mir verlangst. Ich käme mir sehr, sehr unanständig vor. Sehr schlecht!«

»Aber einmal *mußt* du ihm reinen Wein einschenken.«

»Das werde ich auch tun — nur nicht von heut auf morgen.«

Heinz preßte die Lippen zusammen, er zwang sich zum Schweigen. Was er gern gesagt hätte, hätte ihm vielleicht für immer alle Chancen bei Ilse verdorben.

»Und noch etwas, Heinz: Du vergißt immer einen Faktor in dieser Geschichte, auf den ich dich schon in Heringsdorf aufmerksam gemacht habe ...«

»Auf welchen?«

»Auf meine Mutter. Du ahnst nicht, welche Fesseln mir dadurch auferlegt sind.«

Ein alter Mann kam ihnen entgegen, der mit unsicherer Miene nach einem Straßenschild oder etwas Ähnlichem Ausschau hielt. Zögernd trat er Heinz in den Weg und sagte, ob er ihn etwas fragen dürfe.

Er wollte zum nahegelegenen Bahnhof.

Heinz setzte zu einer Beschreibung des Weges an, aber Ilse, noch hilfsbereiter als er, fiel ihm ins Wort, indem sie zu dem alten Mann sagte: »Sie haben Glück, wir müssen auch dahin. Schließen Sie sich uns an.«

Zu Heinz sagte sie: »Guck auf die Uhr, es wird auch für uns Zeit.«

Der Alte war hoch erfreut. Redselig wie die meisten Greise wartete er gleich mit einer kleinen Lebensgeschichte von sich auf. Er sei kein Berliner, sondern Rostocker. Nach Berlin habe seine Tochter geheiratet, die er jedes Jahr zu besuchen pflege. So auch jetzt wieder. Täglich ginge er zum Bahnhof, um sich eine Rostocker Zeitung zu besorgen. Man müsse sich doch über die Ereignisse zu Hause auf dem laufenden halten. Täglich beschreibe ihm seine Tochter den Weg zum Bahnhof, und täglich müsse er sich diesbezüglich auf der Straße noch einmal an Passanten halten, der Sicherheit halber. Davon sage er aber seiner Tochter nichts. Sie habe zwei Kinder. Berlin gefiele ihm ganz gut, mit Rostock könne es sich allerdings nicht messen. Was Rostock Berlin voraushabe, sei insbesondere das Meer. Nun herrsche ja Krieg. Die alten Rostocker hätten früher ausschließlich bei der Marine gekämpft, die jungen so ziemlich auch wieder.

»Und Sie?« fragte er Heinz. »Bei welcher Waffengattung dienen Sie? Haben Sie Urlaub, weil Sie in Zivilkleidung herumlaufen?«

»Noch habe ich Urlaub, ja«, sprach Heinz die Wahrheit. »Aber in wenigen Tagen ist er zu Ende.«

Der Bahnhof tauchte in Sichtweite auf.

»Nun finden Sie sich sicher zurecht«, sagte Ilse zu dem alten Herrn und wurde rot, als er antwortete: »Notfalls frage ich noch einmal, schönes Kind. Sie übertreffen die hübschesten Rostockerinnen, und das heißt etwas!«

Rolf stand inmitten der Landser an der Theke, als Ilse und Heinz über die Schwelle der Kneipe traten, in der inzwischen das Leben überzuschäumen drohte. Es erklangen die Lieder »Schwarzbraun ist die Haselnuß . . .«, »Frühmorgens wenn die Hähne kräh'n . . .« und natürlich der »Schö. . . ö . . ö . . ne We . . e . . e . . sterwald . . .«. Der Fehler war aber, daß diese hübschen Lieder von den Männern an der Theke nicht nacheinander, sondern alle drei zur gleichen Zeit gesungen wurden. Die Männer hatten sich über eine Reihenfolge nicht einigen können, und so intonierte jeder das Lied, für welches er eine Vorliebe besaß. Was dabei herauskam, versetzte die Wirtin in der Küche in Schrecken, insbesondere, als sie in dem kaum zu ertragenden Chor auch noch das Organ ihres Mannes erkannte, der ein viertes Lied — »Drei Heller und ein Batzen . . .« — anstimmte.

Es war nicht einfach, Rolf aus der Gesellschaft, die er gefunden hatte, zu lösen. Heinz mußte ihm drohen, die Weiterfahrt nach Köln allein anzutreten. Dieses Hin und Her verschlang natürlich wieder Zeit, so daß es buchstäblich höchste Eisenbahn war, als sie endlich über den Bahnsteig zu ihrem Zug stolperten. Bis zur Abfahrt blieben keine fünf Minuten mehr.

Rolf wurde in einem Abteil in eine Ecke gesetzt, wo er im Handumdrehen zu schnarchen anfing. Heinz verließ den Waggon noch einmal. Er stand nun unmittelbar beim Trittbrett, hielt Ilses Hand fest in der seinen und versuchte, die letzten Minuten vor der Abfahrt, jene verteufelt langen Minuten, in denen man nicht weiß, was man sagen soll, mit irgendwelchen Bemerkungen auszufüllen.

»Unser zweiter Abschied, Ilse«, meinte er leise. »Der erste in Heringsdorf, der zweite in Berlin . . . der dritte . . . wo wird der stattfinden?«

Das weiß der Himmel, dachte er.

Ilse sagte nichts. Sie blickte ihn mit großen, glänzenden Augen an.

»Diese Augen«, sagte er, »werde ich nie vergessen. Diese Augen werden mich überallhin begleiten, und eines Tages werden sie mich rufen und zusammen mit den Lippen ja sagen.«

Weiß der Himmel, wann das sein wird, dachte er. Gottverdammter Krieg!

»Heinz«, sagte Ilse leise.

»Ja?«

Sie schwieg, schaute ihn nur unverändert mit ihren wunderbaren Augen an.

»Ja?« wiederholte er.

»Nichts«, sagte sie leise.

Und dann noch einmal nur: »Nichts.«

Er preßte mit seinen starken Fingern ihre viel schwächeren, zarteren. Fast hätte sich ihr ein kleiner Schmerzensschrei entrungen.

»Ilse.«

»Ja?«

»Nichts.«

Türen schlugen zu, die Lokomotive ließ Dampf ab, der Schaffner eilte die Waggonreihe entlang — alles wie in Heringsdorf.

Die grausame Stimme aus dem Lautsprecher: »Achtung, der Zug . . .«

Ilse fuhr zusammen, entzog Heinz die Hand.

»Du mußt rein!«

An vielen Türen umarmten sich die Menschen, Tränen flossen, Hände streichelten. Heinz riß Ilse noch einmal an sich, küßte sie leidenschaftlich, ließ sie los und sprang aufs Trittbrett.

Die letzten Türen knallten, die Lokomotive pfiff, der Mann mit der roten Mütze hob den Stab . . .

17 Uhr 23.

Abschied von Berlin.

Abschied von Ilse.

Abschied von der Jugend.

War es das schon, ein Abschied von der Jugend?

Abschied vom Traum.

Das war es auf alle Fälle schon, ein Abschied vom Traum.

Heinz sollte nämlich seine Ilse nicht wiedersehen.

Dafür, daß sich Heinz und Ilse nicht mehr wiedersahen, war jener Wahnsinnige verantwortlich, der damals an Deutschlands Spitze stand. Er stürzte die Welt in den grausamsten Krieg aller Zeiten. Er hatte sich schon sein Volk untertan gemacht und wollte sich dann auch noch zum Herrn Europas aufschwingen. Er bediente sich dabei des Größenwahns einer braunen, von ihm verrückt gemachten uniformierten Herrenrasse.

Auch Heinz Bartel wurde in diesen Strudel des Wahnsinns mit hineingezogen. Er wurde Feuilleton-Redakteur einer Zeitung in

Westfalen. Damals hieß das freilich nicht »Redakteur«, sondern »Schriftleiter«, da die deutsche Sprache »rein« erhalten, Fremdwörter also ausgemerzt werden mußten.

Bartel beugte sich unter das Joch der Pressezensur und war sich im klaren darüber, daß er dadurch zu jenen gehörte, die zur Blindheit des Volkes beitrugen. Was hätte er machen sollen? Die innere Stärke, den Heldenmut zum politischen Widerstand besaß er nicht. Er schwamm also mit, mußte einen Beruf ausüben. Was konnte er? Schreiben. Von was verstand er etwas? Von Kultur. Das Resultat aus beidem? Er wurde »Kulturschaffender«. Heinz Bartel — ein Demonstrationsobjekt der Logik. Das absolut Widersinnige war nur, daß es damals keine Kultur mehr gab. Feuer und Wasser schließen einander aus; Adolf Hitler und Kultur auch.

Bartel saß in den Bunkern, wenn Minen und Phosphor vom Himmel herabregneten. Er verlor sein Heim, grub unter den Trümmern nach seinen getöteten Eltern, karrte sie selbst zum Friedhof und schaufelte ihnen das Grab. Er schrie seinen Schmerz nicht hinaus, aber in seinem Herzen wuchs eine Rechnung, über die er das Wort »Vergeltung« setzte.

Er stumpfte nicht ab, sein Zorn erlahmte nicht. Mit offenen Augen ging er durch die Zeit, sah die Leiden seiner Brüder und Schwestern, sah den Wahnsinn, der seine Heimat zerstampfte und über die Heimat hinaus sein ganzes Vaterland.

Wer dachte da an eine Reise nach Berlin? Wohl wanderten Briefe hin und her, wohl fühlten Heinz und Ilse, daß sie sich über alle Fernen stetig näherkamen, reifer geworden durch alles überstandene Leid, und doch wuchs zwischen ihnen auch der Abstand, welcher der Wille des Schicksals war. Trennung sei die Feindin der Liebe, lautet ein chinesisches Sprichwort. (Eheleute meinen, Nähe ist die Feindin der Liebe. Recht haben die Chinesen und die Eheleute; so kompliziert ist eben das Leben.)

Rolf Wendrow wurde eingezogen, als Arzt der Luftwaffe. Heinz Bartel wechselte schließlich den Zivilanzug gegen die Uniform des Kriegsberichterstatters, und so sah er noch tiefer in das Grauen seiner Zeit und entsetzte sich vor dem Verfall, der ihm allenthalben fäulnisartig in die Nase stank.

Er reiste von Front zu Front, schrieb über Unbeschreibliches und wußte, daß es nur ein einziges Wort gab, das ihm aus der Feder hätte fließen müssen: WAHNSINN.

In Berlin saß ein Mädchen im Luftschutzkeller, fürchtete sich vor den rollenden Angriffen und zitterte, zusammen mit all den Millionen deutscher Zivilisten an der sogenannten »Heimatfront«.

Oft setzte Heinz Bartel an zur Reise nach Berlin — aber einmal zerstörte ein Luftangriff die Strecke, ein anderes Mal traf er in Hannover einen lang entbehrten Freund und blieb so lange bei ihm hängen, bis die wenigen Tage des Kurzurlaubes abgelaufen waren. Als ihm endlich das Glück zu lächeln schien in der Form, daß ihm seine militärische Einheit eine Kommandierung nach Potsdam in Aussicht stellte, warf ihn kurz zuvor eine russische Kugel nieder. Sein linker Arm war zerfetzt. Zum Glück für Heinz fanden sich im Lazarett Militärärzte, die nicht kurzerhand den Arm amputierten, sondern ihren Ehrgeiz dareinsetzten, ihn dem Verwundeten zu erhalten. Das war ein Prozeß von Monaten, und der Erfolg hielt sich leider sehr in Grenzen.

Als Heinz Bartel aus dem Lazarett entlassen wurde, war er ein Krüppel (alias ein Schwerbeschädigter). Sein linker Arm sah schlimm aus, er hatte Ähnlichkeit mit einem großen verknöcherten Fragezeichen. Aber daran — so schrecklich das klingt — gewöhnt man sich. Was weit schmerzhafter an Heinz nagte, war plötzlich wieder etwas anderes. Seit einem halben Jahr war Ilse aus seinem Leben getreten. Ganz still, ohne Aufwand, ohne große Worte, es war einfach Schweigen um sie, tiefes Schweigen . . .

Vielleicht ewiges Schweigen?

Heinz wurde von der Angst gepackt, wenn er daran dachte. Ilse tot? Umgekommen bei einem Angriff auf Berlin? Ein Opfer des Grauens, das zum Himmel schrie?

Da, an einem Tage, der so trist begann wie alle anderen, brachte man dem Krüppel Heinz Bartel einen Brief, der vor Monaten geschrieben und ihm von Front zu Front nachgeschickt worden war, um ihn endlich hier in einem kleinen westfälischen Dorf zu erreichen, ihn, einen Mann, der inzwischen ergraut war und die letzten Illusionen vom Leben begraben hatte.

Aber war auch noch Krieg um ihn, brüllte die Erde auf unter dem Bersten der Geschosse, wirbelten Fontänen von Sand, Blut und zerfetzten Leibern empor, er lächelte dennoch, der grauhaarige, absolut desillusionierte Krüppel und las den Brief seiner Ilse, den Brief, der so lieb war, so wahrhaftig, so einfach, so gar nicht voller Geist oder Witz, aber so voller Seele und . . . ja, voller Ilse.

»Mein lieber Heinz,

jetzt, in diesem Moment, in dem er die Feder in die Hand genommen hat, sitzt jemand in einem kleinen Oderbruchdorf und hat ein furchtbar schlechtes Gewissen. Na, und diesen ›Jemand‹ dürften wir zwei ziemlich gut kennen, nicht?

Lieber, guter Heinz, bitte nicht schimpfen, nicht böse sein. Ich hatte wirklich und wahrhaftig die feste Absicht, Dich zu besuchen, doch da wurde eine Verwandte krank und alle meine Pläne mußten zurückstehen, sie schwammen die Oder hinab. Ich hätte natürlich in der Zwischenzeit schreiben müssen, es gibt dafür keine Entschuldigung — auch nicht Zubilligung mildernder Umstände — nichts, nichts! Kannst Du mir trotzdem noch einmal verzeihen?

Diesmal ist die Reihe, so zu fragen und mit reumütigem Herzen vor Dir zu stehen, an mir. Ich komme nicht drum herum, Dir zu gestehen, daß ich einfach nicht in der Stimmung war, zu schreiben. Ich habe in der ganzen Zeit nicht einen einzigen Brief versandt. Zum Schreiben zwingen will ich mich grundsätzlich nicht, weil ja dabei doch nichts Gescheites herauskommt. Wie ich Dich kenne — oder zu kennen glaube (?) —, müßtest Du dafür eigentlich Verständnis aufbringen. Du bist doch Schriftsteller.

Ja, und in diesem Zusammenhang laß mich Dir berichten, daß ich mich vor einiger Zeit erst einmal hingesetzt und gestaunt habe. Donnerkeil — Heinz Bartel ist Soldat und Kriegsberichterstatter! Als ich das las, habe ich, glaube ich, ein ziemlich verdutztes Gesicht gemacht. Soldat ja, dachte ich, das ließ sich wohl nicht vermeiden. Aber Kriegsberichterstatter? Kriegsberichterstatter nein, dachte ich. Das hätte nicht sein müssen. Du weißt, was ich damit sagen will. Schwamm drüber, Du mußtest wissen, was Du tust. Vielleicht hat man Dich auch mehr oder minder gezwungen.

Jede freie Stunde, schreibst Du mir, arbeitest Du für Dich. Für Deine Ambitionen. Auch nachts. Das ist Wahnsinn. Ich muß mit Dir schimpfen. Damit hörst Du auf, verstanden! Das kannst Du auf die Dauer nicht aushalten. Nachts soll der Mensch etwas anderes tun — oh, Heinz, ich spüre, wie ich rot werde bei dem Gedanken, was der Mensch nachts tun soll, und ich werde erst recht rot, wenn ich daran denke, was Du denkst, daß ich mir beim Schreiben desselben gedacht habe. Pfui, Heinz, Du darfst mich nicht beleidigen, indem Du so etwas denkst!

Ich möchte nur wissen, warum mir in diesen Augenblicken ausgerechnet ein mir völlig fremder Kerl einfällt, mit dem ich noch nie ein Wort gewechselt habe, von dem ich nicht einmal den Namen weiß. Du hast natürlich keine Ahnung, wer das sein könnte. Deshalb sage ich es Dir — der Mann im Mond.

Weiß der Himmel, warum er mir in dieser Minute einfiel und nun gar nicht mehr aus dem Kopf will.

Schnell zu etwas anderem: Was machen die mir von Dir versprochenen Bücher? Ich möchte so gern einmal etwas Nettes von Dir lesen (Du mußt es ja nicht gerade nachts schreiben). Über Dein Stück ›Wildwasser‹ konnte ich ja leider nichts Gutes sagen, weil es mir überhaupt nicht gefallen hat. Nicht, weil die Frauen darin so schlecht wegkommen — das kann für robuste Leserinnen bzw. Zuschauerinnen manchmal auch recht reizvoll sein —, sondern weil ich es einfach nicht für gut halte. Du solltest Dir gar nicht wünschen, daß man es aufführt, denn es würde bestimmt ein Durchfall. Das ist jedenfalls meine — ganz und gar nicht maßgebliche — Überzeugung. Hätte ich sie Dir vorenthalten sollen? Dann wäre ich nicht ehrlich gewesen.

Von mir gibt es nicht viel Neues zu berichten. Ich muß hier sehr, sehr viel arbeiten. Totaler Krieg und Einsatz als Schreibkraft in einer chemischen Fabrik. Der ganze Tag ist eine einzige Hetzerei, und abends bin ich dann immer vollständig k. o. und kenne nur noch eine Sehnsucht — das Bett. Daß ich mein Studium abgebrochen habe, weißt Du. Die Gründe habe ich Dir auch geschrieben. Wozu ich mich nach dem Krieg entscheide, weiß ich immer noch nicht. Nach dem Krieg? Wann wird das sein? Erleben wir sein Ende?

Schreibkraft in einer Fabrik. Dazu wurde ich dienstverpflichtet. Ich schlug vor, daß man mich als Sanitäterin in dem Betrieb einsetzen möge. Täglich geschehen Unfälle, bei denen Erste Hilfe benötigt wird. Nein, hieß es, eine Sanitäterin haben wir schon. Frag mich mal, was die Betreffende ihrer Vorbildung nach ist. Du wirst lachen — Sekretärin. Das ist die vielgerühmte deutsche Organisation — eine Sekretärin als Sanitäterin, eine Medizinstudentin als Schreibkraft.

Abends bin ich immer, wie gesagt, fix und fertig, habe zu nichts mehr Lust, weder zum Dringendsten, wie z. B. Waschen oder Strümpfestopfen, noch zum Schreiben (Du spürtest es). Ich verkomme vollkommen hier, jedenfalls für meine Begriffe. Aber nun habe ich mich ja zusammengenommen und mich wenigstens mal wieder hingesetzt zu einem Brief. Freust Du Dich? Und wie ellenlang er nun schon geworden ist! Ich kann ja gar nicht mehr aufhören!

In Berlin willst Du mich einmal besuchen, hast Du geschrieben. Das geht nun nicht mehr, Du mußt Dich hierher bemühen. Aber hast Du denn das auch wirklich ernsthaft vor? Wie viele Ansätze hast Du schon gemacht? Immer nur Ansätze ... oder?

Die Verbindung zu Inge, nach der Du mich gefragt hast, ist abgerissen. Dasselbe schreibst Du ja auch von Rolf. Das sind alles Dinge, die dieser entsetzliche Krieg zerstört. Wird er auch uns beide auseinanderbringen?

Jetzt *muß* ich aber rasch Schluß machen, die Tränen kommen mir, meine Augen werden blind.

Heinz, Geliebter ... ich ... Du ...

Ich *muß* aufhören.

Mach's gut, bleib gesund ... bleib bitte, bitte am Leben.

Deine Ilse.«

In dem Brief lag noch ein kleines Kuvert. Als Heinz es öffnete, entfiel ihm ein kleines Miniaturwappen mit dem Berliner Bären. Ein Zettelchen lag dabei, noch einmal ein Gruß von Ilse. »Ein winzig kleiner Talisman in dem riesengroßen Rußland. Und Gottes reichsten Segen über Dich. Ilse.«

Da legte Heinz Bartel still, andächtig und mit brennendem Herzen den Brief zurück und starrte ins Leere.

Ilse! Weihnachten! Christbaum! Neujahr! Talisman! Und zu dieser Zeit lag er schwer verwundet im Lazarett, und die Ärzte fürchteten, ihn aufgeben zu müssen. Jetzt war Sommer, die Früchte reiften an den Bäumen, aber die Erde stöhnte mehr denn je unter den Wunden, die man ihr riß, und weit, weit fort hatte ein Mädchen gewartet, immer nur gewartet und hatte den Glauben nicht verloren.

Da setzte sich Heinz Bartel hin und beantwortete den Brief, der ein halbes Jahr alt war. Er begann ihn mit einer Frage:

»Meine Ilse ... lebst Du noch?«

Und in dieser Frage lagen die Hoffnung und der Wille, daß alles so werden möge, wie es ein gütiges Schicksal fügte.

Aber das Schicksal war nicht gütig. Das Inferno des Krieges stampfte über Hoffnung und Wunsch hinweg.

Ilse blieb verschollen ...